Noite e dia

VIRGINIA WOOLF

Noite e dia

TRADUÇÃO
RAUL DE SÁ BARBOSA

ns

SÃO PAULO, 2021

Noite e dia
Night and Day
Copyright da tradução © 2007 by Raul de Sá Barbosa
Copyright © 2021 by Novo Século Editora Ltda.

EDITOR: Luiz Vasconcelos
TRADUÇÃO: Raul de Sá Barbosa
REVISÃO: Edson Cruz • Thiago Dias • Thiago Fraga
PROJETO GRÁFICO E DIAGRAMAÇÃO: João Paulo Putini
ILUSTRAÇÃO DE CAPA: Bruno Novelli

Texto de acordo com as normas do Novo Acordo Ortográfico da Língua Portuguesa (1990), em vigor desde 1º de janeiro de 2009.

Dados Internacionais de Catalogação na Publicação (CIP)
(Câmara Brasileira do Livro, SP, Brasil)

Woolf, Virginia, 1882-1941.
Noite e dia / Virginia Woolf;
tradução Raul de Sá Barbosa. – 2. ed.
Barueri, SP: Novo Século Editora, 2021.

Título original: *Night and Day*

1. Ficção inglesa I. Título.
13-09494   CDD-823

Índice para catálogo sistemático:
1. Ficção: Literatura inglesa 823

ns
Uma marca do Grupo Novo Século

Alameda Araguaia, 2190 – Bloco A – 11º andar – Conjunto 1111
CEP 06455-000 – Alphaville Industrial, Barueri – SP – Brasil
Tel.: (11) 3699-7107 | Fax: (11) 3699-7323
www.gruponovoseculo.com.br | atendimento@gruponovoseculo.com.br

1

Era uma tarde de domingo em outubro e, como muitas jovens damas da sua classe, Katharine Hilbery servia o chá. Talvez uma quinta parte da sua mente estivesse ocupada nisso; o restante saltava por cima da frágil barreira de dia que se interpunha entre a manhã de segunda-feira e esse ameno momento, e brincava com as coisas que a gente faz espontânea e normalmente no curso do dia. Embora calada, via-se evidentemente senhora da situação, que lhe era familiar, e inclinava-se a deixar que seguisse seu curso (pela centésima vez?) sem ter de engajar por isso qualquer das suas faculdades ociosas. Um simples olhar bastaria para mostrar que Sra. Hilbery era tão rica dos dons que fazem o sucesso dos chás de gente importante de certa idade, que a rigor podia dispensar o auxílio da filha, desde que alguém se encarregasse por ela do aborrecido trabalho das xícaras e do pão com manteiga.

Considerando que o pequeno grupo estava assentado em torno da mesa há menos de vinte minutos, a animação estampada nos seus rostos e a bulha que produziam coletivamente faziam honra à anfitriã. De repente deu na cabeça de Katharine que, se alguém abrisse a porta naquele momento, poderia pensar que estivessem a divertir-se. Pensaria: Que casa encantadora! – e, instintivamente, riu, dizendo qualquer coisa presumivelmente para aumentar o burburinho, em benefício do bom nome da casa – uma vez que ela própria não sentia qualquer animação. Nesse exato momento, e para grande divertimento dela, a porta se escancarou, e de fato um rapaz entrou na sala. Katharine perguntou mentalmente ao saudá-lo: "Vamos, acha que estamos nos divertindo a valer?".

– Sr. Denham, mamãe – disse em voz alta, pois viu que a mãe esquecera o nome dele.

O fato foi percebido pelo próprio Sr. Denham, e agravou o constrangimento que cerca inevitavelmente a entrada de um estranho numa sala cheia de gente inteiramente à vontade, e todos embarcaram em frases simultâneas. Ao mesmo tempo, pareceu a Sr. Denham como se mil portas acolchoadas se tivessem fechado entre ele e a rua. Uma garoa fina, espécie de essência diáfana do nevoeiro, era visível acima do vasto e quase vazio espaço da sala de estar, todo de prata, onde as velas se agrupavam na mesa de chá, avermelhada à luz do fogo. Com os ônibus e os táxis correndo-lhe ainda pela cabeça, com o corpo ainda trepidante da rápida caminhada a pé pela rua, a desviar-se do tráfego e dos pedestres, o salão lhe parecia deveras remoto e estático. E os rostos dos velhos e velhas ganhavam suavidade, a uma certa distância uns dos outros, e irradiavam um viço próprio, devido talvez ao fato de que o ar ali estava pesado dos grãos azuis da névoa. Sr. Denham entrara no momento em que Sr. Fortescue, o eminente romancista, chegava ao meio de uma interminável sentença. Ele a manteve em suspenso até que o recém-chegado se acomodasse, e Sra. Hilbery juntou habilmente as duas pontas cortadas, inclinando-se para ele e dizendo:

– Bom, o que faria o senhor se fosse casado com um engenheiro e tivesse de viver em Manchester, Sr. Denham?

– Certamente ela poderia estudar persa – interrompeu um *gentleman* velho e magro. – Não haverá algum professor aposentado ou homem de letras em Manchester com quem ela pudesse estudar persa?

— Uma das nossas primas casou-se e foi viver em Manchester — explicou Katharine. Sr. Denham murmurou qualquer coisa entre os dentes, que era, aliás, tudo que se esperava dele, e o romancista continuou do ponto em que parara. Sr. Denham recriminou-se severamente por haver trocado a liberdade da rua por esse salão sofisticado em que, entre outras coisas desagradáveis, certamente não poderia fazer figura. Olhou em torno e viu que, a não ser Katharine, todos os presentes contavam mais de quarenta anos. O único consolo era ser Sr. Fortescue uma celebridade de certo peso, de maneira que, para o futuro, seria agradável tê-la conhecido.

— Você já esteve alguma vez em Manchester? — perguntou a Katharine.

— Nunca — respondeu ela.

— Por que objeta assim tão vivamente?

Katharine mexeu seu chá, e pareceu especular, foi o que Denham pensou, sobre o dever de encher a xícara de alguém; na realidade, ocupava-se em pensar como manter esse estranho rapaz em harmonia com o resto. Observou que ele apertava a xícara, a tal ponto que a fina porcelana corria o risco de ceder. Era visível que estava nervoso, tanto quanto era de esperar que um moço ossudo com o rosto levemente avermelhado pelo vento, e o cabelo ligeiramente revolto, ficasse nervoso numa reunião desse tipo. Além disso, era provável que ele não gostasse dessa espécie de coisa e tivesse vindo por pura curiosidade ou porque seu pai o tivesse convidado — de qualquer maneira, não combinava bem com o resto.

— Imaginaria que não há ninguém com quem falar em Manchester — replicou ela, a esmo. Sr. Fortescue observava-a havia um minuto ou dois, como os romancistas costumam fazer, e a esse reparo sorriu, fazendo disso o tema de uma pequena especulação mais a fundo:

— A despeito de uma ligeira tendência para o exagero, Katharine decididamente acertou em cheio — disse. Recostando-se na sua cadeira, com os olhos opacos, contemplativos, postos no teto e as pontas dos dedos apertadas umas contra as outras, descreveu primeiro os horrores das ruas de Manchester, depois as desertas, imensas charnecas dos arredores da cidade, por fim a insignificante casinhola em que a moça teria que viver, e os professores, e os miseráveis estudantes, devotados às mais cansativas obras dos nossos dramaturgos mais jovens que iriam visitá-la, e como sua aparência mudaria aos poucos, e como teria ela de voar de volta a Londres, e como Katharine teria de conduzi-la de um lado para outro, como a gente conduz um cão mais azougado numa corrente, a desfilar diante das vitrines dos açougueiros, pobre queridinha.

– Oh, Sr. Fortescue – exclamou Sra. Hilbery quando ele terminou. – Escrevi-lhe ainda hoje dizendo como a invejava! Pensava nos grandes jardins e nas boas senhoras de mitenes, que só leem o *Spectator*, e no rapé e nas velas. Será que tudo isso desapareceu? Disse-lhe que encontraria lá todas as coisas boas de Londres sem as horríveis ruas que tanto nos deprimem.

– Não esquecendo a universidade – disse o velho senhor magro, que insistira antes na existência de gente fluente em persa.

– Eu sei que há charnecas por lá porque li sobre isso num livro, um dia desses – disse Katharine.

– Fico horrorizado e pasmo também com a ignorância da minha família – observou Sr. Hilbery. Tratava-se de um senhor de idade, com um par de olhos ovais, cor de avelã, excessivamente brilhantes para um velho, que aliviavam um pouco os pesados traços do rosto. Brincava incessantemente com uma pequena pedra verde que levava presa à corrente do relógio, exibindo assim dedos longos e muito sensíveis, e tinha o hábito de mover a cabeça para um lado e para outro muito depressa sem alterar por isso a posição do corpo, bem fornido e avantajado, de modo que dava a impressão de estar a alimentar-se continuamente com matérias de divertimento e reflexão com o mínimo dispêndio possível de energia. A gente imaginaria que ele passara da idade em que as ambições são pessoais, ou que as tivesse satisfeito tanto quanto seria capaz de fazer, e agora empregava sua considerável perspicácia mais em observar e refletir do que em atingir um resultado qualquer.

Katharine, decidiu Denham, enquanto Sr. Fortescue construía outro monumento bem torneado de palavras, tinha traços da mãe e do pai, e esses elementos se combinavam nela de maneira um tanto singular. Mostrava os movimentos impulsivos, rápidos, de sua mãe, os lábios que não raro se abriam para falar, depois se fechavam outra vez; e os olhos escuros, ovalados, do pai, cheios até as bordas de luz, embora sobre um fundo de tristeza. E como era ainda jovem demais para ter adquirido um ponto de vista pessimista, poder-se-ia dizer que esse fundo não era tanto tristeza quanto um espírito dado à contemplação e ao autocontrole. A julgar pelo cabelo, pela tez, pelo contorno dos traços, era de chamar a atenção, se não mesmo bela. Firmeza e serenidade marcavam-lhe a expressão, e essa combinação de qualidades resultava num caráter bastante definido, mas desses que não são feitos para deixar à vontade um homem jovem, que mal a conhece. Quanto ao mais, era alta; usava um vestido de cor neutra, uma velha renda amarelada por único ornamento, e no qual o reflexo de uma joia antiga punha uma nota vermelha. Denham observou que, embora calada, tinha suficiente domínio da situação para reagir imediatamente se a mãe apelasse de súbito para ela; no entanto, parecia-lhe óbvio que apenas prestava atenção com a casca mais exterior da sua mente. Chamou-lhe a atenção que a posição da moça na mesa de chá, em meio a tanta gente mais velha, não deixava de ter suas dificuldades, e procurou refrear sua tendência a achá-la, ou a sua atitude, geralmente antipática. O debate passara sobre Manchester, depois de tratar a cidade generosamente.

– Será a Batalha de Trafalgar ou a Invencível Armada, Katharine? – perguntava a mãe.

– Trafalgar, mamãe.

– Claro, Trafalgar! Que distração a minha! Outra xícara de chá, com uma rodela fina de limão, e depois, caro Sr. Fortescue, queira explicar minha absurda charada. A gente não pode deixar de confiar em *gentlemen* com narizes romanos, mesmo se os conheceu em ônibus.

Nesse ponto, Sr. Hilbery atalhou, naquilo que dizia respeito a Denham, e falou longamente e com muito senso sobre a profissão do advogado e as mudanças que vira em sua vida. Na verdade, isso era da sina de Denham, pois fora um artigo seu, sobre um assunto qualquer de direito, publicado por Sr. Hilbery na sua *Revista*, que aproximara os dois. E quando, um momento mais tarde, anunciou-se Sra. Sutton Bailey, ele voltou-se para ela, e Sr. Denham viu-se sozinho e quieto, engolindo coisas por dizer, ao lado de Katharine, também silenciosa. Tendo ambos aproximadamente a mesma idade, e estando ambos abaixo dos trinta anos, era-lhes interdito o uso dessas frases de conveniência que servem para conduzir a conversação para águas tranquilas. Silenciava-os ainda mais a maliciosa determinação de Katharine de não ajudar esse rapaz – em cuja postura altiva e resoluta percebia alguma coisa de hostil ao meio dela – com nenhuma das habituais civilidades femininas. Em consequência, ficaram em silêncio, Denham controlando seu desejo de dizer algo de abrupto e explosivo, capaz de chocá-la e despertá-la. Sra. Hilbery sentia instintiva e imediatamente qualquer silêncio no seu salão como uma nota muda numa escala sonora; debruçando-se sobre a mesa, observou, com a maneira curiosamente hesitante e desinteressada que sempre conferia às suas frases uma leveza de borboletas que esvoaçam de um a outro ponto ensolarado:

– Sabe, Sr. Denham, o senhor me lembra muito o querido Sr. Ruskin... Será a gravata dele, Katharine, ou o cabelo, ou será a maneira que tem de sentar-se na cadeira? Diga-me, Sr. Denham, o senhor é admirador de Ruskin? Outro dia, alguém me disse: "Oh, não, nós não lemos Ruskin, Sra. Hilbery". O que leem, então, me pergunto? Porque não podem passar a vida a subir em aeroplanos ou a se enfiarem nas entranhas da terra.

Olhou com benevolência para Denham, que não disse nada de articulado, e depois para Katharine, que sorriu, mas também

não disse nada, e logo em seguida Sra. Hilbery pareceu possuída por uma ideia brilhante e exclamou:
— Estou certa de que Sr. Denham gostará de ver as nossas coisas, Katharine! Estou certa de que ele não é como aquele horrível rapaz, Sr. Ponting, que me disse considerar nossa obrigação o viver só no presente. Afinal de contas, o que é o presente? Metade dele é o passado, e a melhor metade, diria eu — acrescentou, voltando-se para Sr. Fortescue.

Denham levantou-se, meio inclinado a ir-se, e pensando que já vira tudo o que havia para ver, mas Katharine levantou-se no mesmo momento, dizendo:
— Talvez queira ver os quadros. — E mostrou o caminho, atravessando o salão e passando a uma peça menor contígua.

Essa peça menor era como uma capela numa catedral ou uma grota numa caverna, pois que o surdo rumor do tráfego a distância sugeria o macio murmúrio de águas, e os espelhos ovais, com sua superfície de prata, semelhavam pequenos tanques profundos tremeluzindo à luz de estrelas. Mas a comparação com um templo era a mais apropriada das duas, porque o pequeno salão estava cheio de relíquias.

Quando Katharine tocou em vários pontos, pequenas luzes surgiram aqui e ali, revelando uma massa quadrada de livros vermelhos e dourados, e depois uma longa saia azul e branca, lustrosa, atrás de um vidro, e depois uma secretária de mogno, com seu bem ordenado equipamento, e, finalmente, uma pintura quadrada, acima da mesa, para a qual se providenciara iluminação especial. Quando Katharine tocou essas últimas luzes, recuou de um passo, como que para dizer: "Veja!".

E Denham se viu contemplado pelos olhos do grande poeta, Richard Alardyce, e levou um pequeno choque, que o teria feito tirar o chapéu se portasse um na sua cabeça. Os olhos o fitavam em meio aos suaves rosados e amarelos do quadro com uma afabilidade divina que parecia incluí-lo, mas que passava além para contemplar o mundo inteiro. As tintas haviam desbotado a tal ponto que pouco restava além dos belos olhos, escuros contra o fundo impreciso.

Katharine esperou, como que para deixá-lo receber todo o impacto, e depois disse:

– Esta é a escrivaninha dele. Ele usou esta pena. – E tomou uma pena de ganso que depois deixou cair de novo. A escrivaninha estava coberta de velhos borrões de tinta, e a pena se arrepiara com o uso. Havia também, à mão, os enormes óculos de aro de ouro e, debaixo da mesa, um par de grandes chinelos velhos, um dos quais Katharine pegou, dizendo:

– Penso que meu avô deve ter tido pelo menos o dobro do tamanho dos homens de hoje. Isto – continuou, como se soubesse de cor o que ia dizer –, isto é o manuscrito original da *Ode ao Inverno*. Os primeiros poemas são muito menos emendados que os últimos. Gostaria de examiná-lo?

Enquanto Sr. Denham examinava o manuscrito, ela contemplava o avô e, pela milésima vez, caía num agradável estado de sonho em que parecia ser a companheira desses homens gigantescos, ou pelo menos pertencer à sua linhagem; e o presente momento, insignificante, ficava superado. Certamente, aquela magnífica e fantasmagórica cabeça na tela jamais passou pelas trivialidades de uma tarde de domingo, e não parecia que tivesse importância qualquer coisa que ela e esse jovem dissessem, pois que eram gente de somenos.

– Este é um exemplar da primeira edição dos poemas – continuou Katharine, sem levar em conta que Sr. Denham estava ainda às voltas com o manuscrito. – Contém vários poemas que não foram reeditados, assim como correções.

Fez uma curta pausa e prosseguiu, como se os intervalos tivessem sido todos calculados:

– Essa senhora de azul é minha bisavó, por Millington. E aqui está a bengala de meu tio. Como sabe, ele era Sir Richard Warburton, e cavalgou com Havelock para socorrer Lucknow. E agora, deixe-me ver, oh, esse é o Alardyce originário, 1697, o fundador da fortuna da família, com a mulher. Alguém nos deu essa terrina um dia desses, porque tinha o brasão dele e as suas iniciais. Pensamos que devem tê-la ganhado de presente, para celebrar suas bodas de prata.

Nesse ponto ela se deteve por um momento, a imaginar por que Sr. Denham não dizia nada. Sua impressão de que ele lhe era hostil, que se evaporara quando passou a pensar nos objetos da família, voltou, e tão agudamente que ela parou em meio a seu inventário e olhou para ele. Sua mãe, querendo associá-lo honrosamente aos grandes mortos, comparara-o a Sr. Ruskin; e a comparação ficara na mente de Katharine, e levava-a a ser menos indulgente com ele do que seria justo, uma vez que um rapaz que faz uma visita de fraque está num elemento inteiramente diverso do de uma cabeça capturada no clímax da expressão e que olha imutavelmente por detrás de uma lâmina de vidro – pois que isso era tudo o que restava para ela de Sr. Ruskin. Sr. Denham tinha um rosto singular, um rosto construído mais para a velocidade e a decisão do que para a contemplação maciça; a fronte ampla, o nariz comprido e formidável, os lábios raspados e visivelmente teimosos e sensíveis, as faces magras, com uma forte corrente de sangue vermelho a correr por elas, mas nas profundezas. Seus olhos, em que havia agora a costumeira expressão masculina, impessoal e autoritária, poderiam revelar emoções mais sutis em circunstâncias propícias. Eram grandes, de cor castanho-clara. Pareciam, de repente, hesitar e especular. Mas Katharine olhava-o apenas para descobrir se o seu rosto não ficaria mais próximo do padrão dos heróis mortos se fosse adornado de suíças. No seu porte parcimonioso e nas maçãs ossudas, mas sadias, via sinais de uma alma acerba, cheia de arestas. A voz notou – tinha uma nota vibrante (ou rachada?), quando depôs o manuscrito na mesa e disse:

– A senhora deve ter muito orgulho de sua família, Srta. Hilbery.

– Sim, tenho – respondeu Katharine. – Vê algum mal nisso?

– Mal? E por que haveria mal nisso? Mas deve ser aborrecido mostrar as coisas de vocês às visitas – acrescentou, pensativo.

– Não, se as visitas as apreciam.

— Não será difícil viver à altura dos seus antepassados? — continuou ele.

— O que sei é que eu mesma não ousaria escrever poemas — respondeu Katharine.

— Não. E é isso que eu detestaria. Não poderia suportar que meu avô me tivesse fechado essa porta ou qualquer porta — continuou Denham, olhando em volta com ar crítico, ou pelo menos foi o que Katharine pensou. — E não é só o seu avô. Você está limitada por todos os lados. Suponho que você descenda de uma das mais ilustres famílias da Inglaterra. Dos Warburtons e dos Mannings, e é aparentada com os Otways também, se não me engano? Li sobre isso em alguma revista — disse.

— Os Otways são meus primos — respondeu Katharine.

— Aí está — disse Denham, conclusivamente, como se o argumento tivesse sido demonstrado.

— Pois eu não vejo que tenha provado alguma coisa — disse Katharine.

Denham sorriu, de maneira particularmente provocante. Estava divertido e contente de ver que tinha o poder de pelo menos irritar essa anfitriã desatenta e altiva, já que não conseguia fazer-lhe impressão. Teria preferido fazer-lhe impressão.

Ficou sentado, calado, segurando nas mãos o precioso livrinho de poemas, que nem abrira, e Katharine o observava, e a expressão contemplativa e melancólica se acentuava em seus olhos à medida que a irritação desmaiava. Parecia considerar muitas coisas ao mesmo tempo. Esquecera seus deveres.

— Muito bem — disse Denham, abrindo de chofre o pequeno livro de versos, como se tivesse dito tudo o que decentemente podia ou queria dizer. Virou as páginas com grande determinação, como se estivesse a julgar o livro na sua totalidade, impressão, papel, encadernação, tanto quanto a poesia, e então, aparentemente satisfeito com suas boas ou más qualidades, colocou-o outra vez na secretária e examinou a bengala de cana de malaca com castão de ouro que pertencera ao soldado.

— Mas não é orgulhoso, o senhor, da sua família?

– Não – disse Denham. – Nunca fizemos coisa alguma de que nos pudéssemos orgulhar, a não ser que pagar as contas em dia seja motivo de orgulho.
– Isso parece maçante.
– Você nos acharia terrivelmente maçantes – concordou Denham.
– Sim, talvez eu os achasse maçantes – disse Katharine –, mas não penso que os acharia ridículos – acrescentou, como se Denham tivesse feito tal acusação aos seus.
– Não, porque de modo algum somos ridículos. Somos uma família respeitável, de classe média, que vive em Highgate.
– Nós não vivemos em Highgate, mas somos classe média também, imagino.

Denham limitou-se a sorrir e, pondo a bengala de malaca de volta no cabide, tirou uma espada da sua bainha ornamental.

– Essa pertenceu a Clive, ou pelo menos é o que a gente diz aqui – disse Katharine, retomando automaticamente suas obrigações de dona de casa.
– E é falso? – inquiriu Denham.
– É uma tradição de família. Não sei se podemos prová-la.
– Veja você, nós não temos tradições na nossa família – disse Denham.
– Vocês me parecem muito maçantes – repetiu Katharine.
– Apenas classe média – disse Denham.
– Vocês pagam suas contas e vocês dizem a verdade. Não vejo por que nos devam desprezar.

Com todo o cuidado, Sr. Denham enfiou de novo na bainha a espada que os Hilberys diziam haver pertencido a Lorde Clive.

– Eu não gostaria de ser um de vocês. Foi tudo o que eu disse – replicou Denham, como se tentasse exprimir o mais acuradamente possível o que pensava.
– Não. Mas ninguém quer ser, jamais, outra pessoa qualquer.
– Então, por que não um de nós? – perguntou Katharine.

Denham fitou-a. Sentada na cadeira de braços do seu avô, brincando com a bengala de cana do seu tio-avô, que girava, macia, entre os dedos, tendo por fundo igualmente o lustre da pintura azul e branco e o carmesim dos livros, gravados a ouro, a vitalidade e serenidade de sua atitude, como a de um pássaro de viva plumagem pousado e em repouso antes de novas viagens, provocava-o a mostrar-lhe as limitações do seu destino. Tão facilmente, tão rapidamente, seria ele esquecido!

– Você nunca saberá coisa nenhuma de primeira mão – começou, quase ferozmente. – Tudo já foi feito para você. Você nunca saberá o prazer de comprar uma coisa depois de ter economizado para isso, ou o de ler um livro pela primeira vez, ou de fazer descobertas.

– Continue – disse Katharine, quando ele fez uma pausa, de súbito, ao ouvir a própria voz proclamar alto e bom som esses fatos, em dúvida sobre se havia neles alguma verdade.

– Naturalmente, não sei como emprega seu tempo – continuou ele, um tanto formal –, mas suponho que tem de mostrar a casa às pessoas. Está escrevendo uma biografia do seu avô, não está? E essa espécie de coisa – fez um sinal em direção ao outro cômodo, onde podiam ouvir explosões de riso educado – deve tomar grande parte do seu tempo.

Ela o olhou, expectante, como se estivessem a enfeitar, juntos, uma pequena reprodução dela mesma, e o visse hesitar na colocação de algum laçarote ou faixa.

– O senhor percebeu a coisa muito bem – disse ela –, mas apenas ajudo minha mãe. Eu mesma não escrevo.

– E faz alguma outra coisa você mesma? – perguntou.

– O que quer dizer com isso? – perguntou ela. – Não deixo a casa às dez para voltar às seis.

– Não foi isso que eu quis dizer.

Sr. Denham recobrara seu autocontrole. Falou com uma calma que pôs Katharine aflita. Por que teria de explicar-se? Mas, ao mesmo tempo, queria aborrecê-lo, impeli-lo suavemente para longe dela, uma leve aragem de ridículo ou sátira, como fazia habitualmente com os intermitentes protegidos de seu pai.

— Ninguém faz, jamais, qualquer coisa que realmente valha a pena, hoje em dia — disse ela. — O senhor vê — e bateu na mesa com o livro de poemas do avô —, nós nem sabemos imprimir tão bem quanto eles o faziam. E quanto a poetas ou pintores ou romancistas, não há nenhum. Assim, de uma ou de outra forma, não sou um caso excepcional.

— Não, não temos nenhum grande homem — replicou Denham —, e fico muito feliz com isso. Detesto grandes homens. O culto da grandeza no século xix me parece explicar a desvalia dessa geração.

Katharine entreabriu os lábios e prendeu o fôlego, como se fosse responder com o mesmo vigor. Contudo, uma porta que se fechou na peça ao lado desviou-lhe a atenção, e ambos ficaram conscientes de que as vozes, que se vinham alteando e caindo em torno da mesa de chá, se haviam calado. A própria luz parecia haver baixado. Um momento depois, Sra. Hilbery apareceu na soleira da antessala. Ficou a olhá-los com um ar de expectativa estampado no rosto como se uma cena de algum drama da nova geração estivesse a ser levada para seu deleite. Era uma mulher de aparência extraordinária, já avançada nos sessenta, mas, graças à leveza de sua ossatura e ao brilho dos olhos, parecia haver flutuado à superfície dos anos sem sofrer, à sua passagem, muitos estragos. Seu rosto era fundo e aquilino, mas qualquer impressão de dureza desmanchavam-na os olhos, ao mesmo tempo sagazes e inocentes, que pareciam ver o mundo com um enorme desejo de que ele se comportasse nobremente e com inteira confiança em que o faria, caso se desse a esse trabalho.

Certas linhas em sua ampla fronte e em volta dos lábios podiam, talvez, sugerir que ela conhecera momentos de alguma dificuldade e perplexidade no curso de sua carreira, mas isso não lhe destruíra a fé, e ela ainda se achava, visivelmente, preparada para dar a qualquer um todas as oportunidades possíveis e ao sistema, na incerteza quanto a sua maldade intrínseca, um julgamento favorável. Aparentava grande semelhança com o pai, e de algum modo sugeria, tal como ele, o frescor do ar e os amplos espaços de um mundo mais jovem.

– Bem – disse ela –, que achou de nossas coisas, Sr. Denham?

Sr. Denham levantou-se, abriu a boca, mas não disse nada, coisa que Katharine notou, divertida.

Sra. Hilbery folheou o livro que ele pusera na mesa.

– Há livros que vivem – observou, como se refletisse. – São jovens quando somos jovens e envelhecem conosco. O senhor gosta de poesia, Sr. Denham? Mas que pergunta absurda! A verdade é que o caro Sr. Fortescue deixou-me exausta. Ele é tão eloquente e tão espirituoso e tão profundo que, depois de uma hora ou coisa assim, sinto-me tentada a apagar a luz. Mas talvez ele seja mais maravilhoso do que nunca no escuro. Que acha você, Katharine? Vamos dar uma festa na mais completa escuridão? Haverá salas bem iluminadas para os cacetes...

A essa altura Sr. Denham despediu-se.

– Mas temos ainda uma infinidade de coisas para mostrar-lhe! – exclamou Sra. Hilbery, não tomando conhecimento do gesto. – Livros, quadros, porcelana, manuscritos, e a cadeira mesma em que Mary Rainha da Escócia estava sentada quando soube do assassinato de Damley. Devo repousar um pouquinho, e Katharine deve mudar o vestido (embora o que esteja usando seja muito bonito também), mas se o senhor não se importa de ficar só, o jantar será servido às oito. Ouso dizer que escreverá um poema de sua lavra. Ah, como adoro o lume de uma lareira! Nosso salão não lhe parece encantador?

Ela deu um passo atrás como se os convidasse a contemplar o salão vazio, com suas lâmpadas ricas e irregulares, enquanto as chamas da lareira saltavam e tremulavam.

– Queridas coisas! – exclamou ela. – Queridas cadeiras e mesas! Como se parecem a velhas amigas, fiéis, caladas amigas. O que me faz lembrar, Katharine, que o pequeno Sr. Anning deve vir esta noite, e Tite Street e Cadogan Square... Lembre-me para mandar pôr vidro naquele desenho de seu avô. A tia Millicent fez uma observação a respeito, da última vez em que esteve aqui, e sei o quanto me doeria, a mim, ver meu pai atrás de um vidro partido.

Dizer adeus e escapar foi como abrir caminho, a custo, por entre um labirinto de teias de aranha cintilantes como gemas, pois a cada movimento Sra. Hilbery se lembrava de alguma outra coisa sobre as vilanias dos envidraçadores ou sobre os deleites da poesia, e em certo momento pareceu ao rapaz que acabaria hipnotizado e obrigado a fazer o que ela pretendia desejar que fizesse, pois não podia imaginar que desse verdadeiramente importância à sua presença. Katharine, todavia, deu-lhe uma oportunidade de sair, e por isso ficou-lhe grato, como uma pessoa é grata pela compreensão de outra.

2

O rapaz fechou a porta com uma violência maior do que a usada por qualquer uma das visitas naquela tarde, e saiu pela rua a largas passadas, cortando o ar com a sua bengala. Estava alegre por sentir-se fora daquele salão, respirando o úmido nevoeiro e em contato com gente inculta que nada mais queria que a parte do passeio a que tinham direito. Ocorreu-lhe que, se tivesse Sr. ou Sra. Hilbery ali fora, faria de algum modo que sentissem a sua superioridade, pois pesava-lhe a memória de sentenças hesitantes, desastradas que não tinham dado nem mesmo à moça de olhos tristes, mas interiormente irônicos, uma noção da sua força. Tentou recordar as palavras exatas da sua pequena explosão, mas suplementou-as inconscientemente de tantas palavras de maior expressividade que a irritação do fracasso ficou, até certo ponto, aliviada. Súbitas pontadas da impiedosa verdade assaltavam-no de vez em quando, porque não era de natureza a ter uma visão cor-de-rosa da sua própria conduta, mas com o som dos seus passos na calçada e os vislumbres que as cortinas entreabertas lhe davam de cozinhas, salas de visita e de jantar, ilustrando com mudo vigor diferentes cenas de diferentes vidas, sua própria experiência foi perdendo as arestas agudas. E passou por uma alteração curiosa. Sua velocidade diminuiu, sua cabeça pendeu um pouco para o peito, e a luz dos postes passou a brilhar outra vez, de espaço em espaço, num rosto de novo estranhamente pacificado. Seus pensamentos eram tão absorventes que quando lhe foi necessário verificar o nome de uma rua, teve de olhar a placa por algum tempo antes que conseguisse ler qualquer coisa; chegando a um cruzamento, pareceu sentir necessidade de se restituir a confiança com duas ou três pancadas no meio-fio, dessas que os cegos dão. E, ao atingir a estação do metrô, piscou no círculo claro das luzes, olhando o relógio e decidindo que se permitiria um pouco mais de escuridão – e foi em frente.

No entanto, o pensamento que o ocupava era o mesmo com que começara. Pensava ainda nas pessoas da casa que acabava de deixar; mas, ao invés de reconstituir, com a exatidão possível, a aparência delas e o que tinham dito, abandonara conscientemente a verdade literal. Uma esquina, um quarto aceso, algo de monumental no préstito dos postes, quem poderá dizer que acidente de luz ou de forma mudou, subitamente, seu trem de pensamento e o fez murmurar em voz alta:

– Ela serve... Sim, Katharine Hilbery serve muito bem... Fico com Katharine Hilbery.

Mal disse isso, seu passo perdeu a força, sua cabeça tombou, seus olhos ficaram fixos. O desejo de justificar-se, que, havia pouco, fora tão imperioso, deixou de atormentá-lo e, como que libertadas de uma opressão, como se funcionassem agora sem fricção ou comando, suas faculdades deram um salto à frente e se fixaram, com a maior naturalidade, na forma de Katharine Hilbery. Era maravilhoso o ter encontrado nela tanta coisa para alimentá-las, considerando-se a natureza destrutiva da sua crítica quando em presença dela. O encanto, que ele tentara negar, quando sob o efeito dele, a beleza, o caráter, o alheamento a que desejara ser insensível, agora o possuíam de todo; e quando, como acontece pela própria natureza das coisas, esgotou suas lembranças, prosseguiu nas asas da imaginação. Estava consciente do que fazia, pois que, demorando assim nos atributos de Srta. Hilbery, mostrava uma espécie de método, como se precisasse dessa visão dela para um fim determinado. Aumentou a altura dela, escureceu-lhe os cabelos; mas, fisicamente, não havia tanto a mudar. Sua mais audaciosa licença tomou-a com a mente da moça, a qual, por motivos lá dele, quis que fora exaltada e infalível e de tamanha independência que só no caso de Ralph Denham desviava-se do seu voo alto e veloz; mas naquilo que lhe dizia respeito, a ele, Denham, embora fastidiosa de começo, ela descia, por fim, da eminência em que pairava para ele coroá-la com sua aprovação. Esses deliciosos detalhes, todavia, tinham de ser ainda elaborados em todas as suas ramificações, a seu bel-prazer. O ponto essencial era que Katharine Hilbery servia. Serviria por semanas a fio, talvez meses. Ficando com ela, ele se oferecia algo cuja falta o deixara, por muito tempo, com um vazio no espírito. Deu um suspiro de satisfação; voltou-lhe a consciência de achar-se, no momento, em algum lugar das vizinhanças de Knightsbridge, e logo estava a caminho, de trem, rumo a Highgate.

Embora assim sustentado pela sua certeza de possuir doravante um bem de considerável valor, não estava de todo imune aos pensamentos familiares que lhe sugeriam as ruas suburbanas e os arbustos molhados dos jardinzinhos diante das casas, e nos portões os nomes absurdos pintados à tinta branca.

Sua rua era uma ladeira; enquanto subia pensava na casa em que ia entrar e onde encontraria seis ou sete irmãos e irmãs, a mãe viúva e, provavelmente, alguma tia ou algum tio, sentados, a comer uma desagradável refeição sob uma lâmpada excessivamente brilhante. Deveria acaso executar a ameaça que, duas semanas antes, uma reunião desse tipo lhe arrancara – a terrível ameaça de jantar sozinho no quarto aos domingos se houvesse visitas? Um olhar na direção de Srta. Hilbery decidira-o a assumir uma atitude nessa noite mesmo. Assim, depois de entrar, e de verificar a presença de tio Joseph por um chapéu coco e um enorme guarda-chuva, deu ordens à empregada e subiu para o quarto.

Subiu muitíssimos lances de escada e observou, coisa que muito poucas vezes lhe acontecera antes, como a passadeira ia ficando a cada lanço mais coçada, até que acabava de todo. E como as paredes haviam ficado desbotadas, às vezes por cascatas de mofo, às vezes pelas marcas de quadros há muito retirados, como o papel balançava, solto, nos cantos, e como um grande fragmento de estuque caíra do teto. Seu próprio quarto era um lugar melancólico para onde voltar a essa hora ingrata. Um sofá achatado faria as vezes de cama, mais tarde, quando a noite fosse avançada; uma das mesas escondia a aparelhagem de toalete; suas roupas e sapatos misturavam-se desagradavelmente com livros, que traziam brasões dourados de colégios; e, como decoração, havia, dependuradas nas paredes, fotografias de pontes e catedrais, além de grandes (e pouco sedutores) grupos de rapazes sumariamente vestidos, sentados em filas umas acima das outras em degraus de pedra. Um ar de pobreza e mesquinhez exalava da mobília, das cortinas. E em lugar algum o menor sinal de luxo, ou mesmo de bom gosto, a não ser que os clássicos, em edições baratas, fossem, nas estantes, sinal de um esforço nesse sentido. O único objeto que lançava alguma luz sobre o caráter do dono do quarto era um grande poleiro, posto junto à janela para apanhar ar e sol, e no qual uma gralha, domesticada e aparentemente decrépita, saltitava, ressequida, de um lado para outro. O pássaro, encorajado por uma frestinha atrás da orelha, instalou-se no ombro de Denham. Ele acendeu seu fogo a gás e sentou-se, com sombria paciência, para esperar o jantar. Depois de estar assim por alguns minutos, uma menina enfiou a cabeça na porta para dizer:

— A mãe pergunta se você não vai descer, Ralph? Tio Joseph...

— Vão trazer meu jantar – disse Ralph, peremptório.

Sem mais, ela desapareceu, deixando a porta escancarada na pressa de ir embora. Depois que Denham esperou mais alguns minutos, no curso dos quais nem ele nem a gralha tiraram os olhos do fogo, soltou uma praga entre dentes, desceu correndo as escadas, interceptou a empregada, e serviu-se de uma fatia de pão e outra de carne fria. Fazia isso quando a porta da sala de jantar se abriu e uma voz gritou: "Ralph!", mas Ralph não lhe deu atenção, fugindo escada acima com seu prato. Depositou--o numa cadeira em frente à sua, e começou com uma fúria que era fruto em parte da raiva, em parte da fome. Sua mãe, então, estava decidida a não respeitar seus desejos; ele era pessoa de nenhuma importância para a própria família; dispunha dele, tratavam-no como criança. Com crescente sentimento de quem é lesado, ficou a refletir que quase todos os seus atos, desde a abertura da porta do quarto, haviam sido arrancados às garras do sistema familiar. De direito, devia estar sentado embaixo, na sala de estar, contando suas aventuras da tarde ou ouvindo as aventuras da tarde de outras pessoas; o próprio quarto, o fogo a gás, a poltrona – tudo – tiveram de ser conquistados com luta; o miserável pássaro, aleijado de uma perna e com metade das penas arrancadas por um gato, fora salvo sob protesto, mas o que mais ofendia a família era seu desejo de privacidade. Comer sozinho, ou ficar sentado sozinho depois do jantar, significava rebelião aberta, que cumpria enfrentar com toda espécie de arma, de dissimulação sorrateira ou de apelo aberto e franco. O que detestaria mais: o embuste ou as lágrimas? Mas, afinal de contas, não lhe podiam roubar os pensamentos; não podiam fazê-lo contar onde estivera ou quem vira. Isso era da sua própria conta; isso, na verdade, era um passo inteiramente na direção certa e, acendendo o cachimbo, e picando o resto da comida para a gralha, Ralph acalmou sua exagerada irritação, instalando-se na cadeira para refletir sobre suas chances.

Essa tarde específica constituíra um passo na boa direção, porque era parte do seu plano conhecer gente fora do círculo familiar, bem como estudar alemão nesse outono, e fazer a crítica de livros de direito para a *Critical Review* de Sr. Hilbery. Fazia planos desde menino, a pobreza, o fato de ser o filho mais velho de uma família numerosa, haviam-lhe dado o hábito de pensar na primavera e no verão, no outono e no inverno como outras tantas etapas de uma prolongada campanha. Embora ainda não tivesse trinta anos, esse hábito de tudo calcular de antemão marcara duas linhas semicirculares acima das suas sobrancelhas, que ameaçavam, agora mesmo, afundar ainda mais suas formas conhecidas. Mas, em vez de instalar-se e pensar, levantou-se, tomou de um pedaço de papelão em que escrevera com letras grandes a palavra FORA e pendurou-o na maçaneta da porta. Feito isso, afiou um lápis, acendeu uma lâmpada de mesa e abriu o livro. Mas hesitava ainda em assumir o lugar. Coçou a gralha, foi até a janela, abriu as cortinas e olhou a cidade que jazia brilhante abaixo dele. Olhou, através do nevoeiro, na direção de Chelsea. Olhou fixamente por um momento, depois voltou à cadeira. Mas o peso de um grosso tratado de algum sábio jurista sobre agravos não lhe pareceu satisfatório. Através das páginas, viu um salão espaçoso e vazio; ouviu vozes em surdina, viu a figura de mulheres, podia até sentir o perfume da acha de cedro que ardia na lareira. Sua mente relaxou e pareceu pronta a soltar tudo aquilo que inconscientemente armazenara. Podia recordar exatamente as palavras de Sr. Fortescue e a ênfase retumbante com que as emitia. Pôs-se a repetir o que Sr. Fortescue dissera, à maneira do próprio Sr. Fortescue, sobre Manchester. Sua mente começou então a vaguear pela casa, e ele se perguntou se não haveria outras peças como o salão, e pensou, com irrelevância, em como devia ser bonito o banheiro, e quão agradável e descuidosa era a vida dessa gente, que, sem dúvida nenhuma, estaria ainda sentada nas mesmas cadeiras – teriam apenas mudado de roupa –, e o pequeno Sr. Anning estaria lá, e a tia que ficaria chocada com o vidro quebrado do retrato do pai. Srta. Hilbery teria trocado o vestido ("embora fosse tão bonito o que estivera usando", ouviu a mãe dizer). E falava com Sr. Anning, que já passava dos quarenta, e ainda por cima era calvo, sobre livros.

Como tudo era calmo, espaçoso. E essa paz o possuiu tão completamente que seus músculos relaxaram, o livro caiu-lhe das mãos, e esqueceu que a hora do trabalho escoava, perdida minuto a minuto.

Foi despertado por um estalido na escada. Com um sobressalto de culpa, aprumou-se, franziu a testa e olhou firme para a página cinquenta e seis do seu livro. Passos detiveram-se à porta, e ele percebeu que a pessoa, quem quer que fosse, estava a considerar o aviso e a debater consigo mesma se honraria a ordem ou não. Certamente a boa política mandava que ele permanecesse sentado, imóvel, em autocrático silêncio, porque não há costume que se enraíze numa família se cada ramo não é castigado severamente por causa dele nos primeiros seis meses, ou coisa assim. Ralph, porém, estava cônscio de um nítido desejo de ser interrompido, e seu desapontamento era perceptível, quando ouviu de novo o estalido, mas agora mais abaixo, na escada, como se o visitante tivesse decidido retirar-se. Levantou-se, então, abriu a porta com desnecessária aspereza, e postou-se no patamar, à espera. A pessoa parou simultaneamente, a meio do primeiro lanço.

– Ralph? – inquiriu uma voz.

– Joan?

– Eu estava subindo, mas vi o seu aviso.

– Bem, venha, então. – Ele escondeu o desejo com um tom tão ranzinza quanto pôde fazê-lo.

Joan entrou, mas teve o cuidado de deixar claro, ficando em pé, com uma das mãos apoiada no consolo da lareira, que estava ali com um propósito definido e que, uma vez satisfeito esse propósito, iria embora.

Era mais velha que Ralph, uns três ou quatro anos. Tinha o rosto redondo, mas gasto, com a expressão de bom humor aflito que é atributo especial das irmãs mais velhas em famílias grandes. Seus simpáticos olhos castanhos pareciam com os de Ralph exceto na expressão, pois que, enquanto ele olhava de frente e intensamente um determinado objeto, ela parecia ter o hábito de considerar tudo segundo não poucos diferentes pontos de vista. Isso a fazia parecer mais velha por mais anos do que os que realmente existiam entre os dois. Seu olhar demorou-se por um momento ou dois na gralha. Depois disse, sem qualquer preâmbulo:

– É sobre Charles e a oferta de tio Joseph... Mamãe falou comigo. Diz ela que não pode pagar a escola dele depois deste ano. Diz que já vai ter de fazer um saque a descoberto.

– Isso simplesmente não é verdade – disse Ralph.

– Não. Pensei que não fosse mesmo. Mas ela não se dá por vencida quando lhe digo isso.

Ralph, como se pudesse antecipar a extensão desse debate familiar, puxou uma cadeira para a irmã e sentou-se também.

– Não estou interrompendo? – perguntou ela.

Ralph sacudiu a cabeça, que não, e por algum tempo ficaram sem dizer nada. As rugas se curvavam em semicírculos por cima dos olhos deles.

– Ela não entende que é preciso correr riscos – observou ele por fim.

– Penso que a mãe correrá riscos, se entender que Charles é o tipo de garoto que pode lucrar com isso.

– Ele tem boa cabeça, não tem? – disse Ralph. Seu tom assumira uma nota de belicosidade que sugeriu à irmã algum agravo pessoal recente. Pensou no que poderia ter sido, mas logo desistiu dessa especulação e concordou:

– Em certas coisas ele é terrivelmente atrasado, comparado a você na mesma idade. E é difícil em casa também. Faz a Molly de escrava.

Ralph emitiu um som que significava seu menoscabo por essa espécie de discussão. Era claro para Joan que encontrara pela frente uma das crises de mau humor do irmão, e que ele ficaria na oposição a tudo o que a mãe tivesse dito. O fato de que a chamara de "ela", era prova certa disso. Suspirou involuntariamente, o suspiro irritou Ralph, e ele exclamou:

– É duro enterrar um menino num escritório aos dezessete!

– Ninguém deseja enterrá-lo num escritório – disse ela. Também começava a ficar exasperada. Passara a tarde inteira a discutir com a mãe detalhes fastidiosos de educação e despesas, e viera ter com o irmão em busca de apoio, encorajada, estupidamente, a esperar auxílio dele pelo fato de que estivera fora, não sabia onde nem pretendia perguntar, o dia todo.

Ralph gostava da irmã, e a irritação dela o fez pensar como era injusto que todos esses fardos lhe fossem atirados aos ombros.

– A verdade é – observou sombriamente – que eu devia ter aceitado o oferecimento de tio Joseph. Já estaria fazendo seiscentas por ano a esta altura.

– Não creio nem por um momento – replicou Joan, depressa, arrependida da própria irritação. – A meu ver, a questão é cortar as nossas despesas de algum jeito.

– Uma casa menor?

– Ou talvez menos empregados.

Nem o irmão nem a irmã falaram com muita convicção. E depois de refletir por algum tempo sobre o que significariam as reformas propostas numa casa já estritamente econômica, Ralph anunciou com firmeza:

– Nem pensar.

Não é admissível que ela assumisse ainda mais trabalhos domésticos. Não, o sacrifício tinha de recair sobre ele, pois ele estava decidido a que sua família tivesse, tanto quanto outras famílias, oportunidades de se distinguir. Como os Hilbery tinham, por exemplo. Acreditava secretamente, e um tanto audaciosamente também, por se tratar de fato impossível de provar, que havia algo de bastante notável na sua família.

– Se a mãe não quer correr riscos...

– Você não tem o direito de esperar que ela venda tudo outra vez.

– Ela deveria ver isso como um investimento. Mas se não quer, temos de encontrar outro meio, só isso.

Havia uma ameaça nessa frase, e Joan sabia, sem ter de perguntar, qual era. No decurso da sua vida profissional, que já se estendia agora por cinco ou seis anos, Ralph economizara, talvez, trezentas ou quatrocentas libras. Considerando os sacrifícios que ele fizera a fim de pôr de lado essa soma, Joan ficava pasma de ver que ele jogava com ela, comprando ações e revendendo-as, aumentando o bolo de vez em quando, outras diminuindo-o, e arriscando-se sempre a perder até o último níquel no desastre de um só dia. Embora ela tivesse tais dúvidas, não podia impedir-se de amá-lo, mais ainda, até, por essa combinação insólita de autocontrole espartano e o que lhe parecia ser uma loucura romântica e infantil. Ralph interessava-a mais que qualquer coisa no mundo, e muitas vezes interrompia uma dessas discussões econômicas, a despeito da seriedade delas, para considerar alguns novos aspectos do caráter do irmão.

– Penso que seria ridículo pôr em perigo o seu dinheiro por causa do pobre Charles – disse ela. – Por mais que eu goste dele, não me parece lá muito brilhante... Além disso, por que *você* se sacrificaria?

– Minha querida Joan – exclamou Ralph, espreguiçando- -se com um gesto de impaciência. – Pois não vê que temos *todos* de fazer sacrifícios? De que serviria negá-lo? De que serviria lutar contra isso? Assim tem sido sempre e assim vai ser. Sempre. Não temos dinheiro e nunca teremos. Ficaremos a girar no moinho todos os dias de nossas vidas, até cair mortos, gastos, como acontece com muita gente, aliás, quando se pensa nisso.

Joan olhou-o, entreabriu os lábios como se fosse falar, e fechou-o outra vez. Depois disse, tentativamente:

– Você não está feliz, Ralph?

– Não. E você está? Talvez eu seja tão feliz como a maioria das pessoas. Só Deus sabe se sou feliz ou não. O que vem a ser felicidade?

Ele lhe dirigiu um meio sorriso, a despeito do seu humor sombrio, da sua irritação. Ela dava a impressão, como sempre, de estar a pesar as coisas, umas contra as outras, a compará-las antes de decidir-se.

– Felicidade – disse, afinal, enigmaticamente, mais como se estivesse sopesando a palavra, e depois fez uma pausa. Uma longa pausa, como se considerasse a felicidade sob todos os seus aspectos. – Hilda esteve aqui hoje – observou, de súbito, como se jamais a palavra "felicidade" tivesse sido pronunciada.

– Trouxe Bobbie. Ele está um meninão agora.

Ralph observou, divertido, mas com alguma ironia também, que ela se preparava para escapar rapidamente dessa perigosa tentativa de intimidade deslizando para tópicos de interesse geral e doméstico. Não obstante, refletiu, ela era a única pessoa da família com quem achava possível discutir a felicidade, embora tivesse podido muito bem discutir felicidade com Sra. Hilbery logo no primeiro encontro. Olhou criticamente para Joan, e desejou que ela não tivesse esse aspecto tão provinciano ou suburbano, o vestido fechado, verde, de gola alta, o debrum desbotado, sempre tão paciente, quase resignada. Teve vontade de falar-lhe dos Hilberys a fim de insultá-los, porque na batalha em miniatura que tão frequentemente se trava na vida entre duas impressões subsequentes, a vida dos Hilberys começava na sua mente a passar à frente da vida dos Denhams, e ele queria ter certeza de que havia alguma qualidade em que Joan suplantasse Srta. Hilbery infinitamente. Quisera sentir que sua irmã era mais original e tinha muito mais vitalidade que Srta. Hilbery. Mas sua principal impressão de Katharine agora era a de uma pessoa de grande vitalidade e compostura. E naquele momento não podia ver que vantagem levaria Joan por ser a neta de um negociante e por ter de ganhar a própria vida. A infinita sordidez e melancolia da vida de todos eles oprimiam-no, a despeito de sua crença fundamental de que, como família, eram de algum modo notáveis.

– Não seria bom que você falasse à mãe? – perguntou Joan. – Porque, sabe, a coisa tem de ser resolvida, de uma maneira ou de outra. Charles tem de escrever ao tio John, se é que vai para lá.

Ralph suspirou com impaciência.

– Suponho que não importa muito, de um jeito ou de outro! – exclamou. – Ele está fadado à miséria, no fim das contas.

Um ligeiro rubor despontou na face de Joan.

– Você sabe que o que está dizendo é uma tolice – disse ela.

– Não faz mal a ninguém ganhar a própria vida. Estou muito contente de ter de ganhar a minha.

Ralph alegrava-se que ela visse as coisas assim, e desejava que continuasse, mas perversamente acrescentou:

– Não será apenas por ter esquecido como divertir-se? Você nunca teve tempo para qualquer coisa boa...

– Como, por exemplo?

– Bem. Fazer passeios, ouvir música, ler livros, ver gente interessante. Você nunca faz nada que verdadeiramente valha a pena. Como eu também não faço.

– Sempre achei que você poderia tornar este quarto muito mais simpático, se assim quisesse – observou ela.

– E que importa o quarto que eu tenha quando devo passar os melhores anos da minha vida minutando escrituras num cartório?

– Você disse dois dias atrás que achava o direito extremamente interessante.

– E é mesmo, quando se tem vagares para aprofundá-lo um pouco.

(– Isso é Herbert, indo para a cama agora – interrompeu Joan, ao ouvir uma porta que batia violentamente, no patamar da escada. – E não vai querer levantar-se de manhã.)

Ralph olhou para o teto e apertou os lábios com força. Por que, perguntou-se, não podia Joan, por um só minuto, desviar a mente dos detalhes da vida doméstica? Parecia-lhe que a cada dia ela ficava mais emaranhada neles, capaz apenas de voos mais infrequentes e curtos para o mundo exterior. E, todavia, contava tão somente trinta e três anos.

– Você visita alguém, hoje em dia? – perguntou abruptamente.

– Raras vezes tenho tempo. Por que pergunta?

– Pode ser uma boa coisa conhecer gente nova. Só isso.

– Pobre Ralph – disse Joan com um sorriso. – Você pensa que sua irmã está ficando muito velha e muito estúpida. É isso, não é?

– Não penso nada disso – disse ele com vigor. Mas corou. – A verdade é que você vive uma vida de cachorro, Joan. Quando não trabalha no escritório, ocupa-se do resto de nós. E eu não sou lá muito bom para você, acho.

Joan levantou-se e ficou por um momento a aquecer as mãos e, aparentemente, a resolver se devia dizer mais alguma coisa ou não. Um sentimento de grande intimidade uniu irmão e irmã, e as rugas semicirculares por cima dos olhos deles desapareceram. Não, nada mais havia por dizer, de uma parte ou de outra. Joan afagou a cabeça do irmão ao passar por ele, murmurou boa noite e deixou o quarto. Por alguns minutos, depois que ela saiu, Ralph permaneceu inativo, com a cabeça apoiada na mão. Gradualmente, porém, de novo o pensamento brilhou em seus olhos, a ruga reapareceu-lhe no cenho, a agradável impressão de camaradagem e de velha simpatia esmaeceu, e ele foi deixado a pensar sozinho.

Após algum tempo, abriu um livro e leu com aplicação, consultando uma ou duas vezes o relógio, como se tivesse proposto a si uma tarefa a ser cumprida em prazo certo. De vez em quando, ouvia vozes na casa, e a batida de portas que se fechavam nos quartos de dormir, o que mostrava que o edifício, em cujo topo se achava sentado, era habitado em todas as suas celas.

Quando bateu meia-noite, Ralph fechou o livro e, com uma vela na mão, desceu até o térreo para verificar se todas as luzes estavam apagadas e todas as portas trancadas. Era uma casa vivida e gasta que ele examinava, como se os seus habitantes tivessem raspado tudo o que pudesse ser luxo e abundância até os últimos limites da decência; e à noite, carente de vida, os vazios e as velhas nódoas eram desagradavelmente visíveis. Katharine Hilbery, pensou, condená-la-ia de imediato.

3

Denham havia acusado Katharine Hilbery de pertencer a uma das mais ilustres famílias da Inglaterra; se qualquer pessoa se der ao trabalho de consultar *O Gênio Hereditário*, de Sr. Galton, verá que a asserção não ficara longe da verdade. Os Alardyces, os Hilberys, os Millingtons e os Otways pareciam provar que o intelecto é um bem que pode ser lançado de um membro para outro dentro de um certo grupo, e isso quase indefinidamente, e com a aparente garantia de que o brilhante dom será agarrado com segurança e conservado por nove dentre dez representantes da raça privilegiada.

Houvera conspícuos juízes e almirantes, advogados e servidores públicos por alguns anos antes que da riqueza do solo brotasse essa culminância, essa flor raríssima, a mais rara de que uma família se possa gabar: um grande escritor, um poeta eminente entre os poetas ingleses, um Richard Alardyce; e tendo-o produzido, provaram uma vez mais as espantosas virtudes da sua raça, prosseguindo sem desfalecimento em sua habitual tarefa de gerar grandes homens. Navegaram até o Polo Norte com Sir John Franklin, galoparam em socorro de Lucknow com Havelock. E quando não eram faróis, firmemente fundados na rocha para guiar a sua geração, eram prestimosas velas, a iluminar os aposentos ordinários da vida diária. Era pôr o dedo sobre uma profissão qualquer, e lá estava um Warburton ou um Alardyce, um Millington ou um Hilbery, sempre em posição de autoridade e proeminência. Pode ser dito, na verdade, que, sendo a sociedade inglesa o que é, não se exige nenhum grande mérito, uma vez que se tenha um grande nome, para ocupar uma posição onde, de maneira geral, é mais fácil ser eminente que obscuro. E se isso é verdade com referência aos filhos, até mesmo as filhas, inclusive no século XIX, têm oportunidade de tornar-se pessoas de nomeada, filantropas e educadoras se são solteironas, esposas de homens eminentes, quando casam. É verdade que houve umas poucas lamentáveis exceções a essa regra no clã dos Alardyces, o que parece indicar que os filhos mais moços de tais estirpes degeneram mais rapidamente que os filhos de pais e mães comuns, como se isso fora uma espécie de alívio para essas casas. De modo geral, contudo, nos primeiros anos do século XX, os Alardyces e seus parentes mantinham as cabeças confortavelmente fora d'água. Podem ser encontrados no cume das profissões, com abreviaturas honoríficas depois dos seus nomes: pontificam com secretárias particulares em luxuosos escritórios públicos; escrevem sólidos volumes de encadernação escura, publicados pelas editoras das duas grandes universidades; e quando um deles morre, há uma boa chance de que outro da família lhe escreva a biografia.

Agora: a fonte dessa nobreza toda era, naturalmente, o poeta, e seus descendentes imediatos; em consequência, investiam-se de maior lustre que os ramos colaterais. Sra. Hilbery, em virtude da sua posição como filha única do poeta, era espiritualmente a cabeça da família. E Katharine, sua filha, tinha graduação de certo modo superior entre todos os primos e afins, e mais ainda por também ser filha única. Os Alardyces haviam se casado uns com os outros e entrelaçado a tal ponto que a sua descendência era, de regra, copiosa, e tinham o hábito de reunir-se regularmente em uma das casas da família para refeições e celebrações familiais, que, com o tempo, assumiram um caráter meio sacral, passando a ser religiosamente observadas como o são os dias santos de guarda ou de jejum na Igreja. Em tempos idos, Sra. Hilbery conhecera todos os poetas, todos os romancistas, todas as belas mulheres e todos os homens notáveis do seu tempo. Estando todos mortos ou recolhidos a uma glória repleta de achaques, ela fez da própria casa o ponto de encontro dos parentes, com os quais lamentava que tivessem passado os grandes dias do século xix, quando cada um dos departamentos das letras e das artes se fazia representar na Inglaterra por dois ou três nomes ilustres. Por onde andam hoje os seus sucessores? – perguntava ela, e a ausência de qualquer poeta ou pintor ou romancista de calibre respeitável no presente era um tema sobre o qual ela gostava de ruminar, num clima crepuscular de afável reminiscência, difícil de interromper se a necessidade o exigisse. Mas ela estava longe de fazer ver à nova geração a sua inferioridade. Ela recebia calorosamente os jovens em sua casa, contava-lhes suas histórias, dava-lhes soberanos de ouro e sorvetes e bons conselhos, e tecia em torno deles romances que as mais das vezes não tinham qualquer fundamento.

A qualidade do seu alto nascimento permeou a consciência de Katharine, provinda de uma dúzia de fontes diferentes tão logo foi capaz de perceber alguma coisa. Acima da lareira do seu quarto de menina havia uma fotografia do túmulo do seu avô no Canto dos Poetas, e foi-lhe dito, num desses momentos de confidência dos mais velhos, que são tremendamente impressionantes para a mente de uma criança, que ele estava enterrado ali por ser "um grande homem". Mais tarde, por ocasião de um aniversário, ela foi conduzida pela mãe, através do nevoeiro, até um belo fiacre, e foi-lhe dado um generoso buquê de vívidas e perfumadas flores, para depor na sua tumba. As velas da igreja, os cânticos, a música de órgão, tudo era, a seu ver, em honra dele. Muitas e muitas vezes foi levada até o salão para receber a bênção de algum horrendo velhote famoso, que, mesmo a seus olhos de criança, parecia uma figura à parte, todo encolhido e segurando uma bengala, diferente, e refestelado, por cima de tudo, ao contrário de uma visita comum, na própria poltrona de seu pai presente, diferente de si mesmo também, um tanto excitado e cheio de mesuras. Essas formidáveis criaturas, esses velhos costumavam pegá-la nos braços, olhar intensamente dentro dos seus olhos antes de abençoá-la, e dizer-lhe que fizesse atenção e fosse uma boa menina, procurando descobrir em seu rosto alguma coisa de Richard quando pequeno. Isso atraía para ela um beijo fervoroso da mãe, e aí era mandada de volta para o quarto, toda orgulhosa, e com o misterioso sentimento de um estado de coisas importante e inexplicado, cujo segredo só o tempo gradualmente desvendou.

Havia sempre visitas, tios e tias e primos da Índia, a serem reverenciados simplesmente pelo parentesco, e outros da solitária e formidável classe que seus pais lhe mandavam "recordar pela vida inteira". Por esses processos, e pelo fato de ouvir falar constantemente de grandes homens e de suas obras, suas mais antigas concepções do mundo incluíam um augusto círculo de seres aos quais ela dava os nomes de Shakespeare, Milton, Wordsworth, Shelley, e assim por diante, que eram, por alguma razão, muito mais próximos dos Hilberys que dos outros. Formavam uma espécie de divisa à sua visão de vida, e desempenhavam importante papel na determinação do que era bom ou mau em seus próprios pequenos negócios. O fato de descender de um desses deuses não era surpresa para ela, mas motivo de satisfação, até que, com os anos, os privilégios da sua classe passaram a ser aceitos como naturais, e certas desvantagens fizeram-se manifestas. Talvez seja meio deprimente herdar, não terras, mas um exemplo de virtude espiritual e intelectual; talvez o que há de conclusivo num ancestral famoso seja um pouco desencorajador para os outros, que correm o risco de lhe serem comparados. Parecia que, tendo florido tão esplendidamente, nada fosse possível agora para a cepa senão uma uniforme produção de bom talo verde e boa folha. Por essas razões, e por outras, Katharine tinha seus momentos de depressão. O glorioso passado, no qual homens e mulheres adquiriam proporções acima das comuns, intrometia-se por demais no presente, diminuindo-o pela comparação, e isso com uma constância que só podia ser desanimadora para quem tinha de tentar viver com a idade de ouro morta e enterrada.

Ela era levada a considerar tais assuntos mais do que seria natural, em primeiro lugar por causa da absorção da sua mãe neles e em segundo porque grande parte do seu tempo era empregada em imaginação, na companhia dos mortos, desde que ajudava a mãe a compor a vida do grande poeta. Quando tinha a idade de dezessete ou dezoito, quer dizer, há dez anos, sua mãe anunciara, entusiasticamente, que agora, com Katharine para ajudá-la, a biografia seria logo publicada. A notícia filtrou para os jornais literários e, por algum tempo, Katharine trabalhou com um sentimento de grande orgulho e autorrealização.

Mais tarde, no entanto, pareceu-lhe que não faziam nenhum progresso, o que era estranho, considerando que ninguém com uma sombra de temperamento literário tinha dúvidas de que as duas dispunham em casa de elementos para comporem uma das maiores biografias jamais escritas. Prateleiras e caixas estavam abarrotadas do precioso material. As vidas particulares das pessoas mais interessantes jaziam enroladas em molhos amarelados de manuscritos em escrita cerrada. Além disso, Sra. Hilbery conservava na cabeça uma visão tão clara daquele tempo como talvez ninguém mais dentre os remanescentes, e sabia comunicar às palavras aquelas centelhas e aquele frêmito de vida capazes de dar-lhes quase a substância da carne. Ela não mostrava dificuldade em escrever, e enchia uma página toda manhã, tão instintivamente quanto um tordo canta. E, no entanto, com tudo isso para mover e inspirar, e a mais devota intenção de completar o trabalho, o livro ainda permanecia inescrito. Os papéis se acumulavam, sem que a tarefa avançasse grande coisa, e em momentos de depressão Katharine duvidava que algum dia conseguissem produzir algo digno de apresentar ao público. Em que jazia a dificuldade? Não no material de que dispunham – *hélas!* –, não nas suas pretensões, mas em algo mais profundo, na sua própria inaptidão e, acima de tudo, no temperamento de sua mãe. Katharine calculava que nunca a vira escrever mais que dez minutos seguidos. As ideias lhe vinham principalmente quando estava em movimento. Ela apreciava, então, perambular pela sala com um pano de limpeza na mão, e se detinha para polir as lombadas de livros já lustrosos, refletindo e romantizando enquanto assim fazia. De súbito, a frase justa ou o ponto crucial lhe ocorriam, ela largava sua flanela e escrevia, extática, prendendo o fôlego, por uns poucos momentos. Mas então esse humor passava, ela procurava o pano outra vez, e limpava de novo os velhos livros. Esses surtos de inspiração nunca ardiam de maneira sustentada, mas tremeluziam sobre a gigantesca massa do assunto tão caprichosamente quanto um fogo-fátuo, acendendo ora num, ora em outro ponto. O máximo que Katharine podia fazer era manter em ordem as páginas do manuscrito de sua mãe; arranjá-las, porém, de modo a que o décimo sexto ano da vida de Richard Alardyce sucedesse ao décimo quinto, estava acima das suas forças. E, todavia, eram tão brilhantes os parágrafos, vazados num fraseado tão nobre, tão vívidos naquilo que iluminavam, que os mortos pareciam encher o quarto. Lidos em sequência, produziam uma espécie de vertigem e obrigavam-na a pensar com desespero no que poderia fazer com eles. Sua mãe recusava-se também a enfrentar decisões radicais sobre o que deveria ficar no texto, por exemplo, e o que teria de ser eliminado. Não conseguia decidir-se até onde o público devia conhecer a verdade sobre a separação do poeta de sua mulher. Escreveu passagens que serviam para cada caso, depois gostou tanto delas que não pôde determinar a rejeição de nenhuma.

Mas o livro precisava ser escrito. Era um dever que tinham para com o mundo, e para Katharine, pelo menos, representava mais que isso, pois se não conseguiam, as duas, completar um livro, então não tinham direito a essa posição de privilégio. Suas vantagens tornaram-se de ano em ano mais gratuitas e imerecidas. Além disso, cumpria estabelecer acima de qualquer dúvida que seu avô fora um grande homem.

Aos vinte e sete anos, tais pensamentos já lhe eram familiares. Abriam caminho no seu espírito quando se sentava diante da mãe, pela manhã, em face da mesa repleta de pacotes de velhas cartas e bem suprida de lápis, tesouras, vidros de cola, elásticos, grandes envelopes, e outros artigos úteis à manufatura de livros. Pouco antes da visita de Ralph Denham, Katharine resolvera experimentar o efeito de regras estritas sobre os hábitos maternos de composição literária. Deveriam sentar-se toda manhã às dez horas nas suas respectivas mesas com um longo período matinal sem outros compromissos diante delas. Deveriam manter os olhos grudados no papel, e nada as tentaria a falar, salvo a batida da hora, quando, então, por dez minutos, poderiam permitir-se descansar. Se essas regras fossem observadas durante um ano, calculou numa folha de papel, o livro estaria certamente concluído, e depôs esse esquema diante da mãe com o sentimento de que muito da tarefa estava cumprido. Sra. Hilbery examinou a folha de papel cuidadosamente. Depois, bateu palmas e exclamou com o maior entusiasmo:

– Muito bem, Katharine! Que boa cabeça para negócios você tem! Agora, vou ter isso sempre diante de mim, e todo dia farei uma pequena marca no meu caderninho de notas e, assim, no último dia, deixe-me pensar, o que faremos para celebrar o último dia? Se não fosse inverno, eu a levaria a dar uma volta pela Itália. Dizem que a Suíça é adorável na neve, exceto pelo frio. Mas, como diz você, o importante é terminar o livro. Agora, deixe-me ver...

Quando inspecionaram seus manuscritos, que Katharine pusera em ordem, encontraram uma situação capaz de liquidar seu otimismo, se não se tivessem, justamente, decidido pela reforma. Encontraram, em primeiro lugar, grande variedade de imponentes parágrafos com os quais se abriria a obra; muitos destes, é verdade, estavam inacabados, e pareciam arcos de triunfo apoiados numa perna só; mas, como fez notar Sra. Hilbery, podiam ser retocados em dez minutos, bastava que ela se concentrasse. Depois, havia um relato sobre a antiga casa dos Alardyces, ou melhor, sobre a primavera em Suffolk, muito bem escrito, embora não essencial à história. Katharine, todavia, arrolara uma série de nomes e datas, de modo que o poeta foi posto no mundo competentemente e seu nono ano atingido sem maiores tropeços. Depois disso, Sra. Hilbery desejava, por razões sentimentais, introduzir as lembranças de uma velha senhora muito fluente, que fora criada na mesma aldeia, mas estas Katharine resolveu que tinham de ser eliminadas. Talvez fosse aconselhável incluir aí um *aperçu* da poesia contemporânea, contribuição de Sr. Hilbery e, em consequência, terso, erudito e em completo descompasso com o resto. Mas Sra. Hilbery foi de opinião de que esse texto era também por demais despojado e fazia que as pessoas se sentissem como meninas de colégio numa sala de aula, e isso simplesmente não concordava com seu pai. Foi posto de lado. Veio, então, o período da primeira maturidade, quando várias aventuras amorosas teriam de ser reveladas ou escondidas. Aqui, de novo, Sra. Hilbery mostrava-se indecisa, e um grosso pacote de manuscritos foi engavetado para consideração futura.

Muitos anos foram, em seguida, omitidos, porque Sra. Hilbery encontrara alguma coisa nesse período que lhe parecera de mau gosto e preferira confiar em suas próprias memórias de infância. Daí por diante, pareceu a Katharine que o livro se tornara uma louca dança de fogos-fátuos, informe, sem continuidade e, até, sem coerência, sem qualquer tentativa de redigir uma narrativa seguida. Havia, assim, vinte páginas sobre o gosto de seu avô por chapéus, um ensaio sobre a porcelana contemporânea, um longo relato de uma expedição pelo campo num dia de verão, quando haviam perdido o trem, junto com visões fragmentárias de toda espécie de homens e mulheres famosos, visões em parte imaginárias e em parte autênticas. Havia, ademais, milhares de cartas, e uma massa de memórias fiéis (amareladas a essa altura) oferecidas por velhos amigos, as quais tinham de ser retiradas dos seus envelopes, e aproveitadas em algum lugar, ou eles se ofenderiam. Tantos volumes haviam sido escritos sobre o poeta desde a sua morte que lhes cabia igualmente retificar um grande número de inexatidões e desvirtuamentos da verdade, o que implicava minuciosas pesquisas e muita correspondência. Às vezes Katharine ficava a remoer tudo isso, sentindo-se meio esmagada entre seus papéis. Às vezes, sentia que era necessário, para sua própria existência, libertar-se do passado; ou que o passado deslocara completamente o presente, de modo que, ao retomar a vida comum depois de uma manhã inteira entre os mortos, o presente se revelava uma composição rala e inferior.

O pior de tudo é que ela não tinha qualquer aptidão para a literatura. Detestava frases. Tinha, até, alguma natural antipatia por aquele processo de autoexame, por aquele perpétuo esforço de entender os próprios sentimentos e expressá-los em palavras, de maneira bela, apropriada, vigorosa, coisa que constituía tão grande porção da existência de sua mãe. Ela, ao contrário, inclinava-se a calar; esquivava-se a expressar-se mesmo falando, quanto mais escrevendo. Como tal disposição era das mais convenientes numa família dada à manufatura de frases, e parecia indicar uma correspondente capacidade para a ação, ela fora, desde a infância, encarregada dos negócios da casa. Tinha a reputação, que nada em suas maneiras contradizia, de ser a mas prática das criaturas. Decidir os menus, dirigir os empregados, pagar as contas, conseguir que todos os relógios batessem à mesma hora e que as jarras estivessem sempre cheias de flores frescas eram tidos como predicados naturais dela. Sra. Hilbery costumava dizer que isso *também* era poesia, só que às avessas. Desde tenra idade, tivera ela de funcionar ainda em outra capacidade: aconselhando sua mãe, dando-lhe apoio, de maneira geral. Sra. Hilbery poderia perfeitamente sobreviver sozinha no mundo, fora o mundo o que ele não é. Estava admiravelmente preparada para a vida em outro planeta. Exceto pelo gênio natural que mostrava para os negócios, não havia outro uso para ela aqui embaixo. Seu relógio, por exemplo, era-lhe inesgotável fonte de surpresas, e aos sessenta e cinco anos ficava ainda pasma com a ascendência que normas e regras desempenhavam nas vidas das outras pessoas. Jamais aprendera sua lição, e tinha de ser punida constantemente pela sua ignorância. Mas, como a essa ignorância combinava-se uma admirável intuição inata, que via mais fundo as coisas, quando as via, não era possível classificar

Sra. Hilbery entre os estúpidos; pelo contrário, tinha um jeito de parecer a pessoa mais atilada de um salão. No todo, porém, achava indispensável apoiar-se na filha.

Katharine, então, era membro de uma grandíssima profissão, que não tem, ainda, título, e a que quase não se faz justiça. Embora os labores de moinho e fábrica não sejam mais pesados nem seus resultados de maior utilidade para o mundo. Ela vivia em casa. Fazia-o muito bem, aliás. Qualquer pessoa que fosse à casa de Cheyne Walk sentia que era um lugar organizado, bem--arranjado, bem dirigido – um lugar onde a vida fora treinada para aparecer sob suas melhores cores e, embora composta de elementos díspares, parecer harmoniosa e dotada de caráter próprio. Talvez fosse este o maior triunfo da arte de Katharine: fazer que o caráter de Sra. Hilbery predominasse. Ela e Sr. Hilbery davam a impressão de serem apenas um rico pano de fundo para as qualidades mais salientes de sua mãe.

Sendo, assim, o silêncio tão natural para ela quanto a ela imposto, a outra única observação que os amigos de sua mãe tinham o costume de fazer era que não se tratava de um silêncio estúpido ou indiferente. Mas a que qualidade tal silêncio devia o seu caráter, desde que tinha um caráter de alguma espécie, jamais ninguém se preocupou em indagar. Sabia-se que ela ajudava a mãe a produzir um grande livro. Sabia-se que dirigia a casa. Era, certamente, bela. Isso bastava para classificá-la satisfatoriamente. Mas teria sido uma surpresa, não só para as outras pessoas mas para a própria Katharine, se algum relógio mágico pudesse marcar os minutos gastos numa ocupação inteiramente diferente das ostensivas. Sentada com velhos papéis diante dos olhos, tomava parte numa série de cenas, tais como o adestramento de pôneis selvagens nas pradarias dos Estados Unidos, o comando de um vasto navio num furacão junto a um negro promontório ou rochedo, ou em outros mais pacíficos, porém marcados pela mesma completa emancipação do ambiente diário e, não seria preciso dizê-lo, por uma extraordinária competência nessa nova vocação. Quando liberta das aparências de pena e papel, de composição e biografia, ela voltava sua atenção para direção mais legítima, embora, curiosamente, tivesse mil vezes preferido confessar esses desatinados sonhos de furacão ou pradaria do que o fato de entregar-se, sozinha em seu quarto do segundo andar cedo pela manhã e às horas mortas da noite, ao estudo... das matemáticas. Nenhuma força na Terra seria capaz de fazê-la confessar isso. Seus atos, quando assim ocupada, eram furtivos e secretos, como os de um animal de hábitos noturnos. Bastava que soassem passos na escada e ela enfiava o papel entre as páginas de um grande dicionário grego que furtara do quarto do pai justamente para esse fim. Só à noite, na verdade, sentia-se suficientemente segura para concentrar a mente ao máximo.

Talvez fosse a qualidade pouco feminina da ciência que a levasse, instintivamente, a esconder seu amor por ela. Contudo, a razão mais profunda era que, no seu entender, a matemática opunha-se diametralmente à literatura. Não se teria importado de confessar o quanto preferia a exatidão, a impessoalidade estelar dos algarismos à confusão e indefinição da prosa mais requintada. Havia algo um tanto indecoroso nessa oposição à tradição da família. Algo que fazia que se sentisse cabeça-dura e, assim, mais do que nunca disposta a fechar seus desejos à vista alheia e cultivá-los com extraordinário carinho. Muitas e muitas vezes pensava em problemas quando deveria estar pensando no avô. Ao acordar desses transes, via que a mãe, também, mergulhara em algum devaneio, tão visionário quanto o seu, pois as pessoas que nele tomavam parte de há muito se contavam entre os mortos. Mas vendo seu próprio estado espelhado no rosto de Sra. Hilbery, Katharine se obrigava a acordar com um sentimento de irritação. Por mais que a admirasse, sua mãe era a última pessoa com quem desejaria parecer-se. Seu senso comum se recompunha, então, quase brutalmente, e Sra. Hilbery, olhando-a com seu estranho olhar de soslaio, meio malicioso meio terno, comparava-a "àquele maroto do seu tio Peter", o velho juiz, que se ouvia ditando sentenças de morte no banheiro. "Graças a Deus, Katharine, *eu* não tenho uma gota *dele* em mim!"

4

Por volta das nove horas da noite, toda segunda quarta-feira, Srta. Mary Datchet tomava a mesma resolução: a de nunca mais ceder seu apartamento, fosse qual fosse o motivo invocado. Sendo, como era, de bom tamanho e convenientemente situado numa rua quase que só de escritórios, a um passo do Strand, gente que queria fazer uma reunião, para fins de divertimento, ou para discutir arte ou a reforma do Estado, tinha o hábito de pedir a Mary que lhe emprestasse a sala. Ela sempre recebia o pedido com a mesma ruga de aborrecimento simulado, que logo se dissolvia numa espécie de dar de ombros, meio bem-humorado meio agastado, como um cachorro grande que, atormentado por crianças, sacode as orelhas. Acabava emprestando a sala, mas com uma condição: a de que todos os arranjos fossem feitos por ela. A reunião quinzenal de uma sociedade dedicada à livre discussão de tudo implicava muita arrumação, muito móvel mudado de lugar e empurrado contra a parede, e na retirada das coisas frágeis e preciosas para lugar seguro. Srta. Datchet era perfeitamente capaz de carregar uma mesa de cozinha às costas, pois que, embora bem proporcionada e bem vestida, aparentava força invulgar e determinação.

Contava, talvez, vinte e cinco anos de idade, mas parecia mais velha, porque ganhava, ou tentava ganhar, a própria vida, e já trocara o ar de espectadora irresponsável pelo do soldado raso de um exército de trabalhadores. Seus gestos pareciam ter sempre um objetivo qualquer; os músculos em torno dos olhos e dos lábios eram firmes, como se os sentidos tivessem sido disciplinados e estivessem prontos para atender a um chamado. Adquirira, no processo, duas tênues rugas entre as sobrancelhas, não por inquietar-se, mas por pensar; era evidente que todos os instintos femininos de cativar, consolar e encantar cruzavam-se com outros de modo algum peculiares a seu sexo. No resto, tinha olhos castanhos, era um pouco desajeitada de movimentos, e sugeria origens camponesas, ancestrais respeitáveis e trabalhadores, mais provavelmente homens de fé e de integridade do que de dúvida e fanatismo.

 Ao cabo de um dia de trabalho bastante duro, era de certo modo um esforço limpar o próprio quarto, tirar o colchão da própria cama, para deitá-lo no chão, encher um bule com café frio e passar um pano na mesa comprida deixando-a preparada para receber pratos e xícaras e pires, com pirâmides de pequenos biscoitos cor-de-rosa nos intervalos; mas, efetuadas essas alterações, Mary sentiu-se possuída de tal leveza de espírito que era como se tivesse tirado dos ombros todo o peso das suas horas de labuta e envergado alguma fina veste de seda brilhante. Ajoelhou-se em frente ao fogo e contemplou o quarto. A luz, embora doce, tinha uma clara radiância, coada por abajures de papel amarelo e azul, e o quarto, mobiliado com dois grandes sofás informes que mais semelhavam molhos de feno, parecia extraordinariamente amplo e tranquilo. Mary foi levada a pensar nas alturas de uma colina de Sussex e no saliente círculo verde de algum campo fortificado de guerreiros antigos. O luar cairia por lá tão calmamente a essa hora, e ela imaginava a rude esteira de prata riscando a velha pele enrugada do mar.

 – E aqui estamos nós – disse, em voz alta, meio satiricamente, mas com evidente orgulho – a falar de arte.

Puxou uma cesta com novelos de lã e diversas cores e um par de meias que precisava cerzir, e pôs os dedos em movimento, mas a mente, refletindo a lassidão do corpo, continuou, obstinada, a conjurar visões de solidão e quietude. E pôs de lado o tricô e caminhou pela colina, a ouvir nada mais nada menos que os carneiros que cortavam a relva bem rente às raízes, enquanto as sombras das arvorezinhas baixas moviam-se de leve, para cá, para lá, ao luar, quando a brisa as tocava. Mas estava perfeitamente cônscia da sua presente situação, e tirava até algum prazer da reflexão de que era capaz de se alegrar tão bem na solidão quanto na presença das muitas pessoas que, a essa hora, convergiam por variados caminhos, através de Londres, para o exato lugar onde se achava sentada.

Enquanto enfiava a agulha na lã e tirava-a outra vez, pensava nas várias fases da sua vida que faziam dessa atual posição como que o resultado de sucessivos milagres. Pensou no pai clérigo, no seu presbitério da roça, na morte de sua mãe, na sua própria determinação de educar-se, e na sua vida de colégio, que se misturara, não havia muito, no maravilhoso labirinto de Londres, que ainda lhe parecia, a despeito da sua sensatez congênita, um imenso farol irradiando luz para miríades de homens e mulheres amontoados em volta. E aqui estava ela, Mary, no centro de tudo, esse centro que ocupava sem cessar as mentes de pessoas nas remotas florestas do Canadá ou nas planuras da Índia, quando seus pensamentos se voltavam para a Inglaterra. As nove batidas musicais, pelas quais ficou sabendo a hora, eram uma mensagem do grande relógio de Westminster. Quando a última se dissolveu no ar, houve uma firme pancada na sua própria porta, levantou-se e abriu. Quando voltou à sala, tinha nos olhos uma expressão de decidido prazer e falava com Ralph Denham, que a seguia.

– Só? – perguntou ele, como se estivesse agradavelmente surpreso com o fato.

– Fico só, às vezes – respondeu ela.

– Mas espera muita gente – continuou ele, olhando em volta. – É como um salão num palco. Que vai ser, esta noite? – William Rodney, sobre o uso elisabetano da metáfora. Espero um trabalho bom, consistente, repleto de citações dos clássicos.

Ralph aqueceu as mãos ao fogo, que flamejava, intrépido, na lareira, enquanto Mary retomava sua meia.

– Acho que você é a única mulher em Londres que cirze as próprias meias – disse.

– Na verdade, sou apenas uma dentre muitos milhares – respondeu ela –, embora deva admitir que estava a me julgar bastante notável quando você chegou. Agora que está aqui, não me acho mais notável. Que malvadeza a sua! Mas tenho de reconhecer que você é muito mais notável do que eu. Já fez muito mais do que eu fiz.

– Se esse é o seu cânon para medir as coisas, então não tem nada de que se orgulhar a meu respeito – disse Ralph com ar sombrio.

– Bem, tenho de observar, com Emerson, que é *ser* e não *fazer* o que importa – continuou ela.

– Emerson? – exclamou Ralph com derrisão. – Você não me vai dizer que lê Emerson?

– Talvez não tenha sido Emerson. Mas por que razão não deveria eu ler Emerson? – perguntou ela com um grão de ansiedade.

– Nenhuma razão que seja do meu conhecimento. Apenas, a combinação é insólita: livros e meias. A combinação é deveras insólita.

Mas parecia, ao contrário, impressioná-lo. Mary soltou uma pequena risada, sinal de felicidade, e os pontos que dava agora no trabalho pareciam-lhe de singular competência e graça. Pegou da meia e examinou-a de perto, com aprovação.

– Você sempre diz isso. Pois asseguro-lhe que a "combinação", como diz você, é comum nas casas do clero. A única coisa insólita comigo é que eu *gosto* de ambos: de Emerson e da meia.

Ouviu-se uma batida, e Ralph exclamou:

– Para o diabo com essa gente! Quisera que não viessem!

— É apenas Sr. Turner, do andar de baixo – disse Mary. E sentiu-se grata a Sr. Turner por haver alarmado Ralph e por ter sido um falso alarme.

— Serão muitos? – Ralph perguntou depois de uma pausa.

— Haverá os Morrises e os Crashaws, e Dick Osborne, e Septimus, todo esse pessoal. Katharine Hilbery virá também, diga-se de passagem. Ou pelo menos foi o que William Rodney me disse.

— Katharine Hilbery! – exclamou Ralph.

— Você a conhece? – perguntou Mary com alguma surpresa.

— Fui a um chá em casa dela.

Mary insistiu com ele para que contasse tudo a respeito, e Ralph não se fez de rogado em exibir provas da extensão do seu conhecimento. Descreveu a cena com alguns acréscimos e exageros que interessaram muitíssimo a Mary.

— Mas, a respeito do que você diz, tenho admiração por ela – disse. – Só a vi uma vez ou duas, mas me parece ser o que se chama uma "personalidade".

— Não quis falar mal dela. Apenas senti que não simpatizara muito comigo.

— Dizem que ela vai casar-se com o esquisitão do Rodney.

— Casar com Rodney? Então deve ser muito mais confusa do que pensei.

— *Agora* é a minha porta! – exclamou Mary, guardando suas lãs com cuidado, enquanto uma sucessão de pancadas reverberava inutilmente, acompanhada pelo estrépito de gente que batia os pés e ria. Um momento depois, a sala estava cheia de rapazes e moças que entraram com um curioso olhar de expectativa, exclamaram: "Oh!" ao darem com Denham, e depois ficaram imóveis, boquiabertos e ar atoleimado.

Em breve a sala continha entre vinte e trinta pessoas, que na maior parte só encontraram lugar para sentar-se no chão, ocupando os colchões e encolhendo-se em formas triangulares. Eram todos jovens e alguns pareciam fazer um protesto com seus cabelos e roupas, e também com alguma coisa de carregado e truculento na expressão, em contraste com o tipo mais normal, que teria passado despercebido num ônibus ou num vagão de metrô. A conversa, curiosamente, confinou-se em grupos e foi, de começo, inteiramente espasmódica, conduzida em voz baixa, como se os interlocutores suspeitassem dos vizinhos.

Katharine Hilbery chegou bastante tarde, e instalou-se no soalho, com as costas apoiadas numa parede. Olhou depressa em redor, reconheceu uma meia dúzia de pessoas, que cumprimentou de cabeça, mas não viu Ralph ou, se o viu, já se esquecera de ligar qualquer nome à sua pessoa. Mas num segundo todos esses elementos heterogêneos foram unidos pela voz de Sr. Rodney, que, de súbito, marchou para mesa e começou, rapidamente, em tons estrídulos:

– Ao incumbir-me de falar sobre o uso elisabetano da metáfora em poesia...

Todas as cabeças balançaram de leve ou se endireitaram numa posição de que pudessem ver diretamente o orador. E a mesma expressão, quase solene, pôde ser lida em todos os rostos. Mas, ao mesmo tempo, até as faces mais expostas à vista e, portanto, mais rigidamente sob controle, deixavam perceber um súbito e impulsivo tremor que, incontido, teria se transformado em frouxo de riso. A primeira visão de Sr. Rodney era irresistivelmente ridícula. Muito vermelho na cara, em consequência da noite fria de novembro ou do nervosismo, cada um dos seus movimentos, desde a maneira como torcia as mãos ao jeito que tinha de sacudir bruscamente a cabeça para a direita e para a esquerda, como se alguma coisa que via o atraísse ora para a porta, ora para a janela, denunciava a terrível aflição de sentir-se sob a mira de tantos olhos. Vestira-se meticulosamente bem, e uma pérola posta no centro da gravata conferia-lhe um toque suplementar de aristocrática opulência. Mas os olhos por demais proeminentes e a maneira compulsivamente gaguejante – que parecia indicar uma torrente de ideias, sempre a pedir passagem e sempre represadas por uma convulsão nervosa – não eram de molde a inspirar piedade (como teria acontecido com um personagem mais imponente); davam, ao contrário, vontade de rir – sem maldade, embora. Sr. Rodney, por sua vez, estava tão evidentemente cônscio da sua aparência insólita, a vermelhidão do rosto e os repelões do corpo davam tal prova de embaraço, que havia algo de comovente numa susceptibilidade assim ridícula. Mas é de crer que a maioria das pessoas fizesse eco àquele aparte de Denham:

– Imagine-se, casar com uma criatura dessas!

Seu texto fora preparado cuidadosamente, mas a despeito dessa precaução, Sr. Rodney conseguiu virar duas páginas em vez de uma, escolher a sentença errada quando duas haviam sido escritas juntas, e descobrir que a própria caligrafia ficara, de repente, ilegível. Quando encontrava uma passagem coerente, brandia-a para a audiência, quase agressivamente; depois remexia em seus papéis em busca de outra. Ao fim de uma agitação frenética, nova descoberta era feita e produzida como a anterior, e assim sucessivamente, até que, por meio de repetidos ataques, a plateia foi levada a uma animação raras vezes vista em reuniões desse tipo. Se o que os instigava era o entusiasmo pela poesia ou pelas contorções a que um ser humano se sujeitasse por amor deles, seria difícil dizer. Por fim, Sr. Rodney sentou-se impulsivamente em meio a uma sentença e, depois de uma pausa de espanto, a assistência expressou seu alívio por poder rir alto numa decidida explosão de aplausos.

Sr. Rodney respondeu correndo em torno um olhar desvairado; e, ao invés de esperar por perguntas, atirou-se por cima dos corpos sentados para o canto em que Katharine estava, dizendo audivelmente:

– Bem, Katharine, imagino ter feito um papel de palhaço até para você. Foi terrível! Terrível, terrível!

– Calma! Você terá de responder às perguntas deles – cochichou-lhe Katharine, desejando, acima de tudo, mantê--lo quieto. Curiosamente, agora que o orador não estava mais diante deles, parecia haver mais coisas sugestivas no que havia dito. De qualquer maneira, um moço pálido de olhos tristes já se achava de pé, e fazia um discurso muito bem armado e com

perfeita compostura. William Rodney ouviu com um curioso esgar, embora o rosto ainda lhe tremesse levemente de emoção.
— Idiota! — murmurou. — Ele não entendeu nada do que eu disse!
— Bem, responda-lhe, então — murmurou de volta Katharine.
— Não, não posso fazer isso. Vão rir de mim. Por que deixei que você me persuadisse de que essa espécie de gente se interessa por literatura? — continuou.
Havia muito que dizer em favor e contra a tese de Sr. Rodney. Estava recheada de asserções de que tais e tais passagens, tiradas literalmente do inglês, do francês e do italiano, eram as supremas pérolas da literatura. Ademais, ele gostava de usar metáforas que, compostas no gabinete, soavam forçadas ou fora de contexto quando oferecidas, assim, fragmentariamente. A literatura, disse, era uma fresca grinalda de flores primaveris, na qual as frutinhas do teixo e a erva-moura vermelha mesclavam-se aos variados matizes da anêmona. E, de uma maneira ou de outra, essa grinalda ornava frontes de mármore. Lera muito mal algumas citações esplêndidas. Mas através da maneira canhestra e da confusão de linguagem emergia alguma paixão que, quando ele falava, formava na maioria da audiência uma pequena imagem ou uma ideia a que cada um estava ansioso agora para dar expressão. Muitos dos presentes propunham-se a passar a vida a escrever ou a pintar, e só de olhá-los era possível saber que, à medida que ouviam, primeiro Sr. Purvis, depois Sr. Greenhalgh, percebiam que esses senhores estavam a fazer algo com uma coisa que acreditavam até então propriedade sua. As pessoas se levantavam, uma depois da outra, e, como se tivessem um machado mal equilibrado nas mãos, cada uma tentava esculpir mais nitidamente a sua própria ideia de arte e sentava-se com a sensação de que, por alguma razão que não se podia entender, seus golpes tinham caído mal. E, ao se sentarem, viravam-se quase invariavelmente para quem estava mais próximo, tentando retificar e explicar o que acabavam de dizer de público. Não levou muito tempo para que os grupos nos colchões e os grupos nas cadeiras

ficassem todos em comunicação uns com os outros, e Mary Datchet, que começara a cerzir meias outra vez, curvou-se um pouco e observou a Ralph:

– Isso é o que eu chamo um ensaio de primeira ordem.

E ambos, instintivamente, olharam na direção do autor. Sr. Rodney estava recostado contra a parede, com os olhos aparentemente fechados e o queixo enfiado no colarinho. Katharine folheava as páginas do manuscrito, como se procurasse alguma passagem que a tivesse impressionado particularmente, e sentisse dificuldade em encontrá-la.

– Vamos até ele dizer o quanto gostamos da conferência – disse Mary, sugerindo um curso de ação que Ralph estava ansioso para seguir, embora, sem ela, ele talvez tivesse sido orgulhoso demais para fazê-lo, pois suspeitava que nutria mais interesse por Katharine do que ela por ele.

– Foi um ensaio muito interessante, o seu – começou Mary sem nenhum acanhamento, sentando-se no chão em face de Rodney e Katharine. – Você me emprestará o manuscrito para ler em paz?

Rodney, que abrira os olhos à aproximação deles, fitou-a por um momento num silêncio desconfiado.

– Você diz isso apenas para disfarçar o fato do meu ridículo fracasso? – perguntou.

Katharine levantou os olhos da leitura com um sorriso.

– Ele afirma que não lhe importa o que pensemos dele – disse.

– Ele diz que não liga a mínima para arte de nenhuma espécie.

– Eu lhe supliquei que tivesse piedade, e ela fica a zombar de mim! – exclamou Rodney.

– Não tenho qualquer intenção de me compadecer do senhor, Sr. Rodney – disse Mary, amável, mas firmemente também. – Quando uma conferência é um fracasso, ninguém diz nada. Ao passo que agora, ouça-os a todos!

A vozearia que enchia a sala, com sua sofreguidão de sílabas curtas, sua pausas súbitas e seus súbitos ataques, podia ser comparada a algum frenético e inarticulado tumulto animal.

– Você acha que tudo isso é por causa do meu texto? – perguntou Rodney, depois de um momento, com visível animação.

– Claro que é – disse Mary. – Foi um ensaio muito estimulante.

Voltou-se para Denham, como se lhe pedisse confirmação, e ele corroborou o que ela dissera.

– São os dez minutos que se seguem à leitura de um ensaio que provam se ele foi um sucesso ou não – disse ele. – Se eu fosse você, Rodney, estaria muito contente comigo mesmo.

Essa observação acabou por consolar Sr. Rodney. E ele se pôs a rememorar todas as passagens do seu escrito que poderiam ser tidas por "estimulantes".

– Você concordou de todo, Denham, com o que eu disse sobre o uso tardio da metáfora por Shakespeare? Receio não haver esclarecido muito bem esse ponto.

Aí ele se concentrou, e por meio de uma série de convulsões de sapo conseguiu arrastar-se até Denham.

Denham respondeu-lhe com uma brevidade que era resultado de ter outra frase em mente para dirigir a outra pessoa. Queria dizer a Katharine: você se lembrou de mudar o vidro daquele quadro antes que sua tia fosse jantar? Mas, além de ter de responder a Rodney, não estava seguro de que a observação, com sua nota de intimidade, não fosse parecer impertinente a Katharine. Ela estava ocupada a ouvir o que um membro de outro grupo dizia. Rodney, entrementes, falava dos dramaturgos elisabetanos.

Era um homem de aspecto curioso. À primeira vista, e especialmente se estivesse falando com animação, parecia, de certo modo, ridículo; já no momento seguinte, em repouso, seu rosto, com o nariz avantajado, as bochechas magras, os lábios expressivos, cheios de sensibilidade, fazia lembrar, de algum modo, uma cabeça romana coroada de louros, esculpida em relevo num círculo de alguma pedra avermelhada e translúcida. Tinha dignidade e caráter. Funcionário, por profissão, num escritório qualquer do governo, era um desses espíritos sacrificados para os quais a literatura constitui, ao mesmo tempo, uma fonte de divinas alegrias e de quase intolerável irritação. Não contentes em descansar no seu amor por ela, são impelidos a praticá-la, embora pouco dotados em matéria de composição. Condenam, assim, tudo o que produzem. Ademais, é tal a violência dos seus sentimentos que raras vezes encontram a simpatia adequada; e por se terem tomado extremamente sensíveis devido a sua percepção apurada, julgam-se vítimas de constantes desfeitas, tanto a sua pessoa quanto à coisa que veneram. Mas Rodney tinha sempre de pôr à prova as simpatias de qualquer um que lhe parecesse favoravelmente disposto, e o elogio de Denham lhe estimulara a vaidade à flor da pele.

– Lembra-se do trecho imediatamente anterior à morte da duquesa? – continuou, chegando-se mais para perto de Denham e ajustando seu cotovelo e joelho numa incrível combinação angular. Katharine, cortada, por essas manobras, de toda comunicação com o mundo exterior, pôs-se de pé e sentou-se no peitoril da janela, onde Mary Datchet se reuniu a ela. As duas mulheres tinham, assim, uma vista geral da sala. Denham olhou na direção delas e fez um movimento convulsivo, como se arrancasse pela raiz mancheias de grama – do tapete. Mas como isso se ajustava perfeitamente à sua concepção da vida, a de que todos os desejos são fadados à frustração, concentrou-se na literatura e decidiu, filosoficamente, tirar disso o proveito que pudesse.

Katharine estava agradavelmente excitada. Dispunha de uma variedade de caminhos à sua frente. Conhecia ligeiramente muita daquela gente e a qualquer momento uma pessoa poderia levantar-se e vir falar com ela. Por outro lado, poderia escolher ela mesma alguém ou entrar na conversa de Rodney, a quem dava intermitente atenção. Estava consciente também do corpo de Mary a seu lado, mas, ao mesmo tempo, o fato de serem ambas mulheres fazia desnecessário falar-lhe. Mas Mary, achando, como dissera, que Katharine era uma "personalidade", queria tanto falar com ela que logo o fez.

– São exatamente como um rebanho de carneiros, não é? – disse, referindo-se ao burburinho dos corpos espalhados a seus pés.

Katharine virou-se para ela e sorriu.
— Não sei por que estão a fazer tal barulho — disse.
— Por causa dos elisabetanos, imagino.
— Não, não creio que tenha qualquer coisa a ver com os elisabetanos. Ouviu? Não disseram "Lei de Seguros"?
— Não sei por que os homens estão sempre a falar de política — disse Mary. — Suponho que, se pudéssemos votar, também falaríamos.
— É muito provável que sim. E você passa a vida a tentar conseguir o direito do voto para nós, não é?
— É — respondeu Mary, bravamente. — De dez às seis, todos os dias, luto por isso.

Katharine olhou para Ralph Denham, que em companhia de Rodney abria caminho penosamente através da metafísica da metáfora. E lembrou-se da conversa naquela tarde de domingo. Havia qualquer vaga ligação com Mary.

— Imagino que você seja dessas pessoas que pensam que todos devem ter uma profissão — disse, sem muito interesse, e como se apalpasse caminho entre os fantasmas de um mundo desconhecido.

— Oh, não, nada disso — disse Mary imediatamente.

— Bem, eu sou dessas — continuou Katharine com um meio suspiro. — A gente pode sempre dizer que fez alguma coisa, enquanto que, numa multidão como esta, sinto-me um tanto melancólica.

— Numa multidão? Por que numa multidão? — perguntou Mary, com as duas linhas verticais a se lhe aprofundarem no cenho, e achegando-se a Katharine, no peitoril da janela.

— Pois não vê por quantas coisas diferentes se interessa essa massa de gente? E eu quero ser melhor que eles, quer dizer — corrigiu-se —, quero afirmar-me, e é difícil quando não se tem uma profissão.

Mary sorriu, pensando que ser melhor que os outros era coisa que não deveria apresentar a menor dificuldade para Srta. Katharine Hilbery. Conheciam-se tão ligeiramente que esse começo de intimidade, de que Katharine parecia tomar a iniciativa ao falar de si mesma, guardava algo de solene. E ficaram caladas, as duas, como que a decidir se era o caso de ir ou não adiante. Experimentavam o solo em que pisavam.

— Ah, mas eu quero espezinhar os corpos deles, prostrados no chão! — anunciou Katharine, um momento depois, com uma risada, como se achasse graça do encadeamento de pensamentos que a levara a essa conclusão.

— A gente não passa necessariamente por cima dos outros quando dirige um escritório — disse Mary.

— Não. Pode ser que não — respondeu Katharine.

A conversação descambou, e Mary viu que Katharine contemplava a sala com ar macambúzio, os lábios apertados. O desejo de falar sobre si mesma ou de iniciar uma amizade tinham-na aparentemente deixado. Mary ficou impressionada com a capacidade da outra de ficar assim, e tão sem esforço, sem dizer palavra, ocupar-se com seus próprios pensamentos. Era um hábito que revelava solidão e uma mente acostumada a pensar por si. E, quando Katharine persistiu no silêncio, Mary ficou um pouco desconcertada.

— É, são absolutamente como carneiros — repetiu idiotamente.

— E, no entanto, pelo menos são muito inteligentes — acrescentou Katharine. — Suponho que todos leram Webster.

— Mas você vê nisso uma prova de inteligência? Eu li Webster, li Ben Jonson, mas não me julgo inteligente. Não exatamente, quer dizer.

— Eu acho que você deve ser muito inteligente — disse Katharine.

— Por quê? Por que dirijo um escritório?

— Não estava pensando nisso. Pensava em como você vive só neste quarto e dá festas.

Mary refletiu por um segundo.

— Isso significa, principalmente, a capacidade de ser desagradável com a própria família, acho eu. Tenho isso, talvez. Não quis mais viver em casa, e disse a meu pai. Ele não gostou... Mas afinal, tenho uma irmã, e você não tem, não é?

– Não. Não tenho irmãs.

– Você está escrevendo uma vida de seu avô? – prosseguiu Mary.

Katharine viu-se, de repente, confrontada por um pensamento familiar de que desejava escapar. Respondeu:

– Sim, estou ajudando minha mãe – mas de tal maneira que Mary se sentiu perplexa e posta de volta no exato lugar que ocupava no início da conversa entre elas. Parecia-lhe que Katharine dispunha de um curioso poder de se aproximar e recuar, o que lançava emoções alternadas através dela mais depressa do que de hábito, mantendo-a em posição de alerta e curiosidade. Desejando classificá-la, Mary pespegou-lhe o termo conveniente de "egoísta".

É uma egoísta, disse consigo mesma. E armazenou a palavra, para dizê-la a Ralph um dia, quando (como iria certamente acontecer) estivessem discutindo Srta. Hilbery.

– Meu Deus, que confusão haverá amanhã de manhã! – exclamou Katharine. – Espero que não durma neste cômodo, Srta. Datchet.

Mary riu.

– De que se ri? – perguntou Katharine.

– Não lhe direi.

– Deixe-me adivinhar. Está rindo porque pensou que eu mudei de assunto?

– Não.

– Porque pensa...

– Se quer saber, estava rindo da maneira como você disse "Srta. Datchet".

– Mary, então. Mary, Mary, Mary.

E, ao falar assim, Katharine puxou a cortina para trás, para esconder, talvez, o momentâneo rubor de prazer que causa o fato de se estar perceptivamente mais próximo de outra pessoa.

– Mary Datchet – disse Mary. – Temo que não seja um nome tão grandioso como Katharine Hilbery.

As duas olharam para fora da janela, primeiro para a dura lua de prata, estática em meio à corrida de nuvenzinhas cinza-azuis, depois, mais baixo, por sobre os telhados de Londres, com as suas chaminés inteiriçadas e, imediatamente abaixo delas, para o piso da rua, vazio e lavado de luar, no qual cada junta de pedra se desenhava nitidamente. Mary viu, então, que Katharine levantava de novo os olhos para a lua, com uma expressão contemplativa, como se comparasse aquela lua com as luas de outras noites, entesouradas na memória. Alguém na sala, por detrás delas, fez uma pilhéria sobre ouvir estrelas, o que lhes tirou o prazer do que faziam, e elas olharam de novo para dentro da sala.

Ralph, que esperava por esse momento, imediatamente produziu sua frase.

– Pergunto-me, Srta. Hilbery, se se lembrou de pôr vidro naquele quadro? – sua voz mostrava que a questão fora preparada.

– Oh, seu idiota! – exclamou Mary, e quase o fez em voz alta, sentindo que Ralph dissera algo muito estúpido. É assim que, depois de três aulas de latim, a gente corrige um colega cuja ciência não inclui o ablativo de *mensa*.

– Quadro? Que quadro? – perguntou Katharine. – Oh, em casa, você quer dizer, aquela tarde de domingo. Foi quando estava Sr. Fortescue? Sim, penso que sim.

Os três ficaram por um momento constrangidos e calados, e então Mary os deixou a fim de vigiar o manuseio do grande bule de café. Apesar de toda a sua boa educação, guardava a ansiedade dos que são donos de porcelana.

Ralph não achou mais nada para dizer. Mas fora possível arrancar-lhe a máscara de carne, e ficaria patente que toda a sua força de vontade concentrava-se num único objetivo – que Srta. Hilbery o obedecesse. Queria apenas que ela ficasse onde estava, até que, por meios ainda não muito claros, conseguisse despertar-lhe o interesse. Esses estados mentais se transmitem, frequentemente, sem necessidade de linguagem, e era evidente a Katharine que esse rapaz fixava o pensamento nela. Instantaneamente recordou sua primeira impressão dele, e viu-se de novo a exibir-lhe as relíquias da família. Reverteu, então, ao estado de espírito em que se achava quando ele a deixara, naquele domingo. Supunha que a julgara com severidade. Mas se esse era o caso, então cabia-lhe a responsabilidade pela conversação, e não a ela. Mas submeteu-se, a ponto de ficar inteiramente imóvel, com os olhos fixos na parede em frente, os lábios quase fechados, embora o desejo de rir fizesse-os tremer um pouco.

– Você sabe os nomes das estrelas, imagino – disse Denham, e pelo tom da sua voz alguém poderia pensar que censurava a Katharine o conhecimento que lhe atribuía.

Ela manteve a voz neutra com alguma dificuldade.

– Sei como achar a estrela polar, se me perder.

– Não posso crer que isso lhe aconteça com frequência.

– Não. Nada de interessante jamais me acontece – disse ela.

– Penso que adotou o sistema de dizer coisas desagradáveis, Srta. Hilbery – forçou ele, indo mais longe do que desejava. – Suponho que seja uma das características da sua classe. Nunca falam a sério com os inferiores.

Ou por se encontrarem, essa noite, em terreno neutro, ou pela naturalidade com que Denham usava um velho casaco cinzento, dando a seu porte uma graça que lhe faltava com a roupa convencional, o certo é que Katharine não sentia nenhum impulso de considerá-lo um estranho ao meio em que ela mesma vivia.

– Em que sentido seria você meu inferior? – perguntou, olhando-o com gravidade, como se honestamente procurasse o sentido do que dissera. Esse olhar deu-lhe grande prazer. Pela primeira vez sentiu-se em perfeitos termos de igualdade com uma mulher que queria que pensasse bem dele, embora fosse incapaz de explicar por que isso lhe importava tanto. Talvez, afinal de contas, apenas quisesse ter alguma coisa dela para levar consigo para casa, a fim de pensar a respeito. Mas não teria ocasião de aproveitar-se dessa vantagem.

– Acho que não entendi o que quis dizer – repetiu Katharine, e foi obrigada a interromper-se para atender alguém que queria vender-lhe uma entrada para a ópera com desconto. Na verdade, a atmosfera da reunião era agora pouco propícia a conversas isoladas. A festa ficara mais livre e hilariante, gente que mal se conhecia usava primeiros nomes com aparente cordialidade, e atingiu-se aquele clima de alegre tolerância e confraternização geral que, na Inglaterra, os seres humanos apenas alcançam depois de ficarem sentados juntos por três ou mais horas. Após o que, o primeiro vento frio na rua os congela no isolamento outra vez. Capotes estavam sendo atirados aos ombros, chapéus enfiados rapidamente nas cabeças. E Denham passa pela mortificação de ver o ridículo Rodney ajudando Katharine a aprontar-se. Não era costume nestas reuniões dizer adeus nem, necessariamente, cumprimentar de cabeça aqueles com quem se conversara. Mesmo assim, Denham sentiu-se desapontado pela maneira como Katharine se separou dele, sem mesmo procurar completar o que estava dizendo. Saiu com Rodney.

5

Denham não tinha a intenção consciente de seguir Katharine à saída, mas, vendo-a partir, pegou o chapéu e desceu mais rapidamente as escadas do que o teria feito se Katharine não estivesse à frente dele. Alcançou um amigo, por nome Harry Sandys, que ia na mesma direção, e caminharam juntos uns poucos passos, atrás de Katharine e Rodney. A noite estava muito serena, e em noites dessas, quando o tráfego se reduz a um fio, o pedestre toma conhecimento da lua na calçada, como se as cortinas do céu tivessem sido corridas, e o firmamento se mostrasse nu como se mostra no campo. O ar estava fresco e macio, e as pessoas que tinham ficado sentadas falando acharam agradável andar um pouco antes de parar para esperar um ônibus ou de encontrar luz outra vez, numa estação de metrô. Sandys, que era um advogado de inclinações filosóficas, tirou o cachimbo, acendeu-o, murmurou "hum" e "ha" e ficou calado. O par à frente deles manteve sua distância com regularidade. Parecia, tanto quanto Denham podia julgar pela maneira como se voltavam um para o outro, que conversavam sem interrupção. Observou que, quando um passante, vindo em direção oposta, os forçava a se separarem, eles se reuniam outra vez logo depois. Sem ter a intenção de vigiá-los, nunca perdia de vista inteiramente a echarpe amarela que Katharine levava enrolada na cabeça, ou o sobretudo claro que fazia Rodney destacar-se pela elegância no meio da multidão. Supôs, no Strand, que se separariam, mas, ao invés disso, atravessaram a rua e desceram por uma das passagens estreitas que levam, através de velhos becos, até o rio. Em meio ao tropel do povo nos grandes cruzamentos, Rodney parecera simplesmente escoltar Katharine, mas agora, quando os transeuntes rareavam, e as pisadas do par podiam ser distintamente ouvidas no silêncio, Denham não pôde deixar de figurar-se uma certa mudança na conversação deles. Os efeitos de luz e sombra, que pareciam aumentar-lhes a estatura, fazia-os misteriosos e significativos, de modo que Denham não alimentava qualquer sentimento de irritação com respeito a Katharine, mas, ao contrário, uma espécie de aquiescência meio sonhadora com o curso do mundo. Sim, ela sonhava, ela fazia muito bem em sonhar com... – mas Sandys se pusera de súbito a falar. Era um homem solitário que fizera seus amigos no colégio e que sempre se dirigia a eles como se fossem ainda estudantes a discutir no seu quarto, embora, em alguns casos, muitos meses se tivessem passado entre a última sentença e a presente. O método era um tanto singular, mas repousante, pois fazia *tabula rasa* de todos os acidentes da vida humana e cobria abismos sem fundo com umas poucas, simples, palavras.

Nessa ocasião, ele começou, enquanto esperavam por um minuto no limite do Strand:

– Disseram-me que Bennett abandonou a sua teoria da verdade.

Denham retrucou com uma resposta qualquer, apropriada, e o outro continuou, explicando como fora tomada aquela decisão e que mudanças se poderiam esperar na filosofia que ambos aceitavam. Enquanto isso, Katharine e Rodney ganharam distância, e Denham conservou apenas, se essa é a expressão verdadeira para uma ação involuntária, uma ponta da sua atenção nos dois, enquanto com o resto da sua inteligência procurava compreender o que Sandys dizia.

Ao passarem pelos becos falando assim, Sandys pousou a ponta de sua bengala numa das pedras que formavam um arco roído pelo tempo e bateu meditativamente duas ou três pancadas nela a fim de ilustrar algo muito obscuro sobre a complexa natureza da apreensão que se tem dos fatos. Durante a pausa de que precisou para isso, Katharine e Rodney dobraram a esquina e desapareceram. Por um momento, Denham estacou involuntariamente no que estava dizendo, e continuou a sentença com um sentimento de haver perdido algo.

Sem saber que estavam sendo observados, Katharine e Rodney chegaram ao Embankment. Quando cruzaram a rua, Rodney deu uma palmada no parapeito de pedra, acima do rio, e exclamou:

– Juro que não direi mais uma palavra sobre isso, Katharine. Mas pare um minuto e olhe a lua na água.

Katharine parou, olhou para cima e para baixo no rio e respirou fundo.

– Estou certa de que é possível sentir o cheiro do mar, com o vento soprando assim, nesta direção – disse ela.

Ficaram calados por alguns momentos, enquanto o rio se virava no seu leito, e as luzes prateadas e vermelhas que nele brilhavam partiam-se pela corrente e juntavam-se outra vez. Longe, muito longe, para as cabeceiras do rio, um vapor apitou com sua voz surda de indizível melancolia, como que saída do coração de viajores solitários, embuçados de névoa.

– Ah! – exclamou Rodney, batendo de novo com a mão na balaustrada. – Por que não se deve dizer como isso é belo? Por que estarei condenado para sempre, Katharine, a sentir o que não consigo expressar? E de nada serviria dar as coisas que posso dar? Acredite-me, Katharine – apressou-se em acrescentar –, não falarei mais disso. Mas na presença da beleza: olhe a iridescência em volta da lua! A gente sente... A gente sente... Talvez se você se casasse comigo... Eu sou meio poeta, sabe? Não posso pretender não sentir o que sinto. Se pudesse escrever, ah, isso seria outra história. Não vou importunar você para que se case comigo, Katharine.

Proferiu essas frases desconexas muito abruptamente, com os olhos alternativamente postos na lua e na correnteza.

– Mas, para mim, imagino que você receitaria casamento? – disse Katharine, com os olhos fixos na lua.

– Certamente que sim. Não só para você, para todas as mulheres. Que diabo, vocês nada são sem isso. Vocês estão vivas apenas a meio, usando só metade das suas faculdades. Você mesma deve sentir isso. E é por essa razão...

Aí ele parou e pôs-se a caminhar vagarosamente ao longo do Embankment, com a lua a confrontá-los. Citou Rodney:

*"Com que tristes passos ela escala o céu,
E quão silente e pálida e langue"*,

– Falaram-me coisas muito desagradáveis a meu respeito esta noite – disse Katharine, sem dar-lhe atenção. – Sr. Denham imagina que tem por missão passar-me sermões, embora mal o conheça. Por falar nisso, William, você o conhece. Diga-me que espécie de pessoa ele é?

William deu um profundo suspiro.

– Podem-se passar sermões em você até dizer chega...

– Sim... Mas como é ele?

– ... E podem-se fazer sonetos às suas sobrancelhas, ó criatura cruel e pragmática... Denham? – acrescentou, ao ver que Katharine ficara silenciosa. – Um bom sujeito, penso. Preocupa-se, naturalmente, com as coisas certas, quero crer. Mas não deve casar com ele. Ele passou-lhe um sermão, foi? E o que achou para dizer?

– O que se passa com Sr. Denham é o seguinte: ele vem para o chá. Faço tudo o que posso para colocá-lo à vontade. Ele se limita a ficar sentado e a franzir a testa para mim. Então, eu lhe mostro os nossos manuscritos. À vista deles, torna-se mesmo enfurecido, e me diz que eu não tenho o direito de me considerar uma mulher da classe média. Então, despedimo-nos zangados um com o outro. E da primeira vez que nos encontramos depois disso, que foi hoje, ele marcha direito para mim e diz: Vá para o diabo! É dessa espécie de comportamento que minha mãe se queixa. E eu quero saber: o que significa?

Ela fez uma pausa e, relaxando o passo, ficou a olhar o trem iluminado que atravessava, macio, a Hungerford Bridge.

– Bom, eu diria que ele a acha fria e pouco simpática.

Katharine riu um riso franco, as notas separadas, nítidas, de genuíno divertimento.

– É tempo que eu salte para dentro de um táxi e me esconda em minha própria casa! – exclamou.

– Sua mãe objetará se eu for visto com você? Ninguém nos poderá reconhecer. Ou poderá? – perguntou Rodney com alguma solicitude.

Katharine olhou-o e, percebendo que sua solicitude era verdadeira, riu de novo, mas com uma nota irônica na risada.

– Pode rir, Katharine, mas eu lhe digo: se algum dos seus amigos nos visse aqui a esta hora da noite, falaria. E eu acharia muito desagradável. Mas por que você ri?

– Não sei. Talvez por ser você uma combinação tão insólita de coisas, imagino. Você é metade poeta e metade solteirona.

– Eu sei que sempre me faço um pouco ridículo. Mas não posso evitar a herança de certas tradições e procurar pô-las em prática.

– Tolice, William. Você pode provir da família mais antiga do Devonshire, mas não há nenhuma razão para que se importe de ser visto comigo no Embankment.

– Sou dez anos mais velho do que você, Katharine, e conheço mais o mundo do que você.

– Muito bem. Deixe-me, então, e vá para casa.

Rodney olhou por cima do ombro e percebeu que estavam sendo seguidos a pequena distância por um carro, que, evidentemente, esperava ser chamado. Katharine o viu também e disse:

– Não chame aquele carro para mim, William. Quero andar a pé.

– Nada disso, Katharine. Você não vai fazer nada disso. É quase meia-noite, e já viemos longe demais, até aqui.

Katharine riu de novo e passou a andar tão depressa que tanto o carro quanto Rodney tiveram de apressar-se para acompanhá-la.

– Agora, William – disse ela –, se me veem correndo assim ao longo do Embankment, eles *vão* falar. Você faria melhor dando boa-noite, se não quer mesmo que as pessoas falem.

Com isso, William fez um aceno despótico para o carro com uma das mãos e com a outra obrigou Katharine a parar.

– Não deixe que o homem nos veja lutando, pelo amor de Deus! – murmurou. Katharine ficou por um momento imóvel.

– Há mais de solteirona que de poeta em você – disse sumariamente.

William bateu a porta, deu o endereço ao motorista e caminhou na direção oposta, levantando o chapéu bem alto, num cumprimento formal à senhora invisível.

Olhou para trás, por duas vezes, desconfiado, esperando quase que ela fizesse parar o táxi e saltasse. Mas o táxi a conduziu tranquilamente, e logo ficou fora da vista. William sentia-se disposto a um curto solilóquio de indignação, pois Katharine conseguira exasperá-lo de várias maneiras ao mesmo tempo.

– De todas as criaturas irracionais e desatenciosas que tenho conhecido, ela é a pior! – exclamou consigo mesmo, caminhando de volta ao longo do Embankment. – Deus não permita que eu me faça de imbecil outra vez com ela. Preferia casar com a filha da minha senhoria que com Katharine Hilbery! Ela não me dará um minuto de paz, e nunca haverá de me compreender, nunca, nunca.

Esses sentimentos, expressos em altas vozes e com veemência, de modo a que as estrelas do céu pudessem ouvi-lo, pois que não havia ser humano à mão, pareciam razoavelmente irrefutáveis. Rodney acalmou-se, e continuou a caminhar em silêncio até que percebeu alguém que se aproximava e que tinha algo, na roupa ou no andar, que proclamava ser ele um dos conhecidos

de William antes que fosse possível dizer de quem se tratava.
   Era Denham, o qual, tendo deixado Sandys ao sopé da sua escadaria, procurava alcançar o metrô de Charing Cross, profundamente mergulhado nos pensamentos que a conversa com Sandys suscitara. Esquecera tudo sobre a reunião em casa de Mary Datchet, esquecera Rodney, as metáforas e o drama elisabetano, e poderia jurar que esquecera também Katharine Hilbery, embora isso fosse mais discutível. Sua cabeça escalava os mais altos pináculos dos próprios alpes, onde só havia luz de estrelas e neve jamais pisada pelo homem. Deitou um olhar estranho em Rodney, quando se encontraram debaixo de um poste:
   – Ha! – exclamou Rodney.
   Estivera Denham na inteira posse de sua mente, e teria simplesmente passado adiante, com um cumprimento. Mas o choque da interrupção fez com que estacasse abruptamente e, antes de se dar conta do que fazia, mudara de direção e caminhava ao lado de Rodney em obediência a um convite deste para que o acompanhasse até os seus aposentos a tomar alguma coisa. Denham não sentia o menor desejo de beber com Rodney, mas seguiu-o assim mesmo, com a maior passividade. Sentia-se comunicativo, com esse homem calado, que apresentava, evidentemente, todas as boas qualidades masculinas que lhe pareciam agora faltar tão lamentavelmente a Katharine.
   – Você faz muito bem, Denham – começou Rodney impulsivamente –, não tendo nada a ver com garotas. Ofereço-lhe minha experiência. Se a gente confia nelas, acaba arrependido. Invariavelmente. Não que eu tenha, no momento, razão de queixa – deu-se pressa em acrescentar. – Apenas, esse é um assunto que sempre ocorre de novo sem qualquer motivo particular. Srta. Datchet, ouso dizer, é uma exceção. Você gosta de Srta. Datchet?
   Essas observações revelaram claramente que os nervos de Rodney se encontravam em estado de irritação, e Denham despertou rapidamente para a situação do mundo tal qual o deixara uma hora atrás. Da última vez que o vira, Rodney caminhava pela rua em companhia de Katharine. Não podia deixar de lamentar a

sofreguidão com que sua mente voltava a esses interesses e o atormentava com as mesmas velhas triviais angústias. Perdia o respeito próprio. A razão lhe mandava deixar Rodney, claramente inclinado a confidências, antes de perder inteiramente todo contato com os problemas da alta filosofia. Olhou a rua em frente, escolheu um poste a alguma distância, umas cem jardas, e decidiu que se despediria de Rodney quando chegassem lá.

– Sim, gosto de Mary. Não sei como seria possível a qualquer pessoa deixar de gostar de Mary – disse cautelosamente, com o olho no poste.

– Ah, Denham, você é tão diferente de mim. Você nunca se trai. Observei-o esta noite com Katharine Hilbery. Meu instinto é de confiar nas pessoas com quem falo. Talvez por isso saia sempre logrado, imagino.

Denham pareceu ponderar a declaração de Rodney, mas, na verdade, mal estava consciente de Rodney e de suas revelações, e apenas preocupado em fazê-lo mencionar Katharine mais uma vez antes de chegarem ao poste.

– Quem o logrou desta vez? – perguntou. – Katharine Hilbery?

Rodney parou e, uma vez mais, começou a marcar uma espécie de ritmo, como se compusesse uma frase de uma sinfonia, na macia balaustrada de pedra do Embankment.

– Katharine Hilbery – repetiu com um curioso muxoxo. – Não, Denham, não tenho ilusões quanto a essa jovem. Penso que deixei isso perfeitamente claro para ela esta noite. Mas não se vá embora com uma falsa impressão – continuou, ansiosamente, virando-se e dando o braço a Denham como que para impedi-lo de evadir-se. E, assim compelido, Denham passou pelo poste--lembrete, para o qual, ao passar, murmurou uma desculpa, pois como poderia soltar-se, com o braço de Rodney enlaçado ao seu? Você não deve pensar que tenho qualquer amargura com relação a essa moça. Longe disso. Não é inteiramente culpa dela, pobrezinha. Ela vive, você sabe, uma dessas detestáveis vidas, centrada nela mesma. Pelo menos, penso que isso deva ser odioso para uma mulher, alimentando sua imaginação com tudo o que aparece, controlando tudo, fazendo o que quer em casa: estragada por mimos, sentindo todo mundo a seus pés, e não percebendo o quanto magoa os outros, isto é, quão rude ela é com gente que não contou com as mesmas condições favoráveis. E, no entanto, para fazer-lhe justiça, não é nenhuma tola – acrescentou, como que para avisar Denham que não se permitisse liberdades. – Ela tem bom gosto. Tem senso. Pode entender a gente, quando a gente fala com ela. Mas é uma mulher, afinal, e não adianta discutir – completou com outro pequeno muxoxo. E soltou o braço de Denham.

– E você lhe disse tudo isso esta noite? – perguntou Denham.

– Valha-me Deus, não. Jamais me passaria pela cabeça dizer a Katharine a verdade sobre ela mesma. Não daria certo. A gente tem de assumir uma atitude de adoração se quiser dar-se bem com Katharine.

E agora que descobri que ela recusou casar-se com ele, por que não vou para casa?, pensou Denham. Mas continuou a caminhar ao lado de Rodney, embora este cantarolasse fragmentos de uma ária de ópera de Mozart. Um sentimento de desprezo e de cordialidade combina facilmente na mente de alguém a quem um outro acabou de falar sem reservas, revelando mais dos seus sentimentos particulares do que pretendia. Denham começou a indagar-se que espécie de pessoa era Rodney e, ao mesmo tempo, Rodney começou a pensar sobre Denham.

– Você é um escravo como eu mesmo, suponho? – perguntou.

– Um advogado, sim.

– Às vezes me pergunto por que não largamos mão disso.

– Por que você não emigra, Denham? Acho que isso iria bem com você.

– Tenho família.

– Fico às vezes a ponto de ir. E então vejo que não poderia viver sem isto. – E agitou a mão na direção da City de Londres, que, a essa hora, apresentava o aspecto de uma cidade recortada em papelão gris-azulado e colada contra o céu, que era de um azul mais profundo.

– Há uma ou duas pessoas de quem gosto, um pouco de música, uns poucos quadros, só o bastante para manter a gente solta por aí. Ah, mas eu não poderia viver no meio de selvagens! Você gosta de livros? De música? De pintura? Você admira primeiras edições? Tenho umas poucas preciosidades aqui, coisas que compro barato, porque não posso dar o que pedem.

Haviam chegado a uma pequena rua de altas casas do século XVIII, numa das quais morava Rodney. Subiram uma escada muito íngreme; através das janelas sem cortina batia o luar, iluminando o corrimão com seus pilares torcidos e as pilhas de pratos enfiados nos peitoris das janelas, e garrafas meio cheias de leite. O apartamento de Rodney era exíguo, mas a janela da sala dava para um pátio com seu piso de pedra e sua única árvore, e, além dele, para as fachadas planas de tijolo vermelho das casas fronteiriças, que não teriam causado surpresa ao Dr. Johnson, se houvesse saído do túmulo para um passeio ao luar. Rodney acendeu a lâmpada, correu as cortinas, puxou uma cadeira para Denham e, atirando sobre a mesa o manuscrito sobre o uso elisabetano da metáfora, exclamou:

– Ó, Deus, que perda de tempo! Mas acabou-se, e não precisamos mais pensar nisso.

Ocupou-se em seguida, com grande destreza, em acender o fogo, arranjar copos, uísque, um bolo, xícaras e pires. Vestiu um desbotado robe de chambre cor de vinho, meteu-se num par de chinelos vermelhos e avançou para Denham com um copo numa mão e um velho livro, lustroso pelo uso, na outra.

– O Congreve, na edição Baskerville – disse Rodney, apresentando o volume ao seu hóspede. – Eu não admitiria ler o homem numa edição vagabunda.

Vendo-o assim entre os seus livros e objetos raros, amavelmente ansioso em fazer que o visitante se sentisse em casa, e movendo-se pela sala com algo da agilidade e da graça de um gato persa, Denham relaxou sua atitude crítica, e sentiu-se mais à vontade com Rodney do que com muitos homens que conhecia melhor. O apartamento de Rodney era o de uma pessoa que cultiva uma série de gostos pessoais, defendendo-os com escrupuloso cuidado contra as invasões brutais do público. Seus papéis e livros formavam montanhas irregulares em cima da mesa, no chão, e em volta delas ele saltava com precaução, nervosamente, para que as abas do robe não as desarranjassem sequer ligeiramente. Em cima de uma cadeira havia uma pilha de fotografias de estátuas e de quadros que tinha o hábito de exibir uma a uma por um dia ou dois. Os livros nas estantes alinhavam-se com a perfeição de soldados num regimento e suas lombadas brilhavam como asas de besouros. Mas se a gente retirava algum do lugar, descobria outro mais usado por detrás dele, pois o espaço era limitado. Por cima da lareira havia um espelho veneziano, oval, que refletia, nas suas profundezas empoeiradas e manchadas, os desmaiados amarelos e carmesins de uma jarra cheia de tulipas posta sobre o console entre cartas, cachimbos e cigarros. Um pequeno piano ocupava o canto do cômodo, com a partitura de *Don Giovanni* aberta na estante.

– Muito bem, Rodney – disse Denham, enchendo o seu cachimbo e olhando em torno –, tudo isso é muito bonito e confortável.

Rodney voltou a cabeça a meio, e sorriu com o orgulho do proprietário, mas depois conteve o sorriso.

– Passável – resmungou.

– Mas mesmo assim ouso dizer que é muito bom que tenha de ganhar a vida.

– Se você quer dizer que eu não faria nada de bom com os lazeres, se tivesse lazeres, concordo. Mas seria dez vezes mais feliz com o dia livre para fazer o que bem entendesse.

– Duvido muito – disse Denham.

Ficaram sentados, sem dizer nada, e as espirais de fumo dos cachimbos misturavam-se num vapor azulado por cima das suas cabeças.

– Poderia passar três horas todo dia lendo Shakespeare – disse Rodney. – E existe a música, existem os quadros, para não falar das pessoas de quem a gente gosta.

– Dentro de um ano, você morreria de tédio.

– Oh, concebo que morreria, se não fizesse nada. Mas eu escreveria peças.

– Hum!

– Escreveria, sim, peças de teatro – repetiu ele. – Já escrevi três quartos de uma, e apenas aguardo um feriado para terminá-la. E não é nada má; não, tem mesmo trechos excelentes.

Ocorreu a Denham pedir para ver a peça, como, sem dúvida nenhuma, era esperado dele. Olhou meio furtivamente para Rodney, que batia no carvão, nervosamente, com um atiçador, e que tremia, quase que fisicamente, de desejo de falar da peça, e de vaidade também, frustrada e premente. Foi o que Denham pensou. E Rodney parecia tão à sua mercê que não pôde impedir-se de gostar dele, em parte por isso mesmo.

– Bem... Você me deixaria ver o texto? – perguntou, e Rodney pareceu-lhe imediatamente pacificado. Apesar disso, ficou sentado um bom momento, espetando o atiçador no ar, numa posição perfeitamente vertical, e olhando-o com seus olhos muito saltados, a abrir e fechar a boca.

– Você de fato se interessa por essa espécie de coisas? – perguntou, por fim, já num tom diferente de voz. E, sem esperar resposta, continuou um tanto belicosamente: – Muito pouca gente gosta mesmo de poesia. Aposto que é maçante para você.

– Talvez – disse Denham.

– Bem, eu a mostro – disse Rodney, pondo o atiçador no chão.

Enquanto ia buscar a peça, Denham estendeu a mão para a estante atrás de suas costas e tirou o primeiro volume que seus dedos tocaram. Era uma pequena e primorosa edição de Sir Thomas Browne, contendo um "Urn Burial", a "Hydrotaphia", o "Quincunx Confuted" e o "Garden of Cyrus", e, abrindo a esmo numa passagem que conhecia quase de cor, Denham começou a ler e, por algum tempo, ficou embebido na leitura.

Rodney voltou ao seu lugar, depôs o manuscrito nos joelhos e, de tempos em tempos, olhava Denham, juntando depois as pontas dos dedos e estendendo as finas pernas cruzadas para apoiá-las na grade da lareira, tudo como se experimentasse o maior prazer. Finalmente, Denham fechou o livro, levantou-se e ficou, com as costas para a lareira, a fazer ocasionalmente um som inarticulado, que parecia referir-se ainda a Sir Thomas Browne. Pôs então o chapéu na cabeça, postou-se junto de Rodney ainda recostado na sua cadeira, com os dedos dos pés enfiados na grade.

– Virei de novo, um dia desses – disse Denham.

Rodney estendeu-lhe a mão, com o manuscrito, dizendo apenas:

– Se quiser levar...

Denham pegou o manuscrito e foi-se. Dois dias depois, ficou muito surpreso ao encontrar um pacote fino no seu prato, à hora do café da manhã. Aberto, mostrou ser o exemplar de Sir Thomas Browne que estudara com tanta atenção em casa de Rodney. De pura preguiça, não agradeceu, mas pensou em Rodney de tempos em tempos, dissociando-o de Katharine, sempre com a intenção de ir vê-lo uma noite, para fumarem um cachimbo juntos. Dava prazer a Rodney despojar-se, assim, de qualquer coisa que seus amigos genuinamente admirassem. Sua biblioteca vivia desfalcada.

6

De todas as horas de um dia comum de trabalho, quais as que mais agradam antegozar e trazer de volta à memória? Se um único exemplo pode servir para formar uma teoria, então cabe dizer que os minutos entre nove e vinte e cinco e nove e trinta da manhã tinham um encanto particular para Mary Datchet. Ela os passava numa disposição invejável; seu contentamento era quase sem mistura. Alto no ar, como seu apartamento ficava, alguns raios de sol o tocavam, mesmo em novembro. E batendo direito na cortina, cadeira e tapete, pintavam três brilhantes listras de verde, anil e púrpura, nas quais o olho se demorava com um prazer que dava calor físico ao corpo.

Eram poucas as manhãs em que Mary não levantava os olhos, no momento de atar as suas botas, e, ao acompanhar o bastão amarelo desde a cortina até a mesa do café, costumava soltar um suspiro de ação de graças por lhe dar a vida tais momentos de puro prazer. Não tirava nada a ninguém com isso, e, todavia, o poder extrair tanto prazer das coisas simples, como tomar café sozinha num quarto que tinha bonitas cores, que era limpo desde o rodapé do soalho até as tábuas do teto, parecia convir-lhe tanto, que ela procurava de começo alguém a quem pedir desculpas ou alguma falha que quebrasse a harmonia da situação. Fazia seis meses agora que estava em Londres, e não achara ainda nenhuma falha, mas isso, concluía sempre ao terminar de amarrar as botas, isso se devia única e exclusivamente ao fato de ter um emprego. Todo dia, ao postar-se de pasta na mão à porta do quarto para um último olhar a ver se tudo estava em ordem antes de sair, dizia consigo mesma que estava muito contente de ter de deixar tudo aquilo; pois ficar sentada ali o dia inteiro, no gozo do lazer, teria sido intolerável.

Fora, na rua, gostava de pensar em si mesma como um dos operários que, à mesma hora, dirigem-se rapidamente e em fila indiana ao longo das largas avenidas da cidade, com a cabeça levemente baixa, como que no esforço de se seguirem um ao outro tão de perto quanto possível; de tal modo que Mary imaginava um caminho de rato traçado no calçamento pelo seu constante tropel. Gostava de imaginar-se indistinguível do resto, e assim, quando um dia de chuva a levava ao metrô ou ao ônibus, dava e tomava sua parcela de multidão e de água com funcionários e datilógrafos e empregados do comércio e partilhava com eles o negócio muito sério de dar corda ao mundo para que andasse mais vinte e quatro horas.

Pensando assim, na manhã em questão, ela seguiu seu caminho através de Lincoln's Inn Fields e Kingsway acima, por Southampton Row até que chegou ao seu escritório em Russell Square. De vez em quando se detinha e olhava a vitrine de alguma livraria ou de alguma loja de flores onde, nessa hora matinal, as mercadorias estavam ainda a ser arranjadas, e grandes vazios por detrás do vidro revelavam um estado de nudez. Mary simpatizava com os donos das lojas, e esperava que conseguissem atrair a massa do meio-dia e fazê-la comprar, porque nessa hora da manhã ela se alinhava inteiramente com lojistas e bancários, e olhava como inimigos comuns e presa natural todos os que acordavam tarde e tinham dinheiro para gastar. E logo que cruzava a rua em Holborn, seus pensamentos voltavam-se natural e regularmente para o seu trabalho, e ela se esquecia de que era apenas, para dizer a verdade, uma trabalhadora amadora, cujos serviços não eram remunerados, e que dificilmente poderia ser tida como corresponsável pela tarefa de dar corda ao mundo, uma vez que o mundo, até então, mostrara pouquíssimo desejo de aproveitar-se das vantagens que lhe oferecia a sociedade de Mary em prol do voto feminino. Ela pensou todo o tempo, até Southampton Row, em papel de rascunho e envelopes, e em como economizar papel (sem, naturalmente, ferir as suscetibilidades de Sra. Seal), pois estava certa de que os grandes organizadores sempre botam o dedo, para começo de conversa, em ninharias dessas, e constroem suas triunfantes reformas sobre uma base de absoluta solidez. E, sem admiti-lo por um só momento, Mary Datchet estava decidida a ser uma grande organizadora, e tinha já condenado a sociedade a que pertencia a uma das mais radicais reconstruções. É verdade que, uma vez ou duas, nos últimos tempos, sobressaltara-se, acordada de chofre, ao dobrar para Russell Square; e acusara-se vivamente por estar já tão bitolada, ela também, e capaz de pensar os mesmos pensamentos toda manhã à mesma hora, de modo que as casas de tijolo cor de castanha de Russell Square tinham alguma curiosa ligação com os seus pensamentos sobre organização de escritório e serviam de sinal de que devia preparar-se para encontrar Sr. Clacton ou Sra. Seal ou quem quer que tivesse chegado antes dela no escritório. Carente de crença religiosa, era ainda mais conscienciosa com a sua própria vida do que o seria de outra maneira, examinando sua posição de tempos em tempos com muita seriedade. E nada a aborrecia mais do que surpreender um desses maus hábitos a minar sub-repticiamente a preciosa substância. De que servia, afinal de contas, ser mulher se não se conservasse fresca, e se não enchesse a vida com toda espécie de ideias novas e de experiências? Assim, ela sempre se dava uma pequena sacudidela ao virar a esquina, e muitas vezes chegava à sua porta assoviando uma balada do Somersetshire.

    O escritório sufragista ficava no topo de uma dessas grandes mansões de Russell Square, que fora um dia a residência de um grande comerciante da City com sua família, e que agora era alugada em fatias a um sem-número de sociedades, que exibiam variadas iniciais nas portas de vidro esmerilhado e escondiam, todas elas, uma máquina de escrever que estalava diligente o dia inteiro. O velho casarão, com sua grande escadaria de pedra, tinha um eco estranho e cavo, com o ruído das máquinas de escrever e dos garotos de recados, das dez às seis. O estrépito de diversas máquinas de escrever já em atividade, disseminando suas opiniões sobre a proteção das raças nativas ou o valor dos cereais como alimento, faziam Mary apertar o passo, e a qualquer hora que chegasse sempre subia correndo o último lance da escada que levava ao seu próprio patamar, a fim de que sua própria máquina assumisse o lugar que lhe cabia na competição com o resto.

Abancou-se para fazer suas cartas e, logo, todas essas especulações estavam esquecidas, e as duas linhas vincavam seu cenho, à medida que o conteúdo das cartas, a mobília do escritório, e os ruídos de atividade na sala ao lado firmavam sua ascendência sobre ela. Por volta das onze horas, a atmosfera de concentração já se movia tão vigorosamente numa direção que todo pensamento de outra ordem dificilmente sobreviveria à própria aparição mais do que um momento ou dois. A tarefa à sua frente era a organização de espetáculos de benefício cujo lucro aproveitaria à sociedade, que definhava por falta de fundos. Era sua primeira tentativa de organizar em larga escala, e tinha a intenção de conseguir algo deveras notável. Pensava usar essa desajeitada máquina para pescar esta, aquela e aqueloutra pessoa interessante na confusão do fundo, e botá-las por uma semana numa rotina capaz de atrair o olhar de um ministro de Estado, e uma vez capturado o olhar, a velha argumentação seria usada com uma originalidade sem precedente. Esse era o esquema, em linhas gerais. E ao contemplá-lo ela se punha toda ruborizada e excitada, e tinha de recordar todos os detalhes que a separavam ainda do sucesso.

A porta abria-se e entrava Sr. Clacton, em busca de um folheto qualquer, enterrado debaixo de uma pirâmide de outros folhetos.

Era um homem magro, cabelo cor de areia, com uns trinta e cinco anos de idade, que falava com acento *cockney* e tinha um ar frugal, como se a natureza não tivesse sido de nenhuma maneira generosa para com ele, o que, muito naturalmente, impedia-o de ser generoso para com os outros. Uma vez achado o seu volante, e feitas umas poucas humorísticas alusões à necessidade de manter os papéis em ordem, a datilografia parava subitamente, e Sra. Seal irrompia na sala com uma carta que exigia esclarecimentos. Isso já era interrupção mais séria, pois Sra. Seal nunca sabia exatamente o que queria, e meia dúzia de pedidos saíam dela, explosivamente, ao mesmo tempo, nenhum dos quais em forma clara. Vestida em belbutina cor de ameixa, o cabelo curto, grisalho, e um rosto permanentemente rubro de entusiasmo filantrópico, Sra. Seal estava sempre a correr, e parecia sempre um tanto desordenada. Usava ao peito, numa pesada corrente de ouro, *dois* crucifixos, que se embaraçavam um no outro e que pareciam a Mary a perfeita figura da sua ambiguidade mental. Só o seu vasto fervor e a adoração de Srta. Markham, uma das pioneiras da sociedade, mantinham-na nesse lugar, para o qual não demonstrava qualquer habilitação.

A manhã se desgastava e a pilha de cartas subia e Mary sentia, por fim, ser o gânglio central de uma rede finíssima de nervos que cobria a Inglaterra; um belo dia, atingido o coração do Sistema, essa teia começaria a sentir-se e a mover-se em uníssono e a emitir seu esplêndido clarão como o de fogos de artifício revolucionários, porque era essa a metáfora que representava para ela o que sentia com relação ao seu trabalho (com a cabeça quente por três horas de concentração).

Pouco antes das treze, Sr. Clacton e Sra. Seal renunciaram a seus labores, e o velho chiste sobre o almoço, que ressurgia regularmente a essa hora, foi repetido, sem quase nenhuma alteração: Sr. Clacton frequentava um restaurante vegetariano; Sra. Seal comprava sanduíches, que comia debaixo dos plátanos da Russell Square. Quanto a Mary, ia, geralmente, a um espalhafatoso estabelecimento da vizinhança, decorado em pelúcia vermelha, onde, para consternação do vegetariano, era possível comprar bifes de duas polegadas de espessura ou uma seção inteira de galinha assada, nadando em molho numa travessa de estanho.

— Os galhos nus contra o céu fazem tanto *bem* à gente — dizia Sra. Seal, olhando a praça, da janela.

— Mas não se pode viver de árvores, Sally.

— Confesso que não sei como faz isso, Srta. Datchet — disse Sr. Clacton. — Eu dormiria a tarde inteira, se tomasse uma refeição assim pesada no meio do dia.

— Qual é a última novidade em literatura? — Mary perguntou, de bom humor, apontando o volume de capa amarela debaixo do braço de Sr. Clacton, pois ele invariavelmente lia algum novo escritor francês à hora do almoço, ou encontrava tempo para uma visita a uma galeria de pintura, equilibrando seu trabalho social com uma ardente cultura, da qual tinha secreto orgulho, como Mary logo adivinhara.

Despediram-se, então, e Mary se afastou, pensando se teriam percebido que o que ela realmente queria era livrar-se da companhia deles, mas supondo que ainda não tinham chegado a esse grau de sutileza. Comprou um vespertino, que leu enquanto comia, olhando de vez em quando por cima dele para as figuras esquisitas que compravam bolos ou trocavam segredos, até que entrou uma moça qualquer que conhecia, e ela chamou:

— Eleanor, venha sentar-se comigo.

Acabaram o almoço juntas, despedindo-se na calçadinha estreita que divide as várias linhas de tráfego, com a agradável sensação de que reassumiam, cada qual por seu lado, o lugar que lhes cabia no grande e eternamente movediço plano da vida humana.

Mas, ao invés de retornar diretamente ao escritório, nesse dia, Mary virou-se em direção ao Museu Britânico, e vagueou pela galeria onde estão as formas de pedra até que encontrou um banco vazio diretamente em face dos mármores Elgin. Como de hábito, pareceu-lhe, imediatamente, ao contemplá--las, estar presa de uma onda de exaltação e emoção, pela qual sua vida se fazia, ao mesmo tempo, solene e bela — uma impressão que se devia, talvez, tanto à solidão, ao frio e ao silêncio da galeria, quanto à beleza dos relevos. É possível supor pelo menos que as suas emoções não fossem puramente estéticas porque, depois de olhar o Ulisses por um minuto ou dois, pôs-se a pensar em Ralph Denham. Tão segura ela se sentia com essas figuras silenciosas que quase cedeu ao impulso de dizer em voz alta: "Eu o amo". A presença dessa beleza imensa e perene dava-lhe consciência do seu desejo de forma quase alarmante, mas ficava ao mesmo tempo orgulhosa de um sentimento que não se exibia em tais proporções quando no desempenho do seu trabalho rotineiro.

Reprimiu o impulso de falar alto, levantou-se e andou a esmo entre as estátuas, até que se viu numa outra galeria consagrada aos obeliscos, gravados e alados touros dos assírios, e sua emoção tomou outra direção. Começou a imaginar-se viajando com Ralph numa terra em que tais monstros eram jacentes na areia. Porque, pensou consigo mesma, olhando fixamente para uma informação impressa colada atrás de um vidro, o que é maravilhoso em você é que você está pronto para o que der e vier; você não é absolutamente convencional, como a maioria dos homens inteligentes. E conjurou uma cena no deserto, com ela mesma em cima de um camelo, enquanto Ralph comandava uma tribo inteira de nativos.

É isso que você sabe fazer, continuou ela, passando à próxima. Você sempre consegue que os outros façam aquilo que você quer.

Um calor espalhava-se pelo seu espírito, e enchia-lhe os olhos de animação. Não obstante, antes ainda que ela deixasse o Museu, estava de novo muito longe de dizer "Eu o amo", mesmo no seu foro íntimo, e essa frase podia até não se ter formado. Mary estava, a rigor, aborrecida consigo por ter-se permitido tão injudiciosa quebra da própria reserva, o que acabaria por enfraquecer seus poderes de resistência se o impulso voltasse. Era o que temia. Pois, ao caminhar pela rua de volta ao escritório, dominou-a a força de todas as suas costumeiras objeções a estar apaixonada por alguém. Não queria casar com ninguém. Parecia-lhe que havia algo amadorístico em pôr o amor em contato com uma amizade perfeitamente lisa e honesta, como a sua com Ralph, que se baseava, há dois anos já, no interesse comum por tópicos impessoais, tais como habitação para os desvalidos ou a taxação das rendas imobiliárias.

O espírito da tarde, porém, diferia intrinsecamente do espírito matinal. Mary se descobriu a acompanhar o voo de um pássaro e a desenhar os galhos dos plátanos no mata-borrão. Chegaram pessoas para ver Sr. Clacton a negócios, e um sedutor aroma de cigarros filtrava do escritório dele. Sra. Seal andava às tontas carregada de recortes de jornais, que lhe pareciam sempre "esplêndidos" ou, então, "abaixo da crítica". Costumava colecionar esses recortes em álbuns ou enviá-los a seus amigos, depois de riscar na margem uma larga barra a lápis azul, operação que significava, igual e indistintamente, as profundezas da sua reprovação ou o auge da sua apreciação.

Por volta das quatro horas dessa mesma tarde, Katharine Hilbery subia Kingsway. Apresentou-se-lhe o problema do chá. As lâmpadas da rua já começavam a ser acesas, e ela se deixou ficar por um momento debaixo de uma delas, procurando lembrar-se de algum salão nas vizinhanças, onde houvesse lareira e conversação compatível com a sua disposição. Essa disposição, devido ao tráfego rodopiante e ao véu de irrealidade que a noite fazia baixar sobre as coisas, não se adaptava a seu ambiente em casa. Talvez, de modo geral, uma confeitaria fosse o melhor lugar para preservar esse estranho sentimento de intensificação do ato de existir. Ao mesmo tempo, agradar-lhe-ia conversar. Lembrando-se de Mary Datchet e de seus repetidos convites, atravessou a rua, dobrou em direção a Russell Square, procurando o número, com uma curiosa sensação de aventura que não tinha proporção com o fato em si. Achou-se num hall fracamente iluminado, sem porteiro, e empurrou a primeira porta de vaivém. Mas o contínuo nunca ouvira falar em Mary Datchet. Pertenceria à S.R.F.R.? Katharine abanou a cabeça com um sorriso de desânimo. Uma voz gritou de dentro:

– Não. S.G.S. – último andar.

Katharine subiu, passando por inumeráveis portas com siglas no vidro, cada vez mais desconfiada da sensatez da iniciativa. No alto, fez pausa por um momento, a fim de recobrar o fôlego e recompor-se. Ouviu lá dentro a máquina de escrever e vozes formais, profissionais, que não pertenciam, pensou, a ninguém com quem jamais houvesse falado. Tocou a campainha, e a porta foi aberta quase imediatamente pela própria Mary. Seu rosto teve de mudar inteiramente de expressão ao ver Katharine.

– Você! – exclamou. – Pensamos que fosse o tipógrafo.

E ainda a segurar a porta, chamou:

– Não, Sr. Clacton, não é de Penningtons. Seria o caso de telefonar-lhes de novo: 33 88 Central. Bem, que surpresa! Entre – acrescentou. – Você chegou justamente a tempo para o chá.

A luz do alívio brilhava nos olhos de Mary. O aborrecimento da tarde dissipara-se num instante, e ela alegrava-se de que Katharine os tivesse encontrado numa momentânea pressão de trabalho, devido à falta do impressor, que não entregara umas provas.

O globo, sem abajur, brilhando em cima da mesa coberta de papéis, ofuscou Katharine por um momento. Depois da confusão da sua caminhada semiconsciente e de seus pensamentos desconexos, a vida nessa pequena sala parecia-lhe exageradamente concentrada e brilhante. Deu-lhe as costas, instintivamente, para olhar pela janela sem cortinas, porém Mary logo a chamou:

– Foi grande proeza a sua encontrar o caminho – disse. E Katharine ficou pensando, em pé, ali, sentindo-se, de momento, inteiramente alheia e desligada, por que tinha vindo.

Aos olhos de Mary, ela parecia estranhamente deslocada no escritório. Sua figura, com a longa capa de fundas pregas, seu rosto, composto numa máscara perceptiva e apreensiva ao mesmo tempo, perturbaram Mary por um momento. Essa presença de alguém de outro mundo subvertia o seu. Ficou logo ansiosa para que Katharine se deixasse impressionar pela relevância do seu trabalho, e rezou para que nem Sra. Seal nem Sr. Clacton aparecessem até que essa impressão de importância fosse assimilada. Mas nisso se decepcionou. Sra. Seal irrompeu na sala com uma

chaleira na mão, a qual depositou no fogareiro e, depois, com ineficiente açodamento, acendeu o gás, que explodiu e apagou.
— Sempre assim, sempre assim — resmungou. — Kit Markham é a única pessoa que sabe lidar com esta coisa.

Mary teve de ir em auxílio dela, juntas puseram a mesa, desculpando-se pela disparidade das xícaras e pela pobreza do chá.

— Se tivéssemos sabido que Srta. Hilbery viria, teríamos comprado um bolo — disse Mary. Ao que Sra. Seal olhou Katharine pela primeira vez, desconfiadamente, por ser pessoa que fazia jus a bolo.

Sr. Clacton abriu a porta e entrou, lendo em voz alta uma carta datilografada.

— Salford se filiou — disse.

— Bravo, Salford! — exclamou Sra. Seal entusiasticamente, batendo no tampo da mesa com o bule de chá, à guisa de aplauso.

— Pois é. Finalmente, esses centros provincianos estão se chegando a nós — disse Sr. Clacton. Então Mary apresentou-o a Srta. Hilbery, e ele lhe perguntou, da maneira mais formal, se estava interessada "em nosso trabalho".

— E as provas ainda não chegaram? — disse Sra. Seal, apoiando os dois cotovelos na mesa e o rosto nas mãos, enquanto Mary começava a servir o chá. — Isso é mau, muito mau. Nesse ritmo, vamos perder o correio para o interior. O que me lembra, Sr. Clacton: não acha o senhor que deveríamos distribuir pelas províncias o último discurso de Partridge? O quê? Não leu? Pois é de longe a melhor coisa surgida na Câmara nesta sessão. Até o primeiro-ministro...

Mas Mary interrompeu-a sumariamente:

— Não se permite conversa de serviço na hora do chá, Sally — disse com firmeza. — Nós lhe cobramos um níquel de multa cada vez que ela se esquece, e o dinheiro vai para a compra do bolo de ameixas — explicou, procurando incorporar Katharine ao grupo. Já desistira de impressioná-la.

– Desculpem, desculpem – disse Sra. Seal. – É desgraça minha ser uma entusiasta – disse, dirigindo-se a Katharine. – Sou filha de meu pai nisso. Nem poderia ser diferente. Ninguém me bate em matéria de comitês. Já estive em tantos! Menores e abandonados, recuperação, trabalho social de igrejas, C.O.S. (seção local), além dos deveres cívicos habituais que competem a uma dona de casa. Mas larguei mão de tudo isso para trabalhar aqui, e não me arrependo por um segundo – acrescentou. – Esta é a questão fundamental, penso eu: enquanto as mulheres não puderem votar...

– Serão pelo menos seis níqueis, Sally – disse Mary, dando um murro na mesa. – E estamos todos fartos das mulheres e do voto feminino.

Sra. Seal deu, por um momento, a impressão de não poder acreditar nos próprios ouvidos, e fez um mortificado tut-tut-tut na garganta, olhando alternativamente de Katharine para Mary, e sacudindo a cabeça enquanto o fazia. Então disse, um tanto confidencialmente, a Katharine, com ligeiro movimento de cabeça na direção de Mary:

– Mary faz mais pela causa que qualquer uma de nós. Ela sacrifica a sua mocidade... Hélas, quando eu era jovem, havia circunstâncias domésticas... – suspirou e calou-se logo.

Sr. Clacton voltou, rapidamente, à sua pilhéria sobre almoço e explicou como Sra. Seal se alimentava com um pacote de bolachas debaixo das árvores, qualquer que fosse o tempo, como se Sra. Seal fosse um cachorro de estimação – pensou Katharine – treinado em fazer gracinhas.

– Sim, levo meu pacote para a praça – disse Sra. Seal, com o ar de culpa de uma criança que confessa um malfeito aos mais velhos. – É muito alimentício, acreditem. E os galhos nus contra o céu fazem *tanto* bem. Mas tenho de deixar de ir à praça – acrescentou, franzindo a testa. – A injustiça disso! Por que devo ter uma bela praça para meu uso, quando pobres mulheres que precisam descansar não têm onde sentar-se? – Olhou ferozmente para Katharine, e deu uma sacudidela nas madeixas. – É horrível

como a gente é ainda tirana, malgrado os esforços que faz. Tenta-se levar uma vida decente, mas não se pode. Naturalmente, basta pensar nisso para ver que todas as praças deviam estar abertas para todo mundo. Existe alguma sociedade, Sr. Clacton, com esse objetivo? Se não existe, deveria sem dúvida existir.
— Um excelente objetivo — disse Sr. Clacton, com sua maneira profissional. — Ao mesmo tempo, há que lamentar a proliferação de organizações, Sra. Seal. Tanto esforço meritório posto fora, para não falar nas libras, xelins e pence. Agora, quantas organizações de natureza filantrópica a senhora supõe que existam na cidade de Londres propriamente dita, Srta. Hilbery? — acrescentou, entortando a boca num pequeno sorriso, como para mostrar que a pergunta tinha seu lado frívolo.
Katharine sorriu também. A sua qualidade, diversa da dos outros, penetrara Sr. Clacton, que não era, de natureza, observador, e ele estaria a perguntar-se quem, de fato, ela era. A mesma diferença que estimulara sutilmente Sra. Seal a tentar a sua conversão. Mary, por seu lado, parecia implorar-lhe que facilitasse as coisas. Porque Katharine até então não demonstrara a menor disposição de facilitar nada. Pouco falara, e o seu silêncio, embora grave e até pensativo, parecia a Mary um silêncio crítico.
— Bem, temos comitês neste edifício que eu nem sequer conheço. No térreo, protegem-se os nativos, no andar seguinte facilita-se a emigração de mulheres e aconselham-se as pessoas a comerem nozes...
— Por que diz que "temos" comitês para fazer tais coisas? — interpôs Mary, um tanto bruscamente. — Nós não somos responsáveis por todos os malucos que decidiram vir habitar a mesma casa.
Sr. Clacton limpou a garganta e olhou sucessivamente para cada uma das senhoras. Estava bastante impressionado pela aparência e pelas maneiras de Srta. Hilbery, que a seu ver colocavam-na entre aquelas gentes cultivadas e ricas com quem costumava sonhar. Mary, por sua vez, era mais da espécie dele, e um tanto inclinada a dar-lhe ordens. Pegou migalhas secas de biscoito, e enfiou-as na boca com rapidez incrível.

— A senhora não pertence à nossa sociedade? – disse Sra. Seal.
— Não, acho que não – disse Katharine, com tal inocência que Sra. Seal ficou estupefata, fitando-a com uma expressão perplexa com se lhe fosse difícil classificá-la entre as variedades de seres humanos de seu conhecimento.
— Mas certamente... – começou.
— Sra. Seal é uma entusiasta desses assuntos – disse Sr. Clacton, quase apologeticamente. – Temos de lembrar-lhe algumas vezes que os outros têm o direito de ter sua própria opinião, mesmo se diversa da nossa... O *Punch* trazia um cartum muito bom esta semana, sobre uma sufragista e um trabalhador de fazenda. A senhora viu o *Punch* desta semana, Srta. Datchet?

Mary riu e disse que não.

Sr. Clacton então lhes contou a substância da graça, que, no entanto, dependia muito, para o seu sucesso, da expressão que o artista dera às pessoas. Sra. Seal permaneceu todo o tempo perfeitamente grave. E logo que ele terminou, explodiu:
— Mas, seguramente, Srta. Hilbery, se o bem-estar do seu sexo lhe importa, desejará que as mulheres votem?
— Eu não disse que não desejo o voto para elas – protestou Katharine.
— Então, por que não é membro da nossa sociedade? – perguntou Sra. Seal.

Katharine ficou a rodar sua colherinha, contemplou o redemoinho do chá, e permaneceu em silêncio. Sr. Clacton, enquanto isso, armava uma pergunta que, depois de um minuto de hesitação, fez a Katharine:
— Será a senhora por acaso aparentada ao poeta Alardyce? A filha dele, ao que me consta, desposou um Sr. Hilbery.
— Sim, sou a neta do poeta – disse Katharine, depois de uma pausa e ligeiro suspiro. Por algum tempo todos ficaram em silêncio.
— A neta do poeta – repetiu Sra. Seal, em parte consigo mesma, e com um aceno de cabeça, como se isso explicasse o que de outra forma seria inexplicável.

Uma luz acendeu-se no olho de Sr. Clacton:
— Ah, muito bem. Isso me interessa muitíssimo — disse. — Tenho uma grande dívida para com o seu avô, Srta. Hilbery. Houve tempo em que eu seria capaz de repetir de cor a maior parte dos versos dele. Mas a gente acaba por deixar de ler versos, desgraçadamente. A senhora não se lembrará dele, imagino?

Uma batida forte na porta tornou inaudível a resposta de Katharine. Sra. Seal levantou a cabeça com uma renovada esperança no olhar, e exclamou:

— As provas! Finalmente! — E correu a abrir a porta. — Oh, é apenas Sr. Denham! — gritou, sem qualquer esforço para esconder o seu desapontamento.

Ralph, imaginou Katharine, era visitante frequente, pois a única pessoa que julgou necessário cumprimentar foi ela mesma, e Mary logo explicou o estranho fato da sua presença ali, dizendo:

— Katharine veio ver como se administra um escritório.

Ralph formalizou-se e disse, constrangido:

— Espero que Mary não a tenha convencido de que sabe como fazê-lo.

— Pois então não sabe? — perguntou Katharine, olhando de um para o outro.

A essa troca de observações, Sra. Seal começou a mostrar sinais de agitação, que se revelaram como um brusco movimento da cabeça. E quando Ralph tirou uma carta do bolso e pôs o dedo numa sentença, ela se antecipou e exclamou, em confusão:

— Agora, sei exatamente o que vai dizer Sr. Denham! Mas foi no dia em que Kit Markham esteve aqui, e ela perturba tanto as pessoas, com sua maravilhosa vitalidade, quero dizer, sempre inventando alguma coisa nova, que a gente deveria estar fazendo, mas não está... E eu cônscia todo o tempo de que minhas datas estavam confundidas! Não teve nada a ver com Mary, absolutamente, posso assegurar-lhe.

— Minha querida Sally, não se desculpe — disse Mary, rindo.

— Os homens são tão tolos! Não sabem quais as coisas que de fato importam, e quais as que não importam.

– Vamos, Denham, defenda seu sexo – disse Sr. Clacton em tom jocoso, embora, como todo homem insignificante, na verdade se ressentisse se uma mulher o apanhava em erro numa discussão, gostando então de se referir a si mesmo como um "simples homem". Queria, todavia, engajar-se numa conversação literária com Srta. Hilbery e, por isso, deixou que o assunto morresse.

– Não lhe parece estranho, Srta. Hilbery – disse – que os franceses, com toda a sua riqueza de nomes ilustres, não têm poeta que se comparem a seu avô? Deixe-me ver: há Chénier, e Hugo, e Alfred de Musset, homens maravilhosos, mas, ao mesmo tempo, há uma riqueza, um frescor em Alardyce...

Aí tocou o telefone, ele teve de ir-se, com um sorriso e uma reverência que significavam que, embora a literatura fosse deliciosa, não era, afinal, o trabalho. Sra. Seal levantou-se ao mesmo tempo, mas ficou a agitar-se em volta da mesa, soltando uma longa tirada contra o governo de partido:

– Se eu fosse contar o que sei de intriga de bastidores, o senhor não me acreditaria, Sr. Denham, não mesmo. E é por isso que sinto que é o único serviço apropriado para a filha do meu pai, porque ele foi um dos pioneiros, Sr. Denham, e na sua lápide eu fiz gravar aquela passagem dos Salmos sobre os semeadores da semente... E o que não daria eu para vê-lo vivo agora, vendo o que nós vamos ver... – Refletindo, porém, que as glórias do futuro dependiam, em parte, da atividade da sua máquina de escrever, ela sacudiu a cabeça e correu para a reclusão do seu pequenino escritório, do qual logo saíram os ruídos de uma atividade entusiasta, se bem que errática.

Mary tornou imediatamente claro, ao abrir um novo tópico de interesse geral, que embora pudesse ver o ridículo da sua colega, não tinha a intenção de deixar que se rissem dela.

– Os padrões de moralidade parecem assustadoramente baixos – observou reflexivamente, servindo uma segunda xícara de chá –, especialmente entre mulheres não muito bem-educadas. Não percebem que as pequenas coisas têm sua importância, e é aí que o negócio desanda e elas se veem em dificuldades. Eu quase perdi a paciência, outro dia – continuou, olhando para Ralph com um pequeno sorriso, como se ele soubesse o que acontecia quando ela perdia a paciência. – Fico muito zangada quando as pessoas mentem para mim. Você não fica também? – perguntou a Katharine.

– Mas considerando que todo mundo mente... – observou Katharine, olhando em volta da sala para ver onde deixara sua sombrinha e seu embrulho, pois havia uma intimidade na maneira pela qual Mary e Ralph dirigiam-se um ao outro que a fazia ansiosa por deixá-los. Mary, por outro lado, sentia-se ansiosa, pelo menos superficialmente, para que Katharine ficasse e desse modo a fortificasse, na sua resolução de não se apaixonar por Ralph.

Ralph, ao levar a xícara dos lábios à mesa, decidira que, quando Srta. Hilbery saísse, iria com ela.

– Não acho que eu diga mentiras. E não acho que Ralph as diga, hein, Ralph? – continuou Mary.

Katharine riu, com mais hilaridade, pareceu a Mary, do que se poderia justificar. De que riria, então? Deles, provavelmente. Mas Katharine, entrementes, se levantara, e olhava para aqui e para ali, para as prensas e os armários, para toda a maquinaria do escritório, e incluía tudo no seu malicioso divertimento, o que levou Mary a fixar os olhos nela e mantê-los assim fixos, duros mesmo, como se se tratasse de uma ave malvada, de alegre plumagem, capaz de pousar no galho mais alto e picar a cereja mais vermelha sem o menor aviso. Não se poderiam imaginar duas mulheres mais diversas uma da outra, pensou Ralph, olhando de uma para outra. Um segundo depois, ele também se levantou e, cumprimentando Mary de cabeça, quando Katharine se despediu, abriu a porta para ela e acompanhou-a.

Mary permaneceu imóvel sem o menor gesto para detê-los. Por um segundo ou dois depois que a porta se fechou atrás deles, seus olhos ainda se demoravam nela com uma fúria a que por um momento misturou-se alguma perplexidade; mas, depois de breve hesitação, depôs sua xícara e dedicou-se à tarefa de tirar a mesa do chá.

O impulso que levara Ralph a tomar tal curso de ação fora resultado de um rápido raciocínio e, desse modo, não constituía a rigor um impulso. Passou pela sua cabeça que se perdesse essa oportunidade de falar com Katharine, teria de fazer face a um fantasma enraivecido, quando estivesse de novo só no seu quarto, e que este lhe pediria explicações pela sua covarde indecisão. Era melhor, de um modo geral, arriscar o presente embaraço do que perder uma noite a sopesar desculpas e a construir cenas impossíveis com essa faceta intransigente de si mesmo. Desde que visitara os Hilberys, estava à mercê de uma Katharine fantasma, que vinha ter com ele quando estava só, e lhe respondia como desejaria que ela respondesse, e que estava sempre a seu lado para coroar as várias vitórias que eram negociadas cada noite, em cenas imaginárias, enquanto ia do escritório para casa, a pé, por ruas em que as luzes já se haviam acendido. Caminhar com Katharine em carne e osso serviria para nutrir esse fantasma com comida fresca, o que, como o sabem todos aqueles que alimentam sonhos, é processo necessário de tempos em tempos, ou para adelgaçá-lo a tal ponto que, depois disso, de pouco serviria. E essa também é uma mudança que todo sonhador acolhe com prazer. E todo o tempo, Ralph estava ciente de que a massa de Katharine não estava absolutamente representada nos seus sonhos, de modo que, ao encontrá-la, pasmava-se de que nada tivesse a ver com o sonho que fazia dela.

Quando, ao alcançarem a rua, Katharine percebeu que Denham se esforçava para se emparelhar com ela e conservar o mesmo passo, ficou surpresa e, talvez, um tanto aborrecida. Ela, também, tinha sua margem de imaginação e, nessa noite, sua atividade nessa obscura região da mente requeria solidão. Se pudesse dispor das coisas a seu modo, teria caminhado bem depressa pela Tottenham Court Road abaixo, saltado num táxi e corrido para casa. Para ela, a visão que tivera do interior de um escritório participava da natureza de um sonho. Fechados lá, Sra. Seal, Mary Datchet e Sr. Clacton eram como figuras encantadas numa torre encantada, com teias de aranha penduradas no teto e todos os instrumentos de um necromante à mão. Pois de tal maneira arredios, irreais e à parte do mundo normal lhe pareciam eles, naquela casa de inumeráveis máquinas de escrever, murmurando suas encantações e fabricando suas drogas, e lançando suas frágeis redes por cima da torrente da vida que bramia lá fora nas ruas.

Talvez estivesse consciente de que houvesse algum exagero nessa imagem, pois certamente não desejou partilhá-la com Ralph. Para ele, supunha, Mary Datchet, compondo panfletos para ministros de Estado, em meio às suas máquinas de escrever, representava tudo o que havia de mais interessante e genuíno; em consequência, trancou-os fora do seu quinhão da rua cheia de gente com o colar pendurado de lâmpadas, vitrinas acesas, a massa de homens e mulheres, coisa que a tal ponto a estimulava que quase se esquecia do seu companheiro. Caminhava rapidamente, e o efeito da gente que passava na direção oposta era produzir uma estranha sensação de tonteira tanto na sua cabeça quanto na de Ralph, e isso mantinha seus corpos afastados. Mas ela cumpriu suas obrigações para com o seu companheiro quase inconscientemente:

— Mary Datchet faz essa espécie de trabalho muito bem... Ela é a responsável por ele, imagino?

— Sim. Os outros pouco ajudam. Ela a converteu?

— Oh, não. Quer dizer, eu já era convertida.

— Mas ela não a persuadiu a trabalhar para eles?

— Meu Deus, não! Isso não teria sentido.

Caminharam juntos pela Tottenham Court Road, separando-se e juntando-se outra vez, e Ralph sentiu-se como se estivesse arengando com o alto de um choupo numa ventania.

— E se tomássemos aquele ônibus? – sugeriu.

Katharine assentiu, subiram, e acharam-se sozinhos na parte superior.

— Para onde vai? – perguntou Katharine, acordando um pouco do transe em que o movimento entre coisas moventes a lançara.

– Vou para o Temple – respondeu Ralph, inventando impulsivamente um destino. Sentiu a mudança operar-se nela, ao se sentarem e ao se pôr o ônibus em marcha. Imaginava-a contemplar a avenida à frente deles com aqueles seus tristes olhos honestos, que pareciam mantê-lo a uma grande distância. Mas a brisa lhes soprava no rosto, e levantou o chapéu de Katharine por um momento, e ela tirou um grampo e enfiou-o de novo, um pequenino ato que, por alguma razão, fê-la parecer mais falível. Ah, se pelo menos o chapéu voasse, e a deixasse descabelada, e ela o aceitasse de volta, das mãos dele!

– Isso é como Veneza – observou ele, mostrando com a mão.
– Os carros, quero dizer, deslizando assim velozes com suas luzes acesas.

– Eu nunca estive em Veneza – respondeu ela. – Estou guardando isso, e outras coisas, para a minha velhice.

– Que outras coisas?

– Bem, Veneza, a Índia e, penso, Dante também – ela riu.

Ao invés de responder-lhe, Ralph pensou se deveria dizer-lhe uma coisa que era absolutamente verdadeira a respeito dele mesmo. E enquanto se decidia, disse-o:

– Desde menino, planejo minha vida em seções, para fazer que dure mais. Sabe, estou sempre com medo de estar perdendo alguma coisa...

– Pois eu também! – exclamou Katharine. – Mas, afinal, por que estaria o senhor perdendo algo?

– Por quê? Porque sou pobre, entre outras coisas – respondeu Ralph. – Você, acho, pode ter Veneza e a Índia e Dante todos os dias da sua vida.

Ela não disse nada por um momento, mas apoiou uma das mãos, sem luva, no ferro à sua frente, pensando numa variedade de coisas, das quais uma era que esse estranho rapaz pronunciava Dante tal como estava habituada a ouvir o nome pronunciado, e outra, que ele tinha, inesperadamente, uma maneira de ver a vida que lhe era familiar. Talvez, então, ele fosse a espécie de pessoa pela qual ela podia interessar-se, se chegasse a conhecê-lo melhor, e como o tinha posto, até então, entre as pessoas que não queria conhecer melhor, isso bastou para deixá-la muda. Recordou-se, atabalhoadamente, da primeira vez que o vira, no salãozinho em que se guardavam as relíquias, e passou um risco a meio das suas impressões, como a gente faz quando cancela uma sentença mal escrita depois de encontrar a boa.

– Mas saber que se podem ter coisas não altera o fato de não tê-las – disse ela, de maneira um tanto confusa. – Como poderia eu ir à Índia, por exemplo? Ademais – acrescentou impulsivamente e deteve-se. O condutor acercou-se deles nesse ponto e interrompeu-os. Ralph esperou que ela terminasse a frase, mas Katharine não disse mais nada.

– Tenho um recado para seu pai – disse ele. – Talvez você pudesse dá-lo, ou talvez eu devesse ir...

– Sim, venha – respondeu Katharine.

– E, todavia, não vejo por que você não poderia ir à Índia – começou Ralph, a fim de impedi-la de levantar-se, como ameaçava fazer.

Mas, apesar dele, ela se levantou, disse-lhe adeus com seu costumeiro ar de decisão, e deixou-o com o modo abrupto, que Ralph agora associava com todos os seus movimentos. Olhou para baixo e viu-a em pé na guia da calçada, uma figura alerta, dominadora, à espera do momento de cruzar; e que então andou, confiante e veloz, para o outro lado. Esse gesto e esse ato seriam acrescentados ao retrato que fazia dela. No momento, porém, a mulher real afugentava completamente o fantasma.

7

E o pequeno Augustus Pelham me disse: É a nova geração que bate às portas. E eu lhe disse: Oh, mas a nova geração entra sem bater, Sr. Pelham. Uma pobre facécia, não é mesmo, mas foi, ainda assim, para o caderninho dele.

– Congratulemo-nos: estaremos todos no túmulo antes que esse trabalho venha a lume – disse Sr. Hilbery.

O velho casal esperava pela sineta do jantar e pela entrada da filha na sala. Suas poltronas estavam puxadas para o fogo, uma de cada lado, e ambos sentavam-se na mesma posição ligeiramente inclinada para diante, fitando as brasas, com a expressão de pessoas que tiveram sua parte de experiências e esperam, um tanto passivamente, que alguma coisa aconteça. Sr. Hilbery dava agora toda sua atenção a um dos carvões, que caíra fora da grelha, e à escolha de uma boa posição para ele entre os que já ardiam. Sra. Hilbery observava-o, e o sorriso alterou-se nos seus lábios, como se sua mente estivesse ainda a brincar com os acontecimentos da tarde.

Quando Sr. Hilbery completou sua tarefa, retomou a posição abaixada, e começou a entreter-se com a pequena pedra verde da corrente do relógio. Seus olhos profundos, ovalados, fixavam-se nas chamas, e atrás do brilho superficial pareciam incubar um espírito observador e caprichoso, o que mantinha o castanho do olho ainda surpreendentemente vivo. Mas uma expressão de indolência, produto do ceticismo ou de um gosto por demais fastidioso para satisfazer-se com os fáceis prêmios e conclusões ao seu alcance, dava-lhe um aspecto quase melancólico. Depois de estar sentado, assim, por algum tempo, pareceu ter chegado a um ponto no seu pensamento que demonstrava a sua inanidade, o que o fez suspirar e estender a mão para apanhar um livro, na mesa ao lado.

Mal a porta se abriu, deixou o livro, e os olhos de pai e mãe pousaram sobre Katharine, que deles se aproximava. A visão da filha parecia dar-lhes, imediatamente, a motivação que antes não tinham. Parecia-lhes, ao andar na sua direção, com seu leve vestido de noite, extremamente jovem, e a sua vista os reanimava, não fora apenas pelo fato de que a sua juventude e ignorância emprestavam algum valor ao conhecimento que tinham do mundo.

– A única desculpa que tem, Katharine, é que o jantar está ainda mais atrasado que você – disse Sr. Hilbery, tirando os óculos.

– A mim não importa que ela se atrase se o resultado é tão encantador – disse Sra. Hilbery, olhando com orgulho para a filha. – Assim mesmo, não estou segura de que você deva ficar fora até tão tarde, Katharine. Tomou um táxi, espero?

Então, o jantar foi anunciado, e Sr. Hilbery levou a mulher para o térreo, pelo braço. Estavam todos vestidos para jantar e, na verdade, a beleza da mesa merecia esse cumprimento. Não havia toalha, e a porcelana fazia discos regulares de azul profundo na madeira escura e lustrosa. Ao centro, havia um pote de crisântemos amarelos e de um vermelho-acastanhado, e outro de crisântemos brancos de extrema pureza, tão frescos que as pétalas estreitas se curvavam para trás numa bola branca e dura. Das paredes circundantes, as cabeças de três famosos escritores vitorianos supervisionavam o festim, e fragmentos de papel colados debaixo deles testemunhavam, na própria caligrafia do grande homem, que ele era sempre seu sinceramente ou afetuosamente ou para sempre. Pai e filha teriam ficado muito contentes, ao que parecia, de comer seu jantar em silêncio, ou com umas poucas observações crípticas expressas numa taquigrafia impossível de decifrar pela criadagem. Mas o silêncio deprimia Sra. Hilbery, e longe de se importar com a presença das empregadas, muitas vezes se dirigia a elas, e nunca estava de todo desatenta à sua aprovação ou desaprovação do que ia dizendo. Em primeiro lugar, chamou-as como testemunhas de que a sala estava mais escura do que de hábito, e mandou acender todas as luzes.

– Assim fica mais alegre! – exclamou. – Sabe, Katharine, aquele pateta ridículo que veio tomar chá comigo? Ah, como você me fez falta! Quis fazer epigramas todo o tempo, fiquei tão nervosa, na expectativa deles, que derramei o chá. E ele fez um epigrama sobre isso!

– Que pateta é esse? – perguntou Katharine ao pai.

– Só um dos meus patetas faz epigramas, felizmente. Augustus Pelham, naturalmente – disse Sra. Hilbery.

– Não lamento ter estado fora – disse Katharine.

– Pobre Augustus! – exclamou Sr. Hilbery. – Somos duros demais com ele. Lembrem-se de como é devotado à chata da velha mãe dele.

– É só por ser sua mãe. Qualquer pessoa ligada a ele...

– Não, não, Katharine, isso é muito mau. É... Qual a palavra que quero, Trevor? Alguma coisa longa e latina, dessa espécie de palavra que você e Katharine conhecem...

Sr. Hilbery sugeriu "cínico".

– Bem, cínico serve. Não sou a favor de mandar meninas para colégios, mas eu lhes ensinaria esse tipo de coisas. Faz a gente sentir-se tão importante, deixando cair assim essas pequenas alusões e passando graciosamente ao tópico seguinte. Mas não sei o que há comigo. Tive, na verdade, de perguntar a Augustus o nome da mulher que Hamlet amava, porque você estava fora, Katharine, e Deus sabe o que vai escrever a meu respeito no seu diário.

– Eu quisera... – começou a dizer Katharine com grande impetuosidade, mas conteve-se. Sua mãe sempre a levava a pensar e agir precipitadamente, e lembrou-se de que o pai estava presente, ouvindo com atenção.

– O que é que você quisera? – perguntou ele, ao ver que ela tinha feito uma pausa.

– Quisera que mamãe não fosse uma pessoa famosa. Fui tomar chá fora, e alguém quis falar de poesia comigo.

– Pensando que você fosse dada a poesia. Entendo; e não é?

– Quem esteve falando de poesia com você, Katharine? – perguntou Sr. Hilbery, e Katharine viu-se obrigada a fazer aos pais um relato da sua visita ao escritório sufragista.

– Eles têm um escritório no alto de uma dessas casas velhas da Russel Square. Nunca vi gente tão esquisita. E o homem descobriu que eu era parente do poeta, e se pôs a falar comigo de poesia. Até Mary Datchet parece diferente naquela atmosfera.

– Sim. A atmosfera de um escritório faz muito mal à alma – disse Sr. Hilbery.

– Não me lembro de nenhum escritório em Russell Square, antigamente, quando mamãe vivia lá – disse Sra. Hilbery –, e não me agrada ver um daqueles nobres salões transformado num sufocante escritoriozinho sufragista. Apesar disso, se os empregados leem poesia por lá, deve haver alguma coisa estimável neles.

– Não, porque não leem poesia como nós lemos – insistiu Katharine.

– Mas ainda assim é agradável pensar que estão lendo seu avô, e não preenchendo aqueles horríveis formulários o dia todo – persistiu Sra. Hilbery; sua noção da vida de escritório derivava de um olhar de relance ao cenário por detrás do balcão do seu banco, enquanto enfiava alguns soberanos na bolsa.

– De qualquer maneira, não converteram você, Katharine. Era disso que eu tinha medo – observou Sr. Hilbery.

– Oh, não! – disse Katharine com determinação. – Eu não trabalharia com eles por coisa nenhuma deste mundo.

— É curioso — disse Sr. Hilbery, concordando com a filha — como a vista do entusiasmo dos amigos sempre deixa a gente fria. Os entusiastas revelam os pontos fracos de uma causa mais claramente do que os antagonistas. Uma pessoa pode estar entusiasmada por um estudo; pois basta entrar em contato com gente que pensa da mesma maneira para tirar todo o fascínio da coisa. Sempre verifiquei isso. — E contou-lhes, enquanto descascava a sua maçã, de como se comprometera um dia, na mocidade, a fazer um discurso num comício político, e de como chegara lá ardendo de entusiasmo pelos ideais do seu lado. Mas à medida que os líderes falavam, ele se ia aos poucos convertendo à maneira oposta de pensar, se se pode dizer assim, e tivera de fingir-se doente para não se dar em espetáculo — uma experiência que o deixara para sempre avesso a reuniões públicas.

Katharine ouvia, e sentia o que geralmente sentia quando o pai e, em certa medida, a mãe também descreviam os próprios sentimentos: que podia entendê-los e concordar com eles, mas, ao mesmo tempo, via algo que eles mesmos não viam, e sentia algum desapontamento quando ficavam aquém da sua visão, como de resto sempre ficavam. Os pratos se sucediam, rápida e silenciosamente, à frente dela, e a mesa foi preparada para a sobremesa, e enquanto a conversa murmurada girava nos sulcos de sempre, ela se deixava ficar, um pouco como um juiz, a ouvir os seus pais, que se sentiam, na verdade, felizes quando a faziam rir.

A vida cotidiana numa casa em que há jovens e velhos é cheia de curiosas cerimônias e pequenas devoções, observadas, todas, pontualmente, embora seu sentido seja obscuro e certo mistério tenha vindo incubar-se nelas, o que confere um encanto supersticioso à sua realização. Era uma dessas a cerimônia do charuto e do cálice de porto, postos toda noite ao alcance da mão direita e da mão esquerda de Sr. Hilbery. Simultaneamente, Sra. Hilbery e Katharine deixavam a sala. Todos esses anos que tinham vivido juntos, jamais viram Sr. Hilbery fumar o charuto ou beber o vinho, e teriam achado impróprio se algum dia o tivessem surpreendido, por acaso, enquanto estava lá sentado, entregue a tais misteres. Esses períodos de separação, entre os sexos, curtos mas bem definidos, eram sempre usados como uma espécie de *postscriptum* íntimo do que fora discutido ao jantar, e o sentimento de serem mulheres evidenciava-se mais forte para mãe e filha quando o sexo masculino ficava assim, e como que em virtude de algum rito religioso, separado do feminino. Katharine sabia de cor a espécie de sensação que se apoderava dela, sempre que subia as escadas para a sala de estar, com o braço da mãe apoiado no seu. E podia antecipar o prazer que tinham ambas depois de acesas as luzes, ao contemplar a sala, limpa e arranjada de fresco para essa última seção do dia, com as araras vermelhas saltando no chitão das cortinas, e as cadeiras de braço aquecendo-se à lareira. Sra. Hilbery acercava-se, punha um pé no guarda-fogo e levantava um pouquinho as saias.

– Oh, Katharine – exclamava –, como você me fez lembrar mamãe e os velhos tempos de Russell Square! Posso ver ainda os candelabros, e a seda verde do piano, e mamãe sentada junto à janela, com seu xale de caxemira a cantar, até que os moleques se juntaram do lado de fora para ouvi-la. Papai me mandou entrar, com um buquê de violetas, e ficou esperando nas proximidades. Isso deve ter sido numa noite de verão, antes que tudo ficasse irremediável...

Enquanto falava, descia-lhe sobre o rosto uma expressão de mágoa, que devia ser frequente, para causar os vincos, agora fundos, em torno dos lábios e dos olhos. O casamento do poeta não fora feliz. Ele abandonara a mulher e, depois de alguns anos de uma vida bastante imprudente, ela morrera prematuramente. Esse desastre levara a grandes irregularidades de educação, e, na verdade, poder-se-ia dizer que Sra. Hilbery escapara inteiramente a qualquer tipo de educação formal. Mas tivera o pai como companhia ao tempo em que ele escreveu os seus melhores poemas. Sentara-se no seu colo em tabernas e outros pontos favoritos de poetas bêbados, e foi por causa dela, dizia-se, que se curara da sua dissipação e tornara-se a irrepreensível figura literária que o mundo conhece, cuja inspiração o desertara. À medida que Sra. Hilbery envelhecia, pensava mais e mais no passado, e esse antigo desastre parecia, às vezes, pesar-lhe na alma, como se não pudesse despedir-se desta vida sem antes esconjurar o fantasma do infortúnio dos seus pais.

Katharine desejaria confortar a mãe, mas era difícil fazê-lo satisfatoriamente, quando os próprios fatos eram a tal ponto legendários. A casa de Russell Square, por exemplo, com seus nobres salões, e o pé de magnólia no jardim, e o piano de tom suave, e o som de passos deslizando pelos corredores, e os outros ingredientes de prestígio e romance, teriam jamais existido? E, todavia, por que viveria Sra. Alardyce sozinha nessa gigantesca mansão e, se não vivera só, então com quem havia vivido? Katharine gostava dessa trágica história por ela mesma, e teria gostado de ouvir-lhe os pormenores e poder discuti-los francamente. Mas isso foi ficando cada vez menos possível de fazer, pois, embora Sra. Hilbery volvesse constantemente à história, era sempre dessa maneira tentativa, irrequieta, como se por um toque posto aqui e outro ali pudesse endireitar coisas que estavam tortas havia sessenta anos. Talvez, a rigor, ela já não soubesse distinguir a verdade.

– Se vivessem agora – concluía –, acho que isso não teria acontecido. As pessoas já não são tão dadas às tragédias como o eram naquele tempo. Se meu pai tivesse podido viajar, ou se tivesse feito uma cura de repouso, tudo teria entrado nos eixos. Mas que podia eu fazer? E eles tinham amigos maldosos, todos dois, que fizeram muito dano. Ah, Katharine, quando você se casar, minha filha, esteja certa, bem certa de que ama o seu marido!

As lágrimas marejavam os olhos de Sra. Hilbery.

Enquanto a consolava, Katharine pensava consigo mesma: Isso é o que Mary Datchet e Sr. Denham não compreendem. Esse é o tipo de embrulhada em que sempre me vejo metida. Como deve ser mais simples viver como eles vivem!, e isso porque durante toda a noite comparara sua casa, seu pai e sua mãe com o escritório sufragista e a gente que trabalhava lá.

– Mas Katharine – continuava Sra. Hilbery, com uma das suas bruscas mudanças de ânimo –, embora Deus saiba que não desejo vê-la casada, certamente se jamais um homem amou assim uma mulher, William ama você. E é um nome muito bonito, e sonoro também, Katharine Rodney, o que, desgraçadamente, não quer dizer que ele tenha qualquer dinheiro, que não tem. A alteração do seu nome aborreceu Katharine. E ela observou com alguma rispidez que não desejava desposar ninguém.

– Sem dúvida, é muito aborrecido que você só possa casar com um marido – refletiu Sra. Hilbery. – Sempre pensei que bom seria se casasse com todo mundo que deseja casar-se com você! Talvez cheguemos lá, com o tempo; entrementes, porém, confesso que o caro William – mas aí entrou Sr. Hilbery, e a parte mais substancial da noite começou. Consistia numa leitura em voz alta por Katharine de alguma obra em prosa, enquanto sua mãe tricotava cachecóis intermitentemente numa pequena armação circular, e seu pai lia o jornal com atenção, mas não tanta que o impedisse de comentar, de espaço em espaço, o destino do herói ou da heroína. Os Hilberys eram sócios de uma biblioteca, que entregava livros às terças e sextas, e Katharine fazia o possível para interessar seus pais nas obras de autores vivos e altamente respeitáveis; Sra. Hilbery, porém, ficava perturbada só pelo aspecto dos volumes, leves, emoldurados de ouro, e fazia pequenas caretas, como se provasse alguma coisa amarga no curso da leitura. Quanto a Sr. Hilbery, troçava dos modernos, mas como se troça das momices de uma criança que promete.

Assim, nessa noite, depois de mais ou menos umas cinco páginas de um desses mestres, Sra. Hilbery protestou que era tudo inteligente demais, e vulgar, e abaixo da crítica.

– Por favor, Katharine, leia-nos alguma coisa *séria*.

Katharine teve de ir à estante e escolher um alentado volume encadernado em couro amarelo e macio, que teve imediato efeito sedativo sobre seus progenitores. Mas a entrega do correio da noite interrompeu os períodos de Henry Fielding, e Katharine lembrou-se de que suas cartas exigiam toda a sua concentração.

8

Levou as cartas consigo, para o quarto, depois de persuadir a mãe a ir para a cama logo que Sr. Hilbery as deixou, pois, enquanto estivesse sentada na mesma sala que a mãe, Sra. Hilbery poderia, a qualquer momento, pedir para dar uma espiadela no correio. Uma rápida vista d'olhos pelos muitos envelopes lhe mostrara que, por coincidência, sua atenção tinha de dividir-se por diversas aflições ao mesmo tempo. Em primeiro lugar, Rodney escrevera um relato bastante completo do seu estado mental, ilustrado por um soneto e pedindo uma reconsideração da posição de ambos, o que agitou Katharine mais do que desejaria. Havia também duas cartas que tinham de ser postas de lado, e comparadas, antes que pudesse descobrir a verdade da história que contavam; e mesmo quando se inteirou dos fatos, ficou sem saber o que pensar; finalmente, tinha de refletir sobre muitas páginas escritas por um primo, que se achava em dificuldades financeiras, e vira-se forçado a entregar-se à destoante ocupação de ensinar as jovens senhoras de Bungay a tocar violino.

Mas as duas cartas que contavam de maneira diferente a mesma história eram a sua principal fonte de perplexidade. Ficou realmente chocada ao descobrir que se estabelecera, sem sombra de dúvida, que seu segundo primo, Cyril Alardyce, vivera os últimos quatro anos de sua vida com uma mulher que não era sua esposa, que essa mulher lhe dera dois filhos, e que estava em vias de dar-lhe um terceiro. Tal situação fora descoberta por Sra. Milvain, sua tia Celia, zelosa investigadora de tais matérias, cuja carta estava também por considerar. Cyril, dissera ela, tem de ser obrigado a casar com a mulher imediatamente; e Cyril, certo ou errado, indignava-se com tal intromissão nos seus assuntos, e não reconhecia ter feito coisa de que se devesse envergonhar. E teria ele algo de que se envergonhar? – perguntou-se Katharine; e voltou à carta da tia. "Lembre-se", escrevia ela, no seu profuso, enfático, relatório, "lembre-se de que ele carrega o nome do seu avô, e o mesmo nome terá a criança que vai nascer. O pobre rapaz não é tanto de lamentar quanto a mulher que o iludiu, julgando que ele fosse um *gentleman*, coisa que ele *é*, e que tinha dinheiro, coisa que ele *não tem.*"

O que diria Ralph Denham diante disso?, pensou Katharine, pondo-se a andar de um lado para outro no seu quarto de dormir. Torceu as cortinas um pouco para o lado, de tal modo que, ao voltar-se, viu-se confrontada pela escuridão e, olhando para fora, pôde distinguir apenas os ramos de um pinheiro e as luzes amarelas da janela de alguém.

O que diriam disso Mary Datchet e Ralph Denham?, refletia ela detendo-se junto à vidraça que, como a noite era quente, levantou-se, para sentir o ar no rosto e para perder-se no nada da noite. Mas, com o ar, introduziu-se no quarto o distante zumbido das ruas cheias de gente. O som abafado, incessante e tumultuoso, do tráfego parecia-lhe, em pé à janela, representativo da grossa textura da sua vida, tão entrelaçada ao curso de outras vidas que os sons do seu próprio progresso eram inaudíveis. Gente como Ralph e Mary – pensou – faziam tudo o que queriam e tinham um grande espaço livre à sua frente; invejava-os e, ao invejá-los, esforçou-se por imaginar uma terra vazia, onde todo esse rasteiro relacionamento de homens e mulheres, essa vida feita do denso cruzamento e emaranhamento de homens e mulheres, não tinha qualquer existência real. Mesmo agora, sozinha, à noite, olhando lá fora a massa informe de Londres, era forçada a lembrar que havia um ponto aqui e outro acolá com os quais tinha alguma conexão. William Rodney, nesse exato momento, estaria sentado num minúsculo círculo de luz, em algum lugar a Leste dela, e sua mente se ocuparia, não com seu livro, mas com ela. Bem quisera que ninguém no mundo inteiro pensasse nela. Todavia, era impossível escapar dos próprios semelhantes, concluiu, fechou a janela com um suspiro, e voltou às suas cartas.

Não podia ter dúvidas: a carta de William era a mais genuína de quantas recebera dele. Chegara à conclusão – escreveu – que não podia viver sem ela. Acreditava conhecê-la bem, e poder fazê-la feliz. Acreditava que o casamento deles seria diferente de outros casamentos. Nem era o soneto, a despeito da sua perfeição de acabamento, carente de paixão, e Katharine, ao reler as páginas, podia ver muito bem em que direção seus próprios sentimentos deveriam correr, supondo que se revelassem. Ela chegaria a sentir uma espécie de divertida ternura por ele, um zeloso cuidado com as suscetibilidades dele, e, afinal de contas, considerou, pensando nos seus pais, o que é o amor?

Naturalmente, com o seu rosto, sua posição, suas raízes, tinha experiência de rapazes que queriam casar com ela, e protestavam-lhe amor, mas, talvez por não lhes corresponder, tudo lhe parecia uma espécie de espetáculo. Não tendo experiência pessoal do amor, sua mente ocupava-se inconscientemente, desde alguns anos, em compor uma imagem do amor e do casamento que seria a sua conclusão, e do homem que o inspiraria – coisa que reduzia à insignificância qualquer exemplar que lhe cruzasse o caminho. Sem esforço, e sem qualquer correção da razão, sua imaginação criava imagens, soberbos fundos de quadro que lançavam uma luz rica – se bem que fantasmagórica – sobre os fatos do primeiro plano. Esplêndida como as águas que se precipitam com um bramido de trovão das altas plataformas de rocha e mergulham nas profundezas azuis da noite, era a presença do amor que ela

sonhava, e que atraía todas as gotas da força da vida e esmagava-
-as separadamente na soberba catástrofe em que tudo cedia e
nada podia ser jamais recuperado. O homem também era algum
magnânimo herói, que cavalgava um cavalo gigante ao longo da
praia do mar. Galopavam juntos por florestas sem fim, galopavam pela orla do mar. Ao acordar, porém, ela era capaz de contemplar um perfeito casamento sem amor, como os da vida real,
pois as pessoas que sonham assim são justamente as que fazem
as coisas mais prosaicas.

No momento, sentia-se muito mais inclinada a tecer, noite afora, sua leve construção imaginária; até que se cansou da futilidade
dos seus pensamentos, e voltou às suas matemáticas. Mas, como o
sabia perfeitamente, era necessário que visse seu pai antes de ir
para a cama. O caso de Cyril Alardyce tinha de ser discutido, defen-
didos os direitos da família e as ilusões de sua mãe. Sendo ela própria vaga acerca do que isso poderia significar, tinha de aconselhar-
-se com o pai. Pegou as suas cartas e desceu. Passava de onze horas, e começava a reinação dos relógios, o grande relógio de pé do
hall batendo em competição com o pequeno relógio de parede do
patamar da escada. O estúdio de Sr. Hilbery ocupava os fundos da
casa, atrás dos outros cômodos, no térreo, e era um lugar muito
calmo, subterrâneo, com uma claraboia, em que o sol lançava apenas, durante o dia, uma simples abstração de claridade sobre os
livros e a grande mesa, coberta de papéis em desordem, que pareciam muito brancos à luz da lâmpada de mesa de abajur verde. Ali
ficava Sr. Hilbery, revisando sua crítica ou reunindo os documentos em que se louvaria para provar que Shelley escrevera *"of"* em
vez de *"and"*, ou que a estalagem em que Byron dormira chamava-
-se, realmente, "Cabeça de Pônei" e não "Cavaleiro Turco", ou que o
prenome do tio de Keats era John e não Richard, pois que talvez
soubesse mais minudências sobre os poetas do que qualquer outro homem na Inglaterra. Preparava uma edição de Shelley em que
se observaria escrupulosamente o sistema de pontuação do poeta.
Ele via o lado cômico dessas pesquisas, mas isso não o impedia de
fazê-las com o maior cuidado.

Quando Katharine entrou, estava recostado confortavelmente numa funda poltrona, fumando um charuto e ruminando uma útil questão: se Coleridge quisera casar-se com Dorothy Wordsworth e quais teriam sido as consequências, se o tivesse feito, para ele e para a literatura em geral. Pensou saber a que vinha, e tomou uma nota a lápis antes de falar com ela. Feito isso, viu que ela estava lendo, e observou-a por um momento sem nada dizer. Ela lia *Isabella e o Pote de Basílico*, e sua mente enchia-se das colinas italianas e da luz azul dos dias e das sebes enfeitadas de pequenas rosetas de flores vermelhas e brancas. Sentindo que seu pai esperava que falasse, Katharine suspirou e disse, fechando o livro:

– Recebi uma carta de tia Celia sobre Cyril, pai... Parece ser verdade, o casamento dele. O que vamos fazer?

– Entendo que Cyril andou fazendo as maiores tolices – disse Sr. Hilbery, no seu tom deliberado e agradável.

Katharine encontrou alguma dificuldade em continuar a conversa, enquanto o pai batia as pontas dos dedos umas nas outras, com ar judicioso e como se reservasse muitos dos seus pensamentos para si.

– Ele se afundou, diria eu – continuou Sr. Hilbery. Sem dizer nada, tirou as cartas das mãos de Katharine, ajustou os óculos e leu-as de ponta a ponta.

Por fim, disse:

– Hum!

E devolveu-lhe as cartas.

– Mamãe não sabe nada – observou Katharine. – O senhor vai contar-lhe?

– Sim, vou contar tudo à sua mãe. Vou dizer que não há nada que possamos fazer a respeito.

– Mas e o casamento? – perguntou Katharine, com alguma hesitação.

Sr. Hilbery permaneceu calado, contemplando o fogo.

– Em sã consciência, por que teria ele feito isso? – especulou, por fim, mais para si do que para ela.

Katharine começara a reler a carta da tia, e citou uma sentença? "Ibsen e Butler... Ele me escreveu uma carta cheia de citações: tolices, embora inteligentes."

– Bem, se a nova geração pretende levar a vida segundo essas normas, não temos nada com isso – observou ele.

– Mas talvez seja da nossa conta fazer que casem? – perguntou Katharine, sem muita convicção.

– Por que diabo iriam submeter o caso a mim? – perguntou-lhe o pai, com uma ponta de irritação.

– Só na capacidade de chefe da família...

– Mas não sou o chefe da família. Alfred é o chefe da família. Que se dirijam a Alfred – disse Sr. Hilbery, deixando-se cair de novo na sua poltrona. Katharine, no entanto, estava certa de haver tocado num ponto nevrálgico ao mencionar a família.

– Penso que a melhor coisa que tenho a fazer é ir vê-los – observou ela.

– Não quero você por perto deles – replicou Sr. Hilbery, com desacostumada decisão e autoridade. – Na verdade, não entendo por que eles envolveram você nesse negócio. Não vejo onde a história tenha qualquer coisa a ver com você.

– Eu sempre fui amiga de Cyril – disse Katharine.

– Mas alguma vez disse ele uma palavra que fosse sobre o assunto? – perguntou Sr. Hilbery asperamente.

Katharine sacudiu a cabeça. Estava deveras sentida por Cyril não ter confiado nela. Será que pensava, como Mary Datchet ou Ralph Denham, que era, por alguma razão, pouco simpática a ele – ou, até, hostil?

– Quanto à sua mãe – disse Sr. Hilbery depois de uma pausa, na qual parecia considerar a cor das chamas –, você fará melhor contando-lhe os fatos. É melhor que ela conheça os fatos antes que todo mundo comece a comentá-los. Mas por que a tia acha necessário vir, não posso saber. E quanto menos se falar nisso, melhor.

Dada a presunção de que *gentlemen* de sessenta, altamente cultos, e com experiência da vida, pensam em muita coisa que preferem calar, Katharine, ao voltar para o seu quarto, não podia deixar de estranhar a atitude do pai. A que distância estava ele de tudo! E quão superficialmente aplainava os acontecimentos numa aparência de decência que harmonizasse com sua visão da vida! Ele não queria saber o que Cyril sentira, nem ficara tentado a investigar os aspectos obscuros do caso. Tomava simplesmente conhecimento, e ainda assim de maneira desinteressada, de que Cyril se portara como um perfeito imbecil e isso mesmo por não ser esse o modo como se portam de costume as pessoas. Parecia observar ao telescópio figurinhas minúsculas, a anos-luz de distância.

Sua apreensão egoísta (não queria ter de contar a Sra. Hilbery o acontecido) levou-a na manhã seguinte a seguir o pai até o hall, depois do café.

– O senhor falou com mamãe? – perguntou. Seu tom, dirigindo-se ao pai, era quase severo, e ela parecia guardar no escuro dos olhos infindáveis profundezas de reflexão.

Sr. Hilbery suspirou.

– Minha querida menina, a coisa me escapou inteiramente.

– Alisou o chapéu de seda com energia e logo afetou um ar de pressa. – Mando-lhe uma notinha do escritório... Estou atrasado hoje, e tenho uma montanha de provas para examinar.

– Não, isso não serve – disse Katharine, com decisão. – Alguém terá de dizer-lhe, o senhor ou eu. Deveríamos ter-lhe dito em primeiro lugar.

Sr. Hilbery pusera o chapéu na cabeça e tinha a mão na maçaneta da porta. Uma expressão que Katharine conhecia desde a infância, quando pedia que lhe servisse de escudo em alguma negligência, veio-lhe aos olhos. Malícia, humor e irresponsabilidade mesclavam-se nela. Ele sacudiu a cabeça de um lado para outro, significativamente, abriu a porta com um movimento destro, e saiu com agilidade insuspeitada na sua idade. Acenou, uma vez, para a filha, e se foi. Deixada só, Katharine não pôde evitar rir, por ver-se de novo lograda numa barganha doméstica com o pai; e foi desincumbir-se da tarefa desagradável que, de direito, cabia a ele.

9

Tanto quanto o pai, Katharine detestava ter de contar à mãe a falta de Cyril e pelas mesmas razões. Ambos se encolhiam, nervosamente, como gente que teme o disparo de um tiro de revólver no palco, diante de tudo o que há para ser dito numa ocasião dessas. Katharine, ademais, era incapaz de decidir o que pensava do descomportamento de Cyril. Como de hábito, via o que o pai e a mãe pareciam não ver, e o efeito disso era deixar solto no ar o comportamento de Cyril, sem qualquer qualificação mental. Para eles, o que quer que Cyril tivesse feito era bom ou mau. Para ela, não passava de uma coisa acontecida.

Quando Katharine chegou ao estúdio, Sra. Hilbery já havia mergulhado a pena no tinteiro.

– Katharine – disse ela, com a pena no ar –, acabo de tomar consciência de uma coisa esquisita sobre o seu avô. Sou três anos e seis meses mais velha do que ele quando morreu. Não podia muito bem ser mãe dele, mas poderia ter sido uma irmã mais velha, e isso me parece uma fantasia agradável. Vou começar com a cabeça fresca esta manhã, e realizar uma porção de trabalho.

Ela começou a sentença, pelo menos, e Katharine sentou-se à sua própria mesa, desatou o maço de cartas velhas nas quais trabalhava, alisou-as distraidamente, e pôs-se a decifrar a escrita esmaecida. Num minuto, olhou para a mãe a fim de julgar-lhe o ânimo. Paz e felicidade haviam relaxado cada músculo do seu rosto. Seus lábios estavam levemente entreabertos e seu hálito saía em macios, controlados sopros, como os de uma criança que se rodeia de um edifício de tijolos e cujo êxtase aumenta a cada tijolo posto em posição. Assim Sra. Hilbery elevava em torno de si os céus e as árvores do passado, a cada golpe de pena, e invocava as vozes dos mortos. Silenciosa como estava a sala, alheia aos ruídos do momento, Katharine podia imaginar que fosse um tanque profundo do tempo passado, e que ela e a mãe se banhavam na luz de sessenta anos atrás. O que poderia dar-lhes o presente, perguntava-se, comparado com a multidão de dons oferecidos pelo passado? Aí estava uma manhã de quinta-feira em curso de fabricação. Cada segundo era cunhado de fresco pelo relógio do console da lareira. Apurava os ouvidos e mal conseguia ouvir lá fora, ao longe, a buzina de um automóvel e o som de rodas que se aproximavam e morriam na distância outra vez, e as vozes de homens anunciando ferro-velho e legumes numa das ruas mais pobres, atrás da casa. Aposentos, naturalmente, acumulam suas sugestões, e qualquer quarto em que uma pessoa faz por algum tempo uma ocupação determinada deixa escapar memórias de humores, ideias, estudos de espírito, que ali, um dia, floriram; de modo que qualquer tentativa de fazer no local outra espécie de trabalho é vã, inane.

Katharine sentia-se afetada, cada vez que entrava no quarto da sua mãe, por todas essas influências, cuja origem datava de anos atrás, quando ela era ainda uma criança, e guardavam algo de doce e de solene, e ligavam-se a memórias antigas de cavernosas penumbras e sonoros ecos da Abadia onde seu avô jazia sepultado. Todos os livros e quadros, até as cadeiras e mesas, lhe haviam pertencido, ou tinham relação com ele. Mesmo os cães de porcelana do console da lareira e as pastorinhas com seus carneiros haviam sido comprados por ele, por níquel a peça, de um homem que costumava fazer ponto, em pé, com um tabuleiro de brinquedos, em Kensington High Street, como Katharine muitas vezes ouvira sua mãe contar. Frequentemente se sentava nesse quarto, com a mente tão fixa nessas figuras passadas que quase podia ver os músculos em torno dos seus olhos e lábios, e restituir a cada uma a própria voz, com suas peculiaridades de sotaque, e seu casaco, e sua gravata. Frequentemente, parecera-lhe mover-se entre elas, fantasma invisível entre os vivos, mais íntima delas do que dos seus amigos pessoais, pois que lhes sabia os segredos e tinha uma divina presciência dos seus destinos. Haviam sido tão infelizes, tão confusos, tão obtusos, parecia-lhe. E ela poderia ter-lhes dito tudo, o que fazer e o que não fazer. Era melancólico, mas elas não lhe teriam dado atenção, e teriam marchado para o desastre à sua própria maneira, antiquada. Seu comportamento era, muita vez, grotescamente irracional; suas convenções, monstruosas e absurdas; e, todavia, ao meditar sobre tudo isso, sentia-se tão estreitamente ligada a elas que de nada valeria julgá-las. Quase que perdia a consciência de ser um ente diverso, com futuro próprio. Numa manhã de leve depressão, tal como essa, tentaria descobrir alguma chave para essa confusão que as cartas velhas revelavam; algum motivo que pudesse ter feito a vida valer a pena, para aquelas figuras; algum alvo que tivessem mantido sempre em vista. Mas interromperam-na.

Sra. Hilbery se levantara da sua mesa, e estava em pé a olhar pela janela para uma fileira de barcas que subiam o rio.

Katharine ficou a observá-la. De súbito, Sra. Hilbery voltou-se e exclamou:

– Na verdade, creio que estou enfeitiçada! Quero apenas três sentenças, sabe, algo inteiramente direto e comum, e não consigo achá-las.

Pôs-se a andar de um lado para outro, pegando de passagem seu pano de limpeza. Achava-se, contudo, por demais perturbada para encontrar alívio em polir lombadas de livros.

– Além do mais – disse, dando a Katharine a página que escrevera –, ademais, não creio que isto sirva. Seu avô terá visitado as Hébridas, Katharine? – E olhava para a filha com uma curiosa expressão de súplica. – Minha mente voltou-se para as Hébridas, e não pude resistir a uma pequena descrição delas. Talvez possa ser usada no começo de um capítulo. Capítulos muitas vezes começam de maneira muito diversa da que pretendem assumir depois, você sabe.

Katharine leu o que sua mãe escrevera. Podia ser uma professora a criticar a redação de uma criança. Sua expressão não deu a Sra. Hilbery, que a escrutava ansiosamente, qualquer motivo de esperança.

– Está muito bonito – disse –, mas, você sabe, mamãe, temos de ir ponto por ponto...

– Sim, eu sei – exclamou Sra. Hilbery. – E é justamente o que não consigo fazer. Surgem outras coisas na minha cabeça. Não é que eu não saiba tudo e não sinta tudo (se eu não o conheci, quem então o conheceu?), mas não consigo expressar em palavras, você entende? Há uma espécie de ponto cego, morto ⎕ disse, tocando a fronte –, aqui. E quando perco o sono, fico a pensar que vou morrer antes de fazer a obra.

Da exultação ela passara às profundezas da depressão, que a imagem da própria morte suscitara. Essa depressão comunicou-se a Katharine. Que impotentes eram, remexendo em papéis o dia todo! E o relógio batia as onze, e nada fora feito! Ela observava a mãe, que agora dava busca numa grande caixa reforçada de metal dourado que tinha junto à sua mesa, mas não foi em seu auxílio. Naturalmente – refletia Katharine –, sua mãe extraviara agora algum papel, e perderiam o resto da manhã tentando localizá-lo. Baixou os olhos, exasperada, e releu as frases musicais da mãe sobre as gaivotas prateadas, e as raízes de pequeninas flores cor-de-rosa levadas por correntes cristalinas, e a névoa fina, azulada, dos jacintos, até que a impressionou o silêncio da mãe. Levantou os olhos. Sra. Hilbery esvaziara em cima da mesa uma pasta repleta de velhas fotografias, e as olhava uma a uma.

— Não há dúvida, Katharine, de que os homens eram muito mais bonitos naquele tempo do que agora, a despeito das suas detestáveis suíças. Veja o velho John Graham, no seu colete branco, veja o tio Harley. Esse é Peter, o empregado. Tio John trouxe-o da Índia.

Katharine olhou para a mãe, mas não se moveu nem lhe deu resposta. Ficara, de repente, furiosa, com uma fúria que a relação entre as duas fazia calar, e que, por isso mesmo, resultava duas vezes mais forte e impiedosa. Sentiu toda a injustiça do direito que sua mãe tacitamente se arrogava para seu tempo e a simpatia dele; isso que Sra. Hilbery reclamava, ela, Katharine, atirava fora — pensou amargamente. Então, num relâmpago, lembrou-se de que tinha de falar-lhe sobre a má conduta de Cyril. Sua ira dissipou-se imediatamente, como uma onda que quebra depois de alçar-se mais alto que todas as outras; as águas se incorporaram ao mar outra vez, e Katharine sentiu-se de novo cheia de paz e solicitude, apenas ansiosa em proteger a mãe contra o sofrimento. Atravessou a sala, instintivamente, e sentou-se no braço da sua cadeira. Sra. Hilbery descansou a cabeça contra o corpo da filha.

— O que é mais nobre que ser uma mulher para quem todos se voltam, nas tristezas e na dificuldade? Como melhorar sob esse aspecto, as mulheres da sua geração, Katharine? Eu posso vê-las, agora, as da minha, cruzando, imponentes, os gramados de Melbury House, com seus babados e folhos, tão serenas, e altivas, e imperiais (seguidas do macaquinho e do anãozinho preto, naturalmente), como se nada mais importasse no mundo, apenas o serem bondosas e belas. Mas penso às vezes que faziam mais do que nós hoje. Elas *eram*, e ser é mais do que fazer. Lembram-me navios, majestosos navios, firmes na sua marcha, sem fazer pressão, sem abrir caminho aos empurrões, sem se aborrecerem com miudezas, como nós outras, impávidas na sua rota, como navios a vela, como navios de velas brancas...

Katharine tentou interromper esse discurso, mas não houve oportunidade, e sentiu que não suportaria folhear o álbum em que as fotografias estavam coladas. As fisionomias desses homens e mulheres sobressaíam maravilhosamente, depois do alvoroço dos rostos dos vivos, e pareciam, como sua mãe dissera, revestidas de uma dignidade e de uma tranquilidade surpreendentes, como se houvessem governado seus reinos com justiça e merecessem acendrado amor. Alguns eram de quase inacreditável beleza, outros bastante feios, mas de uma feiura convincente, poderosa. Nenhum parecia estúpido, ou insignificante, ou tedioso. As dobras rígidas das crinolinas combinavam com as mulheres; as sobrecasacas e cartolas dos homens pareciam cheias de caráter. Uma vez mais, Katharine sentiu a serenidade do ar em derredor e pareceu ouvir, muito longe, o embate solene do mar contra a praia. Mas sabia que tinha de ligar o presente a esse passado.

Sra. Hilbery continuava a divagar, passando de história para história.

– Esta é Janie Mannering – disse, apontando para uma soberba velha dama de cabelos brancos, cujas vestes de cetim pareciam bordadas de pérolas –, devo ter contado a você sobre como ela encontrou o cozinheiro bêbado debaixo de uma mesa quando a imperatriz era esperada para jantar, e enrolou as mangas de veludo (ela sempre se vestiu como uma imperatriz também), fez todo o banquete, e apareceu no salão como se tivesse dormido o dia todo num leito de rosas. Ela podia fazer qualquer trabalho manual, todas elas podiam, levantar uma cabana ou bordar uma anágua. E esta é Queenie Colquhoun – continuou, virando as páginas –, que levou seu caixão consigo numa viagem à Jamaica, cheio de formosos xales e chapéus, porque ouvira ser impossível conseguir caixões de defunto na Jamaica e tinha horror de morrer por lá (como efetivamente morreu) e ser devorada pelas térmitas. E esta é Sabine, a mais linda de todas. Ah! Quando entrava num salão, era como se uma estrela brilhasse de repente no céu. E esta é Miriam, com o casacão do seu cocheiro, com todas aquelas capinhas superpostas, e usava botas altas por baixo! Vocês, jovens, julgam-se pouco convencionais. Pois não são nada, comparados com ela.

Virando a página, deu com o retrato de uma senhora muito bela e muito masculina, cuja cabeça o fotógrafo adornara com um diadema imperial.

— Ah, sua miserável — exclamou Sra. Hilbery —, que velha perversa e despótica você foi, no seu tempo! Como nós todas nos curvávamos diante de você! "Maggie", ela costumava dizer, "se não fora por mim, onde estaria você a estas horas?" E era verdade. Fora ela quem os aproximara. Disse a meu pai: "Case--se com ela". E ele obedeceu. E disse à pobre Clarinha: "Caia de joelhos e adore-o", e ela caiu e adorou. Mas levantou-se depois, naturalmente. Que mais se podia esperar? Ela era uma criança, dezoito anos, e meio apavorada também. Mas aquela velha tirana jamais se arrependeu. Costumava dizer que lhes dera três meses perfeitos, e ninguém tem direito a mais. E às vezes, eu penso, Katharine, que ela tinha razão. É mais do que muitos de nós jamais tivemos, apenas pretendemos que tivemos, coisa que nenhuma delas jamais poderia fazer. Acredito — ponderou Sra. Hilbery — que havia uma espécie de sinceridade naqueles tempos entre homens e mulheres, a qual, com toda a liberdade de falar sem rodeios, vocês não têm.

Katharine tentou interromper outra vez. Mas Sra. Hilbery ganhara ímpeto com as suas memórias, e estava agora de excelente humor:

— Eles devem ter sido bons amigos, no fundo — resumiu —, porque ela costumava cantar as canções dele. Ah, como era mesmo? — E Sra. Hilbery, que tinha uma voz muito doce, cantarolou uns famosos versos do seu pai musicados por algum primitivo vitoriano com um sentimentalismo ao mesmo tempo absurdo e encantador.

— É a vitalidade deles! — concluiu, batendo o punho na mesa. — É isso que nós já não temos! Temos virtudes, somos diligentes, vamos a reuniões, pagamos aos pobres os salários que lhes são devidos, mas não vivemos como eles viviam. Frequentemente meu pai ficava sem dormir três noites em sete, mas estava sempre novo em folha pela manhã. Posso mesmo ouvi-lo subir as escadas cantando até o quarto das crianças; pendurava, depois, a merenda na sua bengala-estoque, e lá íamos nós para um dia inteiro de passeios: Richmond, Hampton Court, Surrey Hills. E por que não vamos nós, Katharine? Vai ser um dia bonito.

Nesse momento, justamente quando Sra. Hilbery olhava o tempo pela janela, bateram à porta. Uma senhora frágil entrou, e foi saudada com evidente consternação por Katharine.

– Tia Celia!

Sabia a que vinha a tia Celia, e daí a consternação. Vinha certamente discutir o caso de Cyril e dessa mulher que não era mulher dele; e devido à sua procrastinação, Sra. Hilbery estava inteiramente despreparada para receber a notícia. Quem poderia ser mais despreparada do que ela? Pois não estava a sugerir que fossem, as três, numa surtida até Blackfriars inspecionar o sítio do teatro de Shakespeare, porque o tempo não lhe parecia bastante firme para irem até o campo?

Sra. Milvain ouviu essa proposta com um sorriso paciente, de quem há muitos anos aceita filosoficamente tais excentricidades da cunhada. Katharine tomou posição a alguma distância, com um pé na grade da lareira, de onde podia ter uma visão melhor da cena. Contudo, e a despeito da presença da tia, quão irreal lhe parecia toda a questão de Cyril e da moral de Cyril. A dificuldade, agora, era dar a notícia com cuidado a Sra. Hilbery, fazendo embora que ela a entendesse bem. Como laçar a sua mente e amarrá-la a esse ponto minúsculo e sem importância? Uma exposição simples e direta parecia o melhor caminho.

– Penso que tia Celia veio falar de Cyril, mãe – disse, brutalmente. – Tia Celia descobriu que Cyril está casado. Tem mulher e filhos.

– Não, ele não está casado – interpôs Sra. Milvain, em voz baixa e dirigindo-se a Sra. Hilbery. – Ele tem dois filhos e um terceiro a caminho.

Sra. Hilbery olhou de uma para outra com espanto.

— Pensamos que seria melhor esperar até que tudo ficasse provado antes de contá-lo à senhora – acrescentou Katharine.
— Mas estive com Cyril há quinze dias apenas, na National Gallery! – exclamou Sra. Hilbery. – Não acredito numa palavra dessa história. – E sacudiu a cabeça, com um sorriso nos lábios, como se pudesse entender o engano de Sra. Milvain, muito natural no caso de uma mulher sem filhos, cujo marido era qualquer coisa de extremamente aborrecido no Board of Trade.
— Eu também não quis crer, Maggie – disse Sra. Milvain. – Por muito tempo não *pude* acreditar nisso. Agora vi com meus próprios olhos e *tenho de* acreditar.
— Katharine – perguntou Sra. Hilbery –, seu pai sabe disso? Katharine assentiu.
— Cyril casado! – repetiu Sra. Hilbery. – E sem nos dizer uma palavra, ele que sempre tivemos em nossa casa desde pequeno, o filho do nobre William! Não posso crer nos meus ouvidos!
Sentindo que a obrigação da prova lhe incumbia, Sra. Milvain passou, então, à sua história. Era idosa e franzina, mas sua esterilidade parecia impor-lhe continuamente deveres desse tipo. Honrar a família e zelar pelo seu bom nome eram agora o objetivo principal da sua vida. Contou a história numa voz velada, espasmódica e, por vezes, quebradiça.
— Suspeitei, por algum tempo, que ele não estava feliz. Havia novos vincos no seu rosto. Então, fui ver sua casa, quando o sabia ocupado no colégio dos pobres. Ele dá aulas, Direito Romano ou talvez Grego. A senhoria disse que ultimamente Sr. Alardyce dormia lá apenas um dia por quinzena. Ele parecia muito doente, disse-me ela. Vira-o com uma jovem. Suspeitei logo alguma coisa. Fui ver o quarto, havia um envelope em cima do console da lareira e uma carta com um endereço em Seton Street, que é transversal de Kennington Road.
Sra. Hilbery mexia-se, irrequieta, e cantarolava fragmentos da sua música, como que para interromper.
— Fui a Seton Street – continuou tia Celia com firmeza. – Muito vulgar, casas de cômodos, sabe, com gaiolas de canários nas

janelas. Número sete, exatamente como os demais. Toquei. Bati. Ninguém atendeu. Andei em volta. Tenho certeza de que vi alguém lá dentro, crianças, um berço. Mas nenhuma resposta, nenhuma. – Suspirou, e olhou para a frente do nariz com uma expressão petrificada nos olhos de conta, que tinha semicerrados. Fiquei na rua – continuou – para o caso de ver algum deles. Esperei por muito tempo. Havia homens rudes a cantar, numa taberna na esquina. Por fim, a porta abriu-se, e alguém, pode ter sido a própria mulher, passou rente a mim. Havia só a caixa do correio entre nós duas.
– E como era? – perguntou Sra. Hilbery.
– Era fácil ver como o pobre rapaz se deixou seduzir – foi tudo o que Sra. Milvain permitiu-se dizer, como descrição.
– Pobrezinha! – exclamou Sra. Hilbery.
– Pobre *Cyril* – disse Sra. Milvain, pondo uma ligeira ênfase em "Cyril".
– Mas eles não têm com que viver! – continuou Sra. Hilbery. – Se ele tivesse vindo ter conosco, como um homem – continuou –, e dissesse "Fiz uma tolice", teríamos tido pena dele, teríamos tentado ajudá-lo. Não há nada de vergonhoso nisso, afinal de contas. Mas ele fingiu todos esses anos, deixando que todo mundo pensasse que era solteiro. E a pobre abandonada da mulher dele...
– Ela não é *mulher* dele – interrompeu tia Celia.
– Nunca ouvi nada mais abominável na minha vida! – concluiu Sra. Hilbery, batendo com o punho no braço da cadeira. Ao entender os fatos, ficara profundamente chocada, embora, talvez, mais com a secretividade do pecado do que com o próprio pecado. Parecia esplendidamente desperta e indignada, e Katharine sentiu imenso alívio e orgulho. Era visível que sua indignação era genuína, e que sua mente estava tão inteiramente voltada para os fatos quanto se poderia desejar; mais, até, que a de tia Celia, que parecia voltejar timidamente, com mórbido prazer, nessas desagradáveis sombras. Ela e a mãe juntas tomariam a situação nas mãos, visitariam Cyril e levariam a coisa até o fim.

– Precisamos em primeiro lugar entender o ponto de vista de Cyril – disse, dirigindo-se à mãe como que a uma pessoa da sua geração. Mas, antes que as palavras estivessem fora de sua boca, houve mais confusão do lado de fora, e prima Caroline, uma prima solteira de Sra. Hilbery, entrou na sala. Embora fosse, pelo nascimento, uma Alardyce, e tia Celia uma Hilbery, as complexidades do parentesco eram tais que cada uma era ao mesmo tempo primeira e segunda prima da outra e, assim, tia e prima do indigitado Cyril, de modo que o seu mau comportamento tanto dizia respeito à prima Caroline como à tia Celia. Prima Caroline era uma senhora de imponente estatura e circunferência. Contudo, a despeito das suas proporções e das suas vistosas roupas, havia alguma coisa descoberta e desprotegida na sua expressão, como se, por muitos verões, a pele fina e vermelha, o nariz adunco, os múltiplos queixos, que lhe davam um perfil de cacatua, tivessem ficado expostos às intempéries. Era, na verdade, uma solteirona. Mas tinha, como se diz, sua própria situação, e ganhara, assim, o direito de ser ouvida com respeito.

– Essa infeliz história... – começou, mesmo sem fôlego como estava. – Se o trem não tivesse saído da estação justamente quando eu chegava, teria estado com vocês mais cedo. Celia naturalmente já lhes contou. Você concordará comigo, Maggie. Ele tem de ser obrigado a casar-se com ela imediatamente, por causa das crianças...

– Mas ele recusa casar-se? – perguntou Sra. Hilbery outra vez perplexa.

– Ele escreveu uma carta absurda, em que deturpa tudo. Cheia de citações – bufou prima Caroline. – Ele acha que está agindo muito bem, enquanto nós só vemos a loucura de tudo... E a moça está tão apaixonada quanto ele, e nisso também o culpo.

– Ela o enredou – interveio tia Celia, com uma curiosa maciez de entonação, que parecia transmitir a visão de fios entrançando-se para formar uma teia branca e cerrada em torno da vítima.

— Não adianta entrarmos nos prós e nos contras do caso agora, Celia — disse prima Caroline, com alguma aspereza. Ela se julgava o único membro prático da família, e lamentava que, devido ao atraso do relógio da cozinha, Sra. Milvain tivesse podido confundir a pobre e querida Maggie com sua versão incompleta dos fatos. — O mal está feito, e mal muito sério. Vamos permitir o nascimento de uma terceira criança fora dos laços do matrimônio (lamento ter de dizer tais coisas em sua presença, Katharine)? Ela terá o seu nome, Maggie, o nome de seu pai, lembre-se!

— Esperemos que seja uma menina — disse Sra. Hilbery. Katharine, que estivera olhando para sua mãe constantemente, enquanto o papaguear das línguas tomava ímpeto, percebeu que o olhar de vigorosa indignação já desaparecera; Sra. Hilbery procurava agora, mentalmente, uma forma de fuga, um ponto brilhante, uma súbita iluminação que mostrasse, para satisfação de todos, que tudo o que acontecera, fora miraculosa, incontestavelmente benéfico.

— É detestável, detestável — repetia, mas em tom de pouca convicção. Então seu rosto se acendeu com um sorriso que, tentativo de começo, tornou-se logo quase confiante.

— Hoje em dia as pessoas não veem tanto mal nessas coisas como viam antigamente — começou. — Será horrivelmente incômodo para as crianças, às vezes, mas se forem valentes, e inteligentes, como o serão, ouso dizer que, no final, isso as tornará pessoas notáveis. Robert Browning costumava dizer que todo grande homem tem sangue judeu, e devemos procurar ver as coisas a essa luz. Afinal de contas, Cyril tem sido fiel aos seus princípios. É possível discordar desses princípios, mas, pelo menos, é possível respeitá-los. Como a Revolução Francesa, ou Cromwell cortando fora a cabeça do rei. Algumas das coisas mais terríveis da história foram feitas em obediência a princípios — concluiu.

— Receio ter ideia muito diferente do que seja princípio — observou prima Caroline, venenosamente.

– Princípio! – repetiu tia Celia, com ar de quem deplorava o uso de tal palavra em tal contexto. – Eu pretendo vê-lo amanhã – acrescentou.

– Mas por que você chama a si essas coisas desagradáveis, Celia? – interpôs Sra. Hilbery. E prima Caroline protestou, sugerindo outro plano que envolvia o sacrifício dela.

Farta de tudo isso, Katharine virou-se para a janela e ficou entre as dobras da cortina, com o rosto apertado contra a vidraça, a olhar desconsoladamente o rio, na atitude de uma criança deprimida pela conversa sem sentido dos mais velhos. Estava muito desapontada com sua mãe e consigo mesma também. O leve puxão que deu ao rolô, fazendo-o voar até o topo com um estalo, era prova dessa contrariedade. Estava muito zangada e, todavia, impotente para expressar a sua fúria, ou saber com quem estava zangada. Como falavam e moralizavam e compunham histórias que servissem às suas próprias versões sobre o que era mais adequado fazer, louvando secretamente a própria devoção e tato! Não. Eles habitavam num nevoeiro, decidiu. A milhas e milhas de distância. Mas distância de quê? Talvez fosse melhor casar com William, pensou subitamente. E o pensamento pareceu surdir do nevoeiro como um chão sólido. E ela permaneceu ali, em pé, pensando no seu próprio destino, e as senhoras continuaram a falar até que chegaram à decisão de convidar a jovem em questão para almoçar e dizer-lhe, muito amavelmente, o modo como senhoras da classe delas viam essa espécie de comportamento. Foi então que Sra. Hilbery teve uma ideia melhor.

10

Messrs. Grateley & Hooper, advogados, em cuja firma Ralph Denham trabalhava, tinham seus escritórios em Lincoln's Inn Fields, onde Ralph Denham aparecia, pontualmente, toda manhã, às dez horas. Sua pontualidade, somada a outras qualidades, distinguia-o entre os empregados como um rapaz de futuro. Na verdade, teria sido seguro profetizar que, em dez anos mais ou menos, estaria na vanguarda da sua profissão, não fora uma peculiaridade que, por vezes, fazia tudo o mais a seu respeito parecer incerto e perigoso. Sua irmã Joan já se deixara perturbar pelo pendor que ele tinha de jogar com suas economias. Escrutinando-o constantemente com o olho da afeição, ela se tornara cônscia de uma curiosa perversidade no temperamento dele, que lhe causava grande ansiedade, e lhe teria causado maior ansiedade ainda, se não reconhecesse os germes disso na sua própria natureza. Podia ver Ralph sacrificar de súbito sua carreira toda por alguma ideia fantástica; por alguma ideia, causa ou, até (assim trabalhava a sua fantasia), por alguma mulher vista da janela de um trem a pendurar roupas num varal. Quando ele encontrasse essa beldade ou essa causa, nenhuma força, ela o sabia, bastaria para retê-lo e impedi-lo de persegui-la.

Via também com suspeita o Oriente, e sempre ficava inquieta ao deparà-lo com um livro de viagens à Índia, como se pudesse pegar contágio pelas mãos. Por outro lado, nenhum caso comum de amor, se houvesse disso, lhe teria causado um minuto de inquietação com respeito a Ralph. Ele se destinava, a seu ver, a alguma coisa esplêndida. Se o sucesso ou o malogro, não sabia. E, todavia, ninguém poderia ter trabalhado mais ou feito melhor do que Ralph em todos os reconhecidos estádios da vida de um rapaz. Joan teve de recolher material para as suas preocupações em detalhes do comportamento do irmão que teriam escapado a qualquer um. Era natural que ela se preocupasse. A vida fora desde o começo tão dura para toda a família, que ela não podia senão temer qualquer súbito relaxamento, por parte dele, do controle daquilo que tinha na mão. Embora, examinando sua própria vida, reconhecesse como irresistível esse impulso de quebrar rotina e disciplina. Mas Ralph, se uma vez as quebrasse, seria apenas para sujeitar-se a coações ainda mais drásticas. Imaginava-o a caminhar num deserto arenoso debaixo de um sol tropical em busca da nascente de algum rio ou do sítio frequentado por alguma mosca; imaginava-o obrigado a viver do trabalho de suas mãos em algum bairro miserável, vítima de uma dessas terríveis teorias do certo e do errado, correntes ao tempo; imaginava-o prisioneiro pela vida inteira na casa de uma mulher que o seduzira com os próprios infortúnios. Orgulhosa dele, até certo ponto, mas aflita, ela compunha tais pensamentos quando ambos se sentavam, tarde da noite, conversando junto ao aquecedor a gás do quarto de dormir de Ralph.

É possível que Ralph não reconhecesse seus próprios sonhos nos prognósticos que perturbavam a paz de espírito da irmã. Certamente, se algum lhe tivesse sido apresentado, ele o teria rejeitado com uma gargalhada, como despido de atrativos para ele. O que não saberia dizer é como pusera noções tão absurdas na cabeça de Joan. Na verdade, orgulhava-se da sua vida de trabalho pesado, sobre a qual não alimentava qualquer espécie de ilusões. Sua visão do próprio futuro, ao contrário dessas predições, podia ser divulgada a qualquer momento sem que por isso tivesse de corar. Atribuía-se uma celebração poderosa, conferia-se um assento na Câmara dos Comuns com a idade de cinquenta anos, uma fortuna modesta e, com alguma sorte, um posto importante num governo liberal. Não havia nada de extravagante em uma profecia dessa espécie e, certamente, nada de desonroso. Não obstante, e como sua irmã adivinhava, era necessária toda a força de vontade de Ralph e mais a pressão das circunstâncias, para manter seus pés no caminho certo. Era necessária também (e principalmente) a repetição ritual de uma frase com o sentido de que ele partilhava o destino comum, achava-o o melhor possível, e não queria outro. Era pela repetição de encantações desse tipo que ele adquiria pontualidade, hábitos regulares de trabalho; que ele podia demonstrar plausivelmente que o emprego num escritório de advocacia era a melhor das vidas possíveis, e vãs todas as outras ambições.

Contudo, como ocorre com as crenças que não são genuínas, esta dependia, e muito, da receptividade que encontrava junto aos outros e, quando só e livre das pressões da opinião pública, Ralph deixava-se rapidamente derivar da sua condição atual para estranhas viagens que, a rigor, teria vergonha de descrever. Nesses devaneios, naturalmente, cabiam-lhe os papéis nobres e românticos, embora a autoglorificação não fosse o único motivo deles. Davam vazão a algum espírito que não encontrava lugar na vida real, pois que, com o pessimismo que a sorte lhe impunha, Ralph decidira que não havia lugar no mundo que habitamos para isso a que chamava com desdém seus "sonhos". Parecia-lhe, às vezes, que esse espírito era o mais valioso bem que possuía; que, por meio dele, poderia fazer florescer áreas inteiras de terras abandonadas, curar não poucos males, e criar beleza onde antes nenhuma havia; era também um violento e poderoso espírito, que devorava os livros cobertos de pó e os pergaminhos emoldurados na parede com uma simples lambida da língua e o deixaria desnudo num minuto se a ele cedesse. Domar esse espírito era empenho de muitos anos, e com a idade de vinte e nove, pensava poder orgulhar-se de uma vida rigidamente dividida em horas de trabalho e horas de devaneio; as duas coisas viviam lado a lado sem prejudicarem uma à outra. Na verdade, esse esforço de disciplina fora ajudado pelo interesse numa profissão difícil, mas a velha conclusão a que Ralph chegara ao deixar o colégio era ainda válida na sua mente, e tingia suas opiniões com a crença melancólica de que a vida para muita gente impõe o exercício dos dons inferiores e desperdiça os preciosos, até que a pessoa é forçada a concordar que existe pouca virtude e também pouco proveito no que lhe parecer um dia a parte mais nobre da existência.

Denham não era de todo popular, nem no escritório, nem em casa. Era positivo demais, nesse estádio da sua carreira, quanto ao que se deveria considerar certo e errado, orgulhoso demais do seu autodomínio e (como é natural no caso de pessoas nem de todo felizes nem de todo ajustadas à sua condição) por demais pronto a provar a tolice da satisfação para quem quer que confessasse tal fraqueza. No escritório, sua eficiência exageradamente ostensiva aborrecia os que tomavam o trabalho de modo mais leve, e, se previam sua promoção, não era com simpatia. Dava a impressão de ser um jovem operoso e autossuficiente, dotado de temperamento bizarro e maneiras decididamente abruptas, consumido pelo desejo de conquistar o mundo – o que era natural, pensavam os seus críticos, num moço pouco insinuante e sem fortuna. Os outros rapazes do escritório tinham perfeito direito a essas opiniões, uma vez que Denham não demonstrava qualquer desejo de ser amigo deles. Gostava deles o suficiente, mas fechava-os naquele compartimento da sua vida devotado ao trabalho. Até então, sentira pouca dificuldade em arrumar sua existência tão metodicamente como arrumava suas despesas, mas por esse tempo começava a deparar-se com experiências que não eram fáceis de classificar. Mary Datchet inaugurara essa confusão, dois anos atrás, rindo-se de uma observação que ele fizera a sério, e logo da primeira vez que se encontravam. E ela não lhe soube explicar por quê. Achava-o esquisito, extraordinariamente esquisito. Quando a conheceu suficientemente bem para dizer-lhe como passava as segundas, quartas e sábados, ela ainda pareceu mais divertida. Riu-se até que ele também se pôs a rir, sem saber por quê. Parecia a Mary estranhíssimo que ele soubesse mais coisas sobre a criação de buldogues que qualquer outro homem em Londres; que ele tivesse uma coleção das flores silvestres encontradiças nas cercanias de Londres; e sua visita semanal à velha Srta. Trotter, em Ealing, que era uma autoridade na ciência da heráldica, jamais deixava de provocar-lhe hilaridade. Ela queria saber tudo, até que espécie de bolo a velha oferecia nessas ocasiões; e suas excursões de verão a igrejas da periferia de Londres, com o propósito de fazer *rubbings* dos relevos de metal dourado, transformavam-se em eventos, tal o interesse que Mary demonstrava por elas. Em seis meses, Mary sabia mais sobre os amigos e os hábitos dele que os próprios irmãos e irmãs, que viviam com ele a vida toda. E Ralph achava tudo isso muito agradável, embora perturbador, pois a sua própria opinião a respeito de si mesmo fora sempre profundamente séria.

Certamente, era muito bom estar com Mary Datchet, e logo que a porta se fechava tornar-se uma espécie diferente de pessoa, excêntrica e estimável, sem nenhuma semelhança, quase, com a pessoa que toda gente conhecia. Fez-se menos sério em casa, e muito menos ditatorial, pois passou a ver Mary rindo à custa dele e dizendo, como gostava de dizer, que ele não sabia nada de nada sobre coisa nenhuma. Ela fizera, também, que se interessasse pela vida pública, assunto para o qual ela mesma tinha um gosto natural; e estava em vias de transformá-lo de tóri em radical, depois de um curso de comícios, que de início o aborreceram agudamente e que agora já o excitavam mais do que à própria Mary Datchet.

Mas ele era reservado; quando surgiam ideias na sua cabeça, dividia-as automaticamente entre as que podia discutir com Mary e as que devia guardar para si próprio. Ela sabia disso, e a interessava muito, pois estava acostumada com jovens sempre prontos a falar deles mesmos, e habituara-se a escutá-los como a gente escuta crianças, sem pensar nela mesma. Mas com Ralph tinha muito pouco desse sentimento maternal e, em consequência, muito maior consciência da sua própria individualidade. Num fim de tarde Ralph caminhava apressado ao longo do Strand para uma entrevista de negócios com um advogado. A luz do dia estava quase acabada e já fios de luz artificial, esverdeada ou amarelecida, começavam a despejar-se na atmosfera que, em estradas de terra, estaria a essa hora toldada com a fumaça de fogos de lenha; e dos dois lados da rua as vitrines estavam pejadas de correntes cintilantes e de pastas de couro altamente polidas em prateleiras de vidro grosso. Nenhum desses objetos diversos era visto separadamente por Denham, mas de todos eles recebia uma impressão global de acicate e de animação. E aí aconteceu-lhe ver Katharine Hilbery, que vinha na sua direção, e olhou diretamente para ela como se fora apenas a ilustração de um debate que prosseguia na sua cabeça. Nesse espírito, observou a expressão fixa dos olhos dela e o leve, semiconsciente movimento dos seus lábios, o que, somado à sua altura e à distinção das suas roupas, dava a impressão de que a multidão em disparada a incomodava, ou que sua direção divergia da direção geral. Ralph notou tudo isso calmamente. De repente, porém, ao cruzar com ela, suas mãos e joelhos se puseram a tremer, e o coração doeu-lhe no peito. Ela não o viu, e se foi, repetindo entredentes algumas linhas que lhe tinham ficado na memória: "É a vida que importa, nada além da vida, o processo da descoberta, perene, perpétuo processo, não a descoberta em si, absolutamente". Assim ocupada, não viu Denham, e ele não teve coragem de detê-la. Mas imediatamente todo o cenário do Strand assumiu aquele curioso aspecto conferido às coisas mais heterogêneas quando soa música; e tão agradável foi a impressão, que ele ficou, afinal, contente por não havê-la feito parar. A impressão diminuiu e esvaiu-se aos poucos, mas durou até que estivesse à porta dos escritórios do advogado.

Quando sua entrevista terminou, era tarde demais para voltar a Grateley & Hooper. Sua visão de Katharine pusera-o estranhamente indisposto para uma noite com a família. Aonde mais poderia ir? Andar através de Londres até chegar à casa de Katharine para olhar as janelas e imaginá-la lá dentro pareceu-lhe, por um momento, uma possibilidade. Depois rejeitou o plano e quase corou, como acontece quando, por uma curiosa divisão da consciência, a gente apanha uma flor num impulso sentimental e lança-a fora, com pejo, depois de colhida. Não, iria ver Mary Datchet. A essa hora ela já estaria de volta do trabalho.

O fato de dar com Ralph, assim, inesperadamente, à sua porta lançou Mary, por um segundo, em confusão. Vinha de limpar facas na sua pequena copa e, depois de deixá-lo entrar, voltou, abriu a torneira de água fria no seu volume máximo, e fechou-a outra vez. Vamos, pensou consigo mesma, apertando bem a torneira, não vou deixar que essas ideias tolas me entrem na cabeça...

– Você não acha que Sr. Asquith merece ser enforcado? – perguntou em voz alta, na direção da sala de estar. E quando se reuniu a ele, secando as mãos, começou a comentar a última evasiva do governo com respeito à Lei do Sufrágio Feminino. Ralph não queria falar de política, mas não podia deixar de respeitar Mary por seu interesse em questões públicas. Olhou-a quando se curvava para espevitar o fogo, expressando-se muito claramente em frases que traziam, de longe, um ranço de palanque, e pensou: Como Mary me acharia absurdo se soubesse que quase me decidi a andar a pé até Chelsea só para olhar as janelas de Katharine! Não entenderia isso, mas gosto muito dela assim mesmo, como é.

Por algum tempo discutiram o que as mulheres deveriam fazer. E quando Ralph ficou genuinamente interessado na questão,

Mary, inconscientemente, deixou que sua própria atenção se desviasse, e veio-lhe um grande desejo de discutir seus próprios sentimentos com Ralph, ou, pelo menos, de falar com ele sobre alguma coisa pessoal, de modo a que pudesse ver o que sentia por ela. Resistiu a esse desejo. Mas Ralph percebeu sua falta de interesse naquilo que dizia, e gradualmente ambos se calaram. Um pensamento após outro vieram à mente de Ralph, mas eram todos, de algum modo, relacionados a Katharine, ou com vagos sentimentos de romance e aventura como os que ela inspirava. Não podia falar com Mary de tais pensamentos; e lamentava-a por não saber nada do que ele estava sentindo. É nisso, pensou, que nós diferimos das mulheres. Elas não têm sentido de romance.

– Bem, Mary – disse por fim –, por que você não diz alguma coisa divertida?

Seu tom era, certamente, provocador. Mas, via de regra, Mary não se deixava facilmente provocar. Nessa noite, porém, respondeu com alguma rispidez:

– Provavelmente por não ter nada divertido a dizer.

Ralph pensou por um momento e replicou:

– Você trabalha demais. Não me refiro à sua saúde – acrescentou, ao vê-la rir com escárnio. – Quero dizer que você me parece um pouco envolvida demais no seu trabalho.

– E será isso mau? – perguntou ela, cobrindo os olhos com a mão.

– Penso que sim – respondeu ele, abrupto.

– Mas não faz uma semana você dizia o contrário. – O tom de Mary era desafiador, embora ela parecesse curiosamente deprimida. Ralph, que não percebeu, aproveitou a oportunidade para arengá-la e expressar suas últimas opiniões sobre a conduta apropriada da vida. Ela ouviu, mas ficou-lhe, sobretudo, a impressão de que ele encontrara alguém que o influenciara. Estava a dizer-lhe que devia ler mais, e conceder que havia pontos de vista tão dignos de atenção quanto o dela mesma. Naturalmente, tendo-o visto pela última vez quando deixava o escritório em companhia de Katharine, atribuiu a esta a mudança. Era provável que Katharine, ao deixar um ambiente que claramente desprezara, tivesse proferido alguma crítica desse gênero ou sugerido tal crítica pela sua simples atitude. Mas Mary sabia que Ralph jamais admitiria haver sido influenciado por alguém.

— Você não lê o bastante — dizia ele. — Você deve ler mais poesia.

Era verdade que as leituras de Mary se tinham limitado a obras de que precisava para os seus exames. E o tempo de que dispunha para ler em Londres era limitado. Por alguma razão, ninguém gosta que lhe digam que não lê bastante poesia, mas o ressentimento dela só se revelou na maneira como mudou a posição das mãos e na expressão fixa dos olhos. Pensou consigo mesma: Porto-me exatamente como disse que não ia me portar — e dizendo-se isso, relaxou todos os músculos, observando com seu modo razoável:

— Diga-me então o que devo ler.

Ralph ficara inconscientemente irritado com Mary e agora descarregava uns poucos nomes de grandes poetas, que constituíam o tema de um longo discurso sobre a imperfeição do caráter de Mary e da sua maneira de viver.

— Você vive com seus inferiores — disse, entusiasmando-se indevidamente, como bem sabia, com o assunto. — E você se ajusta à rotina porque, de maneira geral, é uma rotina agradável. E tende a esquecer a razão de estar metida nela. Você tem o hábito feminino de dar excessiva importância ao detalhe. Você não vê quando as coisas são importantes e quando não são. E é isso a ruína de todas essas organizações. É por isso que as sufragistas nunca conseguiram nada todos esses anos. De que serve realizar quermesses e reuniões a portas fechadas? Você precisa de ideias, Mary. Agarre-se a alguma coisa de grande. Não se importe em errar, mas não se perca em ninharias. Por que não abandona tudo por um ano, e viaja? Veja algo do mundo. Não se contente em viver toda a sua vida com meia dúzia de pessoas numa enseada. Mas sei que não o fará — concluiu.

— Já cheguei a essa maneira de pensar por mim mesma, sobre mim mesma, quero dizer – respondeu Mary, surpreendendo-o com a sua aquiescência. – Gostaria de ir para algum lugar bem distante.

Por um momento ficaram ambos calados. Então, Ralph disse:
— Escute, Mary, você não levou tudo isso a sério. Ou levou?

— Sua irritação se dissipara, e a nota de depressão na voz, que Mary não conseguira evitar, encheu-o subitamente de remorso de que a houvesse magoado.

— Você não se irá embora, irá? – perguntou. E como Mary não respondesse, acrescentou: – Oh, não, não se vá.

— Não sei exatamente o que pretendo fazer – respondeu ela.

Estava à beira de uma discussão dos seus projetos, mas não recebeu qualquer encorajamento. Ele caiu num dos seus estranhos mutismos, que pareciam a Mary, apesar de todas as precauções que tomara, referir-se ao que ela também não podia tirar do pensamento: o sentimento de um pelo outro e a sua relação. Sentia que as duas linhas de pensamento abriam caminho e eram como dois longos túneis paralelos, que chegavam muito próximo um do outro, mas nunca se encontravam.

Depois que ele se foi embora, deixando-a sem ter quebrado o silêncio mais do que o necessário para desejar-lhe boa noite, ela ficou ainda algum tempo a revolver o que ele dissera. Se o amor é um fogo que devora, que dilui todo o ser numa torrente de montanha, Mary não estava apaixonada por Denham mais do que pelo ferro ou pelas tenazes da lareira. Mas, provavelmente, essas paixões extremas são muito raras, e o estado de espírito assim descrito pertence aos últimos estádios do amor, quando o poder de resistir já foi solapado, semana após semana, dia após dia. Como a maior parte das pessoas inteligentes, Mary era um tanto egoísta, ao ponto, quer dizer, de dar grande importância ao que sentia, e era por natureza moralista o bastante para verificar, de tempos em tempos, se os seus sentimentos lhe faziam honra. Quando Ralph a deixou, reexaminou o seu estado de espírito e chegou à conclusão de que seria boa coisa estudar uma língua qualquer, alemão, por exemplo, ou italiano. Foi, então, a uma gaveta, que teve de destrancar, e tirou de dentro as páginas muito anotadas de um manuscrito. Leu-as de ponta a ponta, levantando os olhos a intervalos, e refletindo intensamente por alguns segundos. Pensava em Ralph. Fez o possível para verificar todas as qualidades que, nele, davam origem às emoções que ela sentia; e persuadiu-se de haver dado conta, razoavelmente, de todas elas. Então, voltou ao manuscrito e decidiu que escrever boa prosa inglesa é a coisa mais difícil do mundo. Mas pensou muito mais em si mesma do que em Ralph Denham ou na prosa inglesa gramaticalmente correta; fica assim em aberto se ela estava amando ou, em caso afirmativo, a que ramo da família do amor a sua paixão pertencia.

11

— O que importa é a vida, nada além disso, o processo de descobrir, o perene, perpétuo processo – disse Katharine, ao passar debaixo da arcada, entrando, assim, no vasto espaço de King's Bench Walk –, não a descoberta em si. – Proferiu as últimas palavras olhando para cima, para as janelas de Rodney, que mostravam uma semiluzente cor vermelha, em sua honra, como sabia. Ele a convidara para o chá. Mas ela estava com uma tal disposição, que lhe seria quase fisicamente desagradável interromper o curso dos seus pensamentos, e andou de um lado para outro duas ou três vezes, debaixo das árvores, antes de aproximar-se da escadaria. Ela gostava de conseguir um livro que nem o pai nem a mãe haviam lido, e guardá-lo só para si mesma, mordiscando seu conteúdo em segredo e ponderando-lhe o sentido sem partilhar seus pensamentos com qualquer pessoa, ou tendo de decidir sozinha se o livro era bom ou mau. Nessa noite, torcera as palavras de Dostoiévski para adequá-las à sua disposição – disposição fatalista – e proclamar que o processo da descoberta é vida e que, presumivelmente, a natureza do objetivo de cada um não importa. Sentou-se, por um momento, num dos degraus; sentiu-se levada no torvelinho de muitas coisas; decidiu, com seu jeito brusco, que era tempo de lançar todo esse trem de pensamento pela amurada, e levantou-se, deixando para trás, no degrau, uma cesta de peixeiro que trazia consigo. Dois minutos depois, batia com autoridade à porta de Rodney.

– Bem, William – disse –, temo estar atrasada.

Era verdade, mas ele ficou tão contente ao vê-la que esqueceu o aborrecimento. Gastara mais de uma hora preparando as coisas para ela, e tinha agora seu prêmio vendo-a olhar à direita e à esquerda, enquanto deixava cair o casaco dos ombros, com evidente satisfação, embora nada dissesse. Ele cuidara de que a lareira estivesse queimando bem; havia potes de geleia na mesa, travessas de estanho tampadas, luziam no guarda-fogo, e o conforto casual do aposento era extremo. Ele vestia seu velho robe de chambre cor de vinho, que desbotara irregularmente, e tinha alguns brilhantes remendos novos, como a grama mais clara que a gente descobre ao levantar uma pedra. Fez o chá, Katharine tirou as luvas e cruzou as pernas com um movimento que era antes masculino, na sua naturalidade. Não chegaram a conversar muito, até ficarem a fumar seus cigarros junto do fogo, depois de haverem depositado as xícaras do chá no chão, entre eles.

Não se tinham encontrado desde a troca de cartas sobre o seu relacionamento. A resposta de Katharine à sua declaração fora curta e sensata. Metade de uma folha de papel de carta continha-a toda. Pois tivera apenas de dizer que não o amava e que, portanto, não podia casar com ele, mas sua amizade continuaria, esperava, sem alteração. Acrescentara um pós-escrito em que dizia: "Gostei muito do seu soneto".

Quanto a William, sua aparência de naturalidade era fingida. Três vezes naquela tarde vestira-se com um fraque e três vezes o descartara em favor do velho robe. Três vezes colocara seu alfinete de pérola em posição e três vezes o tirara. O pequeno espelho do seu quarto foi testemunha dessas mudanças de ideia. A questão era: o que preferiria Katharine nessa tarde específica de dezembro? Leu mais uma vez a nota que ela lhe mandara, e o pós-escrito sobre o soneto decidiu a questão. Evidentemente, ela admirava nele sobretudo o poeta. E como isso, de maneira geral, coincidia com a sua própria opinião, decidiu pender, se fosse o caso, para o lado do despretensioso. Seu comportamento também era regulado com premeditação. Falou pouco e exclusivamente sobre assuntos impessoais. Queria que ela sentisse que, ao visitá-lo pela primeira vez sozinha, não fazia nada de extraordinário, embora, de fato, esse fosse um ponto sobre o qual não se achasse nada seguro. Certamente Katharine não parecia turbada por pensamentos incômodos. E se ele se sentisse completamente senhor de si mesmo, poderia, na verdade, queixar-se de que ela estava até um pouco desatenta. A naturalidade, a familiaridade da situação, a sós com Rodney, entre xícaras de chá e velas, surtira mais efeito sobre ela do que transparecia. Pediu-lhe para olhar os livros e, depois, os quadros. E foi quando tinha uma foto de El Greco nas mãos que exclamou, impulsivamente, se bem que nada a propósito:

– Minhas ostras! Eu tinha uma cesta – explicou – e esqueci-a em algum lugar. Tio Dudley janta conosco hoje. Que poderia ter feito com elas?

Levantou-se e pôs-se a andar pelo quarto. William levantou-se também, e ficou em frente do fogo a resmungar: Ostras, ostras, sua cesta de ostras! Embora olhasse vagamente para aqui e para ali, como se as ostras pudessem estar em cima da estante, seus olhos retomavam sempre a Katharine. Ela abriu as cortinas e olhou para fora, por entre as ralas folhas dos plátanos.

– Eu as tinha ainda no Strand; sentei-me num degrau. Bem, não faz mal – concluiu, virando-se abruptamente para a sala. – Quero crer que algum velho estará a regalar-se com elas neste momento.

– Imaginei que você jamais se esquecia de coisa alguma ⬜ observou William quando se sentaram outra vez.

– É parte do mito a meu respeito. Sei disso – disse Katharine.

– Fico pensando: qual será a verdade a seu respeito – continuou William, cautelosamente. – Mas sei que essa espécie de conversa não interessa a você – acrescentou depressa, com um grão de impertinência.

– Não, não me interessa muito – respondeu Katharine, candidamente.
– De que devemos falar? – perguntou ele.
Ela olhou as paredes da sala, com uma indulgência bem-humorada:
– Por onde quer que comecemos, acabaremos sempre falando da mesma coisa: de poesia, quero dizer. Pergunto-me se você imagina, William, que nunca li sequer Shakespeare? É maravilhoso como consegui manter isso em segredo todos esses anos.
– No que me diz respeito, você conseguiu fazê-lo lindamente por dez anos – disse ele.
– Dez anos? Tanto assim?
– E não creio que isso tenha sempre aborrecido você.
Ela contemplou o fogo em silêncio. Não podia negar que a superfície do seu sentimento permanecia tranquila, e que nada no caráter de William poderia turbá-la; ao contrário, estava segura de poder lidar com o que surgisse. Ele lhe dava paz, em meio à qual podia pensar em coisas inteiramente diversas daquilo de que falavam. Mesmo agora, com ele a uma jarda de distância, como sua mente se voltava para toda parte! De súbito, uma imagem se apresentou diante dela, sem qualquer esforço de sua parte, como imagens costumam aparecer, uma imagem dela nessa mesma sala; vinha de uma conferência e tinha uma pilha de livros na mão, livros científicos, e livros sobre matemática e astronomia, que conseguira dominar. Depunha-os em cima daquela mesa ali. Era uma imagem da sua vida dois ou três anos mais tarde, quando estivesse casada com William; mas a essa altura, abruptamente, ela se dominou.

Não podia esquecer de todo a presença de William, porque, a despeito dos seus esforços para controlar-se, o nervosismo dele era aparente. Em tais ocasiões, os olhos dele ficavam protrusos, e seu rosto mostrava mais do que nunca a aparência de estar coberto por uma pele fina e levemente rachada, através da qual cada fluxo do seu sangue volátil surgia instantaneamente. A essa altura ele já formulara e rejeitara tantas frases,

sentira e dominara tantos impulsos, que estava de um escarlate uniforme.
— Você pode dizer que não lê livros — observou —, mas, assim mesmo, sabe tudo deles. Ademais, quem deseja que você seja letrada? Deixe isso para os pobres diabos que não têm nada melhor a fazer. Você, você, hum...
— Bem, então, por que não lê para mim alguma coisa antes que eu me vá? — disse Katharine, olhando o relógio.
— Katharine, você acabou de chegar! Deixe-me ver; o que tenho que poderia mostrar-lhe?
Levantou-se, mexeu nos papéis na sua mesa, como que em dúvida. Apanhou então um manuscrito e, depois de alisá-lo no joelho, olhou desconfiado para Katharine. Surpreendeu-a sorrindo.
— Creio que você me pediu que lesse por pura gentileza — explodiu. — Vamos descobrir outra coisa para discutir. Quem você tem visto?
— Eu não costumo pedir coisas por gentileza — observou Katharine. — Todavia, se você não quer, não precisa ler.
Exasperado, William fungou estranhamente e abriu o manuscrito uma vez mais, embora conservasse os olhos no rosto dela ao fazê-lo. Nenhum rosto poderia ser mais grave ou mais judicioso:
— A gente pode certamente contar com você para dizer coisas desagradáveis — disse, alisando a página, raspando a garganta e lendo metade de uma *stanza* para si mesmo. — Hum! A princesa está perdida na floresta, e ouve o som de uma trompa (isso tudo ficará muito bonito no palco, mas não posso criar o efeito aqui). De qualquer maneira, Sylvano entra, acompanhado do resto dos cavaleiros da corte de Gratian. Começo com o solilóquio dele.
Sacudiu a cabeça, e começou. Embora Katharine acabasse de afirmar nada entender de literatura, ouviu atentamente. Pelo menos, ouviu as primeiras vinte e cinco linhas atentamente, depois franziu a testa. Sua atenção foi de novo despertada quando Rodney levantou um dedo — sinal, sabia, que o metro ia mudar.

A teoria dele era de que cada humor tem seu metro. Sua maestria em metrificação era notável. E se a beleza de um drama dependesse da variedade de metros em que os personagens falam, as peças de Rodney poderiam competir com as de Shakespeare. A ignorância de Katharine quanto a Shakespeare não a impedia de sentir que as peças não devem produzir uma sensação de frio estupor na plateia, como o que a possuía à medida que os versos corriam, algumas vezes longos, outras curtos, mas sempre recitados no mesmo timbre de voz, que parecia martelar cada linha firmemente no mesmo exato ponto do cérebro do ouvinte. E, todavia – refletia ela –, essa espécie de habilidade é quase exclusivamente masculina. As mulheres raramente a praticam, e não sabem dar-lhe valor. A proficiência de um marido nessa direção poderá legitimamente aumentar o respeito da mulher por ele, uma vez que a mistificação não é base que se despreze para o respeito. Ninguém podia ter dúvidas de que William era um intelectual. A leitura terminou com o fim do ato; Katharine preparara um pequeno discurso.

– Isso me pareceu muito bem escrito, William. Embora, naturalmente, eu não saiba o bastante para fazer uma crítica detalhada.

– Mas foi então a perícia que impressionou você, não a emoção?

– Num fragmento como esse, a perícia chama a atenção primeiro.

– Mas talvez... Você terá tempo de estudar mais um fragmento curto? A cena entre os amantes? Há algum sentimento real nisso, penso. Denham concorda que é a melhor coisa que escrevi.

– Você leu isso para Ralph Denham? – perguntou Katharine, surpresa. – Ele é melhor juiz que eu. O que foi que disse?

– Minha querida Katharine – exclamou Rodney –, não lhe peço uma crítica, como a faria a um intelectual. Ouso dizer que há apenas cinco homens na Inglaterra cuja opinião sobre o meu trabalho vale alguma coisa para mim. Mas confio em você em matéria de sentimento. Pensei em você frequentemente ao escrever essas cenas. Eu me perguntava: bem, será isso a espécie de coisa de que Katharine gostará? Sempre penso em você quando escrevo, Katharine, mesmo quando se trata de coisas de que não entende. Prefiro, sim, acho que prefiro que você goste do que escrevo do que qualquer outra pessoa no mundo.

Isso era um tributo tão genuíno da sua confiança nela que Katharine sentiu-se tocada.

– Você pensa demais em mim, William – disse ela, esquecendo-se de que não pretendia dizer coisas desse tipo.

– Não, Katharine, não é verdade – replicou ele, guardando o manuscrito na gaveta. – Faz-me bem pensar em você.

Resposta tão discreta, a que não se seguiu qualquer expressão de amor, mas a simples declaração de que, se tinha mesmo de ir-se embora, ele a levaria até o Strand, e de que, se esperasse um momento, trocaria seu robe por um paletó, despertou nela o mais caloroso sentimento de afeto que jamais experimentara por ele. Enquanto se mudava, no quarto ao lado, ela ficou junto à estante, tirando livros do lugar e abrindo-os, mas sem ler nada nas suas páginas.

Sentia-se certa de que iria casar-se com Rodney. Como evitá-lo? Como encontrar um inconveniente nisso? Ela suspirou e, afastando o pensamento do casamento, caiu num estado de sonho, em que se tornou outra pessoa, e o mundo inteiro pareceu mudado. Como frequentadora assídua desse mundo, conseguiu achar seu caminho sem hesitação. Se tivesse procurado analisar suas impressões, teria compreendido que ali moravam os arquétipos das aparências que figuravam em nosso mundo; tão diretas, poderosas e desimpedidas eram as suas sensações ali, comparadas às que evoca a vida real. Ali residiam as coisas que a gente poderia ter sentido se houvesse motivo; a perfeita felicidade da qual provamos, aqui, um fragmento; a beleza que aqui só se vê por lampejos. Sem dúvida, muito do que enchia esse mundo ideal era tirado diretamente do passado, e mesmo da Inglaterra do período elisabetano. Todavia, por mais que mudasse a decoração desse mundo imaginário, duas qualidades eram constantes nele.

Tratava-se de um lugar onde os sentimentos se viam liberados dos constrangimentos que o mundo real impõe; e o processo de iluminação era sempre marcado pela resignação e por uma espécie de estoica aceitação dos fatos. Ela não encontrou conhecidos por lá, como Denham encontrava, miraculosamente transfigurados; nem desempenhava qualquer papel heroico. Mas lá certamente ela amava algum herói magnânimo e, ao passarem juntos por entre as árvores cobertas de folhas de um mundo desconhecido, partilhavam sentimentos que surdiam frescos e rápidos como as ondas numa praia. Mas a areia da sua libertação escoava velozmente. Mesmo através das ramadas da floresta chegavam os sons de Rodney a remexer nas coisas dele, em cima da penteadeira. E Katharine despertou dessa excursão, fechando a capa do livro que estivera segurando, e pondo-o de volta na estante.

– William – disse, falando com voz fraca a princípio, como alguém que envia uma voz do fundo do sono na esperança de que alcance os viventes. – William – repetiu firmemente –, se ainda deseja que eu me case com você, eu o farei.

Talvez pelo fato de que nenhum homem espera que a mais momentosa questão da sua vida se resolva num tom de voz tão neutro, tão igual, tão despido de júbilo ou energia, o certo é que William não deu resposta. Ela esperou, estoicamente. Um momento mais tarde, ele surgiu bruscamente do quarto de vestir, e observou que, se ela queria ainda comprar ostras, ele achava que sabia onde encontrar uma peixaria aberta. Katharine soltou um fundo suspiro de alívio.

* * *

Extrato de uma carta mandada poucos dias mais tarde por Sra. Hilbery à sua cunhada Sra. Milvain:

"(...) que tolice a minha esquecer o nome no telegrama! E um nome tão bonito, tão sonoro, tão inglês. Ademais, ele tem todas as graças do intelecto. Já leu praticamente tudo. Eu digo a Katharine que hei de botá-lo sempre à minha direita nos jantares, de modo a tê-lo à mão quando as pessoas se puserem a falar sobre personagens de Shakespeare. Eles não serão ricos, mas serão muito, muito felizes. Eu estava sentada no meu quarto, tarde, uma noite dessas, sentindo que nada de bom jamais me aconteceria de novo, quando ouço Katharine do lado de fora, no corredor, e pensei comigo mesma: deverei chamá-la? E depois pensei (desse modo sem esperança nem ânimo com que a gente pensa quando o fogo vai morrendo e o aniversário da gente acaba de passar): por que deveria despejar os meus problemas sobre Katharine? Mas meu pequeno autocontrole teve seu prêmio, pois no momento seguinte ela batia à porta, entrava e sentava--se no tapete. E embora nenhuma de nós dissesse uma palavra, senti-me tão feliz num segundo que não pude me impedir de exclamar: oh, Katharine, quando você tiver a minha idade, como desejo que tenha uma filha também! Você sabe como Katharine é calada. Ficou tão calada, e por tanto tempo, que no meu tolo, nervoso estado, temi alguma coisa, embora não soubesse bem o quê. E então ela me disse de como, afinal de contas, chegara a uma decisão. Tinha escrito. Esperava-o no dia seguinte. A princípio, não fiquei nada contente. Eu não queria que ela se casasse com ninguém; mas, quando ela disse: 'não fará qualquer diferença, eu sempre gostarei mais de você e de papai, então vi o quão egoísta eu era e disse-lhe que deveria dar a ele tudo, tudo, tudo!' Disse-lhe que eu me sentiria grata de ficar em segundo lugar. Mas, por que, quando tudo acontece como a gente sempre desejou que acontecesse, por que então a gente não faz senão chorar, senão sentir-se como uma pobre velha desolada, cuja vida foi um malogro, e está prestes a acabar, e a idade é tão cruel? Mas Katharine me disse: 'estou feliz, estou muito feliz'. E então pensei, embora tudo me parecesse tão desesperadamente melancólico naquele momento, que Katharine dissera estar feliz, e eu teria um filho, e tudo se arranjaria muito mais maravilhosamente do que se poderia jamais imaginar, pois, embora os sermões não digam isso, acredito que o mundo tenha sido feito para sermos felizes nele. Ela me disse que iriam viver bem perto de nós, e que nos veríamos diariamente. E que ela continuaria com a *Vida*, e que nós a concluiríamos tal como planejamos. E, afinal de contas, teria sido muito mais horrível se ela não se casasse – ou suponha que se casasse com alguém que ninguém pudesse suportar? Suponha que tivesse se apaixonado por alguém que já fosse casado?

"E embora a gente não ache ninguém bastante bom para aqueles a quem ama, ele tem os mais bondosos e verdadeiros instintos, estou certa, e embora pareça nervoso e suas maneiras não sejam de impressionar, só penso essas coisas por tratar-se de Katharine. E agora que escrevi tudo isso, ocorre-me que, naturalmente, todo o tempo, Katharine tem o que ele não tem. Ela sabe impor-se e não é nervosa; impor-se e dominar são coisas que lhe vêm espontaneamente. É tempo de que ela dedique tudo isso a alguém que possa precisar dela quando nós já não formos, salvo em espírito, pois malgrado o que se diz, estou certa de que voltarei a este mundo maravilhoso onde a gente é tão feliz e tão miserável, onde, mesmo agora, pareço ver-me a estender as mãos para colher mais um presente na grande Árvore das Fadas, cujos ramos estão ainda arriados de encantadores brinquedos, embora mais raros hoje em dia, talvez; e entre os galhos não se vê mais o céu azul, só as estrelas e os cumes das montanhas.

"A gente não sabe mais nada, não é? A gente não tem mais conselhos a dar aos filhos. Pode-se apenas esperar que venham a ter a mesma visão e a mesma capacidade de crer, sem as quais a vida não teria sentido. É isso que desejo para Katharine e seu marido."

12

– Sr. Hilbery está, ou Sra. Hilbery? – perguntou Denham à empregada da casa de Chelsea, uma semana depois.

– Não, senhor. Mas Srta. Hilbery está – respondeu a moça.

Ralph antecipara muitas respostas, mas não essa, e agora ficava-lhe inesperadamente patente que fora a esperança de encontrar Katharine que o trouxera através de toda essa distância até Chelsea, sob o pretexto de ver seu pai.

Pretendeu considerar por um momento a questão, e foi conduzido, escada acima, para a sala de estar. Como da primeira vez, semanas antes, a porta se fechou como se fossem mil portas, que excluíssem o mundo. E uma vez mais Ralph recebeu a impressão de uma sala cheia de sombras profundas, como fogo na lareira, chamas firmes em velas de prata, e largos espaços a cruzar antes de atingir a mesa redonda do centro do aposento, com sua frágil carga de bandejas de prata e xícaras de chá. Dessa vez, porém, Katharine estava só. O livro na sua mão mostrava que não esperava visitas.

Ralph disse alguma coisa sobre a sua esperança de encontrar-lhe o pai.

— Meu pai saiu — replicou ela. — Mas se quiser esperar, deve chegar logo.

Podia ter sido apenas por polidez, mas Ralph sentiu que ela o recebia quase com cordialidade. Talvez estivesse aborrecida de tomar chá e ler um livro sozinha. De qualquer maneira, ela atirou o livro num sofá com um gesto de alívio.

— Será um dos modernos que você despreza? — perguntou ele, sorrindo da naturalidade do gesto.

— É — respondeu. — Penso que até você o desprezaria.

— Até eu? — repetiu ele. — Por que até eu?

— Você disse que gostava das coisas modernas. Eu disse que as detestava.

Essa não era, talvez, uma reprodução muito fiel da conversa que haviam tido entre as relíquias, mas Ralph ficou lisonjeado de que ela se lembrasse de alguma coisa pelo menos.

— Ou terei confessado que detesto todo e qualquer livro? — continuou ela, vendo-o levantar a cabeça com um ar de inquisição. — Não me lembro...

— Você detesta todos os livros? — perguntou ele.

— Teria sido absurdo dizer que os detesto *todos*, quando apenas li uns dez talvez. Mas... — E aí ela se conteve.

— Então?

— Sim, detesto livros — continuou. — Por que você quer sempre falar de sentimentos? É isso que não entendo. E a poesia é toda sobre sentimentos; romances também podem ser sobre sentimentos.

Ela cortou um bolo, vigorosamente, em fatias, e preparando uma bandeja com pão e manteiga para Sra. Hilbery, que estava presa no quarto com um resfriado, levantou-se para levá-la ao segundo andar.

Ralph manteve a porta aberta para ela, depois ficou com as mãos apertadas uma na outra no centro da sala. Seus olhos brilhavam e, na verdade, não saberia dizer se contemplavam sonhos ou realidades. Pela rua toda e, ainda, no limiar da porta, ou enquanto subia os degraus, seu sonho com Katharine o possuía. Na soleira da sala despedira-se dele, a fim de evitar uma colisão por demais penosa entre a sua ideia dela e o que ela era. E em cinco minutos ela havia enchido a concha do velho sonho com a carne da vida, e olhado com fogo pelos olhos do fantasma. Ele se via com espanto ali, entre as cadeiras e mesas da casa dela. E eram materiais sólidos, pois pôde pegar no encosto daquela em que Katharine estivera sentada. E, todavia, eram irreais; a atmosfera era de sonho. Reuniu todas as faculdades do seu espírito a fim de captar tudo o que os minutos lhe pudessem dar. E das profundezas da sua mente surdiu, irreprimida, a certeza de que a natureza humana ultrapassa, na sua beleza, tudo o que os mais loucos sonhos podem oferecer como sugestões, alusões.

Katharine entrou na sala um momento depois. Contemplou-a enquanto avançava, e achou-a mais bela e mais estranha do que o sonho que fazia dela. Porque a Katharine real podia dizer as palavras que pareciam amontoar-se por detrás da fronte e no fundo dos olhos, e a mais comum das frases brilhava com essa luz imortal. Ela como que desbordava os limites do seu sonho; observou que a sua maciez era como a da grande coruja das neves; e que usava um rubi no dedo.

– Minha mãe manda dizer-lhe – disse – que espera que tenha começado o seu poema. Ela pensa que todo mundo deve escrever poesia. Todos os meus amigos escrevem poesia – continuou –, e não posso pensar nisso às vezes, porque, naturalmente, toda essa poesia não vale nada. Mas, também, ninguém precisa ler tais versos...

– Você não me encoraja a fazer um poema – disse Ralph.

– Mas você também não é poeta. Ou é? – perguntou, com um sorriso.

– Deveria confessar-lhe, se fosse?

– Sim. Porque acho que você diz sempre a verdade – disse ela, escrutando-o em busca de provas disso, com olhos agora quase impessoalmente diretos.

Seria fácil, pensou Ralph, adorar uma pessoa tão remota e ao mesmo tempo tão reta. Fácil submeter-se imprudentemente a ela, sem um só pensamento de dor futura.

– Você é poeta? – perguntou. E ele sentiu que a questão vinha prenhe de sentido oculto, como se ela desejasse resposta para uma pergunta não formulada.

– Não. Há anos que não escrevo versos – respondeu. – Mas, assim mesmo, discordo de você. Acho que é a única coisa que vale a pena ser feita.

– Por que diz isso? – perguntou ela, quase com impaciência, batendo com a colher três ou quatro vezes na xícara.

– Por quê? – Ralph lançou mão das primeiras palavras que lhe vieram à cabeça. – Porque, imagino, mantém vivo um ideal que, caso contrário, poderia morrer.

Uma curiosa mudança operou-se no rosto dela, como se a chama da sua mente tivesse, de súbito, se velado; e ela o olhou ironicamente, com uma expressão a que ele chamara triste, um dia, à falta de melhor nome.

– Não vejo muito sentido em ter ideais – disse ela.

– Mas você os tem – replicou ele com energia. – Por que chamá-los ideais? É uma palavra estúpida. Sonhos, quero dizer...

Ela acompanhava as suas palavras com os lábios entreabertos, como que para responder com sofreguidão quando terminasse. Mas, quando ele disse: "Sonhos, quero dizer", a porta da sala se abriu, e permaneceu aberta por um instante perceptível. Os dois ficaram silenciosos, os lábios ainda entreabertos.

Ouviu-se, longe, o farfalhar de saias. Então, a dona das saias surgiu no umbral da porta, que quase encheu inteiramente, escondendo a meio a figura de uma senhora muito menor do que ela, e que a acompanhava.

– Minhas tias! – murmurou Katharine, a meia-voz. Seu tom tinha uma nota de tragédia não inferior à que a situação requeria. Ela se dirigiu à maior das senhoras como tia Millicent; a menor era tia Celia, Sra. Milvain, que chamara a si ultimamente a tarefa de casar Cyril com a mulher dele. Ambas, mas Sra. Cosham (tia Millicent) em particular, tinham aquele ar de existência elevada, esticada e brunida que é própria de senhoras que fazem visitas em Londres por volta das cinco horas da tarde.

Retratos de Romney, vistos através do vidro, têm alguma coisa do seu aspecto maduro e róseo, da sua moleza louçã como a de damascos pendurados contra uma parede vermelha numa tarde de sol. Sra. Cosham estava tão paramentada, com regalos para as mãos, correntes e panejamentos flutuantes, que era impossível descobrir a forma de um ser humano nessa massa de marrom e preto que enchia a poltrona. Sra. Milvain era uma figura muito mais delgada. Mas a mesma dúvida quanto às linhas precisas do seu contorno assaltou Ralph, que as contemplava com um lúgubre pressentimento. Que observação sua poderia jamais alcançar esses fabulosos, fantásticos personagens? Pois havia algo de fantástico e de irreal nos meneios e trejeitos de Sra. Cosham, como se seu equipamento incluísse uma enorme mola de aço. Sua voz, embora estridente, tinha uma nota de arrulho que prolongava as palavras e cortava-as de repente, até que a língua inglesa já não parecia servir para o uso habitual. Num primeiro momento, de nervosismo, pensou Ralph, Katharine acendera inúmeras luzes elétricas. Mas Sra. Cosham ganhara alento (talvez seus movimentos ondulatórios tivessem esse fim em vista) para uma conversação contínua. E agora se dirigia a Ralph, deliberada e elaboradamente:

– Venho de Woking, Sr. Popham. Poderá muito bem perguntar-me. Por que Woking? E a isso eu respondo, talvez pela centésima vez: por causa do pôr do sol. Fomos para lá por causa dos crepúsculos, mas isso foi há vinte e cinco anos atrás. Onde estão os crepúsculos agora? Ai de mim! Não há nenhum pôr do sol mais próximo que na South Coast. – Suas notas, sonoras, românticas, eram acompanhadas de um gesto da longa mão muito branca, que, ao acenar, relampejava, com um brilho de diamantes, rubis e esmeraldas. Ralph se perguntava se ela teria maior semelhança com um elefante, com um toucado de joias, ou com uma soberba cacatua, precariamente equilibrada em seu poleiro, a bicar um torrão de açúcar.

– Por onde andam os crepúsculos agora? – repetia ela. ☐ O senhor vê algum, Sr. Popham?

– Eu moro em Highgate – respondeu ele.

– Em Highgate? Sim, Highgate tem seus encantos. Seu tio John viveu em Highgate – disse, e sacudiu-se na direção de Katharine. Mergulhou depois a cabeça no peito, como que para meditar um minuto. Passado este, levantou os olhos e observou:

– Ouso dizer que há ruas muito bonitas em Highgate. Lembro--me de andar por lá com sua mãe, Katharine, através de caminhos floridos com pilriteiros selvagens. Mas por onde andam os pilriteiros? Lembra-se daquela encantadora descrição em De Quincey, Sr. Popham? Mas eu ia me esquecendo, na sua geração, com toda a sua atividade e instrução, em face das quais posso apenas me maravilhar – e aqui ela exibiu suas duas mãos –, ninguém mais lê De Quincey. Vocês têm seu Belloc, seu Chesterton, seu Bernard Shaw. Por que leriam De Quincey?

– Mas eu leio De Quincey – protestou Ralph []; mais do que Belloc ou Chesterton, em todo caso.

– Com efeito! – exclamou Sra. Cosham, com um gesto de surpresa e alívio misturados. – O senhor é, então, uma *rara avis* na sua geração. Fico encantada de encontrar alguém que lê De Quincey.

Aqui ela dobrou a mão como um anteparo e, curvando-se para Katharine, perguntou num cochicho perfeitamente audível:

– Seu amigo *escreve*?

– Sr. Denham – disse Katharine, com mais do que a sua clareza e firmeza habituais – escreve para a *Review*. Ele é advogado.

– Os lábios descobertos, mostrando a expressão da boca! Eu os reconheci imediatamente! Eu sempre me senti à vontade com advogados, Sr. Denham...

– Eles costumavam frequentar tanto a gente nos velhos tempos – disse Sra. Milvain. E as notas delicadas, argentinas da sua voz caíam com o timbre suave de um sino antigo. O senhor disse que vive em Highgate – continuou. – Imagino que saiba dizer se uma velha casa conhecida como Tempest Lodge ainda existe: uma velha casa branca no meio de um jardim?

Ralph sacudiu a cabeça, e ela suspirou.

– Ah, não. Devem tê-la demolido a esta altura, como todas as outras velhas casas. Havia tão bonitas alamedas naquele tempo. Foi assim que seu tio conheceu sua tia Emily, sabe? – disse para Katharine. – Eles iam para casa atravessando essas alamedas.
– Com um raminho de espinheiro no chapéu – disse Sra. Cosham, relembrando.
– E no domingo seguinte, ele tinha violetas na botoeira. Foi assim que nós descobrimos.

Katharine riu. Olhou Ralph. Os olhos dele estavam pensativos, e ela ficou a imaginar o que teria encontrado nesses velhos mexericos para ruminar com tal contentamento. Sentiu, não sabia bem por quê, uma estranha pena dele.

– Tio John, sim. "Pobre John", você o chamava sempre. E por quê? – perguntou, para que continuassem falando; não precisavam, aliás, de muito incentivo para fazê-lo.

– Era assim que o pai dele, o velho Sir Richard, sempre o chamava. Pobre John, ou o bobo da família – apressou-se em informar Sra. Milvain. – Os outros rapazes eram tão brilhantes, e ele não conseguia nunca passar nos exames; então mandaram-no para a Índia, uma longa viagem naquela época, pobre sujeito. Você tinha seu próprio quarto, sabe, e a obrigação de arrumá-lo. Mas ele ganhou seu título de cavaleiro, e uma pensão, acredito – disse para Ralph. – Só que não é a Inglaterra.

– Não – confirmou Sra. Cosham –, não é a Inglaterra. Naquele tempo, pensávamos que ser juiz na Índia correspondia a ser juiz numa cidadezinha do interior, aqui. "Sua Honra", um belo título, mas ainda assim não era o topo da escada. Todavia – suspirou –, se você tem mulher e sete filhos, e as pessoas hoje em dia esquecem muito depressa o nome do pai, bem, há que pegar o que for possível – concluiu.

– E eu tenho para mim – retomou Sra. Milvain, baixando a voz, confidencialmente – que John teria feito melhor não fosse pela mulher, sua tia Emily. Emily era boa mulher, devotada a ele, naturalmente, mas não tinha ambição por ele, e quando uma esposa não tem ambição quanto ao marido, especialmente numa profissão como a advocacia, os clientes logo ficam sabendo. Na nossa mocidade, Sr. Denham, costumávamos dizer que sabíamos quais dos nossos amigos chegariam a juízes, só por observar as moças com que se casavam. Era assim, e acho que será assim sempre. Não penso – acrescentou, resumindo essas observações soltas –, não penso que um homem é realmente feliz a não ser que tenha sucesso na sua profissão.

Do seu lado da mesa, Sra. Cosham aprovou esse sentimento com um ar de sagacidade mais ponderável, primeiro sacudindo a cabeça, depois observando:

– Não, homens não são a mesma coisa que mulheres. Alfred Tennyson disse a verdade a respeito disso, como a respeito de muitas outras coisas. Como desejaria que ele tivesse vivido para escrever *O Príncipe* em continuação a *A Princesa*! Confesso que estou quase farta de princesas. Queremos alguém que nos mostre o que um bom *homem* pode ser. Temos Laura e Beatriz, Antígona e Cordélia, mas não temos um herói homem. Como o senhor, como poeta, explica isso, Sr. Denham?

– Eu não sou poeta – respondeu Ralph, de bom humor. – Sou apenas advogado.

– Mas o senhor escreve também? – perguntou Sra. Cosham, receosa de que a fossem privar da sua inapreciável descoberta, um jovem verdadeiramente devotado à literatura.

– Nas minhas horas de folga – disse Denham, tranquilizando-a.

– Nas horas de folga! – fez eco Sra. Cosham. – Essa é, na verdade, uma prova de devoção. – Ela havia cerrado os olhos, e permitia-se a visão de um advogado, instalado numa água-furtada, a escrever romances imortais à luz de uma vela de sebo. Mas o romance que banhava as figuras dos grandes escritores e iluminava suas páginas não era, no caso dela, uma falsa radiância. Ela carregava consigo seu Shakespeare de bolso, e enfrentava a vida fortificada pelas palavras dos poetas. Até onde ela via Denham, ou até que ponto ela o confundia com algum herói de ficção, seria impossível dizer. A literatura se apoderara até da sua memória. Ela o comparava provavelmente com certos personagens de velhos romances, pois saiu-se, depois de uma pausa, com isto:

– Um, um... Pendennis, Warrington, nunca pude perdoar a Laura – disse energicamente – por não ter casado com George, a despeito de tudo. George Eliot fez a mesmíssima coisa; e Lewes era um homenzinho com cara de sapo e maneiras de bailarino. Mas Warrington, esse, tinha tudo a seu favor: inteligência, paixão, romance, distinção, e a relação foi uma simples brincadeira de estudantes. Confesso que Arthur sempre me pareceu um tanto janota. Não posso imaginar como Laura foi se casar com ele! Mas o senhor diz que é um advogado, Sr. Denham. Agora, há uma ou duas coisas que gostaria de perguntar-lhe sobre Shakespeare. – Ela sacou do seu volume, pequeno e surrado, com certa dificuldade, abriu-o e brandiu-o no ar: – Diz-se, hoje em dia, que Shakespeare era advogado. Diz-se que isso explicaria seu conhecimento da natureza humana. Eis aí um belo exemplo para Sr. Denham. Estude seus clientes, meu rapaz, e o mundo se enriquecerá um destes dias, não tenho a menor dúvida. Diga-me, como vamos indo, agora: melhor ou pior do que o senhor esperava?

Chamado, assim, a resumir a valia da natureza humana em poucas palavras, Ralph respondeu sem hesitar:

– Pior, Sra. Cosham, muito pior. Lamento dizer que o homem comum é um patife...

– E a mulher comum?

– Não, também não gosto da mulher comum.

– Ah, meu Deus, não tenho dúvida de que isso seja verdade, muito verdade. – Sra. Cosham suspirou. – Swift teria concordado com o senhor, de qualquer maneira. – Olhou para ele e pensou distinguir nítidos sinais de poder mental na sua fronte. Faria bem, pensou, se se devotasse à sátira.

– Charles Lavington, o senhor se lembra, era um advogado – interpôs Sra. Milvain, até certo ponto ressentida com essa perda de tempo a falar de gente fictícia, quando se podia estar a falar de gente viva. – Mas você não se lembraria dele, Katharine.

– De Sr. Lavington? Oh, sim, lembro-me – disse Katharine, acordando de outros pensamentos com o seu pequeno sobressalto. – No verão em que tivemos uma casa perto de Tenby. Lembro-me do campo e do tanque com os girinos, e de fazer montes de feno com Sr. Lavington.

– Ela tem razão. *Havia* um tanque com girinos – corroborou Sra. Cosham. – Millais fez estudos dele para *Ophelia*. Dizem que é o mais belo quadro que ele jamais pintou.

– E me lembro do cachorro, acorrentado no pátio, e das serpentes mortas, penduradas no depósito das ferramentas.

– Foi em Tenby que você foi perseguida pelo touro – continuou Sra. Milvain. – Mas disso você não poderia lembrar-se, embora seja verdade que você foi uma criança esplêndida. Que olhos tinha essa menina, Sr. Denham! Eu costumava dizer ao pai dela: ela nos observa, e pesa todos os prós e contras na sua cabecinha. E eles tinham uma governante naquele tempo – continuou ela, contando sua história, com encantadora solenidade, a Ralph –, que era uma boa mulher, mas noiva de um marinheiro. Quando devia prestar atenção à criança, estava com os olhos no mar. E Sra. Hilbery permitiu a essa moça, Susan, era o nome dela, trazê--lo para ficar na aldeia. Eles abusavam da bondade dela, lamento dizer, e enquanto passeavam pelas estradas, deixaram o carrinho abandonado num campo em que havia um touro. O animal se enraiveceu à vista do cobertor vermelho do carrinho, e Deus sabe o que não teria acontecido se um cavaleiro não passasse nesse exato momento e não recolhesse Katharine nos braços.

– Penso que o touro era uma vaca, tia Celia – disse Katharine.

– Minha querida, era um grande touro vermelho do Devonshire, e não muito depois disso destripou um homem, e teve de ser sacrificado. E sua mãe perdoou a Susan, coisa que eu jamais teria feito.

– As simpatias de Maggie estavam todas com Susan e com o marinheiro, imagino – disse Sra. Cosham, azedamente. – Minha cunhada – acrescentou – tem entregue seus problemas à Providência em todas as crises da sua vida; e devo confessar que a

Providência tem correspondido com a maior nobreza, até agora...

— Sim — disse Katharine, rindo, porque gostava da irresponsabilidade que irritava o resto da família. — Os touros de minha mãe sempre se transformam em vacas no momento crítico.

— Bem — disse Sra. Milvain —, alegro-me que doravante você disponha de alguém que a proteja de touros — disse Sra. Milvain.

— Não posso imaginar William protegendo alguém contra touros — disse Katharine.

Acontece que Sra. Cosham tinha mais uma vez sacado da bolsa o seu volume de Shakespeare e consultava Ralph sobre uma passagem obscura de *Medida por Medida*. Ele não percebeu no primeiro momento o sentido do que Katharine e sua tia diziam. William, supôs, seria algum dos priminhos, pois via agora Katharine como um bebê, numa camisa de pagão. Apesar disso, ficou tão perturbado, que seus olhos mal podiam seguir as palavras no papel. Um momento depois, ouviu-as falar distintamente de um anel de noivado.

— Eu gosto de rubis — ouviu Katharine dizer.

"Sentir-se prisioneira dos ventos implacáveis,
e lançada com incessante violência em roda
desse mundo suspenso...",

entoou Sra. Cosham. No mesmo instante, Rodney ajustou-se a William na mente de Ralph. Ficou certo de que Katharine estava noiva de Rodney. Sua primeira sensação foi de raiva violenta para com ela, por enganá-lo durante toda essa visita, alimentando-o de amáveis contos da carochinha, deixando que ele a visualizasse como uma criança a brincar numa campina, partilhando sua infância com ele, enquanto todo o tempo não passava de uma perfeita estranha, comprometida com Rodney para casar-se!

Mas seria isso possível? Certamente não era possível. Pois aos seus olhos ela era ainda uma menina. Fez tão longa pausa a examinar o livro, que Sra. Cosham teve tempo de olhar por cima do ombro dele e perguntar à sobrinha:

— E você já decidiu alguma coisa com respeito à casa, Katharine?

Isso o convenceu da verdade da monstruosa ideia. Levantou a cabeça imediatamente e disse:

— Sim, é uma passagem difícil.

Sua voz mudara tanto, falou de maneira tão curta e mesmo com tal desprezo, que Sra. Cosham olhou-o, levemente surpresa. Felizmente, ela pertencia a uma geração que esperava grosseria dos seus homens, e apenas se convenceu de que esse Sr. Denham era muito, muito esperto. Ela apanhou o seu Shakespeare, pois Denham parecia não ter mais nada a dizer, e escondeu-o de novo na sua pessoa, com a resignação infinitamente patética dos velhos.

— Katharine está noiva de William Rodney — disse, como que para encher a pausa —, velho amigo nosso. Ele também tem um conhecimento maravilhoso de literatura, maravilhoso — sacudiu a cabeça um tanto vagamente. — Vocês deveriam travar conhecimento.

O único desejo de Denham era deixar a casa o mais depressa possível; mas as duas senhoras idosas se tinham posto em pé, e dispunham-se a visitar Sra. Hilbery no quarto, de modo que qualquer ação de sua parte seria impossível. Ao mesmo tempo, desejava dizer alguma coisa, não sabia o quê, a Katharine, quando só. Ela acompanhou suas tias ao andar superior, e voltou, dirigindo-se a ele uma vez mais com um ar de inocência e amizade que o deixou pasmo:

— Meu pai virá — disse. — Não quer sentar-se? — E riu, como se pudessem os dois, agora, partilhar um riso de perfeita camaradagem, num chá.

Mas Ralph não fez menção de sentar-se.

— Devo felicitá-la — disse. — Foi novidade para mim.

Viu que o rosto de Katharine mudava, mas apenas para ficar ainda mais grave do que antes.

– Meu noivado? – perguntou ela. – Sim. Vou casar com William Rodney.

Ralph permaneceu em pé, com a mão no encosto da cadeira, em absoluto silêncio. Abismos pareciam mergulhar em escuridão entre eles. Olhou-a, mas o rosto dela mostrou que não pensava nele. Nem o remorso nem a consciência de ter feito mal a perturbavam.

– Bem, tenho de ir-me – disse ele, por fim.

Ela pareceu prestes a acrescentar alguma coisa, depois mudou de ideia, e disse simplesmente:

– Você voltará, espero. Parece que – hesitou – somos sempre interrompidos.

Ralph curvou-se e deixou a sala.

Caminhou com extrema rapidez ao longo do Embankment. Cada um dos seus músculos estava tenso como que para resistir a algum súbito ataque externo. No momento, parecia que o ataque seria desferido contra o seu corpo, e seu cérebro punha-se, então, alerta, mas sem compreender. Achando-se, depois de uns pouco minutos, livre de observação, e não tendo sobrevindo qualquer ataque, relaxou o passo, a dor se espalhou através dele, tomou conta de todos os centros de ação, e não encontrou quase nenhuma resistência por parte das faculdades exaustas pelo primeiro esforço de defesa. Ralph fez seu caminho languidamente, ao longo do terrapleno, afastando-se de casa ao invés de aproximar-se dela. O mundo o tinha à sua mercê. Nada do que via lhe fazia sentido. Sentia-se nesse momento, como imaginara muita vez quanto a outras pessoas, vogar ao sabor da corrente, e longe de poder dominá-la. Um homem que perdera o governo das circunstâncias. Velhos gastos, vadiando à porta de bares, pareciam-lhe agora seus semelhantes, e sentia, como imaginava que sentissem, um misto de inveja e rancor diante daqueles que passavam, apressados e, sem dúvida, com destino certo. Eles também viam as coisas como frágeis e sombrias, e podiam ser varridos da face da Terra pelo mais leve sopro de vento. Porque o mundo substancial, com suas paisagens de largas avenidas, que levavam além, para a invisível distância, escapara-lhe, agora que Katharine estava noiva. Toda a sua vida era de repente visível, e o caminho, reto e estreito, chegaria depressa ao termo. Katharine estava noiva, e o enganara. Procurou escaninhos da sua alma que não tivessem sido afetados pelo desastre, mas não havia limites para as avarias, e nada do que era ou possuía estava agora a salvo. Katharine o enganara. Misturara-se a cada pensamento seu, e sem ela eles lhe pareciam falsos pensamentos, que teria pejo de pensar outra vez. Sua vida quedara imensuravelmente empobrecida.

Sentou-se num dos bancos da beira do rio, apesar do nevoeiro gelado que escondia a outra margem e deixava suspensas as luzes por cima de uma superfície vazia e branca, e permitiu que a maré da desilusão o varresse. No momento, todos os pontos brilhantes de sua vida estavam obliterados; todas as saliências, niveladas. Inicialmente, forçou-se a acreditar que Katharine o tratara mal; e tirou consolo do pensamento de que, uma vez deixada a sós, ela iria rever isso, e pensar nele, e oferecer-lhe, pelo menos em silêncio, uma desculpa. Mas essa migalha de conforto desertou-o depois de um ou dois segundos, pois, com a reflexão, viu-se obrigado a admitir que Katharine nada lhe devia; Katharine nada prometera, nada tomara; para ela, os sonhos dele nada significavam. Isso, na verdade, era o mais baixo grau de intensidade do seu desespero. Se o melhor dos nossos sentimentos nada significa para a pessoa mais envolvida neles, que realidade nos é deixada? O velho romance, que aquecera os seus dias, os pensamentos de Katharine, que tinham colorido todas as suas horas, pareciam agora tolos e esmaecidos. Levantou-se para mirar o rio, e o rio lhe pareceu, no curso rápido das suas águas pardas, o próprio espírito da futilidade e do esquecimento.

Em que confiar, então?, pensou, debruçado ao parapeito; e tão fraco e incorpóreo se sentia, que repetiu a palavra em voz alta:

– Em que pode alguém confiar? Não em homens e mulheres. Não nos próprios sonhos a respeito deles. Não resta nada, nada, absolutamente.

Agora, Denham bem sabia da sua capacidade de engendrar e alimentar uma bela fúria, quando queria. Rodney oferecia um bom alvo para essa emoção. E, todavia, no momento, Rodney e a própria Katharine eram como fantasmas desencarnados. Lembrava-se até com dificuldade do aspecto que tinham. Sua mente afundava-se mais e mais. O casamento já lhe parecia sem importância. Todas as coisas se haviam transformado em sombras; toda a massa do mundo se fez vapor sem substância, em derredor da solitária centelha da mente, esse ponto ardente de que se podia justamente lembrar por ter cessado de arder. Havia acarinhado uma crença, e Katharine a corporificava e deixava, agora, de corporificar. Não lhe censurava isso, não censurava nada nem ninguém. Via a verdade. Via a água barrenta e a praia deserta. Mas a vida é vigorosa; o corpo vive, e era o corpo, sem dúvida, que ditava a reflexão que o fez mover-se. A gente pode, afinal, deitar fora as formas dos seres humanos e reter, no entanto, a paixão – que antes parecera inseparável do seu invólucro carnal. Agora essa paixão queimava no horizonte, como um sol de inverno a abrir no poente uma janela verde através de nuvens que se adelgaçam. Seus olhos estavam postos em alguma coisa infinitamente longínqua, remota. Com essa luz achava que seria possível caminhar; e com ela haveria de encontrar, no futuro, o seu caminho. Era tudo o que lhe restara de um mundo populoso e fervilhante.

13

A hora do almoço no escritório apenas em parte era gasta por Denham no consumo de alimento. Com bom tempo ou chuvoso, passava a maior porção dela caminhando pelas alamedas de cascalho de Lincoln's Inn Fields. As crianças se familiarizaram com sua figura, e os pardais esperavam a distribuição diária de migalhas de pão. Sem dúvida, se dava muitas vezes um níquel e quase sempre uma mancheia de pão, não era tão cego para o que o cercava, como ele mesmo achava.

Parecia-lhe que esses dias de inverno se passavam em longas horas face a papéis brancos, radiantes à luz elétrica, e em curtas travessias de ruas que o nevoeiro tornava indistintas. Quando voltava ao trabalho, depois do almoço, levava na cabeça uma imagem do Strand, pontilhada de ônibus, e das marcas cor de púrpura das folhas achatadas contra o cascalho, como se os seus olhos sempre estivessem postos no chão. Seu cérebro trabalhava incessantemente, mas seu pensamento era acompanhado de tão pouca alegria que não o recordava de bom grado; ia em frente, ora nesta direção, ora naquela; e voltava para casa, carregado de livros retirados da biblioteca.

Mary Datchet, vindo do Strand na hora do almoço, viu-o um dia fazendo a sua volta, de sobretudo abotoado até o pescoço, e tão perdido em cismas que era como se estivesse sentado no seu quarto. Foi tomada de algo muito próximo do temor, ao vê-lo. Depois, sentiu-se inclinada a rir, embora seu pulso batesse mais depressa. Passou por ele, e ele não a viu. Ela retrocedeu, então, e tocou-lhe o ombro.

– Meu Deus, Mary! – exclamou ele. – Como você me assustou!
– Sim. Você parecia um sonâmbulo – disse ela. – Está às voltas com algum terrível caso de amor? Ou terá de reconciliar algum casal desesperado?

– Não, pensava no trabalho – respondeu Ralph, um tanto precipitadamente. – Ademais, essa espécie de coisa não está na minha linha – acrescentou, amargo.

Era uma bonita manhã, e eles dispunham ainda de alguns minutos. Não se encontravam há duas ou três semanas, e Mary tinha muito que dizer a Ralph. Mas não estava certa de uma coisa: até que ponto ele desejava a sua companhia. Todavia, depois de uma volta ou duas, nas quais uns poucos fatos foram transmitidos, ele sugeriu que se sentassem, e ela tomou o lugar a seu lado. Os pardais vieram voejar em torno, e Ralph tirou do bolso metade de um pãozinho que guardara do almoço. Atirou um pouco de miolo no meio deles.

– Nunca vi pardais tão mansos – falou Mary, só para dizer alguma coisa.

– É verdade – disse Ralph. – Os pardais de Hyde Park não são tão mansos assim. Se eu ficar perfeitamente imóvel, consigo que um deles pouse no meu braço.

Mary sentiu que podia passar sem essa demonstração do temperamento animal, mas vendo que Ralph, por alguma curiosa razão, orgulhava-se dos pardais, apostou seis níqueis com ele como não era capaz de fazê-lo.

– Fechado – disse ele. E seu olhar, que estivera sombrio, mostrou uma centelha de luz. Sua conversação dirigia-se, agora, inteiramente a um pardal-macho, calvo, que parecia mais audacioso do que os outros; e Mary aproveitou a oportunidade para examiná-lo. Não ficou satisfeita; o rosto dele estava abatido, a expressão dura.

Uma criança veio rodando um arco em meio à multidão dos pássaros, e Ralph lançou as últimas migalhas de pão entre os arbustos, com um resfolego de impaciência.

– É o que sempre acontece, e logo quando eu já o tinha quase conquistado – disse. – Aqui estão seus seis níqueis, Mary. Mas você os ganhou apenas graças àquele estúpido garoto. Não deviam permitir que meninos rodassem arcos, aqui.

– Não deviam permitir arcos! Meu caro Ralph, que despropósito!

– Você sempre diz isso – queixou-se ele –, e não é despropósito nenhum. De que serve um jardim se a gente não pode observar os pássaros? A rua é bastante para os arcos. E se não é possível deixar que crianças andem na rua, as mães deviam guardá-las em casa.

Mary não respondeu a essa observação, mas franziu a testa. Recostou-se, depois, no banco, e olhou em torno as grandes casas que quebravam com suas chaminés a doçura do céu azul-cinza.

– Ah, bem – disse. – Londres é um belo lugar onde viver. Acho que poderia ficar assim, sentada, vendo passar as pessoas, o dia inteiro. Eu gosto dos meus semelhantes...

Ralph suspirou, impaciente.

– Sim, creio que são estimáveis, quando a gente chega a conhecê-los – acrescentou ela, como se a discordância de Ralph tivesse sido expressa.

– Pois é justamente quando não os suporto – replicou ele. – E, todavia, não sei por que você não poderá alimentar essa ilusão, se lhe dá prazer – falou sem muita veemência, de acordo ou desacordo. Parecia frio.

– Acorde, Ralph! Você está meio adormecido – gritou Mary, voltando-se e beliscando-lhe a manga. – O que andou fazendo? Entregando-se à depressão? Trabalhando? Desprezando o mundo, como de hábito?

E como ele se limitasse a sacudir a cabeça, e a encher o cachimbo, continuou:
— É até certo ponto uma atitude, não?
— Não mais do que a maior parte das coisas — disse ele.
— Bem — observou Mary —, tenho muito a lhe dizer ainda, mas preciso ir embora, temos uma reunião do comitê.

Levantou-se, mas hesitou, olhando-o com alguma gravidade:
— Você não me parece feliz, Ralph — disse. — É alguma coisa, ou não é nada?

Ele não lhe respondeu imediatamente; levantou-se também e acompanhou-a até o portão. Como de costume, não se dirigiu a ela sem pensar antes se o que ia dizer era coisa que se podia dizer a Mary:
— Eu me aborreci — disse, por fim. — Em parte, foi o trabalho. Em parte, assuntos de família. Charles tem se comportado como um tolo. Ele quer ir para o Canadá como agricultor...
— Bem, há alguma coisa a favor disso — disse Mary. Passaram o portão, e foram andando devagar em torno dos Fields outra vez, discutindo dificuldades que, na realidade, eram mais ou menos crônicas na família Denham, e trazidas à baila agora apenas para granjear a simpatia de Mary, a qual, todavia, confortava Ralph mais do que ele pensava. Pelo menos, ela o fazia considerar problemas que eram reais, no sentido de serem capazes de solução; e a verdadeira causa da sua melancolia, que não era sensível a esse tratamento, afundou ainda mais nas sombras da sua mente.

Mary era atenciosa; era prestativa. Ralph não podia deixar de ser-lhe grato, e mais ainda talvez por não ter revelado a ela a verdade sobre o seu estado; e quando alcançaram o portão outra vez ele desejou fazer alguma objeção afetuosa ao fato de ela o deixar. Mas sua afeição tomou a estranha forma de discutir com ela sobre o seu trabalho:
— Por que entrar para um comitê, Mary? É uma perda de tempo para você.

— Concordo que um passeio pelo campo seria mais útil ao mundo — disse ela. — Olhe aqui — acrescentou subitamente —, por que você não vem passar o Natal conosco? É a melhor parte do ano.

— Passar o Natal em Disham? — repetiu Ralph.

— Sim. Nós não nos meteremos com você. Mas pode decidir mais tarde — disse ela, apressadamente, e partiu na direção de Russell Square. Convidara-o num impulso de momento, quando a imagem do campo apareceu diante dela; e, agora, aborrecia-se consigo mesma por tê-lo feito, e aborrecia-se por ficar aborrecida.

— Se não posso enfrentar um passeio no campo sozinha com Ralph — ponderou —, melhor será comprar um gato e ir viver numa pensão em Ealing, como Sally Seal; depois, ele não irá. Ou terá querido dizer que iria?

Sacudiu a cabeça. Ela realmente não sabia o que Ralph quisera dizer. Nunca estava muito certa; mas agora se via mais desconcertada do que de hábito. Escondia ele alguma coisa dela? Suas maneiras tinham sido estranhas; sua profunda absorção a impressionara; havia alguma coisa nele que ela não aprofundara, e o mistério da sua natureza exercia mais poder sobre ela do que gostaria. Além do mais, não podia impedir-se de fazer agora o que sempre censurara que outras do seu sexo fizessem: atribuir ao amigo uma espécie de fogo celeste, e passar a vida em face dele, esperando pela sua aprovação.

Nesse processo, o comitê teve sua importância reduzida; o sufrágio encolheu; jurou que se esforçaria mais para aprender italiano; teve a ideia de encetar o estudo das aves. Mas esse programa para uma vida perfeita ameaçava tornar-se tão absurdo, que em breve se deu conta de andar desgarrada. E quando os tijolos castanhos de Russell Square surgiram à vista, já ensaiava o discurso que faria perante o comitê. De fato, ela nem os viu. Subiu correndo, como sempre, e acabou de acordar para a realidade com visão de Sra. Seal, no patamar fronteira ao escritório, a induzir um canzarrão desmesurado a tomar água de um copo.

— Srta. Markham já chegou — observou Sra. Seal, com a devida solenidade □; este é o seu cão.

– E um belo cão – disse Mary, fazendo-lhe festas na cabeça.
 – Sim. Um magnífico sujeito – concordou Sra. Seal. ☐ Uma espécie de são-bernardo, ela me disse. Tão típico de Kit ter um são-bernardo! E você guarda sua dona muito bem, não é, Sailor? Você cuida que homens malvados não entrem na sua dispensa quando ela está fora no trabalho dela, ajudando pobres almas tresmalhadas... Mas estamos atrasadíssimas, temos de começar! – E despejando o resto da água indiscriminadamente no chão, impeliu Mary para a sala do comitê.

14

Sr. Clacton estava em toda a sua glória. A maquinaria que tinha montado e governado achava-se em vias de produzir o seu produto bimensal, uma reunião de comitê. E seu orgulho pela perfeita estrutura dessas assembleias era grande. Amava o jargão de salas de comitê; amava a maneira pela qual a porta ficava a abrir-se, quando o relógio soava as horas, em obediência a umas poucas penadas de sua mão numa folha de papel; e quando tinha aberto suficientes vezes, ele amava sair da sua sala, nos fundos do escritório, com documentos nas mãos, visivelmente importante, com um ar preocupado que iria bem no rosto de um primeiro-ministro avançando ao encontro do gabinete. Por ordem sua, a mesa fora decorada previamente com seis folhas de mata-borrão, seis penas, seis tinteiros, copos e jarra d'água, uma campainha e, em deferência ao gosto das senhoras membros do comitê, um vaso de crisântemos resistentes. Ele já havia, sub-repticiamente, endireitado as folhas de mata-borrão em relação aos tinteiros, e agora se postou em frente ao fogo, ocupado em conversar com Srta. Markham. Mas de olho na porta. E, quando Mary e Sra. Seal entraram, ele deu um risinho e observou para o grupo espalhado em torno da sala:

— Creio, senhoras e senhores, que estamos prontos para começar.

Assim dizendo, tomou seu lugar à cabeceira da mesa, arranjou uma pilha de papéis à direita e outra à esquerda, e pediu a Srta. Datchet que lesse a ata da reunião anterior. Mary obedeceu. Um observador arguto se teria indagado por que era necessário à secretária franzir a tal ponto os sobrolhos em face do texto toleravelmente neutro à sua frente. Poderia haver qualquer dúvida na sua mente de que fora resolvido fazer circular pelas províncias o folheto nº 3 ou distribuir um quadro estatístico mostrando a proporção de mulheres casadas e solteiras na Nova Zelândia; ou que os lucros líquidos do bazar de Sra. Hipsley atingira um total de cinco libras, oito xelins e dois pence? Poderia perturbá-la alguma dúvida sobre o perfeito senso e propriedade dessas afirmações? Ninguém teria adivinhado, a julgar pelo seu aspecto, que estivesse perturbada. Nenhuma mulher mais agradável ou mais sensata do que Mary Datchet jamais pisou numa sala de comitê. Ela parecia uma combinação de folhas de outono e sol de inverno; falando menos poeticamente, mostrava ao mesmo tempo cortesia e firmeza, uma indefinível promessa de macia maternidade mesclada à sua evidente capacidade para o trabalho honesto. Não obstante, tinha grande dificuldade em fazer que a razão lhe obedecesse; e à sua leitura faltava convicção; como se — e era esse justamente o caso — tivesse perdido o poder de visualizar o que lia. E logo que completou a lista, sua mente voou para Lincoln's Inn Fields e para as asas em alvoroço de inumeráveis pardais. Estaria Ralph ocupado ainda em fazer com que o calvo pardal-macho lhe pousasse na mão? Teria tido sucesso? Teria jamais sucesso? Pensara perguntar-lhe por que os pardais de Lincoln's Inn Fields eram mais mansos que os de Hyde Park. Talvez por serem os passantes mais raros, eles chegam a reconhecer os seus benfeitores. Durante a primeira meia hora da reunião do comitê, Mary teve, assim, de dar batalha à presença cética de Ralph Denham, que ameaçava fazer o que bem entendia. Mary tentou meia dúzia de métodos para expulsá-lo. Elevou a voz, articulou distintamente, olhou firme para a cabeça careca de Sr. Clacton, começou a escrever uma nota. Para sua consternação, o lápis desenhou no mata-borrão uma figurinha redonda que, não podia negar, era, indiscutivelmente, um pardal-macho de cabeça pelada. Olhou de novo para Sr. Clacton; sim, ele era calvo, como o são os pardais-machos. Nunca foi uma secretária tão atormentada por tantas sugestões inconvenientes, e todas vinham, ai!, acompanhadas de alguma coisa ridiculamente grotesca, capaz de provocá-la, de um momento para outro, a uma leviandade tal que chocaria os seus colegas para sempre. O pensamento do que poderia dizer fazia-a morder os lábios, como se os seus lábios pudessem protegê-la.

Mas todas essas sugestões não passavam de destroços, trazidos à superfície por uma convulsão mais profunda, a qual, impedida de subir à sua consideração, manifestava sua existência por esses grotescos sinais e chamados. Teria de considerá-la, uma vez terminada a reunião. Enquanto isso, comportava-se escandalosamente; olhava pela janela, pensando na cor do céu e nas decorações do Imperial Hotel, quando deveria estar pastoreando os seus colegas, forçando-os a ater-se às matérias em pauta. Não conseguia atribuir maior importância a um projeto que a outro. Ralph dissera – não podia deter-se para pensar no que ele dissera, mas o fato era que ele despira os presentes procedimentos de toda realidade. E então, sem esforço consciente, por algum artifício do cérebro, descobriu-se interessada num esquema para organização de uma campanha jornalística. Determinados artigos tinham de ser escritos; determinados editores, sondados. Que linha seria aconselhável tomar? Viu-se a desaprovar vigorosamente o que Sr. Clacton dizia. Alinhou-se com a opinião de que era o momento de atacar de rijo. Logo que disse isso, sentiu que se lançava contra o fantasma de Ralph; tornou-se logo mais e mais insistente, ansiosa para persuadir os outros. Uma vez mais, sabia exata e indiscutivelmente o que era certo e errado. Como se emergissem de uma névoa, os velhos inimigos do bem público levantavam a cabeça à sua frente:

capitalistas, donos de jornais, antissufragistas e mais perniciosas, de certo modo, que todos eles, as massas, que não se interessam nem de uma forma nem de outra, e em cujo seio, provisoriamente, distinguia as feições de Ralph Denham. Na verdade, quando Srta. Markham pediu-lhe que sugerisse os nomes de alguns amigos seus, expressou-se com um amargor incomum:
– Meus amigos todos pensam que essa espécie de coisa não serve para nada. – E sentiu que dizia isso para Ralph.
– Oh, são desse gênero, são? – disse Srta. Markham com uma risadinha.

Ao entrar na sala de reuniões do comitê, o estado de espírito de Mary se achava em seu ponto mais baixo. Agora, porém, melhorara bastante. Ela conhecia esse mundo, era lugar ordeiro, bem organizado. Estava segura do certo e do errado. E a sensação de que era capaz de desferir um pesado golpe contra os seus inimigos alegrava o seu coração e punha-lhe brilho nos olhos. Em um desses voos de fantasia, pouco característicos dela, mas enfadonhamente frequentes nessa tarde, viu-se bombardeada de ovos podres em cima de um palanque de onde Ralph insistia para que descesse.

"Que importa a minha pessoa em comparação com a causa?", respondia; e outras coisas assim. Diga-se em seu favor que, apesar de importunada por essas fantasias, mantinha a superfície do seu cérebro moderada e vigilante; e mais de uma vez soube conter, com muito jeito, a esbravejante Sra. Seal, quando pedia: "Ação! Por toda parte! Imediatamente!" – como seria de esperar da filha de seu pai.

Os outros membros do comitê, todos eles gente mais velha, ficaram impressionados com Mary, e inclinados a tomar o seu partido, mesmo ficando uns contra os outros; talvez, em parte, pela juventude dela. O sentimento que a todos dominava deu a Mary uma sensação de poder; e ela sentiu que nenhum trabalho equivale em importância ou é tão excitante quanto o de fazer que outras pessoas façam o que a gente quer que façam. Na verdade, vitorioso o seu ponto de vista, sentiu certo desprezo pelas pessoas que se haviam submetido a ela.

O comitê encerrou a sessão, os membros juntaram seus papéis, sacudiram-nos para que ficassem em ordem, guardaram-nos em suas pastas, bem fechadas e seguras, e se foram, tendo, na maior parte, de pegar trens a fim de cumprir outros compromissos com outros comitês. Eram todos pessoas ocupadas. Mary, Sra. Seal e Sr. Clacton ficaram sós. A sala estava quente e desarrumada, pedaços de mata-borrão juncavam a mesa, nos ângulos mais diversos, um copo tinha água pelo meio, que alguém despejara e se esquecera de beber.

Sra. Seal começou a fazer chá, enquanto Sr. Clacton se retirava para a sua sala a fim de arquivar a nova batelada de documentos. Mary estava por demais excitada para ajudar Sra. Seal com as xícaras e os pires. Levantou com ímpeto a janela e ficou olhando para fora. As lâmpadas da rua já tinham se acendido. E através da bruma da praça podiam-se ver figurinhas apressadas que atravessavam a rua ou seguiam ao longo da calçada, do outro lado. Na sua absurda disposição de pecaminosa arrogância, Mary contemplou as figurinhas e pensou: Se eu quisesse poderia fazer que você entrasse ali ou parasse dura. Poderia fazer que vocês andassem em fila única ou dupla. Poderia fazer o que bem quisesse com vocês. Mas a essa altura Sra. Seal se postou ao seu lado.

– Você não acha que devia pôr alguma coisa nos ombros, Sally? – perguntou Mary, num tom meio condescendente de voz, mas sentindo uma espécie de piedade pela mulherzinha, tão ineficiente, coitada, e tão entusiasta. Mas Sra. Seal não fez caso da sugestão.

– Então, divertiu-se? – perguntou Mary, com um riso curto.

Sra. Seal respirou fundo, dominou-se, depois explodiu, olhando, ela também, para Russell Square e Southampton Row, e para os transeuntes:

– Ah! Se a gente pudesse botar cada um desses aí nesta sala e fazê-los *entender* durante cinco minutos! Mas eles *terão* de ver a verdade, um dia. Se a gente pudesse *obrigá-los* a vê-la...

Mary tinha consciência de ser muito mais esperta que Sra. Seal; e quando Sra. Seal dizia qualquer coisa, mesmo alguma coisa que Mary também sentia, ela automaticamente pensava em tudo o que poderia ser dito em contradição. Nessa oportunidade, porém, seu atrevimento evaporou-se:

— Vamos tomar nosso chá — disse, virando as costas à janela e puxando o estore. — Foi uma boa reunião, não achou, Sally? — Deixou cair, casualmente, quando se sentaram à mesa. Não poderia ter escapado a Sra. Seal que Mary fora de uma eficácia extraordinária.

— Mas andamos em passo de lesma — disse Sally, sacudindo a cabeça, com impaciência.

A essa resposta, Mary rebentou numa risada, e toda a sua arrogância se dissipou.

— Você pode rir — disse Sally, com outro movimento de cabeça —, mas eu não posso. Tenho cinquenta e cinco anos, e ouso dizer que estarei na cova quando o conseguirmos, se jamais o conseguirmos...

— Oh, não, você não estará na cova — disse Mary, bondosamente.

— Será um grande dia — disse Sra. Seal, balançando os cachos. — Um grande dia, e não só para nós, para a civilização. E o que eu sinto, você sabe? Sobre essas reuniões. Cada uma delas é um passo adiante na grande marcha. Humanidade, sabe? Queremos para os que vierem depois de nós uma vida melhor, e tantos não podem ver isso! Fico a imaginar por que não veem?

Ela estava carreando pratos e xícaras do armário enquanto falava, de modo que suas frases eram mais quebradas do que de hábito. Mary não se pôde furtar a olhar a pequena e estranha sacerdotisa da humanidade com alguma coisa próxima da admiração. Enquanto ela, Mary, estivera a falar de si mesma, Sra. Seal não pensara em outra coisa que na sua visão.

— Você não deve matar-se, Sally, se quiser ver o grande dia — disse, levantando-se e tentando tirar um prato de biscoitos das mãos de Sra. Seal.

– Minha querida menina, para que mais serve meu velho corpo? – exclamou ela, segurando com mais força ainda o seu prato de biscoitos. – Não devo, então, ficar orgulhosa de dar tudo o que tenho para a causa? Porque não sou uma inteligência como você. Há circunstâncias domésticas, gostaria de contar um dia a você, então eu digo tolices, perco a cabeça, sabe? Você, não. Sr. Clacton também não. É um grande erro, perder a cabeça. Mas meu coração está no lugar. E fiquei tão contente de ver que Kit tem um cão daquele tamanho, não a achei nada bem.

Tomaram o chá e reviram muitos dos pontos discutidos no comitê, e muito mais minuciosamente do que fora possível antes. E todos tiveram a agradável sensação de agir, de certo modo, nos bastidores; de ter as mãos nos cordéis que, uma vez puxados, mudam o espetáculo exibido diariamente àqueles que leem jornais. Embora suas opiniões diferissem, seu propósito os unia e os fazia quase cordiais na sua maneira de tratar uns aos outros.

Mary, todavia, retirou-se bastante cedo, desejando ao mesmo tempo estar só e ouvir música no Queen's Hall. Pretendia aproveitar totalmente a solidão para pensar no seu relacionamento com Ralph. Embora caminhasse de volta até o Strand com esse objetivo em mente, viu-se com a cabeça inconfortavelmente cheia de pensamentos desordenados. Encetava um, depois outro. Pareciam, até, colorir-se segundo a rua em que acontecia estar no momento. Assim, a visão da humanidade pareceu, de algum modo, ligada a Bloomsbury, e feneceu distintamente quando ela cruzou a artéria principal; então, um organista atrasado, de Holborn, pôs seus pensamentos a dançar de modo incongruente. E ao atravessar a grande e nevoenta praça de Lincoln's Inn Fields, estava fria e deprimida outra vez, e horrivelmente lúcida. A escuridão removeu o estímulo da companhia humana, e uma lágrima chegou a escorrer-lhe pela face, acompanhando a súbita convicção de que, no fundo, amava Ralph, e ele não a amava. Escuro e deserto era agora o caminho que haviam percorrido de manhã; e silenciosos os pardais, nas árvores desnudas. Mas as luzes do seu próprio edifício logo a reanimaram. Todos esses diferentes estados da alma ficaram submersos na profunda maré de desejos, pensamentos, percepções, antagonismos, que varria perpetuamente a base do seu ser, para alçar-se, proeminente, quando as condições do mundo superior lhe eram favoráveis. Transferiu para o Natal a hora de pensar com clareza, dizendo consigo, enquanto acendia o fogo, que é impossível pensar com seriedade em Londres. Sem dúvida, Ralph não viria para o Natal, e ela faria longos passeios a pé pelo campo, e resolveria essa questão e todas as outras que a confundiam. Entrementes – pensou –, levantando os pés para botá-los no guarda-fogo, a vida era cheia de complexidades; a vida era uma coisa que cumpria amar até a última fibra.

Estivera sentada por cinco minutos mais ou menos, e seus pensamentos começavam a ficar amortecidos, quando a campainha tocou. Seu olho acendeu-se. Sentiu-se imediatamente certa de que Ralph viera visitá-la. Assim, esperou um bom momento antes de abrir a porta. Queria sentir suas mãos firmes nas rédeas de todas essas perturbadoras emoções que a vista de Ralph certamente despertara. Compôs-se desnecessariamente, no entanto, pois teve de admitir não a Ralph, mas a Katharine e William Rodney. Sua primeira impressão foi a de que estavam, ambos, extremamente bem-vestidos. Sentiu-se surrada e negligente ao lado deles, e não sabia como recebê-los, nem a que tinham vindo. Nada ouvira do seu noivado. Mas, depois do primeiro desapontamento, sentiu-se satisfeita, pois percebeu instantaneamente que Katharine era uma personalidade e, ademais, que não precisava, agora, exercer seu autodomínio.

– Estávamos passando, vimos uma luz na sua janela, e resolvemos subir – explicou Katharine, em pé, parecendo muito alta e distinta e um tanto aérea também.

– Fomos ver uns quadros – disse William. – Meu Deus, esta sala me lembra um dos piores momentos da minha existência, quando fiz aquela palestra, e vocês todos ficaram sentados em volta no chão, zombando de mim. Katharine foi a pior. Podia sentir que se regozijava a cada erro que eu cometia.

Srta. Datchet foi gentil. Srta. Datchet tornou possível para mim ir até o final, lembre-se. Sentando-se, tirou as finas luvas amarelas, e começou a bater nos joelhos com elas. Sua vitalidade era agradável, pensou Mary, embora ele lhe parecesse cômico. A simples vista de Rodney dava-lhe ganas de rir. Seus olhos saltados passavam de uma para outra, e seus lábios formavam, perpetuamente, palavras que ficavam impronunciadas.

– Fomos ver os grandes mestres na Grafton Gallery – disse Katharine, aparentemente sem dar atenção a William, e aceitando um cigarro que Mary lhe oferecia. Recostou-se na cadeira, e o fumo que flutuava em torno do seu rosto parecia isolá-la ainda mais dos outros.

– Srta. Datchet será capaz de acreditar que Katharine não gosta de Ticiano? – continuou William. – Ela não gosta de damascos, ela não gosta de pêssegos, ela não gosta de ervilhas. Ela gosta dos mármores Elgin e de dias cinzentos, sem sol nenhum. Ela é um típico exemplar da fria natureza do setentrião. Quanto a mim, venho do Devonshire...

Estiveram a discutir – pensou Mary –, e teriam por essa razão buscado refúgio no seu apartamento; estariam noivos, ou teria Katharine acabado de recusá-lo? Estava completamente perplexa.

Mas Katharine reapareceu, por detrás do seu véu de fumaça, bateu a cinza do cigarro na lareira, e olhou com uma curiosa expressão de solicitude para o homem irascível.

– Talvez, Mary, você não se importasse de nos dar chá? Tentamos conseguir algum, mas a confeitaria estava tão cheia, e na seguinte havia uma banda tocando. E os quadros, na maior parte, eram sem interesse, malgrado o que você possa dizer, William – falou com uma espécie de gentileza guardada.

Mary, em consequência, retirou-se para fazer preparativos. "Que quererão eles?", perguntou ao seu próprio reflexo no pequeno espelho da copa. Não ficaria em dúvida muito tempo. Ao voltar à sala com os apetrechos do chá, Katharine informou-a, aparentemente instruída a fazê-lo por William, do seu noivado.

– William acha que talvez você não saiba: vamos casar.

Mary se deu conta de que apertava a mão de William e dirigia suas felicitações a ele, como se Katharine fora inacessível; tinha, de fato, segurado o bule.

– Deixe-me ver – disse Katharine –, a gente põe água nas xícaras primeiro, não é? Você tem alguma artimanha sua, não tem, William, para fazer chá?

Mary ficou meio inclinada a suspeitar que isso foi dito para disfarçar o nervosismo, mas nesse caso o disfarce era extraordinariamente perfeito. Abandonou-se qualquer conversa de casamento. Katharine poderia estar sentada no seu próprio salão, dominando uma situação que não apresentava dificuldades para a sua mente treinada. Para sua surpresa, Mary viu-se conversando com William sobre velhas pinturas italianas, enquanto Katharine servia chá, cortava bolo, mantinha o prato de William bem suprido, sem tomar parte maior do que a necessária na conversa. Parecia haver tomado posse do apartamento de Mary, e lidava com as xícaras como se lhe pertencessem. Mas isso era feito com tanta naturalidade que Mary não se ressentiu; ao contrário, encontrou-se com a mão no joelho de Katharine, afetuosamente, por um momento. Haveria alguma coisa de maternal nesse fato de assumir controle? E, pensando em Katharine como uma mulher que, em breve, estaria casada, esses ares maternais encheram a mente de Mary de uma nova ternura e, até, de respeito. Katharine parecia, de repente, muito mais velha e mais experiente do que ela.

Entrementes, Rodney falava. Se sua aparência era uma desvantagem, surtia o efeito de fazer que seus grandes méritos surgissem como uma surpresa. Ele conservara cadernos de notas; ele sabia muita coisa sobre pintura. Era capaz de comparar diferentes exemplos em diferentes galerias, e suas respostas autorizadas a perguntas inteligentes ganhavam de longe das rápidas pancadinhas que ficava a dar – ao emiti-las – nos blocos de carvão da lareira. Mary ficou impressionada.

– Seu chá, William – disse Katharine, gentilmente. Ele fez uma pausa, engoliu o chá, obedientemente, e continuou.

E então ocorreu a Mary que Katharine, à sombra do seu chapéu de abas largas, e em meio à fumaça, e em meio à obscuridade do seu caráter, talvez estivesse a sorrir para si mesma, e não inteiramente com espírito maternal. O que ela dizia era muito simples, mas suas palavras, mesmo aquele "seu chá, William", eram postas tão gentilmente, tão cautelosamente, quanto os pés de um gato persa entre ornamentos de porcelana. Pela segunda vez naquele dia, Mary sentiu-se frustrada diante de algo inescrutável no caráter de uma pessoa para qual se sentia fortemente atraída. Pensou que se estivesse, ela, noiva de Katharine, não tardaria também a usar essas perguntas rabugentas com que William, evidentemente, arreliava a noiva.

– Não sei como você tem tempo de saber tanto sobre pinturas quanto sobre livros – disse ela.

– Como tenho tempo? – respondeu William, encantado com esse pequeno cumprimento. – Bem, eu sempre viajo com um canhenho. E pergunto o caminho do museu de arte, primeira coisa de manhã. Depois, conheço gente e converso. Existe um homem no meu escritório que sabe tudo sobre a Escola Flamenga. Eu estava falando com Srta. Datchet sobre a Escola Flamenga. Grande parte do que disse, aprendi com ele; homens têm jeito para isso. Gibbons é o nome do sujeito. Vocês têm de conhecê-lo. Vamos convidá-lo para almoçar. Quanto a isso de não fazer caso de arte, Srta. Datchet, é uma das atitudes de Katharine. Você sabia que ela assume atitudes? Pretende nunca haver lido Shakespeare, se ela é Shakespeare. Rosalind, sabe? – E deu um curioso risinho. De algum modo, esse cumprimento pareceu antiquado e quase de mau gosto. Mary, na verdade, sentiu-se corar, como se ele tivesse dito "sexo" ou "as mulheres". Constrangido, talvez, pelo próprio nervosismo, Rodney continuou, na mesma disposição:

– Ela sabe o bastante para qualquer propósito decente. O que querem vocês, mulheres, com a cultura, quando têm tanta coisa mais? Eu diria, tudo. Deixem algo para nós, hein, Katharine?

– Deixar algo para você? – disse Katharine, voltando aparentemente do mundo da lua. – Eu estava pensando que é hora de irmos...

☐ É hoje que Lady Ferrilby janta conosco? Não, não podemos chegar atrasados – disse Rodney, levantando-se. – Conhece os Ferrilby, Srta. Datchet? São donos de Trantem Abbey – acrescentou, para esclarecê-la, pois parecia incerta. – E se Katharine se fizer bastante atraente esta noite, talvez nos emprestem a propriedade para a lua de mel.

– Concordo que é uma razão. Afora isso, trata-se de mulher maçante – disse Katharine. – Pelo menos – acrescentou, como que para minorar sua rudeza –, tenho dificuldade em falar com ela.

– Porque você sempre espera que as outras pessoas tenham todo o trabalho. Eu já vi Katharine ficar sentada sem dizer uma palavra a noite inteira – disse, dirigindo-se a Mary, como já fizera por várias vezes. – Não acha isso também? Algumas vezes, quando estamos sozinhos, já marquei no relógio – aí tirou do bolso um grande relógio de ouro e bateu no vidro – o tempo entre uma palavra e a seguinte. De uma feita contei dez minutos e vinte segundos e, então, se você me acredita, ela disse simplesmente "hum"!

– Lamento muito – desculpou-se Katharine. – Eu sei que é um mau hábito esse, mas, você vê, em casa...

O resto da sua desculpa foi cortado, para Mary, pela batida à porta. Imaginou ouvir ainda William, que descobria novas razões de queixa pelas escadas. Um momento depois, a campainha tocou de novo, e Katharine reapareceu, pois deixara a bolsa numa cadeira. Encontrou-a logo, e disse, detendo-se um momento na porta, e falando de modo diferente, por estarem sós:

– Penso que estar noiva é péssimo para o caráter. – Sacudiu a bolsa nas mãos até que as moedas tinissem, como se aludisse simplesmente a esse exemplo do seu esquecimento. Mas a observação intrigou Mary: parecia referir-se a outra coisa, e sua maneira mudara tão curiosamente, agora que William não a podia ouvir, que teve de encará-la, à espera de uma explicação. Ela parecia quase severa. E Mary, que tentou sorrir-lhe, apenas conseguiu produzir um olhar fixo, de interrogação. Quando a porta se fechou pela segunda vez, deixou-se cair no chão, perto do fogo, tentando, agora que os corpos deles não estavam mais ali para distraí-la, juntar suas impressões esparsas deles num todo. E, embora se orgulhasse, como todos os outros homens e mulheres, de ter um olho infalível para caráter, não estava segura de entender os motivos que inspiravam Katharine Hilbery na vida. Havia algo que a conduzia, suavemente, para fora do alcance... Algo, sim, mas o quê? Algo que lembrava Ralph. Curiosamente, ele dava a Mary essa mesma sensação e, com ele também, ela se sentia frustrada. Curiosamente, concluiu apressada, pois não havia duas pessoas mais diversas uma da outra. E, no entanto, ambas tinham esse impulso secreto, essa força – essa coisa indefinível que eles buscavam e de que não gostavam de falar. Oh, o que seria?

15

A aldeia de Disham jaz em algum lugar da extensão ondulada de terreno cultivado nas imediações de Lincoln, não tão longe no interior que não se ouça o mar, nas noites de verão, ou quando as tempestades de inverno lançam as ondas contra a praia comprida. Tão grande é a igreja e, em particular, a sua torre, em comparação com a pequena rua de chalés que compõe a aldeia, que o viajante fica propenso a voltar sua imaginação para a Idade Média, como a única época em que tanta piedade podia ser conservada tão viva. Essa desmedida confiança na Igreja certamente não é coisa dos nossos dias, e o forasteiro vai mais longe e conjectura que cada um dos habitantes do lugar atingiu o extremo limite da vida humana. Tais são as reflexões do estranho de mente superficial, e a vista da população, representada por dois ou três homens a arar um campo de tulipas, por uma criança que carrega um jarro, ou uma jovem que sacode um tapete fora da porta de casa, não lhe mostrará nada em grande desacordo com a Idade Média na aldeia de Disham tal como é hoje em dia. Essas pessoas, embora ainda bastante jovens, parecem tão angulosas e toscas que lembrarão as pequenas iluminuras pintadas por monges nas maiúsculas dos seus manuscritos. Ele apenas entenderá a meio o que dizem, e falará muito alto e explicado como se, na verdade, sua voz tivesse de atravessar uns cem anos ou mais para alcançá-los. Ser-lhe-ia muito mais fácil entender algum habitante de Paris ou Roma, Berlim ou Madri, do que esses seus conterrâneos, que viveram os últimos dois mil anos a não mais de duzentas milhas da cidade de Londres.

A reitoria fica a cerca de meia milha de distância da aldeia. É uma casa grande, e tem crescido sistematicamente há alguns séculos em torno da vasta cozinha, com seus estreitos ladrilhos vermelhos, que o pároco aponta aos seus hóspedes na noite da chegada, carregando um castiçal de latão, e dizendo-lhes que ponham tento nos degraus, ao subirem ou descerem, que observem a imensa espessura das paredes, os velhos barrotes do teto, a escadaria íngreme como uma escada de mão, e as mansardas, com seus forros afunilados, em forma de tenda, nos quais procriavam andorinhas e, até, uma vez, uma coruja branca. Mas nada de muito interessante ou de muito bonito resultou dos diversos acréscimos feitos pelos sucessivos reitores.

A casa, todavia, era cercada por um jardim do qual o pároco tinha muito orgulho. O gramado, que confrontava as janelas do salão, era de um verde rico e uniforme, sem a mancha de uma só margarida. E do outro lado, duas alamedas retas conduziam, entre canteiros de flores altas, a um encantador caminho relvoso, onde o reverendo Wyndham Datchet andava de um lado para o outro, à mesma hora, toda manhã, marcando o tempo por um relógio de sol. Invariavelmente, tinha um livro na mão, no qual lançava um olhar de relance, para depois fechá-lo e repetir o resto da ode, em voz alta, de memória. Sabia de cor a maior parte de Horácio, e tinha o hábito de relacionar esse passeio matinal com certas odes que repetia pontualmente, notando, ao mesmo tempo, a condição das suas flores, e detendo-se aqui e ali para arrancar as secas e as que se abriram demais. Em dias de chuva, era tal o poder do hábito, que levantava da sua cadeira à mesma hora, e andava pelo escritório o mesmo período de tempo, parando de espaço a espaço para endireitar algum livro na estante ou alterar a posição dos dois crucifixos dourados que, em pedestais de pedra serpentina, ornamentavam o console da lareira. Seus filhos tinham grande respeito por ele, atribuíam-lhe muito mais ciência do que na realidade possuía, e cuidavam que seus hábitos não fossem – se possível – perturbados. Como a maior parte das pessoas que fazem as coisas metodicamente, o pároco tinha mais determinação e poder de autoimolação do que intelecto ou originalidade. Em noites frias, de vento, saía sem uma queixa a visitar os doentes que poderiam precisar dele; e, em virtude de fazer coisas aborrecidas pontualmente, vivia a braços com comitês e conselhos locais. E nessa fase da sua vida (tinha sessenta e oito anos) começava a ser alvo da comiseração de velhas senhoras pela extrema magreza da sua pessoa, que, diziam elas, gastava-se pelas estradas, ao invés de ficar descansando diante de um fogo confortável. Sua filha mais velha, Elizabeth, vivia com ele e dirigia a casa, e já se parecia muito com ele na sinceridade seca e nos metódicos hábitos mentais. Dos dois filhos, um, Richard, era agente imobiliário, e o outro, Christopher, estudava direito. No Natal, naturalmente, todos se reuniam; no último mês, a preparação da semana natalina ocupara o pensamento de senhor e empregada, que se orgulhavam mais a cada ano da excelência do seu equipamento. A falecida Sra. Datchet deixara um magnífico armário de roupa de cama e toalhas, cujo encargo Elizabeth recebeu com a idade de dezenove anos, quando sua mãe morreu. E a responsabilidade da família repousava nos ombros da filha mais velha. Ela mantinha um bonito bando de galinhas amarelas, desenhava um pouco, e certas roseiras do jardim estavam especialmente a seu cargo. Assim, com o cuidado da casa, o cuidado das galinhas e o dos pobres, ela não sabia o que era dispor de um minuto desocupado. Uma extrema retidão de pensamento, mais do que qualquer dom, dava-lhe influência na família. Quando Mary escreveu dizendo que convidara Ralph Denham para ficar com eles, acrescentara, por deferência ao caráter de Elizabeth, que era simpático embora excêntrico, e que estivera a trabalhar demais, em Londres. Sem dúvida, Elizabeth concluiria que Ralph estava apaixonado pela irmã, mas também não havia dúvida de que nem uma palavra seria trocada entre elas sobre o assunto, a não ser que alguma catástrofe fizesse a menção do fato inevitável.

Mary foi para Disham sem saber se Ralph tinha a intenção de ir também; mas dois ou três dias antes do Natal, recebeu um telegrama dele pedindo que lhe reservasse um quarto na aldeia. Seguiu-se ao telegrama uma carta, em que dizia esperar tomar suas refeições com eles; mas que a tranquilidade, essencial ao seu trabalho, fazia necessário que dormisse fora.

Mary passeava pelo jardim com Elizabeth e inspecionava as rosas quando a carta chegou.

– Mas isso é absurdo – disse Elizabeth, decididamente, quando o plano lhe foi explicado. – Há cinco quartos vagos, mesmo quando os meninos estão em casa. Além disso, não vai conseguir um quarto na aldeia. Também não devia trabalhar, se já está sobrecarregado de trabalho.

Mas talvez ele não queira muito ver gente, pensou Mary consigo mesma, embora exteriormente assentisse; e sentiu-se grata a Elizabeth por apoiá-la no que era, naturalmente, o seu desejo. Estavam cortando rosas na ocasião, e colocando-as, uma a uma, numa cesta rasa.

Se Ralph estivesse aqui, acharia isto muito maçante, pensou Mary, com um pequeno arrepio de irritação, o que a fez pôr sua rosa ao contrário na cesta. Tinham chegado ao fim do caminho, e enquanto Elizabeth endireitava algumas flores nos pés, fazendo-as ficar verticais atrás da sua guarda de barbante, Mary olhou o pai, que passeava para cima e para baixo, com as mãos atrás das costas e a cabeça baixa, em meditação. Obedecendo a um impulso que procedia, talvez, do desejo de interromper essa marcha metódica, Mary entrou na alameda relvosa e pôs a mão no seu braço.

– Uma flor para a sua botoeira, pai – disse, apresentando-lhe uma rosa.

– Eh, querida? – disse Sr. Datchet, pegando a flor e segurando-a num ângulo conveniente à sua vista fraca, mas sem interromper a caminhada.

– De onde veio esta, mocinha? Uma das rosas de Elizabeth. Espero que você lhe tenha pedido permissão. Elizabeth não gosta que apanhem as suas rosas sem licença, com muita razão, aliás.

Ele tinha o mau hábito, observou Mary, e nunca o notara tão claramente antes, de deixar que suas frases se prolongassem num murmúrio contínuo, de onde passava a um estado de abstração, profundo demais, presumiam os filhos, para ser posto em palavras.

– O quê? – disse Mary, interrompendo, pela primeira vez na vida, quando o murmúrio cessou. Ele não deu resposta. Ela sabia muito bem que ele queria ser deixado em paz, mas grudou-se a seu lado como se teria grudado a um sonâmbulo que julgasse imperativo acordar. Não pôde pensar em coisa alguma para despertá-lo, exceto:

– O jardim está muito bonito, pai.

– Sim, sim, sim – disse Sr. Datchet, pronunciando as palavras juntas, da mesma maneira abstrata, e afundando a cabeça ainda mais no peito. E, de súbito, ao volverem sobre seus passos, para retomar o caminho, ele lançou:

– O tráfego aumentou muito, sabe? Mais material rodante já se faz necessário. Quarenta caminhões passaram ontem no trem das 12h15. Eu os contei pessoalmente. Eles suprimiram o das 9h30 e nos deram o das 8h30 em seu lugar; é conveniente para os homens de negócio, sabe? Você veio pelo das 3h10, ontem, suponho?

Ela disse "sim", pois ele parecia esperar uma resposta; então olhou o relógio e saiu pelo caminho em direção à casa, segurando a rosa no mesmo ângulo à sua frente. Elizabeth fizera a volta, pelo outro lado, de modo que Mary se achou sozinha, com a carta de Ralph na mão. Sentia-se inquieta. Adiara o tempo de considerar as coisas com tanto sucesso; e agora que

Ralph vinha mesmo, no dia seguinte, mal podia imaginar como consideraria a sua família. Achava provável que seu pai discutisse o serviço de trens com ele; Elizabeth se mostraria animada e sensível e ficaria a sair da sala para dar instruções aos empregados. Seus irmãos já tinham dito que organizariam um dia de caçada para ele. Agradava-lhe deixar obscuro o problema das relações de Ralph com os rapazes, contando que descobrissem algum terreno comum de concordância masculina. Mas que pensaria dela? Veria que era diferente do resto da família? Arquitetou um plano para atraí-lo à sua sala de estar e dirigir a conversa com habilidade para os poetas ingleses, que agora ocupavam lugar proeminente em sua pequena estante. Ademais, poderia fazê-lo entender, privadamente, que ela também achava a sua família excêntrica – excêntrica, sim, mas não enfadonha. Essa era a rocha em torno da qual decidira-se conduzi-lo. Pensou em como chamar sua atenção para a paixão de Edward por Jorrocks, e para o entusiasmo que levava Christopher a colecionar bruxas e borboletas, embora já estivesse com vinte e dois anos. Talvez a silhueta de Elizabeth, se as frutas ficassem de fora, pudessem dar cor ao efeito geral, que ela queria produzir, de uma família repleta de peculiaridades e, quem sabe, limitada, mas não sem graça. Edward, via, passava o rolo na grama, para fazer exercício. E ao vê-lo assim, com as mãos rosadas, os pequenos olhos castanhos e a semelhança geral com um desajeitado cavalo de carroça marrom-empoeirado em pelagem de inverno, *Mary* sentiu-se envergonhada do seu ambicioso plano. Amava o irmão exatamente como ele era; amava-os a todos; e ao acompanhar os movimentos de Edward, para lá e para cá, para cá e para lá, seu robusto senso moral administrou uma boa correção ao elemento frívolo e romântico que despertara nela ao simples pensamento de Ralph. Sentiu-se segura de ser, fosse isso bom ou mau, bastante parecida com o resto da família.

    Sentado no canto de um vagão de terceira classe, na tarde do dia seguinte, Ralph tomou várias informações com um viajante comercial que ocupava o assento fronteiro. Faziam a volta de uma aldeia chamada Lampsher, a menos de três milhas, segundo imaginava, de Lincoln. Havia uma casa grande em Lampsher, perguntou, propriedade de um *gentleman* de nome Otway? O viajante não sabia informar, mas rolou o nome de Otway na língua, pensativamente, e esse som alegrou Ralph de maneira surpreendente. Deu-lhe desculpa para tirar do bolso uma carta, a fim de verificar o endereço.

– Stogdon House, Lampsher, Lincoln – leu.

– O senhor encontrará alguém que o ajude, em Lincoln – disse o homem. E Ralph teve de confessar que não ia para lá nessa noite.

– Vou ter de ir a pé, de Disham – disse. E no fundo do coração não podia deixar de maravilhar-se com o prazer que lhe dava fazer um vendedor num trem acreditar naquilo em que ele mesmo não acreditava. Pois a carta, assinada pelo pai de Katharine, não continha um convite ou garantia de que a própria Katharine pudesse estar presente; o único fato que comunicava era que, por quinze dias, seria esse o endereço de Sr. Hilbery. Mas, quando olhou pela janela, era em Katharine que pensava; ela também vira esses campos cinzentos e, talvez, estivesse lá onde as árvores subiam num aclive e uma luz amarela brilhava por um momento e apagava de novo, no sopé da colina. A luz brilhava nas janelas de uma velha casa cor de cinza. Recostou-se no seu canto, e esqueceu-se de todo o viajante. O processo de visualizar Katharine deteve-se no limiar da velha mansão; o instinto preveniu-o de que, se fosse longe demais nesse processo, a realidade logo forçaria a entrada. Não podia deixar de lado, inteiramente, a figura de William Rodney. Desde o dia em que soubera do noivado de Katharine, dos próprios lábios dela, evitara vestir seu sonho com os detalhes da vida real. Mas a luz da tarde que morria, brilhava de um brilho verde atrás das árvores hirtas e tornava-se símbolo de Katharine. A luz parecia expandir-lhe o coração, e era como se Katharine considerasse com ele, agora, os campos cinzentos, como se estivesse no trem, pensativa, silente e infinitamente terna. A visão, porém, acossava-o muito de perto, e tinha de ser expulsa, pois o trem já diminuía a marcha. Seus solavancos abruptos acordaram-no de todo, e ele viu Mary Datchet, uma figura forte, arruivada, com alguma coisa de escarlate, quando o vagão deslizou ao longo da plataforma. Um rapaz alto, que a acompanhava, sacudiu-lhe a mão, tomou sua mala, e pôs-se à frente, mostrando o caminho, sem articular uma só palavra.

Nunca vozes são tão belas como numa noite de inverno, quando a escuridão quase encobre o corpo e elas parecem surdir do nada, com uma nota de intimidade raramente ouvida durante o dia. Havia essa nota na voz de Mary, quando o saudou. E havia nela a névoa das sebes no inverno e o vermelho-vivo das folhas da amoreira em torno dela. Ele se sentiu logo pisando o chão firme de um mundo inteiramente diferente, mas não se deixou tomar imediatamente pelo prazer disso. Disseram que escolhesse entre ir para casa de carro com Edward ou a pé através dos campos com Mary – não seria caminho mais curto, explicaram, mas Mary o achava mais bonito. Decidiu ir com ela, cônscio de que a sua presença dava-lhe uma sensação de bem--estar. E qual poderia ser a causa da alegria dela – imaginou, entre irônico e invejoso, enquanto a carreta puxada a pônei se punha a caminho, rapidamente, e o escuro da noite e a forma alta de Edward, em pé na direção, com as rédeas em uma mão e o chicote na outra, dançaram diante dos seus olhos. Gente da aldeia, que fora à feira na cidade, subia nas suas aranhas ou se punha a caminho, a pé, em pequenos grupos, estrada afora. Muitas saudações foram dirigidas a Mary, que respondia, com a adição do nome da pessoa. Mas logo ela se meteu através de um valado e ao longo de uma estradinha ainda mais escura que o vago verde que a circundava. Em frente deles, o céu mostrava-se agora amarelo-avermelhado, como a lâmina de alguma pedra semitranslúcida atrás da qual brilhasse uma lâmpada, enquanto uma franja de árvores negras de ramos nítidos se projetava contra a luz, obscurecida numa direção por uma elevação do terreno; em todas as outras direções, porém, a terra era chata até onde encontrava o céu. Um desses pássaros velozes e silenciosos das noites de inverno parecia segui-los através do campo, fazendo círculos uns poucos passos à frente, desaparecendo e aparecendo outra vez.

Mary fizera esse mesmo caminho centenas de vezes no curso da sua vida, em geral sozinha, e em diferentes fases os fantasmas de velhas maneiras de sentir enchiam sua mente com uma cena inteira ou com uma fieira de pensamento à simples vista de três árvores de um determinado ângulo, ou ao som do faisão cacarejando no escuro. Mas nessa noite, as circunstâncias eram fortes o bastante para expulsar todas as outras cenas; e ela via o campo e as árvores com uma intensidade involuntária, como se não tivessem tais associações para ela.

– Bem, Ralph – disse –, isso é melhor que Lincoln's Inn Fields, não é? Olha, ali está um pássaro para você! Oh, você trouxe binóculos, não? Edward e Christopher querem convidá-lo para dar tiros. Você sabe atirar? Não posso imaginar...

– Espera, você precisa explicar – disse Ralph. – Quem são esses rapazes? Onde vou ficar?

– Você vai ficar conosco, naturalmente – disse ela, com algum atrevimento. – Claro que vai ficar conosco. Você gostou de ter vindo, não?

– Se não gostasse, não estaria aqui – disse ele, firmemente. Continuaram a caminhar em silêncio; Mary teve o cuidado de não quebrar esse silêncio por algum tempo. Desejava que Ralph sentisse, como estava certa de que sentiria, todos os novos deleites da terra e do ar. Estava certa. Logo ele expressou o seu prazer, para desafogo dela.

– Esta é a espécie de lugar em que sempre pensei que você devia viver, Mary – disse, empurrando o chapéu para trás e olhando em torno. – Campo mesmo. Não uma propriedade de fidalgos.

Respirou fundo e sentiu, mais intensamente do que o sentira nas últimas semanas, o prazer de ter um corpo.

– Agora, temos de achar nosso caminho através de uma cerca-viva – disse Mary. Ao passar a sebe, Ralph rebentou um arame esticado por algum ladrão de caça por cima de um buraco, para pegar coelhos.

– Eles fazem muito bem de furtar caça – disse Mary, enquanto ele se livrava do arame. – Imagino se terá sido Alfred Duggins ou Sid Rankin. Como esperar que não o façam, com um salário de apenas quinze xelins por semana? Quinze xelins por semana! – repetiu, chegando do outro lado da sebe e passando os dedos pelo cabelo para tirar um pequeno galho que se prendera.

– Eu poderia viver com quinze xelins por semana, facilmente.

– Poderia mesmo? – perguntou Ralph. – Não acredito.

– Oh, sim. E eles têm um chalé, além disso, e um jardim, onde podem plantar legumes. Não seria tão mau – disse Mary, com uma seriedade que impressionou Ralph.

– Mas você se cansaria disso – disse.

– Pois às vezes penso que é a única coisa de que a gente jamais se cansaria – respondeu ela.

A ideia de um chalé onde plantar os próprios legumes e viver com quinze xelins por semana encheu Ralph de um extraordinário sentimento de descanso e satisfação.

– Mas não poderia ser numa estrada principal? Ou vizinho de uma mulher com seis crianças aos berros, que penduraria sua roupa para secar através do seu jardim?

– O chalé em que estava pensando fica isolado, num pequeno pomar.

– E o sufrágio? – perguntou ele, tentando fazer sarcasmo.

– Oh, há outras coisas no mundo além do sufrágio – disse ela, com uma precipitação um tanto misteriosa.

Ralph silenciou. Aborrecia-lhe que ela tivesse planos dos quais ele nada sabia; sentiu, porém, que não tinha o direito de perguntar-lhe mais. Seu pensamento fixou-se na ideia de viver num chalé no campo. Concebivelmente, pois não tinha tempo agora de considerar a matéria, jazia nisso uma tremenda possibilidade, uma solução para muitos problemas. Enterrou sua

bengala na terra e procurou distinguir a forma do condado através da penumbra.
— Você conhece os pontos cardeais? — perguntou.
— Claro. Por quem me toma, por uma *cockney*, como você mesmo? — e disse-lhe exatamente onde ficava o norte e onde o sul.
— É minha terra, esta aqui. Poderia encontrar meu caminho de olhos vendados, só pelo olfato.

E como que para provar, andou um pouco mais depressa, a tal ponto que Ralph teve dificuldade de acompanhar seu passo. Ao mesmo tempo, sentia-se atraído por ela como nunca se sentira antes; em parte, sem dúvida, porque ela era aqui mais independente dele do que em Londres, e parecia firmemente enraizada num mundo do qual ele não fazia parte. Agora, a escuridão espessara a tal ponto que passou a segui-la implicitamente; teve mesmo de apoiar a mão no ombro dela quando saltaram de uma ribanceira para um atalho estreito. E sentiu-se, curiosamente, tímido diante dela, quando Mary se pôs a gritar com as mãos em concha na direção de um ponto de luz que balouçava acima da cerração, num campo vizinho. Ele gritou também, e a luz se imobilizou.

— É Christopher, que já chegou, e foi dar de comer às suas galinhas — disse ela.

Apresentou-o a Ralph, que pôde ver apenas uma figura alta, de polainas, elevando-se do meio de um círculo alvoroçado de corpos macios, cobertos de penas, sobre os quais a luz caía em trêmulos discos, revelando ora uma vívida mancha amarela, ora uma outra esverdinhada, preta e escarlate. Mary enfiou a mão no balde que ele carregava, e viu-se logo no centro de outro círculo; e enquanto distribuía o farelo, falava alternadamente com as aves e com o irmão, na mesma voz inarticulada, cacarejante, ou pelo menos assim soava a Ralph, que ficara fora das agitadas penas, metido no seu sobretudo negro. Já não o envergava quando se sentaram em volta da mesa de jantar; apesar disso, parecia estranho no meio dos outros. Uma criação e vida no campo preservara neles todos um ar que Mary hesitava em chamar inocente ou jovem, ao compará-los, sentados agora num espaço oval iluminado docemente pela luz de velas. E, no entanto, havia alguma coisa disso, sim, mesmo no caso do pároco. Embora superficialmente vincado por rugas, seu rosto era de um rosa limpo, e seus olhos azuis mostravam expressão sagaz, tranquila, de olhos que procuram uma curva da estrada ou uma luz distante através da chuva ou da escuridão do inverno. Mary olhou para Ralph. Nunca lhe parecera tão concentrado e cheio de determinação; como se, por detrás da sua fronte, se armazenasse tanta experiência, que ele era capaz de escolher que porção dela exibiria e que porção guardaria para si mesmo. Comparados com esse semblante carregado e sombrio, os rostos dos seus irmãos, abaixados sobre os seus pratos de sopa, eram apenas discos de carne rosada, ainda informe.

– O senhor veio pelo trem de 3h10, Sr. Denham? ⬜ perguntou o reverendo Wyndham Datchet, enfiando o guardanapo no colarinho, de modo que quase todo o seu corpo ficou escondido por um largo losango branco. – Eles nos tratam muito bem, de modo geral. Considerando o aumento do tráfego, eles nos tratam de fato muito bem. Eu tenho, às vezes, a curiosidade de contar os caminhões nos trens de carga, e chegam a mais de cinquenta, bem mais de cinquenta, nesta estação do ano.

A presença desse jovem atento e bem informado estimulava agradavelmente o velho, como era evidente pelo modo como acabava as últimas palavras das suas frases e pelo ligeiro exagero no número de caminhões nos trens. Na verdade, a carga principal da conversação recaía sobre ele, e ele a sustentava essa noite de uma maneira que levava os filhos a olharem-no com admiração. Sentiam acanhamento diante de Denham e ficavam contentes de não terem de falar eles mesmos. A massa de informações que Sr. Datchet exibia sobre esse particular recanto do Lincolnshire surpreendia realmente a seus filhos; pois, embora soubessem que existia, haviam esquecido sua extensão, como poderiam ter esquecido a quantidade de prata da família armazenada na arca apropriada, até que alguma rara celebração a trouxesse à luz.

Depois do jantar, negócios da paróquia levaram o vigário ao seu estúdio, e Mary propôs que se sentassem na cozinha.

– Não é realmente uma cozinha – apressou-se a explicar ao seu hóspede –, mas nós a chamamos assim.

– É o aposento mais simpático da casa – disse Edward.

– Tem ainda os velhos suportes de lanças aos lados da lareira, onde os homens penduram hoje as suas carabinas – disse Elizabeth, mostrando o caminho, com um alto castiçal de metal dourado na mão.

– Mostre os degraus a Sr. Denham, Christopher – disse, no corredor que descia. – Quando os comissários eclesiásticos estiveram aqui, dois anos atrás, disseram que esta era a parte mais interessante da casa. Esses tijolos estreitos provam que a construção tem quinhentos anos. Quinhentos anos, acho. Talvez tenham dito seiscentos. – Ela também sentia a tentação de exagerar a idade dos tijolos, como o pai exagerara o número de caminhões. Uma grande lâmpada pendia do centro do teto e, juntamente com um belo fogo de lenha, iluminava uma peça grande e espaçosa, com espigões que iam de parede a parede e uma substancial lareira feita com os mesmos tijolos estreitos que se dizia terem quinhentos anos de idade. Uns poucos tapetes e uma meia dúzia de cadeiras de braços haviam transformado essa velha cozinha numa sala de estar. Elizabeth, depois de mostrar os suportes das armas e os ganchos de defumar presuntos e outras provas de incontestável idade, e de explicar que fora Mary quem tivera a ideia de transformar a cozinha em sala – além disso, era usada para pendurar as mudas de roupas para os homens quando voltavam da caça –, considerou haver cumprido seus deveres de anfitriã, e sentou-se numa cadeira diretamente sob a lâmpada, junto a uma longa e estreita mesa de carvalho. Pôs um par de óculos de osso no nariz e puxou uma cesta cheia de agulhas e novelos de lã. Em poucos minutos, um sorriso lhe aflorou ao rosto e ali ficou pelo resto da noite.

— Você quer vir caçar com a gente amanhã? — perguntou Christopher, que, em geral, formara uma impressão favorável do amigo de sua irmã.

— Não vou atirar, mas acompanho vocês — disse Ralph.

— Você não gosta de caçar? — perguntou Edward, cujas dúvidas ainda não se haviam aplacado.

— Nunca dei um tiro na minha vida — disse Ralph, voltando-se para encará-lo, pois não sabia como a confissão seria recebida.

— De qualquer maneira, você não teria muita oportunidade para isso em Londres, imagino — disse Christopher. — Mas não vai achar aborrecido apenas olhar a gente?

— Posso observar os pássaros — respondeu Ralph, com um sorriso.

— Se é disso que você gosta, conheço um lugar ideal para observar pássaros — disse Edward. — Tem um sujeito que vem de Londres todo ano, nesta estação, só para isso. É um lugar fantástico para gansos selvagens e patos. Já ouvi desse homem que é um dos melhores lugares do país para pássaros.

— É, provavelmente, o melhor lugar da Inglaterra — disse Ralph. Ficaram todos contentes com esse elogio ao seu condado natal. E Mary teve, então, o prazer de ver que as breves perguntas e respostas perdiam seu laivo de suspeita, no que dizia respeito a seus irmãos, e se transformavam numa genuína conversação sobre os hábitos dos pássaros. Quanto esta derivou para uma discussão dos hábitos dos advogados, achou que já não tinha obrigação de participar. Ficava satisfeita de ver que seus irmãos gostavam de Ralph a ponto de desejarem que formasse boa opinião deles. Se ele gostara deles ou não, era impossível dizer, dada a sua maneira bondosa, mas experiente. De quando em quando ela alimentava o fogo com uma nova acha, e à medida que a cozinha se enchia do calor agradável e seco da madeira a queimar, todos, à exceção de Elizabeth, fora do alcance do fogo, foram ficando menos preocupados com o efeito que faziam e mais inclinados a dormir. Nesse momento, um veemente arranhar foi ouvido na porta.

– Piper! Oh, diabo. Vou ter de me levantar – murmurou Christopher.

– Não é Piper, é Pitch – grunhiu Edward.

– Dá no mesmo, tenho de me levantar – resmungou Christopher. Deixou o cão entrar, e ficou por um momento à porta, que abria para o jardim, para reanimar-se com uma lufada do negro ar de fora.

– Entre e feche a porta – gritou Mary, voltando-se a meio na cadeira.

– Vamos ter um belo dia amanhã – disse Christopher, com complacência, e sentou-se no chão, aos pés dela, apoiando as costas nos seus joelhos e estirando as pernas de meias compridas para o fogo, sinal de que já não sentia reservas na presença do estranho. Era o mais moço da família, e o favorito de Mary, em parte porque seu caráter se parecia ao dela, como o caráter de Edward se parecia ao de Elizabeth. Ela fez dos joelhos um apoio confortável para a cabeça dele, e passou os dedos pelo seu cabelo.

Gostaria que Mary acariciasse minha cabeça desse modo, pensou Ralph, subitamente, e olhou para Christopher quase com afeição, por ter provocado esse afago da irmã. Imediatamente pensou em Katharine, e o pensamento dela veio cercado por espaços de noite e de céu aberto; e Mary, que o observava, viu aprofundarem-se os vincos do seu cenho. Estendeu o braço e pôs um pedaço de lenha no fogo, obrigando-se a ajustá-lo cuidadosamente na fogueira vermelha, e também a confinar seus pensamentos a esse ambiente.

Mary deixara de afagar a cabeça do seu irmão; ele bateu com a cabeça, impacientemente, entre os seus joelhos, e, como se fosse ainda uma criança, ela passou a repartir-lhe os cachos grossos, avermelhados, para um lado e para outro. Mas uma paixão muito mais forte do que qualquer irmão seria capaz de inspirar-lhe se apossara da sua alma; e vendo a mudança da expressão de Ralph, sua mão continuou quase automaticamente os seus movimentos, enquanto a mente procurava com desespero algum apoio em margens escorregadias.

16

Na mesma noite escura, quase que na mesma faixa de céu estrelado, Katharine Hilbery examinava o tempo, embora não para ver se o dia seguinte seria propício para a caça aos patos. Andava de um lado para outro num caminho de cascalho no jardim de Stogdon House, e sua vista do firmamento era parcialmente interceptada pelos leves arcos, agora sem folha, de uma pérgula. Um pequeno galho de clematite escondia completamente Cassiopeia ou apagava, com seu negro desenho, miríades de milhas de Via Láctea. Ao fim da pérgula, porém, havia um banco de pedra, de onde o céu podia ser visto completamente limpo de qualquer interrupção terrena, salvo à direita, onde um renque de elmos era lindamente pintalgado de estrelas, e o edifício acaçapado de um estábulo mostrava um cacho inteiro de prata tremeluzente pendurado da boca da chaminé. Era noite sem lua, mas a luz das estrelas bastava para revelar os contornos da moça e a forma do seu rosto voltado grave, quase severamente, para o céu. Ela saíra para a noite de inverno, bastante agradável, aliás, não tanto para botar olhos científicos no firmamento, mas para livrar-se de alguns contratempos terráqueos. Assim como nas mesmas circunstâncias uma pessoa dada à literatura começaria, distraidamente, a tirar volume após volume da estante, saiu para o jardim a fim de ter as estrelas ao alcance da mão, embora não as olhasse.

O não estar feliz, quando deveria estar mais feliz do que jamais o poderia ser outra vez, era, tanto quanto podia ver, a origem dessa insatisfação, que começara logo que chegara, há dois dias, e parecia agora tão intolerável que deixara a festa de família e viera até ali para pensar. Não era ela que se considerava infeliz, mas seus primos, que assim o pensavam por ela. A casa estava cheia de primos, na maior parte da sua idade ou, até, mais jovens, e tinham todos, uns pelos outros, olhos muito vivos. Viviam como que a procurar alguma coisa entre ela e Rodney, que esperavam achar e, no entanto, não achavam. E enquanto procuravam, Katharine tomava consciência de desejar o que não apercebera desejar em Londres, sozinha com William e seus pais. Ou, se não o desejava, pelo menos fazia-lhe falta. E esse estado de espírito deixava-a deprimida, porque se acostumara a se dar inteira satisfação, e sua autoestima estava agora um tanto amarfanhada. Gostaria de quebrar a sua reserva habitual, a fim de justificar o seu noivado para alguém cuja opinião respeitasse. Ninguém dissera uma palavra de crítica, mas deixavam-na a sós com William; não que isso importasse, se não o fizessem com tamanha polidez; e talvez isso mesmo não importasse se não parecessem tão estranhamente quietos, quase respeitosos, na sua presença, o que cedia lugar a críticas, tão logo saía – pelo menos era assim que sentia.

Olhando de tempos em tempos para o céu, passou em revista os nomes dos seus primos: Eleanor, Humphrey, Marmaduke, Silvia, Henry, Cassandra, Gilbert e Mostyn; Henry, o primo que ensinava as senhoras de Bungay a tocar violino, era o único em quem podia confiar, e andando de um lado para outro sob os arcos da pérgula, ela começou um pequeno discurso dirigido a ele e que rezava mais ou menos assim:

– Para começo de conversa, gosto muito de William, e isso você não pode negar. Conheço-o talvez melhor do que qualquer outra pessoa. Mas caso com ele, em parte, admito (e estou sendo muito honesta com você, e você não deve repetir isso a ninguém), em parte porque quero casar. Quero ter uma casa minha. Para você, Henry, tudo está certo. Você é senhor do seu nariz e vai aonde quer. Eu tenho de estar sempre em casa. Além disso, você sabe como é a nossa casa. Você não poderia ser feliz, também, se não fizesse alguma coisa. Não é que eu não tenha tempo, em casa. É a atmosfera de lá.

Aqui, provavelmente, ela imaginava que seu primo, que a ouvira com sua inteligente simpatia de sempre, levantaria as sobrancelhas um pouco para perguntar:
– Bem. Mas o que pretende fazer?

Mesmo nesse diálogo imaginário, Katharine achava difícil confiar sua ambição a um interlocutor também imaginário:
– Gostaria – começou. E hesitou muito tempo antes de obrigar-se a dizer, com uma mudança na voz: – De estudar matemática; saber alguma coisa sobre as estrelas.

Henry ficou francamente pasmo. Mas era bondoso demais para expressar todas as suas restrições. Apenas disse algo sobre a dificuldade da matemática, e observou que se sabia muito pouco sobre as estrelas.

Katharine, então, prosseguiu com a apresentação do seu caso:
– Não me importo de vir a saber alguma coisa, mas quero trabalhar com números, com algo que nada tenha a ver com seres humanos. Não quero gente, principalmente. De certo modo, Henry, sou uma fraude, quero dizer, não sou o que vocês todos pensam de mim. Não sou caseira, nem muito prática, nem sensível. Se eu pudesse resolver problemas, usar um telescópio, calcular algarismos, saber com aproximação fracionária quando estou errada, ficaria perfeitamente feliz, e acho que poderia dar a William tudo o que ele deseja.

Tendo chegado a esse ponto, o instinto lhe disse que ultrapassara a região em que um conselho de Henry teria alguma valia. E limpando da mente sua irritação superficial, sentou-se no banco de pedra, levantou os olhos inconscientemente e pensou sobre as questões mais profundas que tinha de aclarar, sabia-o, por si mesma. Poderia, na verdade, dar a William tudo o que ele queria? A fim de decidir, repassou na cabeça, rapidamente, a pequena coleção de frases significativas, olhares, gestos, cumprimentos, que haviam marcado o relacionamento deles nos últimos dois dias. Ele se aborrecera porque uma caixa, que continha algumas roupas especialmente escolhidas por ele para que ela usasse, se extraviara e fora levada para outra estação, por negligência dela em matéria de rótulos. A caixa chegara no último momento, e ele observara, quando ela desceu na primeira noite, que nunca a vira mais bonita. Descobrira que ela jamais fazia um movimento feio; disse, também, que a forma da sua cabeça permitia-lhe usar o cabelo baixo, ao contrário da maior parte das mulheres. Duas vezes a reprovara por estar calada durante o jantar; e uma vez por não prestar atenção ao que ele dizia. Ficara... surpreso com a excelência do seu sotaque em francês, mas pensava que era egoísmo de sua parte não acompanhar a mãe numa visita aos Middletons, porque se tratava de velhos amigos da família e de gente muito boa. No conjunto, a balança parecia equilibrada; e escrevendo, mentalmente, uma espécie de conclusão, que representava, pelo menos, um total parcial, ela mudou o foco dos seus olhos e viu nada mais nada menos que as estrelas.

Essa noite, pareciam fixas no azul com uma firmeza incomum, e devolviam-lhe aos olhos uma tal onda de luz, que pensou que as estrelas estavam felizes. Sem saber das práticas da Igreja e sem importar-se com elas mais do que a maior parte das pessoas da sua geração, Katharine não podia olhar o firmamento em tempo de Natal sem sentir que, nessa estação, os Céus se debruçam sobre a Terra com benevolência e dão sinal, com imortal fulgor, de que eles também participam da festa. De algum modo parecia-lhe que mesmo agora eles observavam a procissão de reis magos em alguma estrada num recanto distante da Terra. E, no entanto, depois de olhar por mais um segundo, as estrelas exerceram sua habitual ação sobre a mente, congelando o conjunto da nossa curta história humana e reduzindo o corpo humano a uma forma peluda, simiesca, acocorada entre as moitas de um bárbaro montículo de barro.

Essa fase foi logo sucedida por outra, em que nada mais havia no universo salvo as estrelas e a luz das estrelas; olhando para o alto, as pupilas dos seus olhos dilataram-se a tal ponto à luz estelar, que todo o seu ser pareceu dissolvido em prata e esparzido sobre as camadas de estrelas; para todo o sempre e indefinidamente, espaço em fora. De algum modo simultâneo, embora incongruente, ela cavalgava com o magnânimo herói pela praia ou por sob as árvores de uma floresta, e poderia continuar assim, não fora a censura forçosamente administrada pelo corpo que, contente com as condições normais de vida, de maneira alguma promove qualquer esforço mental para mudá-la. Sentiu frio, sacudiu-se, levantou-se e caminhou de volta para casa.

À luz das estrelas, Stogdon House parecia pálida e romântica e duas vezes maior que seu tamanho natural. Construída por um almirante reformado nos primeiros anos do século xix, as janelas salientes e curvas da fachada, cheias agora de uma luz vermelho-amarelada, sugeriam um majestoso navio de três cobertas, velejando por mares onde golfinhos e narvais, desses que decoram as bordas dos mapas antigos, haviam sido distribuídos com mão imparcial. Uma escadaria semicircular de degraus baixos conduzia a uma porta muito larga, que Katharine não trancara. Hesitou, lançou os olhos para a frente da casa, observou que uma luzinha ardia ainda numa pequena janela do andar superior, e empurrou a porta. Por um momento, viu-se no hall quadrado, entre muitas cabeças de animais de chifre, globos amarelados, velhos óleos estalados e corujas empalhadas, aparentando hesitar se devia ou não abrir a porta à sua direita, através da qual lhe chegava aos ouvidos a agitação da vida. Escutando por um momento, ouviu um som que fê-la decidir não entrar. Seu tio, Sir Francis, jogava sua partida diária de uíste. Era provável que estivesse perdendo.

Subiu pela escadaria circular que representava a única tentativa de formalidade numa mansão sob outros aspectos já bastante dilapidada, e seguiu por um corredor estreito até chegar ao quarto cuja luz vira do jardim. Batendo, disseram-lhe que entrasse. Um rapaz, Henry Otway, estava lendo, com os pés na guarda da lareira. Tinha uma bela cabeça, uma fronte arqueada à maneira elisabetana, embora os olhos doces, honestos brilhassem mais de ceticismo que do vigor elisabetano. Dava a impressão de não ter ainda encontrado causa que combinasse com o seu temperamento.

Virou-se, fechou o livro, e olhou para ela. Reparou em seu aspecto pálido, encharcado de orvalho, olhar de alguém cujo espírito não está bem assente no corpo. Muita vez ele depusera suas dificuldades diante dela, talvez ela agora precisasse dele. Ao mesmo tempo, ela vivia sua vida com tanta independência que ele dificilmente esperava que qualquer confidência sua fosse expressa em palavras.

– Então, você também fugiu? – disse, olhando o casaco da prima. Katharine se esquecera de tirar essa prova da sua contemplação das estrelas.

– Fugiu? – perguntou ela. – De quem? Oh, da festa de família. Sim, estava fazendo calor, fui até o jardim.

– E não está com frio? – perguntou Henry, jogando carvão no fogo, puxando uma cadeira para junto da grade e pondo de lado o casaco. A indiferença dela a esses detalhes muitas vezes forçava Henry a fazer o que em geral compete às mulheres em tais casos. Era um dos laços entre os dois.

– Obrigado, Henry – disse ela. – Não atrapalho você?

– Não estou aqui, estou em Bungay – respondeu ele. – Estou dando uma aula de música a Harold e Julia. Foi por isso que tive que deixar a mesa com as senhoras. Vou passar a noite lá e não estarei de volta senão tarde, na véspera de Natal.

– Como eu gostaria – começou Katharine, mas deteve-se logo. – Penso que essas festas são um equívoco muito grande – disse, com brevidade. E suspirou.

– Horrível! – concordou ele. Ambos permaneceram calados. O suspiro fez que ele a olhasse. Deveria aventurar-se a perguntar por que suspirava? Seria a reticência dela em torno dos seus próprios assuntos tão inviolável quanto sempre parecera (por comodismo?) a esse jovem um tanto egoísta? Desde o noivado de Katharine com Rodney, os sentimentos de Henry para com ela se haviam tornado muito complexos; dividido igualmente entre um impulso de feri-la e outro impulso de ser terno, sofria, todo o tempo, uma curiosa irritação por sentir que a prima se afastava dele para sempre, e por mares desconhecidos. Por parte de Katharine, logo que se viu em presença dele e a impressão das estrelas a deixou, sentiu que o relacionamento das pessoas é extremamente parcial; da massa inteira dos seus sentimentos, só um ou dois podiam ser selecionados para a inspeção de Henry, e por isso suspirara. Mas, então, encarou-o, e com o encontro dos seus olhos muito mais se evidenciou de comum entre eles do que parecera possível. De qualquer maneira, tinham um mesmo avô; de qualquer maneira, havia uma espécie de lealdade entre eles como a que às vezes se encontra entre parentes que não têm outro motivo para gostarem um do outro, como esses dois tinham.

– Bem, quando é o casamento? – disse Henry, com a disposição maliciosa predominando sobre o resto.

– Creio que num dia qualquer de março – respondeu ela.

– E depois? – perguntou ele.

– Teremos uma casa, em algum lugar de Chelsea, imagino.

– Muito interessante – observou ele, dando-lhe outra olhadela.

Katharine estava recostada na sua poltrona, com os pés para cima, contra a guarda da lareira. E à sua frente, provavelmente para proteger-lhe os olhos, segurava um jornal, do qual lia uma sentença ou duas, de vez em quando. Notando isso, Henry disse:

– Talvez o casamento torne você mais humana.

Ao que ela baixou o jornal uma polegada ou duas, mas nada disse. Na verdade, permaneceu silenciosa, ali, sentada, por mais de um minuto.

– Quando a gente considera coisas como as estrelas, os nossos negócios não parecem importar muita coisa, não é? – disse, de súbito.

– Acho que jamais considerei coisas como as estrelas – respondeu Henry. – Não estou certo de que seja essa a explicação, apesar de tudo – acrescentou, olhando-a fixamente agora.

– Duvido que haja outra explicação qualquer – respondeu ela, apressadamente, sem entender muito bem o que ele queria dizer.

– O quê? Nenhuma explicação? De coisa nenhuma? – perguntou ele, com um sorriso.

– Oh, as coisas acontecem. É tudo – deixou cair Katharine, com seu modo tão casual quanto decidido.

Isso, sem dúvida, explica alguns dos seus atos, pensou Henry consigo mesmo.

– Uma coisa vale tanto quanto outra, e afinal há que fazer algo – disse ele, alto, expressando o que supunha ser a atitude dela e, tanto quanto possível, com a sua voz. Talvez ela percebesse a imitação, pois olhou-o afetuosamente, e disse, com irônica compostura:

– Bem, se você acredita que sua vida deva ser simples, Henry...

– Mas eu não acredito – respondeu ele, curto.

– Nem eu – disse ela.

– E as estrelas? Devo entender que você rege sua vida pelas estrelas?

Ela deixou passar, ou por não lhe dar atenção ou porque o tom de voz dele não lhe agradara.

Uma vez mais fez uma pausa, e então perguntou:

– Mas você sempre entende por que faz todas as coisas? Há que entender? Gente como minha mãe entende – refletiu. – Agora, acho que devo descer, e ver o que está acontecendo.

– O que poderá estar acontecendo? – protestou Henry.

– Oh, talvez queiram decidir alguma coisa – replicou ela, vagamente, pondo os pés no chão, apoiando o queixo nas mãos e olhando com seus grandes olhos, contemplativamente, para o fogo. – Depois, há William – acrescentou, como que numa reflexão tardia.

Henry quase riu, mas conteve-se.

– Sabe-se de que são feitos os carvões, Henry? – perguntou, um momento depois.

– De rabos de galos, creio eu – arriscou ele.

– Você já desceu numa mina de carvão? – continuou ela.

– Não vamos falar de minas de carvão, Katharine – protestou ele. – Talvez nunca mais nos vejamos outra vez. Quando você casar...

Para tremenda surpresa sua, viu lágrimas aflorarem aos olhos dela:

– Por que vocês todos caçoaram de mim? Não é gentil.

Henry não podia fazer-se de inocente, mas jamais percebera que ela se importava com a troça. Antes, porém, que pudesse responder, já os olhos dela se mostravam de novo límpidos, e a ranhura na superfície recompusera-se quase que inteiramente.

– As coisas não são fáceis, de qualquer maneira – disse ela.

Obedecendo a um impulso de genuína afeição, Henry falou:

– Prometa-me, Katharine, que se eu puder, me permitirá ajudá-la.

Ela pareceu considerar o pedido, olhando mais uma vez para o rubro do fogo, e decidiu abster-se de qualquer explicação.

– Sim, prometo – disse, finalmente, e Henry se sentiu feliz com a completa sinceridade dela, e começou a explicar-lhe as minas de carvão, atendendo ao seu amor por fatos.

Desciam, juntos, por uma chaminé num pequeno elevador e podiam ouvir abaixo deles as picaretas dos mineiros, algo que semelhava ratos roendo, quando a porta se escancarou, sem que houvesse batido.

– Bem, aí está você! – exclamou Rodney. Tanto Katharine quanto Henry voltaram-se de súbito e com expressão um tanto culpada. Rodney usava traje de noite. Estava visivelmente zangado.

– Então era aí que você estava esse tempo todo – repetiu, olhando para Katharine.

– Só estou aqui há cerca de dez minutos.

– Minha querida Katharine, você saiu da sala há mais de uma hora.

Ela não respondeu.
– E isso importa muito? – perguntou Henry.
Rodney achou difícil ser absurdo na presença de outro homem, e nada respondeu.
– Eles não gostam disso – disse. – Não é correto para com os velhos, deixá-los sós, embora eu não tenha dúvida de que seja muito mais divertido estar sentada aqui em cima a conversar com Henry.
– Estávamos falando sobre minas de carvão – disse Henry, urbanamente.
– Sim. Mas conversamos sobre muitas coisas mais interessantes antes disso – disse Katharine.
Da maneira como falou, com a aparente determinação de magoá-lo, pareceu a Henry que seria de esperar alguma espécie de explosão por parte de Rodney.
– Não tenho dúvidas quanto a isso – disse Rodney, com seu leve muxoxo, apoiando-se no braço da cadeira e tamborilando de leve na madeira com as pontas dos dedos. Ficaram todos silenciosos, e o silêncio tornou-se agudamente incômodo, para Henry, pelo menos.
– Foi muito aborrecido, William? – perguntou Katharine subitamente, com uma completa mudança de tom e um leve gesto da mão.
– É claro que foi aborrecido – disse William, amuado.
– Bem, você fica aqui, então, e conversa com Henry, e eu desço.
Levantou-se enquanto falava e, ao virar-se para sair, pôs a mão, com um curioso gesto de carícia, no ombro de Rodney. Instantaneamente, Rodney prendeu-lhe a mão nas suas, com um tal impulso de emoção que Henry se sentiu constrangido, e abriu um livro de modo deliberado.
– Eu desço com você – disse William, quando ela retirou a mão e fez menção de passar por ele.
– Oh, não – disse ela precipitadamente –, você fica, e conversa com Henry.

– Sim, fique – disse Henry, fechando o livro. O convite era polido, sem ser exatamente cordial. Rodney deu mostras de hesitar quanto ao que fazer, mas vendo Katharine à porta exclamou:
– Não. Quero ir com você.

Ela olhou para trás e disse, num tom de voz impressivo e com uma expressão de autoridade no rosto:
– É inútil que venha. Vou deitar-me em dez minutos. Boa noite.

Fez acenos de cabeça para ambos, e Henry não pôde deixar de notar que o último foi na sua direção. Rodney sentou-se, assaz pesadamente.

Sua mortificação era tão óbvia que só a contragosto Henry poderia abrir a conversa com uma observação de caráter literário. Por outro lado, a não ser que o impedisse, Rodney era capaz de começar a falar dos próprios sentimentos, e as confidências são sempre penosas, pelo menos por antecipação. Adotou, portanto, um curso médio, quer dizer, escreveu uma nota na folha de rosto do seu livro. Rezava: "A situação está ficando extremamente incômoda". Decorou a frase com as molduras e ornatos que medram por si mesmos nessas ocasiões. E enquanto o fazia, pensou consigo que, fossem quais fossem as dificuldades de Katharine, não justificavam o seu comportamento. Falara com uma espécie de brutalidade que, natural ou presumida, sugeria que as mulheres têm uma cegueira especial para os sentimentos dos homens. A composição dessa nota deu tempo a Rodney para se recompor. Talvez, por ser homem vaidoso, estivesse mais ferido pelo fato de Henry haver assistido à sua rejeição do que pela rejeição em si. Amava Katharine, e a vaidade não é diminuída, mas aumentada pelo amor, especialmente, é possível arriscar, na presença de outra pessoa do mesmo sexo. Rodney, contudo, dispunha da coragem que brota dessa imperfeição risível e adorável, e quando dominou o seu primeiro impulso, que fora o de fazer de certo modo um papel ridículo, tirou inspiração do corte impecável do seu traje a rigor. Pegou um cigarro, bateu com ele nas costas da mão, exibiu seus elegantíssimos escarpins no guarda-fogo da lareira e reuniu todo o seu amor-próprio:

— Vocês têm várias grandes propriedades nos arredores, Otway — começou. — Há boa caça? Deixe-me ver: a que círculo pertence essa gente?

— Sir William Budge, o rei do açúcar, tem a propriedade maior. Ele comprou a do pobre Stanham, que entrou em bancarrota.

— Que Stanham será esse? Vemey ou Alfred?

— Alfred... Eu mesmo, não caço. Mas você é grande caçador, não é verdade? Em todo caso, pelo menos tem grande reputação de cavaleiro — acrescentou, querendo ajudar Rodney a recobrar o sentimento da própria importância.

— Oh, adoro cavalgar — respondeu Rodney. — Poderia conseguir um cavalo por aqui? Que tolice a minha! Esqueci-me de trazer roupas. Não posso, no entanto, fazer ideia de quem lhe disse que eu sou um bom cavaleiro.

Henry laborava na mesma dificuldade; não queria trazer à baila o nome de Katharine; respondeu vagamente que sempre ouvira dizer que Rodney montava bem. De fato, ouvira muito pouco a respeito dele, de uma forma ou de outra, aceitando-o como uma figura a ser encontrada com frequência no quadro da casa da tia e com quem inevitavelmente, mas também inexplicavelmente, sua prima ia casar.

— Não gosto muito de atirar — disse Rodney —, mas a gente tem de fazer isso se não quer ficar de todo à margem das coisas. Arriscaria dizer que a região é muito bonita. Fiquei uma vez em Bolham Hall. O jovem Cranthorpe foi criado com você, não? Ele casou com a filha do velho Lorde Bolham. Gente muito boa, à moda deles.

— Não frequento essa sociedade — observou Henry, um tanto abruptamente. Mas Rodney, que embarcara agora numa agradável corrente de memórias, não pôde resistir à tentação de ir um pouco mais adiante. Tinha-se na conta de homem capaz de adaptar-se sem esforço à melhor sociedade, e sabia o bastante dos verdadeiros valores da vida para continuar a ser ele mesmo, acima disso.

— Pois deveria! — continuou. — Vale a pena hospedar-se lá, de qualquer maneira; pelo menos uma vez ao ano. Eles recebem muito bem, e as mulheres são divinas.

As mulheres?, pensou Henry, consigo mesmo, com repulsa. O que poderia uma mulher qualquer ver em você? Sua tolerância esgotava-se rapidamente, embora não pudesse deixar de gostar de Rodney, o que lhe parecia sobremodo estranho, pois ele era fastidioso, e tais palavras em outra boca teriam condenado o orador irremediavelmente. Começou, em suma, a perguntar-se que espécie de criatura era esse homem que se casaria com sua prima. Poderia alguém, exceto um caráter singular, permitir-se vaidade tão ridícula?

– Acho que não devo entrar em tal sociedade – replicou. – Não saberia o que dizer a Lady Rose, por exemplo, se a encontrasse.

– Não tenho nenhuma dificuldade – cacarejou Rodney. Você fala sobre os filhos deles, se é que os têm, ou sobre as suas prendas: pintura, jardinagem, poesia. São maravilhosos. Seriamente, sabe, acho que é sempre valioso ter a opinião de uma mulher sobre a poesia da gente. Não peça as razões. Peça-lhe apenas sentimentos. Katharine, por exemplo...

– Katharine – disse Henry, com ênfase no nome, como se o indignasse o seu uso por Rodney –, Katharine é muito diferente da maioria das mulheres.

– Sem dúvida – concordou Rodney. – Ela é... – parecia prestes a descrevê-la, e hesitou por longo tempo. – Ela está com muito boa aparência – declarou, ou quase inquiriu, num tom de voz muito diferente daquele em que vinha falando. Henry abaixou a cabeça.

– Como família, você são dados a amuos, hein?

– Mas não Katharine – disse Henry, com decisão.

– Não Katharine – repetiu Rodney, como se ponderasse o sentido das palavras. – Não, talvez você tenha razão. Mas o noivado mudou-a. Naturalmente – acrescentou –, seria de esperar que isso acontecesse – aguardou que Henry confirmasse a afirmação, mas Henry permaneceu calado.

– De certo modo, Katharine tem tido uma vida difícil – continuou ele. – Espero que o casamento lhe faça bem. Ela tem grandes qualidades.

– Grandes – disse Henry, com decisão.
– Sim. Mas, agora, que direção acha você que essas qualidades irão tomar?

Rodney abandonara completamente sua pose de homem do mundo, e parecia pedir a Henry que o ajudasse numa dificuldade.

– Não sei – hesitou Henry, com cautela.
– Você acha que, talvez, filhos, uma casa, essa espécie de coisas, você acha que isso a satisfaria? Lembre-se, estou fora o dia todo.
– Ela será, certamente, da maior competência.
– Oh, sim, ela é maravilhosamente capaz – disse Rodney. – Só que eu me deixo absorver pela minha poesia. Bem, Katharine não dispõe de uma coisa dessas. Admira a minha poesia, você sabe, mas será isso o bastante para ela?
– Não – disse Henry, e fez uma pausa: – Penso que você tem razão – acrescentou, como se acabasse de reunir seus pensamentos. – Katharine ainda não se encontrou. A vida ainda não é de todo real para ela. Eu, algumas vezes, penso...
– Sim? – perguntou Rodney, como que ansioso para que Henry prosseguisse.
– Era isso que eu... – começou.

Henry, porém, ficou mudo, e a sentença não foi concluída. A porta se abriu e foram interrompidos por Gilbert, irmão mais moço de Henry, para alívio deste, que já falara mais do que desejava.

17

Quando, com fulgor incomum, o sol brilhou naquela semana de Natal, revelou muito do que estava desbotado e malconservado em Stogdon House e seus jardins. Na verdade, Sir Francis fora aposentado pelo governo da Índia com uma pensão insuficiente, na sua opinião, para seus serviços, assim como, sem dúvida nenhuma, para suas ambições. A carreira ficara aquém das suas expectativas, e embora fosse um velho bastante vistoso, com as suíças brancas e sua cor de mogno, e tivesse acumulado um escolhido estoque de boas leituras e boas histórias, não se precisava de muito tempo para perceber que alguma tempestade as azedara. Sir Francis cultivava um ressentimento. Esse ressentimento datava de meados do último século, quando, devido a alguma intriga, seus méritos haviam sido ignorados da maneira a mais ignominiosa, e ele fora preterido em favor de outro oficial mais novo.

Os dois lados da história, supondo-se real sua existência, já não eram conhecidos com clareza pela mulher e pelos filhos; mas essa decepção desempenhara grande papel nas suas vidas, e envenenara a de Sir Francis, assim como uma decepção de amor envenena – ao que se diz – a vida inteira de uma mulher. O remoer interminável desse fracasso, a contínua consideração e reconsideração dos próprios méritos e das injustiças sofridas tinham feito de Sir Francis um egoísta, e com a aposentadoria seu gênio tornou-se cada dia mais difícil e exigente. A mulher oferecia agora tão pouca resistência a esse perpétuo mau humor, que já não lhe servia praticamente para nada. Fez da filha, Euphemia, sua principal confidente, e a flor da sua idade vinha sendo rapidamente consumida pelo pai. Era a ela que ditava suas memórias, destinadas a vingar-lhe o nome. E Euphemia tinha de repetir-lhe a todo momento que o tratamento que lhe haviam dispensado era uma vergonha.

Já com a idade de trinta e cinco anos, suas faces descoravam, como as de sua mãe haviam descorado; para ela, no entanto, não haveria a lembrança de sóis da Índia e de rios da Índia, ou o clamor de crianças num berçário; teria muito pouco em que pensar quando ficasse, como Lady Otway ficava agora, sentada a tricotar com lã branca, de olhos quase perpetuamente fixos no mesmo pássaro bordado no mesmo guarda-fogo. Mas Lady Otway, pelo menos, era uma dessas pessoas para as quais fora inventado o grande jogo do faz de conta da vida social inglesa; passava a maior parte do tempo a pretender, para si mesma e para os vizinhos, que era uma pessoa muito digna, importante e ocupada, de considerável posição social e riqueza suficiente. Em vista do atual estado de coisas, esse jogo requeria grande dose de habilidade; e, talvez, na idade a que chegara – já passava dos sessenta anos –, jogasse mais para enganar a si mesma do que aos outros. Ademais, a armadura começava a gastar-se; esquecia-se mais e mais de salvar as aparências.

As partes puídas dos tapetes e o palor do salão, onde nenhuma cadeira ou forro foram renovados havia vários anos, não eram devidos apenas à miserável pensão, mas ao desgaste causado por doze filhos, oito dos quais, homens. Como frequentemente acontece em famílias numerosas, uma clara linha divisória poderia ser traçada mais ou menos ao meio da progenitura, onde o dinheiro para fins educacionais ficara curto. Os seis filhos menores haviam sido criados mais economicamente que os maiores. Se os meninos eram inteligentes, obtinham bolsas de estudo, e iam para a escola; se não o eram, aceitavam o que as relações de família lhes podiam oferecer. As moças empregavam-se ocasionalmente, mas havia sempre uma ou duas em casa, a tomar conta de animais doentes, a criar bichos-da-seda ou a tocar flauta nos seus quartos. A distinção entre os filhos mais velhos e os mais moços correspondia aproximadamente à diferença entre uma classe alta e uma classe baixa; pois que, munidos apenas de uma educação fortuita, e de mesadas insuficientes, os filhos mais moços haviam colecionado ocupações, amigos e pontos de vista nao encontradiços entre as quatro paredes de uma escola particular ou de uma repartição pública. Entre as duas divisões havia grande hostilidade; os mais velhos tentavam tratar com superioridade e condescendência os mais moços, e os mais moços recusavam respeitar os mais velhos; mas um sentimento os unia e instantaneamente obturava qualquer risco de brecha: sua crença comum na superioridade da família sobre todas as outras. Henry era o mais velho do grupo jovem, e o seu líder. Trazia para casa livros estranhos e entrava para as mais bizarras sociedades; andou sem gravata um ano inteiro e mandou fazer seis camisas iguais, de flanela preta. Recusou por muito tempo um lugar numa companhia de navegação e outro no depósito de um importador de chá; e persistiu, a despeito da desaprovação de tios e tias, em praticar ao mesmo tempo violino e piano, e o resultado foi que não podia tocar profissionalmente qualquer dos dois instrumentos. Na verdade, como produto dos trinta e dois anos da sua vida não tinha nada de mais substancial para exibir que um caderno manuscrito com a partitura de meia ópera. Nessa sua forma de protesto, Katharine sempre lhe dera apoio, e como era tida por pessoa extremamente ajuizada, que se vestia bem demais para ser considerada excêntrica, seu apoio lhe fora de algum auxílio. Na verdade, sempre que vinha para o Natal, ela passava boa parte do seu tempo em conferências privadas com Henry e com Cassandra, a caçula das meninas, à qual pertenciam os bichos-da-seda. Tinha, com a facção jovem, grande reputação de sensatez; ademais, possuía uma coisa que eles desprezavam, embora no fundo respeitassem, e a que chamavam conhecimento do mundo, que é a maneira como pensam e se portam as pessoas mais velhas e respeitáveis, que pertencem a clubes e jantam com ministros. Mais de uma vez ela se fizera embaixadora entre Lady Otway e seus filhos.

A pobre senhora consultou-a, por exemplo, no dia em que, tendo aberto a porta de Cassandra em missão de sindicância, dera de cara com folhas de amoreira penduradas do teto, as janelas bloqueadas com gaiolas e as mesas cobertas de máquinas feitas em casa para a manufatura artesanal de vestidos de seda.

– Desejaria que ela se interessasse pelas coisas que interessam as outras pessoas, Katharine – observou, queixosa, e detalhando as suas queixas: – É tudo culpa de Henry, você sabe, isso de largar mão de festas e interessar-se por esses insetos nojentos. O fato de um homem fazer uma coisa não justifica que uma mulher a faça também.

A manhã estava suficientemente clara para mostrar que cadeiras e sofás da sala de estar privada de Lady Otway parecessem mais surradas que de hábito, e para que os galantes *gentlemen*, seus irmãos e primos, que haviam defendido o Império e deixado os ossos num sem-número de fronteiras, contemplassem o mundo através de um filme amarelo, que a luz da manhã parecia estender por cima dos seus retratos. Lady Otway suspirou, talvez para essas desbotadas relíquias, e retornou resignada aos seus novelos de lã, que, curiosa, caracteristicamente, não eram hoje de um branco de marfim, mas de um branco amarelado e sujo. Convocara sua sobrinha para uma pequena conversa. Sempre confiara nela, e agora mais do que nunca; seu noivado com Rodney parecia-lhe extremamente apropriado, e exatamente o que se poderia desejar para a filha da gente. Katharine acresceu sua reputação de sabedoria pedindo que lhe desse agulhas também.

– É tão agradável – disse Lady Otway – tricotar enquanto se conversa. E agora, minha querida Katharine, fale-me de seus planos.

As emoções da noite anterior, que ela controlara a ponto de ficar acordada até de madrugada, haviam-na abalado um pouco e, assim, estava mais prosaica do que de costume. Estava pronta a discutir seus projetos – casas e aluguéis, empregados e economias como se não lhe dissessem respeito. Enquanto falava, tricotando metodicamente todo o tempo, Lady Otway observou, com aprovação, a postura direita, responsável, da sobrinha, a quem a perspectiva de casamento trouxera gravidade bastante decorosa numa noiva e, todavia, cada vez mais rara nos dias correntes. Sim, o noivado de Katharine mudara-a um pouco. Que filha perfeita, ou que nora!, pensou para si mesma. E não pôde deixar de compará-la a Cassandra, rodeada de inumeráveis bichos-da-seda no seu quarto de dormir.

Sim, continuou consigo, fixando em Katharine seus olhinhos redondos e verdes, tão inexpressivos como bolas de gude molhadas, Katharine é como as moças do meu tempo. Levávamos a sério as coisas sérias da vida. Mas justamente quando tirava alguma satisfação desse pensamento e se dispunha a oferecer um pouco daquela sabedoria armazenada de que nenhuma das suas próprias filhas, ai!, parecia precisar, a porta se abriu e Sra. Hilbery entrou, ou melhor, não entrou, pois ficou no umbral, e sorriu, tendo evidentemente errado de sala.

– Nunca vou aprender a andar nesta casa! – exclamou. – Estou a caminho da biblioteca, e não quero interromper. Você e Katharine estão tendo uma pequena conversa?

Lady Otway ficou um pouco contrafeita com a irrupção da cunhada. Como poderia prosseguir no que estava dizendo, diante de Maggie? Pois dizia algo que nunca dissera, todos esses anos, à própria Maggie.

– Eu repetia a Katharine algumas banalidades sobre casamento – disse, com um risinho. – Nenhuma das minhas crianças se ocupa de você, Maggie?

– Casamento – disse Sra. Hilbery, entrando na sala e abanando a cabeça, uma vez ou duas. – Eu sempre digo que o casamento é uma escola. E não se ganham prêmios senão indo à escola.

Charlotte ganhou todos os prêmios – acrescentou, dando um tapinha na cunhada, o que botou Lady Otway ainda mais constrangida. Fez menção de rir, murmurou algo indistinto e terminou com um suspiro.

– Tia Charlotte estava dizendo que não adianta casar se a gente não se submete ao marido – disse Katharine, reformulando as palavras da sua tia e dando-lhes uma feição bem mais definida do que realmente tinham. E quando disse isso, não pareceu em nada antiquada. Lady Otway olhou-a e fez uma pequena pausa.

– Bem, de fato não aconselho uma mulher que quer ter sua própria vida a casar-se – disse, começando uma nova discussão de maneira um tanto elaborada.

Sra. Hilbery conhecia, em parte, as circunstâncias que, a seu ver, inspiraram essa observação. Num momento, seu rosto anuviou-se com uma simpatia que não sabia como expressar.

– Que vergonha foi aquilo! – exclamou, esquecendo que seu pensamento poderia não ser tão óbvio para as duas ouvintes. – Mas, Charlotte, não teria sido muito pior se Frank se tivesse desgraçado de uma maneira qualquer? Não importa o que os nossos maridos *consigam*, mas o que eles *são*. Eu também sonhei um dia com cavalos brancos e palanquins. No entanto, gosto mais de tinteiros, hoje em dia. E, quem sabe? – concluiu, olhando para Katharine – seu pai pode ser feito barão amanhã.

Lady Otway, que era irmã de Sr. Hilbery, sabia muito bem que, em particular, os Hilbery chamavam Sir Francis "aquele velho turco", e embora ela não seguisse o fio das observações de Sra. Hilbery, podia imaginar o que as provocava.

– Mas se você pode ceder a seu marido – disse ela, dirigindo-se a Katharine como se houvesse um entendimento separado entre as duas –, um casamento feliz é a coisa mais feliz do mundo.

– Sim – disse Katharine –, mas... – não pretendia terminar a frase, apenas desejava induzir sua mãe e sua tia a falarem sobre casamento, pois sentia que outras pessoas poderiam ajudá-la, se assim quisessem. Continuou, então, a tricotar, e seus dedos trabalhavam com uma decisão que era curiosamente diversa do ritmo macio e contemplativo da gorda mão de Sra. Otway. De tempos em tempos, levantava os olhos rapidamente para sua mãe, depois para sua tia. Sra. Hilbery tinha um livro na mão, e estava a caminho da biblioteca, como Katharine podia adivinhar, a fim de acrescentar um parágrafo àquele variado sortimento de parágrafos, a *Vida de Richard Alardyce*. Normalmente, Katharine teria apressado a ida da mãe para o andar térreo, e cuidado para que nenhuma distração se lhe interpusesse no caminho. Com as outras mudanças, no entanto, sua atitude para com a vida do poeta mudara também; sentia-se contente de esquecer tudo sobre o seu programa de trabalho. Sra. Hilbery, secretamente, regozijava-se com isso. Seu alívio em dispor de uma justificativa para não escrever manifestou-se numa série de significativos olhares de soslaio em direção à filha, e essa espécie de moratória deixou-a na melhor das disposições. Permitir-lhe-iam ficar para conversar, sem mais? Pelo menos, era infinitamente mais agradável estar sentada numa sala cheia de objetos interessantes, que não via há um ano, do que verificar uma data, que contradizia outra, num alfarrábio qualquer.

– Todas nós tivemos maridos perfeitos – concluiu, perdoando em bloco os pecados de Sir Francis. – Não que eu ache que um gênio ruim seja de fato um defeito num homem – corrigiu-se, com um olhar obviamente em direção a Sir Francis. – Deveria ter dito gênio impaciente, ou vivaz. A maior parte dos grandes homens, ou melhor, *todos* os grandes homens tiveram gênio forte, exceto seu avô, Katharine. – E a isso suspirou e sugeriu que, talvez, devesse descer mesmo para a biblioteca.

– Mas, num casamento comum, é realmente necessário ceder ao marido? – perguntou Katharine, ignorando a sugestão da mãe, cega até a depressão que agora se apossara dela, ao pensamento da sua própria morte inevitável.

– Eu diria que sim, certamente – disse Sra. Otway, com uma convicção pouco usual nela.

– Então, cumpriria tomar de fato uma decisão firme antes de casar – ponderou Katharine, parecendo falar consigo mesma.

Sra. Hilbery não estava muito interessada nesses reparos, que pareciam tender para o melancólico. E a fim de recuperar sua própria animação, recorreu a um remédio infalível – olhou pela janela.

– Vejam que lindo passarinho azul! – exclamou, e seu olhar vagueou com extremo prazer pelo céu doce, pelas árvores, pelos campos verdes, visíveis através das árvores, e os galhos sem folhas que cercavam o corpo da pequena cotovia azul. Seu amor pela natureza era apurado.

– Muitas mulheres sabem, por instinto, quando devem ceder e quando não devem – insinuou Lady Otway, rapidamente, e em voz um tanto baixa, como se quisesse dizer isso enquanto a atenção de sua cunhada se ocupava alhures. – Quando não sabem, meu conselho é que não se casem.

– Ah, mas o casamento é a mais feliz das existências para uma mulher – disse Sra. Hilbery, ouvindo a palavra "casamento", ao voltar os olhos para o interior. Depois, concentrou a mente no que disse.

– É a mais *interessante das existências* – corrigiu. Olhava a filha com uma expressão de vago alarme. Era a espécie de escrutínio maternal que dá a impressão de que, ao ver a filha, a mãe está, na verdade, vendo-se a si mesma. Não ficou de todo satisfeita. Mas, propositadamente, não fez qualquer tentativa para quebrar uma reserva que, a rigor, admirava particularmente na filha, e com a qual contava. Quando, porém, sua mãe disse que o casamento era a mais interessante das vidas, Katharine sentiu, tal como era apta a sentir subitamente as coisas sem uma razão definida, que elas se entendiam muito bem uma à outra, a despeito de diferirem de todas as formas possíveis. E, todavia, a sabedoria do velho tende a aplicar-se mais aos sentimentos que se tem em comum com a raça humana do que aos sentimentos particulares de cada um, como indivíduo, e Katharine sabia que só alguém da sua idade poderia acompanhar seu raciocínio. Ambas essas mulheres mais velhas pareciam-lhe contentes com tão pouca felicidade, e no momento ela não tinha forças suficientes para sentir que a versão delas sobre o casamento era a errada. Em Londres, certamente, essa atitude moderada em face do próprio casamento parecia-lhe justa. Por que, então, mudara? Por que isso agora a deprimia? Nunca lhe ocorrera antes que sua própria conduta pudesse constituir uma charada para sua mãe, ou que as pessoas mais velhas fossem tão afetadas pelos jovens quanto os jovens por elas. E, todavia, era verdade que o amor, a paixão, ou qualquer outro nome que se lhe desse, tivera parte muito menor na vida de Sra. Hilbery do que seria de esperar, a julgar pelo seu temperamento entusiasta e imaginativo. Ela sempre se interessara mais por outras coisas. Lady Otway, por estranho que parecesse, adivinhava mais acuradamente o estado de espírito de Katharine do que sua própria mãe.

– Por que não vivemos todos no campo? – exclamou Sra. Hilbery, olhando mais uma vez pela janela. – Estou certa de que poderíamos pensar coisas lindas se morássemos no campo. Nada de casebres miseráveis para nos deprimir, nada de bondes e carros. E todo mundo de ar nédio e satisfeito. Não haverá algum pequeno *cottage* perto de vocês, Charlotte, que nos pudesse servir, com um quarto de sobra, talvez, para o caso de querermos convidar um amigo? Faríamos tal economia, que seria possível até viajar...

– Sim, você acharia tudo ótimo por uma semana ou duas, sem dúvida – disse Lady Otway. – Mas a que horas você quer o coche, esta manhã? – perguntou, tocando a campainha.

– Katharine decidirá – disse Sra. Hilbery, sentindo-se incapaz de preferir uma hora a outra. – E, estava para contar a você, Katharine, como, ao acordar esta manhã, tudo parecia tão claro na minha cabeça, que se tivesse um lápis à mão teria escrito um longo capítulo. Quando sairmos para o nosso passeio, vou escolher uma casa para nós. Umas poucas árvores em volta e um jardinzinho, um tanque com um marreco-mandarim, um estúdio para seu pai, outro para mim, e uma sala de estar para Katharine, que será agora uma senhora casada.

A essas palavras, Katharine sentiu um arrepio, achegou-se ao fogo e aqueceu as mãos, estendendo-as por cima do pico mais alto dos carvões. Queria dirigir de novo a conversa para o tema do casamento, a fim de ouvir as opiniões de tia Charlotte, mas não sabia como fazê-lo.

– Deixe-me ver seu anel de noivado, tia Charlotte – disse, notando o seu próprio.

Tomou o conjunto de pedras verdes, virando-o e revirando-o nos dedos, sem saber o que dizer em seguida.

– Esse pobre anel foi um grande desapontamento para mim, quando o recebi – disse Lady Otway. – Queria um anel de diamante, mas nunca disse a Frank, naturalmente. Ele comprou este em Simla.

Katharine virou o anel na mão mais uma vez, e deu-o de volta à tia, sem nada falar. E, enquanto brincara com ele, seus lábios se fecharam apertados, e pareceu-lhe que era capaz de satisfazer William tal como essas mulheres a seus homens; pretenderia que gostava de esmeraldas quando de fato preferia diamantes. Tendo posto de novo o anel no dedo, Lady Otway observou que o tempo esfriara, embora não mais do que seria de esperar nessa época do ano. Na verdade, cumpria dar graças a Deus por poder ver o sol; aconselhava as duas a se agasalharem para o passeio. O estoque de lugares-comuns da sua tia, suspeitava Katharine, fora acumulado de propósito para preencher silêncios, e tinha pouco a ver com os seus pensamentos íntimos. Mas no momento pareciam terrivelmente de acordo com as suas próprias conclusões, de modo que ela retomou o seu tricô e pôs-se de novo a ouvir, a fim sobretudo de confirmar sua convicção de que estar prometida a alguém a quem não se ama é um passo inevitável num mundo em que a existência de paixões é uma história de viajantes, trazida do fundo das florestas e tão raramente contada, que pessoas sensatas duvidam da sua veracidade. Fez o possível para prestar atenção à sua mãe, que pedia notícias de John, e à sua tia, que respondia com a história autêntica do noivado de Hilda com um oficial do exército indiano; seu pensamento, porém, voltava-se alternadamente para veredas de florestas estreladas de flores e para páginas cheias de signos matemáticos caprichosamente copiados. Quando seu pensamento tomava esses rumos, o casamento não lhe parecia mais que uma arcada sob a qual era necessário passar para que se realizassem seus desejos. Nessas ocasiões, a corrente da sua natureza mugia no seu estreito canal com grande força e com uma assustadora falta de consideração para com os sentimentos alheios. Tão logo as duas velhas senhoras terminaram sua revista do panorama da família, e Lady Otway já previa, nervosamente, por parte de sua cunhada, uma formulação geral sobre a vida e a morte, Cassandra irrompeu na sala com a notícia de que a carruagem se achava à porta.

– Por que Andrew não me anunciou isso pessoalmente? – disse Lady Otway, com impertinência, censurando nos empregados a incapacidade de corresponder aos seus ideais.

Quando Sra. Hilbery e Katharine chegaram ao hall, vestidas para o passeio, observaram que prosseguia a discussão habitual sobre os planos do resto da família. Por causa disso, grande número de portas abriam e fechavam, duas ou três pessoas estavam paradas, irresolutas, no meio da escadaria, ora subindo alguns degraus, ora descendo outros tantos, e o próprio Sir Francis saíra do seu estúdio com o *Times* debaixo do braço e uma reclamação sobre barulho e correntes de ar da porta aberta; o que, pelo menos, surtiu o efeito de reunir as pessoas que queriam tomar o carro e despachar de volta para os quartos as que queriam ficar. Foi decidido que Sra. Hilbery, Katharine, Rodney e Henry iriam de carruagem a Lincoln; os demais que quisessem ir também, os seguiriam de bicicleta ou na aranha puxada pelo pônei. Todos os hóspedes da casa tinham de fazer essa expedição a Lincoln em obediência à concepção de Lady Otway sobre como divertir suas visitas; absorvera essas ideias lendo nos jornais da moda as descrições das celebrações de Natal em propriedades ducais. Os cavalos da carruagem eram não só gordos como velhos, mas formavam uma boa parelha. A carruagem sacudia com extremo desconforto, embora mostrasse nas portinholas o brasão dos Otways. Lady Otway ficou no degrau mais alto, embuçada num xale branco, e acenou com a mão quase mecanicamente até que eles desapareceram na curva dos loureiros; então, retirou-se, com a sensação de ter desempenhado seu papel, e com um suspiro, ao pensamento de que nenhum dos seus filhos julgava necessário desempenhar o seu.

A carruagem rodava, macia, pela estrada de curvas suaves. Sra. Hilbery caiu num agradável estado de desligamento, em que apenas se dava conta das linhas verdes das sebes em disparada, das pastagens ondulantes, do céu de um azul muito leve; tudo isso lhe serviu, passados cinco minutos, de cenário pastoril para o drama da vida humana. Pôs-se a pensar num jardim de *cottage*, com a súbita mancha dos narcisos amarelos contra a água azul; e assim, com a composição dessas diferentes paisagens e com a formulação de duas ou três belas frases, não percebeu que os jovens na carruagem estavam quase mudos. Henry, na verdade, fora incluído no passeio a contragosto, e vingava-se observando Katharine e Rodney com olhos céticos, ao passo que Katharine ia num estado de espírito sombrio, de tamanha autorrepressão, que resultava em completa apatia. Quando Rodney se dirigia a ela, respondia com "hum" ou assentia de cabeça, e tão negligentemente, que da outra vez ele se dirigia a Sra. Hilbery. A deferência de Rodney lhe era agradável, suas maneiras exemplares; e quando as torres das igrejas e as chaminés das fábricas da cidade surgiram à vista, Sra. Hilbery se reanimou e relembrou o belo verão de 1853, que se harmonizava admiravelmente com o que sonhava para o futuro.

18

Mas outros passageiros acercavam-se também de Lincoln, a pé, por um caminho diverso. Uma sede de município atrai os habitantes de todos os vicariatos, fazendas, casas de campo e *cottages* de beira de estrada num raio de dez milhas pelo menos, uma vez ou duas por semana. Entre eles, nessa ocasião, estavam Ralph Denham e Mary Datchet. Desprezaram as estradas e se foram através do campo aberto; pela sua aparência, não parecia que dessem grande importância ao caminho por onde iam, a não ser que este os fizesse tropeçar. Ao deixarem o vicariato, começaram uma discussão que fez com que andassem ritmicamente e de passo certo de tal modo, que cobriram a distância a mais de quatro milhas por hora e nada viram da sucessão de sebes, das pastagens ondulantes ou do céu de um doce azul desmaiado. O que viram foram as Casas do Parlamento e os Escritórios do Governo, em Whitehall. Ambos pertenciam à classe dos que têm consciência de haver perdido seus direitos inatos nessas grandes estruturas, e procuram construir outra espécie de abrigo para as suas próprias noções de lei e de governo. Talvez de propósito, Mary discordava de Ralph; gostava de sentir a sua mente em conflito com a dele, e queria estar segura de que ele não poupava ao seu raciocínio de mulher nem um grama da sua muscularidade masculina. Mas parecia discutir com ela tão ferozmente como se fora seu irmão. Coincidiam, todavia, na crença de que lhes cabia a tarefa de reparar e reconstruir o arcabouço da Inglaterra. Concordavam em que a natureza não fora generosa ao dotar o país de conselheiros. Concordavam, inconscientemente, num mudo amor pelo campo lamacento em que pisavam, de olhos apertados na concentração das suas mentes. Por fim, pararam para tomar fôlego, deixaram que a discussão se refugiasse no limbo de outras boas discussões passadas e, debruçando-se numa porteira, abriram os olhos, pela primeira vez, para ver em derredor. Seus pés formigavam de sangue quente e seu hálito subia como um vapor em torno deles. O exercício físico tornara ambos mais diretos e menos tolhidos do que de hábito, e Mary, na verdade, deixara-se tomar de uma espécie de exultação. Para ela, pouco importava o que viesse a acontecer. Importava tão pouco, que se sentiu a ponto de dizer a Ralph:

– Eu o amo; nunca vou amar ninguém mais. Case comigo ou deixe-me; pense o que quiser de mim. Não me importo.

De momento, porém, discurso ou silêncio pareciam irrelevantes, e apenas bateu as mãos uma na outra e olhou as florestas distantes, com o toque de ferrugem na folhagem escura, e a paisagem verde-azul, através do seu próprio bafo. Parecia apenas uma questão de cara ou coroa dizer "eu o amo" ou "amo as faias" ou, simplesmente, "eu amo, amo".

– Sabe, Mary – disse Ralph, de súbito, interrompendo-a –, tomei uma decisão.

A indiferença dela devia ser superficial, pois desapareceu de imediato. Na verdade, perdeu de vista as árvores, e viu só a própria mão na travessa superior da porteira com uma nitidez extrema, enquanto ele prosseguia:

– Decidi abandonar meu trabalho e vir morar aqui. Quero que me fale desse *cottage* que mencionou outro dia. Suponho que não haverá dificuldade de arranjar um? Ou haverá? – falou em tom casual, como se esperasse que o dissuadisse.

Ela esperou um pouco mais, a ver se continuava. Estava convencida de que, por um rodeio embora, ele chegaria ao assunto do casamento deles.

– Já não suporto o escritório – prosseguiu. – Não sei o que dirá minha família; mas estou certo de que tenho razão. Você não acha?

– Viver aqui sozinho?

– Alguma velha cuidará de mim, penso. Estou farto de tudo – continuou, e abriu a porteira com um repelão. Começaram, então, a cruzar o campo seguinte, lado a lado.

– Eu lhe digo, Mary, é pura destruição, trabalhar sem trégua, dia após dia, em coisas que não importam nada para ninguém. Aguentei oito anos, não vou aguentar mais. Suponho que para você tudo pareça loucura.

Mary, a essa altura, já recobrara seu autodomínio.

– Não. Eu sabia que você não estava feliz.

– Como sabia? – perguntou ele, com alguma surpresa.

– Você não se lembra daquela manhã, em Lincoln's Inn Fields?

– Sim – disse Ralph, diminuindo o passo e pensando em Katharine e no noivado dela, nas folhas cor de púrpura esmagadas contra o chão, no papel branco, radiante à luz do poste, e na inanidade que a tudo parecia cercar. Você tem razão, Mary – disse com algum esforço –, embora eu não saiba como adivinhou.

Ela permaneceu calada, esperando que ele falasse do motivo da sua infelicidade, uma vez que suas desculpas não a haviam enganado.

– Eu estava infeliz, muito infeliz – repetiu. Seis semanas já o separavam daquela tarde em que estivera sentado no Embankment vendo suas fantasias dissiparem-se na névoa, enquanto as águas passavam por ele, e a lembrança da sua desolação dava-lhe, ainda, arrepios. Não se recuperara daquela depressão, longe disso. E aí estava uma oportunidade de enfrentá-la, como sentia que devia fazer; porque, sem dúvida, a esse tempo, já não passaria de um simples fantasma sentimental, que melhor seria exorcizar pela exposição impiedosa a um olhar como o de Mary, do que deixar que ficasse assim, oculto, mas subjacente a todos os seus atos e pensamentos, como acontecia desde que vira Katharine Hilbery servir chá. Tinha de começar por mencionar seu nome, coisa que ainda julgava acima de suas forças. Persuadiu-se de que poderia fazer uma declaração honesta sem mencionar o nome dela; persuadiu-se de que o que sentia pouco tinha a ver com ela.

– A infelicidade é um estado de espírito – começou –, e com isso quero dizer que não é a resultante necessária de uma causa específica. – Essa introdução artificial não lhe agradou, e ficou mais óbvio para ele que, dissesse o que dissesse, sua infelicidade fora causada diretamente por Katharine.

– Comecei a achar minha vida insatisfatória – começou de novo. – Parecia-me sem sentido. – Fez outra pausa, mas sentiu que isso, pelo menos, era verdade, e que poderia continuar nesse tom: – Todo esse fazer dinheiro e trabalhar dez horas por dia num escritório, e para quê? Quando a gente é um menino, veja você, tem a cabeça tão cheia de sonhos que não importa o que faça. E se a gente é ambicioso, está certo. Há que ter um motivo para fazer as coisas. Agora: os meus deixaram de satisfazer-me. Talvez nunca tivesse nenhum motivo. O que é muito possível, agora que penso nisso. (Que motivo existe, afinal, para qualquer coisa?) Todavia, é impossível, depois de certa idade, enganar-se a si próprio satisfatoriamente. Sei hoje o que me levou avante – uma boa razão lhe tinha agora ocorrido –, queria ser o salvador da minha família, e toda essa espécie de coisa. Queria que meus irmãos vencessem na vida. (Isso era mentira, naturalmente, e uma espécie de autoglorificação também.) Como muita gente, acho, vivi quase inteiramente de ilusões, e agora estou na fase embaraçosa de descobrir que foi assim mesmo. Quero outra ilusão para poder continuar. E é nisso que consiste a minha infelicidade, Mary.

Duas razões mantiveram Mary inteiramente silenciosa durante todo esse discurso, e riscaram vincos curiosamente retos no seu rosto. Em primeiro lugar, Ralph não mencionou casamento; em segundo, não dizia a verdade.

– Não é difícil encontrar um *cottage* – disse, ignorando o relato. – Você tem algum dinheiro, não? Sim – concluiu –, não vejo por que não seria um excelente plano.

Atravessaram o campo em completo silêncio. Ralph ficara surpreso com a observação dela, e um pouco magoado, mas, de modo geral, bastante satisfeito. Convencera-se de que seria impossível expor seu caso honestamente a Mary e, secretamente, sentia alívio por não lhe ter confiado seu sonho. Ela era, afinal, como sempre a considerara, uma amiga sensata e leal, a mulher com quem contava, com quem podia contar, desde que se mantivesse dentro de certos limites. Não lhe desagradava verificar que esses limites estavam claramente marcados. Quando passaram a sebe seguinte, ela lhe disse:

– Sim, Ralph, é tempo de parar, mudar. Cheguei à mesma conclusão. Só que para mim não será um *cottage* no campo, mas a América. A América! – exclamou. – Esse é o lugar para mim! Lá me ensinarão alguma coisa sobre a organização de um movimento e voltarei e mostrarei como se faz.

Se quisera, consciente ou inconscientemente, reduzir a importância da reclusão e segurança representadas por um *cottage* no campo, não o conseguiu, porque a determinação de Ralph era genuína; conseguiu, porém, que ele a visse no seu papel; e a tal ponto, que Ralph olhou surpreso para ela, que avançava agora um pouco à sua frente, pelo campo arado; pela primeira vez nessa manhã, via-a independentemente dele mesmo, ou da sua obsessão por Katharine. Pareceu vê-la marchar à frente, uma figura um pouco desajeitada, mas forte e autônoma; e a coragem dela impunha-lhe respeito.

– Não vá embora, Mary! – exclamou, e deteve-se.

– Foi o que você já disse uma vez, Ralph – respondeu, sem se voltar. – Você quer ir embora e não quer que eu vá. Não é muito razoável, ou é?

– Mary! – gritou, tomando consciência, com um choque, da maneira exigente e ditatorial com que a tratava. – Que bruto tenho sido com você!

Ela precisou de todo o seu controle para conter as lágrimas e para não responder que estava disposta a perdoá-lo até o Dia do Juízo, se assim ele quisesse. Foi impedida de fazê-lo por uma espécie de teimoso respeito por si mesma, que jazia na raiz da sua natureza, e que lhe proibia render-se, mesmo em momentos de avassaladora paixão. Agora, quando tudo era tempestade e ondas agitadas, sabia de uma terra onde o sol ainda brilhava sobre pilhas de gramáticas da língua italiana e pastas de papéis arquivados. Não obstante, do palor de esqueleto dessa terra e das rochas que pontilhavam a sua superfície, sabia que sua vida por lá seria dura e solitária, a ponto, quase, de não poder suportá-la. Marchou firme, um pouco à frente dele, pelo campo lavrado. Seu caminho levou-os a bordejar uma floresta de árvores esguias, à margem de uma dobra profunda do terreno. Olhando por entre os troncos das árvores, Ralph viu no prado, inteiramente plano e de verdura admirável, que ocupava o fundo do vale, uma pequena casa senhorial, que tinha à frente espelhos d'água, terraços, e cercas vivas aparadas. Do lado, havia um edifício qualquer de fazenda e, atrás, uma cortina de abetos, tudo perfeitamente bem abrigado e autossuficiente. Atrás da casa, a colina continuava a subir, e as árvores do topo erguiam-se hirtas contra o céu, que pareciam de um azul mais intenso entre os seus troncos. Seu pensamento encheu-se imediatamente da presença real de Katharine; a casa gris e o intenso azul do céu deram-lhe a impressão nítida de que ela se encontrava nas proximidades. Encostou-se a uma árvore e, num sopro, articulou seu nome: – Katharine, Katharine – disse, em voz alta; e, então, voltando-se, viu Mary, que se afastava lentamente, arrancando de passagem um longo ramo de hera que pendia das árvores. Parecia tão diversa da visão que abrigava na mente, que retornou a esta, com um gesto de impaciência.

– Katharine, Katharine – repetiu, e sentiu que estava com ela. Perdeu, então, a consciência de tudo o que o rodeava; todas as coisas substanciais, a hora do dia, o que fizera e estava em vias de fazer, a presença de outras pessoas e a tranquilidade que a gente

sente ao ver a crença delas numa realidade comum. Tudo isso lhe fugiu. Assim deveria sentir-se se a terra tivesse sumido debaixo dos seus pés, e o vazio azul o envolvesse por todos os lados, e se o ar se tivesse saturado inteiramente da presença de uma mulher. Acordou-o o chilreio de um tordo no galho, acima de sua cabeça, e esse despertar foi acompanhado de um suspiro. Aí estava de volta o mundo em que tinha de viver; aí estavam o campo amanhado, a estrada real distante, e Mary arrancando hera das árvores. Ao alcançá-la, passou o braço pelo seu e disse:
– Então, Mary, que história é essa de América?

Havia uma solicitude fraternal na sua voz, que a ela pareceu até magnânima, quando refletiu que abreviara as explicações dele e mostrara pouco interesse na sua mudança de planos. Disse-lhe então das razões que tinha para achar que poderia tirar proveito da viagem, omitindo apenas a razão que pusera todas as outras em movimento. Ele ouviu atentamente e não fez qualquer tentativa de dissuadi-la. Na verdade, sentia-se curiosamente empenhado em assegurar-se do bom senso dela, e recebia cada nova prova disso com satisfação, como se isso o ajudasse de certo modo a formar opinião sobre outra coisa. Mary esqueceu a mágoa que ele causara e, em vez dela, tomou consciência de um bem-estar profundo que começava a fluir em si e que se harmonizava admiravelmente com a batida surda dos pés deles dois na estrada seca, e com o apoio do braço de Ralph. O conforto que sentia era ainda mais vivo por parecer o prêmio da sua determinação de comportar-se com simplicidade para com ele, sem tentar ser pessoa diferente do que era. Ao invés de fingir interesse pelos poetas, evitava-os instintivamente, e insistia na natureza prática dos seus próprios predicados.

Pediu-lhe detalhes do *cottage* que mal tinha ainda em mente e corrigiu, pragmática, a imprecisão dele:
– Você tem de assegurar-se da existência de água – insistiu, exagerando o interesse. Evitava perguntar-lhe o que pretendia fazer no dito *cottage*; por fim, esmiuçados tanto quanto possível

todos os pormenores, ele a recompensou com uma declaração mais pessoal:

— Um dos quartos tem de ser meu estúdio. Porque, você sabe, Mary, pretendo escrever um livro. — Aqui tirou o braço do braço dela, acendeu o cachimbo, e prosseguiram, numa forma de camaradagem inteligente, a mais completa que haviam alcançado em todo o tempo da sua amizade.

— E sobre que será o livro? — perguntou ela, tão francamente como se jamais tivesse brigado com Ralph ao discutirem livros.

Ele lhe contou, sem rebuços, que pretendia escrever uma história da aldeia inglesa desde o tempo dos saxões até o presente. Tal plano estava assentado na sua cabeça há muitos anos. E agora que se dispunha a executá-la, decidira, num átimo, deixar o emprego, e a semente se desenvolvera no espaço de vinte minutos, tornando-se planta alta e viçosa. Surpreendia-se, ele mesmo, com a maneira decidida como falava. Ocorria o mesmo com a questão do *cottage*. Isso também viera à luz do modo menos romântico — uma casa quadrada, branca, um pouco fora da estrada, com um vizinho que engordava porco e tinha uma dúzia de crianças gritadeiras. Pois, no seu pensamento, esses planos estavam livres de todo ranço de romantismo; e o prazer que tirava de pensar neles era contido tão logo ultrapassava determinados limites. Assim, um homem razoável que houvesse perdido sua oportunidade de ganhar uma bela herança, pisaria os estreitos limites da sua presente morada, repetindo com os seus botões que a vida é suportável dentro dos próprios domínios, desde que se cultivem repolhos e rabanetes, e não melões e romãs. Certamente, Ralph sentia certo orgulho dos recursos da sua inteligência, e a confiança que Mary lhe tinha ajudava-o a aprumar-se, embora imperceptivelmente. Ela enrolou o galho de hera em volta do seu bastão de freixo e, pela primeira vez em muitos dias, quando a sós com Ralph, não pôs sentinelas aos próprios motivos, ditos e sentimentos: entregou-se a uma plenitude de felicidade.

Assim, conversando, com pausas naturais de silêncio, e algumas outras pausas, para apreciar a vista por cima das sebes e decidir sobre a espécie de um pássaro pequeno, cinza-acastanhado, que se esgueirava entre galhos secos, entraram em Lincoln, e depois de percorrerem para cima e para baixo a rua principal, escolheram uma estalagem cujo janelão abaulado prometia um menu substancial. E não se enganaram. Havia mais de cento e cinquenta anos que pernis, batatas, legumes e pudins de maçã eram servidos ali a gerações de senhores rurais; e agora, sentados na reentrância do janelão, Ralph e Mary partilhavam dessa festa perene. A meio da refeição, olhando por cima do pernil que tinham encomendado, Mary ficou a imaginar se jamais Ralph se pareceria às outras pessoas do salão. Seria absorvido nesse mar de caras redondas, cor-de-rosa, espetadas por pequenas cerdas brancas das barbas por fazer, as panturrilhas apertadas em couro lustroso, e os ternos de xadrezinho preto e branco, caras salpicadas, aqui e ali, no recinto, com eles? Queria crer que sim, pensava que era apenas na mentalidade que Ralph diferia deles. Não lhe desejava que fosse diferente dos outros. A caminhada emprestara-lhe uma tez tirante a vermelho, e seus olhos brilhavam de uma luz honesta, firme, que não faria o mais simples fazendeiro sentir-se constrangido, nem sugeriria ao mais devoto dos clérigos uma disposição de zombar da sua fé. Ela gostava do aclive escarpado da fronte dele, e comparava-o ao cenho de um jovem cavaleiro grego, que sofreia a montaria com tal força, que ela parece a meio empinada nas patas traseiras. Ralph sempre lhe parecera um cavaleiro numa montaria árdega. E havia uma certa exaltação em estar com ele, pelo risco permanente de que não soubesse manter o passo correto entre as outras pessoas. Sentada à sua frente, a essa pequena mesa da janela, voltou a sentir aquele estado de descuidos da excitação que a tomara no caminho, junto à porteira, mas que era agora acompanhado de uma sensação de segurança e de sanidade, pois sentia que partilhavam um sentimento comum que mal precisava ser posto em palavras. Como ele era calado! Com a fronte apoiada na mão, de tempos em tempos, ou a olhar de novo, grave e atento, as costas de dois homens na mesa próxima, com tão pouca consciência de si mesmo que ela poderia, quase, acompanhar o trabalho da sua mente a colocar um pensamento solidamente em cima de outro; pensava que podia senti-lo pensar, através da cortina dos dedos, e antecipar o exato momento em que terminaria um pensamento, voltar-se-ia um pouco na cadeira e diria: "Bem, Mary", convidando-a a retomar o fio do pensamento onde o tinham interrompido.

Nesse exato momento, ele se virou e disse:
— Bem, Mary — com aquela curiosa nota de hesitação que tanto amava nele.

Ela riu, desculpando o riso, impulso do momento, com pessoas que passavam embaixo, na rua. Havia um automóvel com uma velha senhora toda envolta em véus azuis, e uma acompanhante no assento fronteira, que segurava um *spaniel*, um *king charles spaniel*; havia uma camponesa que empurrava um carrinho de bebê cheio de gravetos pelo meio da rua. Havia um meirinho de polainas a discutir o estado do mercado de gado com um ministro dissidente — ou assim ela os definiu.

Desfiou essa lista sem o menor receio de que seu companheiro a julgasse trivial. Na verdade, fosse pelo calor da sala e pelo bom rosbife, fosse porque Ralph chegara ao fim do processo que é chamado de tomada de decisão, certamente deixara de testar o bom senso, a independência de caráter ou a inteligência que as observações dela revelavam. Ele estivera a erigir uma daquelas pilhas de pensamentos, tão frágeis e fantásticas como um pagode chinês, em parte com palavras soltas que os homens de botinas de elástico haviam deixado cair, em parte com fragmentos desordenados da sua própria mente, sobre caça aos patos e história do direito, sobre a ocupação romana de Lincoln e as relações dos senhores rurais com suas mulheres. E eis que em meio a toda essa divagação incoerente tomou corpo no seu cérebro a ideia de pedir a mão de Mary. A ideia era tão espontânea, que pareceu tomar forma por si mesma diante dos seus olhos. Foi então que ele se virou e fez uso da velha, instintiva, frase:

– Bem, Mary...

A ideia, tal como se lhe apresentou, assim, de primeira mão, tinha tal frescor e era tão interessante que se sentiu inclinado a propô-la, sem mais, à própria Mary. Prevaleceu, todavia, o seu natural instinto de dividir os pensamentos cuidadosamente em duas categorias diversas antes de expressá-los. Mas, ao vê-la a olhar pela janela, a descrever a velha senhora, a mulher do carrinho, o meirinho e o ministro dissidente, seus olhos se encheram, involuntariamente, de lágrimas. Teria querido descansar a cabeça no ombro de Mary e soluçar, enquanto ela ficaria a partir seus cabelos com os dedos e o consolaria, dizendo:

– Vamos, vamos, não chore! Diga-me por que está chorando...

– E então eles se abraçariam apertado, e os braços dela o prenderiam como os de sua mãe. Sentiu que era terrivelmente só e que tinha medo das outras pessoas na sala.

– Como é abominável tudo isso! – exclamou abruptamente.

– De que está falando? – perguntou ela, um tanto vagamente, e ainda a olhar pela janela.

Ele se ressentiu dessa atenção dividida, mais talvez do que se deu conta. E pensou que Mary estaria em breve a caminho dos Estados Unidos.

– Mary – disse –, quero falar com você. Já não terminamos? Por que não removem esses pratos?

Mary sentiu o nervosismo dele sem mesmo encará-lo; estava certa de saber o que ele queria dizer-lhe.

– Os garçons virão oportunamente – disse; e sentiu que era preciso demonstrar a sua perfeita calma, o que fez levantando um saleiro e varrendo um pequeno amontoado de migalhas de pão. Quero pedir-lhe desculpas – continuou Ralph, sem saber muito bem o que ia dizer, mas sentindo que um estranho instinto o impelia a engajar-se irrevogavelmente, a não deixar que esse momento de intimidade passasse. Penso que tratei você muito mal. Isto é, que lhe disse mentiras. Você percebeu que lhe mentia? Uma vez em Lincoln's Inn Fields e outra vez hoje, durante nosso passeio. Sou um mentiroso, Mary. Sabia disso? Você acha que me conhece?

— Acho que sim.

Nesse momento, o garçom chegou para mudar os pratos.

— É verdade que não quero que você vá para a América — disse ele, olhando fixamente a toalha de mesa. — Na verdade, meus sentimentos com relação a você parecem completa e totalmente ruins — disse com energia, embora procurasse manter a voz baixa. — Se eu não fosse um animal egoísta, lhe diria que se afastasse de mim. Todavia, Mary, a despeito do fato de crer no que estou dizendo, também creio que é bom que nos conheçamos, sendo o mundo o que é, você vê — e com um gesto de cabeça mostrou os outros ocupantes da sala —, porque, naturalmente, num estado de coisas ideal, numa comunidade decente, até, não há dúvida de que você não devia ter nada a ver com uma pessoa como eu, seriamente, quero dizer.

— Você se esquece de que também não sou um caráter ideal — disse Mary, no mesmo tom velado e fervoroso que, embora quase inaudível, envolvia a mesa numa atmosfera de concentração quase perceptível para os outros comensais, que os olhavam de quando em quando, com um misto de simpatia, caçoada e curiosidade.

Continuou:

— Sou muito mais egoísta do que deixo perceber, Ralph; um pouco materialista também, mais do que você pensa, pelo menos. Gosto de governar as coisas, talvez seja esse o meu maior defeito. Não tenho nada da sua paixão pela... — hesitou e olhou para ele como que a verificar qual o alvo dessa paixão... — Pela verdade — concluiu, como se tivesse encontrado a palavra que queria, sem discussão possível.

— Eu já lhe disse que não passo de um mentiroso — repetiu Ralph, obstinadamente.

— Oh, em pequenas coisas, talvez — disse ela, impaciente. — Mas não nas coisas reais, e é isso o que importa. Talvez eu seja muito mais verídica do que você nas pequenas coisas. Mas eu nunca amaria – estava surpresa de se ver a proferir tal palavra e teve de fazer um esforço para que saísse –, eu nunca amaria uma pessoa mentirosa. Amo a verdade até certo ponto, embora não da maneira como você a ama. – A voz dela sumiu, tornou-se inaudível, tremeu, como se mal pudesse conter as lágrimas. Céus!, exclamou Ralph consigo mesmo. Ela me ama! Como foi que nunca percebi? Ela vai chorar; não; mas não pode falar.

A certeza o cumulou de tal modo que mal sabia o que estava fazendo; o sangue subiu-lhe às faces, e, embora estivesse praticamente decidido a pedir a Mary que casasse com ele, a descoberta de que ela o amava pareceu mudar a situação tão completamente, que não pôde mais fazê-lo. Não ousou sequer olhar para ela. Se chorasse mesmo, ele não saberia o que fazer. Parecia-lhe que algo de natureza terrível, devastadora, acontecera. O garçom trocou-lhes os pratos uma vez mais.

Na sua agitação, Ralph levantou-se, voltou as costas a Mary e olhou pela janela. As pessoas na rua pareceram-lhe apenas um desenho formado de partículas negras que se combinavam e dissolviam; e que, no momento, representavam muito bem a involuntária sequência de sentimentos e pensamentos que se formavam e dissolviam em rápida sucessão na própria cabeça. Em um momento exultava no pensamento de que Mary o amava; no seguinte, parecia-lhe não sentir nada por ela; o amor que ela lhe tinha era-lhe repulsivo. Agora, queria urgentemente casar com ela; e logo vinha o desejo de desaparecer e nunca mais vê-la. A fim de controlar essa corrida desordenada de pensamentos, forçou-se a ler o nome do farmacêutico diretamente à sua frente; depois, a examinar os objetos nas vitrines das lojas, e então a focalizar os olhos exatamente num pequeno grupo de mulheres que olhavam as largas vitrines de uma grande loja de fazendas. Tendo obtido com essa disciplina pelo menos um domínio superficial de si mesmo, estava prestes a virar-se para pedir a conta ao garçom quando seu olho foi atraído por uma figura alta que caminhava rapidamente pela calçada oposta – uma figura direita, morena e sobranceira, inteiramente destacada do ambiente em torno. Carregava as luvas na mão esquerda, que estava nua. Tudo isso Ralph notou e enumerou e reconheceu antes que pudesse pôr um nome ao conjunto – Katharine Hilbery. Parecia procurar por alguém. Seus olhos, na verdade, esquadrinhavam os dois lados da rua e, por um segundo, ergueram-se diretamente para a janela em que Ralph se encontrava; mas ela olhou imediatamente para outro lado, sem qualquer mostra de tê-lo visto. Essa súbita aparição surtiu efeito extraordinário sobre ele. Não era como se a tivesse visto, em carne e osso, andando na rua; mas como se, à força de pensar nela, sua mente tivesse projetado a sua imagem. E, embora não estivesse absolutamente a pensar nela, a impressão fora tão vívida que não poderia ignorá-la, nem também saber se a vira efetivamente, ou apenas imaginara vê-la. Sentou-se imediatamente e disse, de maneira breve e estranha, mais para si mesmo do que para Mary:

– Era Katharine Hilbery.

Katharine Hilbery!, pensou Mary, num instante de cegante revelação. Eu sempre soube que era Katharine Hilbery! Ela sabia tudo agora.

– Katharine Hilbery. Mas já se foi.

– Katharine Hilbery? O que quer dizer? – perguntou ela.

Depois de um momento de estupor, levantou os olhos, olhou firmemente para Ralph, e captou seu olhar fixo e sonhador, dirigido para um ponto além de tudo o que os circundava, para um ponto que ela nunca alcançara em todo o tempo que o conhecia. Observou os lábios, apenas entreabertos, os dedos molemente fechados, toda a atitude de extasiada contemplação, que caía como um véu entre os dois; houvera outros sinais da sua completa alienação, e ela os teria descoberto também, pois sentia que só pela superposição de uma verdade por cima da outra poderia conservar-se sentada ali, direita na sua cadeira. A própria verdade parecia sustentá-la. Impressionou-a que, mesmo ao olhar o rosto dele, a luz da verdade brilhava muito longe e para além dele; a luz da verdade, e ela parecia formular as palavras enquanto se levantava para sair; a luz da verdade brilha num mundo que os nossos desastres pessoais não conseguem abalar.

Ralph passou-lhe o casaco e a bengala. Ela os tomou, ajustou o casaco com segurança, apertou a bengala firme na mão. O galho de hera ainda estava enrolado no cabo; esse sacrifício, pensou, ela poderia fazê-lo à sentimentalidade e à personalidade, e apanhando duas folhas de hera guardou-as no bolso, antes de livrar a bengala do resto da trepadeira. Segurou-a, então, pelo meio, arranjou o gorro de pele bem justo na cabeça, como se tivesse pela frente uma caminhada longa e tempestuosa. Em seguida, em pé no meio da rua, puxou uma tira de papel da bolsa e leu alto uma lista de encomendas que lhe tinham feito; frutas, manteiga, barbante etc. E todo o tempo, não se dirigiu a Ralph nem olhou para ele.

Ralph ouviu-a dar ordens a homens atentos, corados, de aventais brancos; e a despeito da sua própria preocupação, disse alguma coisa sobre a firmeza com que ela tornava seus desejos conhecidos. Uma vez mais se pôs a fazer um levantamento das suas características. Assim em pé, superficialmente atento, mexendo meditativamente na serragem do chão com a ponta da bota, foi despertado por uma voz musical e familiar por detrás dele, acompanhada por um leve toque no seu ombro:

– Não estarei enganada? Certamente Sr. Denham? Vi de relance um sobretudo pela janela, e fiquei certa de que era o senhor. Terá visto Katharine ou William? Estou andando sem muita direção por Lincoln a fim de ver as ruínas.

Era Sra. Hilbery. Sua entrada criou algum tumulto na loja; muitas pessoas voltaram-se para vê-la.

– Em primeiro lugar, diga-me onde estou – pediu ela. Mas percebendo o atencioso dono do estabelecimento, apelou para ele. – As ruínas, meu grupo me espera nas ruínas. As ruínas romanas. Ou serão gregas, Sr. Denham? A cidade tem muitas coisas belas, mas desejaria que não tivesse tantas ruínas. Nunca vi potezinhos de mel mais encantadores na minha vida, são feitos pelas próprias abelhas? Por favor, dê-me um desses potezinhos, e diga-me como encontrar o caminho das ruínas.

– E agora – disse, depois de receber a informação e o mel, de ser apresentada a Mary, e de insistir em que eles a acompanhassem às ruínas, uma vez que numa cidade com tantas voltas, tantos panoramas, tão adoráveis meninos seminus brincando nos tanques, tantos canais de Veneza, tão velha porcelana azul nos antiquários, era impossível a uma pessoa sozinha achar o caminho das ruínas. – Agora – exclamou –, por favor, diga-me o que está fazendo aqui, Sr. Denham. Porque o senhor é Sr. Denham, pois não? – inquiriu, fixando-o com uma súbita suspeita da própria acuidade. – O brilhante jovem que escreve para *Review*, quero dizer? Ainda ontem, meu marido me dizia que o senhor é um dos jovens mais inteligentes que ele conhece. Certamente que para mim o senhor foi um enviado da Providência, pois, se não o tivesse encontrado, jamais encontraria o caminho das ruínas.

Tinham chegado ao arco romano quando Sra. Hilbery avistou os do seu próprio grupo, postados como sentinelas a olhar para cima e para baixo da estrada com a intenção de interceptá-la, se, como imaginavam, ela se tivesse enfiado em alguma loja.

– Encontrei algo muito melhor que ruínas! – exclamou ela. – Encontrei dois amigos que me disseram como achá-las, coisa que eu nunca teria sido capaz de fazer sem eles. Têm de vir conosco tomar chá. Que pena que almoçamos há pouco! Não lhes seria possível, de algum modo, revogar essa refeição?

Katharine, que se adiantara de alguns passos, sozinha, estrada abaixo e que investigava a vitrine de um negociante de ferragens, como se sua mãe pudesse estar escondida entre máquinas de cortar grama e tesouras de jardinagem, voltou-se abruptamente ao ouvir-lhe a voz, e veio em direção a eles. Estava grandemente surpresa de ver Denham e Mary Datchet. E quer a cordialidade com que os saudou tenha sido a cordialidade natural a um encontro inesperado no campo, quer estivesse realmente alegre em vê-los, o certo é que exclamou com um prazer incomum, ao apertar-lhe as mãos:

– Não sabia que você vivia aqui. Por que não me disse, para que nos pudéssemos encontrar? E você, está hospedado com

Mary? – continuou, voltando-se para Ralph. – Que pena que não nos vimos antes.

Assim confrontado, a uma distância de poucos passos, pelo corpo real da mulher com que sonhara milhões de sonhos, Ralph gaguejou; apelou para o seu autodomínio; a cor lhe vinha às faces ou as deixava, não sabia bem o quê; mas estava decidido a enfrentá-la e descobrir, à crua luz do dia, qualquer vestígio de verdade que pudesse haver nas suas persistentes fantasias. Não conseguiu dizer uma só palavra. Foi Mary quem falou pelos dois.

Ele ficara mudo ao descobrir que Katharine era muito diferente, e de muitas maneiras estranhas, da sua memória dela; e a tal ponto, que teve de rejeitar a antiga imagem a fim de aceitar a nova. O vento batia o lenço de pescoço carmesim contra o rosto dela, e já lhe soltara quase o cabelo; uma mecha cobria, em bandó, o canto de um dos grandes olhos escuros que (costumava ele pensar) pareciam sempre tristes; pois brilhavam agora, como brilha o mar tocado por um raio de sol; tudo em torno dela parecia veloz, fragmentário, tocado de uma rapidez de corrida. Lembrou-se de que nunca a vira à luz do dia.

Entrementes, decidira-se que era tarde demais para sair em busca de ruínas, como haviam pretendido. E todo o grupo começou a caminhar na direção dos estábulos, onde fora deixada a carruagem.

– Sabe? – disse Katharine, conservando-se ligeiramente à frente dos outros, com Ralph. – Pensei havê-lo visto esta manhã, em pé a uma janela. Mas decidi que não poderia ser você. E deve ter sido você o tempo todo.

– Sim, também pensei havê-la visto. Mas não era você.

Essa observação, e a nota rouca de tensão na voz dele, trouxeram à memória de Katharine tantos discursos difíceis e encontros abordados, que ela se viu transportada violentamente de volta ao salão de Londres, às relíquias de família, e à mesa do chá; ao mesmo tempo, recordou alguma observação inacabada ou interrompida, que quisera ouvir dele ou fazer-lhe – já não sabia mais o quê.

– Deve ter sido eu – disse. – Procurava minha mãe. Acontece *sempre* que a gente vem a Lincoln. Na verdade, nunca houve família mais incapaz de tomar conta de si mesma do que a nossa. Não que isso tenha muita importância, porque sempre aparece alguém no momento crítico para nos ajudar a sair das nossas enrascadas. Uma vez deixaram-me numa campina com um touro, quando eu era um bebê; mas onde teremos posto o coche? Naquela rua ou na próxima? Na próxima, acho. – Ela olhou para trás e viu que os outros os acompanhavam, obedientes, escutando as histórias de Lincoln que Sra. Hilbery se pusera a contar.

– Mas que está fazendo aqui? – perguntou.

– Estou comprando um *cottage*. Vou viver aqui, logo que consiga a casa. Mary diz que não haverá dificuldade.

– Mas – exclamou ela – você deixará a advocacia, então? – Passou-lhe pela mente, num relâmpago, que ele estaria noivo de Mary.

– O escritório de advocacia? Sim. Estou deixando isso.

– Mas por quê? – perguntou ela, e respondeu a si mesma, imediatamente, com uma curiosa mudança de tom; o rápido discurso tomou um acento quase melancólico: – Penso que faz muito bem. Será muito mais feliz.

Nesse exato momento, quando as palavras dela pareciam abrir um caminho para ele no futuro, entraram no pátio da hospedaria, e lá estava o coche dos Otways, ao qual um luzidio cavalo já fora atrelado, enquanto um segundo saía pela porta do estábulo puxado pelo cavalariço.

– Não sei o que as pessoas querem dizer com "felicidade" – disse Ralph sucintamente, e teve de desviar-se de um empregado com um balde. – Por que pensa que eu serei feliz? Não conto com coisa nenhuma dessa espécie. Espero, ao contrário, ser apenas menos infeliz. Escreverei um livro e me enfurecerei com a caseira, se é que a felicidade consiste nisso. O que acha?

Ela não pôde responder porque foram imediatamente cercados pelos outros membros do grupo, Sra. Hilbery e Mary, Henry Otway e William.

Rodney dirigiu-se imediatamente para Katharine:

— Henry vai com sua mãe para casa, no carro. Sugeri que nos deixem, aos dois, a meio caminho. Faremos o resto da estrada a pé.

Katharine assentiu de cabeça. Olhava-o com uma expressão estranha, furtiva.

— Desgraçadamente, vamos em direções opostas, ou poderíamos dar-lhes condução — continuou, dirigindo-se a Denham.

Suas maneiras eram extraordinariamente peremptórias; parecia ansioso por apressar a partida, e Katharine olhava-o de espaço a espaço, como Denham percebeu, com uma expressão ao mesmo tempo de inquirição e de enfado. Ela ajudou a mãe a vestir o abrigo, e disse a Mary:

— Quero vê-la. Você volta logo para Londres? Eu lhe escreverei.

Sorriu a meio para Ralph, mas seu olhar parecia toldado por algo em que estivesse pensando e, em poucos minutos, o coche dos Otways saía do pátio e tomava a estrada real em direção a Lampsher.

A viagem de volta foi quase tão silenciosa quanto tinha sido a daquela manhã; na verdade, Sra. Hilbery recostou-se, de olhos fechados, no seu canto, e dormiu ou fingiu dormir, como tinha o hábito de fazer nos intervalos entre sessões de ação vigorosa; ou continuou a história que começara a contar a si mesma na ida.

A cerca de duas milhas de Lampsher a estrada passava por um cabeço arredondado, que era o ponto mais alto da charneca; sítio solitário, marcado por um obelisco de granito, que uma grande dama do século XVIII mandara erigir como sinal de gratidão; fora assaltada ali por bandoleiros e salva da morte quando tudo parecia perdido. No verão, era lugar agradável, pois a espessa floresta murmurava de um lado e de outro do monumento, e as urzes, que cresciam, densas, em torno do pedestal, perfumavam docemente a brisa; no inverno, o suspirar das árvores aprofundava-se num som cavo, e a charneca era quase tão solitária quanto o céu varrido de nuvens acima dela.

Rodney fez parar aí o carro e ajudou Katharine a apear. Henry também deu-lhe a mão, e teve a impressão de que ela a apertara ligeiramente ao partir, como se lhe transmitisse uma mensagem. A carruagem rolou imediatamente, sem acordar Sra. Hilbery, e deixou o casal de pé junto ao obelisco. Que Rodney estivesse aborrecido com ela e tivesse criado essa oportunidade de falar-lhe a sós, Katharine não tinha dúvida; não estava nem alegre nem pesarosa de que a hora tivesse chegado; também não sabia o que esperar e, por isso, permanecia em silêncio. A carruagem tornou-se cada vez menor na estrada poeirenta; assim mesmo Rodney não falava. Talvez, pensou ela, esperasse até que o último sinal do coche desaparecesse na curva da estrada e fossem deixados inteiramente sós. Para disfarçar o silêncio, Katharine leu a inscrição do obelisco, e para fazê-lo teve de dar-lhe a volta completa. Murmurava uma palavra ou duas do agradecimento da piedosa senhora, quando Rodney se reuniu a ela. Em silêncio, puseram-se a caminho, seguindo o rastro do carro, que costeava as árvores.

Quebrar o silêncio era exatamente o que Rodney queria, embora não o pudesse fazer a seu gosto. Em companhia, era infinitamente mais fácil abordar Katharine; só com ela, o seu alheamento e a força da sua personalidade neutralizavam todos os seus habituais métodos de ataque; acreditava que ela se portara muito mal com ele, mas cada instância separada parecia mesquinha demais para ser arguida, agora que se acham sozinhos.

– Não precisamos correr – queixou-se, por fim; imediatamente, ela diminuiu o passo, pondo-se, porém, a caminhar vagarosamente demais, na opinião dele. Em desespero, disse a primeira coisa que lhe passou pela cabeça, com a maior rabugice e sem o grave prelúdio com que pretendera começar: – Não gostei das minhas férias.

– Não?

– Não. Terei prazer de voltar ao trabalho.

– Sábado, domingo, segunda – contou ela –, faltam só mais três dias.

– Ninguém gosta de ser feito de tolo diante de outras pessoas – deixou escapar, pois sua irritação crescia à medida que falava e superava o temor que tinha dela; acabou inflamando-se com esse temor.

— Isso se refere a fim, imagino — disse ela, calmamente.

— Cada dia que passamos aqui — continuou ele — você fez alguma coisa para que eu parecesse ridículo. Naturalmente, se isso a diverte, faça-o; mas cumpre lembrar que vamos passar nossas vidas juntos. Por exemplo: pedi-lhe esta manhã que saísse a dar uma volta comigo no jardim. Esperei dez minutos por você, e você não veio. Todo mundo me viu esperando. Os cavalariços me viram. Fiquei tão envergonhado que entrei. Agora, na viagem, você mal falou comigo. Henry notou. Todo mundo notou... Mas você não tem dificuldade em falar com Henry.

Ela tomou nota dessas queixas e resolveu filosoficamente não responder a nenhuma, embora a última a irritasse bastante. Quis saber até onde ia o agravo.

— Nenhuma dessas coisas me parece importante — disse.

— Muito bem, então. Posso refrear minha língua — replicou ele.

— Em si mesmas, essas coisas não têm importância para mim; se o magoaram, é claro que têm importância — corrigiu-se, escrupulosamente. Seu tom de consideração comoveu-o, e ele caminhou em silêncio algum tempo.

— Poderemos ser tão felizes, Katharine! — exclamou impulsivamente, passando o braço no dela, que o retirou incontinente.

— Enquanto você se sentir assim não poderemos ser felizes — disse ela.

A dureza, que Henry notara, era outra vez indisfarçável.

Encontrara a mesma severidade, acompanhada por algo de indescritivelmente frio e impessoal na sua maneira, nos últimos dias, sempre em companhia de outros. Revidara por alguma ridícula exibição de vaidade que, sabia, punha-o ainda mais à mercê dela. Agora, a sós com Katharine, não havia estímulo de fora que desviasse sua atenção da injúria que ela lhe fazia. Por um esforço considerável de autodomínio, obrigou-se a permanecer calado e a distinguir, consigo mesmo, que porção da sua dor era devida à vaidade e que porção era parte da certeza de que nenhuma mulher verdadeiramente amorosa poderia falar-lhe assim.

O que sinto com relação a Katharine?, pensou. Era claro que ela possuía uma figura distinta e altamente desejável, que era senhora da sua pequena seção do mundo; mais do que isso, porém, ela lhe parecia, dentre todas as pessoas, o árbitro da vida, a mulher cujo julgamento era naturalmente reto e firme, como o seu jamais fora, com toda a sua cultura. Além disso, não podia vê-la entrar num salão sem uma impressão de vestes flutuantes, de profusão de flores, de ondas roxas do mar, de todas as coisas que são belas e mutáveis na superfície, mas serenas e apaixonadas no íntimo.

Se ela fosse insensível todo o tempo, e apenas me tivesse enganado para zombar de mim, não teria sentido o que sinto por ela. Não sou nenhum tolo, afinal de contas. Não posso ter me enganado todos esses anos. E, no entanto, quando ela fala assim comigo! A verdade é que tenho defeitos tão insuportáveis que ninguém pode deixar de falar assim comigo. Katharine tem toda a razão. Mas esses não são os meus verdadeiros sentimentos, como ela sabe muito bem. Como posso mudar de natureza? O que faria que ela gostasse de mim?

Nesse ponto, sentiu-se terrivelmente tentado a quebrar o silêncio, perguntando a Katharine em que sentido deveria mudar para agradar-lhe; ao invés disso, buscou consolação repetindo mentalmente a lista dos seus dotes e aptidões, seu domínio do grego e do latim, seus conhecimentos de arte e literatura, sua perícia no manejo da metrificação, e sua antiga ascendência do oeste do país. Mas o sentimento subjacente a tudo isso, aquele que o deixava perplexo e, agora, mudo, era a convicção de amar Katharine tão sinceramente quanto lhe era possível amar alguém. E, todavia, ela era capaz de lhe falar daquela maneira! Numa espécie de atordoamento, perdeu toda intenção de discutir o assunto, e teria aceito de boa vontade qualquer tópico de conversa proposto por Katharine. Mas ela não propôs nenhum.

Lançou-lhe um olhar, a ver se a sua expressão o ajudaria a compreender-lhe a atitude. Como de hábito, ela apertara o passo, inconscientemente, e caminhava agora um pouco à sua frente; William não conseguia extrair qualquer indicação dos seus olhos, fixos na charneca marrom, ou das severas rugas que lhe sulcavam a fronte. Perder contato, assim, com ela, pois não tinha ideia do que estaria pensando, era-lhe tão desagradável, que começou a enumerar de novo os seus motivos de queixa, sem, todavia, grande convicção na voz.

– Se você não sente nada por mim, não seria mais delicado dizer-me isso em particular?

– Oh, William – exclamou ela, com violência, como se ele tivesse interrompido uma sequência de pensamento –, lá vem você de novo falar de sentimentos! Não seria melhor não falar tanto, não se preocupar o tempo todo com coisas pequenas sem a menor importância?

– Mas é essa a questão, precisamente! – exclamou ele. – Quero justamente ouvir de você que elas não têm importância. Há ocasiões em que você parece indiferente a tudo. Sou vaidoso, tenho mil defeitos; mas você sabe que eles não são tudo; você sabe que gosto de você.

– E se digo que gosto de você, não acredita?

– Diga, Katharine! Diga com toda a sua intenção! Faça-me sentir que você gosta de mim!

Ela não pôde obrigar-se a falar. A charneca ia sumindo em torno deles, e o horizonte já desaparecia por detrás de uma alva cortina de bruma. Exigir dela paixão era o mesmo que pedir línguas de fogo a essa paisagem encharcada, ou, a esse céu desmaiado, a intensa abóbada azul do mês de junho.

Ele continuou, falando-lhe do seu amor por ela em palavras que traziam o cunho da sinceridade, mesmo para o agudo senso crítico de Katharine; mas nenhuma delas a tocou, até que, chegando a um portão de gonzos enferrujados, ele o abriu com o ombro, sem deixar de falar, e sem dar-se conta do esforço feito. A virilidade dessa proeza impressionou-a; e, todavia, não costumava emprestar qualquer valor ao poder de abrir portões. A rigor, a força dos músculos nada tinha a ver com a do afeto; não obstante, sentiu pena de que tal poder se perdesse por culpa sua, o que, combinado com o desejo de ser dona daquele atraente poder masculino, conseguiu reerguê-la do seu torpor.

Por que não poderia dizer-lhe simplesmente a verdade que o aceitara num estado de espírito indistinto, quando nada tinha às justas proporções? Que isso era, sem dúvida, deplorável, mas que, depois de uma revisão mais lúcida, casamento era coisa fora de questão? Ela não queria casar com ninguém. Queria ir-se, solitária, de preferência para alguma charneca do norte, e aí entregar-se ao estudo da matemática e da astronomia. Vinte palavras bastariam para explicar-lhe toda a situação. Ele parara de falar; tinha-lhe dito mais uma vez o quanto a amava e por quê. Ela reuniu toda a sua coragem, fixou os olhos num freixo que o raio partira e, quase como se lesse um texto pregado àquele tronco, começou:

– Estava errada quando fiquei noiva de você. Nunca o farei feliz. Nunca o amei.

– Katharine! – protestou ele.

– Não, nunca – repetiu ela, obstinadamente. – Não da forma certa. Não vê que eu não sabia o que estava fazendo?

– Você ama outro?

– Absolutamente ninguém.

– Henry? – perguntou ele.

– Henry? Eu deveria pensar, William, até você...

– Há alguém – persistiu ele. – Houve uma mudança nas últimas semanas. Você me deve isto; ser honesta comigo, Katharine.

– Seria, se pudesse.

– Por que me disse, então, que casaria comigo?

Por que, na verdade? Um momento de pessimismo, uma convicção súbita do inegável prosaísmo da vida, uma quebra da ilusão que mantém a juventude milagrosamente suspensa entre o céu e a terra, uma desesperada tentativa de reconciliar-se com os fatos? Ela podia apenas recordar um momento, o que fora como o despertar de um sonho, e que agora lhe parecia um momento de rendição. Mas quem poderia invocar razões como essas por ter feito o que ela fizera? Abanou a cabeça tristemente.

— Mas você não é uma criança, você não é uma mulher dada a depressões, a impulsos — persistiu Rodney. — Você não poderia ter me aceito se não me amasse! — gritou.

A íntima convicção de ter agido mal, que conseguira manter a distância pelo simples ardil de exagerar os defeitos de Rodney, envolveu-a então e quase a esmagou. Que eram os defeitos dele em comparação com o fato de que a amava? Num relance, a convicção de que não amar é o maior de todos os pecados estampou-se no mais fundo do seu espírito, e ela se sentiu como que marcada a fogo para sempre.

Ele a tomara pelo braço, e tinha a mão dela presa com força na sua. Katharine, porém, não pensava em resistir ao que agora lhe parecia uma enorme superioridade física. Muito bem: submeter-se-ia, como sua mãe, sua tia e a maior parte das mulheres, talvez, se haviam submetido. Contudo, sentia que cada segundo dessa submissão à força dele era um segundo de traição.

— Eu disse que casaria com você, mas estava errada — obrigou-se a falar. E enrijeceu o braço, como que para anular a aparente submissão dessa parte independente do seu corpo. — Porque não o amo, William; você notou, todos notaram; porque devemos continuar fingindo? Quando disse que o amava, estava errada. Disse o que sabia não ser verdade.

Como nenhuma das suas palavras parecia-lhe adequada para transmitir o que sentia, ficava a repeti-las, e dava-lhes ênfase, sem pensar no efeito que poderiam exercer sobre um homem que gostava dela. Ficou completamente pasma quando seu braço foi largado de súbito; viu, depois, o rosto dele, estranhamente contorcido; chegou a pensar: estará rindo? Mas percebeu, um minuto após, que ele estava em lágrimas. Na sua total surpresa diante dessa visão, quedou atônita por um instante. E com uma noção desesperada de que cumpria pôr fim a esse horror a todo custo, pôs os braços em volta dele, apoiou a cabeça dele por um momento no seu ombro, e consolou-o murmurando palavras de conforto até que ele soltou um grande suspiro. Continuaram abraçados; as lágrimas dela também lhe rolavam pelas faces; ambos não disseram palavra. Percebendo a dificuldade com que ele andava, e sentindo a mesma extrema lassidão dos seus próprios membros, propôs que descansassem por um momento debaixo de um carvalho, onde havia samambaias secas e enfezadas. Rodney assentiu. Uma vez mais soltou um suspiro fundo e enxugou os olhos com uma inconsciência infantil; começou, depois, a falar sem um traço da cólera anterior. Ocorreu a Katharine a ideia de que eram como as crianças do conto de fadas, perdidas na floresta. Com isso em mente, observou todas as folhas mortas que o vento espalhara em torno e ajuntara aqui e ali, formando montes espessos.

– Quando você começou a sentir isso, Katharine? – perguntou ele. – Porque não é verdade dizer que sempre o sentiu. Admito que não fui razoável na primeira noite, quando descobri que suas roupas tinham ficado para trás. No entanto, que erro há nisso? Prometi-lhe nunca mais meter-me com seus vestidos. Admito que me zanguei quando a encontrei com Henry, no andar de cima. Talvez tenha mostrado isso muito abertamente. Mas também não é um absurdo, quando se está noivo. Pergunte à sua mãe. E agora essa coisa terrível... – interrompeu-se, incapaz de prosseguir. – Essa decisão a que você diz ter chegado, discutiu-a com alguém? Com sua mãe, por exemplo, ou com Henry?

– Não, não, naturalmente que não – disse ela, remexendo nas folhas com a mão. – Mas você não me compreende, William...

– Ajude-me a compreendê-la.

– Você não entende, quero dizer, meus verdadeiros sentimentos; e como poderia entender? Eu mesma só agora os confronto. Mas não tenho essa espécie de sentimento, amor, quero dizer, não sei como você o chama – e olhou vagamente para o horizonte, ainda escondido pela cerração –; de qualquer maneira, sem isso, nosso casamento seria uma farsa...

– Como uma farsa? Essa espécie de análise é desastrosa!
– exclamou.
   – Eu deveria ter feito isso antes – disse ela, sombriamente.
   – Você se obriga a pensar coisas que na verdade não pensa – continuou ele, gesticulando, como era de seu feitio. – Creia-me, Katharine, antes que viéssemos ter aqui, éramos perfeitamente felizes. Você estava cheia de planos para nossa casa, os forros das poltronas, lembra-se? Como qualquer outra mulher em vias de casar-se. Agora, por motivo nenhum, começa a atormentar--se com os seus próprios sentimentos, com os meus, e o resultado é o de sempre. Asseguro-lhe, Katharine, que eu mesmo passei por tudo isso. Houve um tempo em que me fiz perguntas absurdas, que deram em nada também. O que você deseja, se posso falar assim, é alguma ocupação que a distraia quando essa disposição mórbida se revelar. Não fora a minha poesia, asseguro-lhe, não raro eu estaria também no mesmo estado. Vou confiar-lhe um segredo – continuou, com o seu muxoxo, que a essa altura já soava quase confiante –, frequentemente fui para casa, depois de ver você, num tal estado de nervos que tinha de obrigar-me a escrever uma página ou duas para tirá-la da cabeça. Pergunte a Denham; ele lhe dirá sobre como me encontrou uma noite; ele lhe dirá em que estado eu estava.
   Katharine teve um sobressalto de desprazer à menção do nome de Ralph. A ideia de uma conversa em que a sua conduta servira de tema de discussão com Denham enfureceu-a; mas, como instantaneamente sentiu, não podia exprobrar a William qualquer uso do seu nome, uma vez que agira mal com ele do começo ao fim. E ainda com Denham! Imaginou-o no papel de juiz. Podia vê-lo, severo, a pesar exemplos da leviandade dela na sua corte masculina de inquirição da moralidade feminina; e a rejeitar, a ela e à sua família, com alguma frase meio sarcástica, meio tolerante, que selava a sua desgraça, no que dizia respeito a ele, para todo o sempre. O fato de tê-lo visto havia tão pouco tempo, dava-lhe uma impressão muito forte do seu caráter. Não era pensamento agradável para uma mulher orgulhosa, mas

tinha ainda de aprender a arte de adoçar sua expressão. Os olhos fitos no chão, as sobrancelhas juntas, davam a William uma ideia muito clara do ressentimento que ela fazia tanto esforço para dominar. Um certo grau de apreensão, que ocasionalmente culminava numa espécie de medo, fora sempre um componente do amor que sentia por ela, e, para surpresa sua, só aumentara com a intimidade maior do noivado. Por detrás daquela superfície inalterável, modelar, corria um veio de paixão que ora lhe parecia mau, ora completamente irracional, mas que jamais tomava o espontâneo canal de glorificação a ele e ao que fazia. Na verdade, quase preferia o firme bom senso, que sempre caracterizara o relacionamento deles, a um elo mais romântico. Mas paixão ela tinha, não seria ele a negar; e, em consequência, procurara dirigi-la, nos seus próprios pensamentos, para a consideração das vidas dos filhos que viriam a ter.

Ela fará uma mãe perfeita, e mãe de filhos, pensou. Mas vendo-a ali, sentada, sombria e silente, começou a duvidar.

Uma farsa, uma farsa, pensou para si mesmo. Ela disse que nosso casamento seria uma farsa, e se deu conta, de súbito, da sua situação, sentado no chão, entre folhas mortas, a menos de cinquenta jardas da estrada principal, de onde era perfeitamente possível que alguém os visse e reconhecesse. Passou as mãos pelo rosto para remover qualquer vestígio da sua imprópria exibição de emoção. Mas estava mais perturbado com a aparência de Katharine, por terra, mergulhada em pensamentos. Havia, a seu ver, alguma coisa inadequada na maneira como a noiva se esquecia assim dela mesma. Homem por natureza atento às convenções sociais, era extremamente convencional em tudo que dizia respeito às mulheres, especialmente se as mulheres em causa estivessem de algum modo relacionadas com ele. Notou, com tristeza, a longa madeixa de cabelo escuro que lhe tocava o ombro, e duas ou três folhas secas de faia que tinha presas ao vestido; mas fazer que a mente dela se voltasse, naquelas circunstâncias, para tais detalhes, era impossível. Estava sentada, aparentemente inconsciente de tudo. Suspeitava que, no seu silêncio, ela se recriminava. Mas queria que pensasse também nos cabelos e nas folhas mortas de faia, que eram de importância mais imediata para ele que todo o resto. Na verdade, esses detalhes desviavam-lhe a atenção, estranhamente, do seu próprio estado mental, ambíguo e incômodo; pois que o alívio, misturado à pena, provocava um curioso tumulto em seu peito, e isso quase escondia sua primeira e aguda sensação de desolado e acerbo desapontamento.

A fim de atenuar a inquietação e encerrar uma cena constrangedoramente malconduzida, levantou-se abruptamente e ajudou Katharine a pôr-se em pé. Sorriu do cuidado minucioso com que William a arranjou, e, todavia, quando ele varreu com a mão as folhas secas do seu próprio sobretudo, Katharine teve uma contração, vendo nisso o gesto de um homem solitário.

– William – disse –, casarei com você. Procurarei fazê-lo feliz.

19

A tarde já escurecia quando os dois outros excursionistas, Mary e Ralph Denham, alcançaram a estrada real, fora dos limites de Lincoln. A estrada, ambos estavam de acordo, era mais indicada para essa viagem de volta que o campo aberto, e durante a primeira milha pouco falaram. Na sua cabeça, Ralph acompanhava o progresso do coche dos Otways através das charnecas. Retrocedeu, depois, um pouco, aos cinco ou dez minutos que passara com Katharine, e examinou cada palavra com o zelo que um letrado consagra às irregularidades de um velho texto. Decidira que o fulgor, o romance, a atmosfera desse encontro não deveriam colorir o que de futuro ele só poderia considerar como fatos simples e desataviados. Por seu lado, Mary calava-se, não porque sua atividade mental fosse por demais elaborada, porque seu cérebro parecia esvaziado de pensamentos e seu coração de qualquer sentimento. Só a presença de Ralph, bem sabia, preservava esse entorpecimento, pois podia muito bem antecipar o momento de solidão em que várias espécies de dor a assaltariam em tropel. No momento presente, seu esforço consistia em salvar o que fosse possível do naufrágio do seu amor-próprio, pois era assim que via aquele momentâneo vislumbre do seu amor tal como involuntariamente revelado a Ralph. À luz da razão, não importava muito, talvez, mas era instinto dela cuidar da imagem de si mesma, que fora atingida pela sua confissão. A noite cinzenta que descia sobre a terra era generosa para com ela; e pensou que, um desses dias, encontraria refrigério em sentar-se sozinha no chão, debaixo de uma árvore. Olhando através da escuridão, observou o terreno alteado e a árvore. Sobressaltou-se ao ouvir Ralph dizer abruptamente:

– O que eu ia falar, quando fomos interrompidos durante o almoço, era que se você for para a América eu também vou. Não pode ser mais difícil ganhar a vida lá do que aqui. Todavia, a questão não é essa. A questão, Mary, é que quero casar com você. Bem, o que me diz? – falou com firmeza, não esperou por resposta, e enfiou o braço dela no seu. – Você já me conhece bem a essa altura, o que tenho de bom e de mau. Você conhece o meu temperamento. Procurei mostrar-lhe os meus defeitos. O que diz, Mary?

Ela não disse nada, e isso não pareceu impressioná-la.

– De muitas maneiras, pelo menos nas coisas importantes, como você disse, nós nos conhecemos e pensamos da mesma forma. Creio que você é a única pessoa no mundo com quem eu poderia viver feliz. E se você pensa do mesmo modo a meu respeito, como pensa, não é, Mary?, faremos felizes um ao outro. – Fez uma pausa e pareceu não estar com pressa de receber uma resposta. Parecia, mesmo, disposto a prosseguir no seu raciocínio.

– Sim, mas receio que não possa fazer isso – disse Mary, por fim. A maneira casual e mais ou menos apressada com que falou, além do fato de que dizia exatamente o oposto do que ele esperava, perturbou-o a tal ponto, que afrouxou o aperto do braço dela, e ela o retirou discretamente.

– Não poderia fazer?

– Não, não poderia casar com você.

– Você não gosta de mim?

Ela não respondeu.

– Bem, Mary – disse ele, com uma estranha risada –, devo ser um imbecil completo, porque pensei que você gostava.

Caminharam um trecho em silêncio, e subitamente ele se virou para ela, olhou-a e exclamou:

– Não acredito em você, Mary. Não está dizendo a verdade.

– Estou cansada demais para discutir, Ralph – respondeu, virando a cabeça para o outro lado. – Peço-lhe que acredite em mim. Não posso casar com você. Não quero casar com você.

A voz em que disse isso era tão claramente a voz de uma pessoa num extremo de angústia, que Ralph não pôde senão obedecer. E logo que o som da voz dela morreu, e a surpresa apagou-se da sua mente, ele se pôs a crer que ela dizia a verdade, pois não era vaidoso, e a recusa pareceu-lhe natural. Passou, então, por todos os graus de abatimento até chegar ao fundo de total depressão. O fracasso parecia marcar toda a sua vida. Falhara com Katharine, e agora com Mary. Imediatamente, expulsou o pensamento de Katharine e, com ele, um sentimento exultante de liberdade, que ele, porém, dominou prontamente. Nenhum bem jamais lhe viria de Katharine; sua relação com ela fora sempre feita da matéria dos sonhos. E ao pensar na pouca substância de tais sonhos, começou a responsabilizá-los pela presente catástrofe.

Pois não pensei sempre em Katharine quando estava com Mary? Poderia ter amado Mary se não fosse por essa tolice. Ela já gostou de mim, tenho certeza, mas tanto a atormentei, que deixei que as oportunidades escapassem, e agora ela não quer arriscar-se a casar comigo. Foi isso que fiz da minha vida: nada, nada, nada.

O som das suas botas na estrada endurecida parecia confirmar o que dizia: nada, nada, nada. Mary viu no silêncio dele um alívio; quanto à depressão, atribuiu-a ao fato de ele ter visto Katharine, deixando-a em seguida, e na companhia de William Rodney. Não podia culpá-lo por amar Katharine; culpava-o, sim, pelo fato de pedir que casasse com ele quando amava outra. Isso parecia-lhe a mais cruel das traições. A velha amizade entre os dois e sua firme base de indestrutíveis qualidades de caráter desmoronaram, e seu passado inteiro lhe pareceu tolo, ela própria fraca e crédula, e Ralph apenas a carapaça de um homem honesto. Oh, o passado! Muito dele era feito de Ralph. E, agora, de alguma coisa estranha e falsa e diversa daquilo que pensara.

Tentou recapturar um dito que compusera nessa manhã para se ajudar, enquanto Ralph pagava a conta do almoço; mas podia vê-lo pagando a conta mais vividamente do que era capaz de recordar a frase. Algo sobre a verdade: de como ver a verdade é a nossa grande chance neste mundo.

— Se você não quer casar comigo — começou Ralph outra vez, sem rudeza, até com hesitação —, não há motivo para que deixemos de nos ver um ao outro. Ou haverá? Você preferiria que nos afastássemos por enquanto?

— Afastássemos? Não sei. Preciso pensar.

— Diga-me uma coisa, Mary — resumiu ele —, terei feito alguma coisa que levou você a mudar de ideia a meu respeito?

Ela ficou imensamente tentada a dar vazão à sua natural confiança nele, revivida pelos tons profundos e, agora, melancólicos da sua voz, e falar-lhe do seu amor por ele e daquilo que o tinha alterado. Embora parecesse provável que conseguisse controlar sua ira, a certeza de que ele não a amava, confirmada por todos os termos da sua proposta de casamento, proibia-lhe a liberdade de palavra. Ouvi-lo falar, e sentir-se incapaz de responder-lhe, ou sentir-se constrangida nas suas respostas, era tão penoso, que passou a aspirar pelo momento em que ficaria sozinha. Mulher mais maleável teria aproveitado essa oportunidade de uma explicação, fossem quais fossem os riscos envolvidos; para alguém do temperamento firme e resoluto de Mary, não havia degradação na ideia do abandono de si mesma; que as ondas da emoção se levantassem bem alto, nem por isso ela poderia fechar os olhos àquilo que concebia como verdade.

O silêncio de Mary deixava Ralph perplexo. Buscou na memória palavras ou atos que pudessem tê-la feito pensar mal dele. Na disposição em que se encontrava, os exemplos pularam até depressa demais, e, por cima deles, esta prova culminante da sua baixeza: pedira-lhe que casasse com ele quando os seus motivos eram egoístas e carentes de entusiasmo.

– Não precisa responder – disse, com amargura. – Há razões suficientes, eu sei. Mas deverão matar a nossa amizade, Mary? Deixe-me guardar pelo menos isso.

Oh, pensou ela consigo, com uma súbita angústia que prenunciava desastre para seu amor-próprio, ter chegado a isso, a isso! Quando eu poderia dar-lhe tudo!

– Sim, podemos ser amigos, ainda – disse ela, com a firmeza que conseguiu reunir.

– Vou precisar da sua amizade – disse ele, e acrescentou: – Se você achar possível, quero vê-la tanto quanto puder. Quanto mais frequentemente, melhor. Vou precisar da sua ajuda.

Ela prometeu que sim, e passaram a falar calmamente de coisas alheias a seus sentimentos, numa conversa que, tão constrangida era, pareceu infinitamente triste aos dois.

Ainda uma referência foi feita ao estado de coisas entre eles, tarde da noite, quando Elizabeth foi para o quarto, e os dois rapazes se arrastaram para a cama, em tal estado de sono, que mal sentiam o soalho debaixo dos pés, depois de um dia de caçada.

Mary puxou a cadeira um pouco para o fogo, pois as achas já estavam queimando baixo, e a essa hora da noite não valia a pena reforçá-las. Ralph lia, mas percebera que, de tempos em tempos, seus olhos se fixavam acima da página com tristeza tão intensa, que chegava a pesar nela. Isso, porém, não enfraqueceu sua decisão de não ceder, pois a reflexão a tornara ainda mais amarga e mais certa de que, se viesse a ceder, seria ao seu próprio desejo, não ao dele. Mas estava decidida, não havia razão para que ele sofresse se a causa desse sofrimento fosse apenas a reticência dela. Por isso, e embora lhe custasse, falou:

– Você me perguntou se mudei minha maneira de pensar a seu respeito, Ralph. Acho que houve apenas uma coisa: quando você me pediu para casar com você, não creio que o tivesse feito a sério. Foi isso que me enraiveceu, no momento. Antes, você dissera sempre a verdade.

O livro escorregou para o joelho de Ralph e caiu no chão. Ele apoiou a cabeça na mão e olhou o fogo. Tentava recordar as palavras exatas com que fizera sua proposta a Mary.

– Eu nunca disse que a amava – falou, por fim.

Ela estremeceu, encolheu-se. Mas respeitava-o por dizer o que tinha dito, pois isso, afinal de contas, era um fragmento da verdade pela qual ela jurara viver.

– Para mim casamento sem amor não vale a pena – disse ela.

– Bem, Mary, não vou pressioná-la. Vejo que você não quer casar comigo. Mas, amor, não falamos todos um monte de tolices sobre isso? O que queremos dizer? Penso que gosto de você mais genuinamente do que nove dentre dez homens gostam das mulheres que dizem amar. É só uma história que alguém compõe na cabeça sobre outra pessoa, e sabe o tempo todo que não é verdadeira. É claro que sabe; tanto que toma todo cuidado para não destruir a ilusão. As pessoas cuidam de não se verem com demasiada frequência, ou de não ficarem juntas por muito tempo seguido. É uma ilusão agradável, mas, se você pensa nos riscos do casamento, quero crer que os riscos de casar com alguém que a gente ama são colossais.

– Não acredito numa palavra disso, e o que é mais, você também não acredita – ela replicou, com raiva. – Todavia, não concordamos. Eu apenas queria que você me entendesse.

Mudou de posição, como se estivesse prestes a sair. Um desejo instintivo de impedi-la de deixar a sala fez com que Ralph se levantasse e se pusesse a andar de um lado para outro na cozinha quase vazia, dominando o desejo, cada vez que chegava à porta, de abri-la e ir para o jardim. Um moralista poderia dizer, a essa altura, que a mente dele devia estar cheia de autorrecriminações pelo sofrimento que causara. Pelo contrário: estava extremamente zangado, com a ira confusa e impotente de alguém que se vê absurda mas eficientemente frustrado. Fora apanhado numa armadilha pela falta de lógica da vida humana. Os obstáculos no caminho do seu desejo pareciam-lhe puramente artificiais, e no entanto não conseguia ver meio de removê-los. As palavras de

Mary, o próprio tom da sua voz, enfureciam-no. Não estava disposta a ajudá-lo. Era parte da insana e embaralhada mixórdia de um mundo que torna impossível qualquer vida sensata. Teria querido bater com a porta ou quebrar as pernas de trás de uma cadeira – pois que os obstáculos haviam tomado essas curiosas formas substanciais na sua mente.

– Duvido que um ser humano possa jamais compreender outro – disse, interrompendo sua marcha e confrontando Mary de uma distância de uns poucos passos. – Diabos de mentirosos que somos, todos nós. Não somos? Mas podemos tentar. Se você não quer casar comigo, não case; mas a atitude que você toma sobre o amor e sobre não nos vermos não será puro sentimentalismo? Você acha que agi mal. Mas você não pode julgar as pessoas pelo que fazem. Você não pode andar pela vida com uma fita métrica a medir o certo e o errado. E é o que você está sempre fazendo, Mary; é o que está fazendo agora.

Ela se viu no escritório sufragista, julgando coisas, decidindo o certo e o errado, e pareceu-lhe que a acusação era justa até certo ponto, embora não afetasse a sua posição principal.

– Não estou zangada com você – disse devagar. – Vou continuar a vê-lo, como já ficou entendido.

Era verdade que prometera. E era difícil para ele dizer o que mais queria, alguma intimidade, alguma ajuda contra o fantasma de Katharine talvez, algo que sabia não ter direito de pedir; e, todavia, quando se afundou outra vez na cadeira e fitou de novo o fogo que morria, pareceu-lhe que fora derrotado; não tanto por Mary: pela vida mesma. Sentiu-se lançado de volta ao começo, quando tudo ainda tinha de ser conquistado. Só que na extrema juventude a gente tem uma esperança que a tudo ignora. Agora, já não estava certo de triunfar.

20

Felizmente para ela, Mary Datchet soube, ao voltar ao escritório, que por uma obscura manobra parlamentar o voto outra vez escapara ao alcance das mulheres. Sra. Seal achava-se num estado vizinho à loucura. A duplicidade dos ministros, a traição da humanidade, o insulto ao sexo feminino, o recuo da civilização, a ruína da obra de sua vida, os sentimentos da filha de seu pai – todos esses tópicos foram discutidos alternadamente, e o escritório ficou juncado de recortes de jornais assinalados com as marcas azuis, se bem que ambíguas, da sua indignação. Confessava-se enganada em sua avaliação da natureza humana.

– Atos simples, elementares de justiça – disse, gesticulando com a mão em direção à janela e indicando os passantes, os ônibus que desciam do outro lado de Russell Square – estão tão longe desses homens quanto sempre estiveram. Podemos contar apenas com as nossas próprias forças, Mary, como pioneiras num lugar selvagem. Podemos apenas opor-lhes a verdade, pacientemente. Não são eles – continuou, ganhando coragem com a visão do tráfego –; são os líderes deles. São aqueles *gentlemen* que têm assento no Parlamento e ganham quatrocentas libras por ano do dinheiro do povo. Se pudéssemos ir ao povo expor o nosso caso, logo se haveria de ver que nos fariam justiça. Eu sempre confiei no povo, e ainda confio. Mas... – Sacudiu a cabeça, significando que lhes daria uma última oportunidade, e se não a aproveitassem, não responderia pelas consequências. A atitude de Sr. Clacton era mais filosófica e mais bem corroborada pelas estatísticas. Entrando na sala depois da explosão de Sra. Seal, mostrou, com exemplos históricos, que tais reveses tinham acontecido em todas as campanhas políticas de alguma importância. Quando nada, seu ânimo saíra revigorado do desastre. O inimigo – disse – tomara a ofensiva; cabia, agora, à sociedade passar-lhe a perna. Deu a entender a Mary que já havia avaliado a astúcia do adversário e se dedicado à tarefa de superá-la nesse particular, o que, segundo Mary entendeu, dependia apenas dele. Dependia, como foi levada a crer um pouco depois, quando convidada para uma conferência particular na sala dele, de uma revisão sistemática do fichário, da distribuição de certos folhetos novos, cor de limão, nos quais os fatos eram apresentados de maneira impressionante, e de um grande mapa da Inglaterra pintalgado de pequenos alfinetes enfeitados com minúsculas plumas de diferentes cores segundo sua posição geográfica. Cada distrito, de acordo com o novo sistema, tinha sua bandeira, seu tinteiro, seu maço de documentos tabulados e arquivados, para referência, numa gaveta, de modo que olhando em M ou S, conforme o caso, obtinham-se na ponta dos dedos todos os dados relativos às organizações sufragistas naquela determinada região. Isso requereria, naturalmente, muito trabalho.

– Nós nos devemos considerar como uma espécie de central telefônica, uma central de ideias, Srta. Datchet – disse ele, e gostando da imagem, continuou: – Nós devemos nos considerar o centro de uma enorme rede de fios, que nos ligam a cada distrito do país. Temos de manter o dedo no pulsar da comunidade; queremos saber o que o povo, em toda a Inglaterra, está pensando; queremos fazer que pensem corretamente – o sistema todo já estava grosseiramente esboçado; na verdade, fora rascunhado durante os feriados do Natal.

— Mas o senhor devia estar descansando, Sr. Clacton – disse Mary, por obrigação; seu tom era neutro e fatigado.

— A gente aprende a passar sem feriados – disse Sr. Clacton, com um lampejo de satisfação nos olhos.

Desejava principalmente ter a opinião dela sobre o panfleto cor de limão. Sendo o plano, seria distribuído em quantidades imensas, imediatamente, a fim de gerar e estimular, dizia ele:

— Gerar e estimular pensamentos corretos no país antes da sessão do Parlamento. Temos de apanhar o inimigo de surpresa. *Eles* não deixam a batata assar. Viu o discurso de Bingham aos seus constituintes? Dá uma boa ideia da espécie de coisa que devemos esperar, Srta. Datchet.

Passou-lhe um grande maço de recortes de jornais e, instando com ela para que opinasse sobre o folheto cor de limão antes do almoço, voltou com alacridade para as suas diferentes folhas de papel e para os seus diferentes tinteiros.

Mary fechou a porta, pôs os papéis em cima da mesa, e mergulhou a cabeça nas mãos. Seu cérebro estava curiosamente vazio de qualquer pensamento. Apenas ouvia – como se com isso pudesse integrar-se de novo na atmosfera do escritório. Da sala contígua vinham os rápidos, espasmódicos sons da datilografia errática de Sra. Seal; sem dúvida, ela já estaria atarefada em botar o povo da Inglaterra, como dizia Sr. Clacton, a pensar corretamente. "Gerar e estimular" haviam sido as palavras dele. Sra. Seal aplicava um golpe contra o inimigo, sem dúvida, o inimigo que não deixava a batata assar. As palavras de Sr. Clacton voltavam acuradamente a seu cérebro. Empurrou os papéis, com um gesto de lassidão, para o fim da mesa. Mas não adiantava; alguma coisa acontecera na sua cabeça, uma mudança de foco, de modo que as coisas próximas se tornavam indistintas outra vez. A mesma coisa lhe acontecera, depois de encontrar-se com Ralph em Lincoln's Inn Fields; passara toda uma reunião de comitê a pensar em pardais e em cores até que, perto do fim da sessão, suas velhas convicções lhe haviam voltado. Mas só haviam voltado, pensou com desdém pela própria fraqueza, porque precisava delas para lutar contra Ralph. Não eram, a rigor, convicções. Não podia ver o mundo dividido em compartimentos de gente boa e gente má; tampouco podia crer tão implicitamente na justeza do seu próprio pensamento, que desejasse a adesão a ele da população das Ilhas Britânicas. Olhou o folheto cor de limão, e pensou, quase com inveja, na fé que encontrava conforto na produção de tais documentos. Quanto a ela, contentar-se-ia em ficar quieta para sempre se uma cota de felicidade pessoal lhe fosse concedida. Leu o relatório de Sr. Clacton com sua faculdade de apreciação curiosamente dividida, notando por um lado a fraqueza da argumentação e a pomposa verbosidade e, por outro, sentindo que a fé, numa falácia talvez, mas pelo menos até em alguma coisa, era o mais invejável dos dons. Tratava-se de uma falácia, sem dúvida nenhuma. Com estranheza olhou em torno, para a mobília do escritório, a maquinaria de que tanto se orgulhara, cheia de espanto ao pensar que um dia as copiadoras, o arquivo de fichas, as pastas de documentos, tudo isso estivera encoberto, embrulhado numa névoa que lhe conferia unidade e uma espécie de dignidade e sentido geral, que não dependiam do seu significado isolado. A feiura da mobília pesada impressionou-a. Sua atitude era frouxa e desanimada quando a máquina de escrever parou de bater na sala ao lado. Mary imediatamente se aproximou mais da mesa, agarrou um envelope fechado e assumiu uma expressão que escondesse de Sra. Seal seu estado de espírito. Algum instinto de decoro exigia que não permitisse a Sra. Seal ver-lhe o rosto. Sombreando, então, os olhos com a mão, viu quando Sra. Seal abriu gaveta depois de gaveta em busca de algum envelope ou volante. Ficou tentada a tirar a mão e dizer:

– Sente-se aí, Sally, e diga-me como é que consegue. Isto é, como consegue correr de um lado para outro com perfeita confiança na necessidade das suas atividades, que para mim são tão fúteis como o zumbir de uma varejeira retardatária. – Não disse nada disso, todavia, e a aparência de trabalho, que preservou enquanto Sra. Seal ficou na sala, ajudou a pôr seu cérebro em movimento, de modo que conseguiu despachar a tarefa matinal quase tão bem quanto de hábito. A uma hora da tarde surpreendeu-se ao constatar com que eficiência dera conta da manhã. Ao vestir o chapéu, resolveu almoçar no Strand, a fim de pôr essa outra peça do mecanismo, seu corpo, em ação. Com cérebro e corpo funcionando, poderia sincronizar-se com a multidão, sem que ninguém percebesse que ela não passava de um mecanismo oco, carente da peça essencial, como tinha convicção de ser. Considerou o seu caso enquanto andava em direção a Charing Cross Road. Propôs-se, mesmo, uma série de questões. Importar-se-ia, por exemplo, se as rodas daquele ônibus passassem por cima dela e a esmagassem? Não, de maneira alguma, ou uma aventura com aquele homem de aspecto desagradável que fazia hora junto à entrada do metrô? Não. Sentia-se incapaz de conceber temor ou excitação. O sofrimento, sob qualquer de suas formas, a apavorava? Não; sofrer não era nem mau nem bom. E essa tal coisa fundamental? Nos olhos de cada pessoa podia ver uma chama; era como se uma centelha no cérebro se inflamasse espontaneamente em contato com as coisas que se lhe deparavam ou com aquelas que o moviam. As moças, espiando as vitrines das lojas de chapéus, tinham esse brilho no olhar; e homens mais velhos, folheando livros nos sebos, ansiosamente à espera de saber-lhes o preço – o mais baixo possível –, tinham-no também. Dos livros, fugia, pois tinham relação muito estreita com Ralph. Ficou firme em seu caminho, resoluta em meio ao mar das pessoas, entre as quais se sentia tão estranha, a ver que cediam e abriam caminho diante dela.

Os mais extravagantes pensamentos ocorrem na travessia de ruas transbordantes de gente, quando aquele que passa não tem destino certo. É assim também que a mente compõe toda sorte de configurações, soluções e imagens, quando se ouve música atentamente. Da aguda consciência de si mesma enquanto indivíduo, Mary passou a uma concepção sobre a ordem das coisas em que, como ser humano, cabia-lhe, por direito, a sua cota. Teve, a meio, uma visão; a visão formou-se, depois minguou. Quisera ter um lápis e um pedaço de papel para dar forma a essa concepção que se propusera espontaneamente enquanto caminhava por Charing Cross Road abaixo. Mas, se falasse a qualquer pessoa, a concepção poderia fugir-lhe. A visão parecia conter as linhas-mestras da sua vida até a morte, de uma maneira satisfatória para o seu senso de harmonia. Necessitava apenas de um persistente esforço de pensamento, estimulado curiosamente pela multidão e pelo barulho, para subir até o pináculo da existência e ver tudo lá do alto, disposto e armado de uma vez por todas. Seu sofrimento, enquanto indivíduo, ficara para trás. Desse processo, para ela repleto de esforço, com transições infinitamente rápidas e drásticas de pensamento, a levar de uma crista a outra, e formando, assim, a sua concepção da vida neste mundo, desse processo umas poucas palavras articuladas lhe escaparam, murmuradas entredentes: "Não é a felicidade, não é a felicidade".

Sentou-se num banco oposto à estátua de um dos heróis de Londres, no Embankment, e proferiu essas mesmas palavras em voz alta. Para ela, representavam a rara flor ou o fragmento de rocha trazido por um alpinista como prova de que estivera por um momento, pelo menos, no cimo da montanha. Também ela estivera lá, e vira o mundo estendido até o horizonte. Agora, fazia-se necessário alterar seu curso, até certo ponto, segundo sua nova resolução. Seu posto seria numa das estações expostas e desoladas, que são refugadas naturalmente pelas pessoas felizes. Arranjou os detalhes do novo plano na cabeça, não sem uma amarga satisfação.

– Agora – disse consigo mesma, levantando-se –, pensarei em Ralph.

Que lugar lhe caberia nessa nova vida? A exaltação que sentia, parecia-lhe tornar seguro o trato da questão. Mas logo ficou consternada ao verificar que, tão logo adotara essa linha de reflexão, suas paixões haviam levantado a cabeça. Ora ela se identificava com ele e repensava os pensamentos dele com completa renúncia; ora, com uma súbita divisão do espírito, voltava-se contra ele e denunciava sua crueldade.

– Mas recuso-me, recuso-me a odiar qualquer pessoa – disse, em voz alta. Escolheu esse momento para atravessar a rua, com circunspeção; dez minutos depois almoçava no Strand, cortando sua carne em pequenos pedaços com a mão firme, mas não dando aos vizinhos qualquer outra razão para julgá-la excêntrica. Seu solilóquio cristalizou-se em pequenas frases fragmentárias, que emergiam de súbito da turbulência do seu pensamento, particularmente quando tinha de fazer um esforço, mover-se, contar dinheiro, ou optar por uma direção na rua. Saber a verdade, aceitar sem amargura – essas foram, talvez, as mais articuladas das suas declarações, pois não tinha pé nem cabeça a algaravia que recitou, em voz baixa, junto à estátua de Francis, Duque de Bedford, salvo que o nome de Ralph ocorria com frequência, sempre no mais estranho contexto, como se, uma vez pronunciado, tivesse de ser supersticiosamente cancelado pelo acréscimo de outra palavra que tirasse à sentença que o continha qualquer sentido.

Os campeões da causa das mulheres, Sr. Clacton e Sra. Seal, não perceberam nada de estranho no comportamento de Mary, exceto que ela voltou ao escritório com quase uma hora de atraso. Felizmente, suas próprias ocupações mantiveram-nos absorvidos, e ela ficou livre de inspeção. Se a tivessem surpreendido, tê-la-iam encontrado aparentemente perdida, na contemplação do grande hotel do outro lado da praça, porque, depois de escrever umas poucas palavras, sua pena descansava no papel, e sua mente prosseguia sua própria jornada por entre as janelas brasonadas de sol e as colunas de fumo avermelhado que constituíam toda a sua vista. Na verdade, esse fundo de quadro não deixava de ser apropriado aos seus pensamentos. Ela pôde atender aos remotos espaços por detrás da luta no primeiro plano, habilitada que estava agora a encará-los, desde que renunciara às próprias exigências, privilegiada por ter uma visão mais ampla, por partilhar dos vastos desejos e sofrimentos da massa da humanidade. Tarde demais e por demais brutalmente fora dominada pelos fatos, para encontrar prazer fácil no alívio da renúncia; a pouca satisfação que sentia provinha apenas da descoberta de que, tendo renunciado a tudo aquilo que torna a vida feliz, fácil, esplêndida, individual, restava uma realidade dura, intocada pela aventura pessoal de cada um, remota e inextinguível como as estrelas.

Enquanto Mary Datchet passava por essa curiosa transformação, do particular para o universal, Sra. Seal não esquecia as próprias obrigações para com a chaleira e o fogo de gás. Ficou um tanto surpresa ao ver que Mary puxara sua cadeira para a janela e, tendo aceso o gás, endireitou-se e olhou para ela. A mais óbvia razão para tal atitude numa secretária seria alguma espécie de indisposição física. Mas Mary, reagindo com esforço, negou que se sentisse mal:

– Estou é com uma preguiça incrível esta tarde – disse, com um olhar para a mesa. – Você realmente precisa de outra secretária, Sally.

As palavras foram ditas de brincadeira, mas alguma coisa no seu tom despertou um cioso temor que dormia sempre no seio de Sra. Seal. Sentia um medo terrível de que, um dia, Mary, a moça que tipificava tantas ideias sentimentais e entusiásticas, que encarnava uma espécie de existência visionária, de branco com um ramo de lírios na mão, anunciasse garbosamente que estava para casar.

– Você não pensa em deixar-nos? – disse ela.

– Ainda não resolvi nada sobre coisa nenhuma – disse Mary, num reparo que podia ser tido como uma generalização.

Sra. Seal tirou as xícaras do armário e botou-as na mesa.

– Você não está pensando em casar-se. Ou está? – perguntou ela, desferindo as palavras com velocidade nervosa.

– Por que você não para de fazer perguntas absurdas, Sally? – perguntou Mary, com voz não muito firme. – Todo mundo tem de casar-se?

Sra. Seal soltou um cacarejo dos mais peculiares. Parecia, ao mesmo tempo, reconhecer o lado terrível da vida, que diz respeito às emoções, à vida particular de cada um, ao sexo, e fugir disso tudo com a rapidez possível, escondendo-se nas sombras da sua própria tiritante virgindade. Ficara tão constrangida pela direção que a conversa tomara, que enfiou a cabeça no armário fingindo extrair alguma obscura peça de porcelana.

– Temos o nosso trabalho – disse, tirando a cabeça do armário e exibindo no rosto maçãs mais vermelhas do que de hábito. Botou, depois, enfaticamente, um pote de geleia em cima da mesa.

Mas, no momento, estava incapacitada de embarcar numa daquelas entusiásticas se bem que incoerentes tiradas sobre liberdade, democracia, direitos humanos, e iniquidades do governo, com que tanto se comprazia. Alguma memória do próprio passado ou do passado do seu sexo lhe ocorrera e a mantinha desconcertada. Olhava furtivamente para Mary, que ainda estava sentada junto à janela, com o braço no peitoril. Só agora notava o quanto era jovem e cheia de promessas de feminilidade. Essa constatação deixou-a tão embaraçada que se pôs a bater nervosamente com as xícaras nos pires.

– Sim, trabalho bastante para uma vida inteira – disse Mary, como conclusão de algum pensamento.

Sra. Seal animou-se imediatamente. Lamentava sua falta de treinamento científico e sua deficiência nos processos da lógica, mas pôs a mente a funcionar a fim de fazer a causa parecer tão sedutora e relevante quanto podia. Produziu, então, uma arenga, no curso da qual fez inúmeras perguntas retóricas e a todas respondeu, pontuando o discurso com pequenos golpes do punho fechado contra a mão esquerda.

– Para uma vida inteira? Minha querida menina, vai durar todas as nossas vidas. Quando uma cair, outra a substituirá na brecha. Meu pai, um pioneiro, na geração dele; eu, fazendo o que posso, em seu lugar. Que mais, desgraçadamente, se pode fazer? E agora é a vez de vocês, mulheres mais jovens, contamos com vocês, o futuro conta com vocês. Ah, minha cara, se eu tivesse mil vidas, eu as daria todas à nossa causa. A causa das mulheres, diz você. A causa da humanidade, digo eu. E há quem não veja isso! – disse, olhando ferozmente pela janela. – Há quem se satisfaça com a rotina, entra ano sai ano, na mesma recusa de admitir a verdade. E nós, que temos o poder de imaginação... A chaleira está fervendo? Não, não, eu cuido disso; *nós* sabemos a verdade – continuou, gesticulando com a chaleira e o bule de chá. Devido a esses estorvos, talvez, perdeu o fio da oração e concluiu, de modo um tanto ansioso: – É tão *simples!* – Referia-se a um tema que era, para ela, uma fonte perpétua de perplexidade: a extraordinária incapacidade da raça humana, num mundo onde o bem e o mal são tão inconfundivelmente separados, de distinguir entre um e outro, e de corporificar o que precisa ser feito nuns poucos singelos Atos do Parlamento, que, em curtíssimo espaço de tempo, mudaria o destino da humanidade.

– Seria de esperar – disse – que homens com formação universitária, como Sr. Asquith, seria de esperar que não ficassem surdos a um apelo à razão. Mas o que é a razão – refletiu – sem a realidade?

Honrando a frase, repetiu-a, fazendo-a chegar, assim, aos ouvidos de Sr. Clacton, que saía da sua sala. E ele a repetiu mais uma vez, dando-lhe, como era seu hábito fazer com as frases de Sra. Seal, um grave tom humorístico. Mas estava contente da vida, pois observou, lisonjeiro, que gostaria de ver a frase, em caixa-alta, na cabeça de um panfleto.

– Mas, Sra. Seal, temos de visar a uma combinação judiciosa das duas coisas – acrescentou, com sua maneira didática, a fim de contrabalançar o entusiasmo das duas mulheres. – A realidade tem de ser expressa segundo a razão para se fazer sentir. O ponto fraco de todos esses movimentos – Sr. Clacton continuou, tomando seu lugar à mesa e dirigindo-se a Mary, como fazia sempre que se preparava para soltar o resultado de alguma profunda elucubração –, o ponto fraco é que esses movimentos não têm suficiente base intelectual. Um erro, a meu ver. O público britânico gosta de um grão de razão no pudim do sentimento – disse, limando a frase até um grau satisfatório de precisão literária.

Seus olhos demoraram-se, depois, com vaidade de autor, no folheto amarelo que Mary tinha na mão. Ela se levantou, tomou lugar à cabeceira da mesa, serviu chá a seus colegas, e deu sua opinião sobre o folheto. Assim, servira chá; assim criticara os folhetos de Sr. Clacton cem vezes antes; agora, porém, parecia-lhe que o fazia com um novo espírito: alistara-se no exército, já não era uma voluntária, uma amadora. Renunciara a algo, deixara de estar – como dizê-lo? – na "corrida" da vida. Sempre tivera consciência de que Sra. Seal e Sr. Clacton não estavam na corrida, e por cima do abismo que a separava deles, via-os como sombras, entrando nas fileiras dos vivos ou saindo delas, excêntricos seres humanos, imperfeitamente desenvolvidos, de cuja substância alguma coisa fora subtraída – alguma coisa essencial. Nunca isso lhe chamara a atenção tão vivamente como nessa tarde, quando sentiu que sua sorte se lançara para sempre e para sempre se ligara à deles. Uma visão do mundo mergulhou no escuro, diria um temperamento mais volátil que o seu, depois de uma fase de desespero. Cumpre deixar que o mundo gire e mostre outra, mais esplêndida, talvez. Não, pensou Mary, com inflexível lealdade ao que lhe parecia ser correto, tendo perdido a que era a melhor, não vou agora pretender que qualquer outra possa substituí-la. Aconteça o que acontecer, não vou alimentar ficções na minha vida. Suas próprias palavras tinham uma espécie de nitidez que era como a produzida pela dor física, quando muito intensa. Para júbilo secreto de Sra. Seal, a norma que proibia tratar de assuntos de serviço à hora do chá foi desrespeitada. Mary e Sr. Clacton discutiram com uma irrefutabilidade e uma ferocidade que deram à mulherzinha a ideia de que algo de muito importante estava em causa – não sabia bem o quê. Ficou, assim, bastante excitada. Um crucifixo se embaraçou no outro, e ela fez um grande buraco na mesa com a ponta do lápis a fim de dar ênfase aos pontos mais notáveis do debate. Como um ministro do gabinete era capaz de resistir a tais razões era coisa acima da sua compreensão.

    Chegou até a esquecer-se do seu próprio instrumento de justiça: a máquina de escrever. O telefone tocou e, ao correr para atendê-lo – o fato de alguém chamar sempre lhe parecera uma prova da importância do escritório –, sentiu que era para esse ponto, em toda a superfície do universo, que convergiam todos os fios subterrâneos do pensamento e do progresso. Quando voltou, com um recado da tipografia, viu que Mary punha o chapéu com grande decisão. Havia, mesmo, algo de imperioso e dominador em toda a sua atitude.

– Escute, Sally – disse ela –, essas cartas devem ser copiadas. Estas aqui não vi ainda. Quanto à questão do novo censo, temos de pensar nisso com muito cuidado. Mas vou para casa, agora. Boa noite, Sr. Clacton; boa noite, Sally.

– Temos muita sorte com a nossa secretária, Sr. Clacton – disse Sra. Seal, fazendo uma pausa, com a mão sobre a pilha de papéis, quando a porta se fechou atrás de Mary. Sr. Clacton também ficara vagamente impressionado por alguma coisa no comportamento de Mary para com ele. Já antecipava o tempo em que seria necessário dizer-lhe que não poderia haver dois chefes num mesmo escritório, mas ela era, sem dúvida, muito capaz, e estava em contato com um grupo de rapazes muito inteligentes. Sem dúvida eles é quem lhe tinham sugerido algumas das suas novas ideias.

Manifestou sua concordância com o comentário de Sra. Seal, mas observou, com um olhar para o relógio, que mostrava só cinco e meia:

– Se ela leva o serviço a sério, Sra. Seal, bom, mas isso é justamente o que algumas das suas inteligentes mocinhas não fazem. – Dizendo isso, voltou para a sala dele, e Sra. Seal, depois de um momento de hesitação, retomou suas ocupações.

21

Mary caminhou até a estação mais próxima e chegou em casa num espaço de tempo incrivelmente curto. Levou justamente o tempo necessário do bom entendimento das notícias do mundo segundo a *Westminster Gazette*. Poucos minutos depois de abrir a porta, estava pronta para uma noite de trabalho duro. De uma gaveta trancada, tirou um manuscrito, que constava de poucas páginas, intituladas, com mão firme, *Alguns Aspectos do Estado Democrático*. Os aspectos tinham degenerado numa série de linhas cortadas, depois de uma sentença deixada pelo meio, o que sugeria que a autora fora interrompida ou se convencera da futilidade de a pena prosseguir, com a pena no ar...

Oh, sim, Ralph chegara nesse ponto. Inutilizou a página com toda a eficiência, escolheu uma outra, fresca, e começou grandiosamente com uma generalização sobre a estrutura da sociedade humana, muito mais audaciosa do que de costume. Ralph lhe dissera uma vez que ela não sabia redigir, o que explicava tantos borrões e emendas; mas resolveu deixar tudo isso para trás, e pôs mãos à obra, com as palavras que lhe ocorriam, até que completou meia página de generalização, e pôde, legitimamente, fazer uma pausa de respiração. Logo que a mão parou, o cérebro também parou, e ela se pôs a escutar. Um jornaleiro gritou na rua; um ônibus parou e deu partida de novo, com o suspiro do dever novamente assumido; eram sons abafados, o que sugeria nevoeiro, se é que nevoeiro tem o poder de abafar os sons, coisa de que ela não podia estar muito certa no momento. Isso era o tipo de coisa que Ralph Denham sabia. De qualquer maneira, não lhe dizia respeito, a ela, Mary; e estava prestes a molhar a pena quando seu ouvido detectou passos na escada de pedra. Passaram pela moradia de Sr. Chippen, pela de Sr. Gibson, pela de Sr. Turner. Depois disso, os passos eram para ela. Um carteiro, uma arrumadeira, uma circular, uma conta. Sugeriu a si mesma todas essas possibilidades perfeitamente naturais; para surpresa sua, sua mente rejeitou cada uma delas, com impaciência e até com apreensão. Os passos tornaram-se lentos, como costumavam tornar-se ao fim de uma subida tão íngreme, e Mary, esperando o som habitual, encheu-se de intolerável nervosismo. Com o peito apertado contra a mesa, sentia as batidas do coração mover o corpo perceptivelmente para a frente e para trás, um estado de nervos surpreendente – e repreensível numa mulher equilibrada. Fantasias grotescas tomaram forma. Só, no alto da escada, uma pessoa desconhecida se aproximava cada vez mais. Como poderia escapar? Não havia saída. Não sabia, sequer, se a marca oblonga no teto era um alçapão para o forro. Se conseguisse passar ao forro, a altura seria de sessenta pés até a rua. Mas permaneceu sentada e perfeitamente imóvel. Quando a batida soou, levantou-se e abriu a porta sem hesitação. Viu uma figura do lado de fora, com algo que lhe pareceu ameaçador, naquela circunstância:

– O que deseja? – perguntou, sem reconhecer o rosto, na semiescuridão do patamar.

– Mary? Sou Katharine Hilbery!

O autodomínio retomou a Mary quase em excesso, e sua acolhida foi fria, como se quisesse recuperar-se de um ridículo desperdício de emoção. Carregou a lâmpada de abajur verde para outra mesa e cobriu *Alguns Aspectos do Estado Democrático* com o mata-borrão.

Por que não me deixam em paz?, pensou amargamente, relacionando Ralph e Katharine numa conspiração para tirar-lhe até mesmo essa hora de estudo solitário, essa pobre pequena defesa contra o mundo. E, alisando a folha de mata-borrão por cima do manuscrito, preparou-se para enfrentar Katharine, cuja presença se fazia sentir não só com a força habitual, mas com alguma coisa da natureza de uma ameaça.

– Você estava trabalhando? – disse Katharine, hesitante, sentindo que nao era bem-vinda.

– Nada de importante – disse Mary, puxando a melhor cadeira para ela e avivando o fogo.

– Não sabia que você tinha trabalho depois de sair do escritório – disse Katharine, num tom que dava a impressão de que falava pensando em outra coisa, como era, de fato, o caso.

Estivera a fazer visitas com a mãe, e entre uma visita e outra Sra. Hilbery entrara rapidamente em lojas para comprar fronhas e livros borradores, sempre a arranjar a casa de Katharine, mas sem um método que se pudesse identificar como tal. Katharine tinha uma aflitiva sensação de coisas a se acumularem à sua volta. Escapara, afinal, para encontrar Rodney e jantar no seu apartamento. Mas não queria chegar antes de sete horas e tinha, assim, tempo de sobra para percorrer a pé, se o desejasse, toda a distância de Bond Street ao Temple. O fluxo das faces, desfilando de um lado e de outro dela, hipnotizou-a num estado de profunda depressão para o qual contribuía a perspectiva de uma noite a sós com Rodney. Eram bons amigos outra vez, melhores amigos, ambos diziam, do que antes. Quanto a Katharine, isso era verdade. Havia mais coisas nele do que adivinhara, antes que a emoção as trouxesse à tona – força, afeição, simpatia. E ela pensava nessas coisas, e olhava os rostos passando, e pensava o quanto eram iguais, e quão distantes. Ninguém parecia sentir qualquer coisa, ela mesma nada sentia, e a distância era inevitável, mesmo entre os mais próximos, cuja intimidade era a maior de todas as ficções. Pois ela pensava, olhando uma vitrine de charutaria: Meu Deus, não gosto de ninguém, e não gosto de William, e as pessoas dizem que essa é a coisa mais importante de todas, e não sei o que querem dizer.

Olhou, desesperada, para os cachimbos bem torneados e lisos, e ficou em dúvida: deveria ir pelo Strand ou pelo Embankment? Não era questão tão fácil, pois não se tratava apenas de duas ruas diferentes, mas de duas linhas de pensamento. Indo pelo Strand, ela se obrigaria a considerar o problema do futuro, ou algum problema matemático; indo pelo rio, certamente pensaria em coisas que não existem, a floresta, a praia no mar, as solidões folhosas, o herói magnânimo. Não, não, não! Mil vezes não! Isso não daria certo; havia algo de repulsivo para ela nesses pensamentos, no momento; teria de tentar outra coisa; não estava disposta a isso, agora. Então pensou em Mary; o pensamento deu-lhe confiança, até prazer, embora um prazer triste: era como se a vitória de Mary e Ralph servisse para provar que o seu próprio fracasso era culpa sua e não da vida. Uma vaga ideia de que a vista de Mary poderia ajudar, combinada com a sua natural confiança nela, sugeriu uma visita; porque a sua maneira de gostar de Mary era dessas que implicam um gosto recíproco por parte da outra pessoa. Depois de um momento de hesitação, decidiu, embora raras vezes agisse impulsivamente, a seguir esse impulso, virou numa rua transversal e encontrou a porta de Mary. Mas sua recepção não foi encorajadora; era claro que Mary não queria vê-la, não tinha qualquer ajuda a oferecer, e o meio-desejo de abrir-se com ela foi imediatamente reprimido. Ficou um tanto divertida com sua própria ilusão, olhou distraída em torno, brincando com as luvas, como se marcasse os minutos exatamente para poder despedir-se.

Esses poucos minutos podiam muito bem ser empregados a pedir informações sobre a exata situação da Lei do Sufrágio, ou a expor sua própria e muito sensata opinião sobre o assunto. Mas havia uma nota em sua voz, ou uma nuance em suas opiniões, ou um movimento em suas luvas, que serviam para irritar

Mary Datchet, cujas maneiras ficavam cada vez mais diretas, abruptas e até hostis. Sentiu, da parte de Mary, o desejo de fazê-la ver como era importante o trabalho que fazia no escritório, e que ela, Katharine, discutia tão desinteressadamente, como se tivesse também sacrificado o que Mary sacrificara. O bater de luvas cessou, e Katharine, depois de dez minutos, começou a fazer os movimentos preliminares para a partida. À vista disso, Mary tomou consciência – estava extraordinariamente sensível a essas coisas essa noite – de um novo desejo, muito forte: o de que Katharine não se fosse; era imperativo que ela não desaparecesse no mundo livre, feliz, dos irresponsáveis. Era preciso obrigá-la a entender, e a sentir.

– Não posso compreender – disse, como se Katharine a tivesse desafiado explicitamente – como, sendo as coisas como são, as pessoas não tentem, pelo menos, fazer alguma coisa.

– Mas como *estão* as coisas?

Mary comprimiu os lábios e sorriu ironicamente. Tinha Katharine à sua mercê; podia, se quisesse, despejar sobre sua cabeça carradas de provas do estado de coisas, ignoradas pelo amador, pelo observador casual, pelo cínico espectador das coisas a distância. Todavia, hesitou. Como de hábito, ao conversar com Katharine, deu-se conta das rápidas alternâncias de opinião a respeito da amiga, setas de sensação a perfurar, de modo estranho, o invólucro da personalidade, que tão convenientemente nos defende dos nossos semelhantes. Quão egoísta, quão desligada era ela! No entanto, não nas suas palavras, talvez, mas na voz, na expressão, na atitude, havia sinais de um espírito afeito a remoer pensamentos, embora molemente, de uma sensibilidade não embotada e profunda, agindo sobre os pensamentos e atos, e investindo-se com uma habitual delicadeza. Os argumentos e as frases de Sr. Clacton eram inúteis contra tal armadura.

– Você casará e terá outras coisas em que pensar – disse, sem qualquer lógica e com uma ponta de condescendência. Não ia fazer que Katharine entendesse, como desejava, tudo o que ela própria aprendera à custa de tantas penas. Não; Katharine devia ser feliz; Katharine devia continuar ignorante; Mary devia guardar para si o conhecimento da vida impessoal. O pensamento da sua renúncia dessa manhã ardeu-lhe na consciência, e ela tentou meter-se outra vez naquela condição impessoal, tão sublime e indolor. Tinha de conter esse desejo de ser outra vez um indivíduo, com desejos em conflito com os desejos de outras pessoas. Arrependia-se da sua acrimônia.

Mas Katharine renovava os sinais de despedida. Calçara uma luva e olhava agora em torno dela como se procurasse alguma frase trivial que servisse de fecho à visita. Não haveria algum quadro, relógio ou cômoda que merecesse menção? Algo pacífico e amigável para encerrar uma entrevista penosa? A lâmpada de abajur verde, posta num canto, iluminava livros e penas e mata--borrão. O aspecto todo do lugar provocou um outro fio de ideias e impressionou-a como invejavelmente livre. Num quarto desses, seria possível trabalhar, viver uma vida independente.

– Acho que você tem muita sorte – observou –, e eu a invejo, vivendo assim sozinha, com suas próprias coisas; e comprometida, a seu modo, de maneira tão elevada, e num compromisso que não exige aprovação nem anel – acrescentou, mentalmente.

Os lábios de Mary se entreabriram ligeiramente. Parecia-lhe inconcebível que Katharine, que falara com visível sinceridade, pudesse invejá-la.

– Não creio que você tenha qualquer razão para invejar-me – disse.

– Talvez a gente sempre inveje os outros – disse Katharine, vagamente.

– Bem, mas você tem tudo que alguém pode desejar.

Katharine permaneceu calada. Fitava o fogo em silêncio, sem qualquer sinal de embaraço. A hostilidade que adivinhara no tom de Mary desaparecera por completo, e esqueceu que estivera a ponto de sair.

– Bem, suponho que tenho – disse, por fim. – E, no entanto, algumas vezes sinto... – Fez uma pausa; não sabia como expressar o que queria dizer. Ocorreu-me no metrô, outro dia – resumiu, com um sorriso. – O que é que faz essas pessoas irem para um lado e não para outro? Não é amor; não é razão; acho que deve ser alguma ideia. Talvez, Mary, as nossas afeições sejam a sombra de uma ideia. Talvez não exista uma coisa como a afeição em si... – falou meio de brincadeira, dirigindo sua pergunta, que mal se preocupara em formular, não a Mary nem a qualquer outra pessoa em particular.

Mas as palavras pareceram a Mary Datchet rasas, superficiais, frias e cínicas, tudo de uma vez. Todos os seus instintos naturais se levantaram em revolta contra elas.

– Tenho uma maneira de pensar diametralmente oposta, sabe?

– Sim, sei – disse Katharine, encarando-a como se agora, talvez, ela estivesse pronta a explicar alguma coisa muito importante.

Mary não pôde deixar de sentir a simplicidade e a boa-fé que jaziam por detrás das palavras de Katharine.

– Acho que a afeição é a única realidade – disse.

– Sim – disse Katharine, quase com tristeza. Entendia que Mary pensava em Ralph, e sentiu que era impossível fazê-la revelar mais alguma coisa desse elevado estado de espírito; podia, apenas, respeitar o fato de que, em alguns poucos casos, a vida se arranjava, assim, satisfatoriamente, em passar adiante. Levantou-se, então, mas Mary soltou uma exclamação, de inequívoca sinceridade; não, que ela não fosse; encontravam-se tão raramente; queria tanto falar com ela... Katharine ficou surpresa com a veemência com que ela falara. E não lhe pareceu indiscrição mencionar o nome de Ralph.

Sentando-se de novo – por mais dez minutos – disse:

– Incidentalmente, Sr. Denham me disse que ia abandonar a advocacia e viver no campo. Terá feito isso? Começava a me contar, quando fomos interrompidos.

– Ele pensa nisso – disse Mary, em poucas palavras. E o rubor lhe subiu ao rosto, imediatamente.

– Seria um bom plano – disse Katharine, com sua maneira decidida.

– Você acha?

— Sim, porque ele poderia fazer alguma coisa de valor. Poderia escrever um livro. Meu pai sempre diz que ele é o mais notável dos rapazes que escrevem para ele.

Mary curvou-se sobre o fogo e remexeu no carvão, debaixo das barras, com um atiçador. A menção de Ralph por Katharine acendeu-lhe um desejo quase irresistível de explicar-lhe o verdadeiro estado de coisas entre ela e Ralph. Sabia, pelo tom da voz de Katharine, que ela não tinha a intenção de aprofundar os segredos de Mary ou de insinuar qualquer um dos seus. Além disso, ela gostava de Katharine; confiava nela, respeitava-a. O primeiro passo para a confiança era simples; mas uma segunda etapa se revelou, quando Katharine falou, o que já não era tão simples, embora houvesse calado nela como algo necessário; ela precisava dizer-lhe o que, claramente, Katharine nem imaginava; ela precisava dizer a Katharine que Ralph a amava.

— Não sei o que ele pretende efetivamente fazer — disse, atabalhoadamente, procurando ganhar tempo contra a pressão da sua própria convicção. — Não o vejo desde o Natal.

Katharine refletiu que isso era estranho; talvez, afinal de contas, tivesse entendido mal a situação. Estava habituada a assumir que era pouco observadora das nuances mais delicadas do sentimento. Seu atual malogro seria apenas mais uma prova disso; era uma pessoa prática, distraída, mais indicada para lidar com números do que com os sentimentos de homens e mulheres. De qualquer maneira, era o que William Rodney diria.

— E, agora... — disse Katharine.

— Oh, por favor, fique! — exclamou Mary, estendendo a mão para detê-la. Tão logo Katharine se movimentou para partir, Mary sentiu, inarticulada e violentamente, que não poderia suportar que ela se fosse. Sua única oportunidade de dizer alguma coisa tremendamente importante se perderia. Meia dúzia de palavras bastariam para despertar a atenção de Katharine, e estabelecer um estado de fuga e ulterior silêncio para além do seu próprio poder. Embora as palavras lhe viessem aos lábios, sua garganta se fechou sobre elas e lançou-as para trás. Afinal de contas, considerou, por que deveria falar? Porque é a coisa certa, seu instinto lhe disse. É certo expor-se sem reservas aos outros seres humanos. Mas encolheu-se diante desse pensamento. Era pedir demais a alguém que já se despira inteiramente. Alguma coisa tinha de conservar, uma coisa que fosse apenas sua. Mas e se o fizesse? Imediatamente imaginou uma vida emparedada, estendendo-se por um período imenso, com os mesmos sentimentos vivos para sempre, sem se enfraquecerem nem mudarem, dentro do cerco de uma grossa muralha de pedra. Imaginar essa solidão aterrorizou-a, mas falar, perder sua solidão, que a essa altura já lhe era cara, estava acima de suas forças.

Sua mão desceu para a fímbria da saia de Katharine, apalpou a barra de peliça, curvou a cabeça como se quisesse examiná-la.

– Gosto dessa pele – disse. – Gosto de suas roupas. E você não deve continuar pensando que vou casar com Ralph – prosseguiu, no mesmo tom –, pois ele não gosta de mim, de maneira nenhuma. Ele gosta de outra pessoa – sua cabeça continuou abaixada, e sua mão pousada na saia.

– É um vestido velho, muito usado – disse Katharine. E o único sinal de que ouvira as palavras de Mary foi o fato de falar com um ligeiro tremor.

– Você não se importa que eu lhe diga isso? – perguntou Mary, levantando-se.

– Não, não – disse Katharine –, mas você está enganada, não?

Sentia-se, na verdade, horrivelmente desconfortável, consternada, desiludida, até. Detestava a direção que as coisas haviam tomado. A impropriedade de tudo afligia-a. O sofrimento que transparecia, aterrava-a. Olhou para Mary furtivamente, com olhos cheios de apreensão. Mas, se esperara verificar que as palavras haviam sido ditas impensadamente, desapontou-se. Mary estava recostada na cadeira, franzindo um pouco a testa, e encarando Katharine como se tivesse vivido quinze anos ou coisa parecida no espaço de poucos minutos.

– Há coisas em que a gente não se engana, não acha? – disse Mary, tranquila, quase friamente. – É isso que me deixa perplexa nessa questão de amar. Sempre me orgulhei de ser uma pessoa razoável – acrescentou. – Nunca pensei que pudesse sentir isso. Isto é, se a outra pessoa não sentisse. Fui tola. Porque me permiti fingir – aí fez uma pausa. – Porque, você vê, Katharine, eu *estou* apaixonada. Não há qualquer dúvida a respeito... Estou tremendamente apaixonada... por Ralph. – O leve movimento de cabeça para a frente, que sacudiu um cacho de cabelo, junto com a cor mais viva do rosto davam-lhe um ar ao mesmo tempo orgulhoso e desafiador.

Katharine pensou consigo: É essa a sensação que se tem, então. Hesitava, com o sentimento de que não lhe cabia falar. Mas falou, em voz baixa:

– Você tem isso, pelo menos.

– Sim – disse Mary –, tenho isso. Ninguém preferiria não estar apaixonado... Mas eu não pretendia falar disso. Apenas queria que você soubesse... – interrompeu-se. – Não tenho qualquer autorização de Ralph para lhe dizer isso. Mas estou segura do fato: ele ama você.

Katharine encarou-a de novo, como se o primeiro olhar a tivesse enganado; seguramente, seria de esperar algum sinal externo de que Mary falava de maneira excitada, desnorteada, fantástica. Mas não; ela ainda franzia a testa, como se abrisse caminho entre as cláusulas de uma argumentação difícil, com o aspecto de uma pessoa que mais raciocina do que sente.

– Isso prova que você está enganada, completamente enganada – disse Katharine, falando, também, com sensatez. Não precisava verificar o engano da outra por uma revisão das suas próprias lembranças, quando o fato estava tão claramente estampado na sua mente. Se Ralph tinha qualquer sentimento com relação a ela, era um sentimento de hostilidade crítica. Ela não deu à história um segundo pensamento; e Mary, agora que declarara o fato, não procurou prová-lo, mas simplesmente explicar, a si mesma ainda mais do que a Katharine, os motivos que a haviam levado a falar.

Reunira coragem para fazer o que um grande imperioso instinto lhe pedia que fizesse. Fora arrastada no dorso de uma onda para mais longe do que pensara.

– Contei-lhe isso – disse – porque desejo que me ajude. Não quero ter ciúmes de você. E tenho, tenho ciúmes terríveis. A única saída, pensei, era contar-lhe.

Hesitou, esforçando-se para esclarecer os próprios sentimentos, inclusive para si mesma:

– Se lhe conto, poderemos, depois, falar disso; e quando tiver ciúmes, poderei dizer-lhe isso também; você poderá forçar-me a dizer-lhe. Falar é muito difícil para mim, e a solidão me assusta. Eu trancaria tudo isso na mente. Sim, é isso o que temo. Andar por aí, com algo na cabeça, toda a vida, algo que não muda nunca. Acho tão difícil mudar. Quando penso que uma coisa é errada, nunca mais deixo de julgá-la errada; e Ralph teve muita razão quando disse que não existe certo e errado, não existe isso, ficar julgando as pessoas...

– Ralph Denham disse isso? – perguntou Katharine, com considerável indignação. A fim de produzir em Mary tal sofrimento, parecia-lhe que ele procedera com extrema insensibilidade. Parecia-lhe que ele destacara a amizade, no momento em que isso lhe foi conveniente, com alguma teoria falsamente filosófica, o que tornara sua conduta ainda mais execrável. E teria expressado tudo isso, se Mary não a tivesse interrompido.

– Não, não – disse Mary –, você não compreende. Se houve algum erro, foi meu, inteiramente. Afinal de contas, se a gente se dispõe a correr riscos...

Sua voz vacilou, calou-se. Ocorrera-lhe que, ao correr tal risco, perdera o prêmio almejado tão completa e inteiramente, que não tinha mais o direito de presumir, a respeito de Ralph, que o conhecimento que tinha dele suplantava todo e qualquer conhecimento. Nem mesmo possuía completamente o seu amor por ele, uma vez que a cota dele nesse amor era duvidosa; e, agora, para piorar as coisas, torná-las mais amargas, sua clara visão da maneira de enfrentar a vida ficara trêmula e incerta; outra era testemunha dela. Sentindo que seu irremediável desejo de antiga intimidade sem partilha era lancinante demais para ser suportado sem lágrimas, levantou-se, caminhou até o fim da sala, abriu um pouco as cortinas e ficou por um momento a dominar-se. A dor em si não era ignóbil; o ferrão estava no fato de haver sido levada a esse ato de traição contra si mesma. Apanhada na armadilha, enganada, despojada, primeiro por Ralph, então, por Katharine, ela parecia dissolver-se em humilhação, privada que estava de tudo que pudesse chamar seu. Lágrimas de impotência subiram-lhe aos olhos, escorreram-lhe pela face. Mas lágrimas, pelo menos, ela podia controlar, e controlaria nesse instante; e, voltando-se, poderia, de novo, confrontar Katharine e salvar o que pudesse ser alvo do colapso da sua coragem.

Voltou-se. Katharine não se movera; inclinada, a meio, na cadeira, contemplava o fogo. Alguma coisa na sua atitude lembrava Ralph a Mary. Assim ficaria ele, inclinado para diante, olhando fixamente em frente, enquanto sua mente divagasse ao longe, explorando, especulando, até que quebraria isso com o seu:

– Bem, Mary...

E o silêncio, que fora para ela tão repleto de romance, cederia à mais maravilhosa conversação que jamais conhecera.

Alguma coisa de estranho na pose da figura silenciosa, alguma coisa serena, solene, significativa, prendeu-lhe a respiração. Esperou. Seus pensamentos não eram amargos. Estava surpresa com a própria calma e confiança. Voltou silenciosamente ao seu lugar e sentou-se outra vez ao lado de Katharine. Não tinha vontade de falar. No silêncio, parecia-lhe haver perdido o seu isolamento; era, agora, ao mesmo tempo, a sofredora e a lamentável espectadora do sofrimento; estava mais feliz do que jamais o fora; mais privada de tudo também; rejeitada e, ao mesmo tempo, imensamente amada. Tentar exprimir tais sensações seria vão; ademais, não conseguia eximir-se de pensar que, mesmo sem palavras suas, essas sensações eram partilhadas por Katharine. Assim, por longo tempo, permaneceram as duas sentadas, silentes, lado a lado, enquanto Mary acariciava a barra de pele do velho vestido.

22

O fato de que chegaria tarde a seu encontro com William não foi a única razão pela qual Katharine se lançou a toda pressa pelo Strand na direção do apartamento dele. A pontualidade poderia ter sido mantida tomando um táxi, não fora seu desejo de ar livre, que soprasse em chama a brasa acesa pelas palavras de Mary. Pois, dentre todas as impressões da conversa dessa noite, uma fora como que uma revelação e reduzira as demais à insignificância. Então era assim: a pessoa olhava, falava; era isso o amor.

Ela estava sentada, direita na cadeira, e olhou-me, e disse: estou apaixonada, refletia Katharine, tentando recompor toda a cena. Era cena tão digna de atenção e meditação que nem um grão de piedade lhe ocorreu, só a chama que brilhava, inesperada, no escuro; à sua luz, Katharine percebia, vividamente demais para seu gosto, a mediocridade, para não dizer o caráter inteiramente fictício, dos seus próprios sentimentos, em comparação com os de Mary. Decidiu agir instantaneamente em consonância com o conhecimento assim adquirido, e rememorou, com pasmo, a cena junto à lareira, em que tinha cedido, Deus sabia por que, por razões que lhe pareciam agora irrelevantes. Assim, à luz crua do dia, alguém revisita um lugar em que errou e andou em círculos e sucumbiu a um completo desnorteamento durante um nevoeiro. "É tudo tão simples," disse de si para si. "Não pode haver dúvida. Tenho só de falar, agora. Tenho só de falar", continuou dizendo, no mesmo ritmo das suas passadas, e esqueceu completamente Mary Datchet.

William Rodney, tendo voltado mais cedo do escritório do que esperava, sentara-se para praticar as árias de *A Flauta Mágica* no piano. Katharine estava atrasada, mas isso não era novidade, e talvez até fosse bom, uma vez que ela não tinha nenhum gosto particular por música. Esse defeito de Katharine era tanto mais estranho – refletiu William – quando, de regra, as mulheres da família dela eram excepcionalmente musicais. Sua prima, Cassandra Otway, por exemplo, tinha muito bom gosto em matéria de música, e tocava flauta na sala de estar usada de manhã, em Stogdon House. Recordava, com prazer, a maneira divertida com que o nariz dela, comprido como o de todos os Otways, se alongava por cima da flauta, como se ela fora uma espécie graciosa e inimitável de toupeira musicista. Essa vinheta sugeria, com muita felicidade, o temperamento dela, melodioso e extravagante. Os entusiasmos de uma mocinha de nobre estirpe apelavam para William e sugeriam mil maneiras pelas quais, com sua formação e predicados, ele lhe podia ser útil. Ela precisava ter oportunidade de ouvir boa música, tal como a que é tocada por aqueles que herdaram uma grande tradição. Além disso, por uma ou duas observações deixadas cair no curso de uma conversa, achava possível que ela tivesse o que Katharine pretendia não ter: um gosto apaixonado, se bem que inculto, pela literatura. Ele até lhe emprestara sua peça.

Entrementes, e como Katharine se atrasara, e *A Flauta Mágica* nada vale sem as vozes, sentiu-se inclinado a passar o tempo escrevendo uma carta a Cassandra, exortando-a a ler Pope de preferência a Dostoiévski, até que o seu senso de forma ficasse mais desenvolvido. Abancava-se para compor esse conselho, dando-lhe forma ao mesmo tempo leve e brincalhona, mas sem prejuízo a uma causa tão querida, quando ouviu Katharine na escada. Um momento depois, ficou claro que se enganara: não era Katharine; mas ele não podia também concentrar-se na carta. Seu humor mudara. Do urbano contentamento ou, melhor, da deliciosa expansão que sentia, passou a um humor de inquietação e expectativa. O jantar foi trazido e teve de ser posto no borralho para manter-se quente. Passava agora um quarto de hora do tempo combinado. Ficou a repisar uma história que o deprimira na primeira metade do dia. Devido à doença de um dos seus companheiros de trabalho, era provável que só pudesse tirar férias no fim do ano, o que implicava adiar o casamento. Mas essa possibilidade, afinal de contas, não era tão desagradável quanto a que se lhe impunha a cada tique-taque do relógio, a de que Katharine esquecera completamente seu compromisso. Tais coisas aconteciam mais raramente desde o Natal, mas, e se recomeçassem de novo? E se o casamento deles viesse mesmo a ser, como Katharine dissera, uma farsa? Ele a absolvia de qualquer desejo de magoá-lo gratuitamente, mas havia qualquer coisa no caráter dela que lhe tornava impossível não magoar os outros. Seria fria? Seria egocêntrica? Tentou enquadrá-la em algum desses atributos, mas teve de reconhecer que ela o desorientava.

Há tantas coisas que ela não quer entender!, refletiu, lançando um olhar à carta para Cassandra, que começara e pusera de lado. O que o impedia de acabar uma carta que lhe dera tanto prazer começar? A razão era que Katharine poderia, a qualquer momento, entrar no aposento. O pensamento, que implicava sujeição a ela, irritou-o agudamente. Ocorreu-lhe deixar a carta aberta, exposta, para que ela a visse. E aproveitaria a oportunidade para contar-lhe que enviara sua peça a Cassandra, com o pedido de que opinasse a respeito. Possível mas não seguramente, isso a aborreceria – e, ao tirar alguma consolação disso, houve uma batida na porta, e Katharine entrou. Beijaram-se superficialmente, e ela não se desculpou por estar atrasada. Não obstante, sua simples presença agiu sobre ele de modo estranho. Estava, no entanto, decidido a não permitir que isso enfraquecesse sua resolução de tomar posição contra ela, pelo menos alguma espécie de posição. E chegar à verdade a seu respeito. Deixou-a dispor dos próprios agasalhos sozinha, e ocupou-se dos pratos.

— Tenho uma notícia para você, Katharine — disse, logo que se sentaram à mesa. — Não posso tirar férias em abril. Vamos ter de adiar nosso casamento.

Escandiu as palavras com certo grau de brusquidão. Katharine teve um leve sobressalto, como se tal anúncio atrapalhasse seus pensamentos.

— Isso não fará muita diferença, não é? Quero dizer, o contrato de aluguel ainda não está assinado — replicou. — Mas por quê? O que aconteceu?

Ele lhe contou, com certa precipitação, que um dos seus colegas sofrera um esgotamento, e ficaria afastado do serviço por vários meses, talvez seis. Nesse caso, eles dois teriam de rever seus planos. Disse-o de um modo que pareceu a Katharine estranhamente descuidado. Olhou-o. Não havia sinais exteriores de que estivesse zangado com ela. Não estaria bem-vestida? Pensava, ao contrário, estar bastante bem. Estaria atrasada? Procurou um relógio.

— Foi bom então não termos tomado a casa — repetiu, pensativa.

— Isso quer dizer também, lamento, que não estarei tão livre quanto tenho estado por um considerável período de tempo — continuou. Ela já tivera tempo de refletir que ganhava alguma coisa com tudo isso, embora fosse cedo demais para precisar o quê. Mas a luz que vinha queimando com tanta intensidade no curso da sua caminhada obscureceu-se, tanto por causa das maneiras dele quanto pela notícia. Preparara-se para encontrar oposição, coisa simples de enfrentar comparada a — não sabia o que tinha de enfrentar agora. A refeição correu em meio a uma conversa tranquila, controlada, sobre coisas indiferentes. Música não era assunto sobre o qual soubesse grande coisa, mas gostava que ele lhe falasse; podia, pensou, enquanto ele discorria, imaginar serões passados assim, ao pé do fogo; ou passados

com um livro, talvez, porque então ela teria tempo para ler seus livros e experimentar firmemente cada músculo ainda poupado da sua mente que desejasse conhecer. De súbito, William calou--se. Ela levantou a cabeça, apreensiva, afastando com enfado esses pensamentos.
— Para onde deverei endereçar uma carta a Cassandra? — perguntou ele. Era óbvio, outra vez, que William tinha alguma segunda intenção essa noite ou estava com alguma disposição estranha. — Ficamos amigos.
— Ela estará em casa, imagino — respondeu Katharine.
— Eles a guardam por demais em casa — disse William. — Por que você não a convida para ficar com você e faz com que ouça alguma boa música? Vou só acabar o que já tinha começado, se você não se importa; estou particularmente ansioso para que ela receba isso amanhã.

Katharine recostou-se na cadeira, Rodney pôs o papel nos joelhos e continuou a sentença interrompida:
— Estilo, sabe, é coisa que se tem o hábito de negligenciar — mas estava muito mais cônscio do olho de Katharine em cima dele do que daquilo que dizia sobre estilo. Sabia que ela o olhava; se com irritação ou indiferença, não podia adivinhar.

Na verdade, ela caíra na armadilha, o bastante pelo menos para sentir-se incomodamente espicaçada e perturbada, incapaz de perseverar na conduta que imaginara. Essa atitude indiferente, se não hostil, da parte de William, tornava impossível romper com ele sem animosidade, de maneira cabal e completa. Infinitamente preferível era o estado de Mary — pensou —, onde havia uma simples coisa a fazer; ela a fizera. Na verdade, não podia deixar de pensar que alguma mesquinharia da natureza tinha sua parte em todos esses refinamentos, reservas e sutilezas de sentimento que distinguiam seus amigos e sua família. Por exemplo: embora gostasse bastante de Cassandra, seu fantástico estilo de vida parecia-lhe pura frivolidade; ora era socialismo, ora bichos-da-seda; agora era música, e essa última novidade, a causa do súbito interesse de William por ela. Nunca antes William gastara os minutos da sua presença escrevendo cartas. Com um curioso sentimento de luz se fazendo onde até então tudo eram trevas opacas, começou a perceber que, possível, e até provavelmente, a devoção, que com fastio ela tomara por coisa certa, existia em muito menor grau do que supusera – ou já não existia. Olhou-o atentamente a ver se essa descoberta deixara traços na expressão dele. Nunca vira tanta coisa digna de respeito na aparência dele, tanto que a atraísse por sua sensibilidade e inteligência, embora visse tais qualidades como aquelas a que a gente reage, mudamente, em face de um estranho. A cabeça curvada sobre o papel tinha uma compostura que parecia colocá-lo a distância, como um rosto que a gente vê falando a alguém do outro lado de uma parede de vidro.

Ele escreveu e escreveu, sem levantar os olhos. Ela quis falar, mas não teve coragem de pedir-lhe provas de afeição que não tinha o direito de exigir. A convicção de que ele lhe era, assim, estranho enchia-a de tristeza e ilustrava quase indubitavelmente a infinita solidão dos seres humanos. Nunca antes sentira com tanta força a verdade disso. Tirou os olhos dele para fitar o fogo; parecia-lhe que, mesmo fisicamente, estavam agora distantes da fala; espiritualmente, não havia decerto ser humano com o qual ela pudesse pretender companheirismo; nenhum sonho a satisfazia como costumava satisfazer outrora. Nada restava em cuja realidade ela ainda pudesse crer, salvo aqueles conceitos abstratos – números, leis, estrelas, fatos, aos quais dificilmente conseguiria agarrar-se, por falta de conhecimento e por uma espécie de pudor.

Quando Rodney se deu conta da insensatez desse prolongado silêncio, e da mesquinhez desses ardis, e levantou os olhos, procurando desculpa para uma boa risada ou deixa para uma confissão, ficou desconcertado com o que viu. Katharine parecia igualmente cega ao que era mau nele tal como o fora ao que era bom. Sua expressão sugeria concentração em alguma coisa inteiramente remota daquilo que a cercava. Sua atitude descuidada parecia-lhe mais masculina que feminina. Seu impulso de quebrar o constrangimento esfriou, e uma vez mais o sentimento da sua impotência voltou. Não podia deixar de contrastar Katharine com a visão da encantadora, caprichosa Cassandra. Katharine pouco expansiva, desatenciosa, calada, e assim mesmo tão notável, que não podia passar sem a opinião dela a seu respeito.

Ela se voltou para ele um minuto depois, como se, ao encerrar aquilo em que vinha pensando, se tivesse dado conta da sua presença.

– Terminou a carta? – perguntou. Ele julgou perceber um leve tom de troça na voz, mas nenhum traço de ciúme.

– Não. Não vou escrever mais esta noite – disse. – Por algum motivo, não estou com disposição. Não consigo dizer o que quero.

– Cassandra não saberá se está bem ou mal escrito – observou Katharine.

– Não estou tão certo disso. Diria que ela tem bastante sensibilidade para a literatura.

– Talvez – disse Katharine, com indiferença. – Você tem negligenciado minha própria educação nos últimos tempos, diga-se de passagem. Gostaria que lesse alguma coisa. Deixe-me escolher um livro.

Dizendo isso, foi até as estantes e começou a olhar, sem método, os livros. Qualquer coisa, pensava, era melhor que discutir ou ficar no estranho silêncio que lhe dava ideia da distância entre eles. Ao puxar um livro, depois outro, pensava ironicamente na certeza de que tinha há uma hora apenas; e de como se desvanecera num momento; de como apenas marcava tempo, agora, o melhor que podia, não sabendo absolutamente em que pé se achavam nem o que sentiam, ou se William a amava ou não. Cada vez mais, a condição da mente de Mary parecia-lhe maravilhosa e invejável, se, na verdade, fosse o que pensava – ou se, na verdade, a simplicidade existisse para qualquer das filhas de uma mulher.

– Swift – disse, por fim, tirando um volume ao acaso para liquidar a questão. – Teremos um pouco de Swift.

Rodney tomou o livro, segurou-o à sua frente, inseriu um dedo entre as páginas, mas não disse nada. Seu rosto mostrava um curioso ar de deliberação, como se comparasse uma coisa com outra, e não quisesse falar antes de tomada a decisão.

Katharine, voltando à sua cadeira, junto dele, notou esse silêncio e observou-o com súbita apreensão. O que esperava ou temia, não saberia dizer. Talvez, acima de tudo, na sua mente estivesse um irracional e indefensável desejo de alguma segurança da afeição dele. Rabugices, recriminações, interrogatórios cerrados, a tudo estava acostumada. Mas essa atitude de tranquilidade bem composta, que parecia provir de uma convicção íntima de poder, intrigava-a. Não sabia o que estava para acontecer.

Por fim, William falou:

– Acho que é um tanto estranho, não? – disse, com uma voz de reflexão desapaixonada. – A maioria das pessoas ficaria seriamente perturbada se tivesse um casamento adiado por seis meses ou mais. Mas nós não ficamos. Como explica isso?

Ela o encarou, interpretando sua atitude judicial como a de uma pessoa que quer se manter distante de qualquer emoção.

– Atribuo isso – continuou ele, sem esperar que ela respondesse – ao fato de que nenhum de nós vê o outro romanticamente. Talvez isso se deva ao fato de nos conhecermos há tanto tempo; estou inclinado, porém, a pensar que há mais do que isso. Haverá alguma coisa de temperamento. Penso que você é um tanto fria, e suspeito de que sou um pouco egoísta. Se estiver certo, isso explicaria em grande parte a nossa falta recíproca de ilusões. Não quero dizer que casamentos bem-sucedidos não sejam fundados justamente nessa espécie de entendimento. Mas sem dúvida pareceu-me insólito, esta manhã, quando Wilson falou comigo, quão pouco perturbado fiquei. De passagem: você está certa de que não nos comprometemos definitivamente a alugar aquela casa?

– Tenho as cartas, e vou verificar amanhã. Mas tenho certeza de que estamos garantidos.

– Obrigado. Quanto ao problema psicológico – continuou ele, como se a questão o interessasse de maneira remota –, não há dúvida, penso eu, que qualquer de nós é capaz de sentir aquilo a que, por razões de simplificação, chamarei romance por uma terceira pessoa. Pelo menos, tenho poucas dúvidas a respeito disso, no meu próprio caso.

Era, talvez, desde que o conhecia, a primeira vez que Katharine via William entrar, deliberadamente e sem sinal visível de emoção, numa declaração sobre seus próprios sentimentos. Ele era dado a desencorajar tais discussões íntimas com um risinho, ou com uma volta na conversação, como a dizer que os homens, pelo menos os experimentados, acham tais assuntos um tanto tolos ou de gosto duvidoso. Seu óbvio desejo de explicar algo a intrigava, interessava e neutralizava a ferida à sua vaidade. Por alguma razão, também, sentia-se mais à vontade com ele do que habitualmente; ou esse "à vontade" era mais um sentimento de igualdade. Mas não podia demorar-se, agora, na consideração disso. As observações dele a interessavam demais por causa da luz que derramavam sobre certos problemas particulares dela.

– O que é esse romance?

– Ah, essa é a questão. Nunca encontrei uma definição que me satisfizesse, embora algumas sejam muito boas. – E olhou na direção dos seus livros.

– Não será o conhecimento da outra pessoa – arriscou ela –, talvez a ignorância...

– Algumas autoridades dizem que é uma questão de distância. O romance na literatura, quero dizer...

– Possivelmente, no caso da arte. Mas, no caso de gente, pode ser... – Ela hesitou.

– Você tem alguma experiência pessoal da matéria? – perguntou ele, deixando que seus olhos demorassem nela por um breve momento.

– Penso que isso me influenciou enormemente – disse ela, no tom absorto de uma pessoa que considera atentamente todas as possibilidades de um tema que acaba de lhe ser proposto –, mas na minha vida há pouco campo para isso – acrescentou. Reviu suas obrigações diárias, as perpétuas exigências feitas a seu senso comum, ao seu autodomínio, à sua exatidão, numa casa que abrigava uma mãe romântica. Ah, mas o seu não era aquela espécie de romance. Era um desejo, um eco, um som; poderia vesti-lo de cores, ouvi-lo em música, mas não em palavras; não, jamais em palavras. Suspirou, tentada por tão incoerentes, tão incomunicáveis desejos.

– Mas não é curioso – resumiu William – que você não o sinta por mim, nem eu por você?

Katharine concordou que era, sim, curioso. Muito; contudo, ainda mais curioso para ela era o fato de discutir essa questão com William. Revelava possibilidades que abriam a perspectiva de um tipo inteiramente novo de relacionamento. De algum modo, parecia-lhe que ele a ajudava a entender o que nunca entendera; e na sua gratidão, estava cônscia de um desejo muito fraternal de ajudá-lo também – fraternalmente, exceto por uma pontada, difícil de dominar: a de que, para ele, ela não tinha romance.

– Penso que você poderia ter sido muito feliz com alguém que amasse desse modo – disse ela.

– Você afirmaria que o romance sobrevive a uma relação mais estreita com a pessoa amada?

Pôs a questão formalmente, para proteger-se do tipo de conversa íntima que ele detestava. A situação toda exigia o mais cuidadoso tratamento, a fim de que não degenerasse numa exibição ao mesmo tempo degradante e perturbadora, tal como a cena, em que nunca pensaria sem sentir vergonha, da charneca, das folhas secas. Todavia, cada sentença trazia-lhe alívio. Estava a caminho de entender uma coisa ou outra sobre seus próprios desejos, até então indefinidos para ele, e fonte das dificuldades com Katharine. O desejo de feri-la, que o impelira a começar, abandonara-o completamente. E sentia que agora só Katharine poderia ajudá-lo a certificar-se. Havia tantas coisas que ele não era capaz de dizer sem a maior dificuldade! Aquele nome, por exemplo – Cassandra.

Nem podia tirar os olhos de um certo ponto, uma ravina em brasa rodeada de altas montanhas, no coração dos carvões. Esperou, em suspense, que Katharine continuasse. Ela dissera que ele poderia ser feliz com alguém que amasse dessa maneira.

– Não vejo por que não duraria, no seu caso – resumiu ela. – Posso imaginar uma espécie de pessoa – fez uma pausa. Sentia que ele a ouvia com a maior absorção, e que a sua formalidade não passava de uma capa para alguma ansiedade extrema de qualquer espécie. Havia alguma pessoa então, alguma mulher. Quem poderia ser? Cassandra? Ah, possivelmente...

– Uma pessoa – acrescentou, falando no tom mais neutro que estava em seu poder usar – como Cassandra Otway, por exemplo. Cassandra é a mais interessante figura dos Otways, à exceção de Henry. Mesmo assim, gosto mais de Cassandra. Ela tem mais do que um simples talento. Ela é um caráter, uma pessoa por si mesma.

– Aqueles horríveis insetos! – ouviu-se de William, com uma risada nervosa, e um pequeno espasmo correu pelo seu corpo, como Katharine notou. *Era* Cassandra, então. Automática e surdamente ela replicou:

– Você poderia insistir em que ela se limitasse a... a alguma outra coisa... Mas ela gosta de música. Acho que escreve versos. E não há dúvida de que possui um encanto peculiar...

Interrompeu-se, como se estivesse a definir para si mesma esse encanto peculiar. Após um momento de silêncio, William soltou:

– Achei-a afetuosa.

– Extremamente afetuosa. Ela adora Henry. Quando você pensa na espécie de casa que ela tem... Tio Francis sempre num humor ou noutro...

– Ai, ai, ai – resmungou William.

– E vocês têm tanto em comum.

– Minha querida Katharine! – exclamou William, lançando-se para trás na sua cadeira e arrancando seus olhos do ponto fixo no fogo. – A rigor, não sei de que estamos falando... Eu lhe asseguro...

Estava coberto da mais extrema confusão. Retirou o dedo, ainda enfiado entre as páginas de *Gulliver*, abriu o livro, e correu o olho pela lista dos capítulos, como se estivesse a escolher o mais apropriado para ler em voz alta. Observando, ela foi tomada dos primeiros sintomas do pânico de William. Ao mesmo tempo, convenceu-se de que, encontrada a página certa, tirados os óculos, limpada a garganta, uma oportunidade que jamais surgiria de novo nas suas vidas estaria para sempre perdida para ambos.

– Estávamos falando de coisas que nos interessam muitíssimo – disse ela. – Não seria bom continuarmos, e deixar Swift para outra ocasião? Não me sinto com disposição para Swift, e é pena ler alguém nesse estado de espírito, sobretudo Swift.

A pretensão de douta especulação literária, como imaginara, restaurou a confiança de William em sua segurança pessoal, e ele pôs o livro de volta na estante, mantendo-se de costas para ela ao fazê-lo e aproveitando a oportunidade para concatenar seus pensamentos. Mas um segundo de introspecção tivera por alarmante resultado mostrar-lhe que sua própria mente, quando vista de fora para dentro, já não era um terreno familiar. Ou seja, o que sentira antes, conscientemente. Revelou-se a si mesmo como pessoa diversa da que gostaria de ser, viu-se ao léu num mar de possibilidades tumultuosas e desconhecidas. Ficou a andar de um lado para o outro da sala, depois se atirou impetuosamente na cadeira ao lado da ocupada por Katharine. Nunca antes sentira coisa alguma parecida com isso. Colocou-se inteiramente nas mãos dela. Abandonou toda e qualquer responsabilidade. E quase exclamou em voz alta: "Você despertou todas essas odiosas e violentas emoções; agora tem de fazer o melhor que puder com elas".

Contudo, sua presença junto dele surtiu um efeito calmante e tranquilizador sobre sua agitação; ele se sentia apenas cônscio de uma implícita confiança de que, de algum modo, estava seguro com ela, que ela o tiraria do beco sem saída, descobriria o que ele desejava e o obteria para ele.

– Quero fazer o que você me disser que faça – disse. – Coloco-me inteiramente em suas mãos, Katharine.

– Você precisa tentar dizer-me o que sente – respondeu ela.

– Minha querida, sinto mil coisas a cada segundo que passa. Não estou certo de que não sei o que sinto. Aquela tarde da charneca... Foi lá, e então... – interrompeu-se. Não lhe disse o que acontecera. – Seu odioso bom senso, como sempre, convenceu-me por algum tempo, mas a verdade é que... Só os Céus são capazes de dizer! – exclamou.

– Não é verdade que você está ou poderá estar apaixonado por Cassandra?

William curvou a cabeça. Depois de um momento de silêncio, murmurou:

– Creio que você tenha razão, Katharine.

Ela suspirou involuntariamente. Esperara o tempo todo, com uma intensidade que aumentava de segundo para segundo contra a corrente das palavras dele, que ao fim não chegaria a isso. Depois de um momento de surpreendente angústia, reuniu toda a sua coragem para dizer-lhe que só desejava poder ajudá-lo. E formulara as primeiras palavras de seu discurso quando soou uma batida na porta, terrível e assustadora para pessoas na condição de esgotamento nervoso em que eles estavam.

– Katharine, eu a venero – disse William, quase num sussurro.

– Sim – replicou ela, encolhendo-se com um pequeno calafrio –, mas você tem de abrir a porta.

23

Quando Ralph Denham entrou e viu Katharine sentada, de costas para ele, sentiu uma mudança na atmosfera como a que um viajante encontra, às vezes, na estrada, particularmente depois do pôr do sol, quando, sem aviso, ele passa de um frio pegajoso ao calor da reserva do dia, não dissipada ainda e em que se distinguem o doce cheiro do feno e do feijão, como se o sol estivesse alto embora a lua já brilhe. Hesitou; estremeceu; foi até a janela, elaboradamente, para depor o sobretudo. Apoiou, com todo cuidado, sua bengala contra as pregas da cortina. Assim ocupado com as próprias sensações e preparativos, teve pouco tempo de observar o que cada um dos outros sentia. Os sintomas de agitação que podia perceber (eles tinham pagado seu tributo em brilho de olhares e palidez de faces) pareceram-lhe dignos de atores em tão grande drama como o da vida cotidiana de Katharine Hilbery; beleza e paixão eram o sopro de seu ser – pensou.

Ela mal lhe notou a presença, ou apenas como algo que a forçava a adotar uma compostura de um modo que estava longe de sentir. William, porém, mostrava-se ainda mais agitado do que ela, e a primeira prestação da promessa de ajuda que ela lhe fizera tomou a forma de uma banalidade sobre a idade do edifício ou o nome do arquiteto, coisa que forneceu a Rodney desculpa de remexer numa gaveta, atrás de certos desenhos, que depôs na mesa entre os três.

Seria difícil dizer qual deles acompanhou os desenhos mais cuidadosamente; é certo, porém, que nenhum dos três encontrou de imediato algum reparo a fazer. Anos de prática em salas de visita vieram por fim em auxílio de Katharine, e ela disse uma coisa qualquer apropriada, retirando ao mesmo tempo sua mão da mesa, pois notou que tremia. William concordou efusivamente. Denham corroborou o que ele disse, falando num tom um tanto esganiçado... Afastaram as plantas e achegaram-se à lareira.

– Eu preferiria viver aqui a viver em qualquer outro lugar de Londres – disse Denham.

(E eu não tenho lugar nenhum onde morar, pensou Katharine, concordando com ele em voz alta.)

– Você poderia conseguir alojamento aqui, sem dúvida, se o desejasse – replicou Rodney.

– Só que estou deixando Londres para sempre. Aluguei aquele *cottage* de que lhe falara. – O anúncio pareceu elucidar pouco os seus dois ouvintes.

– Sim? É triste... Você tem de dar seu endereço. Não vai isolar-se, com certeza...

– Você se mudará, também, imagino – disse Denham.

William deu tais sinais de atrapalhar-se, que Katharine se concentrou e disse:

– Onde é o *cottage* que você arrumou?

Ao responder-lhe, Denham voltou-se para olhá-la. Quando seus olhos se encontraram, ela tomou consciência pela primeira vez de que estava falando com Ralph Denham, e lembrou-se de ter conversado com ele recentemente, sem recordar qualquer detalhe; de que falara dele há pouco, e que tinha razão em pensar mal dele. O que dissera não lembrava, mas sentia que tinha uma massa de dados na cabeça, que ainda não pudera examinar por falta de tempo – dados que agora estavam como que do outro lado de um golfo. Mas sua agitação lançava as mais curiosas luzes sobre seu próprio passado. Ela devia passar pelo problema presente e depois pensar em tudo calmamente. Apurou a atenção para acompanhar o que Ralph dizia. Dizia que alugara um *cottage* em Norfolk, e ela dizia que conhecia, ou que não conhecia, a aludida área. Contudo, depois de um momento de atenção, sua mente voou para Rodney, e teve uma invulgar, quase inédita, impressão de que ambos, ele e ela, estavam em contato e partilhavam os pensamentos um do outro. Se pelo menos Ralph não estivesse presente, cederia imediatamente ao desejo de pegar na mão de Rodney, inclinar a cabeça dele no seu ombro, pois era isso o que mais queria fazer no momento. A não ser ficar sozinha. Sim, era isso que queria mais do qualquer outra coisa. Estava farta dessas discussões. Estremecia ao esforço de revelar seus sentimentos. Esquecera-se de responder. Agora, era William quem falava.

– Mas que vai achar para fazer no interior? – ela perguntou a esmo, entrando numa conversa que apenas ouvira a meio, e de tal modo que Rodney e Denham olharam-na com alguma estranheza. Bastou, porém, que se juntasse à conversa para que Rodney ficasse mudo. E imediatamente deixou de ouvir o que eles diziam, embora, a intervalos, interpusesse nervosamente: "Sim, sim, sim". À medida que os minutos corriam, a presença de Ralph se tornava cada vez mais intolerável para ele, uma vez que havia tanto a dizer a Katharine. Do momento em que não podia falar com ela, terríveis dúvidas, perguntas irrespondíveis se acumulavam, as quais ele tinha de submeter a Katharine, pois apenas Katharine podia ajudá-lo. A não ser que a visse a sós, seria para todo o sempre impossível dormir ou saber que coisas dissera num momento de loucura, que não era inteiramente louco, ou era? Balançou a cabeça e disse nervosamente: "Sim, sim", e olhou Katharine e pensou em como estava bela. Não havia ninguém no mundo a quem admirasse mais. Havia no semblante dela uma emoção que ele nunca lhe vira antes. E então, enquanto remoía meios e modos de falar com ela sozinho, Katharine levantou-se, e ele foi apanhado de surpresa, pois contara que ela ficasse mais tempo que Denham. Sua única oportunidade, agora, de dizer-lhe uma palavra em particular era acompanhando-a escada abaixo; poderia caminhar um pouco com ela na rua. Hesitava, dominado pela dificuldade de pôr um simples pensamento em palavras, se todos os seus pensamentos se achavam dispersos, e eram todos fortes demais para serem ditos, quando alguma coisa ainda mais inesperada ocorreu. Denham levantou-se da sua cadeira, olhou para Katharine e disse:

– Estou saindo também. Vamos juntos?

E antes que William pudesse encontrar um meio de detê-lo – ou seria melhor deter Katharine? –, ele apanhara chapéu e bengala, e segurava a porta aberta para que Katharine passasse. O mais que William pôde fazer foi postar-se no alto da escadaria e desejar-lhes boa-noite. Não podia propor sair com eles. Não podia insistir que ficassem. Viu-a descer, vagarosamente, devido à penumbra da escadaria, e teve uma última visão da cabeça de Denham e da cabeça de Katharine, quase juntas, contra o painel da parede. De chofre, uma pontada de agudo ciúme o assaltou. Se não tivesse consciência dos chinelos nos pés, teria gritado ou corrido atrás deles. Nas circunstâncias, não conseguiu sair do lugar. Na volta da escada, Katharine virou-se e olhou para trás, confiando que esse último olhar selasse o seu pacto de boa amizade. Ao invés de retribuir seu cumprimento silencioso, William mostrou-lhe os dentes com um frio olhar de sarcasmo, ou fúria.

Ela se deteve, petrificada. Depois, retomou vagarosamente a descida para o pátio. Olhava à direita e à esquerda. Olhou uma vez para o céu. Estava apenas consciente da presença de Denham, como um bloco contra seus pensamentos. Mediu a distância que tinha de ser atravessada até que pudesse ficar só. Ao atingirem o Strand, não havia táxis à vista; Denham quebrou o silêncio dizendo:

– Parece que não há carros. Vamos andar um pouco?

– Muito bem – concordou ela, não lhe prestando atenção.

Cônscio da preocupação dela ou absorto em seus próprios pensamentos, Ralph nada mais disse. E em silêncio caminharam algum tempo pelo Strand. Ralph fazia o melhor que podia para reunir e ordenar os pensamentos, de modo a que um precedesse os outros, e a determinação de falar apenas quando pudesse fazê--lo bem levou-o a escolher as palavras exatas e até o lugar que melhor lhes convinha. O Strand era por demais tumultuado. Havia muito risco, também, de encontrar um táxi vazio. Sem uma palavra de explicação, virou à esquerda, numa das ruas transversais que conduzem ao rio. De modo algum poderiam separar-se até que qualquer coisa de maior importância acontecesse. Sabia perfeitamente bem o que queria dizer, e organizara na cabeça não só a substância disso mas a sequência em que o apresentaria. Agora, todavia, que estava sozinho com ela, não só julgava a dificuldade de falar quase insuperável, como tinha consciência de estar zangado com ela por perturbá-lo dessa maneira e semear – coisa fácil para uma pessoa da sua posição – fantasmas e ciladas no seu caminho. Estava decidido a interrogá-la tão severamente quanto se interrogaria a si mesmo. E fazer que ambos justificassem o domínio dela ou a esse domínio renunciassem. Contudo, quanto mais tempo andavam juntos, mais perturbado ficava ele com a presença dela; sua saia era batida pelo vento; as plumas do seu chapéu adejavam; por vezes, ela ficava um ou dois passos à frente; por vezes, tinha de alcançá-lo.

O silêncio prolongou-se e, por fim, chamou a atenção dela. Primeiro, aborrecia-se por não haver táxi que a livrasse da companhia dele. Depois, lembrou-se vagamente de uma coisa que Mary dissera e que a fizera pensar mal dele. Não podia lembrar o quê; mas a memória disso, combinada com seus ares dominadores – por que andava tão depressa por essa rua transversal? –, faziam-na mais e mais cônscia de ter a seu lado uma pessoa de grande força, mas força desagradável. Parou e, olhando em redor à procura de táxi, avistou um ao longe.

– Você se importaria se andássemos um pouco mais a pé? Há uma coisa que quero dizer-lhe.

– Muito bem – respondeu, imaginando que o pedido tinha alguma coisa a ver com Mary Datchet.

– É mais tranquilo junto do rio – disse ele, e imediatamente atravessou. – Quero pedir-lhe apenas isto – começou. Mas fez uma pausa tão longa que ela pôde ver sua cabeça projetada contra o céu; o corte da face, magra, e o nariz grande e forte desenhavam-se com toda nitidez. Enquanto ele esperava, palavras inteiramente diversas das que pretendia usar ofereceram-se: – Fiz de você o meu modelo desde que a vi. Tenho sonhado com você. Tenho pensado exclusivamente em você. Você representa para mim a única realidade do mundo.

Essas palavras, e a estranha voz forçada com que as proferiu, faziam parecer que se dirigia a uma pessoa que não era a mulher ao seu lado, mas alguma outra, distante.

– Agora as coisas chegaram a um ponto que, a não ser que eu fale abertamente, acredito que vá enlouquecer. Penso em você como a coisa mais bela e verdadeira do mundo – continuou, tomado de exaltação, e sentindo que não tinha mais necessidade agora de escolher as palavras com aquela exatidão pedante, pois o que queria dizer estava subitamente claro para ele. – Vejo-a em toda parte, nas estrelas, no rio. Para mim, você é tudo o que existe, a realidade de tudo. A vida seria impossível sem você. E agora, quero...

Ela o escutara até esse momento com a sensação de que perdera alguma palavra que dava sentido ao resto. Não podia mais ouvir essa divagação incoerente sem procurar detê-lo. Sentiu como se ouvisse por acaso o que se destinava a outrem.

– Não entendo – disse. – Você está a dizer coisas que não pretende dizer.

– Pretendo dizer cada palavra – replicou ele, enfaticamente. Voltou, então, a cabeça para ela. E ela se lembrou das palavras que vinha tentando lembrar: *Ralph Denham está apaixonado por você*. Vieram-lhe à memória na voz de Mary Datchet. A indignação ferveu nela, de novo:

– Estive com Mary Datchet esta tarde! – exclamou.

Ele teve um sobressalto, como se ficasse surpreso ou perplexo, mas respondeu num momento:
— Contou que eu propus casamento a ela, imagino?
— Não! — exclamou Katharine, surpresa.
— Pois propus. Foi naquele dia em que encontrei você em Lincoln — continuou. — Eu tinha pensado em pedir a Mary que casasse comigo, e olhei pela janela, e vi você. Depois disso, não quis mais pedir a ninguém que casasse comigo. Mas pedi assim mesmo. E ela sabia que eu estava mentindo, e recusou. Pensei então, e penso ainda, que ela gosta de mim. Portei-me muito mal. E não me defendo.
— Não — disse Katharine. — Espero que não. Não há defesa que me ocorra. Se existe uma conduta indesculpável, é essa — falou com uma energia que era dirigida mais contra si mesma do que contra ele. — Parece-me — continuou com a mesma energia — que as pessoas têm de ser honestas. Não há desculpa para um comportamento desses. — Podia ver claramente à sua frente a expressão do rosto de Mary Datchet.

Depois de uma breve pausa, ele disse:
— Eu não estou dizendo a você que a amo. Eu não a amo.
— Não pensei que amasse — replicou ela, mas cônscia de alguma perplexidade.
— Não lhe disse uma palavra que não fosse verdadeira — acrescentou ele.
— Diga-me, então, o que significa isso — falou ela, por fim.

E como que em obediência a um instinto comum, os dois se detiveram e, debruçando-se um pouco sobre a balaustrada do rio, olharam a água correr.
— Você diz que devemos ser honestos — começou Ralph. — Muito bem. Vou tentar apresentar-lhe os fatos. Mas aviso-a que poderá considerar-me louco. É fato que, desde que a vi pela primeira vez, há quatro ou cinco meses, fiz de você, de uma maneira totalmente absurda, acho, o meu ideal. Tenho quase vergonha de lhe contar a que extremos cheguei. Tornou-se a coisa mais importante na minha vida. — Ele se controlou. — Sem conhecê-la, sabendo apenas

que era bonita, cheguei a crer numa espécie de acordo; de que estamos à procura de alguma coisa juntos; de que temos a mesma visão... Adquiri o hábito de imaginar você. Sempre fico a pensar no que diria, ou não diria, das coisas. Ando pelas ruas falando com você. Sonho com você. É apenas um mau hábito, um hábito de colegial, sonhar acordado. É uma experiência comum. Metade dos amigos da gente faz o mesmo. Bem, são esses os fatos.

Simultaneamente, puseram-se os dois a andar outra vez, muito devagar.

– Se você me conhecesse, não sentiria nada disso – disse ela.

– Não conhecemos um ao outro, sempre fomos... interrompidos... Você ia me dizer tudo isso no dia em que minhas tias chegaram? – perguntou, recordando toda a cena.

Ele abaixou a cabeça.

– No dia em que você me falou do seu noivado – disse.

E ela pensou, com um sobressalto, que não estava mais noiva.

– Nego que venha a deixar de sentir tudo isso quando conhecer você melhor. Vou apenas senti-lo mais razoavelmente, é tudo. Não vou dizer a mesma espécie de disparates que disse hoje... Mas não eram disparates. Era a verdade – insistiu, obstinadamente. – É tudo o que importa. Você me obriga a falar como se esse sentimento por você fosse uma alucinação, mas todos os nossos sentimentos não o são? Os melhores deles são ilusões pela metade. E, todavia – acrescentou, como se argumentasse consigo mesmo –, se esse sentimento não fosse tão real quanto qualquer coisa que eu seja capaz de sentir, não estaria para mudar a minha vida por sua causa.

– O que quer dizer? – inquiriu ela.

– Já lhe disse. Estou alugando um *cottage* no campo. Estou abandonando a minha profissão.

– Por minha causa? – perguntou ela, com assombro.

– Sim, por sua causa – replicou ele. E nada acrescentou à explicação.

– Mas não conheço você nem seus problemas – disse ela, finalmente, em vista do silêncio de Ralph.

– Não tem opinião nenhuma a meu respeito, de uma forma ou de outra?
– Sim, suponho que tenho uma opinião... – Ela hesitou.

Ele dominou o desejo de pedir-lhe que se explicasse, e para seu gosto viu que Katharine continuava, parecendo esquadrinhar a mente:
– Eu julgava que você me criticava, que talvez não gostasse de mim. Pensava em você como uma pessoa que julga...
– Não. Sou uma pessoa que sente – disse ele, em voz baixa.
– Diga-me, então, o que o levou a fazer isso – pediu ela, depois de um intervalo.

E ele lhe contou ordenadamente, revelando cuidadosa preparação, tudo o que quisera dizer desde o começo; qual a sua posição com referência a seus irmãos e irmãs; o que sua mãe tinha dito; e o que sua irmã Joan abstivera-se de dizer; exatamente quantas libras tinha em sua conta, no banco; as esperanças do irmão de ganhar a vida na América; quanto da renda familiar ia no aluguel, e outros detalhes que sabia de cor. Ela ouviu apenas como quem examina a superfície de um assunto, quando avistaram Waterloo Bridge. Não prestava atenção àquilo tudo, não mais do que se precisa para contar as pedras do calçamento. Sentia-se mais feliz do que jamais se sentira na vida. Se Denham pudesse saber quantos livros de símbolos algébricos, com as páginas salpicadas de pontos e traços e barras, passaram diante dos olhos dela enquanto caminhavam pelo Embankment, sua secreta alegria pela atenção dela se teria dissipado. Ela continuava a dizer: "Sim, compreendo... Mas como isso poderia ajudá-la? Seu irmão passou nas provas?..." – de maneira tão sensata, que ele tinha constantemente de manter o próprio cérebro sob controle. E todo esse tempo ela não parava, em imaginação, de olhar através de um telescópio discos brancos, cortados por uma linha de sombra, e que eram outros mundos; até que se sentiu dotada de dois corpos, um que andava à beira do rio com Denham, outro concentrado num globo de prata solto na amplidão azul muito acima da espuma de vapores que escondia o mundo visível. Olhou para o céu uma vez, e viu que nenhuma estrela era bastante penetrante para varar as nuvens carregadas de chuva que fugiam agora, velozes, tocadas pelo vento oeste. Olhou depressa para baixo. Não havia razão, dizia-se, para esse sentimento de felicidade; ela não era livre; ela não estava só; ela se prendia, ainda, à terra, por um milhão de fibras; cada passo a aproximava de casa. Não obstante, exultava, como jamais exultara antes. O ar parecia-lhe mais fresco, as luzes mais nítidas, a pedra fria da balaustrada mais fria e dura do que nunca, quando por acaso ou de propósito, sua mão batia contra ela. Nenhum sentimento de animosidade contra Denham persistia; ele certamente não procuraria deter qualquer fuga que ela ensaiasse, fosse na direção do céu ou de casa; mas de que sua condição era devida a ele ou a qualquer coisa que ele houvesse dito, não tomou consciência.

Estavam agora à vista da corrente de táxis e ônibus, que iam para Surrey, do outro lado do rio, ou provinham daquela direção. O rumor do tráfego, as buzinas, e o leve bimbalhar das campainhas dos bondes soavam, agora, mais distintamente. E, com o aumento do rumor, ambos se calaram. Com um mesmo instinto, diminuíram o passo, como que a prolongar o tempo de meia privacidade de que dispunham. Para Ralph, o prazer dessas últimas jardas de sua caminhada com Katharine era tão grande que não conseguia ver, para além do presente momento, o tempo em que ela o deixaria. Não desejava usar os últimos momentos do seu companheirismo para juntar novas palavras ao que já dissera. Desde que se calaram, ela se tornara para ele não tanto uma pessoa real, mas a própria mulher com quem sonhava; seus sonhos solitários jamais tinham produzido sensação tão intensa como a que o invadia agora em presença dela. Ele próprio estava também estranhamente transfigurado. Tinha o completo domínio das suas faculdades. Pela primeira vez sentia-se senhor de todos os seus talentos. As vistas que se abriam diante dele pareciam não ter limite perceptível. Mas o clima nada tinha do desejo irrequieto e febril de acrescentar um deleite a outro que já marcara, e de certo modo estragara, a mais extática das suas visões. Era um clima que levava em conta, com tal lucidez, a condição humana, que ele não se deixou perturbar absolutamente pela aparição deslizante de um táxi, e sem agitação perceber que também Katharine estava cônscia do fato, e virara a cabeça na direção do automóvel. Seus passos diminuíram, o que indicava o desejo de tomar o táxi. Pararam simultaneamente e fizeram sinal.

– Então, você me dará conta da sua decisão logo que puder? – perguntou ele, com a mão na porta.

Ela hesitou por um momento. Não podia lembrar-se imediatamente sobre que questão devia decidir.

– Eu escrevo – disse, vagamente. – Não – acrescentou, um segundo depois, lembrando-se da dificuldade de escrever qualquer coisa definitiva sobre uma questão à qual não prestara atenção. – Não sei como fazer.

Ficou olhando para Denham, considerando e hesitando, já com o pé no estribo. Ele adivinhou as dificuldades dela. Entendeu, num segundo, que não ouvira nada. Sabia tudo o que ela sentia.

– Há um único lugar que conheço onde se podem discutir coisas satisfatoriamente. É Kew.

– Kew?

– Kew – repetiu ele, com imensa decisão. Fechou a porta e deu o endereço dela ao motorista. Instantaneamente, foi levada para longe dele, e seu táxi juntou-se ao fluxo emaranhado dos veículos, cada um assinalado por uma luz e todos impossíveis de distinguir uns dos outros. Ficou olhando por um momento, e, então, como que por algum feroz impulso arrebatado do lugar onde estivera, virou-se, cruzou a rua em passos rápidos e desapareceu.

Andou, assim, levado pelo ímpeto desse último sentimento de quase sobrenatural exaltação, até que atingiu uma rua estreita, àquela hora deserta de tráfego e de transeuntes. Aí, ou por força das lojas, com suas vitrines fechadas, a lisa e prateada curva do pavimento de madeira, ou por um natural refluxo do sentimento, sua exaltação aos poucos esvaiu-se e desertou-o. Estava cônscio, agora, da perda que sucede a qualquer revelação;

perdera alguma coisa ao falar a Katharine, pois, afinal de contas, seria a Katharine que ele amava a mesma Katharine real? Ela se transcendera inteiramente em certos momentos. Sua saia voara ao vento; a pluma de seu chapéu adejara; sua voz falara; sim, mas como é terrível, às vezes, o intervalo entre a voz dos nossos sonhos e a voz que procede do objeto desses sonhos! Sentiu uma mistura de repulsa e de piedade à figura que os seres humanos projetam quando tentam realizar, na prática, o que têm o poder de criar. Quão pequenos ele e Katharine pareceram, ao sair da nuvem de pensamento que os envolvia! Lembrou-se das mesquinhas, inexpressivas, corriqueiras palavras com que se haviam tentado comunicar. Repetindo as palavras de Katharine, chegou em poucos minutos a tal sentimento da sua presença, que adorou-a mais do que nunca. Mas ela estava noiva, lembrou--se com um sobressalto. A força desse sentimento revelou-se--lhe inteiramente, e ele se entregou a uma irresistível fúria e frustração. A imagem de Rodney apresentou-se diante dele, em todas as situações possíveis de ridículo e indignidade. Casar com Katharine? Esse professorzinho de dança, de cara vermelha? Esse imbecil falante, com ar de macaco de realejo? Esse janota, afetado, frívolo, absurdo? Com suas tragédias e suas comédias, seus inumeráveis despeitos, orgulhos e mesquinharias? Deus! Casar com Rodney! Ela deve ser tão tola quanto ele, então. A amargura tomou conta de Ralph; sentado no canto do vagão do metrô, ele parecia a mais austera imagem que se possa conceber da severidade inacessível. Tão logo chegou em casa, sentou-se à mesa e pôs-se a escrever a Katharine uma longa, arrebatada e insana carta, implorando-lhe romper com Rodney, por amor dele, Ralph, por amor dela mesma. Implorando-lhe que não destruísse para sempre a única beleza, a única verdade, a única esperança; que não traísse nem desertasse, pois, do contrário – e terminava com uma serena e breve asserção de que, fosse qual fosse a decisão dela, ele a julgaria a melhor e a aceitaria com gratidão. Encheu páginas e páginas e ouviu as primeiras carretas saindo para Londres antes de ir para a cama.

24

Os primeiros sinais da primavera, mesmo os que se fazem visíveis em meados de fevereiro, não só produzem pequenas flores brancas e roxas nos mais abrigados recantos de florestas e jardins, mas geram nas mentes de homens e mulheres pensamentos e desejos comparáveis a pétalas de cor desmaiada e delicado perfume. Vidas enregeladas pelos anos – no que diz respeito ao presente – e reduzidas a uma superfície dura que não reflete nem cede, tornam-se moles e fluidas nessa estação, espelhando as formas e cores do presente tão bem quanto as formas e cores do passado. No caso de Sra. Hilbery, esses primeiros dias de primavera eram, sobretudo, perturbadores, uma vez que aceleravam, de maneira geral, as suas faculdades emocionais, as quais, no que dizia respeito ao passado, nunca sofriam diminuição sensível. Mas, na primavera, seu desejo de expressão invariavelmente aumentava. Perseguiam-na fantasmas de frases soltas. Dava-se, então, ao sensual deleite da combinação de palavras. Procurava-as nas páginas dos seus autores favoritos. Compunha-as ela mesma, em pedaços de papel, e rolava-as na língua quando surgia ocasião para tal eloquência. Era sustentada nessas excursões pela convicção de que nenhuma língua era capaz de sobrepujar o esplendor da memória de seu pai. E, embora seus próprios esforços não tivessem como resultado acelerar a conclusão da biografia dele, ficava sob a impressão de viver mais à sombra dele em tempos como esses do que em outros. Ninguém escapa ao império da linguagem, muito menos os de sangue inglês, criados desde a infância, tal como Sra. Hilbery o fora, para entreter-se ora na simplicidade saxônica, ora no esplendor latino da língua, e abastecidos das memórias, tal como Sra. Hilbery o era, de velhos poetas exuberantes, em sua infinidade de vocábulos. Mesmo Katharine deixava-se afetar, ligeiramente, e contra seu melhor juízo, pelo entusiasmo da mãe. Não que seu bom senso pudesse aquiescer inteiramente à necessidade de um estudo dos sonetos de Shakespeare como prolegômeno ao quinto capítulo da biografia de seu avô. Começando com uma brincadeira inteiramente frívola, Sra. Hilbery desenvolvera a teoria de que Anne Hathaway, entre outras coisas, escrevera os sonetos de Shakespeare. A ideia, sugerida a fim de animar uma reunião para professores, os quais se deram pressa em enviar-lhe, nos dias subsequentes, grande número de manuais impressos em edições particulares, para sua instrução, tivera como resultado submergi-la num oceano de literatura elisabetana. Chegara a acreditar na sua própria pilhéria, que era, conforme disse, pelo menos tão boa quanto os chamados "fatos" das outras pessoas. E toda a sua fantasia cristalizou-se, por algum tempo, em torno de Stratford-upon-Avon. Pretendia, como comunicou a Katharine, quando esta entrou na sala na manhã seguinte ao seu passeio ao longo do rio, visitar o túmulo de Shakespeare. Qualquer fato relacionado com o poeta tornara-se, momentaneamente, de maior importância para ela que o presente imediato, e a certeza de que existia na Inglaterra um solo que Shakespeare indiscutivelmente pisara, e um sítio onde seus ossos jaziam diretamente sob os pés da gente, era tão absorvente para ela nessa ocasião, que saudou a filha com uma exclamação.

– Você acha que ele passou alguma vez por esta casa?

A pergunta pareceu, no momento, a Katharine, ter relação com Ralph Denham.
– A caminho de Blackfriars, quero dizer – explicou Sra. Hilbery –, porque, você sabe, a última descoberta é que ele teve uma casa lá.

Katharine ainda olhava em torno com ar perplexo, e Sra. Hilbery acrescentou:
– O que prova que ele não era tão pobre quanto dizem. Gostaria de imaginar que ele tinha o bastante. Embora não deseje absolutamente sabê-lo rico.

Então, percebendo a expressão de perplexidade da filha, Sra. Hilbery explodiu numa gargalhada.
– Minha querida, não falo do *seu* William, embora isso seja mais uma razão para gostar dele. Falo, penso, sonho com o *meu* William. William Shakespeare, naturalmente. Não é curioso – especulou, em pé à janela, a tamborilar delicadamente na vidraça – que tanto quanto se possa ver, aquela boa criatura, de chapéu azul, que atravessa a rua de cesta no braço, nunca tenha ouvido falar em tal pessoa? E, no entanto, tudo continua: advogados correndo para o trabalho, motoristas disputando fregueses, meninos rodando arcos, meninas dando pão às gaivotas, como se jamais tivesse havido um Shakespeare no mundo! Gostaria de ficar em pé naquele cruzamento o dia inteiro dizendo: "Gente, leiam Shakespeare!".

Katharine sentou-se à mesa e abriu um longo envelope empoeirado. Como Shelley era mencionado numa carta como ainda vivo, o documento tinha naturalmente considerável valor. Sua tarefa imediata era decidir se a carta toda devia ser reproduzida ou apenas o parágrafo relativo a Shelley. Pegou, então, de uma pena e segurou-a no ar pronta a fazer justiça à folha. Quase sub-repticiamente, escorregou uma folha em branco para a sua frente e a mão, descendo, pôs-se a desenhar caixas divididas ao meio ou aos quartos por linhas retas, e depois círculos, que passavam pelo mesmo processo de dissecção.

– Katharine! Acabo de ter uma ideia brilhante! – exclamou Sra. Hilbery. – Empregar, vamos dizer, cem libras ou coisa assim em exemplares de Shakespeare, e distribuí-los a operários. Alguns dos seus brilhantes amigos, Katharine, que falam em comícios, poderão ajudar-nos. Isso talvez nos leve a um teatro, em que todos poderemos representar papéis. Você seria Rosalind, embora haja também uma pitada da velha aia em você. Seu pai é Hamlet, chegado, com os anos, à circunspecção. E eu... Eu tenho um pouco deles todos. Tenho uma boa dose do bobo, mas os bobos de Shakespeare dizem todas as falas brilhantes. Agora, quem William será? Um herói? Hotspur? Henrique V? Não, William tem um grão de Hamlet nele, também. Creio que William fala consigo mesmo quando sozinho. Ah, Katharine, vocês devem dizer coisas lindíssimas quando estão juntos! – acrescentou, um tanto ansiosamente, com um olhar de relance à filha, que não lhe contara nada do jantar da noite passada.

– Oh, dizemos uma porção de tolices – falou Katharine, escondendo seu pedaço de papel quando a mãe se aproximou, e abrindo a velha carta a respeito de Shelley à sua frente.

– Em dez anos, nada disso lhe parecerá tolice – disse Sra. Hilbery. – Creia-me, Katharine, você recordará com saudade esses dias. Você se lembrará de todas as tolices que disse. E verá que sua vida foi construída em cima delas. O melhor da vida é erigido sobre o que a gente diz quando ama. Não é tolice, Katharine – insistiu –, é a verdade, a única verdade.

Katharine estava a ponto de interromper sua mãe e, depois, a ponto de confiar-lhe tudo. Ficavam muito próximas uma da outra, às vezes. Mas, enquanto temporizava, procurando palavras que não fossem por demais diretas, sua mãe apelava para Shakespeare, e virava página após página em busca de alguma citação apropriada, que dissesse tudo isso sobre o amor muito, muito melhor do que ela jamais o conseguiria. Em consequência, Katharine limitou-se a desenhar um dos seus círculos em preto, muito forte, mas em meio ao processo o telefone tocou, e ela deixou a sala para atendê-lo.

Quando voltou, Sra. Hilbery tinha encontrado, não a passagem que procurava, mas outra, de requintada beleza, como observou com justiça, levantando apenas a cabeça por um segundo a fim de perguntar quem chamara.

— Mary Datchet — respondeu Katharine, sumariamente.

— Ah! Quase quis chamar você de Mary, mas não teria combinado com Hilbery, e não combinaria com Rodney. Agora, esta é a passagem que eu queria (não acho nunca o que procuro). Mas é a primavera; são os narcisos; são os verdes prados; são os passarinhos.

Outra imperativa campainha de telefone cortou a sua citação. Mais uma vez Katharine deixou a sala.

— Minha querida filha, como são odiosos os triunfos da ciência! — exclamou Sra. Hilbery, à sua volta. — Logo estaremos em comunicação com a lua. Quem era dessa vez?

— William — respondeu Katharine, ainda mais sumariamente.

— Eu perdoo tudo a William, porque estou segura de que não haverá Williams na lua. Espero que venha almoçar?

— Vem tomar chá.

— Bom, é melhor que nada. E prometo deixá-los sozinhos.

— Não há necessidade disso — disse Katharine.

Passou a mão sobre a desbotada carta e achegou-se à mesa decididamente, como se não quisesse mais perder tempo. O gesto não passou despercebido a Sra. Hilbery. Indicava a existência de alguma coisa de severo e inacessível no caráter da filha, que lhe dava calafrios; assim como lhe dava calafrios a vista da miséria, da embriaguez ou da lógica com que Sr. Hilbery julgava bom, às vezes, demolir sua convicção de que o Milênio estava às portas. Voltou à sua mesa e, pondo os óculos, com uma curiosa expressão de quieta humildade, entregou-se, pela primeira vez nessa manhã, à tarefa que a esperava. O choque contra um mundo pouco compassivo assentou-lhe o juízo. Por uma vez, sua indústria superou a da filha. Katharine não podia reduzir o mundo àquela perspectiva particular em que Harriet Martineau, por exemplo, era uma figura de peso, e tinha uma relação genuína com tal figura ou tal data.

Curiosamente, o agudo som da campainha do telefone ainda ressoava em seu ouvido, e seu corpo e sua mente permaneciam em estado de tensão como se, a cada passo, pudesse ouvir outro chamado de maior interesse para ela do que o século XIX inteiro. Não imaginava claramente como seria tal chamado; mas, quando os ouvidos se acostumam a escutar, escutam involuntariamente, e assim Katharine passou a maior parte da manhã a prestar atenção a uma variedade de sons nas ruas secundárias de Chelsea. Pela primeira vez na sua vida, talvez, desejou que Sra. Hilbery não se aplicasse tanto ao trabalho. Uma citação de Shakespeare não seria fora de propósito. De vez em quando percebia um suspiro provindo da mesa de sua mãe, mas era a única prova que tinha de sua existência. Katharine não associou tais suspiros à sua própria posição decidida à mesa, ou teria lançado a *pena* longe e contado à mãe a razão da sua impaciência. O único trabalho que conseguiu fazer nessa manhã foi uma carta a sua prima Cassandra Otway – uma carta ao mesmo tempo desconexa, longa, afetuosa, brincalhona e imperativa. Insistia com Cassandra para que entregasse seus bichos a um criado e viesse passar com eles uma semana ou duas. Poderiam sair juntas e ouvir música. A aversão de Cassandra à sociedade – disse – era uma afetação que começava a se endurecer num preconceito, que, a longo prazo, poderia isolá-la de todas as pessoas e coisas interessantes. Terminava a página quando o som, que não parara de antecipar, de fato soou-lhe aos ouvidos. Saltou, rápida, e bateu a porta com tanta força, que Sra. Hilbery assustou-se. Aonde teria ido Katharine? Na sua absorção, não ouvira o telefone.

A alcova da escada, em que ficava o aparelho, era isolada por uma cortina de veludo púrpura. Era como um saco de objetos supérfluos, desses que existem em muitas casas que armazenam os restos de naufrágio de três gerações. Gravuras de velhos tios, famosos por suas proezas no Oriente, pendiam da parede, acima de bules de chá chineses, cujos lados eram rebitados com pontos de ouro, e os preciosos bules, por sua vez, estavam em cima de estantes que continham as obras completas de William

Cowper e Sir Walter Scott. O fio de som que saía do telefone era sempre colorido pelo ambiente que o recebia – ou sempre parecera assim a Katharine. Que voz, agora, se combinaria a ele ou marcaria uma dissonância?

– Que voz? – perguntou ela a si mesma, ouvindo um homem pedir, com grande firmeza, o número. A voz desconhecida pedia agora para falar com Srta. Hilbery. De todo o tumulto de vozes que se juntam na outra ponta da linha telefônica, do imenso leque de possibilidades, que voz, que possibilidade era essa?

– Estive verificando o horário dos trens. Cedo, na tarde de sábado, é o que mais me convém... Sou Ralph Denham... Mas darei tudo por escrito...

Com mais do que a sensação habitual de estar sendo obrigada a fazer algo a ponta de baioneta, Katharine respondeu:

– Acho que poderei ir. Vou verificar meus compromissos. Fique na linha.

Deixou cair o fone, e olhou fixamente para o retrato do tio-avô que não cessara de encarar, com um ar de benévola autoridade, um mundo em que não havia ainda sintomas da Revolta dos Cipaios. Todavia, balançando levemente contra a parede, dentro do tubo negro, havia uma voz, que pouco se importava com tio James, bules de porcelana, ou cortinas de veludo vermelho. Ela observava a oscilação do tubo e ao mesmo tempo tomava consciência da individualidade da casa em que estava; ouvia os discretos ruídos domésticos de uma existência regular, nas escadas, no andar acima de sua cabeça, e movimentos atrás da parede da casa ao lado. Não tinha uma visão muito clara de Denham, quando levou de novo o telefone aos lábios e respondeu que achava sábado bom para ela. Esperava que não se despedisse imediatamente, embora não sentisse qualquer interesse especial em ouvir o que ele estava dizendo e tivesse, até, começado, enquanto ele falava, a pensar no seu próprio quarto, em cima, com seus livros, seus papéis prensados entre folhas de dicionários, e a mesa que podia ser esvaziada para trabalhar. Pôs de novo o fone no gancho, com expressão pensativa; sua inquietação amainara; conseguiu acabar a carta para Cassandra sem dificuldade, endereçou o envelope e pregou o selo com a decisão e presteza habituais.

Um ramo de anêmonas chamou a atenção de Sra. Hilbery quando acabavam de almoçar. O azul, o púrpura e o branco do vaso, posto num centro de luzes variadas, sobre um lustroso aparador *chippendale* junto à janela da sala de estar, fizeram-na estacar de chofre, com uma exclamação de prazer:

– Quem está de cama, Katharine? – perguntou. – Qual dos nossos amigos precisa ser reanimado? Quem se achará abandonado e esquecido? Quem estará devendo a conta da água, ou terá perdido a cozinheira que saiu numa explosão de raiva e nem esperou pelo salário? Eu sabia de alguém... – concluiu. Mas, de momento, o nome dessa conhecida lhe escapou. A melhor representante desse grupo desamparado, cujo dia seria alegrado por aquele ramalhete de anêmonas, era, na opinião de Katharine, a viúva de um general que vivia em Cromwell Road. Na falta de alguém realmente desprovido de tudo e faminto, como teria preferido, Sra. Hilbery foi forçada a reconhecer os títulos da generala, pois, embora vivendo confortavelmente, era pessoa aborrecida, sem encantos, ligada de algum modo obliquo à literatura e que, em certa ocasião, ficara emocionada a ponto de chorar por causa de um telefonema.

Acontece que Sra. Hilbery tinha um encontro em alguma parte, e a tarefa de levar as flores até Cromwell Road coube a Katharine. Levou também a carta para Cassandra, na intenção de depositá-la na primeira caixa de correio que encontrasse. Quando, todavia, se viu fora de casa, convidada a todo momento por agências e caixas externas a despejar o envelope nas suas goelas vermelhas, Katharine não o fez. Inventou desculpas absurdas: não queria atravessar a rua, ou estava certa de passar por outra agência em lugar mais central, adiante. Quanto mais tempo ficava com a carta na mão, mais questões a atormentavam, como que provindas de vozes no ar. Esses seres invisíveis perguntavam-lhe se estava noiva de William Rodney, ou se o compromisso fora rompido. Era certo – perguntavam – convidar Cassandra para uma visita; estava William Rodney apaixonado por ela, ou em vias de apaixonar-se? Então, os inquisidores paravam por um momento e recomeçavam, como se tomassem conhecimento de outro aspecto do problema: o que quisera dizer Ralph Denham na outra noite? Você acha que ele a ama? É certo concordar num passeio a sós com ele, e que conselho vai dar-lhe quanto ao futuro dele? William Rodney tem motivos para sentir ciúmes? E que pretende fazer você com relação a Mary Datchet? O que *você* vai fazer? O que a honra exige que faça? – repetiam.

– Céus! – exclamou Katharine, depois de prestar ouvidos a todos esses reparos. – Suponho que tenho de me decidir.

Mas o debate era uma verdadeira refrega, uma diversão para ganhar tempo. Como todas as pessoas criadas segundo uma tradição, Katharine era capaz, dentro de dez minutos, de reduzir qualquer dificuldade moral às proporções tradicionais e resolvê--la segundo as normas tradicionais. O livro da sabedoria jazia aberto, se não no regaço de sua mãe, pelo menos nos joelhos de muitos tios e tias. Bastava consultá-los, e imediatamente iriam à página certa, para ler a resposta apropriada a alguém na sua situação. As regras que devem governar o comportamento de uma mulher solteira estão escritas com tinta vermelha e gravadas em mármore se, por qualquer aberração da natureza, não estiverem escritas no coração dela. Katharine estava pronta a acreditar que algumas pessoas consideram uma honra lançar, aceitar, entregar suas vidas a um aceno da autoridade tradicional; poderia até invejá-las; no seu caso, porém, as questões se tornavam fantasmas logo que tentava seriamente encontrar uma resposta, prova de que a resposta tradicional não lhe serviria, individualmente. E, no entanto, servira a tanta gente – pensava olhando as filas de casas de um lado e de outro, onde viviam famílias cujas rendas deviam oscilar entre mil e quinze mil por ano; famílias que tinham, talvez, três empregados; cujas janelas eram ornadas de cortinas, quase sempre espessas e invariavelmente sujas; e que deviam – pensou –, uma vez que só se conseguia ver um espelho brilhando por cima de um *etagere*, em cujo tampo havia uma fruteira com maçãs, deviam manter a sala muito escura. Mas voltou o rosto, observando de si para consigo que essa não era a maneira de considerar o problema. A única verdade que podia descobrir era a verdade do que ela mesma sentia – um frágil raio de luz se comparado à ampla iluminação derramada pelos olhos de todos os que concordam em ver juntos. Tendo rejeitado as vozes visionárias, não tinha escolha senão fazer dessa luz seu farol através das massas escuras que a confrontavam. Tentou seguir esse raio de luz, com uma expressão no rosto que teria feito qualquer transeunte julgá-la alheia à cena circundante, de maneira condenável e até ridícula. Podia-se temer que essa jovem de aspecto impressionante fizesse alguma coisa excêntrica. Contudo, sua beleza a salvava do pior fado que pode sobrevir a um pedestre: a gente a olhava mas não ria. Procurar um sentimento verdadeiro por entre o caos das insensibilidades ou meias insensibilidades da vida; reconhecê-lo como tal, quando encontrado, e aceitar as consequências da descoberta, é coisa que marca com rugas de fronte mais serena, ao mesmo tempo que aviva o lume do olhar. É missão que atordoa, degrada e enobrece. E, como Katharine logo percebeu, suas descobertas davam-lhe razão para surpresa, vergonha e intensa ansiedade. Quase tudo dependia, como de regra, da interpretação da palavra "amor", palavra que vinha à baila cada vez que considerava Rodney, Denham, Mary Datchet ou ela própria; e que, em cada caso, parecia ter sentido diverso, sem deixar de ser algo inconfundível e impossível de ignorar. Pois, quanto mais olhava a confusão dessas vidas que, em vez de correrem paralelas, se tinham entrecruzado de repente, mais se convencia de que não havia outra luz nelas senão essa estranha iluminação, e nenhum outro caminho, salvo aquele sobre o qual ela deitava seus raios. Sua cegueira no caso de Rodney, sua tentativa de igualar o verdadeiro sentimento dele com o seu sentimento falso constituíam um malogro que jamais poderia condenar suficientemente. Na verdade, podia apenas pagar-lhe o tributo de deixar plantado um marco negro e nu e a descoberto, sem qualquer tentativa de sepultá-lo no esquecimento ou no perdão. Embora isso fosse humilhante, muito havia a exaltar. Reviu três cenas diversas: Mary, direita na cadeira, a dizer "Estou apaixonada, estou apaixonada"; Rodney, perdendo suas inibições por entre as folhas secas, e falando com o abandono de uma criança; Denham, debruçado no parapeito de pedra, discursando para o céu distante a ponto de tê-lo considerado louco. Passando de Mary a Denham, de William a Cassandra, e de Denham a ela própria – se é que (coisa de que duvidava) o estado de espírito de Denham estava associado a ela –, sua mente parecia traçar as linhas de um desenho geométrico, de um arranjo de vida que investia, se não a ela mesma, pelo menos aos outros, não só com interesse, mas com uma espécie de trágica beleza. Tinha uma fantástica visão de todos eles, sustentando esplêndidos palácios em seus dorsos curvados. Eram os porta-lanternas cujas luzes, espalhadas por entre a multidão, formavam um desenho, combinando-se, dissolvendo-se e juntando-se outra vez. Formulando concepções como essas enquanto andava rapidamente pelas ruas melancólicas de South Kensington, decidiu que, por obscuro que fosse o resto, isto era claro: cumpria favorecer os desígnios de Mary, Denham, William e Cassandra. Como – não parecia evidente. Nenhum curso de ação lhe parecia indubitavelmente correto. Tudo o que conseguiu da sua atividade mental foi a convicção de que, em tal causa, nenhum risco era grande demais; e que, longe de ditar quaisquer regras para si mesma ou para os outros, deixaria que as dificuldades por resolver se acumulassem, como situações de fauces abertas, insaciadas, enquanto manteria uma posição de absoluta e destemida independência. Só assim poderia servir bem àqueles que amava.

    Lidas à luz dessa exaltação, havia um novo sentido nas palavras que sua mãe escrevera a lápis no cartão que juntara ao buquê das anêmonas. A porta da casa de Cromwell Road abriu-se. Vistas sombrias de um corredor e uma escada apresentaram-se. A pouca luz que havia parecia concentrada numa salva de prata para cartões de visita, cujas bordas tarjadas sugeriam que os amigos da viúva tinham todos sofrido perdas semelhantes. Não era de esperar que a empregada penetrasse o sentido do tom grave com que a jovem senhora lhe estendeu as flores, com o afeto de Sra. Hilbery; e a porta se fechou sobre a oferenda.

A visão de um rosto, a batida de uma porta são coisas destrutivas de uma exaltação abstrata. Voltando a pé para Chelsea, Katharine tinha dúvidas quanto ao resultado das suas resoluções. Se não é possível, porém, estar segura das pessoas, cumpre aferrar-se aos números e, de um modo ou de outro, concentrou o pensamento em problemas que estava acostumada a considerar harmoniosos com a sua maneira de ver a vida dos seus amigos. Chegou em casa bastante atrasada para o chá.

Sobre a antiga cômoda holandesa do hall viu dois ou três chapéus, casacos e bengalas; chegou-lhe então o som de vozes através da porta da sala, onde se deteve um momento. Sua mãe deu um pequeno grito quando ela entrou; esse grito comunicava a Katharine que estava atrasada, que as xícaras e leiteiras andavam a conspirar, desobedientes, e que devia tomar imediatamente o seu lugar à cabeceira da mesa e servir o chá para as visitas. Augustus Pelham, o diarista, gostava de uma atmosfera calma para contar as suas histórias; gostava de atenção; gostava de extrair pequenos fatos, pequenas histórias sobre o passado e os grandes mortos, de distintas figuras como Sra. Hilbery, para alimentar seu diário; por isso frequentava chás como esse e comia por ano enorme quantidade de torradas com manteiga. Assim, acolheu Katharine com alívio, e ela teve apenas que cumprimentar Rodney e saudar a senhora americana, que viera ver as relíquias, antes que a conversa retomasse seu curso, nas linhas gerais de reminiscências e discussão que lhe eram familiares.

Contudo, mesmo com esse véu espesso entre os dois, não podia deixar de olhar para Rodney, como se pudesse descobrir o que acontecera com ele desde a última vez que se encontraram. Em vão. Suas roupas, inclusive o colete branco, a pérola na gravata, pareciam interceptar esse olhar furtivo e proclamar a futilidade de tais averiguações junto a um cavalheiro de tal urbanidade, ocupado em equilibrar sua chávena de chá e em pousar sua fatia de pão com manteiga na beirada do pires. Seu olhar não encontrava o dele, coisa que podia ser explicada pela atividade dele, ajudando a servir, e a polida alacridade com que respondia às perguntas da visitante americana.

Era um espetáculo desencorajador para alguém que entra com a cabeça repleta de teorias sobre amor. As vozes dos interrogadores invisíveis eram reforçadas pela cena em volta da mesa, e soavam com tremenda confiança, como se tivessem por detrás delas o bom senso de vinte gerações, acrescido da aprovação imediata de Sr. Augustus Pelham, de Sra. Vermont Bankes, William Rodney e, possivelmente, da própria Sra. Hilbery. Katharine cerrou os dentes, não inteiramente em sentido metafórico, porque sua mão, obedecendo ao impulso que lhe comandava a ação explícita, depôs sobre a mesa, junto a *si*, um envelope que vinha segurando todo esse tempo no mais completo esquecimento. O endereço estava virado para cima. Um momento depois viu o olhar de William pousar sobre ele, quando se levantou para cumprir alguma obrigação com um prato. Sua expressão mudou instantaneamente. Fez o que estava a ponto de fazer e depois olhou para Katharine com um olhar que revelava tanto da confusão que o possuía, que ficou patente que sua aparência não o representava todo. Num minuto ou dois, perdeu o fio do que ia dizer a Sra. Vermont Bankes, e Sra. Hilbery, percebendo o silêncio com sua habitual sagacidade, sugeriu que talvez fosse tempo de mostrar "nossas coisas" a Sra. Bankes.

Katharine, então, levantou-se e indicou o caminho da pequena saleta interior, com os quadros e os livros. Sra. Bankes e Rodney acompanharam-na.

Acendeu as luzes e começou imediatamente, com sua voz baixa e agradável:

– Esta é a mesa de trabalho de meu avô. Muitos dos últimos poemas foram escritos nela. E esta é a sua pena; a última pena que usou.

Tomou-a na mão e fez uma pausa de alguns segundos.
– Aqui – continuou – está o manuscrito original de *Ode ao Inverno*. Os manuscritos mais antigos são muito menos emendados do que os últimos, como podem ver...
– Oh, pegue-o na sua mão – acrescentou, quando Sra. Bankes pediu, com voz estrangulada, por esse privilégio e começou a desabotoar previamente suas luvas de pelica branca.
– A senhora é maravilhosamente semelhante ao seu avô, Srta. Hilbery – observou a dama americana, olhando de Katharine para o retrato –, especialmente em volta dos olhos. Vamos, diga-me, imagino que ela também faça versos, não? – perguntou, num tom jocoso, dirigindo-se a William. – A figura ideal de um poeta, não, Sr. Rodney? Não sei dizer o quanto me comove o privilégio de estar aqui, com a neta do poeta. A senhora precisa saber que temos grande respeito por seu avô na América, Srta. Hilbery. Temos sociedades para a leitura dele em voz alta. O quê? Os seus próprios chinelos! – Deixando de lado o manuscrito, apanhou rapidamente os velhos sapatos e permaneceu por um momento muda na contemplação deles.

Enquanto Katharine prosseguia com toda a seriedade seus deveres de guia de museu, Rodney examinava atentamente uma frisa de pequenos desenhos que já conhecia de cor. Sua perturbação mental impunha-lhe aproveitar esses curtos intervalos. Era como se, exposto a uma grande ventania, tivesse de arranjar as roupas no primeiro abrigo alcançado. Sua calma era apenas aparente, como o sabia muito bem; não descia além da superfície da gravata, do colete, da camisa branca.

Ao levantar-se da cama, nessa manhã, dispusera-se firmemente a ignorar tudo o que fora dito na noite anterior; convencera-se, à vista de Denham, que seu amor por Katharine era apaixonado; ao falar com ela pelo telefone, esperara transmitir, com o tom ao mesmo tempo desanuviado e autoritário, a ideia de que, depois de uma noite de insônia, continuavam tão noivos quanto antes. Mas, ao chegar ao escritório, tiveram início os tormentos. Encontrara à sua espera uma carta de Cassandra. Ela havia lido a peça dele e aproveitara a primeira oportunidade para escrever e dizer-lhe o que pensava. Sabia – escreveu – que seu louvor nada significava; ainda assim, ficara acordada a noite toda; pensara isto e aquilo; mostrava-se tomada de um entusiasmo um pouco elaborado em algumas passagens, embora houvesse em linguagem simples o bastante para lisonjear amplamente a vaidade de William. Ela era assaz inteligente para dizer as coisas certas ou, com maior graça ainda, para sugeri-las. Sob outros aspectos também, era uma carta encantadora. Falava da sua música e de uma reunião sufragista a que Henry a levara; dizia, com meia seriedade, que aprendera o alfabeto grego e o achara "fascinante". A palavra aparecia grifada. Teria rido ao fazer esse grifo? Seria jamais séria? E não mostrava essa carta a mais cativante mistura de entusiasmo, espírito e extravagância, tudo convergindo para uma chama de capricho feminino que dançou, pelo resto da manhã, como um fogo-fátuo, pela vista de Rodney? Não pôde resistir ao desejo de compor uma resposta ali mesmo. Achou particularmente delicioso formular sua carta num estilo que expressasse as mesuras e reverências, os avanços e recuos característicos de milhões de pares de homens e mulheres. Katharine nunca marchara nesse compasso, não pôde impedir-se de pensar. Katharine-Cassandra. Cassandra-Katharine – as duas alternaram no seu consciente o dia inteiro. Era muito fácil vestir-se com apuro, compor a própria face e sair pontualmente às quatro e meia para um chá em Cheyne Walk, mas só os Céus sabiam o que adviria disso tudo. Assim, quando Katharine, depois de estar sentada, calada e imóvel como era de seu costume, tirou do bolso uma carta endereçada a Cassandra e bateu com ela na mesa, debaixo dos seus próprios olhos, sua compostura abandonou-o. O que queria dizer com tal comportamento?

Levantou os olhos vivamente da série de pinturinhas. Katharine descartava-se da americana de maneira demasiado arbitrária. Certamente a própria vítima estaria a ver quão tolo seu entusiasmo parecia aos olhos da neta do poeta. Katharine jamais fazia o menor esforço para poupar os sentimentos dos outros – refletiu. E sendo ele próprio extremamente sensível a todas as nuanças do bem-estar e do constrangimento, cortou pelo meio o catálogo de leiloeiro, que Katharine recitava cada vez mais distraidamente, e tomou Sra. Vermont Bankes, com uma curiosa sensação de companheirismo na dor, sob sua proteção pessoal.

Em poucos minutos, a dama americana completou sua inspeção e, fazendo um pequeno sinal de cabeça em reverente despedida ao poeta e aos seus chinelos, foi escoltada escada abaixo por Rodney. Katharine ficou só na pequena sala. A cerimônia de veneração dos antepassados fora mais opressiva para ela que de hábito. Ademais, o aposento estava ficando mais atravancado do que permitia a boa ordem. Ainda essa manhã, protegida por oneroso seguro, chegara-lhes uma prova enviada da Austrália por um colecionador. Registrava uma mudança de ideia do poeta com referência a uma linha muito famosa e, em consequência, fazia jus a vidro e moldura. Mas havia lugar para ela? Poderia ser pendurada na escada, ou outra relíquia qualquer lhe cederia lugar. Sentindo-se incapaz de decidir, Katharine olhou para o retrato do avô como que a pedir-lhe opinião. O artista que o pintara estava agora fora de moda e, à força de mostrá-lo a visitantes, agora Katharine via nele pouco mais que um brilho de rosa e de marrom, vagamente agradáveis, fechados numa cercadura de folhas de louro em dourado. O jovem que era seu avô olhava vagamente por cima da cabeça dela. Os lábios sensuais, levemente entreabertos, davam ao rosto uma expressão de assistir a algo de adorável ou de miraculoso que acaba de desaparecer ou de apontar na linha do horizonte. A expressão repetia-se curiosamente no rosto de Katharine ao olhar o do avô. Eram da mesma idade, ou quase. Ficou a imaginar o que ele estaria procurando: haveria vagas batendo para ele também contra uma praia? Ou heróis a galopar por florestas luxuriantes? Pela primeira vez na vida, pensou nele como um homem, jovem, infeliz, tempestuoso, cheio de desejos e defeitos; pela primeira vez, concebeu-o por si mesma e não através da memória de sua mãe. Poderia ter sido seu irmão, pensou. Sentia que eram afins, com o misterioso parentesco de sangue que faz parecer possível interpretar as visões que os olhos dos mortos contemplam tão atentamente, ou mesmo acreditar que olham conosco as nossas presentes alegrias e tristezas. Ele teria compreendido, pensou, subitamente; e ao invés de depor flores fanadas sobre o seu santuário, trazia-lhe suas próprias perplexidades – talvez uma oferenda de maior valor, se é que os mortos têm consciência de oferendas, do que flores, incenso e adoração. Dúvidas, indagações, desalentos que ela sentia, ao olhar com respeito, seriam mais bem-vindos para ele que homenagem, e ele os consideraria apenas um pequeníssimo fardo se ela lhe oferecesse também alguma parte no que sofrera e alcançara. A extensão do seu próprio orgulho e do seu amor não eram mais aparentes para ela do que o sentimento de que os mortos não pediam flores nem saudades, mas participação na vida que tinham dado a ela, na vida que tinham vivido.

Rodney encontrou-a um momento depois, sentada debaixo do retrato de seu avô. Ela pousou amavelmente a palma da mão no assento da cadeira ao lado, e disse:

– Venha e sente-se, William. Fiquei contente que você estivesse aqui! Sentia-me a cada momento mais e mais rude.

– Você não sabe disfarçar seus sentimentos – respondeu ele, friamente.

– Oh, não ralhe comigo, tive uma tarde horrível.

Contou-lhe, então, de como levara as flores para Sra. McCormick, e de como South Kensington a impressionara, parecendo reserva de viúvas de oficiais. Descreveu como a porta se abrira, e que sombrias alamedas de bustos e palmeirinhas se lhe tinham revelado. Falou em tom ligeiro e conseguiu que ele ficasse à vontade. Ficou, aliás, rapidamente, tão à vontade, que não pôde persistir numa condição de jovial neutralidade. Sentiu que a compostura escorregava dele. Katharine fazia parecer natural que lhe pedisse ajuda ou que ela própria lhe desse conselhos; era fácil dizer diretamente tudo o que tinha na cabeça. A carta de Cassandra pesava-lhe no bolso. Havia também a carta *para* Cassandra, jazendo sobre a mesa da outra sala. A atmosfera parecia carregada de Cassandra. Mas, a não ser que Katharine provocasse o assunto espontaneamente, ele não poderia sequer aludir – ele teria de ignorar a história toda; era papel do *gentleman* preservar uma postura que fosse, até onde podia ver, a de um amoroso confiante. Suspirava profundamente de vez em quando. Falava muito mais depressa do que de hábito sobre a possibilidade de que algumas das óperas de Mozart viessem a ser levadas no verão. Recebera uma informação – disse – e imediatamente produziu um caderninho atulhado de papéis, que começou a folhear, em busca. Segurava um grosso envelope entre o polegar e o indicador, como se o aviso da companhia de ópera tivesse ficado, de algum modo, inseparavelmente grudado a ele.

– Uma carta de Cassandra? – disse Katharine, com a voz mais natural do mundo, olhando por cima do ombro dele. – Acabo de escrever-lhe convidando-a a vir; apenas me esqueci de pôr a carta no correio.

Ele passou-lhe o envelope em silêncio. Katharine tomou-o, extraiu as folhas, e leu a carta do princípio ao fim.

A leitura pareceu a Rodney levar um tempo intoleravelmente longo.

– Sim – observou ela, finalmente. – Uma carta encantadora.

O rosto de Rodney estava voltado para o outro lado, como que por confusão. A vista que ela podia ter do seu perfil quase a levou ao riso. Percorreu as páginas com os olhos mais uma vez.

– Não vejo mal – revelou William –, não vejo mal em ajudá-la; com o grego, por exemplo, se ela realmente se interessa por essa espécie de coisas.

– Nada impede que se interesse – disse Katharine, consultando as folhas uma vez mais. – Na verdade, ah, aqui está: "O alfabeto grego é absolutamente *fascinante*". É óbvio que ela se interessa.

– Bem, grego pode ser tarefa acima das suas forças. Eu pensava sobretudo em inglês. As críticas que ela faz da minha peça, embora muito generosas, evidentemente imaturas (ela não pode

ter mais de vinte e dois anos, suponho?), mostram a espécie de coisa que se deseja: sentimento autêntico pela poesia, compreensão, não formada ainda, é claro, mas é isso que está na raiz de tudo, afinal de contas. Não haverá mal em emprestar-lhe livros?
— Não. Claro que não.
— Mas e isso, hum... Conduzir a uma correspondência? Quero dizer, Katharine, entendo que, sem entrar em assuntos que me parecem um tanto mórbidos, quero dizer – ele se atrapalhava –, no seu ponto de vista, você não vê qualquer coisa de desagradável para você nessa ideia? Se vê, fale, e não pensarei mais nisso.
Ela ficou surpresa com a violência do seu próprio desejo de que ele não pensasse mais nisso. Por um instante, pareceu-lhe impossível permitir uma intimidade, que poderia não ser a do amor, mas que certamente era a intimidade da amizade verdadeira, a qualquer mulher do mundo. Cassandra nunca o compreenderia – não estava à altura dele. A carta parecia-lhe uma carta de lisonja – uma carta dirigida ao ponto fraco dele –, e Katharine enfurecia-se com sabê-lo conhecido de outra. Porque ele não era fraco; tinha a força, muito rara, de fazer o que prometia – bastaria falar-lhe, e ele nunca mais pensaria em Cassandra.
Ela vacilou. Rodney adivinhou a razão. Estava estupefato.
Ela me ama, pensou. A mulher que ele admirava mais do que qualquer pessoa no mundo o amava, quando ele já perdera a esperança de que jamais viesse a amá-lo. E agora que, pela primeira vez, estava seguro do seu amor, isso o exasperava. Via-o como um grilhão, um estorvo, alguma coisa que os fazia, a ambos, mas a ele em particular, ridículos. Achava-se completamente nas mãos dela, mas seus olhos estavam abertos, e ele já não era seu escravo, não era um tolo. Seria senhor dela, no futuro. O instante se alongou, enquanto Katharine tomava consciência do desejo de dizer as palavras que conservariam William para sempre, e da baixeza da tentação que a assaltava para fazer o gesto ou proferir a palavra pelos quais tantas vezes ele implorara, e que ela estava agora bastante próxima de sentir. Tinha a carta na mão. Ficou sentada, em silêncio.

Houve, então, um burburinho na outra sala; ouviu-se a voz de Sra. Hilbery a falar de provas tipográficas recuperadas providencialmente, miraculosamente, de livros-razão de açougueiros da Austrália; a cortina que separava uma sala da outra foi corrida, e Sra. Hilbery e Sr. Augustus Pelham assomaram à entrada. Sra. Hilbery deteve-se imediatamente. Olhou a filha e o homem com quem a filha devia casar, com seu sorriso peculiar, que parecia sempre tremer à beira da sátira.

– O melhor dos meus tesouros, Sr. Pelham! – exclamou.

– Não se mova, Katharine. Fique onde está, William. Sr. Pelham virá outro dia.

Sr. Pelham olhou, sorriu, curvou-se, e, como sua anfitriã já se afastava, seguiu-a sem uma palavra. A cortina foi, de novo, fechada, por ele ou por Sra. Hilbery.

Mas sua mãe, de algum modo, resolvera a questão. Katharine já não estava em dúvida.

– Como lhe disse na noite passada – começou –, penso que é seu dever, se existe uma possibilidade de que ame Cassandra, de descobrir agora a natureza do sentimento que tem por ela. É seu dever para com ela tanto quanto para comigo. Mas temos de dizer à minha mãe. Não podemos continuar fingindo.

– Isso fica inteiramente em suas mãos, naturalmente – disse Rodney, com um retorno imediato às maneiras de um homem formal e digno.

– Muito bem – disse Katharine.

Logo que ele saísse, iria ter com a mãe e explicar que o noivado chegara ao fim, ou seria melhor se fossem juntos?

– Mas Katharine – começou Rodney, procurando nervosamente meter as folhas da carta de Cassandra de volta no envelope –, se Cassandra viesse, se ela vier – você convidou Cassandra para ficar com você.

– Sim. Não, não pus a carta no correio.

Ele cruzou as pernas, num silêncio embaraçado. Segundo todos os seus códigos, era impossível pedir à mulher com a qual acabava de romper o seu noivado que o ajudasse a conhecer outra mulher com vista a apaixonar-se por ela. Uma vez anunciado o rompimento do seu compromisso, seguir-se-ia, inevitavelmente, uma longa e completa separação; nessas circunstâncias, cartas e presentes seriam devolvidos; depois de anos de distância, o par separado se encontrava, talvez num sarau, cumprimentando-se constrangedoramente com uma ou duas palavras indiferentes. Ele seria completamente afastado; teria de contar com os próprios recursos. Nunca mais poderia mencionar Cassandra a Katharine; por meses e, sem dúvida, anos, não veria Katharine de novo; e tudo poderia acontecer a ela na sua ausência.

Katharine estava quase tão a par das perplexidades de Rodney quanto ele próprio. Sabia em que direção apontava a generosidade completa; mas o orgulho – pois permanecer comprometida com Rodney e cobrir os experimentos dele feriam nela o que era mais nobre do que simples vaidade – lutava para salvar a vida.

Terei de renunciar à minha liberdade por tempo indefinido, pensou, a fim de que William possa ver Cassandra, aqui, à vontade. Ele não poderá sair-se bem nem terá a coragem necessária sem minha ajuda – e não tem coragem de me dizer abertamente o que quer. Ele tem horror a um rompimento público. Gostaria de nos conservar a ambas.

Quando chegou a esse ponto, Rodney pôs a carta no bolso e consultou elaboradamente o relógio. Embora soubesse que, com isso, perdia Cassandra, pois conhecia a própria incompetência e não tinha a menor confiança em si, e que perdia também Katharine, por quem seus sentimentos eram profundos embora insatisfatórios, ainda assim parecia-lhe não ter outra coisa a fazer: era forçado a ir-se embora, deixando Katharine livre – tinha-o dito – para contar à mãe que o noivado estava rompido. Mas fazer aquilo que o dever exige de um homem honrado custava um esforço que há um dia ou dois teria sido para ele inconcebível. Que uma relação como a que tinha entrevisto, como antecipação, pudesse ser possível entre ele e Katharine, teria sido o primeiro a negar, dois dias atrás, com indignação. Mas agora sua vida mudara; sua atitude mudara; seus sentimentos eram diferentes, novos objetivos e possibilidades lhe haviam sido mostrados, e exerciam uma fascinação de uma força quase irresistível. A disciplina de uma vida de trinta e cinco anos não o deixara sem defesas; era ainda senhor da sua dignidade; levantou-se disposto a um adeus irrevogável.

– Deixo-a, então – disse, em pé, segurando a mão de Katharine, com um esforço que o empalidecia, mas que lhe emprestava dignidade –, para dizer à sua mãe que o nosso noivado está desfeito por desejo seu.

Ela tomou a mão dele e segurou-a.

– Você não confia em mim?

– Confio totalmente – respondeu ele.

– Não. Você não confia em mim para ajudá-lo... Poderia eu ajudá-lo?

– Estou perdido sem a sua ajuda! – exclamou apaixonadamente, mas retirou a mão e virou-lhe as costas. Quando ele se voltou, pensou que o via pela primeira vez sem disfarce.

– Seria inútil pretender que não entendo o que você me oferece, Katharine. Admito o que você diz. Para ser perfeitamente franco com você, creio que neste momento eu *amo* sua prima. Existe a oportunidade de que, com sua ajuda, eu venha a... Mas não – interrompeu-se –, é impossível, é errado. Foi indesculpável de minha parte permitir que tal situação se criasse.

– Sente-se perto de mim. Vamos considerar sensatamente...

– Seu bom senso foi a nossa ruína – gemeu ele.

– Aceito a responsabilidade.

– Ah, mas posso permitir isso, agora? – exclamou ele. – Significaria, porque temos de encarar isso, Katharine, significaria deixar o nosso noivado de pé, nominalmente, por enquanto; embora, de fato, a sua liberdade seja absoluta.

– E a sua também.

– Sim. Seremos ambos livres. Vamos dizer que eu veja Cassandra uma vez, talvez duas, sob essas condições; se, então, como penso que acontecerá certamente, a coisa toda não passar de um sonho, contaremos à sua mãe, imediatamente. Por que não lhe contar agora, pedindo-lhe reserva?

— Por que não? Porque Londres inteira seria informada em dez minutos; além disso, nem remotamente ela seria capaz de entender.

— Seu pai, então? O segredo é detestável, é desonroso.

— Meu pai compreenderia ainda menos que minha mãe.

— Ah! Quem poderia entender tal coisa? — gemeu Rodney. — Mas é do seu ponto de vista que temos de ver a situação. Não é só pedir demais a você, é deixá-la numa posição... numa posição em que eu não suportaria ver minha irmã.

— Nós não somos irmão e irmã — disse ela, impacientemente —, e, se não pudermos decidir, quem decidirá por nós? Não estou dizendo tolices — prosseguiu. — Tenho feito o possível para resolver a questão examinando-a por todos lados, e cheguei à conclusão de que há riscos que têm de ser corridos, embora não negue que magoam horrivelmente.

— Katharine, você se importa? Você se importará demais.

— Não, não me importarei. Isto é, estou preparada para isso. E levarei a cabo a prova, porque você me ajudará. Vocês dois me ajudarão. Na verdade, nós nos ajudaremos uns aos outros. É a doutrina cristã, pois não?

— Para mim, soa mais como paganismo — gemeu Rodney, ao contemplar a situação em que a doutrina cristã de Katharine estava prestes a mergulhar a todos.

E, todavia, não podia negar que um imenso alívio o possuía, e que o futuro, ao invés de usar máscara cor de chumbo, floria agora com mil variadas alegrias e excitações. Reveria Cassandra dentro de uma semana, talvez menos, e estava mais ansioso para saber a data da sua chegada do que confessaria, mesmo a si próprio. Parecia baixeza, colher esse fruto da generosidade sem precedente de Katharine e da sua própria vileza. Usava essas palavras automaticamente. A rigor, não tinham sentido. Não se sentia rebaixado aos próprios olhos pelo que fizera; e quanto a louvar Katharine, não eram parceiros, conspiradores, aplicados à mesma tarefa? Louvar a perseguição de um objetivo comum como um ato de generosidade era desprovido de sentido. Tomou a mão dela e apertou-a, não tanto em agradecimento, mas num êxtase de companheirismo.

– Nós nos ajudaremos um ao outro – disse, repetindo as palavras dela, e buscando seus olhos no entusiasmo da amizade. Os olhos de Katharine estavam graves, escuros de tristeza, ao pousarem nele. Já se foi, pensou ela, já se foi para longe. Já não pensa em mim. E ocorreu-lhe a noção de que, enquanto estavam sentados assim, lado a lado, de mãos dadas, era possível ouvir a terra que caía de cima para formar uma barreira entre os dois, de modo que, de segundo em segundo, mais separados ficavam por uma parede impenetrável. O processo, que a afetava como se estivesse a ser separada, e separada para sempre, e privada de todo companheirismo com a pessoa de quem mais gostava, terminou, afinal, quando, de comum acordo, desprenderam seus dedos, Rodney tocou os dela com os lábios, e a cortina se abriu. Sra. Hilbery espiou pela abertura com sua expressão benevolente e sarcástica, e perguntou se Katharine seria capaz de lembrar-se se era terça ou quarta-feira, e se devia jantar em Westminster?

– Caríssimo William – disse, interrompendo-se, como se não pudesse resistir ao prazer de impingir sua pessoa a esse maravilhoso mundo de amor e confiança e romance. – Caríssimos filhos – acrescentou, desaparecendo com um gesto impulsivo, como se lhe custasse correr o pano sobre uma cena que se recusava a interromper, por mais tentada que estivesse a fazê-lo.

25

Às duas e quarenta e cinco da tarde do sábado seguinte, Ralph Denham, sentado à margem do lago em Kew Gardens, repartia em setores, com o dedo indicador, o mostrador do seu relógio. A própria natureza do tempo, justo e inexorável, refletia-se em sua face. Poderia estar compondo um hino à progressão dessa divindade, que, se não se apressa, também não se detém. Parecia saudar a passagem de minuto a minuto com severa conformidade com a ordem inevitável. Sua expressão era tão grave, tão serena, tão imóvel que, pelo menos para ele, parecia haver na hora que escoava uma grandeza que nenhuma pequena irritação da sua parte iria toldar, embora com o tempo perdido se perdessem também altas esperanças suas.

O rosto não era um mau tradutor do que lhe andava pela alma. Estava numa excitação mental grande demais para as trivialidades da vida. Não podia aceitar o fato de que uma senhora estivesse quinze minutos atrasada para o seu encontro, sem ver nesse incidente a frustração da sua vida toda. Examinando o relógio, parecia olhar nas próprias molas da existência humana, para, à luz do que via, alterar seu curso em direção ao norte e à meia-noite... Sim, a viagem do homem tem de ser feita absolutamente sem companhia e através de todos os perigos – mas com que alvo? Então, apoiou o dedo na meia hora e decidiu que, quando o ponteiro dos minutos atingisse aquele ponto, iria embora, respondendo assim, ao mesmo tempo, à questão proposta por outra das mil vozes da consciência: havia, indiscutivelmente, um objetivo; mas seria necessária a mais implacável energia para manter, mesmo aproximadamente, aquela direção. Entretanto, o homem persevera, e o tiquetaquear dos segundos parece dizer-lhe que, com dignidade, com determinação, de olhos abertos, não aceite o que for de segunda classe, não se deixe tentar pelo desprezível, não ceda nem transija. Vinte e cinco minutos depois das três marcava a face do relógio. O mundo, assegurou-se, ele, agora que Katharine Hilbery estava meia hora atrasada, não dá felicidade, nem quartel na luta, nem qualquer certeza. Num esquema de coisas inteiramente más desde a raiz, o único desatino imperdoável é a esperança. Levantando por um momento os olhos do mostrador do relógio, demorou-o na outra margem, pensativamente, e não sem um vago resto de desejo e fé, como se sua dureza de expressão pudesse vir a ser, ainda, mitigada. Logo uma expressão de profunda satisfação o encheu, embora não se movesse. Observava uma senhora que vinha rapidamente e, ao mesmo tempo, com um traço de hesitação, pelo caminho largo de relva, em direção a ele. Ela não o viu. A distância emprestava-lhe à figura uma altura indescritível, e parecia envolta em romance, graças ao meneio de um véu cor de púrpura, que a brisa leve enfunava, e que fazia curvas em torno de seus ombros.

"Aí vem ela, como um barco de velas pandas", disse consigo, lembrando a meio algum verso de peça ou poema, em que a heroína abre caminho assim, com plumas ao vento e clarinadas de saudação. A folhagem e a alta presença das árvores cercavam-na de perto como se tivessem avançado à sua chegada. Ele se levantou, e ela o viu; sua ligeira exclamação mostrava que estava contente de encontrá-lo e, em seguida, que se culpava pelo atraso.

– Por que nunca me contou? Eu não sabia da existência disto! – observou, aludindo ao lago, ao amplo espaço verde, à vista de árvores, com o chamalotado ouro do Tâmisa na distância, e o castelo ducal assentado em suas campinas. Ela rendeu à rígida cauda do leão ducal o tributo de uma risada incrédula.

– Nunca esteve em Kew? – perguntou Denham.

Parecia que havia estado, uma vez, em criança, quando a geografia do lugar era inteiramente diferente, e a fauna incluía sem dúvida nenhuma flamingos e possivelmente camelos. Caminharam à toda, refazendo os legendários jardins. Ela estava, sentiu ele, feliz só de andar, assim a esmo, deixando que sua fantasia se ocupasse de tudo que os olhos encontravam – um arbusto, um guarda, um ganso –, como se o descanso lhe fizesse bem. O calor da tarde, a primeira da primavera, tentou-os a sentar numa clareira de faias, com pequenas veredas riscando caminhos verdes numa direção e em outra, em volta deles.

Ela suspirou fundo.

– É tão calmo – disse, como que a explicar o suspiro. Nem uma pessoa estava à vista, e o ciclo do vento nos galhos, som tão raras vezes ouvido pelos londrinos, parecia-lhe vir de insondáveis oceanos de um doce ar, na distância.

Enquanto ela respirava e olhava, Denham ocupava-se em descobrir com a ponta da sua bengala um grupo de hastes verdes meio sufocadas pelas folhas mortas. Fazia isso com o toque peculiar aos botânicos. Ao apresentar a plantinha a Katharine, usou o nome latino, disfarçando, assim, uma flor familiar até a Chelsea, e fazendo-a soltar uma explicação, meio de brincadeira, diante da sua sapiência. A ignorância dela era vasta, confessou. Como se chamava, por exemplo, a árvore fronteira, supondo que se condescendesse em dar-lhe seu nome inglês? Faia, olmo ou sicômoro? Acontecia, pelo testemunho de uma folha seca, tratar-se de um carvalho; e um pouco de atenção a um diagrama que Denham desenhou num envelope logo pôs Katharine de posse de algumas das distinções fundamentais entre as árvores britânicas. Ela, então, pediu-lhe que lhe falasse sobre flores. Para ela, tinham formas variadas e pétalas coloridas, e equilibravam-se, em diferentes estações do ano, no alto de talos verdes muito semelhantes uns aos outros. Mas para ele havia, em primeiro lugar, semente e bulbos e, mais tarde, coisas vivas, dotadas de sexo, esporos, e suscetibilidades que se adaptavam por toda espécie de recursos engenhosos, de modo a viver e gerar vida, e faziam-se, quanto à forma, espatuladas ou afiladas, pálidas ou cor de chama, puras ou pintalgadas, por processos que serviriam para revelar os segredos da existência humana. Denham falou com crescente ardor de um passatempo que fora, por muitos anos, o seu segredo. Nenhum discurso poderia ter soado melhor aos ouvidos de Katharine. Há semanas não ouvia nada que produzisse música tão agradável em sua mente. Acordava ecos em todas as remotas distâncias do seu ser, onde a solidão se incubara a remoer por tanto tempo sem que a incomodasse.

Desejaria que ele ficasse para sempre falando de plantas e mostrando-lhe como a ciência procurava, e não tão às cegas, a lei que regia suas variações infinitas. Uma lei que poderia ser inescrutável, mas que era certamente onipotente, agradava-lhe no momento, porque não via coisa nenhuma semelhante entre os humanos. As circunstâncias haviam-na forçado de há muito, como forçam a maior parte das mulheres na flor da mocidade, a considerar, penosa, minuciosamente, toda essa parte da vida tão conspicuamente desordenada. Tivera de considerar humores e desejos, graus de predileção e de antipatia, e seu efeito sobre o destino das pessoas que lhe eram caras; fora obrigada a recusar-se qualquer contemplação de outras partes da vida onde o pensamento constrói um destino independente dos seres humanos. À medida que Denham falava, acompanhava suas palavras e considerava sua relevância com um vigor natural, que dizia de uma capacidade há muito armazenada e sem uso. As próprias árvores, e o verde que se misturava na lonjura azulada, tornavam-se símbolos do vasto mundo exterior, que tão pouco se importa com a felicidade, os casamentos ou as mortes dos indivíduos. A fim de dar-lhe exemplos do que dizia, Denham mostrou o caminho, primeiro para o Jardim de Pedras e, em seguida, para o Pavilhão das Orquídeas. Para ele, havia segurança na direção que a conversa tomara. Sua ênfase poderia provir de sentimentos mais pessoais do que os que a ciência despertava nele, mas era disfarçada, e, naturalmente, não teve dificuldade em expor e explicar. Não obstante, quando viu Katharine entre as orquídeas, com a beleza estranhamente realçada pelas fantásticas plantas, que pareciam espiá-la por debaixo dos seus capuzes listrados, abrindo, embasbacadas, as goelas carnais, seu ardor pela botânica diminuiu e um sentimento mais complexo veio substituí-lo. Ela emudecera. As orquídeas pareciam sugerir reflexões absorventes. Infringindo o regulamento, estendeu mão sem luva e tocou numa. A vista dos rubis em seu dedo afetou-o tão desagradavelmente, que ele tremeu e virou-se. Mas, um momento depois, já se controlara; observou-a a assimilar uma forma estranha depois de outra, com o ar contemplativo, observador, de uma pessoa que não sabe exatamente o que tem à sua frente, mas explora regiões que jazem mais além. Nesse ar perdido não havia constrangimento. Denham não sabia, até, se ela ainda se dava conta da sua presença. Podia fazer-se lembrado, naturalmente, por uma palavra ou um movimento – mas para quê? Ela estava mais feliz assim. Não precisava de nada do que ele pudesse dar-lhe. Talvez para ele também fosse melhor ficar arredio, saber, simplesmente, que ela existia, preservar o que já era seu – perfeito, remoto e intocado. Ademais, a imobilidade dela, em pé, entre as orquídeas, naquela atmosfera aquecida, ilustrava curiosamente uma cena que ele imaginara no quarto, em casa. A visão, misturada a essa lembrança, conservou-o em silêncio quando a porta se fechou e eles se puseram a caminhar outra vez.

Embora não falasse, Katharine tinha uma sensação incômoda de que silêncio da sua parte era egoísmo. Era egoísta prosseguir na discussão (como desejava fazer) de assuntos que nem remotamente concerniam a seres humanos. Despertou para a consideração da exata posição desses assuntos no turbulento mapa das emoções. Oh, sim – era a questão da mudança de Ralph Denham: se deveria ir para o campo e escrever um livro; estava ficando tarde; não podiam perder mais tempo; Cassandra chegaria à noite, para o jantar; ela se encolheu, acordou, e descobriu que deveria estar segurando alguma coisa. Mas não tinha nada nas mãos. Estendeu-as com uma exclamação:

– Deixei minha bolsa em algum lugar; onde?

Os jardins não tinham para ela pontos cardeais. Caminhara a maior parte do tempo sobre a relva – era tudo o que sabia. Mesmo a alameda do Pavilhão das Orquídeas dividira-se, agora, em três. Mas não havia bolsa no Pavilhão das Orquídeas. Devia ter sido deixada, então, no banco. Voltaram sobre seus passos, com a maneira preocupada que as pessoas têm de pensar em algo que está perdido. Como era a bolsa? O que continha?

– Uma carteira, uma passagem, algumas cartas, papéis – contou Katharine, tornando-se mais agitada ao relembrar a lista. Denham adiantou-se rapidamente; ouviu que ele gritava ter encontrado a bolsa antes de chegar ao banco. A fim de assegurar-se de que tudo estava seguro, espalhou o conteúdo no regaço. Era uma coleção curiosa, pensou Denham, olhando com o maior interesse. Moedinhas de ouro, soltas, haviam sido presas numa tira estreita, de renda; havia cartas que sugeriam, de certo modo, o extremo da intimidade; havia duas ou três chaves, e listas de coisas a fazer, marcadas, a intervalos, com cruzetas. Ela não pareceu satisfeita até certificar-se de um certo papel, tão dobrado que Denham não pôde saber o que continha. Em seu alívio e gratidão, começou imediatamente a dizer que pensara no que Denham lhe dissera sobre seus projetos.

Ele a interrompeu sumariamente:

– Não vamos discutir negócio tão árido.

– Mas pensei...

– É um negócio árido. Nunca deveria ter incomodado você...

– Já se decidiu, então?

Ele fez um som impaciente:

– Não é coisa relevante.

Ela pôde apenas dizer, sem expressão: – Oh!
– Quero dizer, importa para mim, para ninguém mais. De qualquer maneira – continuou, mais amavelmente –, não vejo razão para que você se aborreça com as maçadas dos outros.

Ela supôs que deixara perceber por demais abertamente seu enfado com esse lado da vida.

– Temo ter sido um tanto aérea – começou, lembrando-se de que William muitas vezes lançara-lhe essa acusação.

– Você tem muito para torná-la aérea – replicou ele.

– Sim – respondeu, e ficou ruborizada. – Não – contestou-se. – Nada de particular, quero dizer. Mas estava pensando em plantas. Estava a me divertir. Na verdade, poucas vezes gostei tanto de uma tarde. Mas gostaria de saber o que você decidiu, se não se importar de contar-me.

– Oh, está assentado – replicou. – Vou para esse infernal *cottage* a fim de escrever um livro sem qualquer valor.

– Como eu o invejo – replicou ela, com a maior sinceridade.

– Bem, é possível conseguir *cottages* a quinze xelins por semana.

– É possível conseguir *cottages*, sim – replicou ela. – A questão é... – conteve-se. – Dois quartos é tudo que gostaria de ter – continuou, com um curioso suspiro –, um para comer, um para dormir. Oh, gostaria de mais um, grande, no alto, e um jardinzinho, em que fosse possível cultivar flores. Um caminho, assim, descendo para um rio, ou subindo para uma floresta, e o mar não muito longe, para que se pudessem ouvir as ondas à noite. Navios desaparecendo no horizonte – interrompeu-se. – Você estará perto do mar?

– Minha ideia de felicidade perfeita – começou, sem responder à pergunta – é viver como você disse.

– Pois agora poderá. Você trabalhará, imagino – continuou ela –, trabalhará a manhã toda e, de novo, depois do chá ou talvez à noite. Você não terá gente vindo interrompê-lo toda hora.

– Quanto tempo se consegue viver só? – perguntou ele. – Você já tentou alguma vez?

– Uma vez, por três semanas – respondeu ela. – Meu pai e minha mãe estavam na Itália; aconteceu alguma coisa, e não pude reunir-me a eles. Por três semanas vivi inteiramente só; a única pessoa com quem falei foi um estranho num restaurante em que almocei, um homem de barba. Então, fui de volta, sozinha, para casa e fiz o que bem queria. Isso não me torna muito simpática, receio – acrescentou –, mas não suporto viver com outras pessoas. Um homem ocasional, com uma barba, é interessante; é algo desligado; deixa que eu siga o meu caminho, e sei que nunca mais nos encontraremos. Em consequência, somos perfeitamente sinceros, coisa que não é possível com os amigos da gente.
– Tolice – respondeu Denham, abruptamente.
– Por que "tolice"?
– Porque você não fala sério.
– Você é muito positivo – acrescentou ela, rindo e olhando-o. Quão arbitrário, esquentado e imperioso ele era! Tinha lhe pedido que viesse a Kew para dar-lhe conselho; disse-lhe, porém, que já estava tudo resolvido; e passou a fazer-lhe restrições. Ele é o oposto de William Rodney, pensou. Era malvestido, suas roupas eram malfeitas, era pouco versado nas amenidades da vida; era caladão e tão desastrado, que quase fazia esquecer seu verdadeiro caráter. Emudecia de maneira embaraçosa, ou ficava embaraçosamente enfático. Todavia, gostava dele. – Não falo a sério... – repetiu, bem-humorada. – Então?
– Duvido que tenha erigido a perfeita sinceridade como padrão de vida – respondeu ele, significativamente.
Ela corou. Ralph penetrara logo o ponto fraco, o seu noivado, e tinha razão ao dizer isso. Só que não estava inteiramente certo, pelo menos agora (lembrou, com prazer); mas não podia justificar-se, esclarecê-lo, e tinha de suportar as insinuações, embora, saídas dos lábios de um homem que se portava como Ralph, não tivessem gume. Apesar disso, o que ele dissera tinha força – meditou; em parte, por não sentir, aparentemente, que andara mal com Mary Datchet –, coisa que baldava a intuição dela, Katharine; em

parte, por falar sempre com convicção (não estava ainda certa da razão disso).

— Absoluta sinceridade é coisa muito difícil, não acha? — perguntou, com um grão de ironia.

— Há pessoas a quem a gente atribui até essa qualidade — replicou ele, um tanto vagamente. Estava envergonhado do seu selvagem desejo de magoá-la e, todavia, não era realmente para magoá-la, coisa fora do seu alcance, mas para mortificar o seu próprio temerário, incrível impulso de abandonar-se ao espírito que parecia, por momento, prestes a arrastá-lo até os confins da Terra. Ela o afetava para além dos seus mais desvairados sonhos. Julgava perceber, sob a calma superfície da sua maneira de ser que, quase pateticamente ao alcance da mão, para todas as triviais exigências da vida cotidiana, havia um espírito, que ela reservava ou reprimia, por alguma razão, que poderia ser solidão ou (seria possível?) amor. Teria Rodney o privilégio de vê-la sem máscara, sem peias, esquecida dos seus deveres? Não. Não podia crê-lo. Era na sua solidão que Katharine perdia a reserva. "Então, fui de volta, sozinha, para casa e fiz o que bem queria." Ela lhe contara isso e, contando-o, dera-lhe um vislumbre de possibilidades e, até, de confidências, como se ele se destinasse a ser aquele que partilharia dessa solidão; e a simples sugestão bastou para fazer que seu coração batesse forte e seu cérebro rodopiasse. Controlou-se tão brutalmente quanto pôde. Viu-a corar e, na ironia da resposta que deu, pôde ler seu ressentimento.

Começou por fazer deslizar seu polido relógio de prata para o bolso, na esperança de que o ajudasse a recuperar aquela disposição calma e fatalista de quando contemplara o mostrador no barranco do lago; pois essa devia ser, a todo custo, a disposição do seu relacionamento com Katharine. Ele falara de gratidão e de aquiescência na carta que nunca lhe enviara, e, agora, toda a força do seu caráter empenhava-se no cumprimento desses votos na presença dela.

Assim desafiada, Katharine tentou definir sua posição. Queria que Denham entendesse.

– Não vê que, se não tenho relações com as pessoas, fica mais fácil para mim ser honesta para com elas? – inquiriu. – É isso que quero dizer. Não é necessário lisonjeá-las; a gente não tem obrigações para com elas. Seguramente, você deve ter descoberto com sua própria família que é impossível discutir assuntos relevantes para você justamente por estarem todos arrebanhados juntos; por estar você no seio de uma conspiração; por ser a posição falsa... – O raciocínio dela ficou suspenso no ar, meio inconclusivo, pois a matéria era complexa, e ela não sabia se Denham tinha família ou não. Denham estava de acordo com ela quanto ao caráter destrutivo do sistema familiar, mas no momento não queria discutir esse problema.

Retornou a um problema de muito maior interesse para ele.

– Estou convencido – disse – de que existem casos em que a perfeita sinceridade é possível, casos em que não há relacionamento, embora as pessoas vivam juntas, e onde cada um é livre, onde não há obrigações nem de uma parte nem de outra.

– Por algum tempo, talvez – concordou, com algum desânimo. – Mas as obrigações tendem a crescer. Há que considerar os sentimentos. As pessoas não são simples, e embora desejem ser razoáveis acabam – na condição em que ela se encontrava, queria dizer; mas acrescentou, sem muita convicção: – confusas.

– Porque – interveio Denham, instantaneamente –, porque não chegaram a um entendimento inicial. Eu poderia tentar, neste momento – continuou, com uma entonação inexpressiva que fazia honra a seu autodomínio –, estabelecer os termos para uma amizade perfeitamente sincera e perfeitamente honesta.

Ela estava curiosa em conhecê-los; contudo, além de sentir que o tema escondia perigos mais familiares a ela do que a ele, o tom com que falava lembrou-lhe a curiosa declaração abstrata do Embankment. Qualquer alusão a amor alarmava-a agora; era um agravo tão grande para ela como esfregar uma ferida aberta.

Mas ele prosseguiu, sem esperar convite:
– Em primeiro lugar, uma amizade dessas não pode ser emocional – declarou, enfaticamente. – Pelo menos, os dois lados

devem entender que, se um deles ficar apaixonado, será por sua própria conta e risco. Nenhum dos dois tem obrigações para com o outro. Devem estar livres para romper ou alterar a relação a qualquer momento. Devem estar aptos a dizer tudo o que desejarem dizer. Isso tudo tem de ficar entendido.

– E ganharão, com isso, alguma coisa? – perguntou ela.

– É um risco, naturalmente é um risco – respondeu ele. (Katharine vinha usando a palavra com frequência nas discussões consigo própria, ultimamente.) – Mas é a única maneira, se o que se deseja é uma amizade digna desse nome – concluiu ele.

– Talvez, sob tais condições, seja assim – disse ela, pensativamente.

– Bem, esses são os termos da amizade que desejo oferecer a você.

Ela sabia que isso estava a caminho, mas, assim mesmo, sentiu um pequeno choque, meio de prazer, meio de relutância, ao ouvir a declaração formal.

– Eu gostaria – começou ela –, mas...

– Rodney se importará?

– Oh, não – respondeu depressa. – Não, não, não é isso – continuou.

E, de novo, estacou. Ficara comovida pela maneira aberta e, todavia, cerimoniosa com que ele tinha feito o que chamara sua oferta de termos; justamente por ser ele generoso, cabia-lhe ser cautelosa. Achar-se-iam em dificuldades, pensou; mas nesse ponto, que não era tão longe, afinal de contas, no caminho da cautela, sua presciência abandonou-a. Buscou alguma catástrofe na qual deveriam fatalmente mergulhar. Mas não conseguiu lembrar nenhuma. Parecia-lhe que tais catástrofes eram fictícias; a vida continuava; a vida era totalmente diversa do que as pessoas diziam. E não só estava no fim sua provisão de prudência, mas a prudência lhe parecia de súbito inteiramente supérflua. Se alguém era capaz de cuidar de si, Ralph Denham o era; e ele lhe dissera que não a amava. Além disso – meditava, andando debaixo das faias e rodando sua sombrinha –, se, em pensamento, ela se acostumara à completa liberdade, por que deveria perpetuamente aplicar padrão tão diferente a seu comportamento na prática? Por que – refletia – deveria haver essa perpétua disparidade entre pensamento e ato, entre a vida da solidão e a vida da sociedade, esse espantoso precipício, de um lado do qual a alma era ativa e vivia à luz do sol, e de outro lado era contemplativa e escura como a noite? Não seria possível passar de uma para a outra, diretamente, sem mudanças essenciais? Não era essa a oportunidade que ele lhe oferecia – a rara, a maravilhosa oportunidade da amizade? De qualquer maneira, ela disse a Denham – com um suspiro em que ele sentiu tanto exasperação quanto alívio – que concordava com ele, que ele estava certo; e que aceitava os seus termos de amizade.

– Agora – disse –, vamos embora; vamos tomar chá.

Na verdade, uma vez aceitos esses princípios, uma grande leveza de espírito revelou-se em ambos. Estavam convencidos de que alguma coisa de profunda importância fora decidida, e podiam dar agora sua atenção ao chá e aos jardins. Visitaram estufas, viram lírios nadando em tanques, respiraram o perfume de milhares de cravos, e compararam seus respectivos gostos em matéria de árvores e lagos. Embora falassem exclusivamente do que viam, de modo que qualquer pessoa podia ouvir o que diziam, sentiam que o acordo entre eles tornava-se mais firme e mais profundo pelo número de pessoas que passavam por eles e que de nada suspeitavam. A questão do *cottage* de Ralph e do seu futuro não foi mais mencionada.

26

Embora os velhos coches, com suas alegres almofadas e a trompa do guarda, os caprichos da carroçaria e as vicissitudes da estrada, de há muito (matéria que eram) se tivessem convertido em pó, sobrevivendo apenas nas páginas impressas dos romancistas naquilo em que participavam do espírito, a viagem para Londres por trem expresso pode ser ainda uma aventura muito agradável e romântica. Cassandra Otway, aos vinte e dois anos, podia conceber poucas coisas mais aprazíveis. Satisfeita como estava com meses de verdes prados, as primeiras fileiras de casas de artesãos nos arredores de Londres pareceram-lhe algo sério, que positivamente aumentou a importância de cada pessoa no vagão ferroviário e, até, para a sua mente impressionável, aumentou a velocidade do trem e deu uma nota de severa autoridade ao apito da locomotiva. Iam para Londres; deviam ter precedência sobre todo o tráfego que não tinha o mesmo destino. Fazia-se necessária uma atitude diferente logo que a gente descia na plataforma de Liverpool Street e tornava-se um daqueles cidadãos preocupados e apressados, a cujo serviço esperavam inumeráveis táxis, ônibus e trens de metrô. Ela fez o melhor que pôde para parecer digna e preocupada também, mas quando o táxi levou-a logo embora, com uma determinação que a deixou um pouco alarmada, tornou-se mais e mais esquecida da sua condição de cidadã de Londres, e ficou a virar a cabeça de uma janela para outra, absorvendo ansiosamente um edifício aqui e uma cena de rua ali, alimentando sua intensa curiosidade. Todavia, enquanto a viagem durou, ninguém era real, nada era comum; as multidões, os edifícios do Governo, o fluxo de homens e mulheres quebrando-se contra a base das grandes vitrines de vidro, eram todos generalizados e afetavam-na como se os visse num palco. Todos esses sentimentos eram sustentados e parcialmente inspirados pelo fato de que sua viagem a conduzia diretamente ao centro do seu mundo mais romântico. Mil vezes em meio à sua paisagem pastoril, seus pensamentos tomavam essa mesma rua, eram admitidos à casa em Chelsea, e iam diretamente, escada acima, até o quarto de Katharine, onde, invisíveis, tinham melhor oportunidade de banquetear-se na privacidade da dona – adorável e misteriosa – dos aposentos. Cassandra gostava imensamente de Katharine; esse amor poderia ter sido tolo, mas foi salvo desse excesso, e ganhou encanto e atrativo pela natureza volátil do temperamento de Cassandra. Adorara muitas coisas e pessoas no curso de seus vinte e dois anos; fora, alternadamente, o orgulho e o desespero de seus professores. Adorara arquitetura e música, história natural e humanidades, literatura e arte, mas sempre no auge do seu entusiasmo, que era acompanhado por um brilhante grau de realização, mudava de ideia e comprava, sub-repticiamente, outra gramática. Os terríveis resultados que as governantas haviam predito de tal dissipação mental eram, certamente, visíveis agora que Cassandra tinha vinte e dois anos de idade; jamais passara num exame e mostrava-se dia a dia menos capaz de passar em algum. Uma outra predição mais séria, a de que jamais seria capaz de ganhar a vida, também se cumpriu. Mas com todos esses curtos fragmentos de realizações variadas, Cassandra teceu para si mesma uma atitude, um feitio mental, que, embora inútil, tinha para certas pessoas as virtudes nada desprezíveis do frescor e da vivacidade. Katharine, por exemplo, achava-a companhia das mais encantadoras. As duas primas pareciam reunir, entre si, considerável gama de qualidades, das que nunca são vistas juntas num só indivíduo e raramente em meia dúzia de pessoas. Onde Katharine era simples, Cassandra era complexa; onde Katharine era substancial e direta, Cassandra era vaga e evasiva. Em suma, representavam muito bem o lado masculino e o lado feminino da natureza da mulher e tinham por base a profunda unidade do sangue comum. Se Cassandra adorava Katharine, era incapaz de adorar qualquer pessoa sem refrescar seu espírito com frequentes haustos de troça e de crítica, e Katharine apreciava essa faceta do temperamento de Cassandra, pelo menos tanto quanto Cassandra a apreciava.

Esse respeito por Katharine era predominante em Cassandra no momento. O noivado da prima falara à sua imaginação, da forma como o primeiro noivado num círculo de contemporâneas costuma falar à imaginação das outras; era belo, solene e misterioso; dava às duas partes o ar importante dos que foram iniciados em algum rito ainda oculto aos outros membros do grupo. Por causa de Katharine, Cassandra achava William um tipo dos mais distintos e inteligentes, e recebeu primeiro a sua conversação e, em seguida, o seu manuscrito como provas de uma amizade que ela ficava lisonjeada e encantada de inspirar.

Katharine ainda não voltara quando ela chegou a Cheyne Walk. Depois de cumprimentar o tio e a tia e de receber, como de hábito, de tio Trevor o presente de dois soberanos para "condução de intemperanças" (ela era a sobrinha favorita de Sr. Hilbery), Cassandra foi mudar de roupa e acabou no quarto de Katharine, à espera dela. Que imenso espelho tinha – pensou –, e como era adulto o arranjo dos objetos no toucador, em comparação com o seu, em casa. Olhando em roda, achou as contas enfiadas num espeto, posto sobre o console da ladeira como ornamento, tão surpreendentes quanto a própria Katharine. Não havia qualquer fotografia de William à vista, em nenhum lugar. O quarto, com sua combinação de luxo e despojamento, seus *peignoirs* de seda, as chinelas carmesins, o tapete usado, as paredes nuas, tinha um forte ar de Katharine; ela ficou no meio do aposento e gozou a sensação; e, então, com o desejo de pôr a mão no que a prima tinha o hábito de pegar, Cassandra começou a tirar os livros arranjados numa prateleira acima da cama. Na maioria das casas, essa prateleira é o ressalto em que se acolhem as últimas relíquias da crença religiosa, como se, tarde da noite, no seio da privacidade, gente, cética durante o dia, encontrasse consolação em sorver um gole da velha poção mágica para as tristezas e perplexidades que só esperavam a hora de sair sorrateiramente dos seus esconderijos, no escuro. Pelas suas capas surradas e conteúdo enigmático, Cassandra imaginou serem velhos livros didáticos de tio Trevor, devotamente, se bem que excentricamente, preservados pela filha. A imprevisibilidade de Katharine – pensou – não tinha, mesmo, limites. Ela própria já fora apaixonada por geometria e, enrodilhando-se no acolchoado da cama, ficou logo absorvida a ver até onde esquecera o que um dia soubera. Katharine, que entrou pouco depois, encontrou-a mergulhada nessa característica ocupação.

– Querida – exclamou Cassandra, brandindo o livro diante da sua prima –, minha vida inteira vai mudar a partir deste momento! Tenho de escrever o nome do homem imediatamente, ou me esquecerei...

Nome de quem, que livro, vida de quem seria mudada, Katharine tratou de descobrir em seguida. Começou a pôr de lado as suas roupas, pois estava muito atrasada.

– Posso ficar aqui observando você? – perguntou Cassandra, fechando o livro. – Eu me aprontei antes, de propósito.

– Oh, você está pronta? – disse Katharine, voltando-se em meio às suas tarefas, e olhando para Cassandra, sentada, com os braços rodeando os joelhos, na beira da cama. – Vem gente jantar hoje – disse, e passou a ver o efeito de Cassandra desse novo ponto de vista. Depois de um intervalo, a distinção, o encanto irregular do rosto pequeno, com seu nariz afilado e os brilhantes olhos ovais, eram notáveis. O cabelo se elevava da testa um tanto abrupto e, uma vez tratado cuidadosamente por cabeleireiros e costureiros, a figura levemente angulosa poderia lembrar a de uma dama francesa da aristocracia no século XVIII.

– Quem vem jantar? – perguntou Cassandra, antecipando novas possibilidades de enlevo.

– William e, acho, tia Eleanor e tio Aubrey.

– Fico tão contente que William venha. Ele lhe contou que me remeteu seu manuscrito? Acho que é maravilhoso, acho que ele é quase digno de você, Katharine.

– Você ficará sentada ao lado dele e poderá dizer-lhe o que pensa a seu respeito.

– Jamais ousaria.

– Por que não? Você não tem medo dele?

– Um pouco. Porque ele está ligado a você.

Katharine sorriu.

– Mas então, com sua reconhecida fidelidade, e considerando que estará aqui pelo menos por uma quinzena, você não terá mais nenhuma ilusão a meu respeito quando se for. Eu lhe dou uma semana, Cassandra. Verei a minha força desvanecer-se dia a dia. Agora, está no seu clímax; mas amanhã já começará a empalidecer. O que devo usar? Ache-me um vestido azul, Cassandra, ali naquele guarda-roupa comprido.

Falava de maneira desconexa, ocupada com escova e pente, puxando as pequenas gavetas da penteadeira e deixando-as abertas. Cassandra, sentada na cama, por detrás dela, via o reflexo do rosto da prima no espelho. A face no espelho era séria e atenta, aparentemente ocupada com outras coisas além da retitude do repartido – que, aliás, começava a ser traçado, direito como uma via romana, através do cabelo escuro. Cassandra impressionou-se outra vez com a maturidade de Katharine; e, enquanto ela se envolvia no vestido azul, que enchia quase todo o longo espelho de luz azul e o transformava na moldura de uma tela, enquadrando não só a efígie levemente móvel da bela mulher mas sombras e cores de objetos refletidos do fundo, Cassandra pensou que nada do que vira fora jamais tão romântico. Tudo estava de acordo com o quarto e a casa e a cidade em torno deles; pois seus ouvidos ainda não haviam deixado de notar o rumor das rodas longínquas. Desceram muito tarde, a despeito da extrema rapidez de Katharine em vestir-se. Aos ouvidos de Cassandra, o burburinho de vozes no interior do salão era como a afinação de instrumentos de uma orquestra. Parecia-lhe haver grande número de pessoas lá dentro, todas estranhas, todas bonitas, vestidas com a maior distinção, embora fossem, na realidade, seus parentes e a distinção dos trajes, aos olhos de um observador imparcial, estivesse limitada ao colete branco que Rodney usava. Todos se levantaram simultaneamente, o que já era magnífico, e todos soltaram exclamações e apertaram-lhe a mão, e ela foi apresentada a Sr. Peyton, e a porta se escancarou, e o jantar foi anunciado, e eles entraram em fila, William Rodney dando-lhe o braço negro, ligeiramente dobrado, como, secretamente, ela desejara que o fizesse. Em suma, se a cena fosse vista apenas através dos seus olhos, poderia ser descrita como de mágico esplendor. O desenho dos pratos de sopa, as dobras engomadas dos guardanapos, que se elevavam ao lado de cada prato em forma de copos-de-leite, as longas bengalas do pão, atadas com fita rosa, as travessas de prata e as taças de champanha verde-mar, com flocos de ouro aprisionados nos pés – todos esses pormenores, juntos a um curioso, difuso cheiro de luvas de pelica, contribuíam para sua euforia, que tinha de ser contida, porém, pois ela já era adulta, e o mundo nada mais continha capaz de maravilhá-la.

O mundo nada mais continha capaz de maravilhá-la, é verdade; mas continha outras pessoas, e cada pessoa possuía, aos olhos de Cassandra, algum fragmento daquilo a que, privadamente, chamava "realidade". Era um dom, que lhe ofereciam se lhes fosse pedido; e, assim, como poderia ser um jantar aborrecido, o pequenino Sr. Peyton, à sua direita, e William Rodney, à esquerda, eram dotados, na mesma medida, com a qualidade que lhe parecia a tal ponto inconfundível e preciosa, que a maneira como as pessoas negligenciavam exigi-la era para ela uma permanente fonte de espanto. Mal podia perceber, na verdade, se estava a falar com Sr. Peyton ou com William Rodney. Mas a alguém que assumiu, paulatinamente, a forma de um velho de bigode, ela contou de como chegara a Londres naquela mesma tarde e de como tomara um táxi e fora conduzida pelas ruas. Sr. Peyton, editor, de cinquenta anos, curvou repetidas vezes a cabeça calva, com aparente compreensão. Pelo menos ele entendia que ela era muito jovem e bonita, e via que estava excitada, embora não pudesse de momento descobrir, nas palavras dela ou na sua própria experiência, que motivos haveria de excitação. Já havia brotos nas árvores?, perguntou. Por que estrada viajara? Ela cortou logo essas polidas indagações, na ânsia de saber se ele era dos que leem no trem ou dos que olham a paisagem pela janela? Sr. Peyton não estava muito seguro do que fazia de preferência. Talvez fizesse as duas coisas. Ouviu, então, que isso era uma confissão perigosa; que ela poderia deduzir desse simples fato a sua história toda. Ele a desafiou a prosseguir; e ela o proclamou um membro liberal do Parlamento.

William, envolvido nominalmente numa dessultória conversação com tia Eleanor, não perdeu uma palavra, e aproveitando-se do fato de que velhas senhoras têm pouca continuidade na conversação, pelo menos com aqueles que estimam pela sua juventude e pelo seu sexo, fez-se lembrado com um riso nervoso.

Cassandra virou-se para ele na mesma hora. Ficava encantada de ver como, instantaneamente e com tal facilidade, outro desses seres fascinantes oferecia riquezas incalculáveis para sua extração.

– Não há dúvida sobre o que *você*, William, faria num vagão de estrada de ferro – disse ela, empregando seu primeiro nome, tal o prazer que sentia. – Você não olharia *nunca* pela janela; você leria o *tempo todo*.

– E que fatos você deduz disso? – perguntou Sr. Peyton.

– Que ele é um poeta, naturalmente – disse Cassandra. – Mas devo confessar que eu sabia disso antes, de modo que não é justo. Eu trouxe seu manuscrito – continuou, abandonando Sr. Peyton de maneira vergonhosa. – Há milhões de coisas que desejo perguntar-lhe a respeito dele.

William inclinou a cabeça e procurou esconder a alegria que essa observação lhe causava. Mas o prazer não era sem mistura. Por suscetível que fosse à lisonja, William não a toleraria nunca de gente que revelasse um gosto grosseiro ou emocional em literatura, e se Cassandra errasse, mesmo ligeiramente, naquilo que ele considerava essencial a esse respeito, expressaria seu desagrado gesticulando rapidamente com as mãos e franzindo a testa; não teria prazer com os elogios dela, afinal de contas.

– Antes de mais nada – prosseguiu Cassandra –, quero saber por que resolveu escrever uma peça?

– Ah! Você quer dizer que não é dramática?

– Quero dizer que não vejo o que o texto ganharia em ser representado. Mas, afinal, Shakespeare ganha? Henry e eu estamos sempre a discutir Shakespeare. Estou segura de que ele está enganado, mas não posso prová-lo, porque só vi Shakespeare no teatro uma vez, em Lincoln. Mas estou certa – insistiu – de que Shakespeare escreveu para o palco.

– Você tem inteira razão – exclamou Rodney. – Eu estava justamente a desejar que fosse desse partido. Henry está enganado, inteiramente enganado. Naturalmente, fracassei, como todos os modernos fracassam. Meu Deus, quisera ter consultado você antes.

A partir desse ponto repassaram, tanto quanto a memória de ambos permitiu, os diferentes aspectos do drama de Rodney. Ela nada disse que o chocasse, e sua audácia espontânea teve o poder de espicaçar a tal ponto a experiência dele, que os outros viram Rodney muita vez de garfo no ar, enquanto debatia os primeiros princípios da arte. Sra. Hilbery pensou consigo que nunca o vira tão bem; sim, estava, de certo modo, transfigurado; lembrava-lhe alguém já morto, alguém da maior distinção – que pena que tivesse esquecido o nome!

A voz de Cassandra elevou-se, na sua excitação:

– Você não leu *O Idiota*! – exclamou.

– Li *Guerra e Paz* – replicou William, um tanto acidamente.
– Confesso que não entendo os russos.
– Aperta a mão! Aperta a mão! – disse tio Aubrey, do outro lado da mesa. – Tampouco eu os entendo. E arrisco a opinião de que os próprios russos não se entendem.

O velho *gentleman* governara uma vasta seção do Império Indiano, mas tinha o hábito de dizer que muito preferiria ser o autor das obras de Dickens. A mesa agora se apossara de um assunto da sua predileção. Tia Eleanor deu sinais premonitórios de que ia opinar. Embora tivesse embotado o gosto por vinte e cinco anos numa forma qualquer de filantropia, era capaz de farejar com verdadeiro instinto natural um principiante ou um pretendente, e sabia com aproximação infinitesimal o que a literatura devia ser e o que não devia ser. Nascera para o conhecimento, e nunca lhe ocorrera que isso fosse motivo de orgulho.

– A insânia não é assunto apropriado para a ficção – anunciou, positiva.

– Há o notório caso de Hamlet – interpôs Sr. Hilbery, no seu tom descansado, meio humorístico.

– Ah, mas poesia é diferente, Trevor – disse tia Eleanor, como se tivesse procuração de Shakespeare para falar assim. – Inteiramente diferente. Aliás, sempre tive para mim que Hamlet não era tão louco como pretendem. Qual é a sua opinião, Sr. Peyton?

– Como estava presente um ministro da literatura na pessoa do editor de uma conceituada revista, ela acatava sua autoridade.

Sr. Peyton recostou-se um pouco na cadeira e, pondo a cabeça um pouco de lado, observou que se tratava de uma questão que nunca resolvera inteiramente a contento. Havia muito a ser dito dos dois lados; mas, enquanto pesava de que lado deveria pronunciar-se, Sra. Hilbery interrompeu sua judiciosa meditação.

– Adorável, adorável Ophelia! – exclamou. – Que força maravilhosa ela tem, poesia! Acordo pela manhã aos pedaços; há uma névoa amarela do lado de fora; a pequenina Emily acende a luz quando me traz o chá e diz: "Oh, madame, a água gelou na cisterna, e a cozinheira cortou o dedo até o osso". E aí abro um livrinho verde, e a passarada está cantando, as estrelas brilham, as flores balançam nos galhos. – Ela olhou em redor, como se essas presenças que invocara se tivessem de súbito materializado à volta da sua mesa de jantar.

– A cozinheira cortou o dedo seriamente? – Tia Eleanor perguntou, dirigindo-se naturalmente a Katharine.

– Oh, o dedo da cozinheira é apenas a minha maneira de dizer as coisas – observou Sra. Hilbery –, mas mesmo se ela tivesse cortado o braço fora, Katharine teria sabido como cosê-lo outra vez no lugar – e lançou um olhar afetuoso à filha, que parecia, pensou, um pouco triste. – Mas que horríveis, horríveis pensamentos – concluiu, pousando o guardanapo e empurrando sua cadeira para trás. – Venham, vamos encontrar alguma coisa mais alegre para discutir no andar de cima.

* * *

Na sala de estar do andar de cima, Cassandra encontrou novos motivos de prazer, primeiro na elegante e expectante atmosfera do aposento, e, depois, na oportunidade de exercitar sua varinha mágica num novo grupo de seres humanos. Mas as vozes baixas das mulheres, seus silêncios reflexivos, a beleza que, pelo menos para ela, luzia mesmo do cetim preto e dos medalhões de âmbar que ornavam idosos pescoços, transformaram seu desejo de conversar num desejo mais modesto de apenas observar e cochichar. Entrava com deleite numa atmosfera em que assuntos particulares eram debatidos livremente, quase que em monossílabos, por mulheres mais velhas que agora a aceitavam como uma delas. Sua expressão tornou-se muito gentil e simpática como se também estivesse cheia de solicitude pelo mundo que tia Maggie e tia Eleanor, com desaprovação embora, curavam e que gostavam de governar. Depois de algum tempo, percebeu que Katharine estava fora da comunidade, de algum modo, e subitamente, lançando às urtigas prudência, gentileza e consideração, pôs-se a rir.

– De que está rindo? – perguntou Katharine. Uma pilhéria tão tola e pouco filial não merecia ser explicada.

– Não era nada, era ridículo, do pior gosto, mas, assim mesmo, se você fechasse os olhos e olhasse...

Katharine fechou os olhos e olhou, mas olhou na direção errada, e Cassandra riu mais do que nunca, e ainda estava rindo e fazendo o melhor que podia para explicar, num sussurro, que tia Eleanor, vista com as pálpebras cerradas, era como o papagaio de Stogdon Rouse, quando os cavalheiros entraram, e Rodney marchou direito para elas e quis saber do que estavam rindo.

– Recuso absolutamente contar-lhe! – replicou Cassandra, encarando-o em pé, muito direita, com as mãos apertadas à frente do corpo. A zombaria dela parecia-lhe deliciosa. Nem por um segundo temera que pudesse estar rindo às expensas dele. Ria porque sua vida era adorável, fascinante.

– Ah, mas você é cruel de me fazer sentir a barbaria do meu sexo – replicou, juntando os pés e apertando os dedos na aba de uma cartola imaginária ou no castão de uma bengala de malaca.

– Estivemos discutindo toda uma gama de maçadas, e agora nunca irei saber o que desejo saber mais do que qualquer coisa no mundo.

– Você não nos engana nem por um minuto! – ela gritou. – Nem por um segundo. Nós duas sabemos que você se divertiu imensamente. Não se divertiu mesmo, Katharine?

– Não – respondeu ela. – Acho que ele diz a verdade. Ele não faz muito caso de política.

Suas palavras, embora ditas com simplicidade, produziram uma curiosa alteração na atmosfera leve, esfuziante. William perdeu imediatamente o seu ar de animação e disse com gravidade:

– Detesto política.

– Não penso que um homem tenha o direito de dizer isso – falou Cassandra, quase severamente.

– Concordo. Quero dizer que detesto políticos. – Rodney se deu pressa em corrigir.

– Você vê? Penso que Cassandra é o que eles chamam uma feminista – continuou Katharine. – Ou melhor, era uma feminista seis meses atrás, mas não adianta supor que seja hoje o que foi então. Esse é um dos seus maiores encantos, aos meus olhos. Ninguém sabe nunca – disse e sorriu para a outra, como uma irmã mais velha poderia sorrir.

– Katharine, você faz me sentir tão insignificante! – exclamou Cassandra.

– Não, não, não é essa a intenção dela – interpôs Rodney. – Concordo inteiramente em que as mulheres têm uma imensa vantagem sobre nós nesse particular. Perde-se muito tentando saber tudo profundamente.

– Ele sabe grego profundamente – disse Katharine. – Mas também sabe muito sobre pintura, e alguma coisa sobre música. Ele é muito culto, talvez seja a pessoa mais culta que conheço.

– E poesia – Cassandra acrescentou.

– Sim, eu estava esquecendo a peça – observou Katharine e, virando a cabeça como se visse alguma coisa que exigia sua atenção num canto remoto da sala, deixou-os.

Por um momento ficaram calados, depois do que parecia uma deliberada introdução de um ao outro, e Cassandra seguiu Katharine com os olhos.

– Henry – disse, em seguida – diria que um palco não deveria ser maior que esta sala de estar. Ele deseja ver também canto e dança além da ação, só que tudo oposto a Wagner. Você entende?

Sentaram-se, e Katharine, voltando-se quando alcançou a janela, viu William com a mão erguida em gesticulação e a boca aberta, como que pronto a falar logo que Cassandra terminasse.

O dever de Katharine, fosse puxar uma cortina ou mover uma cadeira, estava esquecido ou já feito; ela continuou junto à janela sem fazer nada. Os mais velhos estavam grupados em volta do fogo. Pareciam uma comunidade independente, de meia-idade, ocupada com seus próprios negócios. Contavam histórias muito bem e ouviam as histórias dos outros graciosamente. Mas para ela não havia qualquer ocupação óbvia.

Se alguém disser alguma coisa, explicarei que estou olhando o rio, pensou, pois, na sua escravidão às tradições familiares, estava disposta a pagar pela sua transgressão com uma palpável falsidade. Afastou, então, a persiana e olhou de fato o rio. Mas era uma noite escura, e a água mal estava visível. Carros passavam e casais caminhavam devagar ao longo da rua, mantendo-se tão junto das grades quanto possível, embora as árvores ainda não tivessem folhas para sombrear os seus abraços. Katharine, retirada como estava, sentiu sua solidão. Fora uma noite penosa, a oferecer-lhe, de minuto em minuto, prova evidente de que as coisas se passariam como ela previra. Enfrentara entonações, gestos, olhares; sabia, com as costas para eles, que William, mesmo agora, mergulhava cada vez mais no prazer de uma inesperada afinidade com Cassandra. Quase lhe dissera que estava achando as coisas infinitamente melhores do que acreditara. Olhava pela janela, firmemente decidida a esquecer desventuras particulares, a esquecer de si mesma, a esquecer as vidas individuais. Com os olhos postos no céu escuro, vozes lhe chegavam da sala. Ouvia-as como se oriundas de gente do outro mundo, um mundo antecedente ao seu, um mundo que era o prelúdio, a antecâmara da realidade; como se, morta há pouco, ouvisse falar os vivos. A qualidade de sonho da nossa vida jamais lhe fora tão aparente, jamais a vida lhe parecera com mais certeza um negócio de quatro paredes, cujos objetos têm validade apenas dentro do alcance de luzes e de fogos, além dos quais nada existia, ou nada senão trevas. Parecia-lhe haver transposto fisicamente a região onde a luz da ilusão ainda faz desejável possuir, amar, lutar. E, todavia, sua melancolia não lhe oferecia serenidade. Ainda podia ouvir as vozes na sala. Estava ainda atormentada de desejos. Quisera estar dentro do círculo deles. Quisera, incoerentemente, estar também a rodar pelas ruas; estava, até, ansiosa para ver alguém que, depois de um momento de busca incerta, tomou forma definida na pessoa de Mary Datchet. Fechou as cortinas de modo a que se juntassem, em pregas profundas, no meio da janela.

– Ah, lá está ela – disse Sr. Hilbery, em pé, oscilando afavelmente de um lado para o outro, as costas para o fogo. – Venha cá, Katharine. Não pude ver onde você estava; nossos filhos – observou entre parênteses – têm suas utilidades. Quero que você vá até o meu estúdio, Katharine; na terceira prateleira do lado direito da porta, pegue Trelawny's Recollections of Shelley e traga-o para mim. Então, Peyton, você terá de admitir ao grupo aqui reunido que se enganou.

"Trelawny's Recollections of Shelley. Terceira prateleira à direita da porta", repetiu Katharine. Afinal de contas, não se interrompem crianças que estão brincando nem se arranca o sonhador de seu sonho. Ela passou por Cassandra e William a caminho da porta.

– Pare, Katharine – disse William, falando quase como se tivesse consciência dela contra a sua própria vontade. – Eu vou.

Levantou-se, depois de uma breve hesitação, e ela percebeu que isso lhe custava algum esforço. Pôs um joelho no sofá em que Cassandra estava sentada e olhou do alto o rosto da prima, que ainda era móvel como o que dizia:

– Você está feliz?

– Oh, minha querida! – exclamou Cassandra, como se outras palavras não fossem necessárias. – Naturalmente, discordamos sobre tudo o que existe debaixo dos céus, mas creio que é o homem mais inteligente que já conheci, e você é a mais bonita das mulheres – acrescentou, olhando para Katharine; e enquanto olhava, seu rosto perdeu a animação e tornou-se quase melancólico, em simpatia com a melancolia de Katharine, que parecia a Cassandra o último refinamento da distinção.

– Ah, mas são apenas dez horas – disse Katharine obscuramente.

– Tão tarde assim! Bem...? – Ela não entendia.

– Às doze, meus cavalos se transformam em ratos, e eu me vou. A ilusão se desfaz. Mas aceito meu fado. Aproveito enquanto posso.

Cassandra olhou-a com uma expressão intrigada.

— Aí está Katharine falando de ratos e fados e toda espécie de coisas esquisitas – disse William, que se reunia a elas. – Você a entende?

Katharine percebeu, do fato de Rodney ter franzido os sobrolhos, que ele não achava o problema a seu gosto no momento. Endireitou-se imediatamente e disse em outro tom:

– Realmente estou de saída. Espero que você lhes explique, William, se alguém disser qualquer coisa. Não me demoro, mas tenho de ver alguém.

– A esta hora da noite? – exclamou Cassandra.

– Quem você tem de ver? – perguntou William.

– Uma amiga! – disse, voltando a meio a cabeça na direção dele. Sabia que ele desejava que ficasse, não, a rigor, com eles, mas nas imediações, em caso de necessidade.

– Katharine tem grande número de amigas – disse William, de maneira pouco convincente. E sentou-se outra vez, enquanto Katharine saía da sala.

Logo rodava, como quisera rodar, pelas ruas iluminadas. Gostava tanto das luzes quanto da velocidade, e do sentimento de estar fora de casa, sozinha, e da certeza de que encontraria Mary no seu alto e solitário quarto, ao fim da corrida. Subiu rapidamente as escadas de pedra, notando o curioso efeito do seu vestido azul e dos seus sapatos azuis sobre o piso, poento das botas daquele dia, sob a luz de um bruxuleante jato ocasional do gás.

A porta foi aberta num segundo pela própria Mary, cujo rosto mostrou não apenas surpresa, mas certo embaraço. Acolheu-a cordialmente, e como não havia tempo para explicações, Katharine entrou diretamente para a sala onde se achou em presença de um rapaz que jazia recostado numa poltrona, segurando uma folha de papel na mão, para a qual olhava, como se pretendesse continuar imediatamente com o que estava dizendo a Mary Datchet. A aparição de uma dama desconhecida em vestido de noite pareceu perturbá-lo. Tirou o cachimbo da boca, levantou-se muito teso, e sentou-se outra vez com um movimento abrupto.

– Você esteve jantando fora? – perguntou Mary.

– Você está ocupada? – perguntou Katharine, ao mesmo tempo.

O rapaz abanou a cabeça, como se repudiasse sua parte da pergunta com uma ponta de irritação.

– Bem, não exatamente – disse Mary. – Sr. Basnett veio mostrar-me alguns textos; estamos quase terminando... Fale--nos da sua festa.

Mary parecia despenteada, como se tivesse passado os dedos pelos cabelos no curso da conversação; vestia-se mais ou menos como uma camponesa russa. Sentou-se de novo numa cadeira em que parecia ter estado sentada várias horas; o pires apoiado no braço da cadeira continha as cinzas de muitos cigarros. Sr. Basnett, rapaz muito jovem, com tez muito fresca e uma alta fronte, de onde saía o cabelo liso, penteado todo para trás, pertencia àquele grupo de "jovens extremamente capazes" que Sr. Clacton suspeitava – justificadamente, como parecia – exercer influência sobre Mary Datchet. Viera de uma das universidades não fazia muito tempo, e ocupava-se agora da reforma da sociedade. Juntamente com o resto do grupo dos "jovens extremamente capazes", redigira um plano para a educação dos trabalhadores, para um amálgama entre a classe média e a classe trabalhadora, em vista de um assalto conjunto das duas corporações, reunidas numa Sociedade para a Educação da Democracia, contra o Capital. O esquema atingira, a essa altura, o estádio em que se justificava alugar um escritório e contratar uma secretária, e ele fora encarregado de expor o projeto a Mary e oferecer-lhe a secretaria, para a qual, na verdade, e por uma questão de princípio, fora previsto um pequeno salário. Desde as sete horas dessa noite vinha lendo em voz alta o documento, em que se continha a fé dos novos reformadores; mas a leitura era interrompida com tanta frequência por discussões e era, com a mesma frequência, necessário comunicar a Mary, "muito confidencialmente", a verdadeira natureza e os objetivos malévolos de certos indivíduos e sociedades, que ainda se achavam no meio do manuscrito. Nenhum dos dois percebia que a entrevista durava há mais de três horas. Na sua absorção, haviam esquecido até de alimentar o fogo; no entanto, Sr. Basnett, na sua exposição, e Mary, no seu interrogatório, preservavam cuidadosamente uma espécie de formalidade, calculada para conter o pendor que tem a mente humana de perder-se na irrelevância. As perguntas de Mary em geral começavam: "Devo entender que...". E as respostas dele invariavelmente representavam as opiniões de alguém designado por "nós".

A essa altura, Mary estava quase persuadida de incluir-se também nesse "nós", e concordava com Sr. Basnett em acreditar que "nossas" opiniões, "nossa" sociedade, "nossa" política representavam alguma coisa nitidamente distinta e segregada do corpo principal da sociedade, num círculo de iluminação superior.

A aparição de Katharine nessa atmosfera era das mais incongruentes, e teve o efeito de relembrar a Mary toda uma série de coisas que se alegrara de ter esquecido.

– Você esteve jantando fora? – perguntou outra vez, olhando, com um pequeno sorriso, para a seda azul e os sapatos bordados de pérolas.

– Não, em casa. Vocês estão começando alguma coisa nova? – arriscou, um pouco hesitante, vendo os papéis.

– Estamos – respondeu Sr. Basnett, e mais não disse.

– Estou pensando em deixar nossos amigos de Russell Square – explicou Mary.

– Percebo. E fará outra coisa.

– Bem, temo que goste de trabalhar – disse Mary.

– Teme... – disse Sr. Basnett, dando a impressão de que, a seu ver, nenhuma pessoa sensata deveria "temer" o fato de gostar de trabalhar.

– Sim... – disse Katharine, como se ele houvesse exprimido tudo isso em voz alta. – Eu mesma gostaria de começar alguma coisa, alguma coisa que me desse na veneta, é disso que eu gostaria.

– Sim, aí é que está a graça – disse Sr. Basnett, olhando para ela com atenção pela primeira vez, e enchendo de novo o cachimbo.

— Mas não se pode limitar o trabalho, é isso que quero dizer — disse Mary. — Há outras espécies de trabalho. Ninguém trabalha mais que uma mulher com filhos pequenos.

— Exatamente — disse Sr. Basnett. — É precisamente a mulher com bebês que nós temos de segurar.

Lançou um olhar ao seu documento, enrolou-o entre os dedos num cilindro e pôs-se a contemplar o fogo. Katharine sentiu que nessa companhia tudo o que se dissesse seria julgado puramente pelo seu mérito; cada um tinha de dizer o que pensava, de modo simples, desataviado, terso, com curiosa presunção de que o número de coisas que podiam ser postas em discussão com propriedade era estritamente limitado. E Sr. Basnett era armado apenas na superfície; havia uma inteligência no seu rosto que atraía a inteligência dela.

— E quando o público tomará conhecimento?
— O que quer dizer? De nós? — perguntou Sr. Basnett, com um pequeno sorriso.
— Isso depende de muitas coisas — disse Mary. Os conspiradores pareciam satisfeitos, como se a pergunta de Katharine, que implicava a crença na existência deles, os tivesse reconfortado.

— Ao começar uma sociedade como a que temos em vista (não podemos dizer mais que isso, presentemente) — começou Sr. Basnett, com um pequeno movimento abrupto da cabeça —, há que lembrar duas coisas: a imprensa e o público. Outras sociedades, que não vamos nomear, têm naufragado porque atraíam apenas malucos. Se o que a gente deseja não é uma sociedade de admiração mútua, que morre tão logo cada um descobre os defeitos dos outros, há que peitar a imprensa. É indispensável o apelo ao público.

— E é essa a dificuldade — disse Mary.
— É aí que entra ela — disse Sr. Basnett, com um gesto de cabeça em direção de Mary. — Ela é a única de nós que é capitalista. Ela pode trabalhar em tempo integral. Eu estou amarrado a um escritório; posso oferecer apenas meu tempo de folga. Você não

estará por acaso procurando emprego? – disse a Katharine, com uma curiosa mistura de suspeita e deferência.

– Casamento é o emprego dela no momento – Mary respondeu por ela.

– Oh, entendo – disse Sr. Basnett. Faria desconto disso; ele e seus amigos tinham enfrentado a questão do sexo, juntamente com as demais questões, e lhe haviam alocado lugar honroso nos seus esquemas de vida. Katharine sentiu isso, por debaixo da rudeza das suas maneiras; e um mundo confiado à guarda de Mary Datchet e Sr. Basnett parecia--lhe um mundo bom, embora não um lugar romântico ou belo, ou para dizer figurativamente, um lugar onde qualquer linha de névoa azul ligaria árvore com árvore à altura do horizonte. Por um momento, julgou ver no rosto dele, curvado agora para o fogo, o homem original, esse que ainda é lembrado de quando em vez, embora só se conheçam o empregado, o advogado, o servidor público, ou o trabalhador – variedades dele. Não que Sr. Basnett, ao dar seus dias ao comércio e suas horas de folga à reforma social, fosse carregar consigo por muito tempo mais qualquer traço das suas potencialidades para a inteireza ou a perfeição; no momento, porém, na sua juventude e no seu ardor ainda especulativo, ainda tolhido, poder-se-ia já imaginá-lo cidadão de um Estado mais nobre que o nosso. Katharine revirou seu pequeno acervo de informações e ficou a imaginar o que a nova sociedade poderia tentar. Então se lembrou de que estava atrapalhando o negócio deles e levantou-se, ainda a pensar na sociedade, e com isso em mente disse a Sr. Basnett:

– Bem, espero que oportunamente me convide a aderir.

Ele fez que sim de cabeça e tirou o cachimbo da boca; mas, incapaz de pensar em alguma coisa para dizer, pôs o cachimbo de volta, embora ficasse satisfeito se ela não se fosse embora.

Contra a vontade de Katharine, Mary insistiu em levá-la até a rua e, então, como não havia táxi à vista, ficaram juntas na calçada, a olhar em redor.

– Volte – instou Katharine, pensando em Sr. Basnett com seus papéis em riste.

– Você não pode andar pela rua sozinha com essas roupas – disse Mary, embora o desejo de achar um táxi não fosse sua verdadeira razão para ficar com Katharine mais um minuto ou dois. Desgraçadamente, para a sua tranquilidade, Sr. Basnett e seus papéis pareciam-lhe uma diversão incidental do propósito sério da vida, comparado ao tremendo fato que lhe parecia manifesto, agora que se achava a sós com Katharine. Talvez fosse a feminilidade comum a ambas.

– Tem visto Ralph? – perguntou, sem preâmbulos.

– Sim – disse Katharine, diretamente, mas não lembrava nem quando nem onde o vira. Levou também um momento ou dois para recordar por que Mary lhe perguntara se vira Ralph.

– Acho que estou com ciúmes – disse Mary.

– Tolice, Mary – disse Katharine, perturbada, tomando-a pelo braço e começando a caminhar pela rua em direção à avenida. – Deixe-me ver; fomos a Kew, e concordamos em ser amigos. Sim, foi isso que aconteceu.

Mary ficou calada, na esperança de que Katharine lhe contasse mais alguma coisa. Katharine, porém, não disse nada.

– Não é uma questão de amizade – disse Mary, com a fúria a crescer para surpresa sua. – Você sabe que não é. Como poderia ser? Não tenho direito de interferir... – deteve-se. – Só não desejaria que Ralph sofresse – concluiu.

– Acho que ele é capaz de tomar conta de si mesmo – observou Katharine. Sem que nenhuma das duas o desejasse, um sentimento de hostilidade erguera-se entre ambas.

– Você acha que vale a pena? – disse Mary, depois de uma pausa.

– Quem poderá dizer?

– Você já gostou de alguém? – Mary perguntou, precipitada, idiotamente.

– Não posso andar por Londres discutindo meus sentimentos. Aí vem um táxi... Não, tem alguém dentro.

– Não queremos discutir – disse Mary.

– Deveria ter dito a Ralph que não queria ser amiga dele? – perguntou Katharine. – Devo dizer-lhe isso? Se devo, que razão alegar?

– É claro que você não pode dizer isso a ele – Mary falou, dominando-se.

– Pois acho que direi.

– Perdi a paciência, Katharine; não devia ter dito o que disse.

– A coisa toda é idiota – disse Katharine peremptoriamente.

– É o que digo: não vale a pena – falou com desnecessária veemência, mas a veemência não era dirigida contra Mary Datchet. Sua animosidade desaparecera completamente, e sobre a cabeça das duas pairava uma nuvem de dificuldades e apreensões, obscurecendo o futuro, no qual ambas tinham de abrir caminho. – Não, não, não vale a pena – repetiu Katharine. – Suponha, como você diz, que essa amizade seja mesmo inteiramente descabida; ele se apaixona por mim. Não quero isso. E, todavia – acrescentou –, acredito que você exagera; o amor não é tudo; o próprio casamento é apenas uma das muitas coisas... – Haviam chegado ao cruzamento principal e olhavam os ônibus e os passantes, que pareciam ilustrar o que Katharine disse sobre a diversidade dos interesses humanos. Para ambas, a ocasião se tornara um momento de extremo desprendimento, quando parece para sempre desnecessário pôr de novo nos ombros o fardo da felicidade e da existência agressiva. Os vizinhos que conservassem, com inteira liberdade, os seus tesouros!

– Não imponho regras – disse Mary, recobrando-se primeiro do alheamento ao virarem a esquina, e depois de uma longa pausa. – Tudo o que digo é que você deve saber o que pretende, saber com certeza; mas – acrescentou – acredito que saiba.

Ao mesmo tempo, sentia-se profundamente perplexa, não só em face do que sabia dos preparativos para o casamento de Katharine, mas pela impressão que ela lhe fazia, ali, no seu braço, sombria e inescrutável.

Fizeram de volta todo o caminho, até os degraus que conduziam ao apartamento de Mary. Aí pararam e fizeram uma pausa de um momento, sem nada dizerem.

— Você precisa entrar — disse Katharine, acordando. — Ele está à espera todo esse tempo para prosseguir a leitura.

Lançou um olhar para a janela acesa, quase no topo, depois ambas ficaram a contemplar a casa, e esperaram mais um instante. Um lance de degraus semicirculares ia até o hall, Mary subiu os primeiros dois ou três, depois parou, olhando para Katharine, embaixo, na rua.

— Penso que você subestima o valor daquela emoção — disse, devagar e um tanto desajeitadamente. Subiu mais um degrau e olhou de novo, para baixo, a figura apenas parcialmente iluminada, em pé na calçada, com um rosto sem cor voltado para cima. E como Mary hesitasse, um táxi passou, Katharine virou a cabeça e chamou-o. Disse ainda, ao abrir a porta:

— Lembre-se de que quero pertencer à sociedade de vocês, lembre-se — acrescentou, tendo de elevar a voz um pouco e fechando a porta sobre o resto das duas palavras.

Mary subiu as escadas degrau por degrau, como se tivesse de arrastar o corpo por um aclive extremamente íngreme. Tivera de arrancar-se à força de Katharine, e cada passo era uma vitória contra seu desejo. Agarrava-se a ele tenazmente, encorajando-se como se estivesse a fazer o grande esforço físico de galgar uma altura. Estava ciente de que Sr. Basnett, sentado no alto da escada com os seus documentos, oferecia-lhe sólido apoio, se jamais fosse capaz de alcançá-lo. Essa convicção despertou-lhe um débil sentimento de exaltação.

Sr. Basnett levantou os olhos quando ela abriu a porta.

— Vou prosseguir de onde tinha parado — disse. — Interrompa-me quando quiser alguma explicação.

Relera o documento e fizera anotações à margem com um lápis, enquanto esperava; e continuou, como se não tivesse havido interrupção. Mary acomodou-se entre os almofadões chatos, acendeu outro cigarro, e escutou com uma carranca na cara.

Katharine, reclinada no fundo do táxi que a levava a Chelsea, estava cônscia de uma certa fadiga, e cônscia também da natureza sóbria e satisfatória de uma indústria como a que acabava de ver. Pensar nisso dava-lhe calma e paz. Quando chegou em casa, entrou tão sem ruído quanto pôde, na esperança de que todos já se tivessem acomodado. Mas sua excursão tomara menos tempo do que pensava, e ouviu ruídos inconfundíveis de atividade no andar superior. Uma porta abriu-se, e ela se escondeu numa saleta de baixo, caso o som indicasse que Sr. Peyton se despedia. De onde estava, podia ver as escadas, embora ela mesma fosse invisível. Alguém descia, e viu que era William Rodney. Parecia um tanto esquisito, andando como um sonâmbulo; seus lábios se moviam, como se recitasse algum papel para si mesmo. Desceu muito devagar, degrau por degrau, apoiado ao corrimão, para guiar-se. Ela pensou se não estaria em algum estado de espírito de exaltação, que seria constrangedor testemunhar por mais tempo sem ser percebida. Entrou, então, no hall. Ele teve um grande sobressalto ao vê-la e estacou.

– Katharine! – exclamou. – Você esteve fora? – perguntou.

– Sim... Ainda estão de pé?

Ele não respondeu, e passou ao salão do andar térreo pela porta aberta.

– Foi mais maravilhoso do que poderia dizer – falou.– Estou incrivelmente feliz...

Era como se não falasse com ela, e ela permaneceu calada.

Por um momento ficaram assim, nas pontas opostas da mesa, sem nada dizerem. Então, ele perguntou, ligeiro:

– Que tal lhe pareceu? Há possibilidade de que ela goste de mim? Diga-me, Katharine!

Antes que pudesse responder, uma porta se abriu no patamar, acima, interrompendo-os. William pareceu excessivamente perturbado. Recuou, entrou rapidamente no hall, e disse em voz alta e num tom ostentatoriamente comum:

– Boa noite, Katharine. Vá para a cama, agora. Vê-la-ei logo. Voltarei amanhã, se puder.

No momento seguinte, tinha partido. Ela subiu, e encontrou Cassandra no patamar. Tinha dois ou três livros na mão, e curvava-se para examinar outros numa pequena estante. Disse que nunca pudera saber que livro ler na cama, poesia, biografia ou metafísica.

– O que você lê na cama, Katharine? – perguntou, quando subiam juntas, lado a lado.

– Às vezes uma coisa, às vezes outra – disse Katharine, vagamente. Cassandra encarou-a.

– Sabe? Você é extraordinariamente bizarra – disse. – Todo mundo me parece bizarro. Talvez seja o efeito de Londres.

– William pareceu-lhe bizarro também?

– Bom, acho que sim, um pouco – respondeu Cassandra. – Um pouco estranho. Mas fascinante. Vou ler Milton esta noite. Foi uma das noites mais felizes da minha vida, Katharine – acrescentou, olhando com tímida devoção para o belo rosto de sua prima.

27

Londres, nos primeiros dias de primavera, tem botões que se abrem e flores que, de súbito, sacodem no ar suas pétalas brancas, púrpura ou carmesim – em competição com a grande mostra dos canteiros dos jardins; essas flores citadinas, porém, são apenas outras tantas portas escancaradas em Bond Street e adjacências, num convite ao transeunte para que olhe um quadro, ouça uma sinfonia, ou apenas se amontoe lá dentro, esmagado entre toda uma variedade de seres humanos, altamente articulados, excitados e todos brilhantemente coloridos. Assim mesmo, não deixam de ser rivais respeitáveis do processo mais tranquilo da florescência vegetal. Quer haja, quer não haja um motivo generoso na raiz, um desejo de partilhar e comunicar; quer se trate de uma animação de insensato antagonismo ou fervor, o efeito, enquanto dura, certamente encoraja aqueles que são jovens e os que são ignorantes a ver no mundo um gigantesco bazar, com estandartes flutuando e divãs abarrotados (para o seu deleite) dos despojos dos quatro cantos do globo.

Enquanto Cassandra Otway percorria Londres, provida de xelins que faziam girar borboletas, ou, mais frequentemente, com grandes cartões brancos, que ignoravam as borboletas, a cidade lhe parecia a mais opulenta e hospitaleira das anfitriãs. Depois de visitar a National Gallery, ou Hertford House, de ouvir Brahms ou Beethoven, no Bechstein Hall, voltava para encontrar uma outra pessoa à sua espera, em cuja alma estavam engastados alguns grãos da inapreciável substância a que ainda chamava realidade, e que ainda acreditava ser possível encontrar. Os Hilbery, como se diz, "conheciam todo mundo", e a arrogante pretensão era, sem dúvida, confirmada pelo número de casas que, dentro de certa área, acendiam suas lâmpadas à noite, abriam as portas depois de três da tarde, e admitiam os Hilbery às suas salas de jantar, digamos, uma vez por mês. Uma indefinível liberdade e autoridade de maneiras, compartilhada pela maior parte das pessoas que viviam nessas casas, parecia indicar que, fosse questão de arte, música ou governo, todos se achavam confortavelmente do lado certo dos portões, e podiam sorrir com indulgência da vasta massa de humanidade obrigada a esperar e lutar e pagar entrada, com moeda corrente, à porta. Tais portões abriam-se instantaneamente para receber Cassandra. Ela era naturalmente crítica do que ocorria lá dentro, e dada a citar o que Henry teria dito; mas, muita vez, contrariava Henry, *in absentia*, e invariavelmente fazia ao seu parceiro no jantar ou à velha senhora bondosa que lembrava sua avó o cumprimento de acreditar que aquilo que diziam fazia sentido. Pela luz que brilhava em seus olhos atentos, muita rudeza de expressão e muito desmazelo de aparência lhes eram perdoados. Toda gente sentia que, com um ano ou dois de experiência, apresentada a alguns bons costureiros e preservada de más influências, ela poderia tornar-se um trunfo. Essas velhas senhoras, que se sentam na fímbria dos salões de baile, palpando o estofo da humanidade entre indicador e polegar, e respirando tão macio que os colares, que se alçam e abatem nos seus colos, parecem representar uma força elementar, como a das ondas do oceano da humanidade, concluíam, com a ponta de um sorriso, que ela "serviria". Queriam dizer que, com toda probabilidade, casaria com algum moço cuja mãe elas respeitavam.

William Rodney era fértil em sugestões. Conhecia pequenas galerias, e concertos seletos, e performances privadas, e de algum modo conseguia arranjar tempo para encontrar Katharine e Cassandra, levá-las a tomar chá ou a jantar e cear em seus aposentos, depois. Cada um dos catorze dias de que ela dispunha prometia, assim, algum brilho em seu sóbrio contexto. Mas o domingo se aproximava. O dia é de regra dedicado à natureza. O tempo, quase agradável, prestava-se a uma excursão. Mas Cassandra rejeitou Hampton Court, Greenwich, Richmond e Kew em favor do Jardim Zoológico. Já se divertira, certa vez, com a psicologia dos animais, e ainda sabia alguma coisa sobre caracteres inatos. Na tarde de domingo, assim, Katharine, Cassandra e William Rodney foram de carro até o Zoo. Quando o táxi se aproximava da entrada, Katharine inclinou-se para diante e acenou a um rapaz que andava rapidamente na mesma direção.

– Aí está Ralph Denham! – exclamou. – Disse-lhe que nos encontrasse aqui.

Tinha ido, até, com uma entrada para ele. A objeção de William de que ele não seria admitido foi silenciada imediatamente. Mas o modo pelo qual os dois homens se cumprimentaram era significativo do que iria acontecer. Logo que admiraram os pássaros no grande viveiro, William e Cassandra deixaram-se ficar para trás, e Ralph e Katharine apertaram o passo, à frente. Era um arranjo em que William tinha sua parte, e que lhe convinha, mas que mesmo assim o aborrecia. Achava que Katharine devia tê-lo avisado que convidara Denham.

– Um dos amigos de Katharine – disse, rispidamente.

Era claro que estava irritado, e Cassandra percebeu seu aborrecimento. Estavam junto ao cercado de algum porco selvagem do Oriente, e ela provocava o bruto, gentilmente, com a ponta da sombrinha, quando mil pequenas observações pareceram, de repente, congregar-se num centro. O centro era de intensa, curiosa, emoção. Seriam eles felizes? Rejeitou logo a questão, mal a formulou, censurando-se por aplicar medidas tão simples às raras e esplêndidas emoções de um par tão excepcional. Não obstante, sua maneira sofreu imediata alteração, como se pela primeira vez se sentisse conscientemente feminina, e como se William pudesse desejar mais tarde fazer-lhe confidências. Esqueceu tudo sobre a psicologia dos animais, e sobre a frequência recorrente de olhos azuis e castanhos, e instantaneamente voltada para os seus próprios sentimentos como mulher, tornou-se capaz de dispensar consolação, e esperava que Katharine se mantivesse à frente com Sr. Denham, tal como uma criança que brinca de gente grande espera que a mãe não chegue e estrague o jogo. Ou seria, ao contrário, que ela deixava de fingir-se adulta e tomava consciência de ser de fato alarmantemente amadurecida, e de não estar brincando?

O silêncio ainda não fora quebrado entre Katharine e Ralph Denham, mas os ocupantes das diversas gaiolas faziam as vezes do diálogo.

– O que andou fazendo, desde que nos vimos? – perguntou Ralph por fim.

– Fazendo? – ponderou ela. – Entrando nas casas dos outros, saindo da casa dos outros. Pergunto-me se esses animais serão felizes? – especulou, detendo-se diante de um urso escuro, que brincava filosoficamente com uma borla que talvez tivesse feito parte, um dia, de um guarda-chuva de mulher.

– Receio que Rodney não tenha gostado da minha vinda – observou Ralph.

– Não gostou. Mas isso passa logo – replicou ela. A indiferença de sua voz intrigou Ralph, e ele teria apreciado uma explicação mais completa. Mas não lhe pediria explicações. Cada momento prometia ser, ao que via, completo em si mesmo, nada devendo da sua felicidade a explicações, nada pedindo ao futuro: nem tons brilhantes nem sombrios.

– Os ursos parecem contentes – observou. – Mas devemos comprar-lhes um saco de alguma coisa. Ali está o lugar onde vendem pãezinhos doces. Vamos comprar-lhes alguns.

Caminharam até o balcão em que se empilhavam sacos de papel, e cada um deles estendeu um xelim à moça, que não sabia se atendia à senhora ou ao cavalheiro, decidindo, porém, em obediência a razões convencionais, que cabia ao cavalheiro pagar.

– Quero pagar – disse Ralph peremptoriamente, recusando a moeda que Katharine lhe estendia. – Tenho uma razão para isso – acrescentou, ao ver que ela sorria com o tom da decisão.

– Acredito que tenha uma razão para tudo o que faz – concordou ela, partindo o pão em pedaços e lançando-os nas goelas dos ursos –, mas não posso imaginar que dessa vez seja uma boa razão. Qual é?

Não quis dizer-lhe. Não podia explicar que consagrava conscientemente toda a sua felicidade a ela, e desejava, por absurdo que isso pudesse ser, colocar tudo o que tinha na pira ardente, mesmo a sua prata e o seu ouro. Queria conservar a distância entre eles – a distância que separa, no santuário, o devoto da imagem.

As circunstâncias conspiravam para fazer isso mais fácil ali do que o seria, por exemplo, num salão, onde estariam separados por uma bandeja de chá. Via-a contra um fundo de pálidas grotas e suaves colinas; camelos voltavam para ela os olhos oblíquos, girafas observavam-na, fastidiosas, do alto de suas eminências melancólicas, e as trombas dos elefantes, forradas de seda cor-de-rosa, extraíam pãezinhos doces, com o maior cuidado, das suas duas mãos estendidas. E havia os pavilhões aquecidos. Ralph viu-a curvada sobre pítons enrodilhadas na areia, ou observando a rocha escura que quebrava a água estagnada do tanque dos crocodilos, ou explorando alguma seção minúscula de floresta tropical em busca do olho dourado de um lagarto ou do convulsivo movimento dos sapos para dentro de seus flancos verdes. Sobretudo, viu-a recortada contra o verdor das águas profundas, em que esquadrões de peixes de prata moviam-se incessantemente, ou devoravam-na por um momento com os olhos arregalados, apertando suas bocas distorcidas contra o vidro, e fazendo tremer atrás deles as caudas retas, exatas. Havia também o pavilhão dos insetos, onde ela levantou as vendas das pequenas gaiolas e maravilhou-se com os riscos cor de púrpura estampados nas ricas asas de tussor de alguma borboleta há pouco emergida e ainda semiconsciente, ou com as lagartas imóveis, semelhantes a gravetos nodosos de uma árvore de descorada casca, ou com as esguias, verdosas serpentes, que golpeavam seguidamente a parede de vidro com suas ágeis línguas bífidas. O calor do ambiente e o esplendor de pesadas flores que boiavam na água ou erguiam-se, rígidas, de grandes jarrões vermelhos, combinados com o espetáculo de curiosos padrões e formas fantásticas, produziam uma atmosfera em que seres humanos pareciam pálidos e tendiam a perder a voz.

Abrindo a porta de um pavilhão que retinia com a risada galhofeira e profundamente infeliz dos macacos, descobriram William e Cassandra. William tentava fazer que um pequeno animal relutante descesse do seu alto poleiro para ganhar um pedaço de maçã. Cassandra lia, em tons estridentes, uma informação sobre a disposição reclusa e os hábitos noturnos da dita criatura. Viu Katharine e exclamou:

– Aí está você! Impeça William de torturar esse pobre ai-ai.

– Pensávamos que tínhamos perdido vocês – disse William. Olhava de um para o outro, e parecia inventariar a aparência descuidosa de Denham. Parecia procurar algum pretexto de malevolência, mas falto de um, permaneceu em silêncio. O olhar, o leve tremor do lábio superior, não passaram despercebidos a Katharine.

– William não é gentil com animais – observou. – Não sabe do que gostam e do que não gostam.

– Entendo que é versado na matéria, Denham – disse Rodney, retirando a mão com a maçã.

– É principalmente uma questão de saber como afagá-los – disse Denham.

– Qual o caminho para o Pavilhão dos Répteis? – perguntou-lhe Cassandra, não movida pelo desejo de visitar os répteis, mas em obediência à sua nova sensibilidade feminina, que a impelia a encantar e conciliar o outro sexo. Denham começou a dar-lhe indicações; Katharine e William caminharam juntos.

— Espero que tenha tido uma tarde agradável — observou William.

— Gosto de Ralph Denham — ela respondeu.

— *Ça se voit* — replicou William, com superficial urbanidade.

Muitas réplicas seriam óbvias, mas desejando, em geral, ter paz, Katharine limitou-se a inquirir:

— Você volta conosco para o chá?

— Cassandra e eu tínhamos pensado em tomar chá numa confeitariazinha de Portland Place — respondeu ele. — Não sei se você e Denham gostariam de vir conosco.

— Perguntarei a ele — respondeu, voltando a cabeça para procurá-lo. Mas Ralph e Cassandra estavam de novo absorvidos no macaco ai-ai.

William e Katharine observaram-nos por um momento, e cada um olhou com curiosidade para o objeto da preferência do outro. Mas demorando o olho em Cassandra, a cuja elegância natural os costureiros tinham, agora, feito justiça, William disse asperamente:

— Se você vier, espero que não procure fazer tudo para que eu pareça ridículo.

— Se é isso que teme, então certamente não irei — replicou Katharine.

Estavam aparentemente a contemplar a enorme jaula central dos macacos, e ela, seriamente aborrecida com William, comparou-o a um miserável animal misantropo que do alto de um mastro, embrulhado num pedaço de xale velho, lançava olhares malévolos e desconfiados aos seus companheiros. Sua tolerância começava a abandoná-la; os acontecimentos da última semana tinham-na gastado até o mais tenro fio. Sentia-se num estado de espírito, conhecido talvez dos dois sexos, em que as diferenças de um e de outro distinguem-se claramente, de modo que a necessidade de associação parece degradante, e o laço, que em tais momentos é extremamente estreito, pende como um braço em volta do pescoço. As exigências por demais estritas de William e os seus ciúmes haviam-na arrastado até um baixo e horrível charco da sua natureza, onde ainda tinha curso a luta primeva entre o homem e a mulher.

– Parece que você tem prazer em magoar-me – persistiu William. – Por que disse aquilo, há pouco, sobre o meu comportamento com animais? – E assim falando, passava a bengala, com estrépito, pelas barras de uma jaula, o que dava às suas palavras um acompanhamento particularmente exasperante para os nervos de Katharine.

– Porque é a verdade – disse ela. – Você não pensa em ninguém, só em você mesmo.

– Não é verdade! – disse William. Pela barulheira que fazia de propósito, reunia agora a buliçosa atenção de meia dúzia de macacos. Para propiciá-los, ou para mostrar consideração pelos seus sentimentos, ofereceu-lhes a maçã que tinha na mão.

A cena, desgraçadamente, era tão cômica e ilustrava de maneira tão apta o que lhe ia na mente, que Katharine foi tomada de um frouxo de riso. Pôs-se a rir de maneira incontrolável. William ficou rubro. Nenhuma demonstração de fúria o teria ferido mais profundamente. Não era só que ela ria dele: a indiferença do som era horrível.

– Não sei do que se ri – disse e, voltando-se, viu que os outros se tinham reunido a eles. Como se o fato tivesse sido combinado antes, os dois pares se separaram imediatamente, Katharine e Denham saindo do pavilhão sem mais que um olhar perfunctório em redor deles. Apressando-se dessa forma, Denham obedecia ao que parecia ser o desejo de Katharine: alguma mudança se processara nela. Associava-a ao riso e às poucas palavras que trocara, em particular, com Rodney; sentia que ela se tornara quase hostil; falava-lhe, mas seus reparos eram indiferentes, e a atenção dela parecia divagar. Essa alteração foi-lhe, de começo, bastante desagradável; logo, porém, achou-a salutar. A pálida atmosfera do dia, garoento, afetava-o também. O encanto, a mágica insidiosa em que se tinha luxuriado, se fora, subitamente; o que sentia agora, não passava de um respeito afetuoso; e para grande prazer seu, descobriu-se a pensar espontaneamente no prazer que teria em ver-se sozinho, essa noite, no quarto. Surpreso ante o inopinado da mudança e a extensão da sua liberdade, concebeu um plano audacioso pelo qual o fantasma de Katharine seria ainda mais eficientemente exorcizado do que pela simples abstinência. Pedir-lhe-ia que viesse à sua casa tomar chá. Obrigá-la-ia a passar pela prova da família; ficaria exposta a uma luz impiedosa e reveladora. Sua família não encontraria nada para admirar em Katharine, e ela, tinha certeza, os desprezaria a todos, e isso também o ajudaria. Sentia que ficava cada vez mais cruel com relação a ela. Com essas corajosas medidas, qualquer um, achava ele, poderia liquidar as absurdas paixões que eram causa de tanto infortúnio e tantas perdas. Podia antever um tempo em que as suas experiências, a sua descoberta e o seu triunfo seriam postos à disposição dos irmãos mais jovens que se encontrassem nas mesmas aperturas. Consultou o relógio e observou que os jardins em breve seriam fechados.

– De qualquer maneira – disse –, penso que o que vimos é bastante para uma tarde. Aonde foram os outros? – Olhou por cima do ombro e, não vendo traço deles, disse imediatamente: – Será melhor ficarmos independentes deles. O melhor plano seria você vir comigo e tomar chá lá em casa.

– Por que não viria *você* comigo?

– Porque estamos a um passo de Highgate, aqui – replicou prontamente.

Ela assentiu, não tendo nenhuma noção se Highgate era mesmo junto de Regent's Park ou não. Alegrava-se apenas com esse adiamento de uma hora ou duas da volta à mesa da família, em Chelsea. Foram-se, então, com todo o afinco, pelas alamedas sinuosas de Regent's Park e pelas ruas da vizinhança, que o ar de domingo fazia irreconhecíveis. Não sabendo o caminho, entregava-se inteiramente a ele, e via em seu silêncio uma boa coberta sob a qual podia continuar a cultivar sua raiva de Rodney.

Quando desceram do trem, em Highgate, ainda mais cinzento e mais sombrio, ela se perguntou, pela primeira vez, aonde Ralph a estaria levando. Teria uma família ou viveria sozinho, em quartos alugados? De modo geral, inclinava-se a crer que era o filho único de uma velha mãe, possivelmente inválida. Projetou, de leve, contra a paisagem neutra que atravessavam, a pequena casa branca e a trêmula senhora levantando-se atrás da mesa de chá para recebê-la com hesitantes palavras sobre "os amigos de meu filho"; e estava a ponto de perguntar a Ralph o que a esperava, quando ele abriu de chofre uma das infinitas portas iguais de madeira, e levou-a por um passeio calçado até um pórtico no estilo conhecido como alpino. Enquanto ouviam a campainha tocar no porão, ela não conseguiu conjurar uma visão qualquer que substituísse a outra, tão rudemente destruída.

– Devo preveni-la de que será provavelmente uma festa de família – disse Ralph. – Em geral, a maior parte deles está em casa aos domingos. Podemos ir para o meu quarto depois.

– Você tem muitos irmãos e irmãs? – perguntou ela, sem esconder a consternação.

– Seis ou sete – respondeu duro. Mas a porta já se abria. Enquanto Ralph tirava o sobretudo, ela teve tempo de notar as samambaias, as fotografias e as cortinas, e de ouvir uma zoada, ou melhor, um burburinho de vozes que procuravam fazer calar umas às outras, pelo som que tinham. A rigidez do extremo acanhamento tomou conta dela. Ficou tão atrás de Denham quando pôde, e entrou, hirta, no encalço dele, numa sala resplandecente de luzes sem abajur; sobre um grande número de pessoas, de diferentes idades, sentadas em volta de uma vasta mesa de jantar redonda, desordenadamente coberta de iguarias e impiedosamente revelada pelo gás incandescente. Ralph marchou direto para a ponta mais afastada da mesa.

– Mãe, esta é Srta. Hilbery – disse.

Uma alentada senhora, curvada sobre um precário fogareiro, levantou os olhos com um pequeno franzir de sobrolhos:

– Desculpe. Pensei que fosse uma das minhas próprias meninas; Dorothy – continuou, no mesmo fôlego, para alcançar a empregada antes que saísse da sala –, vamos precisar de mais álcool, a não ser que o fogareiro esteja estragado. Se um de vocês pudesse inventar um bom fogareiro a álcool... – Suspirou, olhando em geral para toda a mesa; depois pôs-se a procurar entre a porcelana à sua frente duas xícaras limpas para os recém-chegados.

A luz cruel revelava mais coisas feias reunidas num só recinto do que Katharine se lembrava de ter visto há muito tempo. Era a fealdade de enormes pregas de material marrom, em alças e festões, de cortinas de pelúcia, das quais pendiam pompons e franjas, e que escondiam parcialmente estantes arriadas de compêndios escolares de capa preta. Seu olho foi atraído pelas velhas ripas de madeira, cruzadas contra o fundo verde e fosco das paredes; onde quer que houvesse uma saliência chata em cima, havia uma samambaia a balançar dentro de um vaso de louça rachada, ou um cavalo de bronze tão empinado para trás que um toco de árvore tinha que sustentar seus quartos dianteiros. As águas da vida familiar como que subiram em torno dela e fecharam-se sobre sua cabeça; e ela mastigou em silêncio.

Por fim, Sra. Denham olhou por cima da sua xícara e disse:
– A senhora vê, Srta. Hilbery, meus filhos todos chegam em horas diferentes, e querem coisas diferentes (a bandeja deve ir lá para cima, se você terminou, Johnnie). Meu filho Charles está de cama com um resfriado. Que mais se podia esperar? A jogar futebol no molhado! Já experimentamos tomar chá na sala de visitas, mas não deu certo.

Um garoto de dezesseis anos, que parecia ser Johnnie, grunhiu zombeteiramente à noção de chá na sala de visita e à necessidade de levar uma bandeja para o irmão. Mas foi embora, instado pela mãe a prestar atenção ao que estava fazendo, e fechou a porta atrás de si.

– É muito melhor assim – disse Katharine, aplicando-se conscienciosamente à dissecção do seu bolo; a fatia que lhe tinham dado era grande demais. Sentia que Sra. Denham suspeitava que estivesse a fazer comparações críticas. Sabia que não ganhava muito terreno com o bolo. Sra. Denham olhara para ela tantas vezes que estava claro para Katharine que ela se perguntava quem era essa mulher e por que diabo Ralph a trouxera para tomar chá com eles. Havia uma razão óbvia, que Sra. Denham talvez tivesse alcançado, a essa altura. Externamente, comportava-se com uma civilidade bastante enferrujada e laboriosa. A conversa era sobre Highgate, seu desenvolvimento e sua situação.

– Quando nos casamos – disse –, Highgate era inteiramente separado de Londres, Srta. Hilbery, e esta casa, embora a senhora não acredite, dava para pomares de maçãs. Isso foi antes que os Middletons construíssem a casa deles em frente à nossa.

– Deve ser uma grande vantagem viver assim no alto de uma colina – disse Katharine.

Sra. Denham concordou efusivamente, como se sua opinião sobre o bom senso de Katharine tivesse aumentado.

– Sim, de fato. Achamos que isso é saudável – disse e continuou, como gente que vive em subúrbios costuma fazer, a provar que Highgate era muito melhor para a saúde, muito mais conveniente e menos estragado do que qualquer outro bairro de Londres. Falava com tal ênfase, que era óbvio que expressava opiniões impopulares, e que os filhos discordavam dela.

– Caiu mais um pedaço do teto da copa – disse Hester, abruptamente. Hester era uma rapariga de dezoito anos.

– A casa toda vai cair um dia desses – resmungou James.

– Tolice – disse Sra. Denham. – É só um pouco de estuque. Não sei como uma casa poderia resistir ao desgaste combinado de vocês todos.

Aí explodiu alguma pilhéria familiar, que Katharine não entendeu. Até Sra. Denham juntou-se, sem querer, ao riso geral.

– Srta. Hilbery vai achar que somos todos muito mal-educados – acrescentou reprovadoramente. Srta. Hilbery sorriu e sacudiu a cabeça, e sentiu que muitos olhos pousaram nela, por um momento, como se fossem ter grande prazer em discutir a sua pessoa logo que se despedisse. Devido talvez a esse olhar crítico, Katharine decidiu que a família de Ralph Denham era ordinária, informe, com falta de encanto, e apropriadamente representada pela natureza horrenda da mobília e da decoração da casa. Correu os olhos pela prateleira da estante, atravancada de carros de bronze, vasos de prata e ornamentos de porcelana, e tudo era feio ou excêntrico.

Não aplicou seu julgamento conscientemente a Ralph, mas quando, um momento depois, olhou para ele, classificou-o em nível mais baixo do que em qualquer outra ocasião desde que o conhecera.

Ele não fizera nenhum esforço para conter os desconfortos da sua apresentação, e agora, ocupado numa discussão com o irmão, parecia esquecido de sua presença. Talvez ela tivesse contado mais com o apoio dele do que pensava, porque essa indiferença, acentuada, como o era, pela vulgaridade e insignificância do ambiente, despertou-a não só para essa feiura, mas para sua própria loucura. Rememorou uma cena após outra em poucos segundos, com aquele calafrio que é quase um rubor. Acreditara nele, quando lhe falara em amizade. Acreditara numa luz espiritual, a brilhar, firme e constante, por trás da desordem errática, da incoerência da vida. A luz se fora agora, de súbito, como se uma esponja a tivesse obliterado. Ficavam a desordem da mesa e a tediosa, mas exigente, conversação de Sra. Denham: ambas acometiam, na verdade, uma mente desprovida de qualquer defesa, e – agudamente cônscia da degradação que é o resultado da luta, seja vitoriosa ou não – ela pensou lugubremente na própria solidão, na futilidade da vida, na aridez e no prosaico da realidade, em William Rodney, em sua mãe, e no livro inacabado.

Suas respostas a Sra. Denham eram perfunctórias ao ponto de rudeza, e a Ralph, que a observava atentamente, parecia mais longe do que era compatível com sua proximidade física. Lançava-lhe um olhar, remoía novas etapas da sua discussão, decidido a não deixar que nenhuma fantasia restasse ao fim da experiência. Um momento depois, um silêncio repentino e completo desceu sobre todos eles. O silêncio de toda essa gente reunida em torno daquela mesa desleixada era enorme e horrendo; alguma coisa terrível parecia a ponto de acontecer, mas eles o suportaram obstinadamente. Um segundo depois, a porta se abriu e houve um movimento geral de alívio; gritos de "Olá, Joan. Não sobrou nada para você" quebraram a penosa concentração de tantos olhos fixos na toalha, e puseram as águas da vida familiar a saltitar em pequenas ondas outra vez. Era visível que Joan exercia algum poder misterioso e benéfico sobre a família. Ela foi até Katharine, como se tivesse ouvido falar muito dela e estivesse deveras contente de vê-la, afinal, em carne e osso. Explicou que estivera de visita a um tio doente, e que isso a atrasara. Não, não tomara chá, mas uma fatia de pão seria o bastante. Alguém lhe deu um bolo que fora conservado quente no guarda-fogo; sentou-se ao pé de sua mãe, as aflições de Sra. Denham pareceram relaxar, todo mundo se pôs a comer e beber, como se o chá tivesse recomeçado. Hester explicou espontaneamente a Katharine que estava estudando para passar num certo exame, porque queria mais do que qualquer outra coisa no mundo ir para Newham.

– Pois quero ver você conjugar *amo, amas* – pediu Johnnie.

– Não, Johnnie, nada de grego às refeições – disse Joan, ouvindo instantaneamente o que ele dissera. – Ela fica a noite inteira acordada em cima dos livros, Srta. Hilbery, e estou certa de que isso não é maneira de passar em exames – continuou, sorrindo para Katharine, com o sorriso brincalhão, mas aflito, da irmã mais velha que tem os irmãos e irmãs menores quase como filhos.

– Joan, você não pensa seriamente que *amo* é grego? – perguntou Ralph.

– Eu disse grego? Bem, deixa para lá. Nada de línguas mortas à hora do chá. Meu querido menino, não se dê ao trabalho de me fazer uma torrada...

– Ou, se vai fazer uma torrada, o garfo próprio estará em algum lugar... – disse Sra. Denham, a cultivar a ilusão de que a faca de pão era ainda suscetível de estragar-se. – Poderia um de vocês tocar e pedir um? – disse, sem qualquer convicção de que seria obedecida. – Mas Ann não vem ficar com tio Joseph? – continuou. – Se vem, poderiam mandar-nos Amy... – E no misterioso deleite de saber mais detalhes de todos esses arranjos e de sugerir planos mais razoáveis de sua própria invenção, os quais, pela indignação com que falava, ninguém parecia querer adotar, Sra. Denham esqueceu completamente a presença daquela visita vestida à perfeição, a quem cumpria falar das amenidades de Highgate. Logo que Joan se sentara, uma discussão começara dos dois lados de Katharine: teria o Exército da Salvação o direito de cantar hinos nas esquinas domingo de manhã, atrapalhando o sono de James e espezinhando os direitos da liberdade individual?

– Você sabe, James gosta de ficar na cama e dormir como um porco – disse Johnnie, dirigindo-se a Katharine, o que pôs James furioso:

– Jamais – exclamou, tendo também Katharine como alvo: – Porque os domingos são a única oportunidade na semana de pôr em dia meu sono atrasado. Johnnie mexe com os mais fedorentos produtos químicos na copa...

Apelavam para ela; ela esqueceu seu bolo e começou a rir e a falar e a discutir com súbita animação. A numerosa família parecia-lhe tão calorosa e vária que se esqueceu de cobrar deles seu mau gosto em matéria de louça. Mas a questão pessoal entre Johnnie e James deitava raízes em outra questão maior, aparentemente já debatida, de modo que era como se papéis tivessem sido distribuídos entre a família, e Ralph desempenhasse o principal; Katharine se viu defendendo contra ele a causa de Johnnie, o qual sempre perdia a cabeça e ficava excitado ao discutir com Ralph.

– Sim, sim, é isso que quero dizer! Ela me compreendeu muito bem – exclamou, depois que Katharine reformulou seu caso, tornando-o mais preciso. O debate foi deixado quase inteiramente em mãos de Katharine e Ralph. Eles se encaravam fixamente nos olhos, como lutadores, para ver qual o movimento seguinte, e enquanto Ralph falava, Katharine mordia o lábio inferior, e estava sempre pronta com seu argumento tão logo ele terminava. Eram adversários muito bem equilibrados e defendiam teses opostas.

Mas no ponto mais excitante do debate, e sem razão que ela pudesse ver, todas as cadeiras foram empurradas para trás e, um após outro, os membros da família Denham se levantaram e saíram pela porta, como se uma campainha os tivesse convocado. Ela não estava acostumada a regulamentos marcados a relógio numa grande família. Hesitou no que estava dizendo, e levantou-se. Sra. Denham e Joan se tinham isolado, juntas, perto da lareira, levantando ligeiramente as saias acima dos tornozelos e discutindo alguma coisa que parecia muito séria e muito particular. Haviam esquecido sua presença. Ralph segurava a porta para ela.

– Você não quer vir até meu quarto? – disse. E Katharine, com um olhar por cima do ombro, para Joan, que lhe sorriu com ar preocupado, acompanhou Ralph escada acima. Pensava na discussão com ele e quando, depois da longa subida, ele abriu sua porta, ela recomeçou imediatamente:

– A questão é: até que ponto o indivíduo tem o direito de afirmar sua vontade contra a vontade do Estado.

Por algum tempo, continuaram o debate, e então os intervalos entre uma afirmação e outra se tornaram mais e mais longos, e passaram a falar mais especulativamente e menos pugnazmente, até que, por fim, se calaram. Katharine repassou a discussão na cabeça, verificando que, aqui e ali, fora posta conspicuamente no bom caminho por alguma observação oferecida por James ou por Johnnie.

– Seus irmãos são muito inteligentes – disse. – Suponho que vocês têm o hábito de discutir?

– James e Johnnie são capazes de discutir assim horas a fio – replicou Ralph. – E também Hester, se você lhe der corda, em matéria de dramaturgos elisabetanos.

– E a meninazinha de tranças?

– Molly? Essa tem só dez anos. Mas eles todos estão sempre discutindo uns com os outros.

Ele estava imensamente feliz com o louvor de Katharine a seus irmãos e irmãs. Teria gostado de continuar falando neles, mas conteve-se.

– Vejo que deve ser difícil deixá-los – continuou Katharine. O profundo orgulho de Ralph pela família era mais evidente para ele do que o fora em qualquer tempo, e a ideia de viver sozinho num *cottage* era ridícula. Tudo o que irmãos e irmãs significam, e uma criação comum num passado comum, toda a estabilidade, o companheirismo desinteressado, a tácita compreensão da vida de família bem vivida, vieram à sua mente, e ele pensou neles como numa empresa de que fosse o chefe, embarcada numa viagem difícil, monótona, mas gloriosa também. E fora Katharine quem lhe abrira os olhos para isso – pensou.

Um débil pio, seco, vindo do canto do quarto, chamou a atenção dela.

– É minha gralha de estimação – explicou Ralph, sucintamente. – Um gato comeu-lhe uma das pernas.

Katharine viu o pássaro, e seus olhos foram de um objeto a outro.

– Você fica neste quarto e lê? – perguntou, com os olhos nos livros dele. Ralph disse que tinha o hábito de trabalhar até tarde da noite.

– A grande vantagem de Highgate é a vista de Londres. À noite, a vista da minha janela é esplêndida. – Estava extremamente ansioso para que ela contemplasse o panorama, e Katharine se levantou a ver o que merecia ser visto.

Já estava suficientemente escuro, a bruma turbulenta parecia amarela à luz das lâmpadas da rua; procurou identificar os bairros da cidade abaixo dela. O fato de Katharine estar à sua janela deu a Ralph uma satisfação peculiar. Quando, por fim, ela se virou, ainda estava imóvel na cadeira.

– Deve ser tarde – disse ela. – Preciso ir.

Sentou-se, porém, irresoluta, no braço da cadeira, pensando que não tinha vontade de ir para casa. William estaria lá, e acharia algum modo de tornar as coisas desagradáveis para ela, e a memória da discussão que tinham tido voltou-lhe. Notara também a frieza de Ralph. Olhou-o, e concluiu do olhar perdido dele que estaria a ruminar alguma teoria, alguma linha de argumentação. Descobrira, talvez, um novo aspecto na sua posição quanto aos limites da liberdade pessoal. Esperou, paciente, pensando na liberdade.

— Você venceu de novo — disse ele, por fim, sem mover-se.

— Venci? — disse ela, pensando no debate.

— Deus sabe que eu quisera não ter convidado você a vir aqui — explodiu.

— O que quer dizer?

— Quando você está aqui, é diferente, sinto-me feliz. Basta que você caminhe até a janela. Basta que fale de liberdade. Quando a vi lá embaixo, no meio deles... — disse, e refreou-se.

— Você percebeu o quanto sou comum.

— Tentei pensar assim. Mas achei que você estava mais maravilhosa do que nunca.

Um imenso desafogo e a relutância em gozá-lo lutaram no coração dela. Deixou-se cair na cadeira.

— Pensei que não gostava de mim.

— Deus sabe que tentei — respondeu. — Fiz o possível para vê--la como você é, sem nada dessa baboseira romântica. Foi por isso que a convidei para vir aqui, coisa que só agravou meu desatino. Quando se for, ficarei a olhar daquela janela e a pensar em você. Gastarei a noite toda pensando em você. Gastarei minha vida toda, acho.

Falou com tal veemência, que o alívio que ela sentira dissipou-se; seu tom se fez quase de severidade.

— Era o que eu temia. Nada ganharemos, a não ser infelicidade. Olhe para mim, Ralph. — Ele o fez. — Asseguro-lhe que sou muito mais comum do que aparento. Beleza nada significa. Com efeito, as mulheres mais bonitas são, via de regra, as mais estúpidas. Não que eu seja estúpida, mas tenho uma personalidade vulgar, prosaica, assaz ordinária mesmo: decido o que vamos jantar, pago as contas, faço a contabilidade, dou corda no relógio, e jamais ponho o olho num livro.

— Você se esquece... — começou. Mas ela não o deixou falar.

– Você vem e me vê em meio a flores e quadros, e me julga misteriosa, romântica, e tudo mais. Sendo você muito inexperiente e muito emotivo, volta para casa e inventa toda uma história a meu respeito; agora já não me pode separar da pessoa que pensou que eu fosse. Você chama a isso, imagino, estar apaixonado; a rigor, é estar iludido. Todas as pessoas românticas são assim – acrescentou. – Minha mãe passa a vida tecendo histórias em torno das pessoas de que gosta. Mas não permitirei que faça isso comigo, se puder impedi-lo.
– Você não pode fazer nada.
– Advirto-o de que aí está a fonte de todo o mal.
– E de todo bem.
– Você descobrirá que não sou como pensa.
– Talvez. Mas tenho mais a ganhar do que a perder.
– Se tal ganho vale a pena.
Ficaram calados por algum tempo.
– Talvez seja isso o que me cumpre enfrentar – disse ele.
– Talvez não haja mais que isso. Nada além do que imagino.
– A causa da nossa solidão – refletiu ela, e ficaram de novo calados por algum tempo.
– Quando você se casa? – perguntou ele abruptamente, mudando de tom.
– Não antes de setembro. Foi adiado.
– Não se sentirá solitária, então. O povo diz que casamento é negócio muito esquisito. Dizem que é diferente de tudo o mais. Pode ser verdade. Conheci um ou dois casos em que parecia ser verdade.
Ele esperava que ela desse continuidade ao assunto. Mas não respondeu. Ele fizera o possível para dominar-se, e sua voz era indiferente, mas o silêncio dela o atormentava. Ela nunca lhe falaria de Rodney, por sua própria vontade, e a essa reserva deixava um continente inteiro da sua alma na sombra.
– Pode ser adiado ainda mais do que isso – disse, numa espécie de reflexão tardia. – Alguém está doente no escritório, e

William tem de substituí-lo. Vamos ter mesmo de adiar o casamento por algum tempo.

— É duro para ele, não? — perguntou Ralph.

— Ele tem o seu trabalho — replicou —, tem um mundo de coisas que o interessam... Sei que já estive nesse lugar — interrompeu, apontando uma fotografia. — Mas não posso lembrar o que seja. Oh, naturalmente, é Oxford. Agora, como ficou seu *cottage*?

— Não vou mais alugá-lo.

— Como você muda de ideia! — sorriu ela.

— Não é isso — disse ele, exasperado. — É que quero estar onde possa vê-la.

— Nosso acordo ainda é válido, depois do que disse?

— Para sempre, no que me diz respeito — replicou.

— E você vai continuar a sonhar comigo, a fabricar histórias a meu respeito quando anda pelas ruas, pretender que está cavalgando comigo numa floresta ou desembarcando numa ilha...

— Não, pensarei em você decidindo o jantar, pagando as contas, fazendo a contabilidade, mostrando relíquias a velhinhas...

— Assim é melhor — disse ela. — Você pode pensar em mim amanhã de manhã pesquisando datas no *National Dictionary of Biography*.

— E esquecendo a bolsa — acrescentou Ralph.

A isso, ela sorriu, mas um momento depois o sorriso desmaiou, ou em virtude das palavras ou por causa do tom que ele usara.

Ela era capaz de esquecer coisas. Ele via isso. Mas que outras coisas via? Não estaria vendo algo que ela jamais mostrara a qualquer outra pessoa? Algo tão profundo que só a ideia de que ele o visse, era quase um choque para ela? Seu sorriso desmaiou e por um momento esteve a ponto de falar, mas, olhando-o em silêncio, com um olhar que parecia pedir o que não era capaz de pôr em palavras, virou-se e desejou-lhe boa noite.

28

Como uma frase musical, o efeito da presença de Katharine morreu aos poucos no quarto em que Ralph se sentava sozinho. A música cessara no enlevo da sua melodia. Ele apurava o ouvido para captar os últimos ecos retardatários, já muito débeis; por um momento a memória o embalou, deu-lhe paz; mas logo lhe faltou, e ele se pôs a medir o quarto com ávidas passadas, na ânsia de que o som voltasse e certo de que nenhum outro desejo tinha neste mundo. Ela se fora sem falar; subitamente, um abismo se cavara à frente dele, e pelo declive abrupto o ímpeto do seu ser precipitava-se em desordem; quebrava-se nas rochas; lançava-se à destruição. A angústia fazia um efeito de desastre, de ruína física. Tremia; descorava; sentia-se exausto como se houvesse despendido grande esforço físico. Mergulhou, por fim, na poltrona fronteira à cadeira, vazia agora, que ela ocupara, e acompanhou mecanicamente, de olho no relógio, a sua progressão para longe, cada vez mais para longe; estaria em casa de novo, sem dúvida, com Rodney. Mas levou tempo até que assimilasse esses fatos; o imenso desejo da presença dela agitava seus sentidos, fazia-os em escuma, em baba espumante, em nevoeiro – um nevoeiro de emoção que removia todos os fatos do seu alcance, conferindo-lhes um estranho senso de distância, mesmo das formas materiais de parede e janela que o limitavam no espaço. Aterravam-no as perspectivas do futuro, agora que a força da sua paixão lhe fora revelada.

O casamento realizar-se-ia em setembro (ela o dissera); isso lhe dava, então, seis meses nos quais sofrer os terríveis extremos da emoção. Seis meses de tortura e, depois deles, o silêncio da cova, o isolamento dos loucos, o exílio dos danados; no melhor dos casos, uma vida da qual o único bem fora conscientemente e para sempre excluído. Um juiz imparcial poderia assegurar-lhe que sua principal esperança de recuperação jazia nesse temperamento místico, que identificava uma mulher viva com tanta coisa que nenhum ser humano possui aos olhos do seu semelhante; ela passaria, e o desejo dela se desvaneceria, mas sua crença em tudo aquilo que ela representava, destacado da pessoa dela, permaneceria. Essa maneira de pensar oferecia, talvez, algum alívio temporário; dono de um cérebro que pairava consideravelmente acima do tumulto dos sentidos, procurou ordenar a vaga e errante incoerência de suas emoções. O instinto de conservação era forte nele, e a própria Katharine o revivera ao convencê-lo de que sua família merecia-o e precisava de toda a sua força. Ela estava certa, e por amor deles, se não de si mesmo, essa paixão, que não daria fruto, tinha de ser cortada, arrancada pelas raízes, reconhecida incontestavelmente como visionária e infundada, como Katharine sustentava. Fugir-lhe não seria a melhor maneira de chegar a esse resultado; cumpria, ao contrário, confrontá-la e, depois de saturar-se das suas qualidades, convencer a razão de que elas não eram, como Katharine afirmava, o que ele imaginava. Katharine era mulher prática, esposa de prendas domésticas para um poeta de segunda ordem, dotada de beleza por algum capricho da embotada Natureza. Sem dúvida, essa beleza não resistiria a exame. Nisso, pelo menos, ele tinha meios de resolver a questão. Possuía um livro de fotografias de estátuas gregas; a cabeça de uma deusa, se a parte de baixo fosse escondida, muitas vezes lhe dera o êxtase de estar em presença de Katharine. Tirou-o da prateleira e achou a reprodução. A isso juntou um bilhete dela, pedindo-lhe que fosse encontrá-la no zoológico. Tinha também uma flor que colhera em Kew para explicar-lhe a botânica. Eram essas as suas relíquias. Colocou-as à sua frente, e pôs-se a visualizá-la tão claramente, que nenhuma ilusão ou trapaça era possível. Num segundo, viu-a, com o sol de viés no vestido, vindo a seu encontro pela verde relva de Kew. Fê-la sentar-se a seu lado, no banco. Ouviu-lhe a voz, tão baixa e, no entanto, tão decidida no tom; falava com sensatez sobre assuntos indiferentes. Podia ver-lhe os defeitos e analisar-lhe as virtudes. Seu pulso aquietou-se, e seu cérebro aumentou em lucidez. Dessa vez ela não lhe escaparia. A ilusão da sua presença tornou-se mais e mais completa. Pareciam passar da mente de um para a do outro, fazendo e respondendo perguntas. Pareciam haver atingido a plenitude da comunicação. Assim unidos, sentiu-se alçado a uma eminência, exaltado e repleto de um poder de realização que jamais atingira quando só. Uma vez mais repisou conscienciosamente os defeitos dela, tanto de rosto quanto de caráter; eram conhecidos dele; mas dissolviam-se na união sem jaça que nascera da associação dos dois. Observavam, juntos, a vida até suas lindes mais longínquas. Que profunda era, vista assim dessa altura! Quão sublime! E como as coisas mais simples comoviam-no até as lágrimas! Dessa maneira, esqueceu as limitações inevitáveis; esqueceu a ausência dela, compreendeu que não importava que ela o desposasse ou a outro; nada importava, salvo que ela existisse e que ele a amasse. Algumas palavras dessas reflexões foram ditadas em voz alta, e aconteceu que dentre elas estavam as palavras "Eu a amo". Era a primeira vez que empregava a palavra "amor" para descrever seu sentimento; loucura, romance, alucinação, chamara-o por todos esses nomes antes; mas tendo, aparentemente, por acaso, tropeçado na palavra "amor" repetiu-a muitas vezes com um sentimento de revelação.

"Mas eu a amo!", exclamou, com algo vizinho à consternação. Apoiado no peitoril da janela, olhava a cidade como Katharine a tinha olhado. Tudo se transfigurara miraculosamente, tudo era agora completamente distinto. Seus sentimentos eram legítimos, e não demandavam ulterior explanação. Mas cumpria comunicá-los a alguém, sua descoberta era tão importante que interessava a outras pessoas também. Fechando o livro de fotografias gregas, e escondendo suas relíquias, correu escada abaixo, apanhando de passagem o casaco, e saiu.

As lâmpadas começavam a ser acendidas, mas as ruas ainda estavam bastante escuras para permitir-lhe andar tão rapidamente quanto era capaz e falar alto, enquanto andava. Ia procurar Mary Datchet. O desejo de partilhar o que sentia com alguém que o compreendesse era tão imperioso que não o questionava. Logo se achou na rua em que ela morava. Subiu os degraus de dois em dois, e nunca lhe passou pela cabeça que ela pudesse não estar em casa. Ao tocar a campainha, parecia anunciar a presença de algo maravilhoso, separado dele mesmo, e que lhe dava poder e autoridade sobre as outras pessoas. Mary veio abrir, depois de um pequeno intervalo. Estava perfeitamente calado e, no escuro, seu rosto parecia todo branco. Acompanhou-a até a sala.

– Vocês se conhecem? – disse Mary, para extrema surpresa dele, pois contara encontrá-la sozinha. Um rapaz se levantou, e disse que conhecia Ralph de vista.

– Estávamos a examinar uns papéis – disse Mary. – Sr. Basnett tem de ajudar-me, pois não sei muito sobre meu trabalho, por enquanto. É a nova sociedade – explicou. – Sou a secretária. Não estou mais em Russell Square.

A voz com que emitiu essa informação era contrafeita a ponto de parecer ríspida.

– Quais são os seus objetivos? – perguntou Ralph. Não olhava nem para Mary nem para Sr. Basnett. Sr. Basnett pensou que poucas vezes vira um homem mais assustador ou desagradável que esse amigo de Mary, esse Sr. Denham de expressão sarcástica e face lívida, que parecia exigir, como de direito, uma explicação das suas propostas, e criticá-las antes de ouvi-las. Não obstante, explicou-lhe seus projetos com a clareza que pôde, e sentiu que desejava a aprovação de Sr. Denham.

— Compreendo — disse Ralph, quando ele terminou. — Sabe, Mary — observou subitamente —, acho que vou ter um resfriado. Você terá algum quinino? — O olhar que lhe lançou assustou-a; expressava, sem palavras, talvez até sem que ele tivesse consciência disso, alguma coisa de profundo, selvagem e apaixonado. Ela deixou a sala imediatamente. Seu coração batia alvoroçado com a certeza da presença de Ralph; mas batia dolorido, e com um extraordinário temor. Ficou ouvindo, um momento, as vozes na sala.

— Naturalmente, concordo com você — ouviu Ralph dizer, na sua voz estranha, a Sr. Basnett. — Mas podiam-se fazer mais coisas. Você já viu Judson, por exemplo? Você deveria tentar conquistá-lo.

Mary voltou com o quinino.

— Endereço de *Judson*? — inquiriu Sr. Basnett, puxando seu caderninho e preparando-se para escrever. Por vinte minutos, talvez, anotou nomes, endereços e outras sugestões que Ralph lhe ditou. Então, quando Ralph se calou, Sr. Basnett sentiu que sua presença não era desejada e, agradecendo a Ralph a ajuda, com um jeito que indicava ser ele muito jovem e ignorante comparado ao outro, despediu-se.

— Mary — disse Ralph, logo que Sr. Basnett fechou a porta e ficaram sozinhos —, Mary — repetiu. Mas a velha dificuldade de falar com Mary sem reservas impediu-o de prosseguir. Seu desejo de proclamar seu amor por Katharine era ainda forte, mas sentira, logo que viu Mary, que não poderia partilhá-lo com ela. O sentimento aumentou enquanto falava com Sr. Basnett. E, todavia, pensava o tempo todo em Katharine, e maravilhava-se com seu amor. O tom com que pronunciou o nome de Mary era áspero.

— O que é, Ralph? — perguntou ela, assustada com esse tom. Olhava-o ansiosamente, e o pequeno franzir de sobrolhos mostrava que fazia esforço para compreendê-lo, e também que estava intrigada. Ele podia sentir que ela tateava, em busca de algum sentido para o seu comportamento, e ficou aborrecido com ela, e pensou como a tinha sempre julgado morosa, industriosa e desastrada. Além disso, comportara-se mal para com ela, o que fazia sua irritação mais aguda. Sem esperar pela resposta dele, como se tal resposta lhe fosse indiferente, ela se pôs em pé e começou a arranjar alguns papéis que Sr. Basnett deixara em cima da mesa. Cantarolava um fragmento de melodia e andava pelo quarto como que ocupada a arrumar as coisas, sem outra preocupação no mundo.

– Você fica para jantar? – perguntou casualmente, voltando ao seu lugar.

– Não – respondeu Ralph. Ela não insistiu. Ficaram sentados lado a lado, sem falar, e Mary estendeu a mão para sua cesta de trabalho, tirou uma costura e enfiou uma agulha.

– É um rapaz muito inteligente, esse – observou Ralph, referindo-se a Sr. Basnett.

– Fico contente que tenha pensado assim. O serviço é tremendamente interessante e, considerando todos os aspectos, acho que vamos indo muito bem. Mas estou inclinada a concordar com você: devemos tentar ser mais conciliatórios. Somos absurdamente estritos! É difícil aceitar que pode haver algum sentido no que o adversário diz. Horace Basnett é, certamente, por demais radical. Preciso ver que ele não deixe de escrever a Judson. Você está ocupado demais, suponho, para fazer parte do nosso comitê? – falou da maneira mais impessoal.

– Talvez não esteja na cidade – replicou Ralph, com o mesmo alheamento.

– Nossa executiva se reúne toda semana, naturalmente – disse ela. – Mas alguns dos membros não comparecem mais de uma vez por mês. Os do Parlamento são os piores; é um erro, acho, convidá-los.

E continuou a costurar em silêncio.

– Você não tomou seu quinino – disse, levantando os olhos e vendo que os comprimidos estavam ainda em cima do console da lareira.

– Não quero.

— Bem, você sabe melhor – respondeu ela, tranquilamente.
— Mary, sou um bruto! – exclamou ele. – Venho aqui, uso o seu tempo, e não faço mais que ser desagradável.
— Um resfriado incubado faz a gente sentir-se péssimo.
— Não tenho resfriado nenhum. Era mentira. Não tenho nada. Estou louco, suponho. Deveria ter a decência de me manter afastado. Mas queria vê-la, queria contar-lhe, estou amando, Mary – disse, mas, ao dizê-lo, a palavra pareceu perder a substância.
— Amando, é? – disse ela, sossegadamente. – Fico contente, Ralph.
— *Suponho* que estou amando. De qualquer maneira, estou fora de mim. Não posso pensar, não posso trabalhar, não dou a mínima para coisa alguma do mundo. Céus, Mary! Vivo num tormento! Num momento sinto-me feliz; no seguinte, miserável. Detesto-a por meia hora; depois, daria minha vida para estar com ela por dez minutos; todo o tempo, não sei o que sinto ou por que o sinto; é insano e, no entanto, perfeitamente razoável. Isso faz sentido para você? Sei que deliro, Mary; não dê atenção; continue com o seu trabalho.

Levantou-se e começou, como era seu hábito, a andar de um lado para o outro da sala. Sabia que o que dissera correspondia muito pouco ao que sentia, pois a presença de Mary agia sobre ele como um ímã muito forte, arrancando dele expressões que não eram as que usava quando falava consigo, nem representavam seus sentimentos mais profundos. Sentia certo desprezo por si mesmo, por ter falado assim; mas, de certo modo, fora obrigado a falar.

— Sente-se – disse Mary, subitamente. – Você me faz tão... – falou com inusitada irritabilidade, e Ralph, notando isso com surpresa, sentou-se imediatamente. – Você ainda não me disse o nome dela. Talvez prefira não dizer, suponho?
— O nome? Katharine Hilbery.
— Mas ela está noiva...
— De Rodney. Vão casar em setembro.

– Compreendo – disse Mary. Mas, na verdade, sua calma, agora que ele estava outra vez sentado, fê-la sentir-se em presença de algo envolvente, que sentia tão forte, misterioso, incalculável, que seria vão tentar interceptar sem qualquer palavra ou pergunta que fosse capaz de formular ou proferir. E ela não ousaria. Olhava para Ralph sem expressão, apenas com uma espécie de temor no rosto, e as sobrancelhas levantadas e os lábios entreabertos. Quanto a ele, parecia inconsciente desse olhar. Então, como se não pudesse mais fitá-lo assim, ela recostou-se na cadeira e semicerrou os olhos. A distância entre eles magoava-a fundamente; uma coisa depois da outra lhe vinha à mente, tentando-a a crivar Ralph de perguntas, a forçá-lo a confiar nela, e a gozar uma vez mais da sua intimidade. Mas rejeitou cada um desses impulsos, pois não podia falar sem violentar alguma reserva que crescera entre ambos, pondo-os longínquos um do outro, a tal ponto que ele parecia aos olhos dela grave e remoto, como uma pessoa que não mais conhecesse bem.

– Há alguma coisa que possa fazer por você? – perguntou, gentilmente, e até com cortesia, ao cabo de algum tempo.

– Você poderia vê-la; não, não é isso que quero; você não deve ocupar-se de mim, Mary. – Ele também falou com delicadeza.

– Temo que uma terceira pessoa não possa fazer nada para ajudar.

– Não. – Ele abanou a cabeça. – Katharine dizia ainda hoje quão solitários nós dois somos.

Mary viu o esforço com que pronunciava o nome de Katharine, e acreditou que ele se obrigava, agora, a compensar dissimulação do passado. De qualquer maneira, não tinha consciência de qualquer raiva contra ele; ao contrário, sentia profunda piedade por alguém condenado a sofrer o que ela própria sofrera. Mas no caso de Katharine era diferente; estava indignada com Katharine.

– Há sempre o trabalho – disse, agressiva. Ralph fez imediata menção de sair.

– Você gostaria de ficar trabalhando, agora? – perguntou.

— Não, não. É domingo – respondeu ela. – Eu pensava em Katharine. Ela não entende nada de trabalho. Nunca teve de trabalhar. Não sabe o que seja trabalhar. Eu mesma descobri isso tarde. Mas é o que salva a gente, estou certa.

— Há outras coisas, ou não? – Ele hesitava.

— Nada com que se possa contar – respondeu ela. – Afinal de contas, os outros – e parou; mas obrigou-se a continuar: – Onde estaria eu agora se não tivesse de ir ao meu escritório todo dia? Milhares de pessoas lhe diriam a mesma coisa, milhares de mulheres. Eu lhe digo, Ralph: o trabalho foi a única coisa que me salvou.

Ele tinha os dentes cerrados, como se as palavras dela fossem chicotadas que chovessem por cima dele; mostrava o aspecto de alguém que se dispunha a ouvir em silêncio tudo o que ela pudesse dizer. Merecia-o, e haveria algum alívio em ouvir. Mas ela se interrompeu, levantou-se como que para buscar qualquer coisa no quarto ao lado. Antes de alcançar a porta, deteve-se, porém, e encarou-o, senhora de si, desafiadora e formidável na sua compostura:

— Tudo deu certo para mim – disse. – Dará certo para você também. Estou convencida disso. Porque, afinal de contas, Katharine vale a pena.

— Mary! – exclamou ele. Mas Mary já lhe voltava as costas, e ele não podia dizer o que gostaria de dizer: "Mary, você é esplêndida". Ela se virou, porém, quando ele falou, e deu-lhe a mão. Tinha sofrido e renunciado; vira mudado em desolação um futuro de infinita promessa; todavia, de algum modo, superando coisas que mal conhecia, com resultados que mal podia prever, vencera. Com os olhos de Ralph nela, e sorrindo firme para ele, serenamente, orgulhosamente, ela soube pela primeira vez que de fato tinha vencido. Deixou que ele lhe beijasse a mão.

As ruas estavam razoavelmente desertas, na noite de domingo; se o fim de semana e seus divertimentos domésticos não tivessem prendido as pessoas em casa, o vento alto e forte muito provavelmente o fizera. Ralph Denham percebia um burburinho na rua muito de acordo com suas sensações. As lufadas, varrendo o

Strand, pareciam ao mesmo tempo abrir um largo espaço limpo no céu, em que estrelas apareceram e também, por um breve momento, a veloz lua de prata que corria entre nuvens como ondas de água surdidas em torno dela e por cima dela. Elas a cobriam, mas ela emergia; elas quebravam acima dela e cobriam-na outra vez; ela ia em frente, indomável. Nos campos, todos os destroços do inverno já se haviam dispersado, as folhas mortas, as samambaias murchas, a relva descorada e seca; nenhum broto se quebraria, nem seriam afetadas de qualquer maneira as novas hastes que já apontavam acima da terra; e talvez amanhã uma linha de amarelo ou de azul se fizesse ver através de uma fresta do solo. Mas só o tumulto do ar se casava com o que ia no espírito de Denham, e o que quer que aparecesse de estrela ou flor era apenas uma luz que brilhava um segundo contra ondas encapeladas sucedendo-se rapidamente umas às outras. Ele não fora capaz de falar com Mary, embora em certo momento tivesse chegado bem perto disso e antevisto a maravilhosa possibilidade da compreensão. O desejo de comunicar alguma coisa da maior importância possuía-o completamente; desejava ainda ofertar esse dom a algum ser humano; ansiava por companhia. Mais por instinto do que por escolha consciente, tomou a direção que levava ao apartamento de Rodney. Bateu com força na porta dele, mas ninguém respondeu. Tocou a campainha. Levou algum tempo até que aceitasse o fato de que Rodney estava fora. Quando não pôde mais pretender que o som do vento no velho edifício era o de alguém a se levantar da cadeira, desceu as escadas outra vez, como se seu objetivo se tivesse alterado e só agora viesse a sabê-lo. Encaminhou-se para Chelsea.

 O cansaço físico, pois não tinha jantado, e andara muito e depressa, fê-lo sentar por um momento num banco do Embankment. Um dos habituais ocupantes do lugar, um velho que a bebida escorraçara de emprego e alojamento, materializou-se, mendigou um fósforo e sentou-se a seu lado. Era uma noite de muito vento, disse; os tempos andavam duros; seguiu-se uma longa história de má sorte e injustiça, tantas vezes repetida que o homem já parecia falar consigo mesmo, ou talvez a indiferença do público o convencera de que qualquer esforço para atrair atenção não valia a pena. Quando começou a falar, Ralph teve um desejo selvagem de abrir-se com ele; de interrogá-lo; de fazê-lo compreender. Interrompeu-o, com efeito, num ponto; mas em vão. A antiga história de fracasso, azar, ruína imerecida foi levada pelo vento; as sílabas desconexas passavam por Ralph com uma curiosa alternância de intensidade e frouxidão, como se, em certos momentos, a memória que o homem tinha dos seus agravos revivesse e, depois, desinflasse, morrendo finalmente num resmungo de resignação, que parecia representar a queda final no costumeiro desespero. A voz infeliz afetava Ralph, enfurecia-o. E, quando o velho recusou ouvir e continuou a mascar palavras indistintas, veio-lhe à mente uma curiosa imagem: a de um farol, assediado pelos corpos volantes de pássaros perdidos, que o temporal atirava estupidamente contra os vidros. Ele tinha a estranha sensação de ser ao mesmo tempo farol e pássaro; era firme e brilhante; e era lançado, como todas as outras coisas, contra o vidro. Levantou-se, deixou o seu tributo em prata, e continuou contra a direção do vento. A imagem do farol e da tempestade povoada de pássaros persistiu, tomando o lugar de pensamentos mais definidos, ao longo das casas do Parlamento e Grosvenor Road abaixo, costeando o rio. Em seu estado de fadiga física, os detalhes se fundiam num panorama mais vasto, cujo sinal externo era a melancolia que pairava no ar e as luzes intermitentes dos postes e das casas particulares; não perdeu, porém, seu sentido de direção, rumo à casa de Katharine. Assumia que alguma coisa aconteceria, então, e à medida que andava, sua mente se enchia mais e mais de prazer e esperança. A uma certa distância da casa, as ruas caíram sob a influência da presença de Katharine. Cada casa tinha uma individualidade conhecida de Ralph, só por causa da tremenda individualidade da casa em que ela vivia. Cobrindo as últimas jardas que o separavam da porta dos Hilbery, andou numa espécie de transe de prazer, mas, quando chegou e empurrou o portão do pequeno jardim, hesitou. Não sabia o que fazer em seguida. Não havia pressa, no entanto, pois que o exterior da casa lhe dava prazer suficiente para sustentar-se por algum tempo mais. Atravessou a rua e encostou-se na balaustrada do Embankment, os olhos postos na casa. Luzes ardiam nas três longas janelas da sala. O espaço por detrás delas tornou-se, na visão de Ralph, o centro da escura, voltejante vastidão do mundo, a justificação para o tumulto e confusão que o cercavam e a firme luz que lançava seus raios, como os de um farol, com serenidade penetrante sobre o ermo sem caminhos. Nesse pequeno santuário, congregavam-se as mais diversas gentes, mas a identidade delas se dissolvia na glória geral de alguma coisa a que se poderia chamar talvez civilização; em todo caso, tudo o que era terra firme, tudo o que era segurança, tudo o que ficava acima dos vagalhões e preservava consciência própria, centrava-se na sala de estar dos Hilbery. Seu propósito era benemerente; e, todavia, tão acima do nível dele, que parecia possuir alguma coisa de austero, uma luz que irradiava, mas que, ao mesmo tempo, se mantinha apartada e alheia. Então ele se pôs, na sua mente, a distinguir lá dentro os diferentes indivíduos, recusando-se deliberadamente, pelo menos no momento, a atacar a figura de Katharine. Seus pensamentos demoravam-se em Sra. Hilbery e em Cassandra; depois, voltavam-se para Rodney. Fisicamente, via-os banhados naquele fluxo constante de luz amarela que enchia os oblongos dos janelões; eram belos, nos seus movimentos; e na sua palavra, figurava uma reserva do sentido, tácito, mas a todos evidente. Por fim, depois de toda essa semiconsciente seleção e arranjo, ele se permitiu considerar a figura da própria Katharine; e instantaneamente, a cena ficou inundada de excitação. Não a viu na carne; pareceu, curiosamente, vê-la como uma forma de luz, como a luz *em si*; simplificado e exausto como estava, sentia-se como um dos pássaros perdidos fascinados pelo farol e mantidos contra o vidro pelo próprio esplendor do foco.

Esses pensamentos levaram-no a andar pesadamente, de um lado para o outro, em frente ao portão dos Hilbery. Não se incomodou com fazer planos para o futuro. Alguma coisa, de natureza desconhecida, decidiria tanto do ano próximo quanto da próxima hora. De vez em quando, nessa vigília, buscou a luz das altas janelas, ou contemplou o raio que dourava umas poucas folhas e uma pouca relva no minúsculo jardim. Por muito tempo a luz brilhou sem mudar. Chegava ao fim de seu trajeto e estava a fazer meia-volta, quando a porta da frente se abriu e o aspecto da casa mudou inteiramente. Uma figura negra veio pelo curto caminho e parou no portão. Denham percebeu instantaneamente que se tratava de Rodney. Sem hesitação, consciente apenas de um grande afeto por qualquer pessoa que viesse daquela sala iluminada, marchou diretamente para ele e o deteve. Na agitação do vento, Rodney ficou perplexo e, no primeiro momento, tentou prosseguir caminho, resmungando, como se suspeitasse um assalto à sua caridade.

– Meu Deus, Denham, o que faz aqui? – exclamou quando o reconheceu.

Ralph resmungou qualquer coisa sobre estar indo para casa. Andaram juntos, embora Rodney apertasse o passo, não deixando dúvidas de que não desejava companhia.

Estava muito infeliz. Nessa tarde, Cassandra o repelira; tentara explicar-lhe as dificuldades da situação e sugerir a natureza dos seus sentimentos para com ela sem dizer nada de definido ou de ofensivo. Perdera a cabeça, porém; espicaçado pelo ridículo de Katharine, disse mais do que devia, e Cassandra, soberba na sua dignidade e severidade, recusou ouvir uma só palavra que fosse, e ameaçou uma volta imediata para casa. Sua agitação, depois de uma noite passada entre as duas mulheres, era extrema. Ademais, não podia deixar de suspeitar que Ralph rondava a casa dos Hilbery, a essa hora da noite, por motivos ligados a Katharine. Haveria, talvez, um entendimento entre os dois – não que isso lhe importasse agora. Estava convencido de que jamais gostara de alguém, salvo Cassandra; e o futuro de Katharine não lhe dizia respeito. Em voz alta, disse sumariamente que estava muito fatigado e desejava tomar um táxi. Mas numa noite de domingo, no Embankment, táxis eram difíceis de encontrar, e Rodney se viu forçado a andar alguma distância pelo menos em companhia de Denham. Denham mantinha o silêncio. A irritação de Rodney passou. Achava o silêncio curiosamente sugestivo das qualidades masculinas que tinha em alta conta e das quais, nesse momento, muito necessitava. Depois do mistério, da dificuldade, da incerteza do comércio com o outro sexo, tratar com o seu próprio surte um efeito calmante e até enobrecedor, uma vez que é possível falar francamente e que os subterfúgios de nada servem.

Rodney, também, tinha grande necessidade de um confidente; Katharine, a despeito das suas promessas de ajuda, faltara-lhe no momento crítico; fora-se embora, com Denham; estaria, talvez, a atormentar Denham tal como o atormentara antes. Quão grave e estável parecia, falando pouco, pisando firme, comparado com o que Rodney sabia dos seus próprios tormentos e indecisões! Começou a procurar um pretexto para contar a história de suas relações com Katharine e Cassandra, que não o rebaixasse aos olhos de Denham. Ocorreu-lhe, então, que talvez a própria Katharine tivesse discutido a sua pessoa naquela mesma tarde. O desejo de descobrir o que haviam dito dele predominou em seu espírito. Lembrou o riso de Katharine; lembrou que ela se fora, rindo, passear com Denham.

– Vocês ficaram muito tempo, depois que nos fomos? – perguntou abruptamente.

– Não. Fomos para a minha casa.

Isso pareceu confirmar a crença de Rodney de que ele fora discutido. Ficou a revirar na mente essa ideia insuportável, em silêncio.

– As mulheres são criaturas incompreensíveis, Denham! – exclamou então.

– Hum... – fez Denham, que parecia possuído de uma compreensão total, não só das mulheres mas do universo inteiro. Podia ler Rodney, também, como um livro aberto. Adivinhava-o infeliz, tinha pena dele e desejaria ajudá-lo.

– Você diz alguma coisa, e elas se lançam numa paixão. Sem motivo algum, põem-se a rir. Creio que nenhuma dose de educação... – O resto da frase perdeu-se na ventania, contra a qual tinham de lutar; mas Denham entendeu que ele se referia às gargalhadas de Katharine no Zoológico, e que a memória disso ainda o feria. Em comparação com Rodney, Denham sentia-se seguro de si; via Rodney como um dos pássaros perdidos, esmagados absurdamente contra o vidro do farol, um dos corpos voláteis de que o ar andava cheio. Quanto a ele e a Katharine, estavam sós, juntos, nas alturas, esplêndidos e luminosos, com uma radiação duplicada. Apiedava-se da instável criatura a seu lado; sentia desejo de protegê-lo, exposto como estava e falto dos conhecimentos que faziam a progressão dele, Ralph, tão direta. Estavam unidos, como os aventurosos são unidos, até que um atinge o alvo e o outro perece no caminho.

– Ninguém ri de alguém de quem gosta.

Essa frase, que aparentemente não fora dirigida a nenhum ser humano, chegou aos ouvidos de Denham. O vento pareceu abafá-la e carregá-la consigo imediatamente. Teria Rodney proferido essas palavras?

– Você a ama. – Mas era essa, também, a sua voz, que parecia soar no ar várias jardas à frente?

– Sofri torturas, Denham, torturas!

– Sim, sim, sei disso.

– Ela riu de mim.

– Nunca em minha presença.

O vento abriu um espaço entre as palavras, e soprou-as para tão longe que pareceu não haverem sido ditas.

– Como a amei!

Isso fora dito, sem dúvida nenhuma, pelo homem ao lado de Denham. A voz tinha todas as marcas do caráter de Rodney e lembrava, com estranha nitidez, sua aparência pessoal. Denham podia vê-lo contra os edifícios neutros e as torres do horizonte. Via-o muito digno, e trágico, como poderia parecer, sozinho, à noite, no seu quarto, pensando em Katharine.

– Eu próprio estou amando Katharine. E foi por isso que vim aqui esta noite.

Ralph falou distinta e deliberadamente, como se a confissão de Rodney tivesse tornado a declaração inevitável.

Rodney soltou uma exclamação inarticulada.

– Ah! Eu sempre soube disso – gritou. – Soube disso desde o primeiro momento! Vai casar-se com ela! O grito tinha uma nota de desespero. E de novo o vento interceptou-lhe as palavras. Nada mais disseram. Por fim, fizeram alto debaixo de um poste, como que por comum acordo.

– Meu Deus, Denham, que perfeitos imbecis nós somos! – exclamou Rodney. Olharam um para o outro, estranhamente, à luz da lâmpada. Imbecis. Pareciam confessar um ao outro a extensão e profundidade da sua tolice. No momento, debaixo da lâmpada, pareciam comungar na mesma convicção, que liquidava a questão de rivalidade e levava-os sentir mais simpatia um pelo outro do que por qualquer pessoa no mundo. Fazendo, simultaneamente, um pequeno aceno de cabeça, como que em confirmação desse entendimento, despediram-se sem falar de novo.

29

Entre a meia-noite e uma hora daquele domingo, Katharine estava deitada, mas acordada, em meio à região crepuscular em que é possível uma visão desapaixonada e brincalhona do nosso fado; ou, se temos de ser graves, nossa seriedade é temperada pelo rápido advento do torpor e do olvido. Viu as formas de Ralph, William, Cassandra e a sua própria, como se fossem todas igualmente quiméricas, e como se, se despojadas da realidade, tivessem adquirido uma espécie de dignidade que se distribuía por elas imparcialmente. Livre, assim, do calor de qualquer sectarismo ou do fardo de qualquer obrigação, estava para mergulhar no sono quando uma leve batida soou em sua porta. Um momento depois, Cassandra estava em pé junto dela, segurando uma vela e falando baixo como se fala a essa hora da noite.

– Você está acordada, Katharine?

– Sim, estou. O que é?

Despertou inteiramente, sentou-se na cama e perguntou o que, em nome do Céu, estava Cassandra fazendo?

– Não consegui dormir; achei que devia vir falar com você; mas só por um momento. Vou embora amanhã.

– Embora? Por quê? O que aconteceu?
– Aconteceu uma coisa hoje que torna impossível minha permanência aqui.

Cassandra falou de maneira formal, quase solenemente; o anúncio fora evidentemente planejado com antecedência e assinalava uma crise de primeira magnitude. Ela continuou, no que parecia parte de um discurso preparado.

– Decidi contar-lhe toda a verdade, Katharine. William se permitiu hoje um comportamento que me deixou extremamente constrangida.

Katharine pareceu acordar de todo e ficar logo senhora de seu autodomínio.

– No Jardim Zoológico?

– Não, a caminho de casa. Quando tomávamos chá.

Como que antecipando uma entrevista longa, Katharine aconselhou Cassandra a embrulhar-se num xale. Cassandra o fez, com a mesma indômita solenidade.

– Há um trem às onze – disse. – Avisarei tia Maggie que tenho de partir inopinadamente... Usarei a visita de Violet como desculpa. Mas, depois de pensar duas vezes, não vi como poderia ir sem lhe contar a verdade.

Tivera o cuidado de não olhar na direção de Katharine. Houve uma ligeira pausa.

– Mas não vejo a mínima razão para que você se vá – disse Katharine, por fim. Sua voz soava tão espantosamente serena, que Cassandra teve de lançar-lhe um olhar de relance. Era impossível supor que estivesse indignada ou surpresa; parecia, ao contrário, sentada, como estava, na cama, com os braços apertados em redor dos joelhos e um pequeno franzido na testa, considerar com atenção um assunto que lhe era indiferente.

– Não posso permitir que um homem se porte comigo dessa maneira – replicou Cassandra e acrescentou: – Particularmente quando sei que ele está comprometido com outra pessoa.

– Mas você gosta dele, não gosta?

— Isso não tem nada a ver com a história! – exclamou Cassandra, com indignação. – Considero vergonhosa a conduta dele, nessas circunstâncias.

Era a última das frases do seu discurso premeditado; tendo-a proferido, ficou desprovida de qualquer outra coisa para dizer naquele estilo peculiar. Assim, quando Katharine observou: "Eu diria que tem tudo a ver com isso", o autodomínio de Cassandra abandonou-a.

— Não compreendo você, absolutamente, Katharine. Como pode comportar-se assim? Desde que cheguei tenho estado assombrada com você.

— Mas você tem se divertido?

— Sim – admitiu Cassandra.

— De qualquer maneira, meu comportamento não estragou sua visita?

— Não – admitiu Cassandra, mais uma vez. Sentia-se completamente perdida. Ao calcular de antemão a entrevista, supusera que Katharine, depois de uma explosão de incredulidade, concordaria em que Cassandra devia voltar para casa o mais depressa possível. Katharine, ao contrário, aceitara imediatamente sua revelação, não parecera nem chocada nem surpresa e mostrava apenas um ar mais pensativo do que de hábito. De mulher adulta investida de importante missão, Cassandra reduzira-se à estatura de uma criança inexperiente.

— Pensa que fui muito tola nisso tudo?

Katharine não deu resposta; continuou deliberadamente sentada e calada, e um certo sentimento de alarme tomou posse de Cassandra. Talvez suas palavras tivessem ferido muito mais fundo do que pensara, atingido profundezas além de seu alcance, assim como muito de Katharine escapava a seu alcance. Pensou, subitamente, que estivera a brincar com ferramentas perigosas.

Olhando-a, por fim, demoradamente, Katharine perguntou devagar, como se lhe fosse questão difícil de formular:

— Mas você gosta de William?

Tomou nota da agitação e confusão da moça, e de como evitava encará-la.

— Você quer saber se estou apaixonada por ele? — perguntou Cassandra, respirando depressa e mexendo nervosamente com as mãos.

— Sim, apaixonada por ele.

— Como posso estar apaixonada pelo homem com quem você vai casar?

— Ele pode estar apaixonado por você.

— Não acho que você tenha o direito de dizer tais coisas, Katharine! Por que as diz? Você não se incomoda com o modo como William se porta com relação a outras mulheres? Se eu estivesse noiva, não o suportaria!

— Não estamos noivos — disse Katharine, depois de uma pausa.

— Katharine!

— Não, não estamos noivos. Ninguém sabe disso, exceto eu e ele.

— Mas como, não entendo, você não está noiva! Oh, isso explica tudo! Você não o ama! Você não quer casar com ele!

— Nós não nos amamos mais — disse Katharine, como que dispondo sobre alguma coisa para todo o sempre.

— Como você é esquisita, estranha e diversa de outras pessoas, Katharine! — disse Cassandra, todo o corpo e a voz parecendo desmaiar e cair, sem que ficasse traço de raiva ou excitação, mas apenas uma quietude sonhadora. — Você não o ama?

— Não — disse Katharine.

— Mas eu o amo!

Cassandra permaneceu curvada, como que ao peso da revelação, por algum tempo mais. Também Katharine não falou: sua atitude era a de uma pessoa que deseja escapar tanto quanto possível à observação. Suspirou profundamente; estava absolutamente silenciosa e aparentemente dominada pelos seus pensamentos.

— Você sabe que horas são? — perguntou, afinal, e sacudiu o travesseiro, como se se preparasse para dormir.

Cassandra levantou-se obedientemente, e tomou uma vez mais a sua vela. A camisola branca, o cabelo desenastrado e alguma coisa vazia na expressão do olhar davam-lhe aparência de sonâmbula. Pelo menos foi essa a impressão de Katharine.

– Não há razão para que eu volte para casa, então? – perguntou, detendo-se. – A não ser que você deseje que eu vá, Katharine? O que quer que eu faça?

Pela primeira vez os olhos das duas se encontraram.

– Você queria que nós nos apaixonássemos! – exclamou Cassandra, como se lesse o que certamente estava lá, escrito. Mas, enquanto olhava, viu algo que a deixou estupefata. As lágrimas assomavam devagar aos olhos de Katharine e permaneciam contidas, à borda da pálpebra, lágrimas de alguma profunda emoção, felicidade, pena, renúncia; uma emoção de natureza tão complexa que era impossível expressá-la; Cassandra, baixando a cabeça e recebendo essas lágrimas na face, aceitou-as em silêncio como a consagração do seu amor.

– Por favor, Srta. – disse a camareira, por volta de onze horas, na manhã seguinte. – Sra. Milvain está na cozinha.

Uma comprida cesta de vime com rosas e ramos chegara do campo, e Katharine, de joelhos no chão da sala, separava-as enquanto Cassandra a observava de uma poltrona, fazendo distraidamente espasmódicos oferecimentos de ajuda que não eram aceitos. A mensagem da empregada surtiu curioso efeito sobre Katharine.

Levantou-se, foi até a janela e, uma vez que a empregada saiu, disse enfaticamente e, mesmo, tragicamente:

– Você sabe o que isso significa.

Cassandra não entendeu nada.

– Tia Celia está na cozinha – repetiu Katharine.

– Por que na cozinha? – perguntou Cassandra, e não sem razão.

– Provavelmente porque descobriu alguma coisa – replicou Katharine. Os pensamentos de Cassandra voaram para o objeto de suas preocupações.

– A nosso respeito?
– Só Deus sabe – replicou Katharine. – Não vou permitir que fique na cozinha, naturalmente. Vou trazê-la para cá. A severidade com que isso foi dito sugeria que levar tia Celia para o andar de cima era, por alguma razão, uma medida disciplinar.
– Pelo amor de Deus, Katharine – exclamou Cassandra, saltando de sua poltrona e mostrando sinais de agitação –, não se precipite. Não deixe que ela suspeite. Lembre-se, nada está assentado...
Katharine tranquilizou-a balançando a cabeça várias vezes, mas a maneira pela qual deixou a sala não era de molde a inspirar completa confiança em sua diplomacia.

Sra. Milvain estava sentada, ou melhor, empoleirada na borda de uma cadeira, na sala dos empregados. Quer houvesse alguma razão séria para sua escolha de uma câmara subterrânea, quer isso correspondesse melhor ao espírito da sua missão, o certo é que Sra. Milvain entrava invariavelmente pela porta dos fundos e sentava-se na sala dos empregados, onde se engajava em transações confidenciais de família. A razão ostensiva que dava para isso era que nem Sr. nem Sra. Hilbery deviam ser incomodados. Mas, na verdade, Sra. Milvain dependia, ainda mais do que a maior parte das mulheres idosas de sua geração, das deliciosas emoções de intimidade, angústia e segredo, e a excitação adicional oferecida pelo porão não era coisa de desprezar. Protestou quase lamentosamente quando Katharine propôs que subisse.

– Tenho algo a dizer a você *em particular* – anunciou, hesitando, relutante, no umbral de sua emboscada.
– Não há ninguém na sala...
– Mas poderíamos encontrar sua mãe na escada, poderíamos incomodar seu pai – objetou Sra. Milvain, tomando já a precaução de falar em cochichos.

Mas, como a presença de Katharine era indispensável ao bom sucesso da entrevista, e como Katharine obstinadamente subia os degraus da escada da cozinha, Sra. Milvain não teve remédio senão segui-la.

Olhou furtivamente em redor, enquanto avançava, juntou as saias e passou com circunspecção defronte de todas as portas, quer estivessem abertas ou fechadas.

— Ninguém poderá ouvir? — murmurou quando alcançaram o relativo santuário do salão. — Vejo que interrompi você — acrescentou, olhando as flores espalhadas no chão. Um momento depois inquiriu: — Alguém estava aqui com você? — pois, na fuga, Cassandra deixara cair um lenço.

— Cassandra ajudava a pôr as flores nas jarras — disse Katharine, e falou tão firme e claramente, que Sra. Milvain lançou um olhar nervoso à porta principal e, depois, à cortina que separava a saleta das relíquias da sala grande.

— Ah, Cassandra ainda está com vocês — observou. — Foi William quem lhe mandou essas lindas flores?

Katharine sentou-se em frente da sua tia e não disse nem sim nem não. Olhava por cima do ombro dela, e poder-se-ia pensar que considerava com ar crítico o padrão das cortinas. Outra vantagem do subsolo, do ponto de vista de Sra. Milvain, era que lá se fazia necessário sentarem-se as pessoas bem junto umas das outras, e a luz era débil, em comparação com essa que agora jorrava pelas três janelas sobre Katharine e a cesta de flores, e dava à figura ligeiramente angulosa de Sra. Milvain um halo de ouro.

— Vêm de Stogdon House — disse Katharine, abruptamente, com um leve movimento de cabeça.

Sra. Milvain sentiu que seria mais fácil dizer à sobrinha o que tinha a dizer se estivessem em contato físico, porque a distância espiritual entre elas era formidável. Katharine, todavia, não lhe deu oportunidade para isso, e Sra. Milvain, que era dotada de coragem temerária, mas heroica, mergulhou no assunto sem preliminares:

— As pessoas estão falando de você, Katharine. Foi por isso que vim esta manhã. Você me perdoará por dizer o que preferia não ter de dizer? Falo apenas pelo seu bem, minha filha.

– Não há nada que perdoar, por enquanto, tia Celia – disse Katharine com aparente bom humor.
– Diz-se por aí que William vai a toda parte com você e Cassandra, e que está sempre a fazer-lhe a corte. Na dança dos Markhams ele dançou cinco vezes com ela. No Jardim Zoológico foram vistos sozinhos. E só voltaram para casa às sete da noite. Mas não é tudo. Dizem que os modos dele são muito óbvios, que ele fica muito diferente quando ela está presente.

Sra. Milvain, cujas palavras haviam saído juntas, como que por conta própria, e cuja voz se elevara a um tom quase de protesto, calou-se e olhou atentamente para Katharine, como que a julgar o efeito da sua comunicação. Uma ligeira rigidez cobrira o rosto de Katharine. Seus lábios estavam apertados; os olhos, contraídos, fixavam ainda a cortina. Essas mudanças superficiais encobriam uma extrema aversão interior, como a que sucede à vista de um espetáculo horrendo ou indecente. O espetáculo indecente era a sua própria ação vista, pela primeira vez, do exterior; as palavras da tia faziam-na compreender como pode ser infinitamente repulsivo o corpo da vida sem sua alma.

– Bem? – disse, por fim.

Sra. Milvain fez um gesto como se quisesse aproximar-se, acercar-se dela, mas não houve reciprocidade por parte de Katharine.

– Nós todos sabemos quão bondosa você é, e quão generosa também e como se sacrifica pelos outros. Mas você tem sido *por demais* generosa, Katharine. Você fez Cassandra feliz, e ela se aproveitou da sua bondade.

– Não compreendo, tia Celia – disse Katharine. – O que foi que Cassandra fez?

– Cassandra se portou de um modo que eu não teria julgado possível – disse Sra. Milvain, apaixonadamente. – Ela foi absolutamente egoísta, absolutamente desalmada. Preciso falar com ela antes de ir embora.

– Não compreendo – persistiu Katharine.

Sra. Milvain encarou-a. Seria mesmo possível que Katharine tivesse qualquer dúvida? Ou que houvesse alguma coisa que ela, Sra. Milvain, não entendesse? Ela cobrou ânimo e proferiu as tremendas palavras:

– Cassandra roubou o amor de William.

Mas, curiosamente, as palavras tiveram ainda pouco efeito.

– A senhora quer dizer que ele se apaixonou por ela?

– Há meios de fazer que os homens se apaixonem por alguém, Katharine.

Katharine permaneceu calada. O silêncio alarmou Sra. Milvain, que recomeçou apressadamente:

– Nada me faria dizer essas coisas, salvo seu próprio bem. Não quis interferir; não quis causar-lhe dissabor. Sou uma pobre velha inútil. Não tenho filhos meus. Quero apenas vê-la feliz, Katharine.

Outra vez estendeu os braços, que permaneceram vazios.

– A senhora não vai dizer essas coisas a Cassandra – disse Katharine, subitamente. – Disse-as a mim. Basta.

Falou tão baixo e com tal comedimento que Sra. Milvain teve de apurar as orelhas para poder captar as palavras, e quando as ouviu, ficou tonta com elas.

– Eu a fiz zangar-se! Sabia que o faria! – exclamou. Tremia, e uma espécie de soluço sacudiu-a; mas mesmo isso de fazer Katharine zangada era algum alívio, permitia-lhe experimentar algumas das agradáveis sensações do martírio.

– Sim – disse Katharine, erguendo-se. – Estou zangada, e tão zangada que não quero falar mais. Acho que a senhora fará melhor indo embora, tia Celia. Nós não nos entendemos.

A essas palavras, Sra. Milvain pareceu por um momento terrivelmente apreensiva; olhou para o rosto de sua sobrinha, mas não leu piedade nele, e em consequência fechou as mãos sobre uma bolsa de veludo preto que carregava consigo, em atitude quase de oração. Fosse qual fosse a divindade à qual rezava, se é que rezava, recobrou sua dignidade de maneira singular e enfrentou a sobrinha:

— O amor conjugal — disse devagar e com ênfase em cada palavra —, o amor conjugal é o mais sagrado de todos os amores. O amor de marido e mulher é o mais santo que conhecemos. Esta a lição que os filhos de minha mãe aprenderam com ela; e que nunca esquecerão. Tentei falar como desejaria que uma filha dela falasse. Você é sua neta.

Katharine pareceu julgar essa defesa segundo seus méritos, e em seguida condenar-lhe a falsidade.

— Não vejo como isso desculpa sua atitude.

Em face dessas palavras, Sra. Milvain ficou em pé e postou-se por um momento ao lado da sobrinha. Jamais tivera tal tratamento antes e não sabia com que armas quebrar a terrível muralha de resistência oferecida por alguém que, em virtude da sua juventude, beleza e sexo, deveria estar suplicante e lavada em lágrimas. Sra. Milvain, porém, era obstinada; em assunto dessa espécie, não podia admitir estar vencida ou enganada. Considerava-se uma campeã do amor conjugal na sua pureza e primazia, era incapaz de dizer o que sua sobrinha defendia, mas tinha as mais graves suspeitas. A velha senhora e a jovem mulher ficaram assim, lado a lado, em silêncio total. Sra. Milvain não podia decidir-se a sair enquanto seus princípios oscilavam na balança, e sua curiosidade continuava insatisfeita. Deu tratos à bola por uma pergunta que forçasse Katharine a esclarecer a situação, mas o suprimento era limitado, a escolha difícil, e enquanto hesitava, a porta abriu-se e William Rodney entrou. Trazia nas mãos um enorme e esplêndido ramo de flores, brancas e rubras; sem ver Sra. Milvain ou sem fazer caso dela, avançou direto a Katharine e apresentou-lhe as flores com as palavras:

— São para você, Katharine.

Katharine recebeu-as com um olhar que Sra. Milvain não podia deixar de interceptar. Mas, com toda a sua experiência, não conseguiu entendê-lo. Ficou à espera de maior iluminação. William cumprimentou-a sem nenhum sinal visível de culpa e, explicando que tinha um feriado, tanto ele quanto Katharine pareciam achar óbvio que seu feriado devesse ser celebrado com flores e passado em Cheyne Walk. Seguiu-se uma pausa; isso, também, era natural; e Sra. Milvain começou a sentir que poderia ser acusada de insensibilidade se ficasse. A simples presença de um rapaz alterara curiosamente sua disposição; ficou possuída do desejo de uma cena em que tudo terminasse por um perdão emocional. Teria dado tudo para poder estreitar nos braços sobrinho e sobrinha. Mas não podia pretender que restasse ainda qualquer esperança da costumeira exaltação.

– Tenho de ir andando – disse, e sentiu uma extrema depressão.

Nenhum dos dois disse uma palavra para detê-la. William escoltou-a, polidamente, na descida da escada, e de algum modo, em meio a seus protestos e embaraços, Sra. Milvain esqueceu-se de se despedir de Katharine. Partiu, murmurando palavras sobre massas de flores e salas sempre belas, mesmo no pior inverno.

William foi ter com Katharine; encontrou-a em pé, onde a deixara.

– Vim para ser perdoado – disse. – Nossa discussão me foi perfeitamente odiosa. Não dormi a noite toda. Você não está zangada comigo, Katharine?

Não pôde responder até que tivesse limpado a mente da impressão que sua tia lhe causara. Parecia-lhe que até as flores estavam contaminadas, e também o lenço de Cassandra, pois Sra. Milvain usara-os como prova, na sua investigação.

– Ela nos tem espionado – disse –, seguido através de Londres, ouvido o que as pessoas dizem.

– Sra. Milvain? O que foi que ela lhe disse?

Seu olhar de autoconfiança evaporou-se.

– Oh, as pessoas estão dizendo que você ama Cassandra e que não faz caso de mim.

– Viram-nos?

– Tudo o que fizemos durante quinze dias foi visto.

– Eu lhe disse que isso ia acontecer!

Foi até a janela, evidentemente perturbado. Katharine estava por demais indignada para ocupar-se dele. Fora arrebatada pela força da própria ira. Apertando nas mãos as flores de Rodney, deixou-se ficar empertigada e imóvel.

Rodney saiu da janela.

– Foi tudo um erro. Culpo-me por isso. Deveria ter sido mais avisado. Permiti que você me convencesse, num momento de loucura. Peço que perdoe meu desatino, Katharine.

– Ela queria até perseguir Cassandra! – explodiu Katharine, sem lhe dar atenção. – Ameaçou falar com ela. Ela é capaz disso; ela é capaz de tudo!

– Sra. Milvain não tem tato, eu sei, mas você exagera, Katharine: se as pessoas falam de nós, fez bem em vir nos contar. Apenas vem confirmar minha maneira de sentir: a posição é monstruosa.

Afinal, Katharine percebeu um pouco do que ele dizia.

– Você não quer dizer que isso o afeta, William? – perguntou, com pasmo.

– Afeta, sim – disse ele, corando. – É intensamente desagradável para mim. Não posso suportar mexericos a nosso respeito. Vim, Katharine, para perguntar se não poderíamos voltar à situação em que estávamos antes disso, antes da sessão de sandices. Você me aceitará de volta, Katharine, uma vez mais e para sempre?

Sem dúvida, a beleza dela, intensificada pela emoção e realçada pelas flores de cores vivas e estranhas formas que carregava, agia sobre Rodney, contribuía para envolvê-la, de novo, na velha aura romântica. Mas uma paixão menos nobre atuava nele: estava inflamado de ciúmes. Sua primeira e hesitante proposta fora rechaçada por Cassandra, no dia anterior, de maneira rude e, a seu ver, definitiva. A confissão de Denham pesava em sua mente. E, por fim, o domínio que Katharine exercia sobre ele era da espécie que as febres da noite não conseguem exorcizar.

– Tive tanta culpa quanto você, ontem – disse ela, gentilmente, ignorando a pergunta. – Confesso, William, que a vista de você e Cassandra juntos me deu ciúmes, e não pude me enrolar. Sei que ri de você.

— Você com ciúmes? Asseguro-lhe, Katharine, você não tem o mais leve motivo para ciúmes. Cassandra não gosta de mim, se é que nutre algum sentimento a meu respeito. Fui suficientemente tolo para tentar explicar-lhe a natureza da nossa relação. Não pude resistir e contei o que pensava sentir a respeito dela. Recusou-se a ouvir-me, com toda a razão. Mas não me deixou qualquer dúvida o seu desdém.

Katharine hesitou. Estava confusa, agitada, fisicamente cansada, e já tivera de haver-se com a sensação de repulsa despertada pela tia, que ainda vibrava através de todos os seus sentimentos. Afundou-se numa cadeira e deixou cair as flores no regaço.

— Ela me enfeitiçou – continuou Rodney. – Pensei amá-la. Mas é coisa do passado. Tudo está acabado, Katharine. Foi um sonho, uma alucinação. Somos os dois igualmente culpados, mas nenhum mal foi feito se você acreditar o quanto lhe quero. Diga que acredita.

Debruçava-se para ela, como que pronto a aproveitar o primeiro sinal de anuência. Precisamente nessa hora, e talvez em razão das vicissitudes de seu sentimento, toda sua faculdade de amar a deixou como uma névoa que se alça da terra. Quando a névoa se desprendeu, restou apenas a ossatura do mundo e o vazio – uma terrível paisagem para o olho de um vivente contemplar. Ele viu a expressão de terror estampada no rosto dela e, sem entender sua origem, segurou-lhe a mão na sua. Com o sentimento de companheirismo, retomou o desejo, como o de uma criança por abrigo; o desejo de aceitar o que Rodney tinha a oferecer; e nesse momento ele parecia oferecer a única coisa capaz de fazer a vida tolerável. Deixou que ele pousasse os lábios em sua face e inclinou a cabeça em seu ombro. Era para ele um momento de triunfo. O único momento em que ela lhe pertencia e dependia da sua proteção.

— Sim, sim, sim – murmurou –, você me aceita, Katharine. Você me ama.

Por um momento permaneceu calada. Ouviu-a, depois, murmurar:

– Cassandra ama-o ainda mais do que eu.

– Cassandra? – murmurou ele.

– Ela o ama – repetiu Katharine. E, levantando-se, disse a mesma frase pela terceira vez: – Ela o ama.

William ergueu-se devagar. Acreditava instintivamente no que Katharine dizia, mas o que aquilo significava para ele ainda era incapaz de avaliar. Poderia Cassandra amá-lo? Poderia ter dito isso a Katharine? O desejo de saber a verdade era urgente, por desconhecidas que fossem as consequências. A excitação associada ao pensamento de Cassandra possuiu-o uma vez mais. Já não era a excitação da antecipação ou a da ignorância; era a excitação de alguma coisa maior que uma possibilidade, pois agora a conhecia e à extensão da simpatia entre eles. Mas quem lhe poderia dar certeza? Poderia Katharine fazê-lo, Katharine, que ainda há pouco estivera em seus braços, Katharine, ela própria a mais admirada de todas as mulheres?

– Sim, sim – disse ela, adivinhando seu desejo de plena certeza –, é verdade. Eu *sei* o que ela sente por você.

– Ela me ama?

Katharine assentiu, de cabeça.

– Ah! Mas quem sabe o que sinto? Como posso estar seguro dos meus próprios sentimentos? Dez minutos atrás, pedi a você que casasse comigo. Ainda quero. Não sei o que quero...

Apertando as mãos, virou-lhe as costas. Mas, de súbito, encarou-a e perguntou:

– Diga-me o que sente por Denham.

– Por Ralph Denham? – perguntou. – Sim! – exclamou então, como se tivesse achado a resposta para uma questão que momentaneamente a intrigara. – Você tem ciúmes de mim, William; mas você não me ama. Eu tenho ciúmes de você. Por isso mesmo, pelo bem de nós ambos, lhe digo, fale com Cassandra imediatamente.

Ele tentou se acalmar. Andou de um lado para outro; parou junto à janela e observou as flores que juncavam o chão. Entrementes, seu desejo de ter a garantia de Katharine confirmada tornou-se tão insistente, que não pôde mais negar a irresistível intensidade de seu sentimento por Cassandra.

– Você tem razão – exclamou, detendo-se e esmurrando com os nós dos dedos uma pequena mesa em que havia um vaso esguio. – Amo Cassandra.

Ao dizer isso, as cortinas que fechavam a porta da saleta se partiram e Cassandra entrou.

– Ouvi tudo.

A declaração foi seguida por uma pausa. Rodney deu um passo à frente e disse:

– Então, você sabe o que desejo perguntar-lhe. Dê-me sua resposta...

Ela cobriu o rosto com as mãos. Virou-se depois, encolhida, como se quisesse fugir dos dois.

– O que Katharine disse – murmurou ela. Mas acrescentou, erguendo a cabeça com um olhar de temor do beijo com que ele saudara sua admissão: – Como é tremendamente difícil tudo isso! Nossos sentimentos, quero dizer, os seus, os meus, os de Katharine. Katharine, diga-me, estaremos agindo certo?

– Certo? Naturalmente que estamos agindo certo – respondeu William – se, depois do que você ouviu, está disposta a casar com um homem de tão incompreensível confusão, de tão deplorável...

– Não, William – interpôs Katharine. – Cassandra nos ouviu; ela pode julgar o que somos; sabe melhor do que poderíamos lhe contar.

Mas, ainda a segurar a mão de William, perguntas e desejos surdiam do coração de Cassandra. Teria feito mal em escutar? Por que tia Celia a censurava? Katharine acharia que ela estava certa? E, acima de tudo, William a amaria, para todo sempre, e mais do que qualquer outro?

– Eu tenho de ser a primeira para ele, Katharine! – exclamou.

– Não vou dividi-lo nem com você!

– Jamais lhe pediria isso – disse Katharine. Afastou-se um pouco de onde se encontravam e começou meio inconscientemente a escolher suas flores.

– Mas você o dividiu comigo – disse Cassandra. – Por que não o dividiria eu com você? Por que sou tão mesquinha? Eu sei por quê – acrescentou. – Nós nos compreendemos, William e eu. Vocês nunca se compreenderam. Vocês são por demais diferentes.

– Nunca admirei ninguém mais... – interpôs William.

– Não se trata disso – Cassandra tentou explicar-lhe. – Trata-se de compreender.

– É verdade que nunca a compreendi, Katharine? Fui sempre muito egoísta?

– Sim – interpôs Cassandra. – Você quis sempre que ela partilhasse suas impressões, suas dores. Katharine não é assim. Você quis que ela fosse prática, e ela não é prática. Você foi egoísta; e foi difícil, exigente; também Katharine, mas não é culpa de ninguém.

Katharine ouvira essa tentativa de análise com a maior atenção. As palavras de Cassandra pareciam lustrar a velha e empanada imagem da vida, refrescá-la a tal ponto e tão maravilhosamente, que parecia nova em folha outra vez. Virou-se para William:

– É verdade – disse. – Ninguém tem culpa.

– Para muitas coisas, ele sempre se voltará para você, Katharine – continuou Cassandra, como se lesse no seu livro invisível.

– Aceito que seja assim. Nunca irei contestá-lo. Quero ser generosa, como você foi generosa. Mas amar me torna isso muito mais difícil.

Ficaram calados. Por fim, William quebrou o silêncio:

– Uma coisa peço a vocês duas – disse, e o velho nervosismo voltou-lhe, ao olhar para Katharine. – Não discutiremos esse assunto outra vez. Não que eu seja tímido, ou convencional, como você pensa, Katharine. É que discutir estraga as coisas; perturba a mente das pessoas; e agora somos todos tão felizes...

Cassandra ratificou a conclusão no que lhe dizia respeito, e William, depois de receber o delicado prazer do seu olhar, com sua absoluta afeição e confiança, fitou ansiosamente Katharine.

– Sim, estou feliz – ela lhe garantiu. – E concordo: nunca mais falaremos disso outra vez.

– Oh, Katharine, Katharine! – gritou Cassandra, estendendo os braços, enquanto as lágrimas lhe corriam pelo rosto.

30

O dia era tão diferente dos outros dias para três pessoas da casa, que a rotina da vida – a empregada servindo a mesa, Sra. Hilbery escrevendo uma carta, o relógio batendo as horas, a porta abrindo-se e todos os outros sinais de civilização de há muito estabelecida – não tinha sentido; a não ser que fosse embalar Sr. e Sra. Hilbery na crença de que nada de desacostumado acontecera.

Sra. Hilbery estava deprimida sem causa visível; talvez a rudeza beirando a vulgaridade por parte do seu elisabetano favorito fosse responsável por isso. De qualquer maneira, fechara *A Duquesa de Malfi* com um suspiro, e desejou saber – como contaria a Rodney no jantar – se não haveria algum jovem escritor com um grão do grande espírito, alguém que fizesse a gente crer que a vida era *bela*? Pouco obteve de Rodney e, depois de recitar seu queixoso réquiem pela morte voluntária da poesia, animou-se miraculosamente outra vez com a lembrança da existência de Mozart. Implorou a Cassandra que tocasse para ela; assim, quando subiram, Cassandra abriu logo o piano e fez o melhor que pôde para criar uma atmosfera de pura beleza. Ao som das primeiras notas, Katharine e Rodney sentiram, ambos, enorme alívio pela liberdade que a música lhes dava ao afrouxar o controle do mecanismo do comportamento. Mergulharam ambos nas profundezas dos seus pensamentos. Sra. Hilbery foi transportada a um estado de espírito de perfeita tranquilidade, que era em parte devaneio e em parte sonolência, em parte melancolia e em parte pura beatitude. Só Sr. Hilbery escutava. Era muito musical, e Cassandra percebeu que prestava atenção a cada nota. Ela se esmerou na execução, e ganhou a aprovação dele. Inclinado de leve para diante, e girando no dedo a sua pedra verde, ele pesava a intenção das frases dela aprovadoramente, mas interrompeu-a subitamente para queixar-se de um barulho às suas costas. A janela não estava presa. Fez sinal a Rodney, que cruzou a sala imediatamente para endireitar as coisas. Ficou mais tempo, talvez, junto à janela do que o necessário e, tendo feito o que fora fazer, puxou a cadeira um pouco mais para perto de Katharine. A música prosseguiu. Coberto por uma encantadora passagem da composição, inclinou-se para ela e cochichou alguma coisa. Ela olhou de relance para o pai e a mãe e, um momento depois, deixou a sala, despercebida, com Rodney.

– O que é? – perguntou, logo que a porta se fechou. Rodney não respondeu, mas desceu as escadas com ela e levou-a até a sala de jantar, no andar térreo. Mesmo depois de fechar a porta da sala, nada disse. Mas foi direto à janela e abriu as cortinas. Depois chamou Katharine com um aceno.

– Lá está ele de novo. Olhe, lá, debaixo do poste.

Katharine olhou. Não sabia de que Rodney falava. Um vago sentimento de alarme e mistério a tomava. Viu um homem em pé na calçada oposta, em frente da casa, debaixo de um poste. Enquanto olhavam, a figura virou-se, deu uns poucos passos, e voltou à posição anterior. Teve a impressão de que o homem olhava diretamente para ela e tomou consciência de ter também os olhos postos neles. Soube, num átimo, quem era o homem que os observava. Fechou as cortinas abruptamente.

– Denham – disse Rodney. – Estava ali na noite passada, também.

Assumira de repente uma atitude cheia de autoridade. Katharine sentiu como se a acusasse de algum crime. Estava pálida e desagradavelmente agitada, tanto pela estranheza do comportamento de Rodney quanto pela visão de Ralph Denham.

– Se ele quer vir... – disse, desafiadoramente.

– Você não pode deixá-lo esperando lá. Vou dizer-lhe que entre. – Rodney falou com tal decisão que, quando levantou o braço, Katharine esperava que abrisse as cortinas imediatamente. Segurou a mão dele com uma pequena exclamação:

– Espere. Não permitirei.

– Você não pode contemporizar – replicou ele. – Já foi longe demais. – Sua mão permanecia na cortina. – Por que não admite, Katharine, que o ama? Vai tratá-lo como tratou a mim?

Ela o encarou, assombrada, apesar da sua perplexidade, com a espécie de espírito que o possuía.

– Proíbo que abra a cortina – disse.

Ele refletiu e retirou a mão.

– Não tenho direito de interferir – concluiu. – Vou deixá-la. Ou se quiser, vamos de volta para a sala.

– Não. Não posso voltar – disse, sacudindo a cabeça. Depois, inclinou-se, pensativa.

– Você o ama, Katharine – disse Rodney, subitamente. Seu tom perdera alguma coisa da severidade, e poderia ter sido usado para induzir uma criança a confessar uma travessura. Ela ergueu os olhos para ele.

– Eu o amo? – repetiu. Ele assentiu. Ela perscrutou-lhe o rosto, como se procurasse confirmação adicional dessas palavras; e, como Rodney permanecesse silencioso e expectante, virou o rosto uma vez mais e continuou a pensar. Ele a observava atentamente, mas sem mover-se, como se lhe desse tempo de tomar a decisão de cumprir seu óbvio dever. Os acordes de Mozart chegavam da sala de cima. – Agora – disse ela, de repente, com uma espécie de desespero, levantando-se da cadeira e como que ordenando a Rodney que fizesse a sua parte. Ele abriu as cortinas instantaneamente, e ela não fez qualquer tentativa para detê-lo.

Seus olhos buscaram o mesmo ponto, debaixo do poste. – Ele não está lá! – exclamou ela.

Ninguém estava lá. William levantou a vidraça e olhou para fora. O vento entrou na sala, com o rumor de rodas distantes, passos rápidos na rua e os apitos das sirenes no rio.

– Denham! – gritou William.

– Ralph! – disse Katharine, mas falou pouco mais alto do que teria falado a alguém dentro da sala. Com os olhos no lado oposto da rua, não viram uma figura que estava junto da grade que dividia o jardim da calçada. Denham cruzara a rua e estava ali, em pé. Ambos se assustaram com sua voz, tão perto.

– Rodney!

– Aí está você! Entre, Denham. – Rodney foi até a porta da frente e abriu-a. – Aqui está ele – disse, trazendo Ralph consigo para a sala de jantar, onde Katharine se achava, de costas para a janela aberta. Seus olhos se encontraram por um segundo. Denham parecia meio ofuscado à luz forte e, abotoado no sobretudo, com o cabelo que o vento revolvera caído na testa, parecia alguém salvo de um barco no mar. William prontamente fechou a janela e cerrou as cortinas. Agiu com uma decisão prazenteira como se fosse senhor da situação e soubesse exatamente o que queria fazer.

– Você é o primeiro a ouvir a notícia, Denham – disse. – Katharine não vai mais casar comigo.

– Onde poderia botar... – começou Ralph, vagamente, de chapéu na mão, a olhar em torno; equilibrou-o depois, cuidadosamente, contra uma tigela de prata sobre um aparador. Sentou-se, então, um tanto pesadamente, à cabeceira da mesa de jantar oval. Rodney ficou de um lado dele e Katharine de outro. Parecia presidir a alguma reunião de que a maioria dos membros estivesse ausente. Entrementes, esperava de olhos fixos no polido tampo de acaju.

– William está noivo de Cassandra – disse Katharine, sucintamente.

A isso Denham olhou vivamente para Rodney. A expressão de Rodney alterou-se. Perdeu o autodomínio. Sorriu um pouco nervosamente, e sua atenção pareceu presa a um fragmento de música que vinha do andar de cima. Por um momento esquecera a presença dos outros. Olhou para a porta.
– Minhas felicitações – disse Denham.
– Sim, sim. Estamos todos loucos, absolutamente loucos, Denham. Em parte isso é coisa de Katharine. Em parte, minha. – Olhou em redor da sala como se quisesse assegurar-se de que a cena em que tomava parte tinha alguma existência real. – Absolutamente loucos – repetiu. – Até Katharine. – Seu olhar pousou nela, por fim, como se também ela tivesse mudado segundo sua antiga visão dela. Sorriu-lhe, como que para encorajá-la. – Katharine explicará – disse e, fazendo um leve cumprimento de cabeça, deixou a sala.

Katharine sentou-se imediatamente e apoiou o queixo nas mãos. Enquanto Rodney estivera presente, todos os acontecimentos da noite pareciam a seu cargo, e tinham sido marcados por uma certa irrealidade. Agora que ela estava sozinha com Ralph, sentiu logo que se haviam livrado de um certo constrangimento. Sentiu que estavam sós, os dois, na base da casa, que se levantava, andar sobre andar, por cima das suas cabeças.

– Que esperava lá fora? – perguntou.
– Uma oportunidade de ver você – replicou.
– Teria esperado a noite toda se não fosse William. Está ventando, além disso. O que poderia ver? Nada além de nossas janelas.
– Valeu a pena. Ouvi quando me chamou.
– Chamei-o?
Ela o fizera inconscientemente.
– Ficaram noivos esta manhã – contou, depois de uma pausa.
– Você está contente?
Ela baixou a cabeça:
– Sim, sim – suspirou. – Mas você não sabe o quanto ele é bom, o que ele fez por mim. – Ralph fez um som de compreensão. – Você esperou lá fora a noite passada também?

– Sim. Sei esperar.

As palavras pareceram encher a sala com uma emoção que Katharine associou ao som das rodas distantes, aos passos apressados na rua, aos gritos das sirenes que apitavam no rio, à escuridão e ao vento. Podia ainda ver a figura, direita, debaixo do poste.

– Esperando no escuro – disse, olhando a janela, como se ele pudesse ver o que ela via. – Ah, mas é diferente – interrompeu-se. – Eu não sou a pessoa que você pensa. Até que você entenda que é impossível...

Apoiando os cotovelos na mesa, fazia correr o anel de rubi para cima e para baixo do dedo, absorta. Franzia a testa às carreiras de livros encadernados em couro que a confrontavam. Ralph olhava intensamente para ela. Muito pálida, mas gravemente concentrada no que dizia; bela, mas tão pouco cônscia do que era a ponto de parecer remota também a Ralph, havia nela algo distante e abstrato que o exaltava e gelava ao mesmo tempo.

– Não, você está certa, não a conheço. Nunca a conheci.

– E, todavia, talvez você me conheça melhor que qualquer outra pessoa.

Algum outro instinto fê-la tomar consciência de que tinha os olhos cravados num livro que pertencia, de direito, a outra parte da casa. Foi até a estante, retirou-o e voltou a seu lugar, pondo o livro sobre a mesa entre eles. Ralph abriu-o e olhou o retrato de um homem com um volumoso colarinho branco, que constituía o frontispício.

– Sei que a conheço, Katharine – afirmou, fechando o livro. – É só por momentos que fico insano.

– Você chama duas noites inteiras um momento?

– Juro-lhe que agora, neste instante, vejo-a precisamente como é. Ninguém jamais a conheceu como a conheço... Poderia ter tirado aquele livro da estante ainda há pouco se eu não a conhecesse?

– É verdade – disse ela –, mas o que você não pode imaginar é como sou dividida, como estou à vontade com você e como me sinto desnorteada também. A irrealidade, a escuridão, a vigília lá fora, no vento, sim, quando você me olha sem ver, e eu por meu lado não o vejo... Mas vejo – continuou rapidamente, mudando de posição e franzindo de novo a testa –, vejo montanhas de coisas, mas não você.

– Conte-me o que vê.

Contudo, ela não podia reduzir sua visão a palavras, desde que não se tratava de uma simples forma colorida contra um pano de fundo escuro, mas de uma excitação geral, de uma atmosfera, a qual, quando tentava visualizá-la, tomava a forma de um vento, varrendo os flancos de colinas do norte, ou de uma luz coruscante por sobre campos de trigo e sobre lagos.

– Impossível – suspirou, rindo-se um pouco da ridícula noção de pôr até mesmo parte de tudo aquilo em palavras.

– Experimente, Katharine – insistiu Ralph.

– Mas não posso! Estou dizendo uma porção de tolices, a espécie de tolices que a gente diz apenas consigo. – Consternava-a a expressão de anseio, de desespero no rosto dele. – Eu via uma alta montanha no norte da Inglaterra – disse, tentativamente –, não, é tolo demais. Não posso prosseguir.

– Estávamos juntos lá? – urgiu ele.

– Não. Eu estava só. – Sentia-se como se desapontasse o desenho de uma criança. Ele fez cara comprida.

– Você está sempre sozinha lá?

– Não sei explicar. – Não podia explicar que estava essencialmente sozinha lá. – Não é uma montanha no norte da Inglaterra. É uma imaginação, uma história que a gente conta à gente mesma. Você tem as suas também?

– Você está comigo, nas minhas. Você é justamente a coisa que eu invento, entende?

– Oh, entendo – suspirou. – E por isso que é tão impossível.

– Virou-se para ele quase ferozmente. – Você tem de tentar, tem de acabar com isso.

– Não – respondeu ele, rude –, porque eu... – parou. Compreendeu que o momento era chegado para comunicar a notícia de extrema importância que tentara contar a Mary Datchet, a

Rodney no Embankment, ao vagabundo bêbado no banco. Como poderia transmiti-la a Katharine? Olhou rapidamente para ela. Viu que só lhe dava meia atenção. Isso o desesperou a tal ponto que com dificuldade controlou seus impulsos de levantar-se e deixar a casa. A mão dela jazia, meio dobrada em cima da mesa. Ele a tomou, agarrou-a firmemente, como que para assegurar-se da realidade dela e da sua própria. – É que eu a amo, Katharine – disse.

Qualquer enfeite ou ênfase, essenciais a uma declaração dessas, estava ausente da sua voz, e ela teve apenas de sacudir a cabeça muito de leve para que ele soltasse sua mão e lhe virasse as costas, envergonhado da própria impotência. Teve a impressão de que ela percebeu seu desejo de deixá-la. Discernira a fissura na sua resolução, a lacuna no cerne da sua visão. Na verdade, ele fora mais feliz lá fora, na rua, pensando nela, do que agora, em sua companhia, na mesma sala. Olhou-a com uma expressão de culpa no rosto. Mas o olhar de Katharine não expressava desapontamento nem censura. Sua postura era natural, e o fato de rodar o anel de rubi no tampo lustroso da mesa indicava um estado de espírito de tranquila especulação. Denham esqueceu o próprio desespero, imaginando ao invés que pensamentos a ocupariam.

– Não acredita? – disse. Seu tom era humilde, e isso a fez sorrir.

– Tanto quanto sou capaz de entendê-lo. Mas que me aconselharia você a fazer com esse anel? – perguntou, estendendo-o para ele.

– Eu a aconselharia a que me desse para guardar – replicou, no mesmo tom de gravidade meio brincalhona.

– Depois do que você disse dificilmente confiaria em você, a não ser que desdiga o que disse.

– Muito bem. Não a amo.

– Mas penso que você me ama, efetivamente... Como eu amo você – ela acrescentou, de maneira assaz casual. – Pelo menos

– disse, enfiando de novo o anel no dedo – que outra palavra descreverá o estado em que nos encontramos? Disse e olhou-o, grave e inquisidoramente, como que em busca de ajuda.

– É quando estou com você que duvido, não quando estou só – afirmou.

– Era o que eu pensava – respondeu ela.

A fim de explicar-lhe seu estado de ânimo, Ralph contou-lhe sua experiência com a fotografia, a carta e a flor colhida em Kew. Ela o ouviu com toda a seriedade.

– E aí saiu delirando pelas ruas – refletiu, depois, em voz alta.

– Bem, é bastante grave. Mas meu estado é pior que o seu, porque não tem nada a ver com fatos. É uma alucinação, pura e simples, uma intoxicação... Será possível amar com a razão pura? – arriscou. – Porque se você está amando uma visão, creio que é isso exatamente que se passa comigo.

Essa conclusão pareceu fantástica a Ralph, e sumamente insatisfatória; mas depois das desnorteantes variações dos seus próprios sentimentos na última meia hora, não podia acusá-la de excesso de imaginação.

– Rodney parece saber o que quer suficientemente bem – disse ele, quase amargamente. A música, que tinha cessado, recomeçara, e a melodia de Mozart parecia expressar o amor descomplicado e fino dos dois do segundo andar.

– Cassandra jamais duvidou por um só momento. Mas nós – ela verificou, com um rápido olhar, a posição dele –, nós nos vemos só de quando em vez, e então.

– Como luzes numa tempestade...

– Em meio a um furacão – concluiu ela, enquanto a janela sacudia sob a pressão do vento. Pareceram escutar o rumor em silêncio.

Aí a porta abriu, com considerável hesitação, e a cabeça de Sra. Hilbery apareceu, a princípio com ar de cautela; mas, tendo aparentemente verificado que entrara na sala de jantar e não em alguma região mais fora do comum, penetrou inteiramente nela, e não pareceu de nenhum modo surpresa com o que viu. Parecia, como de hábito, em meio a uma expedição qualquer, interrompida agradavelmente, embora de maneira estranha, por haver encontrado uma dessas esquisitas e desnecessárias cerimônias rituais com que os outros insistiam em comprazer-se.

— Por favor, não se interrompa por minha causa, Sr. — Estava, como sempre, perdida quanto ao nome, e Katharine pensou que ela não o reconhecera. — Espero que tenha encontrado alguma coisa simpática para ler — acrescentou, apontando o livro em cima da mesa. — Byron, ah, Byron. Ainda conheci gente que conheceu Lorde Byron.

Katharine, que se levantara meio confusa, não pôde deixar de sorrir ao pensamento de que sua mãe achasse perfeitamente natural e desejável que sua filha estivesse a ler Byron na sala de jantar altas horas da noite, com um rapaz estranho. Deu graças a Deus por um temperamento tão descomplicado, e sentiu grande ternura por sua mãe e pelas excentricidades dela.

Ralph, porém, observou que, embora Sra. Hilbery segurasse o livro bem junto dos olhos, não lia uma só palavra.

— Minha querida mãe, por que não está na cama ainda? — exclamou Katharine, voltando, no espaço de um minuto, à sua condição habitual de autoritário bom senso. — Por que fica andando assim a esmo?

— Estou certa de que gostaria dos seus versos mais que dos versos de Lorde Byron — disse Sra. Hilbery, dirigindo-se a Ralph Denham.

— Sr. Denham não escreve versos; tem escrito artigos para papai, para a revista — disse Katharine, como que para refrescar-lhe a memória.

— Meu Deus! Que maçada! — exclamou Sra. Hilbery, com uma risada súbita, que intrigou a filha.

Ralph observou que ela lhe dirigira um olhar, ao mesmo tempo muito vago e muito penetrante.

— Mas estou certa de que lê poesia à noite. Sempre julgo pela expressão dos olhos — continuou Sra. Hilbery ("As janelas da alma", acrescentou, entre parênteses). – Não entendo muito de direito, embora tenha suficientes advogados na família. A maior parte deles fica muito bem de peruca. Mas penso que de poesia entendo um pouco – acrescentou. – E de todas as coisas não escritas também, mas, mas... – Abanou a mão, como que a indicar a riqueza da poesia não escrita em torno deles. – A noite e as estrelas, o dia que amanhece, as barcaças que passam e repassam, o sol que se põe... Deus meu – suspirou –, bem o pôr do sol é muito bonito também. Às vezes acho que a poesia não consiste tanto no que a gente escreve, mas no que a gente sente, Sr. Denham.

Durante o discurso de sua mãe, Katharine desviara a atenção, e Ralph sentiu que Sra. Hilbery falava para ele, à parte, desejando verificar alguma coisa a seu respeito, coisa que disfarçava com a deliberada imprecisão das palavras. Sentiu-se curiosamente encorajado e inspirado, mais pelo brilho que luzia no olhar da velha senhora do que pelo que estava a dizer. Distante dele, pela idade, pelo sexo, parecia acenar-lhe, tal como um navio prestes a dobrar a linha do horizonte saúda com a bandeira um outro que parte para a mesma viagem. Abaixou a cabeça, em silêncio, mas com uma curiosa certeza de que ela havia lido a resposta à sua indagação e que essa resposta a satisfizera. De qualquer maneira, Sra. Hilbery lançou-se a uma descrição dos tribunais, que se transformou numa diatribe contra a Justiça britânica, a qual, segundo ela, punha atrás das grades pobres velhinhos que não tinham com que pagar suas dívidas.

– Diga-me, não poderemos algum dia passar sem tudo isso? – perguntou. Mas nesse ponto Katharine insistiu, com meiguice, em que ela fosse deitar. Olhando para atrás, do meio da escadaria, Katharine teve a impressão de que Denham a seguia com o mesmo olhar que adivinhara nele quando fitava as janelas, do outro lado da rua.

31

A bandeja que levou a xícara de chá para Katharine, na manhã seguinte, levou-lhe também um bilhete de sua mãe, anunciando que tinha a intenção de pegar um trem matinal para Stratford-upon-Avon no mesmo dia. "Descubra, por favor, a melhor maneira de ir lá", dizia o bilhete, "e telegrafe ao caro Sir John Burdett, para que me espere, com meu afeto. Estive sonhando a noite toda com você e Shakespeare, querida Katharine".

Não se tratava de um impulso momentâneo. Sra. Hilbery sonhava com Shakespeare todo tempo há seis meses, entretendo a ideia de uma excursão ao lugar que considerava o coração do mundo civilizado. Estar seis pés acima dos ossos de Shakespeare, ver as mesmas pedras gastas pelos seus pés, refletir que a mais velha das mães do mais velho dos homens de Stratford teria, com toda a probabilidade, conhecido a filha de Shakespeare, tais pensamentos despertavam nela uma emoção que expressava nos mais impróprios momentos e com uma paixão que não estaria deslocada num peregrino que demandasse um santuário. A única estranheza era que queria ir sozinha. Mas, como era natural, Sra. Hilbery estava bem provida de amigos que viviam nas vizinhanças do túmulo de Shakespeare e que ficariam encantados em recebê-la; assim, partiu, mais tarde, para pegar o seu trem, na melhor das disposições. Era um dia magnífico. Teria de lembrar-se de mandar a Sr. Hilbery o primeiro narciso que visse. E, ao voltar correndo ao hall para dizer isso a Katharine, sentiu, como sentira sempre, que a ordem de Shakespeare de que seus ossos fossem deixados em paz aplicava-se apenas a detectáveis mercadores de curiosidades – não ao querido Sir John ou a ela. Deixando a filha a ponderar a teoria dos sonetos de Anne Hathaway, e dos manuscritos enterrados, aí referidos, com a implícita ameaça ao próprio coração da civilização, ela bateu vivamente a porta de seu táxi e foi levada na primeira etapa de sua peregrinação.

A casa ficou estranhamente diferente, sem ela. Katharine descobriu que as empregadas já se tinham apoderado do quarto de Sra. Hilbery, que pretendiam limpar completamente em sua ausência. Pareceu a Katharine que tinham removido mais ou menos sessenta anos com o primeiro golpe dos seus panos úmidos. Pareceu-lhe que o trabalho que tentara fazer naquele quarto estava sendo reduzido a um insignificante montículo de pó. As pastoras de porcelana brilhavam, depois de um banho em água quente. A secretária poderia pertencer a um profissional, homem, de hábitos metódicos.

Juntando uns poucos papéis, com que pretendia trabalhar, Katharine foi para seu próprio quarto na intenção de examiná-las, talvez, durante a manhã. Encontrou-se na escada com Cassandra, que subiu com ela, mas com tais intervalos entre um degrau e outro que Katharine começou a ver sua própria intenção minguar antes de alcançarem a porta. Cassandra debruçou-se no corrimão e olhou o tapete persa que cobria o chão do hall.

– Não acha que tudo parece esquisito esta manhã? – perguntou. – Será que você vai mesmo gastar o tempo todo com essas aborrecidas cartas velhas? Porque se for...

As aborrecidas cartas velhas, que virariam a cabeça do mais sóbrio dos colecionadores, foram postas em cima de uma mesa, e depois de um momento, Cassandra, subitamente grave, perguntou a Katharine onde poderia encontrar a *História da Inglaterra*, de Lorde Macaulay. Estava embaixo, no escritório de Sr. Hilbery. As primas desceram juntas para procurá-la. Acabaram entrando na sala de visitas, pela simples razão de que a porta estava aberta. O retrato de Richard Alardyce atraiu-lhes a atenção:

– Fico a pensar como seria ele? – era a pergunta que Katharine se vinha fazendo frequentemente nos últimos tempos.

– Oh, uma fraude, como todos os outros; pelo menos é o que Henry diz – respondeu Cassandra. – Embora eu não acredite em nada do que Henry diz – acrescentou, um pouco na defensiva.

Desceram, então, para o escritório de Sr. Hilbery, onde começaram a procurar entre os seus livros. Tão dessultória foi a busca que depois de quinze minutos não tinham achado o livro que procuravam.

– Você *tem* de ler a *História* de Macaulay, Cassandra? – perguntou Katharine; espreguiçando-se.

– Tenho, sim – respondeu a outra, sumariamente.

– Bem, vou ter de deixá-la procurando o livro sozinha.

– Oh, não, Katharine. Por favor, fique e me ajude. Você entende, eu, eu disse a William que leria um pouquinho todo dia. Quero dizer-lhe que comecei, quando vier.

– E quando vem William? – perguntou Katharine, voltando às estantes.

– Para o chá, se isso lhe convém.

– Se me convém sair, você quer dizer?

– Oh, você é terrível... Por que não poderia...

– Sim?

– Por que não poderia ser feliz também?

– Sou perfeitamente feliz.

– Quero dizer feliz como eu sou, Katharine – falou impulsivamente.

– Vamos casar no mesmo dia.

– Com o mesmo homem?

— Oh, não. Mas por que você não poderia se casar com outra pessoa?

— Aqui está o seu Macaulay — disse Katharine, voltando-se para ela com o livro na mão. — Sugiro que comece a ler imediatamente, se quer estar educada para a hora do chá.

— Para o diabo com Lorde Macaulay! — exclamou Cassandra, batendo com o livro na mesa. — Você não prefere conversar?

— Já conversamos bastante — respondeu Katharine, evasivamente.

— Sinto que não vou me concentrar em Macaulay — disse Cassandra, olhando compungida para a capa vermelha, sem brilho, do volume prescrito. Devia ter alguma propriedade mágica, uma vez que William o admirava. Ele lhe aconselhara um pouco de leitura séria toda manhã.

— Você já leu Macaulay?

— Não. William jamais tentou educar-me. — Ao dizer isso, viu a luz desaparecer do rosto de Cassandra, como se ela tivesse implicado uma outra relação, mais misteriosa. Sentiu uma pontada de compunção. Pasmava-se com sua audácia em influenciar a vida de outra pessoa, como influenciara a de Cassandra. — Não levávamos as coisas a sério — deu-se pressa em dizer.

— Mas estou terrivelmente séria — disse Cassandra, com um pequeno estremecimento; e o seu olhar mostrava que dizia a verdade. Virou-se para encarar Katharine, que não a olhara uma vez sequer. Havia temor em seu olhar, que dardejou na direção da outra e, depois, baixou, com ar de culpa. Oh, Katharine tinha tudo: beleza, inteligência, caráter. Jamais poderia competir com Katharine; jamais poderia sentir-se segura enquanto Katharine se preocupasse com ela, ou a dominasse, ou dispusesse dela. Chamou-a de fria, cega, inescrupulosa, mas o único sinal externo que emitiu foi curioso: estendeu a mão e tomou o volume de história. Nesse momento, o telefone tocou e Katharine foi atender. Cassandra, livre de observação, soltou o volume e torceu as mãos. Sofrera tortura mais feroz nesses poucos minutos do que em toda a sua vida; aprendera mais sobre sua capacidade de

sentir. Mas, quando Katharine reapareceu, já estava calma e ganhara um ar de dignidade que era novo nela.
— Era ele? — perguntou.
— Era Ralph Denham.
— Eu quis dizer Ralph Denham.
— Por que quis dizer Ralph Denham? O que lhe contou William sobre Ralph Denham? — A acusação de que Katharine era calma, insensível e indiferente não se podia sustentar face à vivacidade dessa reação. Nem deu a Cassandra tempo de formular uma resposta. — Agora, quando você e William pretendem casar? — perguntou.

Cassandra não respondeu por alguns momentos. Essa era, na verdade, uma pergunta difícil de responder. Em conversa, na noite anterior, William deixara perceber que, na sua opinião, Katharine estava ficando noiva de Ralph Denham na sala de jantar. Cassandra, na aura rósea de sua própria ventura, dispusera-se a pensar que o assunto estava resolvido. Mas uma carta que recebera de William esta manhã, embora ardente nas expressões de afeto, comunicava-lhe obliquamente que ele preferia que o anúncio do seu noivado coincidisse com o do noivado de Katharine. Cassandra produziu, então, esse documento e leu, com consideráveis cortes e muita hesitação:

"(...lamento infinitamente...) na verdade, causaremos um bocado de complicações. Se, por outro lado, e se acontecer o que eu tenho razões para acreditar que aconteça, dentro de um prazo razoável — e a presente posição não é de maneira alguma ofensiva a você —, a demora, na minha opinião, consultará melhor aos nossos interesses do que uma prematura explicação, que pode causar mais surpresa do que seria desejável..."

— Tipicamente William — exclamou Katharine, tendo apanhado no ar o sentido dessas observações com uma velocidade que, por si só, desconcertou Cassandra.

— Posso entender perfeitamente os sentimentos dele — respondeu Cassandra. — Concordo com ele. Penso que seria muito melhor, se você tem a intenção de casar com Sr. Denham, que esperemos, como William diz.

— Mas e se eu não caso com ele por meses e meses, ou talvez nunca?

Cassandra ficou calada. A possibilidade aterrava-a. Katharine estivera a telefonar para Ralph Denham; ela tinha um ar esquisito, também; ou estava noiva ou ia ficar noiva dele. Mas se Cassandra tivesse podido escutar a conversa telefônica, não estaria tão certa assim de que tudo caminhava nessa direção. Fora do seguinte teor:

— Aqui Ralph Denham falando. Estou com a cabeça no lugar agora.

— Quanto tempo esperou, fora de casa?

— Fui embora e escrevi uma carta. Rasguei-a.

— Vou rasgar tudo, também.

— Eu vou aí.

— Sim. Venha hoje.

— Preciso explicar-lhe...

— Sim. Temos de explicar...

Seguiu-se uma longa pausa. Ralph começou uma sentença que cancelou com a palavra "nada". Subitamente, juntos, ao mesmo tempo, despediram-se. E, todavia, se o telefone fosse miraculosamente ligado com alguma atmosfera mais elevada, rescendendo ao tímio e com sabor de sal, dificilmente Katharine poderia sentir, ao respirar, maior satisfação. Desceu as escadas na crista desse regozijo. Pasmava-se ao ver-se comprometida, por artes de William e Cassandra, a casar com o dono da voz entrecortada que vinha de escutar ao telefone. Seu espírito parecia-lhe tender numa direção inteiramente diversa, *ser* de natureza inteiramente diversa. Tinha apenas de olhar para Cassandra para ver o que significa um amor que resulta em noivado e casamento. Refletiu por um momento, e então disse:

— Se não quiserem anunciar às pessoas vocês mesmos, eu o farei em seu nome. Sei que as ideias de William sobre esses assuntos tornam muito difícil para ele tomar uma atitude qualquer.

— Ele é muito sensível ao que os outros pensam — disse Cassandra. — A ideia de que poderá perturbar tia Maggie ou tio Trevor é capaz de deixá-lo doente durante semanas.

Essa interpretação do que ela, Katharine, costumava chamar o "convencionalismo" de William era novidade. E no entanto, sentiu que era verdadeira.

— Sim, você tem razão — disse.

— Acresce que ele venera a beleza. Deseja que a vida seja bela em todos os seus detalhes. Já observou como ele se requinta nos acabamentos? Olhe o endereço naquele envelope. Cada letra é perfeita.

Se isso se aplicava também aos sentimentos expressos na carta, Katharine não estava tão certa; mas quando a solicitude de William era empregada com Cassandra, não só isso não a irritava do modo como havia irritado quando ela mesma era o objeto da solicitude dele, mas parecia, como Cassandra havia dito, fruto do seu amor à beleza.

— Sim — disse ela —, ele ama a beleza.

— Espero que tenhamos muitos, muitos filhos — disse Cassandra. — Ele adora crianças.

Esse reparo fez Katharine compreender a profundeza da intimidade entre eles mais do que quaisquer outras palavras o poderiam fazer; ficou com ciúmes por um momento, mas no seguinte sentiu-se humilhada. Conhecera William anos a fio, e jamais percebera que gostava de crianças. Via o curioso brilho de exaltação nos olhos de Cassandra, através do qual ela contemplava o verdadeiro espírito de um ser humano, e desejou que continuasse a falar assim de William para sempre. Cassandra não parecia refratária em satisfazê-la. Falou, falou, e a manhã passou despercebida. Katharine pouco mudou de posição, na ponta da secretária de seu pai, e Cassandra não chegou sequer a abrir a *História da Inglaterra*.

E, todavia, cumpre confessar que houve vastos lapsos na atenção que Katharine consagrou à prima. A atmosfera era admiravelmente propícia a devaneios por conta própria. Perdeu-se, então,

por vezes num cismar tão profundo, que Cassandra, interrompendo o que dizia, podia observá-la por alguns momentos sem ser percebida. Em que pensaria Katharine, senão em Ralph Denham? Sabia, por algumas respostas desconexas, que Katharine se alheara um pouco do assunto das perfeições de William. Mas Katharine não dava qualquer sinal disso. Sempre terminava essas pausas dizendo algo de tão natural que Cassandra se iludia e aduzia novos exemplos a seu absorvente tema. Então, almoçaram; e o único sintoma que Katharine deu de abstração foi esquecer-se de servir o pudim. Parecia-se tanto a sua mãe, abancada no seu canto e deslembrada da tapioca, que Cassandra, espantada, exclamou:
– Como você se parece com tia Maggie!
– Bobagem – disse Katharine, com mais irritação do que a observação merecia.

Na verdade, agora que sua mãe estava ausente, Katharine sentia-se menos suscetível que de hábito, mas, como dizia a si própria, havia muito menos motivo de suscetibilidade. Secretamente, estava um tanto abalada pela evidência que a manhã lhe dera da sua imensa capacidade de – como poderia chamar? – divagar, de repassar uma infinidade de assuntos tolos demais para serem mencionados. Por exemplo: vira-se a caminhar por uma estrada de Northumberland, num pôr do sol de agosto; na estalagem, deixara seu companheiro, que era Ralph Denham, e fora transportada, não tanto pelos seus próprios pés, mas por meios invisíveis, ao topo de uma elevada colina. Aí os perfumes, os ruídos por entre as raízes das urzes, as folhas de relva apertadas contra a palma da mão, eram tão perceptíveis que podia sentir uma por uma, separadamente. Em seguida, sua mente errou pela escuridão do ar, ou deteve-se na superfície do mar, que era visível lá do alto; ou, com igual desvario, retornou ao seu leito de folhas debaixo das estrelas da meia-noite, e visitou os vales nevados da lua. Essas fantasias de modo algum eram insólitas, uma vez que as paredes de toda mente estão recamadas de tais filigranas; mas viu-se, de súbito, a perseguir esses pensamentos com um ardor extremo, que em breve se transformou num desejo agudo de mudar sua atual condição por outra, que se coadunasse com a do sonho. Aí sobressaltou-se; e acordou também para o fato de que Cassandra a fitava com espanto.

Cassandra teria desejado estar segura de que, quando Katharine não lhe respondia, ou quando respondia alguma coisa completamente disparatada, ocupava-se em decidir se casava ou não casava imediatamente; mas era difícil apurar se era assim, em vista de algumas observações que Katharine deixou escapar sobre o futuro. Aludiu várias vezes ao verão, como se tivesse a firme intenção de passá-lo em solitárias andanças. Parecia ter um plano definido em mente, que exigia consulta a Bradshaws e a listas de hospedarias.

Finalmente, Cassandra foi levada, por sua própria inquietação, a vestir-se e sair pelas ruas de Chelsea, a pretexto de comprar alguma coisa. Ignorando, porém, o caminho, tomou-se de pânico à ideia de atrasar-se, e tão logo encontrou a loja que procurava, voou de volta, a fim de estar em casa quando William chegasse. Ele chegou, na verdade, cinco minutos depois que ela se sentara à mesa do chá; e teve a felicidade de recebê-lo sozinha. A maneira como ele a saudou dissipou as dúvidas que pudesse ter quanto à sua afeição, mas a primeira pergunta que fez foi:

– Katharine falou com você?

– Sim. Mas diz que não está noiva. E acha que jamais ficará noiva.

William franziu a testa e pareceu agastado.

– Eles se telefonaram esta manhã, e ela se porta de maneira muito esquisita. Esquece, por exemplo, de servir o pudim – acrescentou Cassandra, para alegrá-lo.

– Minha querida criança, depois do que vi e ouvi a noite passada, não é uma questão de adivinhar ou de suspeitar. Ou ela está noiva dele, ou...

Deixou a sentença inacabada, porque nesse ponto Katharine em pessoa apareceu. Com sua lembrança da noite anterior, ele estava por demais constrangido para olhar para ela, e só depois que Katharine lhe contou da visita de Sra. Hilbery a Stratford-upon-Avon foi que ergueu os olhos. Era claro que estava grandemente aliviado. Olhou em redor, agora, como se se sentisse à vontade, e Cassandra exclamou:

– Você não acha que tudo parece inteiramente diferente?
– Vocês mudaram o sofá de lugar? – perguntou.
– Não. Nada foi tocado – disse Katharine. – Tudo está exatamente o mesmo. – Mas, ao dizer isso, com uma firmeza que parecia implicar que muito mais coisa que o sofá continuava inalterada, ela lhe estendeu uma xícara na qual se esquecera de pôr chá. O esquecimento foi mencionado. Ela franziu o cenho, aborrecida, e disse que Cassandra procurava desmoralizá-la. O olhar que lançou, então, aos dois, e o modo resoluto com que os obrigou a falar, fê-los sentir-se como crianças abelhudas. Acompanharam-na docilmente, procurando conversar. Qualquer pessoa que entrasse pensaria que eram conhecidos recentes, que se tinham visto não mais do que três vezes. E sendo esse o caso, concluiriam que a anfitriã se lembrara de súbito de um outro compromisso urgente. Primeiro, Katharine consultou o relógio, depois pediu a William que lhe dissesse a hora certa. Quando ouviu que faltava dez para as cinco, levantou-se imediatamente e disse:

– Então, receio ter de ir embora.

E deixou a sala, segurando ainda na mão seu pão com manteiga. William olhou para Cassandra.

– Bem, ela *está* esquisita! – disse Cassandra.

William pareceu perturbado. Sabia mais de Katharine do que Cassandra, mas até ele não era capaz de dizer... Num segundo, Katharine estava de volta, vestida para sair, e ainda com o pedaço de pão com manteiga na mão sem luva.

– Se me atrasar, não esperem por mim – disse. – Terei jantado – e sem mais, deixou-os.

– Mas ela não pode... – exclamou William, quando a porta bateu. – Não sem luvas e com pão com manteiga na mão!

Correram à janela e viram-na andando rapidamente pela rua em direção à City. Logo desapareceu.

– Deve ter ido encontrar Sr. Denham! – exclamou Cassandra.

– Só Deus sabe! – disse William.

O incidente deixou-lhes a impressão de conter alguma coisa singular e agourenta, fora de qualquer proporção com a estranheza aparente.

– É a maneira de comportar-se de tia Maggie – disse Cassandra à guisa de explicação.

William sacudiu a cabeça, e ficou a andar pelo quarto de um lado para o outro com ar extremamente perturbado.

– Era o que eu vinha prevendo – explodiu. – Uma vez postas de lado as convenções... Graças a Deus Sra. Hilbery está ausente. Mas há Sr. Hilbery. Como vamos explicar isso a ele? Tenho de deixar você.

– Mas tio Trevor não estará de volta por várias horas ainda, William! – implorou Cassandra.

– Nunca se sabe. Pode até estar a caminho. Ou suponha que Sra. Milvain, sua tia Celia, ou Sra. Cosham, ou qualquer outra das suas tias ou tios, apareça e nos encontre juntos a sós. Você sabe o que já andam dizendo a nosso respeito.

Cassandra estava tão chocada com a visível agitação de William quanto com a perspectiva da sua deserção.

– Podemos nos esconder – exclamou, irrefletidamente, lançando um olhar para a cortina que separava a sala da saleta das relíquias.

– Recuso-me absolutamente a meter-me debaixo da mesa – disse William com sarcasmo.

Ela viu que ele começava a perder a paciência com as dificuldades da situação. Seu instinto advertiu-a de que um apelo à sua afeição, nesse momento, seria de muito mal alvitre. Controlou-se, então, sentou-se, e serviu-se de uma nova xícara de chá, que tomou tranquilamente. Esse gesto natural, mostrando completo autodomínio e exibindo-a numa das atitudes femininas que William achava adoráveis, fez mais do que qualquer arrazoado para acalmar a agitação dele. Apelava para o seu cavalheirismo. Aceitou uma xícara também. Depois, ela pediu uma fatia de bolo. Comido o bolo e bebido o chá, o problema pessoal fora esquecido, e os dois se puseram a discutir poesia. Insensivelmente, passaram da questão da poesia dramática em geral para o exemplo particular que William tinha no bolso, e quando a empregada entrou para retirar as coisas do chá, William pediu permissão para ler uma curta passagem em voz alta, "a não ser que lhe pareça maçante".

Cassandra baixou a cabeça em silêncio, mas mostrou nos olhos um pouco do que sentia, e, assim fortificado, William sentiu que seria preciso mais que Sra. Milvain em pessoa para expulsá-lo da sua posição. Leu alto.

Enquanto isso, Katharine caminhava rapidamente ao longo da rua. Se lhe fossem pedidas explicações da sua ação impulsiva, deixando a mesa do chá, não poderia apelar para causa melhor que o fato de ter William olhado para Cassandra, e Cassandra para William. Pois que, pelo fato de terem se olhado, sua própria posição ficou impossível. Bastava esquecer-se de servir uma xícara de chá e concluíam apressadamente que estava noiva de Ralph Denham. Sabia que em meia hora, mais ou menos, a porta se abriria e Ralph Denham apareceria. Não podia ficar sentada lá e imaginá-lo com eles, sob os olhos de Cassandra e de William, aferindo seu exato grau de intimidade de modo a poderem fixar o dia do próprio casamento. Decidiu, prontamente, que se encontraria com Ralph na rua; tinha tempo ainda de alcançar Lincoln's Inn Fields antes que ele deixasse o escritório. Chamou um táxi, e pediu que a deixasse numa loja de mapas, de que se lembrava, em Great Queen Street, uma vez que não gostaria de desembarcar à sua porta. Chegando lá, comprou um mapa em grande escala de Norfolk e, assim provida, correu para Lincoln's Inn Fields, assegurando-se da posição dos escritórios Hooper and Grateley. Os grandes lustres a gás podiam ser vistos através das vitrines. Imaginou-o abancado a uma enorme mesa, coberta de papéis, e debaixo de um dos lustres, na sala da frente, a que tinha três altas janelas. Tendo decidido a posição dele lá dentro, pôs-se a caminhar de um lado para o outro na calçada.

Ninguém da estatura dele apareceu. Escrutinou cada figura masculina à medida que se aproximava dela e passava. Cada figura masculina tinha, no entanto, alguma coisa dele, devido, talvez, à roupa profissional, à passada rápida, ao olhar vivo que lançavam sobre ela ao se apressarem rumo a casa depois de um dia de trabalho. A própria praça, com seus imensos edifícios, todos inteiramente ocupados e de aspecto severo, a atmosfera de trabalho e poder, como se até os pardais e as crianças ganhassem o seu pão de cada dia; como se o próprio céu, com suas nuvens cinza e escarlate, refletisse a seriedade de intenções da cidade abaixo delas; e como se tudo isso falasse dele. Aqui era o lugar ideal para encontrá-lo; aqui era o lugar ideal para caminhar pensando nele. Não podia deixar de compará-lo a duas caseiras de Chelsea. Com essa comparação em mente, estendeu seu raio de ação um pouco, e virou para a rua principal. A grande corrente de caminhões e carroças descia Kingsway; pedestres desfilavam, em duas correntes ao longo dos passeios. Deteve-se, fascinada, na esquina. O burburinho enchia-lhe os ouvidos; esse tumulto incessante tinha o fascínio inexprimível da vida multifária, que jorrava sem trégua, com um tal propósito que, ao considerá-lo, parecia-lhe o fim normal para o qual a vida fora ordenada; sua completa indiferença pelos indivíduos, que devorava e rolava para diante, enchia Katharine de uma temporária exaltação. A combinação de luz do dia e de luz de gás fazia dela uma espectadora invisível, ao mesmo tempo que conferia às pessoas que passavam por ela uma qualidade de transparência, deixando-lhes os rostos como pálidos ovais de marfim, em que só os olhos eram escudos. Elas participavam da enorme investida da maré humana, o grande fluxo, a profunda e insaciável correnteza. Direita, despercebida, absorta, ali ficou ela, gloriando-se abertamente no êxtase que correra, subterrâneo, o dia inteiro. De súbito, sentiu-se presa, contra a vontade, pela lembrança do seu objetivo inicial. Fora até lá para encontrar Ralph Denham. Voltou, depressa, para Lincoln's Inn Fields, e procurou em vão. As faces de todas as casas dissolviam-se, agora, na mesma escuridão geral; e ela encontrou dificuldade em identificar o que procurava. As três janelas de Ralph devolviam-lhe apenas, nos seus altos painéis fantasmagóricos de vidro, o reflexo do céu cinzento e verde. Tocou a campainha, peremptoriamente, debaixo do nome pintado da firma. Depois de alguma espera, atendeu uma zeladora, cujo balde e escova bastariam para dizer-lhe que o expediente estava encerrado e os funcionários se tinham ido. Não restava ninguém, salvo talvez Sr. Grateley em pessoa, assegurou-lhe a mulher. Todos se tinham ido há dez minutos. Essa notícia acordou Katharine de todo. A aflição tomou conta dela. Apressou-se de volta para Kingsway, olhando as pessoas que tinham, miraculosamente, recuperado a consistência. Correu até a estação do metrô, ultrapassando escrevente depois de escrevente, advogado depois de advogado. Nenhum deles nem de longe se parecia a Ralph Denham. Mais e mais claramente ela o via; e mais e mais ele lhe parecia diferente de todo mundo. À porta da estação, deteve-se e tentou reunir os pensamentos. Ele fora à casa dela. Tomando um táxi, poderia chegar antes, talvez. Mas imaginou-se a abrir a porta da sala, William e Cassandra a levantar os olhos, a entrada de Ralph um momento mais tarde, e os olhares, as insinuações. Não; não poderia enfrentar isso. Escrever-lhe-ia uma carta, que levaria imediatamente à casa dele. Comprou papel e lápis na banca de livros, e entrou numa confeitaria A. B. C., onde pelo fato de pedir uma xícara de chá, garantiu-se uma mesa vazia, e começou imediatamente a redigir:

"Vim buscá-lo e nos desencontramos. Não podia ficar com William e Cassandra. Eles querem", aqui fez uma pausa. "Eles insistem em que estamos noivos", escreveu, em substituição, "e não poderíamos conversar um com o outro, ou explicar qualquer coisa. Quero", o que queria era tão vasto, agora que estava em comunicação com Ralph, que o lápis era absolutamente inadequado para transpô-lo ao papel; parecia que toda a corrente de Kingsway precipitava-se pelo seu lápis adentro. Olhou com a maior atenção para um aviso na parede fronteira, toda incrustada de ouro: "quero dizer toda espécie de coisas", acrescentou, desenhando laboriosamente cada palavra como o faria uma criança. Mas, quando ergueu os olhos outra vez para meditar na sentença seguinte, notou uma garçonete cuja expressão indicava que era hora de fechar e, olhando em redor, viu que era uma das últimas pessoas na confeitaria. Pegou a carta, pagou a conta e viu-se outra vez na rua. Tomaria agora um táxi para Highgate. Mas nesse momento ocorreu-lhe que não se lembrava do endereço. Pareceu, com esse obstáculo, que uma barreira caíra cortando a forte corrente do desejo. Em vão esquadrinhou a memória com desespero, procurando o nome, lembrando-se primeiro do aspecto da casa, e tentando depois ler as palavras que escrevera, pelo menos uma vez, num envelope. Quanto mais se esforçava, mais as palavras lhe fugiam. Seria a casa em Orchard-alguma-coisa, ou seria a rua uma Hill? Desistiu. Nunca, desde criança, sentira coisa igual a esse vazio e desolação. Convergiram para ela, em tumulto, como se acordasse de um sonho, todas as consequências da sua inexplicável negligência. Imaginou a cara de Ralph ao ter voltado da porta sem uma palavra de explicação, recebendo a sua despedida como um sinal de que ela não queria vê-lo. Acompanhou-o quando deixou a porta; mas era infinitamente mais fácil vê-lo a caminhar, apressado, para longe, em qualquer direção, por qualquer período de tempo, do que conceber que voltaria sobre seus passos para Highgate. Talvez tentasse de novo vê-la em Cheyne Walk. Que ela se tivesse posto a caminho logo que essa última possibilidade lhe ocorreu, era prova da clareza com o que o via; quase levantou a mão para chamar um táxi. Não; ele era orgulhoso demais para voltar; ele rejeitaria o desejo, e se poria em marcha; ia andar e andar e andar. Se pelo menos ela fosse capaz de ler os nomes dessas ruas imaginárias pelas quais ele passava! Mas sua imaginação traía-a nesse ponto, ou zombava dela com uma sugestão da estranheza, escuridão e distância das ruas. Na verdade, ao invés de ajudá-la a tomar uma decisão qualquer, apenas lhe enchia a mente com a vasta extensão de Londres e com a impossibilidade de encontrar uma figura solitária que errasse, assim, para cá, para lá, virando à direita, virando à esquerda, escolhendo talvez aquela ruazinha pequena e estreita em que as crianças brincavam, e assim... Ela se fez despertar com impaciência. Caminhou rapidamente ao longo de Holborn. Logo virou a esquina e continuou, sempre apressadamente, na direção oposta. Essa indecisão não era apenas detestável; tinha algo de alarmante, e ela já se alarmara duas ou três vezes nesse dia; sentia-se incapaz de enfrentar a força dos próprios desejos. Para uma pessoa regida pelo hábito, havia humilhação, tanto quanto susto, nessa libertação súbita do que parecia ser uma força tão poderosa quanto irracional. Uma dor nos músculos da mão direita revelou-lhe que apertava as luvas e o mapa de Norfolk com uma força capaz de rachar o mais sólido objeto. Relaxou a pressão; olhou ansiosamente para os rostos dos passantes, a ver se seus olhos se demoravam nela um pouco mais do que seria natural, ou com alguma curiosidade. Mas, tendo alisado as luvas e feito o que podia para parecer natural, esqueceu os espectadores e se deixou dominar outra vez pelo desesperado desejo de encontrar Ralph Denham. Era um desejo agora selvagem, exorbitante, inexplicável, como alguma coisa sentida na infância. Uma vez mais culpou-se amargamente pela própria incúria. Mas achando-se em face da estação do metrô, reanimou-se e tomou uma decisão rápida, como costumava fazer em outros tempos. Pediria a Mary Datchet o endereço de Ralph. A resolução era um alívio, não só porque lhe dava um objetivo, mas porque lhe dava também uma desculpa racional para os seus atos. Certamente lhe dava um objetivo, mas o fato de ter um objetivo levou-a a fixar-se exclusivamente na sua obsessão; assim, quando tocou a campainha do apartamento de Mary, nem por um momento se demorou a pensar no efeito que teria em Mary o seu pedido. Para sua extrema irritação, Mary não estava em casa; uma empregada abriu a porta. Tudo o que Katharine pôde fazer foi aceitar um convite para esperar. Esperou talvez uns quinze minutos, que levou a medir a sala, andando de um lado para o outro, sem interrupção. Quando ouviu a chave de Mary na porta, parou em frente à lareira, e Mary encontrou-a ali, direita, ao mesmo tempo expectante e determinada, como uma pessoa que veio em missão de tal importância que tem de ser abordada sem preâmbulo.

Surpresa, Mary soltou uma exclamação.

– Sim, sim – disse Katharine, afastando o que a outra dizia como se impedisse o caminho.

– Oh, sim – disse, pensando que tinha efetivamente tomado chá, há centenas de anos, num lugar qualquer.

Mary fez uma pausa, tirou as luvas e, tendo encontrado fósforo, pôs-se a acender o fogo.

Katharine interrompeu-a com um movimento impaciente e disse:

– Por mim, não acenda o fogo... Quero apenas saber o endereço de Ralph Denham.

Segurava um lápis na mão e preparava-se para anotar num envelope. Esperava com uma expressão imperiosa.

– Apple Orchard, Mount Ararat Road, Highgate – disse Mary, falando devagar, com voz estranha.

– Oh! Agora me lembro – exclamou Katharine, irritada com a própria estupidez. – Imagino que não levará vinte minutos, de táxi, daqui? Apanhou a bolsa e as luvas e pareceu pronta para sair.

– Mas você não o encontrará – disse Mary, com um fósforo em riste. Katharine, que já tinha se virado para a porta, parou e olhou-a.

– Por quê? Onde está ele?

– Ainda estará no escritório.

– Mas ele já saiu do escritório – respondeu. – A única questão é: terá chegado em casa? Ele foi ver-me, em Chelsea; tentei encontrá-lo, mas não consegui. Não deixei qualquer bilhete, qualquer explicação. Tenho de achá-lo, o mais cedo possível.

Mary tomava conhecimento da situação a seu modo, com calma.

– Por que não telefona? – disse.

Katharine imediatamente soltou tudo o que segurava; sua expressão tensa relaxou e, exclamando:
— Naturalmente! Como foi que não pensei nisso! — Pegou o aparelho e deu o número. Mary encarou-a e deixou a sala. Por fim, Katharine ouviu, através de todo o peso sobreposto de Londres, o misterioso som de pés na sua própria casa, que subiam até a saleta, onde quase podia ver os quadros e os livros; escutou, com extrema aplicação, as vibrações preparatórias, e depois se identificou.
— Sr. Denham esteve aí?
— Sim, Srta.
— Perguntou por mim?
— Sim, Srta. Disse que a senhora saíra.
— Deixou algum recado?
— Não. Foi embora. Há cerca de vinte minutos, Srta.

Katharine desligou. Passeou pela sala com tal desapontamento que não percebeu, de começo, a ausência de Mary. Depois chamou, num tom ríspido e peremptório:
— Mary.

Mary estava no quarto, tirando suas roupas de sair. Ouviu que Katharine a chamava.
— Sim — disse. — Não me demoro um momento.

Mas o momento se prolongou, como se, por algum motivo, Mary tivesse prazer em fazer-se não só correta mas bem-vestida e ataviada. Cumprira-se, nos últimos meses, um estádio da sua vida, que deixara para sempre traços na sua postura. Juventude e a flor da juventude haviam recuado, deixando ver a determinação do seu rosto nas faces mais encovadas um pouco, nos lábios um pouco mais firmes, nos olhos que não mais observavam as coisas com espontaneidade e ao acaso, mas estreitavam-se na contemplação de um fim que não parecia próximo. Essa mulher era, agora, um ser humano prestativo, senhor de seu próprio destino e assim, por alguma obscura associação de ideias, próprio para ser adornado com a dignidade de correntes de prata e broches cintilantes. Entrou descansadamente e perguntou:

– Bem, atenderam?
– Ele já saiu de Chelsea.
– Não terá chegado em casa – disse Mary.

Katharine viu-se outra vez forçada, irresistivelmente, a olhar um mapa imaginário de Londres e seguir nele os desvios e voltas de ruas sem nome.

– Vou telefonar à casa dele e perguntar quando estará de volta.

Mary foi até o telefone e, depois de uma série de breves frases, anunciou:

– Não. A irmã informa que ainda não voltou. Ah! – Mary aplicou o ouvido uma vez mais. – Eles receberam um recado. Ele não vai jantar em casa. O que vai fazer, então?

Muito pálida, com seus grandes olhos fixos, não tanto em Mary como em vistas de uma desolação inimaginável, Katharine se dirigiu também não tanto a Mary, mas ao espírito implacável que agora parecia zombar dela, de todos os ângulos que examinava.

Depois de esperar um pouco, Mary observou desinteressadamente:

– Eu de fato não sei.

Negligentemente recostada na sua poltrona, observava as pequeninas chamas que começavam a apontar, aqui e ali, entre os carvões, como se elas também fossem muito distantes e indiferentes.

Katharine olhou para ela, indignada, e levantou-se:

– É possível que ele venha para cá – continuou Mary, sem alterar o tom abstrato da voz. – Valeria a pena esperar, se quiser vê-lo esta noite.

Curvou-se, depois, e tocou a madeira, de modo que as chamas penetraram os interstícios dos carvões.

Katharine refletiu:

– Esperarei meia hora.

Mary ergueu-se, foi até a mesa, espalhou seus papéis debaixo da lâmpada de abajur verde, com um gesto que já se tornava um hábito, e ficou a torcer e torcer um anel de cabelo nos dedos.

Olhou uma vez, sem ser percebida, para sua visita, que não se movia, sentada tão imóvel, com os olhos tão atentos, que seria possível jurar que observava alguma coisa, algum rosto, que jamais levantava os olhos para ela. Mary viu-se incapaz de continuar a escrever. Olhou para outro lado, mas apenas para sentir a presença daquilo que Katharine contemplava. Havia fantasmas na sala, e um deles, estranha, tristemente era o fantasma de si mesma. Os minutos passavam.

– Que horas serão? – disse Katharine, por fim. A meia hora ainda não se esgotara.

– Vou aprontar o jantar – disse Mary, levantando-se da mesa.

– Então, vou embora.

– Por que não fica? Aonde vai?

Katharine olhou em volta do aposento, revelando sua incerteza com esse olhar.

– Talvez eu o encontre.

– Mas que importância tem? Você o verá outro dia – Mary falou, e tinha a intenção de falar, bastante impiedosamente.

– Foi um erro vir aqui – respondeu Katharine.

Os olhos das duas se concentraram, com antagonismo, e nenhuma os baixou.

– Você tinha todo direito de vir aqui – respondeu Mary.

Uma forte batida na porta interrompeu-as. Mary foi abrir e voltou com alguma mensagem ou pacote. Katharine desviou os olhos, para que Mary não lesse neles seu desapontamento.

– Naturalmente, você tinha direito de vir – repetiu Mary, depositando a mensagem na mesa.

– Não – disse Katharine. – Exceto que, quando a gente está desesperada, adquire uma espécie de direito. Eu estou desesperada. Como sabe você o que estará acontecendo com ele a esta hora? Ele pode fazer qualquer coisa. Pode até andar pelas ruas a noite inteira. Tudo pode acontecer-lhe.

Falou com um abandono que Mary jamais vira nela.

– Você sabe que exagera; você está dizendo tolices – disse, brutalmente.

– Mary, preciso falar. Preciso dizer-lhe...
– Você não precisa me dizer nada – Mary a interrompeu. – Não sou capaz de ver as coisas por mim mesma?
– Não, não – exclamou Katharine –, não é isso...
Seu olhar, passando para além de Mary, para além dos limites da sala, para além de quaisquer palavras que lhe fossem dirigidas, enlouquecido, apaixonado, convenceu a outra de que ela, em todo caso, não podia acompanhar tal olhar até o fim. Estava desconcertada; procurou imaginar-se outra vez no auge do seu amor por Ralph. Apertando as pálpebras com os dedos, murmurou:
– Você se esquece de que também o amei. Pensei conhecê-lo. Conheci-o, mesmo.
E, todavia, o que tinha conhecido? Não se podia mais lembrar. Apertou os globos oculares até que encheram sua escuridão de estrelas e sóis. Convenceu-se de que remexia em cinzas frias. Desistiu. Ficou pasma com essa descoberta. Não mais amava Ralph! Olhou de volta, ofuscada, para a sala, e seus olhos pousaram sobre a mesa com os papéis iluminados pela lâmpada. A calma irradiação pareceu por um momento ter sua contrapartida dentro dela; fechou os olhos; abriu os olhos e examinou a lâmpada uma segunda vez; outro amor ardia em lugar do antigo, ou pelo menos foi isso o que descobriu, num momentâneo lampejo de espanto, antes que a revelação acabasse e as velhas coisas familiares fizessem valer seus direitos. Apoiou-se, em silêncio, contra a prateleira da lareira.
– Há diferentes maneiras de amar – murmurou, afinal, quase que para si própria.
Katharine não respondeu, como se não tivesse ouvido essas palavras. Parecia absorta em seus próprios pensamentos.
– Talvez ele espere de novo, na rua, esta noite – exclamou. – Eu me vou agora. Pode ser que consiga encontrá-lo.
– É muito mais provável que ele venha aqui – disse Mary. Katharine, depois de considerar um momento, decidiu:
– Esperarei mais meia hora.

Afundou-se de novo na cadeira e retomou a posição que Mary comparara à de uma pessoa que observa uma face que não se vê. Ela observava, de fato, não uma face, mas uma procissão, não de pessoas, mas da própria vida; o bom e o mau; o sentido; o passado, o presente e o futuro. Tudo isso lhe parecia claro; não se envergonhava da sua extravagância, ao contrário, sentia-se enaltecida por estar num dos pináculos da existência, onde cabia ao mundo render-lhe homenagem. Ninguém senão ela sabia o que significava privar-se de Ralph Denham nessa noite; em torno desse acontecimento menor e inadequado congregavam-se sentimentos que as grandes crises da vida nem sempre suscitam. Ela sentia falta dele, e conhecia a amargura de todos os malogros; desejava-o, e conhecia o tormento de todas as paixões. Não importava de que incidentes triviais tivesse chegado a essa culminação. Nem se importava ela de parecer extravagante; ou de quão abertamente mostrasse os seus sentimentos.

Quando o jantar ficou pronto, Mary lhe disse que viesse, e ela foi, submissa, como se deixasse que Mary dirigisse seus movimentos. Comeram e beberam juntas quase em silêncio, e, quando Mary lhe dizia que comesse mais, obedecia; quando mandada beber mais, bebia. Não obstante, por debaixo dessa obediência superficial, Mary sentia que ela continuava a seguir seus próprios pensamentos, sem estorvos. Não era propriamente desatenta, mas remota; parecia ao mesmo tempo cega e concentrada em alguma visão nua, própria; tão concentrada que Mary gradualmente sentiu mais que um desejo de protegê-la; tremia ante a possibilidade de uma colisão entre Katharine e as forças do mundo exterior. Mal terminaram, Katharine anunciou sua intenção de ir embora.

– Mas para onde vai? – perguntou Mary, desejando vagamente impedi-la.

– Oh, vou para casa. Não, talvez para Highgate.

Mary viu que seria inútil tentar detê-la. Tudo que pôde fazer foi insistir em ir com ela, e não encontrou oposição; Katharine parecia indiferente à sua presença. Dentro de poucos minutos desciam o Strand. Andavam tão depressa, que Mary acreditou, erroneamente, que Katharine sabia para onde ia. Ela própria não prestava qualquer atenção ao caminho. Estava contente com o movimento ao longo das ruas iluminadas, ao ar livre. Palpava, dolorosamente e com temor, mas também com uma estranha esperança, a descoberta que fizera por acaso essa noite. Estava livre, uma vez mais ao preço de uma oblação, a maior talvez, que podia oferecer, mas não estava mais, graças a Deus, amando. Ficou tentada a gozar essa primeira fase da sua liberdade em alguma dissipação; na plateia do Coliseum, por exemplo, uma vez que passavam pela porta. Por que não entrar e celebrar sua independência da tirania do amor? Ou, talvez, na imperial de um ônibus, rumo a algum remoto lugar, como Camberwell, ou Sidcup, ou a Welsh Harp. Notava esses nomes, pintados em pequenas tabuletas, pela primeira vez em semanas. Ou deveria voltar para o seu apartamento e passar a noite burilando os detalhes de um daqueles esquemas brilhantes e engenhosos? De todas as possibilidades, essa foi a que lhe agradou mais, trazendo-lhe à memória a lareira, a lâmpada acesa, e o sereno lume interior que parecia ocupar agora o lugar em que uma chama mais apaixonada ardera um dia.

Então Katharine estacou, e Mary acordou para a percepção de que, em vez de um alvo, não tinham evidentemente nenhum. Ela se detivera no limite do cruzamento; olhou para um lado e para outro, e finalmente tomou a direção de Haverstock Hill.

– Espere aí, aonde pensa que vai? – gritou Mary, pegando-a pela mão. – Devemos tomar aquele táxi e ir para casa.

Chamou o táxi e insistiu em que Katharine entrasse, enquanto ela mesma dava instruções ao motorista para que as levasse a Cheyne Walk.

Katharine submeteu-se:

– Muito bem – disse. – Tanto podemos ir para lá quanto para qualquer outro lugar.

Parecia que uma grande depressão desabara sobre ela. Encolheu-se em seu canto, silente e aparentemente exausta. Mary, a despeito de suas próprias preocupações, ficou chocada pelo palor de Katharine e por sua melancolia.

– Estou certa de que o encontraremos – disse, mais gentilmente do que falara até então.

– Pode ser tarde demais – respondeu Katharine. Sem entendê-la, Mary começou a ter pena dela, pelo que sofria.

– Tolice – disse, tomando-lhe da mão e esfregando-a. – Se não o encontrarmos lá, nós o encontraremos em algum outro lugar.

– Mas suponha que esteja a andar sem rumo pela rua, horas a fio?

Debruçou-se para a frente, olhando pela janela:

– Pode, até, recusar-se a falar comigo de novo – disse, em voz baixa, quase como se falasse consigo.

O exagero era tão grande que Mary não tentou fazer-lhe face, salvo com o gesto de prender o pulso de Katharine. Temia, a meio, que Katharine abrisse de repente a portinhola e saltasse. Talvez Katharine percebesse a razão pela qual estava segura pela mão.

– Não tenha medo – disse, com uma pequena risada. – Não vou saltar do táxi. Não adiantaria muito, afinal.

Ouvindo isso, Mary retirou a mão com um gesto ostensivo.

– Eu deveria pedir desculpas – continuou Katharine, com esforço – por meter você em todo esse negócio; não lhe contei sequer metade, aliás. Não estou mais noiva de William Rodney. Ele vai casar com Cassandra Otway. Tudo está arranjado, tudo perfeitamente bem... E depois que ele tinha esperado horas e horas na rua, William me obrigou a fazê-lo entrar. Ele estava em pé, debaixo do poste, olhando nossas janelas. Estava inteiramente branco quando entrou na sala. William nos deixou a sós, e nós nos sentamos, e conversamos. Foi a noite passada? Estive fora muito tempo? Que horas são?

Saltou para a frente a fim de ver um relógio, como se a hora exata tivesse relação importante com aquilo que contava.

– Só oito e meia! – exclamou. – Então ele talvez ainda esteja lá. Debruçou-se na janela e disse ao chofer que andasse mais depressa.

– Mas se ele não estiver lá, o que faremos? Onde poderei encontrá-lo? As ruas estão tão cheias.

– Nós o encontraremos – repetiu Mary.

Mary não tinha dúvida de que, de um modo ou de outro, acabariam por encontrá-lo. Mas supondo que não o encontrassem? Começou a pensar em Ralph com uma espécie de estranheza, no seu esforço para entender como seria ele capaz de satisfazer a esse tão extraordinário desejo. Uma vez mais, retomou à sua antiga ideia dele, e pôde, sem esforço, rememorar a névoa que lhe envolvia a figura, e a sensação de alegria confusa, exaltada, que permeava toda a sua vizinhança, de modo que, por meses a fio, nunca ouvira exatamente a sua voz ou vira exatamente o seu rosto, ou assim lhe parecia, agora. A dor da sua perda atravessou-a. Nada jamais poderia compensar isso – nem o sucesso, nem a felicidade, nem o esquecimento. Mas esse choque foi imediatamente seguido da certeza de que agora, finalmente, conhecia a verdade; quanto a Katharine – pensou, lançando-lhe um olhar de soslaio –, Katharine não sabia a verdade; sim, cumpria sentir uma pena imensa de Katharine.

O carro, que fora apanhado na corrente do tráfego, estava livre agora, e descia Sloane Street em grande velocidade. Mary estava cônscia da tensão com que Katharine acompanhava o progresso delas, como se tivesse a mente fixa num ponto em frente, e marcasse, segundo por segundo, a aproximação dele. Não dizia nada e, em silêncio, Mary começou a fixar o pensamento, com simpatia a princípio, depois esquecendo sua companheira, num ponto à frente, um ponto distante, como uma estrela baixa no horizonte da escuridão. Lá estava, para ela, para elas duas, o alvo em cuja direção marchavam; e o fim para os ardores dos seus espíritos era o mesmo: mas onde estava, ou em que consistia, ou por que ela se sentia convicta de que estavam ambas unidas em busca dele, ao correrem assim pelas ruas de Londres, lado a lado, não teria sido capaz de dizer.

– Afinal! – suspirou Katharine, quando o carro parou à sua porta. Saltou e percorreu com a vista a rua, de um lado e de outro. Mary, enquanto isso, tocava a campainha. A porta se abriu, e Katharine certificou-se de que nenhuma das pessoas à vista tinha qualquer semelhança com Ralph. Ao vê-la, a empregada disse imediatamente:

– Sr. Denham voltou, Srta. Está esperando pela senhora há algum tempo.

Katharine desapareceu da vista de Mary. A porta fechou-se entre elas, e Mary caminhou sozinha, devagar, pensativa, pela rua.

Katharine correu à sala de jantar. Com os dedos na maçaneta, hesitou. Talvez tivesse consciência de que esse era um momento que jamais se repetiria. Talvez, por um segundo, lhe parecesse que nenhuma realidade poderia igualar a imaginação que se formara. Talvez fosse contida por algum vago temor ou previsão, que a fazia temer qualquer diálogo, qualquer interrupção. Mas, se as dúvidas e temores dessa bem-aventurança suprema a detiveram, foi apenas por um momento. No seguinte, já torcera a maçaneta e, mordendo o lábio para controlar-se, abriu a porta sobre Ralph Denham. Uma extraordinária clareza de visão pareceu possuí-la ao vê-lo. Tão pequeno, tão só, tão separado de tudo o mais, era o que parecia, ele que fora a causa dessas extremas agitações e aspirações. Ela poderia ter rido à sua face. Mas, ganhando terreno contra essa limpidez de visão, contra a vontade e para desagrado dela, havia uma maré de confusão, de alívio, de certeza, de humildade, de desejo de não mais lutar e discriminar, cedendo ao qual se deixou cair nos braços dele, e confessou-lhe o seu amor.

32

Ninguém perguntou nada a Katharine no dia seguinte. Se a interrogassem a respeito, teria dito que ninguém falou com ela. Trabalhou um pouco, escreveu um pouco, decidiu sobre o jantar, e sentou-se, por muito mais tempo do que saberia dizer, com a cabeça nas mãos, procurando penetrar o que estava à frente, carta ou dicionário, como se se tratasse de um filme sobre as profundas perspectivas que se revelavam a seus olhos, meditativos e ardentes. Levantou-se e, indo até a estante, tirou o dicionário de grego do pai e abriu as sagradas páginas de símbolos e números diante dela. Alisou as folhas com uma mistura de esperança e afetuoso divertimento. Os olhos dele contemplariam isso com ela, um dia? O pensamento, por muito tempo intolerável, era agora apenas suportável.

Não se dava conta da ansiedade com que seus movimentos eram observados e sua expressão decifrada. Cassandra tinha o cuidado de não ser apanhada olhando-a, e a conversação das duas era tão prosaica que, não fora alguns trancos e solavancos entre as sentenças, como se a mente tivesse dificuldade em aferrar-se aos trilhos, a própria Sra. Milvain não seria capaz de perceber nada de suspeito naquilo que por acaso ouvisse.

William, quando chegou, à tarde, e encontrou Cassandra sozinha, tinha uma importante novidade a comunicar. Acabara de cruzar com Katharine na rua, e ela *não o reconhecera*.

– Isso não me importa, naturalmente, mas suponha que aconteça com qualquer outra pessoa? O que pensariam? Suspeitariam de alguma coisa, só pela expressão dela. Ela parecia, parecia... – hesitava – uma sonâmbula.

Para Cassandra, o significativo era que Katharine saíra sem dizer nada; interpretava isso como sinal de que fora encontrar-se com Ralph Denham. Mas, para surpresa dela, William não se apaziguou com essa probabilidade.

– Uma vez desprezadas as convenções – começou –, uma vez feitas as coisas que não se fazem... E o fato de ir ao encontro de um rapaz não prova nada, exceto que, na verdade, as pessoas falariam.

Não sem uma pontada de ciúme, Cassandra viu que ele estava extremamente preocupado em que as pessoas não falassem mal de Katharine; como se seu interesse por ela fosse ainda o de proprietário, e não o de amigo. Como todos dois ignoravam a visita de Ralph na noite anterior, não tinham motivo para se consolarem com o pensamento de que as coisas caminhavam para uma conclusão. Essas ausências de Katharine, ademais, deixavam-nos expostos a interrupções que quase destruíam o prazer em estarem juntos a sós. A noite chuvosa impedia que saíssem; e, aliás, de acordo com o código de William, era muito mais prejudicial que fossem vistos fora de casa do que surpreendidos dentro. Estavam de tal modo à mercê de campainhas e portas que mal podiam falar de Macaulay com convicção, e William preferiu adiar o segundo ato da sua tragédia para o dia seguinte.

Nessas circunstâncias, Cassandra revelou suas melhores qualidades. Simpatizava com as aflições de William, e fez o possível para partilhar delas; mas, assim mesmo, estarem juntos, correrem riscos juntos, serem parceiros nessa conspiração maravilhosa, tudo isso era para ela tão excitante que quase esquecia a discrição, rompendo em tais exclamações e interjeições, que finalmente

William viu-se forçado a admitir que, embora deplorável e desconcertante, a situação não deixava de ter certa doçura. Quando a porta se abriu, teve um sobressalto, mas enfrentou a revelação que tivesse de vir. Não era, porém, Sra. Milvain, mas a própria Katharine, seguida a curta distância por Ralph Denham. Com uma expressão fechada, que mostrava o esforço que fazia, Katharine encontrou os olhos deles, e dizendo "não vamos interromper vocês", levou Denham para trás das cortinas que separavam a saleta das relíquias. O refúgio não era de sua escolha, mas, confrontada com ruas lavadas de chuva, e só algum museu retardatário ou estação de metrô como refúgio, viu-se forçada, no interesse de Ralph, a fazer face aos desconfortos de sua própria casa. À luz dos postes, ele parecera ao mesmo tempo cansado e tenso.

Assim separados, os dois casais permaneceram ocupados com os seus próprios assuntos por algum tempo. Só os mais baixos murmúrios penetravam de uma seção à outra. Por fim, a empregada entrou com um recado: Sr. Hilbery não viria jantar em casa. Na verdade, não era necessário que Katharine fosse informada, mas William começou a pedir a opinião de Cassandra a esse respeito de uma maneira que indicava que, com ou sem razão, ele desejava muito falar-lhe.

Por motivos dela mesma, Cassandra o dissuadiu.

— Mas você não acha que é pouco sociável, isso? — arriscou. — Por que não faríamos alguma coisa de divertido? Ir ao teatro, por exemplo? Por que não convidamos Katharine e Ralph, hein?

O fato de reunir, assim, os nomes deles fez que o coração de Cassandra desse um pulo de prazer.

— Você não pensa que eles estarão... — começou Cassandra, mas William interrompeu-a logo:

— Oh, sei disso. Apenas pensei que talvez devêssemos nos divertir, uma vez que seu tio está fora.

E foi desincumbir-se da sua embaixada com um misto de excitação e embaraço que o fez voltar-se, já com a mão na cortina, para examinar detidamente o retrato de uma dama, que Sra.

Hilbery pretendia, com otimismo, ser um trabalho da mocidade de Sir Joshua Reynolds. Depois, com manipulação um tanto excessiva, abriu a cortina, e com os olhos postos no chão repetiu seu recado e sugeriu que passassem a noite no teatro. Katharine aceitou a sugestão com tal alacridade, que pareceu depois estranho que não estivesse nada certa quanto à peça que queria ver. Deixou a escolha inteiramente a Ralph e William, os quais, depois de conferenciarem fraternalmente com auxílio de um jornal, concordaram quanto aos méritos de uma revista. Feito isso, o resto não apresentou dificuldades, e foi resolvido com entusiasmo. Cassandra nunca estivera num teatro de variedades. Katharine abriu-lhe os olhos para as especiais delícias de um espetáculo em que ursos polares vêm logo atrás de senhoras em vestido de *soirée*, e em que o palco é alternadamente um jardim de mistério, uma caixa de chapéus, ou uma tenda para a venda de peixe frito na Mile End Road. Qualquer que fosse a exata natureza do programa dessa noite, satisfazia os mais altos padrões da arte dramática, pelo menos para quatro membros do público.

Sem dúvida, os atores e autores ficariam surpresos se soubessem sob que aspecto seus esforços chegaram a esses determinados olhos e ouvidos; mas não negariam que o efeito, tomado em conjunto, era tremendo. O hall ecoava com instrumentos de sopro e de corda, ora com enorme pompa e majestade, ora com os mais doces lamentos. Os vermelhos e os cremes da decoração, as liras e as harpas, e urnas e caveiras, as protuberâncias do estuque, as franjas de veludo escarlate, o apagar e acender de inumeráveis lâmpadas elétricas dificilmente seriam superados em matéria de efeito por quaisquer especialistas do mundo antigo ou moderno.

E havia a própria plateia, decotada, empenachada e ataviada nas poltronas, decorosa mas festiva nos balcões, e francamente mais apropriada para a luz do dia e a rua, nas galerias. Embora diferissem quando vistos separadamente, participavam em bloco da mesma gigantesca e amável natureza, que cochichava e balançava e sacolejava todo o tempo em que as danças, os malabarismos e os namoros eram exibidos à sua vista, que ria devagar e relutantemente deixava de rir, e aplaudia com uma generosidade desordenada que, por vezes, se fazia unânime e esmagadora. Uma vez William viu Katharine inclinada para a frente a aplaudir com um abandono que o deixou pasmo. O riso dela explodia em uníssono com o riso coletivo da plateia. Por um segundo ficou perplexo, como se esse riso revelasse algo de que nunca suspeitara nela. Mas então o rosto de Cassandra chamou-lhe a atenção, de olhos fixos no palhaço, sem rir, por demais atenta e surpresa para rir do que via, e por alguns momentos ficou a observá-la como se fora uma criança.

O espetáculo chegou ao fim, a ilusão morrendo primeiro aqui, depois ali; e, então, enquanto alguns se levantavam para vestir os agasalhos, e outros se endireitavam para o *God Save the King*, os músicos dobravam suas músicas e guardavam seus instrumentos nas caixas, e as luzes se apagavam uma a uma, até que a casa ficou vazia, silenciosa e cheia de grandes sombras. Olhando para trás, por cima do ombro, enquanto seguia Ralph através das portas de vaivém, Cassandra pasmava de ver como o palco já estava inteiramente sem romance. Mas, perguntou-se, será que cobriam mesmo todas aquelas cadeiras toda noite com holandilha parda?

O sucesso do programa foi tamanho que, antes de se separarem, combinaram outra expedição para o dia seguinte. O dia seguinte era sábado; em consequência, tanto William quanto Ralph estavam livres para devotar o dia todo a uma viagem de recreio a Greenwich, que Cassandra nunca tinha visto e que Katharine confundia com Dulwich. Nessa ocasião, Ralph foi o guia do grupo. Conduziu-os sem acidente a Greenwich.

Que razões de Estado ou que fantasias da imaginação deram origem a esse agrupamento de lugares aprazíveis com que Londres é cercada, já não interessam agora que se adaptaram tão admiravelmente às necessidades das pessoas entre as idades de vinte e trinta anos, que tenham tardes de sábado para desperdiçar. Na verdade, se fantasmas têm qualquer interesse pelo afeto daqueles que os sucedem, devem então recolher sua messe mais opulenta quando chega o bom tempo, e os amantes, os turistas e as gentes em férias derramam-se de ônibus e trens nas velhas áreas de lazer que eles criaram. É verdade que não se costumam mencionar nominalmente os fantasmas, os quais, na maior parte, ficam sem agradecimentos (embora nessa ocasião William estivesse pronto a render-lhes louvor de uma qualidade que raramente os arquitetos e pintores mortos recebiam durante o ano). Já caminhavam ao longo do barranco do rio, e Katharine e Ralph, que se deixaram ficar um pouco para trás, apanhavam fragmentos da sua preleção. Katharine sorria ao som da voz de William; ouvia como se a achasse pouco familiar, por mais que a conhecesse intimamente; punha-a à prova. A nota de segurança e de felicidade era nova. William estava muito feliz. E Katharine aprendia a cada hora quantas fontes de felicidade ela negligenciara, com relação a ele. Jamais pedira que lhe ensinasse qualquer coisa; jamais consentira em ler Macaulay; jamais expressara a opinião de que sua peça só era inferior às de Shakespeare. Seguia, sonhadora, na esteira deles, deleitando-se com o som que transmitia, sabia-o, a anuência extasiada, embora não servil, de Cassandra.

Então, murmurou:

– Como pode Cassandra... – Mas alterou a sentença para o oposto do que tivera intenção de dizer, e completou-a: como poderia ela mesma ter sido tão cega?

Mas era desnecessário acompanhar tais charadas, quando Ralph a supria com problemas muito mais interessantes, que de certo modo se misturavam ao pequeno bote que atravessava o rio, à majestosa e atormentada City, aos vapores voltando com seus tesouros ou partindo em busca deles, de modo que uma infinita disponibilidade teria sido necessária para desentranhar apropriadamente uns dos outros todos esses misturados enredos. Ele parou, além disso, e pôs-se a interrogar um velho barqueiro sobre marés e navios. Nessa conversa parecia diferente, e tinha, até, o aspecto diferente – pensou ela –, assim, contra o rio, com as torres e as flechas como fundo. Sua estranheza, o que havia nele de romântico, o seu poder de deixar o lado dela e tomar parte nos assuntos dos homens, a possibilidade de alugarem um barco juntos e cruzarem o rio, a rapidez e insensatez dessa empreitada, enchiam-lhe a mente e inspiravam-na de um tal arroubo, feito metade de amor e metade de aventura, que William e Cassandra ficaram alarmados com a conversa deles, e Cassandra exclamou:

– Ela me dá ideia de uma pessoa que oferece um sacrifício! Muito bonito – deu-se pressa em acrescentar, embora suprimisse, por deferência a William, seu próprio maravilhamento com o fato de que o espetáculo de Ralph Denham a conversar com um barqueiro da beira do Tâmisa pudesse levar qualquer pessoa a uma atitude de adoração.

A tarde passou tão depressa, com o chá e as curiosidades do túnel do Tâmisa e a pouca familiaridade das ruas, que a única maneira de prolongá-la foi marcar uma nova expedição, para o dia seguinte. Decidiram-se em favor de Hampton Court, de preferência a Hampstead, pois, embora Cassandra tivesse sonhado, em criança, com os salteadores de Hampstead, transferira agora suas afeições completamente e para sempre para Guilherme III.

Assim, chegaram a Hampton Court por volta da hora do almoço numa bela manhã de domingo. Uma tal unidade marcou suas expressões de admiração pelo edifício de tijolo vermelho, que poderiam ter ido pelo único motivo de assegurar um ao outro que o palácio era o mais imponente do mundo. Caminharam de um lado para o outro no terraço em coluna por quatro, imaginaram-se donos do lugar e calcularam o bem que disso redundaria, indubitavelmente, para o mundo.

– A única esperança para nós – disse Katharine – é que William morra e Cassandra receba aposentos aqui como viúva de um ilustre poeta.

– Ou – começou Cassandra, mas deteve-se antes de permitir-se chamar Katharine de viúva de um ilustre advogado.

Depois disso, desse terceiro dia de piquenique, era aborrecido ter de conter-se mesmo diante de tão inocentes voos de fantasia. Ela não ousava consultar William; ela andava inescrutável; não parecia sequer acompanhar o outro par com curiosidade, quando se separavam, como o faziam frequentemente, para dar nome a uma planta ou examinar um afresco. Cassandra estava continuamente a estudar-lhes as costas. Apercebia-se de como, algumas vezes, o impulso de andar partia de Katharine, e de como, algumas vezes, de Ralph; de como, às vezes, andavam devagar, como que em profunda confabulação, e algumas vezes depressa, como que apaixonadamente. Quando ficavam todos juntos outra vez, nada podia ser mais natural que os modos deles.

"Estivemos pensando se jamais conseguem pegar um peixe", ou "Devemos reservar algum tempo para visitar o Labirinto". Então, para intrigá-la ainda mais, William e Ralph enchiam todos os intervalos das refeições ou das viagens de trem com discussões conduzidas com perfeita polidez; ou discutiam política, ou contavam histórias, ou calculavam juntos nas costas de velhos envelopes para provar alguma coisa. Ela suspeitava que Katharine estivesse distraída, mas era impossível dizer. Havia momentos em que se sentia tão jovem e sem experiência, que quase desejava estar de volta aos seus bichos-da-seda de Stogdon House, e não engajada nesse enredo desnorteante.

Esses momentos, no entanto, eram apenas a necessária sombra ou frio, que provava a substância da sua beatitude, e em nada prejudicava a radiância que parecia cobrir igualmente todo o grupo. O ar fresco da primavera, o céu varrido de nuvens de cujo azul já baixava um certo calor pareciam a resposta que a natureza se dignava dar à disposição de espírito que ela adotara. Essa disposição era a mesma dos veadinhos, parados, aquecendo-se ao sol; dos peixes, imóveis no meio da correnteza; pois eram todos mudos participantes de um estado geral de bem-aventurança que não precisava ser posto em palavras. Nenhuma expressão que Cassandra pudesse encontrar transmitiria a quietude, o brilho, o ar expectante que cobriam a beleza tão bem ordenada das alamedas de relva ou de saibro por onde andaram, ombro a ombro, os quatro, nesta tarde de domingo. Quedas, as sombras das árvores listravam a vasta expansão de luz solar; o silêncio embrulhava o coração dela nas suas dobras. A trêmula imobilidade da borboleta na flor semiaberta, o pastar silencioso dos veados ao sol eram as imagens em que seu olho demorava e que seu olho recebia como figuras da própria natureza dela, aberta à felicidade e trêmula de êxtase.

Mas a tarde escoou e chegou a hora de deixar os jardins. Enquanto iam de Waterloo para Chelsea, Katharine começou a sentir alguma contrição com respeito a seu pai; isso, e a abertura dos escritórios na segunda-feira, com a necessidade de neles trabalhar, fazia difícil planejar outro festival para o dia seguinte. Sr. Hilbery tomara a ausência deles, até então, com paternal benevolência, mas não podiam abusar disso indefinidamente. Na verdade, embora não o soubessem, ele já se ressentia da ausência deles e desejava a sua volta.

Não que a solidão lhe desagradasse, e o domingo, em particular, era ideal para escrever cartas, fazer visitas ou ir ao clube. Preparava-se para deixar a casa, numa dessas apropriadas expedições, à hora do chá, quando se viu detido, na sua própria soleira, pela irmã, Sra. Milvain. Esta, ao saber que não havia ninguém em casa, deveria retirar-se submissa; ao invés disso, porém, aceitou seu tíbio convite para entrar, e ele se viu na melancólica posição de encomendar chá para ela no salão e esperar que o tomasse. Mas ela deixou logo claro que só estava sendo difícil por ter vindo tratar de um negócio. Ele não ficou de modo algum mais feliz com isso.

– Katharine está fora, esta tarde – disse. – Por que não voltar outra hora e discutir o que quer que seja com ela, com os dois juntos, hein?

– Meu caro Trevor, tenho razões particulares para querer falar com você a sós. Onde está Katharine?

– Saiu com o noivo, naturalmente. Cassandra nos é utilíssima no papel de *chaperone*. Uma menina encantadora, essa; uma das minhas favoritas.

Ficou a virar a sua pedra entre os dedos, e a imaginar meios de desviar Celia da sua obsessão que, supunha, devia ter algo a ver com a vida doméstica de Cyril, como de hábito.

– Com Cassandra – Sra. Milvain repetiu, significativamente.

– Com Cassandra.

– Sim, com Cassandra – concordou Sr. Hilbery, cortesmente, satisfeito com a digressão. – Penso ter ouvido que iam a Hampton Court, e acredito que iam levar um protegido meu, Ralph Denham, rapaz muito brilhante, aliás, para divertir Cassandra. Julguei esse arranjo bastante apropriado.

Estava disposto a tratar com alguma minúcia desse tópico livre de perigo, e confiava em que Katharine chegasse antes de terminar.

– Hampton Court sempre me pareceu lugar ideal para casais de noivos. Há o Labirinto, há um sítio agradável para tomar chá, esqueço que nome lhe dão, e também, se o rapaz entende do riscado, dá um jeito de levar a moça para o rio. Lugar cheio de possibilidades. Cheio. Bolo, Celia? – continuou Sr. Hilbery. – Respeito muito o meu jantar, mas isso não se aplicará absolutamente a você. Você nunca foi de se banquetear, se bem me lembro.

A afabilidade do irmão não enganou Sra. Milvain; entristeceu-a, levemente; conhecia bem a causa dela. Cego e obcecado, como sempre!

– Quem é esse Sr. Denham? – perguntou.

– Ralph Denham? – disse Sr. Hilbery, aliviado por ver que mente dela tomava essa direção. – Um rapaz dos mais interessantes. Tenho muita fé nele. É uma autoridade em nossas instituições medievais, e, se não fosse obrigado a ganhar a vida, escreveria um livro que precisa muito ser escrito.

– Ele não é rico, então? – interpôs Sra. Milvain.

– Não tem um níquel, receio, e tem uma família mais ou menos dependente dele.

– Mãe e irmãs? O pai é morto?

— Sim, o pai morreu há alguns anos — disse Sr. Hilbery, que estava preparado a sacar de sua imaginação, se necessário, a fim de manter Sra. Milvain suprida de fatos sobre a história de Ralph Denham, uma vez que, por motivos inescrutáveis, o tema parecia agradar-lhe. — Seu pai é morto há algum tempo, e esse jovem teve de tomar o lugar dele...

— Uma família de advogados? — inquiriu Sra. Milvain. — Acredito ter visto o nome em algum lugar.

Sr. Hilbery sacudiu a cabeça:

— Inclino-me a duvidar que estivessem de todo nessa classe — observou. — Tenho a impressão de que Denham me contou que seu pai vendia trigo. Talvez tivesse dito que era um corretor. Arruinou-se, de qualquer maneira, como costuma acontecer com corretores. Tenho grande respeito por Denham. — O reparo soou aos seus próprios ouvidos como infortunadamente conclusivo, e pareceu-lhe que não havia mais nada a dizer sobre Denham. Examinou as pontas dos dedos cuidadosamente. — Cassandra tornou-se uma rapariga muito encantadora — começou, outra vez. — Encantadora de ver, e de ouvir também, embora seus conhecimentos de história não sejam muito profundos. Outra xícara de chá?

Sra. Milvain dera à sua xícara um pequeno empurrão, que parecia indicar momentâneo enfado. Não queria mais chá.

— Foi por causa de Cassandra que vim — começou. — Lamento muito dizer que Cassandra não é, de nenhuma maneira, o que você pensa dela, Trevor. Abusou da sua bondade e da bondade de Maggie. Ela se portou de um modo que teria parecido incrível (nesta casa, em todas as casas!), se não fora por outras circunstâncias, que são ainda mais incríveis.

Sr. Hilbery pareceu surpreso, e permaneceu calado por um segundo.

— Parece tudo muito tenebroso — observou, polidamente, continuando o exame das próprias unhas. — E estou ainda completamente às escuras.

Sra. Milvain ficou rígida, e emitiu sua mensagem em sentenças curtas de extrema intensidade:

– Com quem saiu Cassandra? Com William Rodney. Com quem saiu Katharine? Com Ralph Denham. Por que estão sempre a encontrar-se em esquinas, a ir a teatros de variedades, a tomar táxis no meio da noite? Por que Katharine não me disse a verdade quando eu a interroguei? Entendo a razão agora. Katharine estava enredada com esse advogado desconhecido; julgou por isso adequado fechar os olhos à conduta de Cassandra.

Houve outra pequena pausa.

– Ah, bem, Katharine terá sem dúvida uma explicação – respondeu Sr. Hilbery, imperturbavelmente. – É um pouco complicado demais para que eu assimile tudo isso de uma vez, confesso. E se não me julgar incivil, Celia, acho que devo ir andando para Knightsbridge.

Sra. Milvain levantou-se imediatamente.

– Ela perdoou a conduta de Cassandra e enredou-se com Ralph Denham – repetiu. Estava ereta, com o ar intrépido de alguém que dá testemunho da verdade sem olhar as consequências. Sabia, de discussões passadas, que a única maneira de enfrentar a indolência e indiferença do irmão era atirar-lhe o que tinha a dizer de forma comprimida e como conclusão, ao deixar a sala. Tendo dito isso, refreou-se de pronunciar mais uma palavra, e deixou a casa com a dignidade de uma pessoa inspirada por um grande ideal.

Tinha, certamente, formulado as suas observações de tal maneira, que seu irmão se viu impossibilitado de fazer a visita que pretendia para os lados de Knightsbridge. Não temia por Katharine, mas admitia, no fundo da sua mente, que Cassandra pudesse ter sido levada, ingenuamente ou por ignorância, a alguma situação comprometedora, no curso de um desses divertimentos desacompanhados. Sua mulher era juiz errático em matéria de convenções; ele próprio era preguiçoso; e com Katharine absorta, muito naturalmente... Aqui ele procurava rememorar, tanto quanto podia, a exata natureza da acusação.

"Fechou os olhos à conduta de Cassandra e enredou-se com Ralph Denham." Donde se concluía que Katharine não estava absorta; ou qual das duas se "enredara" com Ralph Denham? Desse labirinto de absurdos, Sr. Hilbery não via saída até que Katharine em pessoa o ajudasse; assim, entregou-se filosoficamente a um livro.

Tão logo ouviu os moços chegarem, mandou que a empregada dissesse a Katharine que queria falar-lhe no escritório. Ela estava na sala, em frente à lareira, deixando cair no chão, descuidadamente, as peles que usara. Estavam todos em volta, e relutantes em se despedirem. O recado de seu pai surpreendeu Katharine, e os outros perceberam-lhe no olhar, quando se voltou para ir, um vago sinal de apreensão.

Sr. Hilbery tranquilizou-se à vista da filha. Congratulava-se, orgulhava-se mesmo, de possuir uma filha que tinha senso de responsabilidade e uma compreensão da vida profunda demais para sua idade. Ademais, parecia diferente hoje; habituara-se a tomar a beleza dela como coisa natural; agora notava essa beleza e se surpreendia. Pensou instintivamente que talvez tivesse interrompido algum momento de felicidade dela com Rodney, e desculpou-se.

– Lamento incomodar você, minha querida. Ouvi-a chegar, e pensei que faria melhor sendo desagradável logo. Parece, desgraçadamente, que cabe aos pais serem desagradáveis. Bem, sua tia Celia botou na cabeça, ao que parece, que Cassandra tem sido, digamos, um tanto tola. Essas saídas, essas pequenas reuniões agradáveis, haveria alguma espécie de mal-entendido. Eu disse a ela que não via mal nenhum nisso, mas que ouviria você. Cassandra tem estado exageradamente na companhia de Sr. Denham?

Katharine não respondeu logo, e Sr. Hilbery deu uma pancadinha nos carvões, encorajadoramente, com o atiçador. Então, disse sem embaraço ou desculpas:

– Não sei por que deva responder às perguntas de tia Celia. Já disse a ela que não respondo.

Sr. Hilbery ficou aliviado e secretamente divertido ao pensar na entrevista, embora não pudesse deixar passar uma irreverência dessas. Não abertamente.

– Muito bem. Então, você me autoriza a dizer à tia Celia que ela estava enganada, e que tudo não passou de uma brincadeira? Você está segura disso, no íntimo? Cassandra está sob nossa responsabilidade, e não desejo que falem mal dela. Sugiro que sejam mais cuidadosos na próxima excursão. Convidem-me para ir também.

Ao contrário do que esperava, Katharine não lhe deu uma resposta afetuosa ou brincalhona. Parecia pensar, pesando uma coisa e outra, e ele refletiu que até sua filha não diferia do resto das mulheres, quanto à capacidade de deixar as coisas ficarem como estavam. Ou teria alguma coisa a dizer?

– Está com a consciência pesada? – perguntou, levemente. – Conte-me, Katharine – disse, mais sério agora, movido por uma certa expressão no olhar dela.

– Tenho pretendido dizer-lhe isso há algum tempo. Não vou casar com William.

– Não vai casar! – exclamou ele, deixando cair o atiçador, tal a surpresa. – Por quê? Quando? Explique-se, Katharine.

– Oh, faz algum tempo, uma semana, talvez mais. – Katharine falou depressa e com indiferença, como se o assunto não pudesse mais importar.

– Mas posso perguntar, já que não fui avisado disso, o que você pretendia, agindo assim?

– Não queremos casar. É só.

– E esse é o desejo de William, tanto quanto o seu?

– Oh, sim. Concordamos inteiramente.

Sr. Hilbery raras vezes se sentira tão perdido. Pensou que Katharine tratava do assunto com curioso descaso; não parecia ter consciência da gravidade do que estava dizendo; não entendia a situação absolutamente. Mas seu desejo de serenar tudo confortavelmente veio em seu auxílio. Sem dúvida, teria havido alguma desavença, algum capricho por parte de William, o qual, embora boa pessoa, era um tanto cansativo às vezes – coisa que uma mulher poderia consertar. Embora inclinado a se desincumbir o mais levemente possível dos seus deveres, amava por demais a filha para deixar as coisas assim.

– Confesso que tenho a maior dificuldade de acompanhar seu raciocínio. Gostaria de ouvir o lado de William dessa história toda – disse, irritado. – Acho que ele devia ter falado comigo em primeiro lugar.

– Eu não o deixei fazer isso – disse Katharine. – Sei que pode parecer ao senhor muito estranho – acrescentou –, mas asseguro-lhe, se esperar um pouquinho, até que mamãe volte...

Esse apelo à protelação era muito do gosto de Sr. Hilbery. Mas sua consciência não o deixava concordar. As pessoas já faziam comentários. Não podia permitir que a conduta de sua filha fosse considerada irregular. Pensava se não seria melhor, em qualquer caso, telegrafar à sua mulher, mandar chamar uma de suas irmãs, proibir William de pisar na casa, mandar Cassandra de volta – porque estava vagamente cônscio de responsabilidades na direção da sobrinha também. Sua fronte ficava mais e mais enrugada, pela multiplicidade das suas aflições, e já se sentia extremamente tentado a pedir à própria Katharine que resolvesse tudo para ele, quando a porta se abriu e William Rodney apareceu. Isso exigia uma completa alteração, não só de maneira, mas de posição também.

– Aí está William – disse Katharine, com um tom de alívio. – Contei a papai que não estamos noivos – disse-lhe. – Expliquei que fui eu quem o impediu de falar com ele.

Os modos de William estamparam a maior formalidade. Curvou-se de leve na direção de Sr. Hilbery, e ficou direito, segurando uma lapela do seu paletó, a fitar o centro do fogo. Esperou que Sr. Hilbery falasse.

Sr. Hilbery também assumiu uma aparência de formidável dignidade. Também se levantara, e agora curvava ligeiramente para a frente a parte superior do corpo:

– Apreciaria uma explicação dessa história, Rodney, se Katharine já não o impede de falar.

William esperou dois segundos pelo menos.

– Nosso noivado está terminado – disse, com a mais absoluta rigidez.

– Isso ocorreu por desejo mútuo?

Depois de uma pausa perceptível, William baixou a cabeça e Katharine disse, como se só então pensasse nisso:

– Oh, sim.

Sr. Hilbery ficou a balançar-se para a frente e para trás, e mexeu os lábios para fazer uma observação que não chegou a ser pronunciada.

– Apenas gostaria de sugerir que adiassem qualquer decisão até que o efeito desse mal-entendido tenha tido tempo de passar. Vocês já se conhecem agora há... – começou.

– Não houve nenhum mal-entendido – interpôs Katharine. – Nada absolutamente.

Andou uns poucos passos pela sala, como se tivesse a intenção de deixá-los. Embora preocupada, sua naturalidade estava em estranho contraste com a pomposidade do pai e com a rigidez militar de William. Nem por uma vez levantara ele os olhos. O olhar de Katharine, por outro lado, passava além dos dois senhores, ao longo dos livros, por sobre a mesa, em direção à porta. Aparentemente prestava a menor atenção possível ao que se passava. Seu pai a contemplava com uma expressão que se fizera de súbito sombria e perturbada. De certo modo, sua fé na estabilidade e no bom senso dela estava curiosamente abalada. Já não sentia que podia entregar-lhe a conduta dos seus próprios negócios depois de uma demonstração perfunctória de estar a dirigi-los. Sentiu-se, pela primeira vez em muitos anos, responsável por ela.

– Escutem aqui, temos de chegar ao fundo disso – disse, abandonando sua maneira formal e dirigindo-se a Rodney como se Katharine não estivesse presente. – Vocês tiveram alguma discussão, foi isso? Acreditem, a maioria das pessoas passa por isso durante o noivado. Já tenho visto mais problemas com noivados longos do que com qualquer outra forma de tolice humana. Aceitem meu conselho e tirem a história toda da cabeça, ambos vocês. Prescrevo uma completa abstinência de emoção. Visite alguma praia alegre, Rodney.

Chocava-o o aspecto de Rodney, que parecia indicar ser ele presa de um sentimento profundo, resolutamente mantido sob controle. Sem dúvida, refletiu, Katharine fora muito difícil, involuntariamente difícil, e levara-o a tomar uma posição que não era de sua vontade. Sr. Hilbery certamente não exagerava os sofrimentos de William. Nenhum minuto de sua vida exigira-lhe uma tal intensidade de angústia. Enfrentava agora as consequências da própria insensatez. Tinha de mostrar que era fundamental e inteiramente diverso do que Sr. Hilbery o julgava. Tudo era contra ele. Mesmo a noite de domingo, o fogo e esse tranquilo cenário de biblioteca eram contra ele. O apelo de Sr. Hilbery como homem do mundo era terrivelmente contra ele. Já não pertencia a nenhum mundo que Sr. Hilbery se dignasse reconhecer. Mas algum poder o compeliu, como já o compelira antes a descer, a tomar uma posição ali, nessa hora, só e desajudado de qualquer pessoa, sem perspectivas de recompensa. Tartamudeou diversas frases indistintas e, por fim, disse:

– Amo Cassandra.

O rosto de Sr. Hilbery assumiu um curioso tom de púrpura.

Olhou para a filha. Fez-lhe um sinal de cabeça, como que a ordenar-lhe que deixasse o aposento; mas ou ela não percebeu ou preferiu ignorar.

– Você tem a impudência... – começou Sr. Hilbery, numa voz baixa e neutra, que ele próprio jamais ouvira antes. Mas houve então um tumulto no hall, uma exclamação, e Cassandra, que parecia lutar contra a tentativa de dissuasão por parte de alguém, irrompeu na sala:

– Tio Trevor – exclamou – insisto em contar-lhe a verdade!

Atirou-se entre Rodney e seu tio, como se quisesse impedir que trocassem murros. Como seu tio estava perfeitamente imóvel, parecendo avantajado e imponente, e como ninguém disse nada, ela recuou um pouco e olhou primeiro para Katharine, depois para Rodney.

– O senhor tem de saber a verdade – disse, um pouco insatisfatoriamente.

– Você tem a impudência de dizer-me isso na presença de Katharine? – continuou Sr. Hilbery, ignorando de todo a interrupção de Cassandra.

– Estou ciente, perfeitamente ciente. – As palavras de Rodney, que não faziam sentido, e que eram ditas depois de uma pausa, e com os olhos postos no chão, expressavam, não obstante, uma dose espantosa de decisão. – Estou ciente do que o senhor deve pensar de mim – conseguiu dizer, olhando Sr. Hilbery diretamente nos olhos pela primeira vez.

– Eu poderia expressar melhor minha opinião sobre isso se estivéssemos sós – respondeu Sr. Hilbery.

– Mas o senhor se esquece de mim – disse Katharine. Adiantou-se um pouco em direção a Rodney, e esse movimento pareceu testemunhar mudamente seu respeito por ele, sua aliança com ele. – Acho que William procedeu perfeitamente bem; e, afinal de contas, sou eu que estou em causa, eu e Cassandra.

Cassandra também fez um movimento indescritivelmente ligeiro, mas que pareceu alinhar os três numa aliança. O tom de Katharine e seu olhar fizeram Sr. Hilbery sentir-se de novo inteiramente perdido e, além disso, penosa e furiosamente obsoleto; mas, a despeito de um terrível vazio interior, continuou aparentemente composto.

– Cassandra e Rodney têm todo direito de resolver seus próprios assuntos, segundo seus próprios desejos; mas não vejo razão por que tenham de fazê-lo no meu escritório ou na minha casa... Quero deixar bem claro esse ponto, todavia; você não está mais noiva de Rodney.

Fez uma pausa, e essa pausa pareceu significar que se sentia extremamente gratificado com esse resgate da filha.

Cassandra voltou-se para Katharine, que tomou fôlego para falar, mas conteve-se; Rodney, também, parecia esperar por um movimento dela; o pai olhou-a como se antecipasse novas revelações. Ela permaneceu perfeitamente calada. No silêncio, ouviram passos que desciam a escada, e Katharine foi direta à porta.

– Espere – comandou Sr. Hilbery. – Quero falar com você, a sós. Ela parou, segurando a porta aberta.

– Eu volto – disse, e enquanto falava, abriu a porta e saiu. Puderam ouvir que falava a alguém do lado de fora, embora as palavras não fossem audíveis.

Sr. Hilbery tornou a confrontar o par culpado, que continuava ali, em pé, como se não aceitasse a expulsão, e como se o desaparecimento de Katharine tivesse alterado a situação. Também no seu coração Sr. Hilbery sentia que era de fato assim, pois não conseguia explicar de maneira satisfatória o comportamento da filha.

– Tio Trevor – exclamou Cassandra, impulsivamente –, não fique zangado. Não pude impedir isso. Peço-lhe que me perdoe.

Seu tio ainda se recusava a reconhecer a sua existência e falava por cima da cabeça dela como se não estivesse presente.

– Suponho que você tenha entrado em contato com os Otways – disse a Rodney, severamente.

Cassandra respondeu por ele:

– Tio Trevor, nós queríamos contar-lhe. Mas esperamos... – olhou, suplicante, para Rodney, que abanou a cabeça quase imperceptivelmente.

– Sim? Esperaram por quê? – o tio perguntou, olhando para ela afinal.

As palavras morreram nos lábios dela. Era visível que apurava os ouvidos para captar algum som de fora da sala que viesse em seu auxílio. Sr. Hilbery não teve resposta e pôs-se também a escutar.

– Essa é uma história desagradável para todas as partes – concluiu, sentando-se de novo em sua cadeira, curvando os ombros e olhando o fogo. Parecia falar consigo mesmo, e Rodney e Cassandra olharam-no em silêncio.

– Por que não se sentam? – disse ele, de súbito. Falou mal-humorado, mas era evidente que a força da sua raiva se dissipara, ou que alguma outra preocupação dirigira sua mente para regiões diversas. Cassandra aceitou o convite, mas Rodney permaneceu em pé.

– Penso que Cassandra poderá explicar melhor as coisas na minha ausência – disse, e deixou a sala, depois que Sr. Hilbery assentiu, de cabeça.

Enquanto isso, na sala de jantar, ao lado, Denham e Katharine estavam outra vez sentados à mesa de acaju. Pareciam retomar a conversação que ficara em meio, como se cada um deles lembrasse o ponto preciso em que haviam sido interrompidos e estivessem aflitos para continuar o mais depressa possível. E tendo Katharine interposto um curto relato da entrevista com o pai, Denham não fez qualquer comentário, mas disse:

– De qualquer maneira, não vejo razão para que deixemos de nos ver.

– Ou de estar juntos. É só o casamento que fica fora de cogitação – replicou Katharine.

– Mas e se me vir na situação de desejar você cada vez mais? E se nossas escorregadelas se tornarem cada vez mais frequentes?

Ele suspirou, impaciente, e por um momento não disse nada.

– Mas pelo menos – recomeçou – estabelecemos o fato de que os meus lapsos estão, de algum modo estranho, ligados a você; os seus nada têm a ver comigo. Katharine – acrescentou, com a pretensão de ser razoável, rompido pela agitação –, afirmo que você e eu nos amamos, que sentimos isso que as outras pessoas chamam de amor. Lembre-se daquela noite. Não tínhamos nenhuma dúvida sobre isso, então. Fomos absolutamente felizes por meia hora. Você não teve nenhum arrependimento até o dia seguinte; eu não tive nenhum até ontem pela manhã. Fomos felizes, intermitentemente, o dia inteiro até que eu, eu perdi a cabeça, e você, muito naturalmente, se aborreceu.

– Ah! – exclamou ela, como se o assunto a agastasse. – Não consigo fazer que entenda. Não foi aborrecimento. Eu nunca me aborreço. Realidade, re-a-li-da-de – escandiu, batendo o dedo na mesa, como que para dar ênfase ao que dizia e talvez explicar sua isolada escolha dessa palavra. – Cesso de ser real para você. É aquela história dos rostos na tempestade outra vez, a visão no furacão. Estamos reunidos por um momento e nos separamos. É minha culpa também. Sou tão *ruim* quanto você, talvez pior. Procuravam explicar, não pela primeira vez, tal como mostravam seus gestos fatigados e as frequentes interrupções, o que na linguagem deles haviam convencionado chamar seus "lapsos"; constante fonte de contrariedade para eles, nos últimos dias, e razão imediata pela qual Ralph estava a caminho de casa quando Katharine, que escutava ansiosamente, ouviu seus passos, e impediu a partida. Qual era a causa desses lapsos? Ou porque Katharine parecia mais bonita, mais estranha, ou dizia alguma coisa inesperada, o sentido de romance de Ralph surdia do fundo e dominava-o, levando-o ao silêncio ou a expressões inarticuladas, que Katharine, com perversidade involuntária, mas invariável, interrompia ou contrariava com alguma expressão mais severa ou com a asserção de algum fato mais prosaico. Então, a visão desaparecia, e Ralph, por sua vez, expressava com veemência a convicção de que apenas amava a sua sombra e não se importava com a realidade dela. Se o lapso ocorria por parte dela, tomava a forma de uma indiferença gradual, até que ficava completamente absorta em seus próprios pensamentos, que a carregavam para longe com tal intensidade que reagia com azedume se a chamavam de volta para junto de seu companheiro. Era inútil afirmar que esses transes eram originados sempre por Ralph, sobretudo porque, em seus últimos estádios, pouco tinham a ver com ele. O fato era que não sentia falta dele, então; e detestava que lhe lembrassem que existia. Como dizer, nessas circunstâncias, que se amavam? A natureza fragmentária da relação não podia ser disfarçada.

 Assim, estavam sentados, deprimidos, em silêncio, à mesa da sala de jantar, esquecidos de tudo, enquanto Rodney andava de um lado para o outro, no salão, acima das cabeças deles, numa agitação e exaltação como jamais imaginara possíveis, e Cassandra permanecia a sós com seu tio. Ralph, por fim, levantou-se e foi tristemente até a janela. Colou o rosto à vidraça. Lá fora estavam verdade, liberdade, imensidade, captáveis apenas pela mente solitária, e impossíveis de comunicar a outrem. Que sacrilégio poderia ser pior do que tentar violar o que percebia, tentando partilhá-la? Um movimento atrás dele fê-lo refletir que Katharine tinha o poder, se assim quisesse, de ser em pessoa aquilo tudo que sonhava do seu espírito. Voltou-se vivamente para implorar que o ajudasse, mas de novo foi gelado pelo seu olhar distante, pela sua expressão de concentração em algum objeto longínquo. Como que consciente do olhar dele, ela se levantou e caminhou para ele, ficou bem junto a seu lado e olhou com ele para a atmosfera baça de fora. A proximidade física em que estavam era para ele um amargo comentário à distância que separava suas mentes. E, todavia, distante como estava, a presença dela a seu lado transfigurava o mundo. Viu-a realizando feitos maravilhosos de coragem; salvando os afogados, recolhendo os perdidos. Impaciente com essa forma de egotismo, não podia livrar-se da convicção de que, de algum modo, a vida era bela, romântica, digna de ser servida enquanto ela estivesse ali. Não desejava que falasse; não a olhou nem tocou; quanto a ela, parecia mergulhada em seus próprios pensamentos e esquecida da presença dele.

 A porta se abriu sem que ouvissem qualquer som. Sr. Hilbery olhou em redor, e por um momento não percebeu as duas figuras à janela. Teve um sobressalto de desprazer ao descobri-los, e observou-os atentamente antes que se decidisse a dizer alguma coisa. Por fim, um movimento que fez alertou-os para sua presença; voltaram-se instantaneamente. Sem falar, fez um sinal a Katharine para que o seguisse, e mantendo os olhos distantes da região da sala em que Denham se achava, conduziu-a à frente dele de volta ao estúdio. Quando Katharine entrou, fechou a porta cuidadosamente às suas costas, como que para guardar-se de alguma coisa de que não gostasse.

– Agora, Katharine – disse, tomando posição diante da lareira –, você terá, talvez, a bondade de explicar... – Ela permaneceu calada. – Que espera que eu infira? – perguntou asperamente.

– Você me diz que não está noiva de Rodney; vejo-a em termos que me parecem de extrema intimidade com outro, com Ralph Denham. O que devo concluir? Você estará – continuou, uma vez que permanecia calada –, estará noiva de Ralph Denham?

– Não – respondeu ela.

Foi grande seu sentimento de alívio; estava certo de que a resposta dela confirmaria suas suspeitas; mas, com essa preocupação posta à margem, mais cônscio ficou da sua contrariedade com o comportamento dela.

– Então, tudo que posso dizer é que você tem ideias muito estranhas da maneira correta de portar-se... As pessoas têm tirado certas conclusões, o que não me surpreende... Quanto mais penso na história, mais inexplicável se me afigura – continuou, e sua irritação cresceu à medida que falava. – Por que sou deixado na ignorância do que se passa em minha própria casa? Por que sou obrigado a saber desses acontecimentos por minha irmã? Coisa desagradável, desconcertante. Como poderei explicar a seu tio Francis... Mas lavo as mãos disso. Cassandra vai embora amanhã. Rodney fica proibido de frequentar nossa casa. Quanto ao outro rapaz, quanto mais depressa se puser ao largo, melhor. Depois de ter a mais implícita confiança em você, Katharine... – Interrompeu-se, assustado pelo silêncio de mau agouro com que suas palavras eram recebidas, e olhou para a filha com a mesma dúvida que já sentira essa noite, pela primeira vez na vida, quanto a seu estado mental. Percebeu, de novo, que ela não lhe dava atenção, mas que escutava, e por um momento ele também se pôs a escutar, os sons fora da sala. Sua convicção de que havia um entendimento entre Denham e Katharine voltou-lhe, mas acompanhada dessa vez da desagradável suspeita de que havia nisso tudo algo de ilícito, assim como toda a situação dos jovens lhe parecia gravemente ilícita. – Falarei com Denham – disse, no impulso dessa suspeita, e fez menção de sair.

– Irei com o senhor – disse Katharine instantaneamente, adiantando-se.

– Você ficará aqui.

– O que vai dizer-lhe? – perguntou ela.

– Suponho que tenho o direito de dizer o que quiser, em minha própria casa? – respondeu.

– Então eu vou também – replicou ela.

A essas palavras, que implicavam uma determinação de ir-se embora, de ir-se para sempre, Sr. Hilbery voltou à sua posição em frente ao fogo, e começou a balançar o corpo de um lado para outro, sem fazer, de momento, mais qualquer observação.

– Tinha entendido que você não estava comprometida com ele – disse, por fim, fixando os olhos na filha.

– Não estamos noivos – disse ela.

– Deveria ser indiferente para você, então, que ele venha de novo à nossa casa ou não. Não vou admitir que você fique a escutar outras coisas enquanto lhe falo! – disse, furioso, ao perceber um leve movimento dela para o lado. – Responda-me francamente, qual é a sua relação com esse rapaz?

– Nada que possa explicar a uma terceira pessoa – disse, obstinadamente.

– Não admito mais sofismas desse tipo – replicou.

– Recuso-me a explicar – disse ela. E, nesse momento, a porta bateu. – Pronto! Ele se foi! – gritou e lançou um olhar de tamanha indignação ao pai, que por um momento ele quase perdeu o autodomínio.

– Pelo amor de Deus, Katharine, controle-se! – bradou. Ela pareceu por um momento um animal selvagem que alguém tivesse enjaulado numa morada civilizada. Correu os olhos pelas paredes forradas de livros, como se tivesse esquecido, por um momento, a posição da porta. Depois, fez menção de sair, mas seu pai pôs-lhe a mão no ombro. Forçou-a a sentar-se. – Todas essas emoções foram muito perturbadoras, naturalmente – disse. Recobrara toda a sua suavidade de maneiras, e falou com uma tranquilizadora presunção de autoridade paterna. – Você se viu colocada numa posição muito difícil, como entendi do que Cassandra me disse. Agora vamos chegar a bons termos. Deixaremos descansar essas questões no momento. Enquanto isso, vamos tentar um comportamento de gente bem-educada. Vamos ler Sir Walter Scott. O que me diz de *O Antiquário*? Hein? Ou *A Noiva de Lammermoor*?

Fez sua própria escolha e, antes que a filha pudesse protestar ou fugir, viu-se transformada por artes de Sir Walter Scott num ser humano bem-educado.

E, todavia, Sr. Hilbery tinha sérias dúvidas enquanto lia. Talvez o processo fosse apenas superficial. A urbanidade fora profunda e desagradavelmente transtornada essa noite; a extensão dos prejuízos era ainda indeterminada; perdera a cabeça, desastre físico sem precedente nos últimos dez anos mais ou menos; e sua própria condição requeria urgentemente renovação e apaziguamento nas mãos dos clássicos. Sua casa achava-se em estado de revolução; teve uma visão de encontros desagradáveis na escada; suas refeições seriam envenenadas dias a fio; mas seria a literatura em si mesma um específico contra tais moléstias? Havia uma nota falhada na sua voz, enquanto lia.

33

Considerando que Sr. Hilbery vivia numa casa numerada na devida ordem, como as casas vizinhas; que preenchia formulários, pagava aluguel e tinha ainda sete anos de contrato por vencer, há que desculpá-lo por deitar regras de conduta para os moradores da dita casa, e essa desculpa, embora profundamente inadequada, pareceu-lhe útil durante o interregno de civilização com que se via, agora, confrontado. Em obediência a essas leis, Rodney desapareceu de circulação; Cassandra foi despachada para pegar o trem de sete e trinta, na manhã de segunda-feira; Denham não foi mais visto; de modo que só restou Katharine, habitante legítima das esferas superiores, e Sr. Hilbery julgou-se competente para cuidar que ela não fizesse mais nada que a comprometesse.

Ao dar-lhe bom dia na manhã seguinte, estava ciente de não saber nada do que ela pensava; mas, como refletiu com alguma amargura, mesmo isso era um progresso sobre a total ignorância das manhãs precedentes. Foi para o escritório, escreveu, rasgou, e reescreveu uma carta para sua mulher, pedindo-lhe que voltasse em vista de dificuldades domésticas que especificou, de começo, mas que, numa segunda versão, deixou discretamente vagas.

Mesmo que partisse imediatamente depois de recebê-la – refletiu –, não poderia estar em casa antes de terça-feira à noite; assim, contou lugubremente o número de horas que ainda tinha de passar numa posição de detestável autoridade, sozinho com a filha. O que estaria fazendo? – pensou, enquanto endereçava o envelope à mulher. Não podia controlar o telefone. Não podia bancar o espião. Ela estava livre de fazer os arranjos que bem entendesse. Mas esse pensamento não o perturbava tanto quanto a atmosfera estranha, antipática, ilícita, da cena toda com os quatro jovens na noite anterior. Seu sentimento de desconforto era quase físico.

Mal sabia que Katharine estava de todo retirada, física e espiritualmente, do telefone. Estava sentada em seu quarto, com os dicionários, abrindo as largas páginas na mesa à sua frente, e todas as páginas que eles tinham escondido por tantos anos arranjadas em pilha. Trabalhava com a firme concentração produzida pelo esforço bem-sucedido de afastar um pensamento inoportuno por meio de outro pensamento. Tendo absorvido o pensamento inoportuno, sua mente foi adiante, e com novo vigor, derivado da vitória; numa página, linhas de algarismos e símbolos frequente e firmemente escritos marcavam os diversos estádios do seu progresso. E, todavia, já era dia claro; havia batidas e sons de varreduras, prova de que havia gente viva em atividade do outro lado da porta; e que a porta, que podia ser escancarada a qualquer momento, era sua única proteção contra o mundo. Mas alçara-se, de algum modo, à posição de senhora do seu próprio reino; assumindo sua soberania inconscientemente.

Passos se aproximaram sem que os ouvisse. É verdade que eram passos hesitantes, que divagavam, que subiam com a deliberação natural de uma pessoa de mais de sessenta anos, cujos braços, além disso, estão cheios de folhas e de botões de flores; mas avançavam sem interrupção, e logo o choque de ramos de louro contra a porta fez parar o lápis de Katharine quando tocava uma página. Ela não se moveu, no entanto, e ficou sentada e sem expressão, a esperar que a interrupção cessasse. Ao invés disso, a porta se escancarou. De começo, não deu atenção à massa movente de verde que parecia entrar no quarto independentemente de qualquer interferência humana. Depois, reconheceu partes do rosto e da pessoa de sua mãe, atrás das flores amarelas e do veludo macio dos brotos de palma.

– Do túmulo de Shakespeare! – exclamou Sra. Hilbery, deixando cair a massa toda no chão, com um gesto que era como um ato de consagração. Então abriu os braços largamente e estreitou a filha.

– Graças a Deus, Katharine! – exclamou. – Graças a Deus! – repetiu.

– A senhora voltou! – disse Katharine, um tanto vagamente, levantando-se para receber o abraço.

Embora tomasse conhecimento da presença de sua mãe, estava longe de participar da cena; e, todavia, sentia o quão extraordinariamente apropriado era que ela estivesse lá, rendendo graças a Deus por desconhecidos favores, e juncando o chão de flores e folhas do túmulo de Shakespeare.

– Nada mais importa no mundo! – continuou Sra. Hilbery. – Nomes não são tudo; o que a gente sente é que é tudo. Não precisei de cartas tolas, bem-intencionadas, metediças. Não precisei de seu pai para contar-me. Sabia de tudo, desde o princípio. E rezei para que fosse assim.

– A senhora sabia? – Katharine repetiu as palavras de sua mãe num tom macio e incerto, olhando como que através de Sra. Hilbery. – Como sabia? – começou, como uma criança, a palpar com o dedo uma borla que pendia da capa que ela usava.

– Na primeira noite, você me contou, Katharine. Oh, e milhares de vezes: jantares, conversa sobre livros, a maneira como ele entrava na sala, sua voz quando falava nele.

Katharine pareceu considerar cada uma dessas provas separadamente. Depois disse, gravemente:

– Eu não vou casar com William. E, depois, há Cassandra...

– Sim, há Cassandra – disse Sra. Hilbery. – Concedo que fui um pouco relutante a princípio; mas, afinal de contas, ela toca piano tão maravilhosamente. Diga-me, Katharine – perguntou impulsivamente –, aonde você foi naquela noite em que ela tocou Mozart para nós e você pensou que eu dormia?

Katharine lembrou-se com dificuldade.

– À casa de Mary Datchet – disse.

– Ah! – disse Sra. Hilbery, com uma pequena nota de desapontamento na voz. – Eu teci o meu romance, minha pequena especulação.

Olhou a filha. Katharine vacilou sob esse olhar inocente e penetrante; corou, virou-se, depois levantou os olhos, que estavam muito brilhantes.

– Eu não amo Ralph Denham – disse.

– Pois não case a não ser que esteja amando! – disse Sra. Hilbery vivamente. – Mas – acrescentou, lançando um rápido olhar de soslaio à filha –, não há diferentes maneiras, Katharine? Diferentes?

– Eu e ele nos encontraremos tão frequentemente quanto quisermos, mas pretendemos ser livres – respondeu Katharine.

– Encontrar-se-ão aqui, encontrar-se-ão nesta casa, encontrar-se-ão na rua. – Sra. Hilbery repassou essas frases, como se estivesse experimentando cordas que não satisfizessem de todo os seus ouvidos. Era claro que tinha suas fontes de informação; na verdade, sua bolsa estava recheada com o que chamava "gentis cartas" da pena de sua cunhada.

– Sim. Ou ficar fora da cidade.

Sra. Hilbery fez uma pausa, pareceu infeliz, e foi procurar inspiração na janela.

– Quão confortador ele foi, naquela loja, quando me encontrou e descobriu as ruínas imediatamente, como me senti segura com ele...

– Segura? Oh, não, ele é terrivelmente precipitado, está sempre a correr riscos! Quer abandonar a profissão e viver num pequeno *cottage*, e escrever livros, embora não tenha um níquel a que possa chamar seu, e um sem-número de irmãos e irmãs que dependem dele.

– Ah, ele tem mãe? – perguntou Sra. Hilbery.

– Sim. Uma senhora bem parecida, de cabelos brancos. – Katharine pôs-se a descrever a sua visita, e logo Sra. Hilbery extraiu da narrativa os fatos de que não só a casa era de revoltante feiura, a que Ralph suportava sem queixar-se, mas que era evidente que todos dependiam dele, e que tinha um quarto no alto com uma bela vista de Londres e uma gralha. – Uma pobre ave num canto, já meio depenada – disse, com uma ternura na voz que parecia comiserar os sofrimentos da humanidade ao mesmo tempo que conservava a fé na capacidade de Ralph Denham para aliviá-los. Sra. Hilbery não pôde deixar de exclamar:

– Mas, Katharine, você *está* apaixonada! – E a isso Katharine ruborizou-se, pareceu espantada, como se tivesse dito alguma coisa que não deveria dizer, e sacudiu a cabeça.

Sra. Hilbery deu-se pressa em pedir mais detalhes dessa casa extraordinária, e interpôs umas poucas especulações sobre o encontro entre Keats e Coleridge numa alameda, o que aliviou o desconforto do momento, e conduziu Katharine a maiores descrições e indiscrições. Na verdade, sentia um esquisito prazer em falar, assim, livremente, com alguém que era ao mesmo tempo sábia e benévola, a mãe da sua primeira infância, cujo silêncio parecia responder a perguntas que não eram formuladas nunca. Sra. Hilbery ouviu sem fazer qualquer reparo por um longo tempo. Parecia tirar suas conclusões mais por olhar a filha do que por ouvi-la; se a interrogassem a respeito, daria uma versão altamente inacurada da vida de Ralph Denham, exceto pelos fatos de ser pobre, órfão de pai e morador de Highgate – coisas todas muito a seu favor. Mas por meio de olhares furtivos assegurara-se de que Katharine se encontrava num estado que lhe dava, alternadamente, o mais refinado prazer e o mais profundo alarme.

Não pôde furtar-se a dizer, ao fim:

– Tudo se faz hoje em cinco minutos num cartório, se é que você acha o serviço religioso florido demais, e é mesmo, embora haja coisas muito nobres nele.

— Mas não queremos casar — replicou Katharine, enfaticamente; e acrescentou: — Afinal de contas, não é perfeitamente possível viver juntos sem sermos casados?

De novo Sra. Hilbery pareceu perturbada e, na sua aflição, tomou as folhas de papel espalhadas na mesa e ficou a revirá-las para um lado e para outro, dizendo entredentes à medida que lia de relance:

— A mais B menos C igual a x y z. É tudo tão horrorosamente feio, Katharine. É a impressão que me dá: horrorosamente feio.

Katharine tomou os papéis das mãos de sua mãe e começou a botá-los em ordem, distraidamente, pois seu olhar fixo mostrava que tinha o pensamento em outra coisa qualquer.

— Bem, não vejo feiura nenhuma — disse, finalmente.

— Mas ele não lhe pede que case? — exclamou Sra. Hilbery. — Esse rapaz que eu conheço, de calmos olhos castanhos?

— Ele não pede nada. Nenhum de nós pede nada.

— Se eu pudesse ajudá-la, Katharine, com a memória do que eu mesma sentia...

— Sim. Diga-me o que sentia.

Sra. Hilbery, com os olhos de súbito velados, espiou o corredor enormemente longo ao fundo do qual as figurinhas dela própria e do seu marido apareciam fantasticamente vestidas, de mãos dadas, num banco banhado em luar, com rosas a balouçar na sombra.

— Uma noite — começou — estávamos num pequeno bote a caminho do navio. O sol se tinha posto e a lua já se levantava sobre nossas cabeças. Havia adoráveis reflexos de prata nas ondas, e três luzes verdes, no vapor, em meio da baía. A cabeça de seu pai parecia tão bela contra o mastro! Era a vida, era a morte. O mar imenso em redor de nós. Era a viagem para todo o sempre.

O antigo conto de fadas foi música para os ouvidos de Katharine. Sim, lá estava o enorme espaço do mar; lá estavam as três luzes verdes do vapor; as figuras embuçadas subiram ao deque. E, assim, vogando sobre as águas verdes e púrpura, deixando para trás penhascos e lagoas encravadas na areia, através de águas paradas juncadas de mastros de navios e de flechas de campanários – lá estavam eles. Parecia que o rio os trouxera e os depositara naquele ponto exato. Olhou admirativamente para sua mãe, a antiga viajante.

– Quem sabe – exclamou Sra. Hilbery, prosseguindo nos seus devaneios –, quem sabe para onde vamos, ou por que, ou quem nos enviou, ou o que encontraremos? Quem sabe alguma coisa, exceto que o amor é a nossa fé? Amor – cantarolou; e o som, macio, repercutindo através das palavras em surdina, foi ouvido pela sua filha como o quebrar solene e ordeiro das vagas na desmesurada praia que ela contemplava. Teria desejado que sua mãe ficasse a repetir essa palavra quase indefinidamente, uma palavra tranquilizadora quando pronunciada por outrem, que recompunha os fragmentos do mundo estilhaçado. Mas Sra. Hilbery, em vez de repetir a palavra amor, disse, aliciante: – E você não vai mais pensar esses pensamentos feios, Katharine? – Ao que o navio que Katharine estivera a observar pareceu acostar e encerrar sua viagem marítima. No entanto, ela precisava terrivelmente, se não de simpatia, pelo menos de alguma forma de conselho, ou de uma oportunidade de expor seus problemas perante uma terceira pessoa, de modo a renová-los a seus próprios olhos.

– Então – disse, ignorando o difícil problema da feiura dos pensamentos –, a senhora sabia que nos amávamos; mas somos diferentes. Parece – continuou, franzindo um pouco a testa, como se tentasse fixar um pensamento difícil –, parece – repetiu – que alguma coisa chegou ao fim, de súbito, soltou-se, perdeu a cor, uma ilusão, assim como as que a gente inventa quando crê que ama; a gente imagina, então, o que de fato não existe. É por isso que é impossível que casemos um dia! Sempre a achar o outro uma ilusão, e indo embora, e esquecendo-o, nunca estando seguros de jamais ter gostado mesmo, ou de não ter ele gostado todo o tempo de outra pessoa que não era a gente, o horror de mudar de um estado para outro, de ser feliz num momento e miserável no seguinte, essas as razões pelas quais não podemos casar nunca.

Ao mesmo tempo – continuou –, não podemos viver um sem o outro porque – Sra. Hilbery esperou pacientemente que a frase fosse completada, mas Katharine calou-se e ficou a tocar com os dedos a sua folha de números.

– Há que ter fé nas próprias visões – continuou Sra. Hilbery, olhando de relance os números, que a afligiam vagamente, e que tinham na sua mente alguma conexão com a contabilidade doméstica –, do contrário, como você diz... – e lançou um olhar de relâmpago nas profundezas de desilusão que talvez não fossem de todo desconhecidas para ela.

– Creia-me, Katharine, é a mesma coisa para cada um de nós, para mim também, para seu pai – disse, veemente, e suspirou. Olharam ambas para o fundo do abismo e, como a mais velha das duas, ela se recuperou primeiro e perguntou: – Mas onde está Ralph? Por que não está aqui para ver-me?

A expressão de Katharine mudou instantaneamente:

– Porque não lhe é permitido vir aqui – respondeu, amargamente.

Sra. Hilbery pôs isso de lado:

– Haverá tempo de mandar chamá-lo para o almoço? – perguntou. Katharine olhou para a mãe como se ela fosse, na verdade, uma feiticeira. Uma vez mais sentiu que, em vez de uma mulher adulta, acostumada a dar conselhos e a comandar, estava apenas um pé ou dois acima da erva alta e das florezinhas, e inteiramente dependente dessa figura de tamanho indefinido, cuja cabeça chegava até o céu e cuja mão estava na sua, para guiá-la.

– Não sou feliz sem ele – disse simplesmente.

Sra. Hilbery assentiu de cabeça, de uma maneira que indicava total compreensão, e a imediata concepção de certos planos para o futuro. Reuniu as suas flores, respirou na doçura delas, e trauteando uma pequena canção sobre a filha de um moleiro, deixou a sala.

※ ※ ※

O caso que ocupava Ralph Denham nessa tarde não recebia, aparentemente, sua inteira atenção; e, todavia, os negócios do falecido John Leake, de Dublin, eram suficientemente confusos para exigirem todo o cuidado que um advogado lhes pudesse dar; só assim a viúva Leake e os cinco filhos Leakes, todos de tenra idade, poderiam receber pelo menos uma ninharia qualquer. Mas o apelo à humanidade de Ralph tinha poucas probabilidades de ser ouvido nesse dia; já não era um modelo de concentração. A divisão, tão cuidadosamente erigida, entre as diferentes seções da sua vida tinha vindo abaixo, com o resultado de que, embora seus olhos estivessem fixos no testamento, via através da página um certo salão em Cheyne Walk.

Experimentou todos os recursos que lhe tinham servido no passado para manter eretas as divisórias da sua mente, até a hora em que pudesse ir decentemente para casa; mas, um pouco para seu alarme, viu-se assaltado tão persistentemente por Katharine, que era como se o ataque viesse de fora; e lançou-se desesperadamente numa entrevista imaginária com ela. Katharine obliterava toda uma estante carregada de relatórios, e os cantos e linhas da sala sofreram um curioso adoçamento de contornos, como o que faz parecer estranho àquele que acorda o seu próprio quarto de dormir. Pouco a pouco, um pulsar de tensão começou a bater-lhe a intervalos regulares na cabeça, levantando os seus pensamentos em vagas às quais as palavras em seguida se ajustavam; e sem muita consciência do que fazia, pôs-se a escrever numa folha de papel de rascunho o que tinha a aparência de um poema a que faltassem várias palavras em cada linha. Nem muitas linhas foram lançadas no papel antes que atirasse para longe a pena, e rasgasse a folha em mil pedaços. Isso era sinal de que Katharine fizera valer seus direitos e apresentara uma asserção impossível de contestar poeticamente. O que ela dissera era inteiramente destrutivo de toda poesia, pois pretendia que a poesia nada tinha a ver com ela; todos os seus amigos passavam a vida a fazer frases, disse; todos os sentimentos dele eram uma ilusão; e, no momento seguinte, como que a zombar da sua impotência, mergulhara num daqueles seus estados sonhadores em que não fazia caso da existência dele. Os seus próprios apaixonados esforços para atrair a atenção de Katharine despertaram-no para o fato de estar em meio ao seu minúsculo escritório de Lincoln's Inn Fields, a uma distância considerável de Chelsea. E essa distância física aumentava o desespero. Começou a andar em círculos até que isso o deixou desgostoso; tomou então uma nova folha de papel para compor uma carta que, jurou antes de começá-la, seria enviada nessa mesma noite.

Era assunto difícil para botar em palavras; versos talvez lhe fizessem justiça, mas cumpria abster-se de poesia. Num número infinito de rabiscos meio apagados, tentou transmitir a ela a possibilidade de que, embora seres humanos sejam desgraçadamente mal adaptados à comunicação, tal comunhão é ainda, apesar de tudo, o melhor que conhecemos; ademais, faculta a cada um o acesso a outro mundo independente de assuntos pessoais, um mundo de lei, de filosofia, ou, mais estranhamente ainda, um mundo tal como esse de que ele tivera um vislumbre na outra noite, quando, juntos, pareceram partilhar alguma coisa, criar alguma coisa, um ideal, uma visão projetada à frente das atuais circunstâncias. Se essa orla de ouro for eliminada, se a vida não tiver mais um debrum de ilusão (mas seria ilusão, afinal de contas?), então seria um negócio melancólico demais para ser levado ao fim; assim escreveu ele, com um súbito ímpeto de convicção, que iluminou o caminho pelo espaço de um minuto e deixou pelo menos uma sentença intacta e completa. Tomando em consideração todos os outros desejos, essa conclusão pareceu-lhe, em conjunto, justificar a relação que tinham. Mas a conclusão era mística; mergulhou-o em pensamento. A dificuldade com que mesmo esse pouco fora escrito, a insuficiência intrínseca das palavras, a necessidade de escrever por baixo delas e por cima delas outras palavras que, afinal, não serviam melhor que as primitivas, fizeram-no abandonar a empresa, antes que se pudesse dar por satisfeito com a sua produção e se sentisse incapaz de resistir à convicção de que divagação tão incoerente não serviria nunca para os olhos de Katharine. Percebeu-se mais separado dela do que nunca. Inativo, e porque nada mais podia fazer com palavras, pôs-se a desenhar figurinhas nos espaços em branco, cabeças que tentavam parecer-se à cabeça dela, borrões franjados de chamas, destinados a representar... talvez o universo inteiro. Dessa ocupação tirou-o a mensagem de que uma senhora desejava falar-lhe. Teve apenas tempo de passar as mãos pelo cabelo, a fim de parecer um advogado tanto quanto possível, e enfiar os seus papéis no bolso, já coberto de vergonha de que algum olho estranho os pudesse ver, quando descobriu que os preparativos eram inúteis. A senhora era Sra. Hilbery.

– Espero que não esteja a dispor da sorte de alguém apressadamente – observou ela, olhando os documentos espalhados em cima da mesa –, ou cortando algum vínculo sucessório de um golpe, porque desejo pedir-lhe que me faça um favor. E Anderson não vai deixar que seu cavalo espere (Anderson é um perfeito tirano, mas foi quem conduziu meu querido pai à Abadia, no dia em que o enterraram). Aventurei-me a procurá-lo, Sr. Denham, não exatamente em busca de assistência legal (embora não saiba a quem procuraria, se estivesse numa dificuldade dessas), mas a fim de pedir seu auxílio para resolver alguns pequenos problemas domésticos que surgiram na minha ausência. Estive em Stratford-upon-Avon (preciso contar-lhe tudo a respeito, um dia desses), e lá recebi uma carta de minha cunhada, uma pobre pateta que gosta de se meter com a vida dos filhos dos outros por não ter os seus (tivemos grande medo de que ela fosse perder a vista de um dos olhos, e sempre achei que as nossas desordens físicas tendem a transformar-se em desordens mentais. Penso que Matthew Arnold diz alguma coisa desse tipo sobre Lorde Byron). Mas isso já foge ao assunto.

O efeito desses parênteses, quer fossem introduzidos para esse fim, quer representassem um instinto natural de parte de Sra. Hilbery para embelezar a aridez do discurso, deram a Ralph tempo de perceber que ela estava senhora de todos os fatos da situação deles e tinha vindo, de algum modo, no papel de embaixadora.

– Não vim cá para falar de Lorde Byron – continuou Sra. Hilbery, com um risinho –, embora saiba que você e Katharine, ao contrário de outros jovens da sua geração, ainda o julgam digno de ser lido – fez uma pausa. – Fico tão contente, Sr. Denham, que tenha feito Katharine ler poesia! – exclamou. – E sentir poeticamente, e ficar com um ar poético! Ela ainda não é capaz de botar isso em palavras, mas vai ser! Ah, sim, vai ser!

Ralph, cuja mão estava cerrada e cuja língua se recusava quase a articular, conseguiu, de algum modo, dizer que, em certos momentos, sentia-se incapaz, absolutamente incapaz, embora não desse razões para uma tal declaração de sua parte.

– Mas você gosta dela? – perguntou Sra. Hilbery.

– Deus meu! – exclamou ele, com uma veemência que não admitia dúvida.

– Então vocês objetam é ao serviço da Igreja da Inglaterra? – perguntou Sra. Hilbery, inocentemente.

– Eu não me importo uma figa que espécie de serviço seja – Ralph replicou.

– Você seria capaz de casar-se com ela em Westminster Abbey, na pior das hipóteses?

– Eu casaria com ela na St. Paul's Cathedral! – respondeu Ralph. Suas dúvidas sobre esse ponto, que eram sempre levantadas pela presença de Katharine, desapareceram completamente, e seu mais forte desejo no mundo era estar com ela imediatamente, desde que, a cada segundo que ficava longe dela, imaginava-a afastando-se mais e mais dele, para um daqueles estados da mente em que ele não tinha participação. Queria dominá-la, possuí-la.

– Graças a Deus! – exclamou Sra. Hilbery. Agradecia-lhe por uma variedade de dons: pela convicção com que esse rapaz falava; e, não em último lugar, pela perspectiva de que, no dia do casamento de sua filha, as nobres cadências, os majestosos períodos ressoariam por cima das cabeças de uma ilustre congregação reunida no próprio local em que seu pai jazia imóvel, com os outros poetas da Inglaterra. As lágrimas encheram-lhe os olhos; mas lembrou-se simultaneamente de que sua carruagem esperava, e com olhos ainda cegos caminhou até a porta. Denham desceu com ela.

Foi uma viagem estranha. Para Denham, sem dúvida nenhuma, a mais desagradável que jamais fizera. Seu único desejo era chegar o mais depressa possível a Cheyne Walk; mas logo ficou evidente que Sra. Hilbery ou ignorava esse desejo ou decidira frustrá-lo, pois intercalou várias andanças diversionistas pelo caminho. Fez a carruagem parar em correios, confeitarias, e lojas de inescrutável dignidade, em que decrépitos caixeiros tinham de ser saudados como velhos amigos; e, percebendo o domo de St. Paul acima das agulhas irregulares de Ludgate Hill, puxou a corda impulsivamente, e deu instruções a Anderson para que os levasse até lá. Mas Anderson tinha suas próprias razões para desencorajar devoções na hora do almoço, e manteve o nariz do cavalo obstinadamente na direção oeste. Depois de alguns minutos, Sra. Hilbery percebeu a situação e aceitou-a de bom humor, pedindo desculpas a Ralph pela decepção.

– Não faz mal – disse –, iremos a St. Paul outro dia, e pode ser, embora eu não o prometa, pode ser que ele passe conosco por Westminster Abbey, o que seria melhor ainda.

Ralph mal percebia o que ela dizia. Sua mente e seu corpo pareciam, ambos, flutuar numa região de nuvens muito rápidas, que passavam umas pelas outras e envolviam tudo na mesma vaporosa indeterminação. Entrementes, mantinha-se cônscio do seu próprio concentrado desejo, da sua impotência para levar a cabo o que quer que desejasse, e da crescente angústia da própria impaciência.

De súbito, Sra. Hilbery puxou a corda com tal determinação que mesmo Anderson teve de atender à ordem que, debruçada na janela, ela lhe deu. A carruagem estacou em pleno Whitehall, diante de um grande edifício dedicado a uma das repartições do governo. Num segundo, Sra. Hilbery subia as escadarias, e Ralph foi deixado num estado de tão aguda irritação por essa última demora, que desistiu até de especular sobre a razão que poderia levá-la agora ao Conselho de Educação. Estava disposto a saltar da carruagem, quando Sra. Hilbery reapareceu, falando animadamente com uma figura que permanecia escondida atrás dela.

– Há lugar suficiente para todos nós – dizia. – Muito lugar. Poderíamos arranjar espaço para *quatro* Williams – acrescentou, abrindo a porta; e Ralph viu que Rodney se juntava à companhia. Os dois homens se fitaram de relance. Se aflição, vergonha e desalento em sua mais aguda forma foram jamais visíveis num rosto humano, Ralph podia vê-los todos estampados no rosto do seu companheiro, e para além do que a eloquência das palavras é capaz de comunicar. Mas ou Sra. Hilbery estava completamente cega, ou decidira portar-se como tal. Falava e falava; parecia aos dois rapazes que falava com um interlocutor externo, com alguém do ar. Falava sobre Shakespeare, apostrofava a raça humana, proclamava as virtudes da divina poesia, começava a recitar versos que ficavam partidos ao meio. A grande vantagem de seu discurso era a autossuficiência, alimentando-se a si mesma até que Cheyne Walk foi alcançada, depois de meia dúzia de grunhidos e murmúrios.

Havia algo de leve e irônico na sua voz e expressão quando se voltou na soleira e olhou para os dois; isso encheu tanto Rodney quanto Denham com a mesma preocupação de terem confiado suas fortunas a tal embaixadora; e Rodney chegou a hesitar no umbral, sussurrando a Denham:

– Você entra, Denham. Eu...

Ia escapar, mas a abertura da porta e seu ar familiar fizeram valer seus encantos, e ele entrou de um salto atrás dos outros, e a porta se fechou sobre qualquer veleidade de fuga. Sra. Hilbery mostrou o caminho, escada acima. Conduziu-os ao salão. O fogo ardia, como de hábito, e pequenas mesas tinham sido dispostas com porcelana e prata. Não havia ninguém.

– Ah – disse –, Katharine não está aqui. Deve estar lá em cima, em seu quarto. O senhor tem algo a dizer-lhe, eu sei, Sr.

Denham. Poderá encontrar o caminho? – E indicou vagamente o teto, com um gesto da mão. Ficara, de repente, séria e composta, senhora em sua própria casa. O gesto com que o despediu tinha uma dignidade que Ralph jamais esqueceu. Parecia dar-lhe, com um meneio de mão, liberdade sobre tudo o que possuía. Ele deixou a sala.

A residência dos Hilbery era alta, tinha muitos andares e passagens com portas fechadas, todas, uma vez passado o andar do salão, desconhecidas de Ralph. Subiu tanto quanto pôde e bateu na primeira porta que se lhe deparou.

– Posso entrar?

Uma voz respondeu de dentro:

– Sim.

Viu uma grande janela, inundada de luz, uma vasta mesa, e um espelho alto. Katharine se levantara, e estava em pé com alguns papéis na mão, que foram caindo devagar, no chão, ao ver quem era o visitante. A explicação foi breve. Os sons, inarticulados; ninguém poderia entender-lhes o sentido, salvo os dois. Como se as forças do mundo estivessem conjuradas para separá-los, sentaram-se de mãos dadas, e apertadas, e perto bastante um do outro para serem tomados pelo próprio olhar malicioso do Tempo como um casal unido, de uma unidade indivisível.

– Não se mova, não se vá – implorou ela, quando fez menção de recolher os papéis que ela deixara cair. Mas ele os tomou nas mãos e, tendo-lhe dado sua própria e inacabada dissertação, com sua conclusão mística, passou a ler as dela, em silêncio.

Katharine leu as páginas dele até o fim; Ralph passou os olhos pelos números dela tanto quanto sua matemática lhe permitia. Chegaram ao fim das suas respectivas tarefas no mesmo momento, e ficaram por longo tempo em silêncio.

– Esses foram os papéis que você esqueceu no banco, em Kew – disse Ralph, por fim. – Você os dobrou tão depressa que não pude ver de que tratavam.

Ela corou; mas como não se moveu nem fez qualquer tentativa de esconder o rosto, pareceu uma pessoa desarmada de todas as suas defesas. Ralph comparou-a a um pássaro que se acomoda, com as asas a tremer, no ato de dobrá-las, inerme e ao alcance da sua mão. O momento de exposição fora estranhamente doloroso; a luz que lançara, terrivelmente crua. Ela devia, agora, adaptar-se ao fato de que alguém partilhava da sua solidão. O espanto era meio vergonha e meio prelúdio de um profundo alegrar-se. Não podia ignorar que, na superfície, a coisa toda poderia parecer um absurdo total. Olhou para ver se Ralph sorria, mas descobriu que ele tinha os olhos postos nela com uma tal gravidade que passou a crer que não cometera, afinal, um sacrilégio, mas que se enriquecera, talvez imensuravelmente, talvez eternamente. Não ousava embeber-se dessa bem-aventurança infinita. O olhar dele parecia pedir alguma garantia sobre outro ponto de vital interesse. Implorava-lhe, sem palavras, que lhe dissesse se o que lera naquela confusa página encerrava para ela algum sentido ou verdade. Ela curvou a cabeça uma vez mais sobre os papéis que segurava:

– Gosto do seu pequeno ponto com as chamas em volta – disse, pensativamente.

Ralph quase arrancou a folha da mão dela, de vergonha e desespero, mas viu que ela de fato contemplava o símbolo idiota dos seus momentos mais confusos e emotivos.

Estava certo de que aquilo não poderia significar nada para outra pessoa, embora representasse para ele de algum modo, não só a própria Katharine, mas todos os estados de espírito que se grupavam em torno dela desde que a vira pela primeira vez servindo chá numa tarde de domingo. Representava, pelo seu círculo de borrões em torno da mancha central, todo esse halo envolvente que, para ele, circundava inexplicavelmente tantos dos objetos da vida, adoçando seus angulosos contornos, de tal modo que ele via certas ruas, certos livros e situações numa auréola quase perceptível ao olho físico. Ela teria rido? Teria posto o papel na mesa com um gesto enfastiado, condenando-o não só por inapropriado, mas por falso? Iria protestar, uma vez mais, que ele apenas amava a visão que tinha dela? Mas não ocorreu a

Katharine que aquele diagrama tivesse qualquer coisa a ver com ela. Disse simplesmente e no mesmo tom de reflexão:

– Sim, o mundo me parece com alguma coisa assim, também.

Ele recebeu essa segurança com profunda alegria. Serena e firmemente erguia-se por trás do aspecto todo da vida aquele macio filete de fogo que comunicava seu rubro matiz à atmosfera e enchia o proscênio com sombras tão profundas e escuras que era lícito pensar em aprofundá-las, em ir mais longe, e mais longe ainda, numa exploração indefinida: se havia alguma correspondência entre as duas perspectivas que se abriam, agora, à frente deles, partilhavam a mesma impressão do futuro imediato, vasto, misterioso, infinitamente cheio de formas ainda por definir, que cada um deles revelaria para a inspeção do outro; mas no momento a própria perspectiva do futuro era bastante para saturá-los de uma silenciosa adoração. De qualquer maneira, ulteriores tentativas de comunicação articulada foram interrompidas por uma batida na porta, e pela entrada de uma empregada, que, com o devido senso de mistério, anunciou que uma senhora desejava ver Srta. Hilbery, mas recusava declinar seu nome.

Quando Katharine se levantou, com um profundo suspiro, para retomar os seus deveres, Ralph acompanhou-a, e nenhum dos dois formulou qualquer conjectura, enquanto desciam as escadas, sobre a identidade dessa anônima senhora. Talvez a fantástica noção de que ela fosse uma pequena anã preta provida de uma faca de aço para mergulhar no coração de Katharine tivesse parecido a Ralph mais provável do que outra, e ele entrou à frente, na sala de jantar, para conjurar o golpe. E logo exclamou:

– Cassandra!

E tão calorosamente o fez, ao ver Cassandra Otway em pé junto à mesa, que ela pôs um dedo nos lábios e pediu-lhe que ficasse quieto.

– Ninguém pode saber que estou aqui! – explicou, num cochicho sepulcral. – Perdi o trem... Tenho andado a esmo em Londres o dia inteiro. Não aguento mais. Katharine, o que devo fazer?

Katharine avançou uma cadeira. Ralph impetuosamente descobriu vinho e serviu-o para ela. Se não desmaiava, estava perto disso.

– William está lá em cima – disse Ralph, logo que pareceu recuperada. – Vou pedir-lhe que desça para ver você.

A sua própria felicidade dera-lhe a convicção de que todo mundo devia ser feliz também. Mas Cassandra tinha ainda muito vivas na mente as recomendações de seu tio, e a sua ira também, para ousar um desafio desses. Ficou agitada, e disse que tinha de deixar a casa imediatamente. Não estava, porém, em condições de ir, mesmo que soubessem para onde mandá-la. O bom senso de Katharine, que estivera em latência por uma semana ou duas, abandonou-a, e ela pôde apenas perguntar:

– Mas onde está sua bagagem?

Parecia ter a vaga noção de que o fato de alugar quartos dependia inteiramente de uma certa suficiência de bagagem. A resposta de Cassandra, "Perdi a minha bagagem", de nenhuma maneira ajudou-a a chegar a uma conclusão.

– Você perdeu sua bagagem! – repetiu. Seus olhos descansaram em Ralph, com uma expressão que parecia mais apropriada à acompanhar uma profunda ação de graças pela sua existência ou algum voto de eterna devoção, do que uma pergunta sobre malas. Cassandra percebeu o olhar, e viu que era correspondido; seus olhos marejaram-se de lágrimas. Vacilou no que estava dizendo. Recomeçou, depois, corajosamente, a discutir a questão de um alojamento, quando Katharine, que parecia ter estabelecido uma silenciosa comunicação com Ralph e obtido o assentimento dele, tirou seu anel de rubi do dedo e deu-o a Cassandra dizendo:

– Acho que lhe servirá sem qualquer alteração.

Essas palavras não teriam sido o bastante para convencer Cassandra do que ela tanto desejaria acreditar se Ralph não tivesse tomado sua mão nua, e perguntado:

– Por que você não nos diz que está contente?

Cassandra estava tão contente que as lágrimas lhe correram pelas faces. A certeza do noivado de Katharine não só a aliviava de mil temores vagos, de mil sentimentos de culpa: estancava também, inteiramente, aquele espírito de crítica que tinha nos últimos tempos empanado sua confiança em Katharine. Voltou-lhe a antiga fé. Pareceu vê-la de novo com aquela curiosa intensidade que parecia haver perdido; como um desses seres que caminham um pouco além da nossa esfera, de modo que a vida em presença deles é um processo que exalta e engrandece e ilumina, não só a nós, mas a uma faixa considerável do mundo circundante. No momento seguinte, comparou sua própria situação com a deles, e devolveu o anel.

– Não posso aceitar isso, a não ser que William mesmo o dê – disse. – Guarde-o para mim, Katharine.

– Asseguro-lhe que tudo está muito bem – disse Ralph. – Espere que eu fale a William...

E, malgrado o protesto de Cassandra, estava a alcançar a porta quando Sra. Hilbery, avisada pela empregada ou cônscia, por sua própria presciência, da necessidade da sua intervenção, abriu a porta e mediu-os com um sorriso:

– Minha querida Cassandra! – exclamou. – Como é maravilhoso vê-la de volta! Que coincidência! – observou, de maneira geral. – William está lá em cima. E a chaleira está fervendo. Por onde anda Katharine? Ah, sim. Venho olhar, e encontro Cassandra! – Parecia ter provado alguma coisa a contento, embora ninguém percebesse precisamente o quê: – Encontro Cassandra – repetiu.

– Ela perdeu o trem – explicou Katharine, vendo que Cassandra estava incapaz de falar.

– A vida – começou Sra. Hilbery, tirando sua inspiração, ao que parecia, dos retratos na parede –, a vida consiste em perder trens e em encontrar... – Mas deteve-se e observou que a chaleira já devia ter fervido muito mais que o desejado.

Para a mente agitada de Katharine, a chaleira pareceu uma chaleira enorme, capaz de inundar a casa em incessantes jatos de vapor, representante que era de todos os deveres domésticos que ela negligenciara. Correu ao salão, e os outros seguiram-na, enquanto Sra. Hilbery punha o braço em torno dos ombros de Cassandra e a conduzia ao andar de cima.

Encontraram Rodney a observar a chaleira com ar preocupado, mas com tal abstração que a catástrofe prevista por Katharine estava em vias de ocorrer. Enquanto o assunto era resolvido, não se trocaram cumprimentos, mas Rodney e Cassandra escolheram cadeiras tão afastadas quanto possível, e sentaram-se com ar de pessoas que tomam um lugar muito transitório. Ou Sra. Hilbery era indiferente ao desconforto deles ou preferiu ignorá-lo ou pensou que já era tempo que se mudasse de assunto, pois só falou do túmulo de Shakespeare.

— Tanta terra e tanta água e aquele sublime espírito pairando sobre tudo — refletiu. E continuou, cantando a sua estranha e meio incorpórea canção feita de alvoradas e crepúsculos, de grandes poetas e do imutável espírito de amor e de nobreza que eles ensinaram, de modo que nada, efetivamente, muda, e que uma idade está ligada a outra, e ninguém morre, e todos nos encontramos em espírito, até que pareceu esquecida da presença dos outros na sala. Mas, de súbito, suas observações pareceram reduzir o círculo enormemente vasto em que até então planavam e baixar, levemente, provisoriamente, das alturas sobre assuntos de importância mais imediata:

— Katharine e Ralph — disse, como que a experimentar o som. — William e Cassandra.

— Sinto-me numa posição inteiramente falsa — disse William, desesperadamente, lançando-se nessa brecha das considerações dela. — Não tenho o direito de estar aqui. Sr. Hilbery disse-me ontem que deixasse esta casa. Não tinha intenção de voltar. Procederei agora a...

— Eu sinto o mesmo — interrompeu Cassandra. — Depois do que tio Trevor me disse ontem à noite...

— Deixei-a numa posição odiosa — continuou Rodney, levantando-se da cadeira, movimento em que foi imitado por Cassandra. — Até que eu obtenha o consentimento de seu pai não me assiste o direito de falar-lhe, muito menos nesta casa, onde minha conduta... – olhou para Katharine, gaguejou e calou-se –, onde minha conduta foi repreensível e indesculpável ao extremo – concluiu com esforço. – Já expliquei tudo à sua mãe. Ela foi generosa a ponto de me fazer acreditar que não procedi mal; você a convenceu de que meu procedimento, egoísta e débil como foi, egoísta e débil – repetiu, como um orador que perdeu suas notas.

Duas emoções pareciam lutar em Katharine: uma, o desejo de rir do ridículo espetáculo de William a fazer-lhe um discurso formal por cima da mesa de chá; outro, um desejo de chorar à vista de algo de infantil e honesto nele que a comovia inexprimivelmente. Para surpresa de todos, levantou-se, estendeu-lhe a mão e disse:

– Você não tem nada de que recriminar-se, você foi sempre... – mas aí a voz morreu, as lágrimas forçaram caminho até os olhos, e correram pelas suas faces abaixo, enquanto William, igualmente emocionado, apanhou a mão dela e levou-a aos lábios. Ninguém percebeu que a porta da sala de estar se abrira o suficiente para admitir pelo menos metade da pessoa de Sr. Hilbery; ninguém o viu olhar a cena em torno da mesa de chá com uma expressão do maior desgosto e queixa. Retirou-se despercebido. Fez uma pausa do lado de fora da porta para recobrar o autocontrole e para decidir que curso sua dignidade exigia que tomasse. Era-lhe evidente que sua mulher confundira completamente o sentido das suas instruções. Mergulhara-os a todos na mais deplorável confusão. Esperou um momento e, depois, abriu a porta uma segunda vez. Todos haviam retomado seus lugares; algum incidente de natureza absurda os pusera a rir e a olhar debaixo da mesa, de modo que sua entrada não foi percebida de imediato. Katharine, com o rosto em brasa, levantou a cabeça e disse:

– Bem, essa é a minha última tentativa de ser dramática.

– É espantosa a distância em que essas coisas rolam – disse Ralph, curvando-se para virar a ponta do tapete.

– Não se incomode, não se incomode. Nós o encontraremos... – começou Sra. Hilbery, e então viu o marido e exclamou: – Oh, Trevor, estamos procurando o anel de noivado de Cassandra! Sr. Hilbery olhou instintivamente para o tapete. Por extraordinário que pareça, o anel rolara justamente até o ponto onde ele se encontrava. Viu os rubis tocando a ponta da sua botina. Foi tal a força do hábito, que não pôde deixar de abaixar-se, com um pequeno e absurdo tremor de prazer por encontrar o que todos procuravam; e, apanhando o anel, apresentou-o a Cassandra com uma curvatura extremamente cortês. Talvez por ter a reverência libertado automaticamente sentimentos de condescendência e urbanidade, o certo é que Sr. Hilbery verificou que seu ressentimento se evaporara no segundo que levou para baixar-se e endireitar-se outra vez. Cassandra ousou oferecer-lhe o rosto, e recebeu um beijo. Ele saudou de cabeça, com alguma rigidez, a Rodney e a Denham, que tinham se posto em pé, todos dois, ao vê-lo, e que agora, juntos, sentaram-se de novo. Sra. Hilbery parecia estar à espera da entrada do marido e nesse exato momento para fazer-lhe uma pergunta que, pelo ardor com que a enunciou, estivera tentando tomar forma por algum tempo:

– Oh, Trevor, diga-me, qual foi a data da primeira representação de *Hamlet*?

A fim de responder-lhe, Sr. Hilbery teve de recorrer à erudição de William Rodney; antes de invocar as suas excelentes autoridades para mostrar por que acreditava como acreditava, Rodney sentiu-se admitido, uma vez mais, na sociedade dos civilizados, e sancionado nada mais nada menos que por Shakespeare em pessoa. O poder da literatura, que temporariamente abandonara Sr. Hilbery, voltou-se, derramando-se como um bálsamo sobre a crua fealdade dos negócios humanos e oferecendo uma forma na qual tais paixões, como aquela que tão profundamente sentira na noite anterior, podiam ser moldadas de modo a sair da língua torneadas em belas frases que a ninguém feriam. Por fim, estava tão seguro do seu domínio da linguagem que olhou para Katharine e, de novo, para Denham. Toda essa conversa sobre Shakespeare agira como um soporífero, ou melhor, como uma encantação sobre Katharine. Ela se recostara na cadeira, à cabeceira da mesa de chá, perfeitamente silenciosa, olhando vagamente para além da companhia, recebendo as impressões mais gerais possíveis de cabeças humanas contra um fundo de quadros, contra paredes tintas de amarelo, contra reposteiros de veludo cor de vinho. Denham, para quem Sr. Hilbery se voltou em seguida, partilhava a imobilidade dela debaixo do seu olhar. Mas, sob essa reserva e calma, era possível perceber uma resolução, uma vontade, firmes, agora, de tenacidade inalterável, que faziam tropos de linguagem como os que Sr. Hilbery tinha a seu comando parecerem curiosamente irrelevantes. De qualquer maneira, o pai nada disse. Respeitava o rapaz; era um moço muito bem-dotado; capaz, perfeitamente capaz, de conseguir o que queria. Poderia – pensou, olhando a sua cabeça imóvel e tão digna – compreender a preferência de Katharine, e, ao pensar assim, foi surpreendido por uma pontada de agudo ciúme. Ela poderia ter casado com Rodney sem lhe causar a menor ferroada. Mas esse homem, ela o amava. Ou qual seria a situação entre eles? Uma extraordinária confusão de emoções começava a tomar conta dele, quando Sra. Hilbery, que percebera uma súbita parada na conversação, e olhara intencionalmente para a filha, uma ou duas vezes, observou:

— Não fique se quiser sair, Katharine. Há a saleta, ao lado. Talvez você e Ralph...

— Estamos noivos – disse Katharine, acordando com um sobressalto, e virando-se para seu pai. Ele ficou pasmo com o tom categórico da declamação; e soltou uma exclamação, como se um golpe inesperado o tivesse atingido. Tinha, então, amado a filha para vê-la, assim, levada embora por essa torrente, para tê-la tomada dele por essa força incontrolável, e ser obrigado a ficar à margem, inerme, ignorado? Oh, quanto a amava! Quanto a amava!

Fez um sinal muito polido de cabeça em direção a Denham:

– Imaginei alguma coisa dessa espécie a noite passada – disse. – Espero que você a mereça.

Mas não olhou para a filha, e saiu arrebatadamente da sala, deixando no espírito da mulher um sentimento em que havia temor, espanto e divertimento, pelo macho extravagante, desatencioso, pouco civilizado, que se sente de algum modo ultrajado e vai lamber as feridas no seu covil com um urro que às vezes reverbera nos mais polidos salões. Então Katharine, levantando os olhos para a porta fechada, baixou-os de novo e escondeu as lágrimas.

34

As lâmpadas haviam sido acesas; seu brilho refletia-se na madeira lustrosa; bom vinho era passado em torno da mesa de jantar; antes que a refeição estivesse adiantada, já a civilização triunfara, e Sr. Hilbery presidia a um festim que tomava aos poucos um aspecto alegre e ao mesmo tempo grave que muito augurava para o futuro. A julgar pela expressão dos olhos de Katharine, prometia – mas procurou refrear a abordagem sentimental. Serviu o vinho; sugeriu a Denham que se servisse ele mesmo.

Subiram, e viu que Katharine e Denham se retiravam logo que Cassandra perguntou se não deveria tocar alguma coisa – um pouco de Mozart? Beethoven? Sentou-se ao piano; a porta fechou-se docemente atrás deles. Os olhos de Sr. Hilbery ficaram firmes na porta fechada, por alguns segundos, mas aos poucos o olhar de expectativa apagou-se neles e, com um suspiro, pôs-se a ouvir a música.

Katharine e Ralph haviam concordado sem mais do que uma ou duas palavras sobre o que desejavam fazer, e num momento ela tinha se reunido a ele vestida para sair. A noite estava parada e enluarada, boa para caminhar, embora qualquer noite lhes tivesse parecido favorável, pois desejavam mais que tudo movimento, silêncio, liberdade de pensamento, e ar livre.

– Enfim! – respirou Katharine, quando a porta da rua se fechou. Disse-lhe de como esperara e hesitara, pensando que ele não mais voltaria; de como escutara pelo som de portas; da esperança de vê-lo, debaixo do poste, a contemplar a casa. Voltaram-se juntos para olhar a serena fachada com suas janelas debruadas de ouro, que era para ele o santuário de tanta adoração. A despeito do riso dela e da leve pressão de zombaria em seu braço, não abandonava sua fé, mas com a mão dela no seu braço, e a voz mais rápida e misteriosamente comovente nos ouvidos, não tinha tempo, não tinha a mesma inclinação, outros objetos lhe atraíam a atenção.

Não saberiam dizer como se viram de repente descendo uma rua com uma infinidade de lâmpadas, com esquinas radiantes de luz, por onde deslizava, nos dois sentidos, uma contínua procissão de ônibus; nem explicar o impulso que os levou, a ambos, a escolher subitamente um desses veículos e subir até a imperial. Ocuparam os lugares da frente. Após inúmeras curvas em ruas tomadas de escuridão, tão estreitas às vezes, que as sombras das persianas passavam a poucos pés dos seus rostos, chegaram a um desses grandes entroncamentos, onde as luzes, que se tinham juntado, separaram-se outra vez, escassearam e seguiram para os seus diversos destinos. Deixaram-se levar até que viram as flechas das igrejas da cidade, pálidas e chatas contra o céu.

– Você está com frio? – perguntou ele, quando pararam à altura de Temple Bar.

– Sim, um pouco – respondeu ela, tomando consciência de que a esplêndida corrida de luzes a deslizar diante dos seus olhos pelas soberbas curvas e guinadas do monstro em que se sentava, chegara ao fim. Haviam seguido um curso semelhante em seus pensamentos também; haviam sido levados, vitoriosos, na frente de um carro triunfal, espectadores de um espetáculo montado para eles, senhores da vida. Em pé, agora, a sós, na calçada, a exaltação os deixou; estavam contentes de estar sozinhos. Ralph ficou parado um momento para acender o cachimbo, debaixo de uma lâmpada. Ela contemplou seu rosto, isolado, no pequeno círculo de luz.

– Oh, aquele *cottage* – disse. – Temos de alugá-lo, e ir para lá.

– E deixar tudo isso?

– Como você quiser – respondeu ela. E pensou, olhando o céu por cima de Chancery Lane, que o teto era o mesmo em toda parte; que ela se garantira, agora, tudo o que esse sublime azul e suas luzes perenes significavam para ela: seria a realidade? Números, amor, verdade?

– Tenho um peso na consciência – disse Ralph abruptamente. – Quero dizer, estive pensando em Mary Datchet. Você se importaria se fôssemos até lá?

Ela fez meia-volta antes de responder-lhe. Não tinha desejo de ver ninguém, essa noite; parecia-lhe que a imensa charada fora decifrada; o problema estava resolvido: tinha nas mãos, por um breve momento, o globo que passamos a vida tentando moldar, redondo, inteiro e intacto, da confusão do caos. Ver Mary era arriscar a destruição desse globo.

– Você a tratou mal? – perguntou, um tanto mecanicamente, enquanto andava.

– Posso defender-me – disse, quase desafiadoramente. – Mas de que serve quando a gente sente uma coisa? Não me demorarei um minuto. Vou apenas dizer-lhe...

– Naturalmente você tem de dizer-lhe – respondeu Katharine, e sentiu-se então ansiosa de que ele fizesse o que julgava necessário para que tivesse também nas mãos o seu globo, por um momento que fosse, redondo, íntegro e inteiro.

– Desejaria, desejaria... – suspirou, pois que a melancolia a submergiu e obscureceu pelo menos uma seção da sua clara visão das coisas. E o globo dançou à frente dela como que toldado de lágrimas.

– Não tenho remorso de coisa nenhuma – disse Ralph, firmemente. Ela se debruçou para ele, quase como se pudesse ver, assim, o que ele via. Pensou quão obscuro ele ainda era, salvo que, mais e mais frequentemente, ele lhe aparecia agora como um fogo a queimar através do seu fumo, uma fonte de vida.

– Continue – disse. – Não tem remorso...

– De coisa nenhuma, nenhuma – repetiu.

Que fogo!, pensou ela consigo. E imaginou-o ardendo esplendidamente dentro da noite, e, todavia, tão obscuro, que pegar-lhe o braço, como tinha feito agora, era tocar apenas a substância opaca que envolvia a chama – chama que rugia, lançando-se para o alto.

– Por que de coisa nenhuma? – perguntou apressadamente.

Queria apenas que ele dissesse mais, e fizesse, desse modo, mais esplêndida, mais rubra, mais densamente entremeada de fumaça, a chama que subia com estrépito.

– Em que pensa, Katharine? – perguntou ele, desconfiado, notando seu ar sonhador e as palavras ineptas.

– Pensava em você; sim, juro. Sempre em você, mas você assume tão estranhas formas na minha mente! Você destruiu minha solidão. Deverei dizer-lhe como é que o vejo? Não, diga-me você. E do começo.

Com palavras espasmódicas, a princípio, ele conseguiu falar mais e mais fluentemente, mais e mais apaixonadamente, sentindo-a que se inclinava para ele, ouvindo maravilhada, como criança, com gratidão, como mulher. Interrompia-o gravemente de quando em quando.

– Mas foi tolo ficar na rua a olhar as janelas. Suponha que William não o tivesse visto. Você teria ido dormir?

Ele revidou dizendo do seu espanto que mulher da idade dela pudesse ter ficado em Kingsway a olhar o tráfego até esquecer-se de tudo.

– Mas foi então que descobri que amava você! – exclamou ela.

– Conte-me desde o começo – implorou ele.

– Não. Não sou pessoa capaz de contar coisas – disse, suplicante. – Eu diria alguma coisa ridícula, alguma coisa sobre chamas, fogo. Não, não posso falar disso.

Mas ele a persuadiu a fazer uma declaração entrecortada, que para ele era bela, carregada de extrema excitação, quando ela disse do escuro fogo vermelho, e do fumo enrolado em torno dele, fazendo-o sentir que assomava ao limiar de uma outra mente, cuja vastidão, debilmente iluminada, agitava-se com formas tão grandes, tão indistintas, que apenas se revelavam num relâmpago para mergulhar outra vez na escuridão, engolfadas por ela. Tinham chegado, a essa altura, à rua em que morava Mary, e absortos no que diziam e entreviam, passaram os degraus da casa dela sem levantar os olhos. A essa hora da noite não havia tráfego, e os transeuntes eram poucos, de modo que podiam caminhar vagarosamente e sem interrupção, de braços dados, levantando as mãos de espaço em espaço para desenhar alguma coisa contra a vasta cortina azul do céu.

Atingiram, assim, num estado de profunda felicidade, uma tal lucidez, que o levantar de um dedo tinha efeito, e uma palavra valia mais que uma sentença. Derivaram, depois, suavemente, para o silêncio, percorrendo lado a lado as escuras veredas do pensamento em direção a alguma coisa que discerniam a distância, e que gradualmente os foi possuindo. Tinham vencido, eram donos na vida, mas ao mesmo tempo absorviam-se na chama, dando a vida para intensificar-lhe o brilho e dar testemunho da própria fé. Passaram, assim, de um lado para o outro, duas ou três vezes, pela rua de Mary Datchet antes que a recorrência de uma luz que ardia atrás de um estore fino, amarelo, os fizesse parar, sem se darem conta da razão por que o faziam. Mas essa razão acendeu-se neles:

– É a luz do apartamento de Mary – disse Ralph. – Ela deve estar em casa. – E apontou do outro lado da rua. Os olhos de Katharine demoraram-se lá também.

– Estará só a essa hora da noite? Em que se ocupará? – imaginou. – Devemos interrompê-la? – perguntou com paixão. – O que temos para dar-lhe? Ela é feliz, também. Tem seu trabalho.

– Sua voz tremeu um pouco, e a luz dançou, como um oceano de ouro, para além das suas lágrimas.

– Você não quer que eu vá? – perguntou Ralph.

– Vá, se quiser; diga-lhe o que quiser – respondeu. Ele atravessou a rua imediatamente, e subiu os degraus da casa de Mary. Katharine ficou onde a deixara, olhando para a janela e esperando ver logo uma sombra mover-se através dela; mas nada viu; o estore nada revelou; a luz não se moveu. Era como um sinal, para além da rua; um sinal de triunfo, que brilharia, ali, para sempre, que não seria extinto, deste lado da cova. Ela brandiu a sua felicidade, como se saudasse; fê-la mergulhar, depois, em reverência. Como ardem!, pensou, e toda a escuridão de Londres pareceu pontilhada de fogos que subiam para o céu, queimando; mas seus olhos retornaram à janela de Mary e ficaram lá, satisfeitos. Tinha esperado algum tempo, quando uma figura se destacou do umbral e cruzou a rua, devagar, relutantemente, para onde ela se encontrava.

– Não entrei, não pude – disse. Tinha estado à porta de Mary sem conseguir tocar; se ela tivesse saído, tê-lo-ia encontrado lá, com lágrimas a escorrer-lhe pelo rosto, incapaz de falar.

Ficaram alguns momentos a contemplar os estores iluminados, expressão para ambos de alguma coisa impessoal e serena no espírito da mulher que estava lá dentro, elaborando seus planos noite adentro – seus planos para o bem de um mundo que nenhum deles jamais conheceria. Então, suas mentes saltaram à frente e outras figurinhas surgiram em procissão, encabeçadas, segundo Ralph, pela figura de Sally Seal.

– Você se lembra de Sally Seal? – perguntou.

Katharine curvou a cabeça.

– Sua mãe e Mary? – continuou ele. – Rodney e Cassandra? A querida Joan, lá em cima, em Highgate?

Parou com a enumeração, não achando possível combiná-las de nenhuma maneira que explicasse as estranhas afinidades que neles encontrava, quando pensava neles. Pareciam-lhe mais do que indivíduos; era como se fossem feitos de muitas diferentes coisas combinadas; ele tinha a visão de um mundo organizado.

– É tudo tão fácil, tão simples – citou Katharine, lembrando algumas palavras de Sally Seal, e querendo que Ralph entendesse que ela acompanhava seu raciocínio. Sentia que ele tentava juntar, de maneira laboriosa, elementar, os fragmentos de crença, soltos e separados, a que faltava a unidade das frases fabricadas pelos velhos crentes. Ela e ele, juntos, andaram às cegas nessa difícil região, onde o inacabado, o não cumprido, o não escrito, o não retribuído, juntavam-se à sua fantasmagórica maneira e assumiam o aspecto do completo e do satisfatório. O futuro emergia, mais esplêndido do que nunca, dessa construção do presente. Havia que escrever livros, e como livros têm de ser escritos em casas, e casas têm de ter alfaias, e fora das janelas tem de haver terra, e um horizonte para essa terra, e árvores talvez – e uma colina, desenharam uma casa para eles contra as silhuetas dos grandes edifícios de escritórios do Strand, e continuaram a planejar o futuro no ônibus que os levou para Chelsea; e, todavia, para ambos, o futuro dançava miraculosamente à luz dourada de uma grande lâmpada, fixa e inabalável.

Como a noite já ia avançada, tinham todos os lugares da imperial à sua disposição; e as ruas estavam desertas, salvo por um ou outro casal esporádico, que, mesmo à meia-noite, dava a impressão de esconder suas palavras do público. A sombra de um homem não mais cantava à sombra de um piano. Umas poucas luzes ardiam ainda em janelas de quartos, mas eram extintas, uma a uma, quando o ônibus passava por elas.

Desceram e caminharam ao longo do rio. Ela sentiu o braço dele endurecer debaixo da sua mão e soube, por esse sinal, que entravam na região encantada. Ela poderia falar-lhe; mas com aquele estranho tremor na voz, aqueles olhos de cega adoração, a quem estaria ele respondendo? Que mulher veria? E onde andava ela e quem era o seu companheiro? Momentos, fragmentos, um segundo de visão e, então, o tumulto das águas, os ventos que se dissipavam, dissolviam; então, também, o retorno, o fim do caos, a volta da segurança, a terra firme, soberba, rebrilhante ao sol. Do coração da treva ele proferiu a sua ação de graças; de uma região igualmente longínqua e escondida, ela lhe respondeu. Numa noite de junho, os rouxinóis cantam, respondendo um ao outro através da planície; são ouvidos debaixo das janelas, por entre as árvores, no jardim. Detendo-se, eles contemplaram o rio, que carregava sua escura massa de águas, sem cessar movente, muito abaixo deles. Voltaram-se, depois. Estavam em frente à casa. Tranquilamente, examinaram o lugar amigo, de lâmpadas acesas, à sua espera, talvez, ou porque Rodney estaria ainda lá, falando com Cassandra. Katharine empurrou a porta a *meio* e deteve-se no limiar. A luz brilhava em grãos dourados sobre a densa penumbra da casa silenciosa e adormecida. Por um momento esperaram, depois soltaram as mãos.

– Boa noite – disse ele num sopro.

– Boa noite – ela murmurou em resposta.

Compartilhando propósitos e conectando pessoas

Visite nosso site e fique por dentro dos nossos lançamentos:
www.novoseculo.com.br

- facebook/novoseculoeditora
- @novoseculoeditora
- @NovoSeculo
- novo século editora

gruponovoseculo.com.br

Edição: 2
Fonte: IBM Plex Serif